ASASIN

Geraint V. Jones

GWASG Carreg Gwalch

Argraffiad cyntaf: Tachwedd 1999

ⓗ *Geraint V. Jones/Gwasg Carreg Gwalch*

Rhif Llyfr Safonol Rhyngwladol:
0-86381-580-4

Llun y clawr: Keith Morris

Cyhoeddwyd dan gynllun comisiynu
Cyngor Llyfrau Cymru.

Panel Golygyddol y gyfres:
Ben Jones
Elin Mair Jones
Marian Roberts

Dymuna'r cyhoeddwyr gydnabod cymorth
Adrannau Cyngor Llyfrau Cymru.

Argraffwyd a chyhoeddwyd gan Wasg Carreg Gwalch,
12 Iard yr Orsaf, Llanrwst, Dyffryn Conwy, LL26 0EH.
℡ 01492 642031
🖷 01492 641502
✆ llyfrau@carreg-gwalch.co.uk
Lle ar y we: www.carreg-gwalch.co.uk

Carwn ddiolch i Gyngor Llyfrau Cymru
am wela yn dda i gomisiynu'r gyfrol hon;
i Wasg Carreg Gwalch am roi cystal diwyg arni;
i Flight Lieutenant John Phillips, Y Fali am ei gymorth;
i'r Dr Gwyn Thomas am ei gyfarwyddyd parod.

GVJ

I
Ffion ac Owain
a
Heledd a Mared ac Urien Elfyn,
yr wyrion sy'n cyfoethogi
cymaint ar fywyd Gwenda a finna

Gan yr un awdur:

Alwen
Storïau'r Dychymyg Du
Melina
Yn y Gwaed
Semtecs
Ar Lechan Lân

I blant:

Antur yr Alpau
Antur yr Allt

Rhagymadrodd

Ditectif gwnstabl yn Nhrecymer yng ngogledd Cymru ydi Sam Turner, ond nid plismon cyffredin mohono, o bell ffordd. Yn 30 oed, rhyw bedair blynedd sydd ers iddo ymuno â'r heddlu. Cyn hynny bu'n aelod o'r SAS am flynyddoedd ond fe drodd ei gefn ar y fyddin wedi i'w gyfaill, Meic, gael ei saethu'n farw gan yr IRA yn Derry.

Erbyn hyn mae Sam a Rhian Gwilym yn cyd-fyw yn Hen Sgubor ar dir ffarm Y Gamallt, ar gyrion pentre Rhiwogof ac mae ganddyn nhw un mab bychan o'r enw Tecwyn Gwilym.

Ifor ap Llywelyn, un o gymeriada Rhiwogof, a roddodd i Sam y llysenw Semtecs a dyna, bellach, sut y caiff ei adnabod gan y rhan fwya o'i ffrindia.

Mae'r nofel *Asasin* yn llusgo Sam yn ôl i'r math o fywyd y bu'n ceisio dianc rhagddo. Dim ond amser a ddengys a ydi'r sgilia arbennig a ddysgwyd iddo gan y fyddin, ynghyd â'i ddonia personol ei hun, yn ddigon i'w gadw'n groeniach rhag rhai o ddrwgweithredwyr a therfysgwyr gwaetha Ewrop.

ASASIN

RHAN I

Trecymer - Gwanwyn 1999

Cydiodd y mawr gwyn yn y bach du gerfydd dyrnaid o'i
grys blodeuog, ei sgrytian deirgwaith yn giaidd, fel
plentyn stranclyd yn ysgwyd doli, cyn ei wthio wysg ei
gefn i ganol y pentwr tegana meddal oedd yn aros i gael
eu dosbarthu ar gownter y stondin; rheini wedyn yn
chwalu'n rhaeadr lliwgar i'r llawr. Eiliad arall o bwyntio
bys bygythiol, yna trodd y llabwst boliog breichnoeth i
ffwrdd, yn ffyddiog ei fod wedi cael ei faen i'r wal.

Efo'i ên yn ei ddwylo a'i benelinoedd yn drwm ar silff
y ffenest, syllai DC Samuel Tecwyn Turner yn ddi-
ddiddordeb ar y ddrama fechan oddi tano. Anghydfod
rhwng dau stondinwr yn beth digon cyffredin ym
marchnad wythnosol Trecymer wedi'r cyfan, yn enwedig
ben bora wrth i sgerbyda'r stondina gymryd siâp yma ac
acw. Amlwg bod y bach du wedi tresbasu ar safle arferol
y mawr gwyn a'i fod rŵan yn gorfod talu'r pris.

Cododd Semtecs ei olygon dros doeau'r dre o'i flaen a
syllu ar y llechi llwydlas yn mygu'n wlyb yn yr haul
cynnar. 'Damn it, Turner! I'm disappointed . . . ' Roedd
geiria'r Inspector yn dal i ganu yn ei ben, a thawelwch
cyhuddol Sarjant Bill Meredith tu ôl iddo yn ychwanegu
at yr euogrwydd. 'Wedi fy siomi. No point denying the fact.
I mi y dylet ti fod wedi gofyn. You should have asked me;
not go over my head to the Chief Inspector . . . ' Ond damia
unwaith! Pam ddyla fo deimlo'n euog? Ar Shellbourne yr
oedd y bai. Roedd y trefniada wedi cael eu gneud gan
hwnnw cyn iddo fo, Sam, wybod dim byd o gwbwl
amdanyn nhw. Ond dyna fo, rhaid bod y pwtyn pwysig o
Whitehall wedi gwybod o'r gora na fydda fo'n gwrthod y
cais; rhaid ei fod wedi gwybod y gallai Gordon Small –

Sarjant Gordon Small o'r SAS – ddwyn perswâd ar ei gyn-filwr. ' . . . Roeddwn i'n meddwl fod gwell dealltwriaeth rhyngon ni, Turner!' Llais y Ditectif Inspector yn dal i edliw yn ei ben. ' . . . *I'm sorry, of course I am, about your father's sudden illness,* ac wrth gwrs 'mod i'n dallt pam bod yn rhaid iti fynd i gymryd gofal o'r busnas yn Lincoln tra mae o'n wael, *but damn it all, you should have approached me with the problem, not go direct to the Chief Inspector. I could have arranged a leave of absence for you.*' 'Mae Inspector Rogers yn iawn, Turner . . . ' Doedd geiria Ditectif Sarjant Bill Meredith wedi gneud petha'n ddim haws iddo chwaith. ' . . . Mi allen ni, yma, fod wedi gneud y trefniada iti.'

Oedd, roedd Rogers, y Ditectif Inspector, yn amlwg wedi cymryd ato ac wedi teimlo'n arw am fod Sam wedi anwybyddu'i awdurdod. Cynnwrf y siom honno oedd yn rhannol gyfrifol am y neidio diangen o'r naill iaith i'r llall. Unwaith eto yn ei feddwl, gwelodd wyneb ei uwch swyddog yn welw-dynn o'i flaen, y gwefusa'n feinach nag arfer a'r tyndra ar ei fwya amlwg yng nghorneli'r ddwy ffroen. Roedd y man geni ar foelni'r talcen hefyd yn amlycach nag yr arferai fod, a Sam, ynta, wedi mynnu gweld, eto fyth, y siâp arth fechan yn y düwch hwnnw.

Erbyn rŵan roedd y du bach yn y crys blodeuog yn gneud ei ora i lusgo ffrâm drom ei stondin yn ei chorffolaeth allan o diriogaeth y mawr gwyn blonegog, tra bod hwnnw'n dadlwytho'i gasgliad ei hun o nwydda allan o'i fan rydlyd.

Gofid i Semtecs oedd meddwl am adael Trecymer o dan y fath gwmwl, yn enwedig o wybod na fyddai Rogers na Bill Meredith yno pan ddeuai'n ôl. Os deuai'n ôl! Roedd y ddau swyddog yn ymddeol ymhen llai na mis, ill dau wedi rhoi dros ddeng mlynedd ar hugain o wasanaeth i'r heddlu; wedi cychwyn gyrfa efo'i gilydd ac wedi penderfynu gorffen hefyd ar yr un dydd. A'r ddau wedi rhoi pob cefnogaeth iddo fo, Sam, yn ystod ei dair blynedd a hanner fel ditectif yn y dre. Bu'r cyfnod hwnnw, fel hefyd y flwyddyn cyn hynny fel plismon lifrog, yn rhai hapus iddo. Roedd y gwaith yn Nhrecymer, a bywyd pentre yn Rhiwogof, wedi lliniaru'r hunlle o golli Meic ar stryd yn Derry, ac wedi melysu'r atgofion am y ffrind a aberthodd ei fywyd drosto.

Sythodd oddi wrth y ffenest a gwasgu ei ddyrna i geisio ffrwyno'i ddicter. Roedd Rogers a'r Sarj hefyd wedi bod yn ffrindia da iddo ac roedd arno ddyled i'r ddau. Deirgwaith, er enghraifft, ers achos y llofruddiaeth yn Llwyncelyn, roedd y Ditectif Inspector wedi ei alw i'w swyddfa ac wedi ceisio'n daer i ddwyn perswâd arno fo, Sam, i'w gymhwyso'i hun yn Sarjant. A theirgwaith roedd ynta wedi gwrthod, am nad oedd ganddo unrhyw uchelgais o gwbwl i'r cyfeiriad hwnnw, ac am nad oedd arno angen y codiad cyflog a ddeuai gyda'r cyfrifoldeb ychwanegol.

Ers neithiwr, cymysg iawn fu ei deimlada tuag at Shellbourne ond rŵan, wrth droi cefn yn ara ar yr olygfa o ffenest y Steshon a geiria edliwgar yr Inspector yn dal i ferwino'i glustia, fe deimlodd ddicter annisgwyl tuag at y gŵr o Whitehall. Cofiodd eto'r cyfarfyddiad cynta efo hwnnw neithiwr, pan fu bron iddo fo, Sam, neud niwed go ddrwg i'r is-swyddog hunanbwysig o'r Swyddfa Dramor. A hitha'n tywyllu, ac ynta ar gwbwlhau ei bum milltir o redeg dyddiol, roedd Shellbourne wedi camu allan yn ddirybudd o'i flaen, yn syth o gysgod llwyn ar ymyl y llwybyr oedd yn arwain i fyny o'r ffordd fawr i'w gartre yn Hen Sgubor. Greddf yn unig oedd wedi cadw Sam rhag ei daro; hynny a llais cythryblus rhywun arall ar yr un eiliad yn gweiddi, 'Mr Shellbourne! Arhoswch!' Dyna pryd roedd Gordon Small wedi camu i'r golwg – Sarjant Gordon Small – gwyneb cyfarwydd o'r gorffennol; gwyneb oedd yn perthyn i fyd a bywyd arall; gwyneb Sarjant Titch o'r SAS.

Wrth anelu am ddrws y Steshon a'r *Kawasaki* oedd yn

aros amdano yn y maes parcio tu allan, cofiodd Sam rŵan fel roedd wedi sefyll yn gegrwth i edrych ar y ddau; y naill, yn union o'i flaen ar ganol y llwybyr, yn bwtyn penfoel trwsiadus a diarth, ac yn tynnu at ei drigain oed, a'r llall y tu ôl iddo yn dalsyth a hunanfeddiannol a chyfarwydd. Enw anghymwys iawn oedd Small ar rywun mor gydnerth, cofiodd, ac roedd ei lysenwi'n Titch – Sarjant Titch – yn anorfod bron.

'Sam! Sut wyt ti?' Roedd y Sarj wedi camu'n gyflym ymlaen dan wenu, i ysgwyd llaw ac i achub croen Shellbourne yr un pryd. 'Gadwch imi'ch cyflwyno chi'ch dau. Sam Turner . . . Mr Shellbourne . . . Herbert Shellbourne, CBE. Mae Mr Shellbourne yn uchel ei swydd yn y Swyddfa Dramor, Sam. Ganddo fo mae'r cyfrifoldeb am ddiogelwch rhyngwladol.' O'i chymharu ag un Gordon Small, roedd gafael Shellbourne yn doeslyd a llac.

Efo cefn llaw roedd Sam wedi sychu'r chwys oddi ar ei dalcen. 'Pam aros yn fa'ma? Chawsoch chi ddim cynnig mynd i'r tŷ?'

'Wel na.' Fel eglurhad, roedd y Sarjant wedi estyn ffôn symudol o'i boced. 'Fe ffoniais a chael clywed gan dy wraig dy fod ti allan yn rhedeg ond ei bod yn dy ddisgwyl di'n ôl unrhyw funud. Wyddai hi ddim o ble'r oeddwn i'n galw, wrth gwrs, ac fe benderfynson ni aros amdanat ar y llwybyr yn fa'ma.'

Er iddo synhwyro dirgelwch, brathu tafod ar ei gwestiyna a wnaethai Sam am y tro.

Wrth gyrraedd y *Kawasaki*, gwenodd yn chwerw yn yr atgof. Meddyliodd eto mor anarferol, siŵr o fod, oedd i rywun o safle Shellbourne ddod yn unswydd yr holl ffordd o Whitehall i Ogledd Cymru i ddwyn perswâd ar gyn-filwr cyffredin. Ac roedd y dyn bach wedi gneud ei waith cartre'n drylwyr cyn dod, hefyd. Rhaid codi het iddo yn hynny o beth, oherwydd alla fo ddim bod wedi cael neb gwell na Sarjant Titch i'w helpu i ddwyn perswâd arno fo, Sam, i styried ei gais.

'Mr Shellbourne isio gair efo ti, Sam. Gawn ni ddod i mewn?'

Roedd y tri wedi cerdded yn dawedog y gweddill o'r ffordd i fyny i Hen Sgubor, a Rhian yn fan'no wedi prysuro i neud paned o goffi iddyn nhw. Sylwodd Sam ar lygaid edmygus y Sarj yn ei gwylio nes iddi ddiflannu tu ôl i'r llenni ac i'r gegin.

Dri chwarter awr yn ddiweddarach, yn dilyn y coffi a gwydraid o wisgi bob un, roedd chwilfrydedd Sam wedi'i ddiwallu'n llwyr ac ynta'n rhoi styriaeth ddifrifol i gais y gwas sifil o Whitehall.

'Rydan ni'n dibynnu arnat ti, Sam. Mae enw da yr SAS yn dibynnu arnat ti.'

Perswâd annheg. Dyna oedd wedi croesi ei feddwl ar y pryd. 'Ond pam fi, Sarj?' Er bod rhwng pedair a phum mlynedd wedi mynd heibio ers iddo gefnu ar yr SAS a chael lle efo'r heddlu yn Nhrecymer, eto i gyd roedd yr hen barch tuag at awdurdod a rheng yn aros. Heblaw am hynny, doedd neb arall yn yr adran wedi hawlio chwarter cymaint o barch ganddo ag a wnaeth Sarjant Titch – ac eithrio Meic, wrth gwrs! Ond waeth heb â meddwl am y cyfaill hoffus hwnnw mwyach; roedd o wedi mynd am byth, ar stryd yn Derry, yn sglyfaeth i gyw prentis yr IRA.

'Pam chdi?' Roedd y Sarj wedi chwerthin yn arwyddocaol yn fan'na. 'Mi fedra i feddwl am o leia dri rheswm da iawn, Turner.' Roedd ffurfioldeb y cyfenw moel yn adlais o'r awdurdod gynt; yn fwriadol felly. 'Yn y lle cynta, chdi, Samuel Tecwyn Turner, ydi un o'r goreuon – nage, mi fentra i ddeud mai chdi ydi y gora fu gen i rioed yn fy adran, a siawns dy fod ti'n fy nabod i'n ddigon da i wybod nad oes iot o weniaith yn y geiria yna . . .'

Chwerthin yn swil oedd o, Sam, wedi'i neud ar y pryd, i guddio'r anghysur yng ngwydd Shellbourne.

'Paid â chwerthin, Sam. Rwyt ti'n gwybod cystal â

finna 'mod i'n deud y gwir. Ac mae Mr Shellbourne yn gwybod hefyd, neu fasa fo ddim yma efo fi heno . . . '

Feiddiodd Sam ddim troi ei ben i edrych ar y dyn yn y siwt ddu rhag i hwnnw dybio bod disgwyl iddo gadarnhau'r ganmoliaeth.

' . . . Yn ail,' aeth y Sarj ymlaen, 'rwyt ti'n ieithydd penigamp on'd wyt! Faint? Saith iaith? Wyth? Ond, yn bwysicach i ni ar hyn o bryd, Arabeg, Iddeweg ac Almaeneg yn eu mysg . . . a rhywfaint o Rwsieg. Dwi'n iawn?'

Oedd, roedd o'n iawn.

'Lle dysgaist ti gymaint o ieithoedd, Turner?' Herbert Shellbourne CBE oedd pia'r cwestiwn. Gordon Small a'i hatebodd.

'Mae Sam yn ŵr arbennig iawn, Mr Shellbourne. Cymraeg ydi iaith ei fam, Saesneg ydi iaith ei dad. Iaith ei dad ydi ei famiaith, os 'dach chi'n dallt be dwi'n feddwl, ond wedi deud hynny mae o lawn mor rhugl yn y naill fel y llall. Sut bynnag, cyfnoda o fyw ac o gael ei addysgu yn Aden ac India a Tel Aviv yn Israel, pan oedd ei dad yn *Squadron Leader* yn yr RAF, a dyna roi iddo dair iaith arall – Arabeg, Hindweg a Hebraeg . . . '

Cuchiodd Sam y mymryn lleia. Roedd y Sarj yn amlwg wedi bod yn pori trwy'r ffeil oedd ganddyn nhw o hyd ar 'Samuel Tecwyn Turner'.

'Prifysgol Leipzig wedyn am sbel, yn dilyn cwrs Astudiaethau Islamaidd. Almaeneg wedi dod yn rhwydd iddo fo yn ystod y cyfnod hwnnw. Be arall, Sam? Sbaeneg, ia? A Ffrangeg wrth gwrs. Unrhyw beth arall dwi wedi'i adael allan?'

'Rhyw chydig o Eidaleg . . . ' Cyfaddefiad swil. Gwelodd edrychiad arwyddocaol rhwng y ddau. ' . . . a'r mymryn Rwsieg fel y dwedsoch chi. Faswn i ddim yn deud 'mod i'n rhugl yn yr un o'r rheini ond mi fydda i'n trio dal rhywfaint o gysylltiad efo'r ddwy iaith.'

'Sut wyt ti'n gneud hynny?'

13

'Digon hawdd. Trwy archeb dwi'n derbyn fideo o newyddion teledu Mosco bob tri mis, yn ogystal â detholiad o'u rhaglenni nhw. Mae hynny'n rhoi cyfle imi glywed yr iaith yn cael ei siarad.' Ataliodd rhag ychwanegu ei fod yn gneud yr un peth hefyd efo pob un o'r ieithoedd eraill a enwyd.

Ddaru'r CBE bach ddim dangos fawr o ryfeddod. Roedd yn amlwg bod yr wybodaeth yn hysbys iddo eisoes.

'A be oedd y trydydd peth, Sarjant?'

'Pardwn?' Edrychodd Sarjant Small yn ddi-ddallt am eiliad.

'Fe ddeudsoch fod tri rheswm dros ddewis Turner ar gyfer y gwaith arbennig yma. Rydych chi wedi crybwyll dau ohonyn nhw – ei allu fel milwr a'i ddawn efo ieithoedd – ond be ydi'r trydydd?' Hawdd gweld na wyddai'r pwtyn pwysig am y trydydd peth ac roedd sŵn cerydd ac edliw yn ei eiria oherwydd hynny.

'Mae'n ddrwg gen i, Mr Shellbourne, ond fe dybiais y byddai hynny wedi bod yn amlwg i bawb. Mae Ditectif Gwnstabl Turner yn addas hefyd am yr union reswm yna, sef ei fod o'n dditectif. Fel y gwyddoch chi, syr, mi fydd angen llawer iawn o waith ditectif os ydi'r ymgyrch yma'n mynd i lwyddo.'

Wrth iddo eistedd ar y *Kawasaki* gwyrdd 2000, a edrychai mor bwerus ddisglair heddiw ag a wnâi bron i bedair blynedd yn ôl pan oedd yn newydd, deuai sgwrs neithiwr yn fyw iddo air am air. Yr un mor fyw oedd y teimlad ei fod yn cael ei ddefnyddio. Falla bod clod y Sarj yn ddi-weniaith, meddai wrtho'i hun, eto i gyd roedd mwy na digon o ddynion llawn mor abal â fo yn yr SAS o hyd i neud pa waith bynnag oedd dan sylw. Eu rheswm dros fy newis i, meddyliodd, ydi i gadw'u dwylo'u hunain yn lân. Os ca i fy nal yn gneud eu gwaith budur nhw, beth bynnag ydi hwnnw'n mynd i fod, yna fydd dim i 'nghysylltu fi efo'r SAS nag efo'r Swyddfa Dramor na dim.

'Gyda llaw, Turner . . . ' Hwn oedd cwestiwn ola Sarjant Titch cyn gadael Hen Sgubor. ' . . . dwi'n dallt dy fod ti wedi cael rhyw lysenw rhyfedd iawn ganddyn nhw yn y lle 'ma. Semtecs, ia? Oes 'na ryw eglurhad drosto fo?'

Roedd Sam wedi gneud sŵn chwerthin yn ei lais wrth ateb, ac wedi rhyfeddu yr un pryd mor eithriadol fanwl oedd yr wybodaeth a gasglwyd amdano. 'Digon syml, Sarj. Samuel Tecwyn, sef fy nau enw cynta, wedi mynd yn Sam Tec pan ges i 'ngneud yn dditectif, a ffrind imi wedyn wedi mynd â fo gam ymhellach a 'ngalw fi'n Semtecs.'

'O? Unrhyw reswm?'

'Am 'mod i mor ymfflamychol, medda fo. Mae o'n trio deud mai ar y gwallt coch 'ma y mae'r bai.' Ond doedd ei walit cwta na'r gwanaf tridia ar ei ên ddim mor goch â hynny. Melyngoch ar y gora.

Chwerthin oedd Gordon Small wedi'i neud. 'Ia wir! Addas iawn mae'n siŵr!'

Ac wrth i gar Shellbourne adael Hen Sgubor am y ffordd fawr, a'r *chauffeur* amyneddgar wrth ei lyw, roedd y ffenest ôl wedi agor led y pen a braich a llais y Sarj wedi dod allan ohoni gyda'r ffarwél, 'Fe welwn ni di fory, yn Llundain. Hwyl . . . Semtecs!'

Be oedd y term Cymraeg am *Hush-hush* meddyliodd Sam, wrth danio'r *Kawasaki* pwerus. Ond ni phoenodd grafu pen am ateb chwaith. Roedd gormod o betha pwysicach ar ei feddwl.

Fe roesai'r CBE bach o Whitehall gryn bwyslais ar yr ochor *Hush-hush* i betha. Natur gyfrinachol y cyfarfod cynta neithiwr, er enghraifft; y cuddio tu ôl i'r llwyn yn un peth, ac yna'r Daimler du a'i *chauffeur* yn llechu yng nghysgodion cornel bella'r tarmac wrth Hen Sgubor, heb i Rhian, hyd yn oed, wybod ei fod yno. 'Pwysig fod neb yn gwybod inni fod yma o gwbwl, wyt ti'n gweld.'

Dyna'i reswm. 'Y cynllun i gyd yn dibynnu ar gyfrinachedd llwyr.'

Gresyn, serch hynny, meddyliodd, fod y fath gyfrinachedd wedi suro'i berthynas efo Inspector Rogers a Sarjant Bill Meredith. Ond dyna fo, doedd dim gronyn o fai arno fo, Sam, am beth felly. Roedd Shellbourne wedi gneud y trefniada i gyd ymlaen llaw efo'r *Chief* ym Mae Colwyn, hyd yn oed cyn dod i adnabod Sam o gwbwl, na gofyn ei ganiatâd, na thrafod dim oll efo fo. Rhaid dy fod ti'n blydi siŵr ohonot ti dy hun, mêt, meddyliodd Sam wrth danio'r beic. Neu dy fod ti'n gwybod o'r gora na faswn i byth yn gwrthod ffafr i Sarjant Titch.

Gwenodd Semtecs wrth i'r beic wau ei lwybyr amyneddgar trwy draffig boreol Trecymer ac anelu am bum milltir clir y ffordd ddeuol fyddai yna'n cael ei gwasgu'n gul gan bentre Rhiwogof. Ymhen deng munud go dda fe gâi'r *Kawasaki* gwyrdd ei roi i gadw yn garej Hen Sgubor ac yno y câi aros yn segur am . . . Faint, tybed? Oni bai i Rhian fentro'i llaw arno yn y cyfamser, wrth gwrs, meddai wrtho'i hun. Na, go brin hynny chwaith. Roedd y beic yn rhy drwm iddi. A be wnaethai hi efo Semtecs Bach beth bynnag? Wnâi hi byth fentro Tecwyn Gwilym Turner, deunaw mis oed, ar y piliwn! Daeth y syniad lloerig hwnnw â gwên i'w lygaid. Gwenodd yn lletach fyth wrth gofio geiria Ap tra oedd yn sefyll uwchben còt y bychan a hwnnw'n sgrechian am ei fwyd – 'Be fydd ei enw fo, Rhian?' Hitha wedi ateb yn chwareus, 'Semtecs Bach, wrth gwrs.' Yna'r chwerthin yn llygad y Tywysog, 'Semtecs Bach? Na, dwi'n meddwl mai *Firework* y galwa i hwn.'

Wrth lywio'r beic i fyny un o rycha'r llwybyr anwastad oedd yn arwain o'r ffordd fawr am Hen Sgubor, a'r cangau'n crafu'n wlyb yn erbyn ei helmed, fe deimlai Sam yn falch ei fod wedi cymryd ei berswadio. Doedd gwaith ditectif gwnstabl ym Nhrecymer ddim wedi cynnig llawer o wefr iddo'n ddiweddar ac roedd 'problem fawr' y CBE o Whitehall yn addo tipyn o'r hen gyffro gynt. Wedi'r cyfan, rhaid ei bod hi yn broblem fawr i beri i was sifil mor bwysig ddod yn bersonol ac yn unswydd yr holl ffordd i'w weld.

Wedi iddyn nhw fynd, y peth cynta a wnaethai Sam oedd cysylltu â'r rhyngwe am fanylion personél y Swyddfa Dramor. Fe gafodd yr wybodaeth yn ddigon di-lol ac argraffu'r pyramid hierarchaidd:

Secretary of State
For Foreign & Commonwealth Affairs
(otherwise known as The Foreign Secretary)

Ministers of State	*Parliamentary*	*Permanent*	*Deputy*
(3 in number)	*Under-Secretary*	*Under-Secretary*	*Under-Secretaries*
	(PUS)	*(PUS)*	*(DUSs)*

Directors of Command
(3 in number:
Geographical, Functional, Administrative)

Gan mai'r *Director of Functional Commands* oedd â chyfrifoldeb am ddiogelwch rhyngwladol, rhaid mai Shellbourne oedd hwnnw.

Rhian oedd yr unig fwgan i'w gynllunia. O'i chegin, roedd hi wedi gwrando sgwrs y tri, wedi clywed manylion y cais ac wedi arswydo a magu gwrthryfel. 'Dwyt ti rioed yn bwriadu cydsynio?' Roedd ei chwestiwn wedi bod yn llawn anghredinedd. 'Dwyt ti rioed yn mynd i fentro dy fywyd yng nghanol rhyw *gangsters* fel'na? Beth pe bait ti'n cael dy ladd? Be amdana i, wedyn? Be am Semtecs Bach?' A phan oedd o wedi dewis peidio ateb, 'Pam chdi, beth bynnag? Pam chdi, pan fod ganddyn nhw ddigon o rai sydd wedi arfar mwy o lawar efo'r math yma o beth?' Ac yna'r edliw oedd fel cyllell trwy gylla dyn, 'Ond pwy ydw i i drio dy stopio di? Taswn i'n wraig iti yna falla y byddet ti'n barod i wrando.'

Oedd, roedd Sam wedi teimlo drosti. Wedi'r cyfan, ei dewis hi oedd peidio priodi. Ei dymuniad hi oedd iddyn nhw 'fyw tali' efo'i gilydd. A hi hefyd oedd wedi dadla dros roi'r gora i'w swydd fel athrawes yn Ysgol Gynradd Cymer er mwyn cael bod yn fam i'w blentyn. A rŵan roedd ansicrwydd y fath berthynas wedi gwawrio arni. Ac roedd llawer o fai am ei gwewyr arno fo, meddai wrtho'i hun. Fe gelodd ormod o'i orffennol rhagddi. Fe gâi hi glywed mwy ganddo rŵan, cyn iddo adael.

Wrth ddringo i'r awyren *Cessna 310* fechan ym maes awyr y Weinyddiaeth Amddiffyn yn Llanbedr, Meirionnydd, ddwyawr yn ddiweddarach, diolchodd Sam ei fod wedi gwrthod rhannu'r Daimler yn ôl i Lundain gyda Shellbourne a Sarjant Titch neithiwr. Fe geisiodd y gwas sifil yn daer i'w berswadio, wrth gwrs, ond roedd yn rhaid i hyd yn oed y pwysigyn bach hwnnw gydnabod fod gan Sam ei drefniada'i hun i'w gneud – wynebu Inspector Rogers a Bill Meredith bore 'ma yn un peth, i dderbyn eu cerydd ac i ddymuno'n dda i'r ddau ar eu hymddeoliad o fewn y mis. Falla y câi'r cyfle rywbryd, meddai wrtho'i hun, i egluro iddyn nhw nad fo oedd wedi cysylltu efo'r Prif Gwnstabl ym Mae Colwyn i ofyn am gael ei ryddhau dros dro o'i swydd, ac nad fo chwaith oedd wedi llunio'r celwydd am salwch ei dad yn Lincoln. Fe gâi Rhian anfon cerdyn ac anrheg arbennig i'r ddau ar achlysur eu hymddeoliad.

Edrychodd ar ei *Rolex*. Bron yn chwarter wedi hanner dydd. 'Hwrli bwrli' oedd yr unig ffordd i ddisgrifio'r deuddeg awr diwetha. Cyn noswylio neithiwr, roedd wedi ffonio Ifor ap Llywelyn yn ei gartre a Berwyn a Lis ym Mhlas Llwyncelyn i ffarwelio efo nhw, gan resynu yr un pryd nad oedd amser yn caniatáu iddo daro i mewn i'w gweld. Nid dyma'r ffordd, wedi'r cyfan, o ffarwelio efo ffrindia mor dda. Ond dyna fo, roedd Shellbourne wedi pwysleisio cyfrinachedd y cynllun a rhaid oedd parchu hynny.

Roedd hefyd, cyn noswylio, wedi pacio'i chydig betha yn barod ar gyfer y daith a'r gwaith oedd o'i flaen. Yna, bore 'ma, wedi dychwelyd o'r Steshon ac oerni ffarwél ei uwch swyddogion fel lwmp o rew yn ei stumog, bu'n rhaid gwynebu'r rhwyg mwya, sef gadael Rhian a Semtecs Bach yn eu dagra, heb wybod pryd y byddai'n dod 'nôl; heb wybod a fyddai'n dychwelyd o gwbwl. O leia fe gafodd rywfaint o lwyddiant ar dawelu ei hofna hi, hyd yn oed os oedd hynny wedi golygu deud mwy nag a ddymunai wrthi am ei orffennol gyda'r SAS.

Gwnaeth ei hun mor gyfforddus ag y gallai yn y *Cessna* gyfyng a gadael i sgwrs Shellbourne lifo eto trwy'i gof. 'Mafiozniki! Wyddost ti be ydyn nhw?'

Oedd, roedd Sam wedi clywed am y Maffia yn Rwsia, a'r modd yr oedden nhw'n gneud fel y mynnen nhw yn y wlad fawr honno. Fe wyddai eu bod wedi dechra cael eu traed danyn cyn belld yn ôl â'r saithdega, yn ystod 'blynyddoedd y marweidd-dra' fel y câi cyfnod Leonid Brezhnev fel arlywydd ei alw.

' . . . Mae petha wedi mynd allan o reolaeth yn llwyr yno ers i gomiwnyddiaeth golli tir yn y wlad. Goeli di fod y Mafiozniki yn fwy dylanwadol yno heddiw nag ydi'r llywodraeth ei hun? A bod lladrad a thrais a lladd yn epidemig ar strydoedd Moscow a St Petersburg a llefydd tebyg? Wyddost ti ei bod hi'n bum gwaith ar hugain yn fwy tebygol i rywun gael ei lofruddio yn fan'no nag yn Llundain?'

Roedd Shellbourne wedi oedi chydig yn fan'na, i sipian ei wisgi ac i ddisgwyl rhyw fath o adwaith eto ganddo fo. Ond dal i syllu'n chwilfrydig ar y dyn bach yn y siwt ddu a wnaethai Sam, gan wybod y byddai'r sgwrs a phwrpas yr ymweliad yn dod yn gliriach cyn hir.

' . . . Mae'r Mafiozniki yn rheoli pob dim, yn Rwsia ei hun ac ym mhob un bron o'r gwledydd sydd bellach wedi torri'n rhydd o'r hen Undeb Sofietaidd – Aserbaijân,

Armenia, Georgia. Mae Boris Yeltsin ei hun wedi cyfadde ar goedd eu bod nhw'n bygwth diogelwch ei wlad a'u bod nhw bellach yn datblygu'n rym dychrynllyd ledled y byd. Nhw sy'n rheoli 90% o'r holl fusnes preifat yn yr hen Undeb Sofietaidd. Fedri di gredu'r peth? Ac erbyn hyn maen nhw'n rheoli 40% o fasnach gyffuria'r byd; y planhigfeydd pabi – dros 3000 ohonyn nhw! – yn Uzbekistan a Tadzhikistan a'r Iwcrâin, y canabis yn Kazakhstan . . . Maen nhw'n gorfodi ffermwyr tlawd y gwledydd hynny i gynhyrchu'r cyffuria 'ma ac mae ganddyn nhw eu ffyrdd diogel o allforio'u cynnyrch i bob rhan o Ewrop a'r byd . . . '

Wrth i'r *Cessna* adael bae glas Aberteifi o'i hôl, cofiodd Sam fel roedd geiria Shellbourne wedi peri anesmwythyd iddo. Ers iddo fo adael yr SAS, oedd y sefyllfa wedi gwaethygu cymaint â hynny? Ond ar y pryd, yn ei gadair gyfforddus yn Hen Sgubor a'r gwydryn wisgi yn ei law, roedd wedi methu'n lân â gweld sut bod a wnelo'r ffeithia brawychus hynny efo fo, Ditectif Gwnstabl cyffredin mewn lle mor ddiarffordd â Threcymer. Eto i gyd, fe wyddai hefyd mai yno yr oedd y ddau – Shellbourne a Sarjant Titch – i geisio'i help mewn rhyw ffordd neu'i gilydd.

' . . . Mae'r CIA yn deud wrthon ni fod cyfarfod mawr arall ar fin cael ei drefnu rhwng y Mafiozniki, Maffia'r Eidal a Mafiosi America, pob un ohonyn nhw â'i fyddin ei hun o lofruddwyr arfog. Maen nhw wedi cynnal dwy "gynhadledd" yn barod, yr ola ohonyn nhw yn Prague, eu canolfan ddosbarthu yn Ewrop . . . dosbarthu cyffuria ac arfa. Pwrpas y cyfarfodydd ydi dod i well dealltwriaeth efo'i gilydd a threfnu mwy o gydweithio yn y dyfodol. Os dôn nhw i gytundeb, fedri di ddychmygu pa fath fyd fydd hwn i fyw ynddo fo wedyn? Mi fyddan nhw'n fwy nerthol ac yn fwy cyfoethog na'r un llywodraeth. Yn fygythiad i hyd yn oed Senedd yr Unol Daleithiau ei hun . . . '

Tawedog oedd peilot y *Cessna* wrth iddo lywio'i awyren ar yr un llwybyr â'r M4 oddi tanynt. Roedd y tawelwch yn siwtio Sam yn iawn; yn rhoi cyfle iddo i gofio ac i feddwl. A chofiodd rŵan fel roedd geiria nesa Shellbourne wedi rhoi sgytwad arall iddo.

'. . . Erbyn hyn maen nhw'n creu bygythiad mwy hyd yn oed na'r cyffuria felltith. Ers datgymalu'r Undeb Sofietaidd does dim math o drefn na rheolaeth wedi bod ar stôr arfau y bloc comiwnyddol. Fe wyddon ni i sicrwydd fod gwerth miliyna ar filiyna o bunnoedd o arfau wedi bod yn "diflannu" bob blwyddyn, naill ai trwy gael eu dwyn ar raddfa eang neu eu prynu am y nesa peth i ddim gan y Mafiozniki. Fe wyddon ni i sicrwydd hefyd, trwy'r FBI a'r CIA yn benna, fod ganddyn nhw erbyn hyn werth biliyna o bunnoedd o arfa wedi eu cuddio'n ddiogel yn rhywle neu'i gilydd – gynna, taflegra o bob math – tancia, awyrena, arfa niwclear . . . arfa biolegol hyd yn oed. A does dim rhaid imi ddeud wrthat ti, Turner, gymaint o lanast y gall petha felly ei greu. A deud y gwir, mae'r gallu gan y bobol yma bellach i greu eu rhyfel byd eu hunain . . . '

Roedd Sam wedi methu ymatal yn fan'na, ac wedi chwerthin yn anghrediniol. 'Dydach chi rioed yn trio deud . . . '

Fe synhwyrodd y dyn bach y gwawd a'r anghredinedd yn llais y ditectif, ond ni chiliodd y difrifoldeb o'i lygada mwy na'r tyndra o'i wyneb. '. . . Na, wrth gwrs. Nid deud ydw i eu bod nhw'n mynd i herio gweddill y byd yn y ffordd yna; dydi'r milwyr na'r drefn filwrol ddim ganddyn nhw i neud peth felly. Ond mae'r arfa ganddyn nhw yn rhywle, wedi cael eu storio'n saff. Ac fe ddychrynet ti pe bait ti'n gwybod maint y stôr! Gynnau a mortar a *howitzers*, ia, ond hefyd y taflegra mwya diweddar – *IRBM* ac *ICBM*. Wyt ti'n cofio be ydi rheini, Turner?' Roedd wedi mynd ymlaen cyn rhoi cyfle i Sam hel ei feddwl at ei gilydd. '. . . Yr *Intermediate Range*

Ballistic a'r *Intercontinental Ballistic Missile*. Mae'r rhai ola, fel y gwyddost ti, yn cario arfa niwclear. Yn ôl y CIA a'r FBI, mae ganddyn nhw hefyd daflegra *Tomahawk Cruise* ac *Exocet*, yn ogystal â'r *SAM 7* a'r *Stinger* i ymosod ar awyrenna. Ychwanega stoc o'r *AIM-9 Sidewinder*, hynny ydi yr *Air-to-Air Missiles* llwyddiannus dros ben, ac mae gen ti syniad go lew o be sy gan y Mafiozniki i'w gynnig . . .'

O feddwl yn ôl, codi ofn arno yr oedd Shellbourne wedi trio'i neud trwy fanylu cymaint; ei ddychryn er mwyn hawlio'i gydweithrediad.

' . . . Y ddau gwestiwn sy'n ein poeni ni ydi, yn gynta – ymhle maen nhw'n cael eu cuddio? ac yn ail – pam?'

Am yr eildro, fe fethodd Sam ag ymatal. 'Mae'n siŵr fod yr ateb i'r ail gwestiwn yn amlwg i bawb. Dydi hi ddim yn gyfrinach fod terfysgwyr a gwrthryfelwyr mewn amal i wlad yn cael eu harfa o rywle – Chechnya, Affganistan, Cwrdistan, Aserbaijân, Bosnia, Kosovo . . . Mae 'na farchnad barod iawn wedi bod ers blynyddoedd mewn llefydd felly, fel y gwyddoch chi'n iawn, heb sôn am Iran neu Irac. A'ch cwestiwn arall chi – ymhle mae'r arfa yn cael eu cuddio? Dwi'n synnu'n fawr os na fedar y CIA ateb hwn'na ichi. Wedi'r cyfan, dydi hi ddim yn hawdd cuddio'r fath stôr o fân arfa, heb sôn am y tancia ac awyrenna a phetha felly. Sut bynnag, be sy gan hyn i gyd i'w neud efo fi?'

Roedd Shellbourne wedi synhwyro anesmwythyd Sam ac wedi pwyso 'mlaen yn ei gadair, y boen yn dwysáu yn ei lygaid. 'Dyna'n dryswch ni, Turner. Mae'r CIA wedi trio ymhob ffordd i ddarganfod lle mae'r holl betha 'ma'n mynd, ac yn cael eu cuddio. Mae MI6 hefyd wedi methu. A chofia fod America wedi defnyddio'r dechnoleg ddiweddara i neud hynny, gan gynnwys eu llygad yn y gofod, sef y llunia lloeren. Ond heb unrhyw lwyddiant hyd yma. Yr unig beth fedar yr un ohonon ni ei ddeud i sicrwydd ydi mai chydig iawn iawn o'r arfa hynny sy'n cael eu gwerthu i'r terfysgwyr a'r gwrthryfelwyr rwyt ti newydd gyfeirio atyn nhw. A dyma lle'r wyt ti'n dod i mewn, gobeithio . . . '

Yn yr eiliad honno fe synhwyrodd Sam fod clust Rhian yn y gegin yn agos iawn at y llenni oedd yn fur rhyngddi a'r drafodaeth.

'Rai dyddia'n ôl fe gawson ni wybod bod aeloda amlwg o'r Mafiozniki wedi teithio'n gyfrinachol i Napoli yn yr Eidal a'u bod nhw'n dal wrthi yr eiliad 'ma yn cynnal trafodaetha efo'u cymheiriaid yn fan'no, sef cynrychiolwyr y Camorra Neapolitan a'r N'dranheta o Galabria. Hyd y gwyddon ni, dydi Maffia Sisili ddim wedi cael gwahoddiad. Y cwbwl wyddon ni i sicrwydd ydi fod y cwarfod rywbeth i'w neud efo'r arfa sydd wedi cael eu cuddio . . . '

'Nid dyma'r gynhadledd fawr?'

'Nage. Does dim lle i gredu bod y Maffia yn America chwaith wedi cael gwahoddiad i'r cyfarfod yma. Ddim eto beth bynnag. Un peth arall a wyddon ni ydi fod arfa wedi bod yn diflannu yn yr Eidal hefyd yn ystod y ddwy flynedd ddiwetha 'ma . . . ' Hoeliodd Shellbourne ei lygaid treiddgar arno. ' . . . Rhaid iti drin be dwi'n mynd i'w ddeud wrthyt ti rŵan efo'r cyfrinachedd mwya. Iawn?'

Nodiodd Sam mewn modd i awgrymu nad oedd angen ei siarsio o gwbwl.

' . . . Goeli di fod lluoedd arfog y wlad – yr Eidal dwi'n feddwl, wrth gwrs – wedi colli awyren *Tornado GR1/4*, un hofrennydd *Puma* a dwy *Lynx* yn ystod y chwe mis diwetha? Ac nid mewn damweinia dwi'n feddwl. Maen nhw jyst wedi diflannu oddi ar eu meysydd awyr nhw. Paid â gofyn imi sut y gallai'r fath beth ddigwydd; mae'n rhy anhygoel i fod yn wir. Ond mae o *yn* wir, serch hynny, ac er iddyn nhw gadw'r peth yn gyfrinach rhag y wasg a'r cyhoedd hyd yma, eto i gyd mae o'n destun cythral o embaras i'w Llywodraeth nhw, fel y medri di ddychmygu, ac i NATO hefyd wrth gwrs.'

Roedd yr olwg yn llygaid Sam yn awgrymu nad oedd yn credu'r stori.

'Mi fyddi di'n barotach i gredu falla pan glywi di fod peilot y *Tornado* a thri pheilot yr hofrenyddion hefyd wedi diflannu efo'u hawyrenna. Fedri di ddychmygu'r golled honno, ynddi'i hun, i unrhyw wlad? Mae'n costio ffortiwn i hyfforddi peilotiaid fel'na, Turner.'

Nodiodd Sam yn ddwys.

'Ac os ydi dwyn eu hawyrenna nhw yn beth mor hawdd i'w neud, yna Duw yn unig a ŵyr faint o fân arfa maen nhw wedi'u colli dros y misoedd diwetha.'

'Ac rydych chi'n ama fod y petha yma i gyd yn rhan, bellach, o'r stôr sydd wedi'i chuddio rywle yn Rwsia?'

Nodiodd Shellbourne. 'Yn Rwsia neu yn un o wledydd yr Undeb Sofietaidd gynt. Ac ar ben hynny i gyd, mae lle i ama fod o leia un cwmni-gneud-arfa yma ym Mhrydain, ac un arall yn Ffrainc, wedi bod yn gwerthu'n anghyfreithlon yn Nwyrain Ewrop.'

'A thu hwnt?'

Roedd Shellbourne wedi codi'i ben yn siarp a gwgu. 'Be wyt ti'n feddwl?'

'British Aerospace a Gadaffi.'

'O!' Allasai llais y gwas sifil bach ddim bod wedi swnio'n sychach. 'Rwyt ti wedi bod yn darllen y papura.'

'Gwerth chwe biliwn o arfa! Yn ôl y *Daily Express* dyna oedd BAe yn mynd i'w werthu i Libya. Ydi hynny'n wir?'

'Paid â choelio pob dim wyt ti'n ddarllen, Turner.'

Gwelodd Sam y Sarj yn gneud pâr o lygaid rhybuddiol arno a chofiodd mai'r Swyddfa Dramor, yn bennaf, oedd yn cael y bai gan y papur am y fath sgandal. Fel Cyfarwyddwr Rheolaeth yn y Swyddfa honno roedd Shellbourne wedi gorfod ysgwyddo llawer o'r bai am y sgandal.

'Sut bynnag, does a wnelo Gadaffi a British Aerospace ddim oll â be 'dan ni'n drafod rŵan. Mater arall yn hollol ydi hwn.'

'O!' Daethai i'w feddwl wedyn grybwyll sgandal yr arfa i Sierra Leone ac i Ddwyrain Timor, ond brathodd ei dafod mewn pryd. 'A fi? Lle ydw i'n dod i mewn i hyn i gyd?'

Roedd Shellbourne wedi anwybyddu ei gwestiwn eto fyth. 'Yn ystod y dyddia diwetha, mae 'na adar brith iawn wedi bod yn cyrraedd y Villa Capri lle mae'r cwarfod yn cael ei gynnal. Echdoe mi welwyd Hans Bruger a Hazain Razmara yn derbyn croeso yno, ond nid efo'i gilydd. Mae Bruger yn fab i Claus Bruger, un o aeloda mwya gwaedlyd y Baader Meinhof Gang yn y chwe a'r saith dega, ac yn derfysgwr milain ei hun, fel y medar unrhyw un yn MI6 ddeud wrthat ti. Roedd ganddo fo gysylltiada â'r grŵp Black September, er enghraifft. Mae Razmara wedyn yn uchel iawn ar restr targeda'r CIA ac yn cael ei styried yn un o ddynion perycla'r Dwyrain Canol. Ddoe, fe gyrhaeddodd tri arall, un ohonyn nhw'n Americanwr o'r enw Edwin Caziragi sy'n aelod ffanatig o'r Klu Klux Klan yn Alabama, dyn a gafodd ei daflu allan o'r FBI yn 1989 oherwydd ei ddaliada eithafol. Y llall oedd Esther Rosenblum. Roedd hi'n arfer bod yn aelod o Hagana, sef y fyddin gudd Seionaidd yn Israel, cyn iddi suro a throi cefn ar y mudiad oherwydd nad oedden nhw'n ddigon dialgar a gwaedlyd yn ei golwg. Ers hynny, mae hi wedi bod yn gweithredu ar ei liwt ei hun ac, yn ôl y CIA, hi oedd yn gyfrifol am y bom a laddodd dros hanner cant o Balestiniaid yn Tripoli ar ŵyl Ramadan y llynedd. Mae'r PLO, fel y gelli ddychmygu, yn udo am ei gwaed hi. Heb sôn am Hizbollah wrth gwrs. A'r trydydd i gyrraedd y Villa Capri oedd Craig Coldon. Rwyt ti'n gwybod amdano fo, wrth gwrs.'

'Y pen bach sydd mor uchel ei gloch yng nghyfarfodydd y National Front? Hwnnw sy'n galw am sgubo Lloegar yn lân a chael gwared o bawb sydd ag arlliw o liw estron ar eu crwyn?'

'Dyna fo'r boi!'

'Sŵn a dim byd arall ydi hwnnw.'

'Ia, tan yn ddiweddar. Ond mae Scotland Yard yn ama rŵan fod a wnelo fo rywbeth â'r lladd yn Llundain a Birmingham. Tri ar ddeg o bobol dduon wedi eu lladd yn ystod y ddwy flynedd ddiwetha. Mae o wedi bod i mewn yn cael ei holi gan Scotland Yard ond maen nhw wedi methu profi dim yn ei erbyn, hyd yma. Mi wyddon ni fod ganddo fo ei arsenal bersonol ei hun wedi'i chuddio yn rhywle – gynna, grenêds a phetha felly – ond hyd yma mae'r heddlu wedi methu rhoi eu dwylo arnyn nhw.'

'Sut bynnag, dydach chi rioed yn synnu bod pobol fel'na yn hel at ei gilydd yn y Villa Capri? Adar o'r unlliw, wedi'r cyfan.'

'Ydan, mi'r ydan ni *yn* synnu, am nad oes gan yr un o'r pump dwi wedi eu henwi ddim cysylltiad o fath yn y byd efo'r Maffia na'r Mafiozniki. Pam maen nhw yno? Dyna'r cwestiwn. Wedi'r cyfan, mae gan y Maffia eu dynion eu hunain i neud unrhyw fath o waith brwnt a gwaedlyd. Na, mae'r ffaith fod rhain yn cael eu hel at ei gilydd yn peri cryn bryder inni, am ein bod ni'n gweld bod rhywbeth gwahanol yn cael ei drefnu, rhywbeth na wyddon ni ddim oll amdano fo, heblaw ei fod rywbeth i'w neud efo'r stôr arfa yn Rwsia. Dyna pam bod gynnon ni angen clust i mewn yn y Villa Capri, i ddallt be sy'n mynd ymlaen.'

'A fi ydi'r glust honno i fod, mae'n debyg?' Cwestiwn rhethregol, meddyliodd Sam, wrth gofio'r cynnwrf sydyn oedd wedi cydio yn ei stumog.

Oddi tano roedd craith lân ar wyneb y tir. Ffordd osgoi Newbury, meddyliodd; yn brawf bod yr awyren fach yn ddiogel ar ei llwybyr.

'Ia. Fe gei di'r manylion yn Whitehall bnawn fory. Mi fydda i wedi trefnu i dy gael di yno mewn pryd, gan nad wyt ti am ddod yn y car efo ni heno.'

Datganiad moel, edliwgar braidd, gan un oedd yn sicir iawn o'i awdurdod. A dyma fynta, Sam, rŵan yn ymateb i'r awdurdod hwnnw ac yn anelu mewn *Cessna* fach anghyfforddus o gyfyng am Gatwick ac yna Whitehall.

Llundain, Whitehall

Roedd llwybyr clir yn disgwyl y *Cessna* fach i lanio, ond nid yn Gatwick fel roedd Sam wedi'i ddisgwyl. 'Redhill Aerodrome and Heliport' datganai'r arwydd ar yr adeilad gwyn, isel. Wrth dalcen hwnnw, Daimler du ddoe, neu berthynas agos iawn iddo, yn ei ddisgwyl.

Dringodd allan gydag ochenaid o ryddhad, yn falch o gael sythu'i gorff a stwytho'i gefn a'i goesa unwaith eto. Diolchodd i'r peilot a chododd hwnnw law i gydnabod y gwasanaeth. Prin fu'r sgwrs rhyngddyn nhw gydol y daith.

Sylwodd Sam nad yr un *chauffeur* â neithiwr oedd wrth y llyw a chasglodd felly nad yr un Daimler oedd hwn. Gwyliodd y gyrrwr lifrog yn dringo allan i agor y drws iddo. Roedd yn tynnu am y deugain oed, mae'n siŵr. Dwylath o leia, meddyliodd, a rheini, a barnu oddi wrth ei ffordd ystwyth o symud, yn ddwylath o gyhyra ac o ffitrwydd. Roedd y gwddw praff o fewn y goler yn brawf pellach o'r peth. Roedd y boi yma yn rhywbeth mwy na jyst gyrrwr car i Shellbourne.

'Croeso, Mr . . . ?'

'Diolch. Sam ydi'r enw.'

'Fedra i mo'ch galw chi wrth eich enw cynta, syr. Fyddai Mr Shellbourne ddim yn hapus.'

Pe bai Shellbourne isio iti wybod f'enw i, yna mi fasa fo wedi deud wrthat ti mae'n siŵr, meddai Sam wrtho'i hun. Yna'n uchel, 'Sam ydw i i bawb arall. Be 'di dy enw di?' Estynnodd law.

'Foxon, syr.' Yn chwithig, estynnodd ynta'i law a sylwodd Sam ar gadernid y gafael wrth iddo'i hysgwyd. 'Clive Foxon.'

'Mae'n dda dy gwarfod di, Clive.' Yn hytrach na dringo drwy'r drws agored i gefn y car, aeth i eistedd yn y blaen wrth ymyl y dreifar a gwylio hwnnw'n mynd rownd i'w ochor ei hun. Roedd un peth wedi ei daro am Shellbourne, sef yr awdurdod a'r treiddgarwch yn ei lais a'i lygad o gymharu â'r afael wan feddal oedd i'w law. Argraff hollol groes a gâi o Foxon. Gafael gadarn gan hwn, herfeiddiol braidd, ond llygada aflonydd, llechwraidd bron, a llais ffalslyd. Anodd lleoli'r acen, meddyliodd, gan ddiolch yr un pryd ei fod ef ei hun wedi defnyddio'i acen ysgol fonedd. Ni wyddai pam, chwaith.

'I ble wyt ti'n mynd â fi, Clive?'

'Whitehall, syr. Y Swyddfa Dramor. Fe gawsoch chi siwrna hwylus, gobeithio?'

'Braidd yn gyfyng yn y *Cessna*, dyna i gyd.'

'Pell?'

'Be?'

'Fu raid ichi deithio'n bell?'

'Do, digon pell.' Unwaith eto fe deimlai Sam y byddai Shellbourne wedi rhoi'r wybodaeth i hwn pe bai angen hynny.

A23 Reigate oedd ar yr arwydd gwyrdd o'i flaen. 'Dydan ni ddim yn bell o Gatwick, felly, Clive?'

'Rhyw chwe milltir tu ôl inni, syr.'

'Redhill yn fwy hwylus, mae'n debyg? Maes awyr preifat?'

'Ia, syr. Distawach a haws dod ohono. Ydych chi'n nabod yr ardal?'

'Na. Wedi defnyddio Gatwick unwaith neu ddwy, dyna i gyd.'

'Be ydi'r maes awyr agosa atoch chi, syr? At eich cartre dwi'n feddwl.'

Unwaith eto fe gafodd Sam yr argraff fod Clive yn rêl

busnas! Trodd ei ben i syllu dros y caea gwastad tu allan a rhoi amser iddo'i hun feddwl am ateb. 'Manceinion, mae'n debyg. Ond dydi Birmingham fawr pellach.'

'O?'

Os oedd Foxon wedi disgwyl i Sam fanylu yna fe gafodd ei siomi.

'Mae'n rhaid bod eich cwarfod efo Mr Shellbourne yn un pwysig iawn, syr?' Sŵn gofyn yn fwy na deud.

'Falla wir.'

Dyna pryd y sylweddolodd y *chauffeur* nad oedd yn mynd i ddysgu llawer trwy holi. Aeth yn dawedog.

Wedi gadael Reigate o'u hôl a chroesi'r M25, anelodd y Daimler ei drwyn urddasol i gyfeiriad Croydon ac yna Lambeth. Droeon, wrth i'r goleuada traffig droi'n goch o'u blaen, fe regai Clive yn ffyrnig o dan ei wynt.

'Paid â chynhyrfu,' meddai Sam wrtho o'r diwedd. Roedden nhw'n nesu at y Tafwys ac at Bont Westminster erbyn hyn. 'Wneith Shellbourne ddim dy daflu di i'r Tŵr os byddwn ni'n hwyr.'

Am y canfed tro, taflodd y *chauffeur* lygad ar gloc y car. Ugain munud wedi dau. 'Rhaid ichi fod yno erbyn hanner awr wedi dau, syr. Dyna'r gorchymyn ges i.'

O Bridge Street trodd y car i Parliament Street ac yn fuan wedyn i fyny King Charles Street cyn aros tu allan i adeilada mawreddog y Swyddfa Dramor a'r Swyddfa Gartref.

'Mae stafell Mr Shellbourne ar y trydydd llawr, syr.' Edrychodd Clive unwaith eto ar ei wats. 'Os brysiwch chi, mi fedrwch fod yno i'r dim erbyn hanner awr wedi dau. Mi faswn i'n mynd â chi yno fy hun ond mae'n rhaid imi barcio'r car 'dach chi'n dallt.'

'Paid â phoeni, Clive. Mi ffeindia i fy ffordd yn iawn, ac mi wna i'n siŵr fod Shellbourne yn gwerthfawrogi dy ymdrechion i gyrraedd yma mewn pryd.'

'Diolch yn fawr, syr.' Ond cyn disgwyl am y diolch roedd Sam wedi diflannu i'r porth lle'r oedd swyddog diogelwch eisoes yn aros i ganiatáu mynediad iddo.

Yr holl farmor yn y llawr a'r walia oedd yn rhoi'r ias oer i'r lle, meddyliodd. Roedd sŵn ei sodla yn atseinio o gorneli'r nenfwd uchel cerfiedig wrth iddo anelu am y grisia llydan, a'r rheini eto o farmor llwydwyn.

Er cael cyfarwyddiada gan ddwy ferch a ddaeth i'w gwarfod ar y grisia, bu o leia bum munud arall cyn dod o hyd i stafell Shellbourne ar y trydydd llawr. Er bod digon o staff i'w gweld yn crwydro'r adeilad, eto i gyd roedd rhyw bellter anghyfeillgar yn perthyn i bawb, a synhwyrai ynta fod pob un ohonyn nhw'n gwgu ar ei ôl. Nid bob dydd, mae'n debyg, y ceid rhywun mewn dillad denim yn llygru lle mor sanctaidd.

'Hwyr!' Eisteddai Shellbourne wrth fwrdd trwm eang, efo map agored o'i flaen. Roedd dau arall yn rhannu'r un bwrdd, un yn ferch siapus mewn siwt liw hufen a'i sgert yn weddus gwta, y llall yn ŵr dros ei hanner cant oed efo trwch o wallt ac aelia brith. Nodiodd y ddau eu penna y mymryn lleia a dal i syllu'n chwilfrydig arno wrth iddo groesi'r stafell tuag atynt.

'Turner, dyma Syr Leslie Garstang, Dirprwy Gyfarwyddwr MI6 . . . '

Nodiodd hwnnw ei ben unwaith eto, yn fwy cyfeillgar y tro hwn, a gwnaeth Sam yr un peth i'w gydnabod ynta.

' . . . a Miss Caroline Court. Miss Court fydd dy gyswllt di yma yn y Swyddfa Dramor.'

Erbyn hyn roedd Sam wedi dod i sefyll fwy neu lai tu ôl iddi ac wrth iddi roi hanner tro i'w gydnabod, sylwodd ar rycha croen ei harleisia a'i gwddw. Roedd hi'n hŷn na'r argraff gynta a gawsai ohoni a doedd düwch na disgleirdeb ei gwallt llaes, mwy na cholur ei gwyneb, ddim mor naturiol yr olwg erbyn hyn. Roedd Miss Court yn mynd i gryn drafferth i guddio'i hoed, meddyliodd. Ar wahân i hynny, roedd ei chorff yn lluniaidd a diwastraff a'i gwyneb main wedi cadw'i brydferthwch. Wrth iddi wenu, fflachiai ei dannedd a'i llygaid yn ddeniadol, ond roedd yno oerni a chaledwch hefyd. Mae'n siŵr dy fod ti'n ddigon abal yn dy swydd, meddyliodd Sam, ond rwyt ti wedi defnyddio sgilia eraill hefyd i gyrraedd lle'r wyt ti.

'Tyrd i eistedd yn fama, Turner . . . ' Arwyddodd Shellbourne at gadair wag rhyngddo a'r ferch. ' . . . iti gael golwg ar y map.'

Ufuddhaodd ynta a sylwi'n syth mai map manwl o Rufain oedd ar agor o'i flaen.

Aeth Shellbourne yn ei flaen fel pe bai dim eiliad i'w cholli. 'Yn y lle cynta, dim ond llond dwrn o bobol fydd yn gwybod am y cynllun yma – ni sy'n eistedd o gwmpas y bwrdd 'ma rŵan, y Prif Weinidog wrth gwrs, yr Ysgrifenyddion Tramor ac Amddiffyn, a'r nifer angenrheidiol o arbenigwyr MI6. Neb arall.'

Daeth i feddwl Sam grybwyll enw Sarjant Gordon Small, ond doedd Shellbourne ddim yn ddyn i gymryd ei atgoffa na'i gywiro. Yma, yn ei swyddfa, roedd yn sicrach fyth ohono'i hun.

'Rwyt ti'n gwybod y cefndir i'r broblem, Turner. Mi symudwn ni mlaen rŵan i'r cama nesa. Gyda llaw,' cofiodd, 'mae Surveillance yn deud wrthon ni bod rhagor o adar brith wedi cyrraedd y Villa Capri.' Gwthiodd law gnawdol, feddal o dan y map agored o'i flaen a thynnu ffeil ddu i'r golwg. Allan o honno tynnodd bentwr o lunia, eu maint oddeutu deg wrth chwe modfedd yr un. Roedd enw wedi ei sgrifennu mewn inc gwyn ar draws gwaelod pob un a dechreuodd Shellbourne eu trosglwyddo fesul un i Sam. 'Dyma'r rhai dwi wedi sôn amdanyn nhw'n barod wrthyt ti: Edwin Caziragi – Americanwr o dras Eidalaidd. Ei daid yn hanu o dre Mantua yng ngogledd yr Eidal. Llawer o ddirgelwch ynghylch hwnnw. Wedi dengid i America rywbryd yn ystod y tridega cynnar, rhag y gyfraith yn yr Eidal, a falla rhag y Maffia hefyd yn ôl Interpol. 'Dwi wedi sôn wrthyt ti eisoes am Caziragi ac am ei gyswllt efo'r Klu Klux Klan.

Fe gei di'r manylion eraill i gyd, amdano fo a'r lleill, yn y ffeil. Dyma nhw'r lleill – Esther Rosenblum, Iddewes. Gweithredol yn y Dwyrain Canol ers pedair blynedd. Cyn-aelod o fyddin gudd Seionaidd Hagana. Mae unrhyw Foslem, waeth pa mor ddinod, yn darged iddi. A dyma Craig Coldon. Sais. East End, Llundain. National Front. Llofrudd pobol dduon yn ôl Scotland Yard. Bigot o'r iawn ryw. Hazain Razmara ydi'r nesa. Genedigol o Iran. Asasin a therfysgwr ers yn ifanc iawn. Wedi ei gyflogi gan fwy nag un llywodraeth i neud eu gwaith brwnt nhw. Mi fasa'r CIA wrth eu bodd yn cael eu dwylo arno fo . . . Wedyn Hans Bruger, mab Claus Bruger, gynt o'r Bader Meinhoff Gang. Mae bywyd yn ddibris i hwn hefyd, cyn belled â'i fod yn cael rhywun arall i bwyntio'r gwn neu i osod y bom.'

Treuliodd Sam chydig eiliada yn studio gwyneba'r pump. Roedd caledwch yn llygad pob un, sylwodd, a mileindra amlwg o gwmpas pob ceg.

Aeth Shellbourne ymlaen, 'A dyma'r ddau gyrhaeddodd y Villa Capri ddoe, Turner.'

Trosglwyddodd y ddau lun efo'i gilydd. 'Marcus Grossman ydi'r un ucha. Iddew arall. Cyn-aelod o'r Mossad. Fe wyddost am y Mossad, wrth gwrs?'

'Wrth gwrs.' Uned gudd Israel oedd y Mossad. Tebyg i'r SAS; gwell yn ôl rhai.

'Fe'i taflwyd o allan gan yr Israeliaid lai na blwyddyn yn ôl. Un o'u hogia gora nhw ar un adeg, mae'n debyg, ond fe aeth ar gyfeiliorn. Defnyddio'i sgilia i ddwyn aur a gema gwerthfawr . . . tair siop i gyd . . . nes i rywun ei fradychu. Fe gafodd bum mlynedd o garchar fis Hydref diwetha ond roedd o wedi dianc mewn llai na phythefnos. Neb wedi clywed dim yn ei gylch wedyn; ddim tan rŵan. Yr unig enw sydd gennym ni i'r llun ola 'ma ydi Zahedi . . . '

Teimlodd Sam ias yn rhedeg ei feingefn wrth syllu ar y gwyneb dieflig o'i flaen. Doedd dim gair arall ond dieflig yn addas, meddyliodd. Cagla o wallt du seimllyd, llaes yn ffrâm i wyneb oedd yr un mor dywyll ei edrychiad a'i wg. Croen cras, brechlyd efo craith fechan gron yn gymesur ar bob boch, llygaid duon oer a'r cleisia'n amlwg oddi tanyn nhw, gwefusa main mewn hanner gwên wawdlyd a melynwch dannedd yn ymddangos yn anghynnes rhyngddyn nhw. Hyd yn oed mewn llun, roedd hwn yn fygythiol.

'Hwn, o bosib, ydi'r perycla ohonyn nhw i gyd. Paid byth â throi dy gefn arno fo, Turner. Y creithia bach ar y ddwy foch, gyda llaw,' eglurodd Shellbourne, ' . . . marcia bwled un o sneipwyr y Mossad dair blynedd yn ôl. Yn hytrach na chwalu'i ymennydd o fel y bwriadwyd iddi'i neud, mi aeth y fwled i mewn trwy un foch ac allan drwy'r llall gan fynd â thri neu bedwar o ddannedd y gŵr bonheddig efo hi.'

Cododd Sam ei lygaid i syllu ar Shellbourne. Doedd gwamalrwydd y geiria 'gŵr bonheddig' ddim yn gweddu rhywsut i rywun mor ffeithiol ddi-lol â fo.

'Gwatsia fo, Turner! Fyddai waeth gan Zahedi roi cyllell ynot ti mwy nag edrych arnat ti ddim. Yn ôl pob tystiolaeth, does ganddo fo ronyn o barch i neb na dim. Fe weli di o'r ffeil mai tena ydi'n gwybodaeth ni ar ei gefndir. Cwrdiad, wedi ei eni rywle yng ngogledd Irac. Ei deulu, mae'n debyg, fel cannoedd os nad miloedd o Gwrdiaid eraill, wedi cael eu difa i gyd gan arfa biolegol Saddam, jyst cyn i Ryfel y Gwlff ddechra. Mae Zahedi am waed pob Iraci, ond mae o hefyd yn chwerw tuag at America a Phrydain a Saudi Arabia am fod mor ddifater ynglŷn â'r cyfan. Dydi o chwaith ddim yn hoff iawn o'r Iddewon . . . '

'Oes 'na rywun mae o'n licio?' Roedd sŵn chwerthin caled yn llais Sam wrth iddo ofyn y cwestiwn, ond ddaeth dim arlliw o wên i wyneb Shellbourne.

'Fel roeddwn i'n ddeud, Turner . . . watsia fo!'

Hyd yma, roedd Semtecs wedi ffrwyno'i

chwilfrydedd mwya, ond dim hwy. Hoeliodd lygad pob un o'r tri arall yn ei dro, gan orffen gyda Shellbourne. 'Rydach chi wedi awgrymu'r broblem imi'n barod, ac wedi mynd â fi drwy'r *rogues' gallery* . . . ond dydach chi ddim eto wedi egluro be'n union ydach chi isio imi'i neud.'

'Wyt ti wedi gweld y papura bore 'ma?'

'Roesoch chi fawr o gyfla imi, os ca i ddeud.'

Ar arwydd bychan gan Shellbourne, ymestynnodd Caroline Court fraich i lawr gydag ymyl ei chadair a chodi pentwr o bapura newyddion. Yn ofalus, taenodd hwy dros y bwrdd, gyda thudalen flaen pob un at i fyny. Cydiodd Sam yn yr agosa at law, sef y *Telegraph*, a syllu ar y pennawd – IRA TERRORIST WALKS FREE UNCHALLENGED. Oddi tano roedd llun o Liam O'Boyd a'i hanes yn diflannu o garchar y Maze ganol pnawn ddoe. Roedd yr erthygl yn wamal iawn o system ddiogelwch y carchar ac yn beio agwedd ryddfrydol y Llywodraeth yn yr ymdrechion i ddod â heddwch i Ogledd Iwerddon. Ar yr un pryd, roedd y *Telegraph* yn cydnabod fod O'Boyd yn sicr o fod wedi cael help rhywun o'r tu allan.

Digon tebyg oedd adroddiada'r papura eraill i gyd.

'Liam O'Boyd.' Roedd Shellbourne yn pwysleisio pob gair. '*Loose cannon* arall. Fe glywist ti amdano fo, mae'n siŵr. Arbenigwr ar arfa ac ar neud bomia. Fo oedd yn gyfrifol am y bom a laddodd ddwsin o Brotestaniaid, gan gynnwys merched a phlant, yn Central Station, Belfast, dair blynedd yn ôl. Mae o hefyd wedi bod yn weithredol yma yn Llundain. Ond nid Liam O'Boyd ydi'i enw iawn o, ac nid Gwyddel ydi o chwaith. William Boyd, Americanwr o Milwaukee. Wedi gwirioni efo gynna a bomia a phetha felly ond heb achos i'w defnyddio nhw, ddim ar ôl iddo fo gael ei daflu allan o'r US Marines yn 1991, am drio lladd ei sarjant ei hun. *Rebel without a cause*, nes iddo fo ddarganfod fod rhyw hen nain iddo wedi cael ei geni yn Donegal, Iwerddon. Fe ddaeth drosodd yn syth wedyn a cheisio cael ei dderbyn gan sawl cell o'r IRA ond wnâi rheini ddim â fo, oherwydd ei dueddiada sgitsoffrenig mae'n debyg. Mi fedri di ddarllen ei hanes yn fwy manwl ym mhob un o rheina.' Arwyddodd Shellbourne at y gweddill o'r papura oedd yn gorchuddio gwyneb y bwrdd. 'Mae'r brawd yn diodde o fath arbennig o sgitsoffrenia, yr hyn sy'n cael ei alw'n salwch personoliaeth. Hynny ydi, mae o'n methu cyfathrebu'n gall efo pobol eraill. Rhaid iddo fo gael siarad yn wirion efo pawb neu droi'n gas tuag atyn nhw; yn gas ei dafod ac efo'i ddyrna. A chofia ei fod wedi'i hyfforddi i fod yn Marine ac y gall felly fod yn foi peryglus iawn.'

Mygodd Sam ei rwystredigaeth. Roedd yn dal yn y niwl ynglŷn â chynllunia Shellbourne ar ei gyfer. 'Ac mae hwn hefyd wedi cael derbyniad yn y Villa Capri?'

'Ddim eto.'

'Ond mae o ar ei ffordd?'

'Wyt.'

Trodd Semtecs ei lygaid yn gyflym ac ymholgar o'r naill i'r llall, ond doedd gwyneb yr un ohonyn nhw'n datgelu dim. Oedodd Shellbourne am chydig eiliada cyn mynd ymlaen. 'Wyt ti'n gweld O'Boyd yn debyg i rywun, Turner?'

Syllodd Sam yn fanylach ar y llun oedd i'w weld ymhob papur. 'Na, ddim felly. Dydi o ddim yn llun arbennig o dda.'

'Nacdi. Yn fwriadol felly.'

'Be 'dach chi'n feddwl?'

Ond nid oedd y dyn bach eto'n barod i egluro. 'Chwe troedfedd o daldra . . . cyhyrog . . . gwallt cochlyd byr. Ydi o'n d'atgoffa di o rywun?'

Yn raddol, gwawriodd yr awgrym ym meddwl Sam. 'Fi 'dach chi'n feddwl?'

'Gwranda! Mi fedri di anghofio be mae'r rhain yn

ddeud . . . ' Arwyddodd at y papura. ' . . . Mae O'Boyd mor saff o dan glo ag y buodd o rioed, ac mewn lle na fedar neb ddod o hyd iddo fo. Ond wyt ti ddim yn meddwl, Turner, y basa fo'n cael croeso yn y Villa Capri?'

Ni thrafferthodd Sam ateb wrth i gynllun Shellbourne ddod yn gliriach iddo.

'Bore fory mi fydd y stori yma a'r llun yn ymddangos ar dudalenna blaen pob papur yn yr Eidal.'

'O?'

'Mi fydd Liam O'Boyd wedi cael ei weld yn byrddio awyren am Rufain . . . neu dyna fydd y stori. Mae disgrifiad manwl ohono fo wedi cael ei roi iddyn nhw'n barod – fel roeddwn i'n deud, chwe throedfedd, gwallt melyngoch byr; falla'n dechra tyfu barf, honno hefyd yn gochlyd. Acen Americanaidd neu un Wyddelig, yn ôl y galw. Tatŵ union 'run fath ar bob braich – llun o neidar cobra yn barod i daro. Craith fechan o dan y pen-glin . . . Oes raid imi fynd ymlaen?'

'Disgrifiad ohonof i ydi hwnna.'

'Ia, fwy neu lai. Ond nid rhy annhebyg i O'Boyd chwaith. Mae ganddo ynta datŵ ar bob braich, ond ddim nadredd mae'n rhaid cyfadda. Ac mae'n wir fod ei wallt o yn llawer cochach na d'un di, ond pwy sy'n mynd i gwestiynu rhyw wahaniaetha bach felly? Nid O'Boyd ei hun yn reit siŵr, achos fydd o ddim callach be sy'n mynd ymlaen. Ti, a neb arall, bia'r graith o dan y pen-glin, wrth gwrs. Effaith rhyw ddamwain fach ar dy gwrs hyfforddiant slawer dydd meddan nhw i mi . . . Gyda llaw, Turner, sut mae dy acen Wyddelig di?'

'Dim problem. Dwi'n meddwl y basa'n well ichi egluro'n iawn be 'dach chi isio i mi 'i neud.' Doedd hi'n ddim syndod bellach fod Shellbourne yn gwybod cymaint amdano.

Ar arwydd pellach gan hwnnw, cododd Caroline Court i gasglu'r papura oddi ar y bwrdd a daeth y map o Rufain i'r golwg unwaith eto. 'Ein hunig obaith ni,

Turner, ydi cael rhywun i mewn i'r Villa Capri, a hynny'n fuan. Rhywun sy'n dallt rhai o'r ieithoedd fydd yn cael eu siarad yno – Eidaleg, Rwsieg, Arabeg, Almaeneg falla . . . ' Edrychodd ar ei wats. 'Dyna pam y byddi di'n hedfan allan i Rufain o fewn dwyawr.'

Roedd Sam ar fin tynnu ei sylw at y ffaith fod Rhufain a Napoli gryn bellter oddi wrth ei gilydd. Oni fyddai'n gynt iddo hedfan i Napoli ei hun? Ac wedi cyrraedd yno, sut oedd disgwyl cael mynediad i'r Villa? Doedd y Maffia ddim yn mynd i'w groesawu efo breichia agored yn reit siŵr. Doedden nhw ddim mor dwp â hynny.

Pwysodd Shellbourne ymlaen rŵan, i wyro dros y map. 'Pa mor gyfarwydd wyt ti â Rhufain?'

'Unwaith erioed fûm i yno.'

'Ar wylia? Yn gweld y llefydd twristaidd?'

'Ia. Tua phedair blynadd ar ddeg yn ôl.' Dyddia prifysgol Leipsig, cofiodd. Pedwar ohonyn nhw – Carlos ac Anna ar un beic, a fynta ar feic arall, efo Marie yn gwmni iddo ar y piliwn. Cychwyn drannoeth gorffen eu harholiada ail flwyddyn. Carlos Romero o Valladolid, Anna felynwallt o Ddenmarc, Marie rywiol o ddyffryn y Loire ac ynta, Sam; y pedwar ohonyn nhw wedi rhannu'r un darlithoedd dros ddwy flynedd a chyfeillgarwch braf wedi tyfu rhyngddyn nhw. Ac yna, uwchben peint y dathlu ddiwedd tymor yr haf, Carlos yn deud mwya sydyn, 'Does gen i ddim awydd mynd adra i Sbaen yn syth.' Marie, wedyn, a'r chwerthin yn loyw yn ei llygaid duon, wedi holi'n floesg, 'I ble'r ei di?' Cofiodd Sam fel roedd y Sbaenwr bach tywyll wedi difrifoli yn ei gwrw. 'Be am chydig wylia efo'n gilydd? Anna efo fi ar y beic a thitha, Marie, efo Sam.' 'I ble 'san ni'n mynd?' 'Dilyn ein trwyna. Be amdani?' Am un ar ddeg o'r gloch y nos, roedd y lager cry wedi gneud i'r cynllun swnio'n hollol ymarferol i'r pedwar ohonyn nhw, ac o fewn y tridia nesa roedd eu trwyna wedi eu harwain cyn belled â Rhufain a blas a rhyddid y daith honno wedi creu anniddigrwydd mawr ynddo fo, Sam, ac wedi newid cwrs ei fywyd. Yno, o fewn golwg y Fatican, ac wrth iddo syllu oddi ar y Ponte San Angelo i ddŵr tywyll afon Tiber, roedd wedi penderfynu na allai wynebu blwyddyn arall o lyfra llychlyd a chaethiwed llyfrgell a phrifysgol. Ymhen deufis wedyn roedd wedi ymuno â'r fyddin.

'Wyt ti'n edrych, Turner?' Roedd sŵn swta i lais Shellbourne wrth iddo synhwyro fod meddwl Sam yn crwydro. Pwysai flaen bys toeslyd ar ganol y map, ar lun bychan o'r Colisseum. 'Os wyt ti wedi bod yn Rhufain, yna fe wyddost ti lle mae hwn.' Edrychodd eto ar ei wats. 'Erbyn naw o'r gloch heno mi fyddi di wedi glanio. Mi fydd gen ti chydig o daith i fyny o'r maes awyr – mae'r L'Aeroporto Leonardo da Vinci ryw chydig i'r de o'r ddinas. Ffeindia le i guddio ac i gysgu heno yn Rhufain. Paid â thynnu gormod o sylw atat dy hun; cofia y bydd dy lun a dy hanes ar dudalen flaen pob papur erbyn bore fory ac y bydd y *caribinieri* yn chwilio amdanat ti. Mi fyddan nhw, wrth gwrs, yn coelio'r stori; dim rheswm iddyn nhw feddwl yn wahanol. Felly, os cân' nhw afael arnat ti, yna yn y carchar y byddi di ar dy ben ac mi fydd ein cynllunia ni wedi'u difetha . . . '

Nodiodd Shellbourne ar Caroline Court ac estynnodd honno i'w ches, tynnu amlen weddol drwchus allan ohono a'i gosod ar y bwrdd, o fewn cyrraedd ei phennaeth.

' . . . Tua deg o'r gloch bore fory, dwi isio i Liam O'Boyd ymddangos mewn caffi bach yn fa'ma.'

Roedd y bys meddal wedi symud yn ara o'r Colisseum i fyny'r Via dei Fori Imperiali, croesi'r Piazza Venezia o flaen Monumente del Vittorio Emmanuele, ac i'r Via del Corso. Fe gofiai Sam ddigon am y rhan yma o'r ddinas i fedru gweld y daith yn ei feddwl.

'Troi i'r Via delle Muratte yn fa'ma a chanlyn honno at y Fontana di Trevi. Yno, ar y chwith iti, fe weli di'r Ristorante di Trevi, caffi a bwyty bach go arbennig. Yn fan'no, bob bore, ha a gaea, y bydd Pietro Bernini yn cael ei frecwast. Mae ganddo'i fwrdd bach arbennig ei hun wrth y ffenest . . . '

Oedodd Shellbourne fel pe bai'n disgwyl y cwestiwn anochel, ond styfnigodd Sam rhag ei ofyn. Teimlai'n ddig na fyddai'r CBE bach pwysig wedi deud o'r cychwyn mai Ffynnon Trevi oedd y gyrchfan i fod. O leia byddai hynny wedi arbed y daith bys ddiangen ar draws Rhufain.

'Wyt ti ddim isio gwybod pwy ydi Bernini?'

'Wrth gwrs, syr.' Rwyt ti siŵr dduw o ddeud wrtha i beth bynnag! Roedd parchu awdurdod yn medru bod yn dipyn o boen weithia, meddyliodd.

'Pietro Bernini! Yr un enw â thad yr arlunydd enwog. Ond dyna'r unig debygrwydd rhyngddyn nhw. Mae'r Bernini yma yn aelod blaenllaw o'r Maffia yn Rhufain ac yn gefnder cyfan i Giovanni Signorelli, sef perchennog y Villa Capri a'r dyn sydd wedi hel y fath gasgliad o ddihirod o'i gwmpas. Os mai Signorelli ydi'r *don* – neu'r bòs os lici di – yna Bernini ydi'i *consigliere*, ei ddirprwy yn y brifddinas.'

'Ac rydych chi am i Bernini drefnu i mi ymuno efo nhw.' Deud yn hytrach na gofyn.

'Dyna'r cynllun. Fe wyddon ni, trwy Interpol a'r CIA, fod Bernini wedi bod yn ricriwtio rhywfaint i'w gefnder yn barod. Fo, er enghraifft, wnaeth y cysylltiad efo Marcus Grossman. Ond dwi'n gadael arnat ti, Turner, i benderfynu'r ffordd ora o dynnu 'i sylw. Jyst bydd yn gythral o ofalus sut wyt ti'n taclo'r peth. Does dim rhaid imi ddeud wrthat ti ei fod o mor beryg â gwn . . . '

Yn dilyn curiad ysgafn, agorwyd y drws a daeth dwy ferch i mewn yn cario hambwrdd yr un, y naill yn dal cwpana a soseri a phlataid o fisgedi a'r llall debotaid o de, jygaid mawr o goffi, jygaid llai o lefrith a phowlenaid o siwgwr. Yn reddfol, taflodd Shellbourne gip at ei wats a dychmygodd Sam fod y ddwy ferch yn diolch eu bod yn gwbwl brydlon. Tri o'r gloch ar ei ben.

Gynted ag y caeodd y drws o'u hôl, ailgydiodd y dyn bach yn ei bregeth gan adael i Miss Court dywallt paned i bawb. Coffi du, di-siwgwr oedd dewis Sam.

' . . . Fydd hi ddim yn hawdd ennill ymddiriedaeth Bernini, ond *rhaid* iti lwyddo, Turner. Mae gormod yn y fantol.' Cydiodd yn yr amlen yr oedd Caroline Court wedi ei thynnu o'i ches chydig funuda ynghynt a thynnodd ohoni dri phasbort ag ôl traul arnyn nhw, un Americanaidd ac un Prydeinig efo llun Sam ac enw William Boyd ynddyn nhw, a'r trydydd yn basbort Gweriniaeth Iwerddon, eto'n cario llun ond efo'r enw Liam O'Boyd y tro yma. Rhyfeddodd Semtecs at drylwyredd Shellboure; roedd pob llun yn wahanol – Sam yn weddol ifanc yn y cynta, a'i wallt yn llaes, fel yn ei ddyddia coleg; yn hŷn yn y ddau arall ond bod gan y Gwyddel Liam O'Boyd, yn wahanol i'r Sais William Boyd, farf wythnos ar ei ên. Roedd yno hefyd bentwr o bapura *lire*, yn amrywio mewn gwerth o ddeng mil hyd at gan mil. 'Dyma iti chwe chan mil *lire* i gyd – dros ddau gant o bunnoedd yn ein harian ni. Mi fyddai'n ormod o risg iti gario mwy, rhag i Bernini ddechra dy ama di. A dyma iti lun o Pietro Bernini, fel y medri di 'i nabod o'n syth. Signorelli ydi'r llall.'

Pasiodd y ddau lun i Sam gael golwg fanylach arnyn nhw. Tena, a thywyll o bryd a gwedd, oedd Bernini, efo craith fechan wen yng nghornel ei ffroen chwith yn tynnu ar gornel ei geg ac yn amlygu dant llygad go finiog. Digon o greulondeb, ond fawr o ruddin dwi'n siŵr, meddyliodd Sam, wrth graffu i'r llygaid cul. Roedd Signorelli yn fwy golygus o lawer na'i gefnder. Gwyneb lluniaidd efo'r gwallt brith wedi'i sgubo'n ôl dros y pen ac uwchben y clustia. Gwenai'n llydan allan o'r llun ac roedd fflach y camera wedi rhoi disgleirdeb anghyffredin i'r dant aur.

'Sut gwyddon ni y bydd Bernini wedi gweld llun a hanes O'Boyd yn y papur? Beth petai o ddim yn fy nabod i?'

Chwifiodd Shellbourne law ddiamynedd, fel pe bai'n ddig fod Sam wedi meiddio ama'i drefniada. 'Mae copi o'r *La Repubblica* yn disgwyl Bernini ar ei fwrdd yn y Ristorante di Trevi bob bore o'r wythnos, gan gynnwys bore Sul. Y peth cynta welith o bore fory wrth aros am ei frecwast fydd dy lun a dy hanes di . . . O'Boyd, yn hytrach. Ac mi fydd papur yr hwyr hefyd, sef y *Corierre de la Sera*, yn cario'r un stori. Fe fydd raid iti ddod i adnabod O'Boyd yn iawn cyn hynny.' Yna, fel pe bai wedi blino siarad, cododd Shellbourne ei gwpan at ei geg. 'Mi geith Syr Leslie egluro'r gweddill iti.'

Mewn llais dipyn mwy cyfeillgar, eglurodd Syr Leslie Garstang, Dirprwy Gyfarwyddwr MI6, be fyddai'n digwydd yn Napoli, wedi iddo gael ei dderbyn i'r Villa Capri. 'Mi fydd tîm o ddynion a merched yn gweithio efo ti, ond fyddi di ddim callach pwy fyddan nhw, wrth gwrs. Llais yn unig fydd pob un ohonyn nhw iti . . . hynny ydi, os byddan nhw'n teimlo rheidrwydd i gysylltu o gwbwl.'

Aeth i'w boced a thynnu pwrs bychan meddal ohoni. Synnodd Sam weld tair set o fotyma yn ymddangos o'r pwrs, ynghyd â llyfryn bach carbord yn cynnwys dwy nodwydd ac edeua o wahanol liwia; y math o beth oedd yn cael ei ddarparu gan ambell westy gwell-na'i-gilydd ar gyfer eu gwesteion. Imperial Hotel, Galway oedd yr enw ar hwn.

Gosododd Syr Leslie y tair set ochor yn ochor ar y bwrdd, dwy ohonynt efo'i gilydd a'r llall fymryn ar wahân. Cyfeiriodd atynt fesul un. 'Dyma iti bedwar botwm go fawr. Botyma côt. Fe sylwi di mai gwawr las sydd arnyn nhw. Cei weld pam yn nes ymlaen.' Symudodd ei fys at yr ail set. 'Mae'r rhain yn llai; mwy addas i grys. Glas eto. Addas i grys denim falla . . . '

Sylwodd Sam mai gwyrdd tywyll oedd y drydedd set, ond doedd Syr Leslie ddim eto'n barod i roi sylw i'r rheini.

' . . . Mae pob botwm mewn set yn edrych yn union yr un fath . . . Wel, bron yr un fath. Os edrychi di'n fanylach ar y ddwy set fe weli di fod y mymryn lleia o wahaniaeth lliw mewn un botwm . . . ' Tynnodd bensel o'i boced i bwyntio'n fwy penodol efo hi. 'Mae hwn yn fan'ma, a hwn yn y set arall 'ma, yn las chydig tywyllach eu lliw na'r lleill. Rhain ydi'r meicroffona. Be 'dan ni'n alw'n feicroffona ceudod, *cavity microphones*. Be sy'n dda am rhain ydi nad ydyn nhw ddim yn dibynnu ar na batri na weiar na dim. Y cwbwl sydd gen ti yma ydi capsiwl sy'n cynnwys erial a diaffram sensitif iawn, iawn. Wedyn, pan gaiff pelydryn radio ei anelu i'w gyfeiriad, bydd y capsiwl yn newid yn syth i fod yn drosglwyddydd ac mi fyddwn ni wedyn yn medru gwrando ar bob sgwrs sydd o fewn clyw iddo.'

'Hyd yn oed trwy wal.' Deud yn hytrach na gofyn. Roedd gan Sam brofiad o ddefnyddio meicroffona ceudod.

'Ia. Y cwbwl fydd raid inni'i neud fydd cyfeirio'r pelydryn radio at ffenest y stafell y byddi di ynddi hi ar y pryd ac fe allwn ni glywed pob gair gaiff ei ddeud yn y stafell honno. Botyma cyffredin ydi'r rhai glas eraill.' Symudodd flaen ei bensel i bwyntio at y drydedd set. 'Mae pob un o'r rhai gwyrdd 'ma, fodd bynnag, yn feicroffon. Mae hynny'n golygu y bydd gen ti chwe meicroffon i gyd, i'w gosod lle lici di . . . '

Aeth ymlaen i egluro y byddai timau ar wyliadwriaeth bedair awr ar hugain y dydd yng nghyffinia'r Villa Capri i dderbyn ac i roi ar dâp bob neges neu wybodaeth a gâi ei hanfon drwy'r meic. 'Ond neges-un-ffordd fydd hi, iti gael dallt, Turner. All neb o'r tîm adrodd yn ôl i ti, a fydd 'run ohonyn nhw'n trio cysylltu efo ti chwaith, oni bai bod hynny'n gwbwl angenrheidiol.'

'Mae'n amser cychwyn.' Roedd Shellbourne yn edrych ar ei wats eto. 'Fedrwn ni ddim mentro iti gael dy nabod gan Wŷr Tollau ei Mawrhydi yn Heathrow neu Gatwick, felly dwi wedi trefnu *Learjet* o Redhill. Fydd dim problem yn y pen arall ar hyn o bryd gan nad ydi hanes O'Boyd wedi ymddangos yn fan'no eto. Gyda llaw, mi fydd 'na chwaraeydd casét ar y plên a thâp ynddo fo o rywun yn siarad efo acen Milwaukee ac un arall efo acenion Gogledd Iwerddon a'r Weriniaeth. Mi gymer y daith tua dwy awr, felly fe gei di rywfaint o amser i wrando ac i ymarfer. Yn ôl dy ffeil, rwyt ti'n dda iawn am ddynwared acen. Ond paid â mynd â'r tâp efo ti oddi ar y plên. Na'r llunia 'ma o'n ffrindia ni yn y Villa Capri. Mae dynion Bernini yn siŵr o d'archwilio di.'

Be uffar wyt ti'n feddwl ydw i, y crinc? 'Iawn, syr.' Gwthiodd y tri phasbort i boced chwith ei grys denim a'r botyma meicroffon i'r un dde. Aeth y pentwr *lire* i boced tin ei jîns. 'Ddylwn i gael ryw chydig o newid mân Iwerddon, jyst i brofi mai o fan'no dwi wedi dod?'

Gwelwyd peth cynnwrf ar wyneb Shellbourne wrth iddo felltithio'i flerwch ei hun. Eto i gyd, pan agorodd ei geg i siarad, fe wnaeth ei ora i roi'r argraff mai bodloni mympwy Sam yr oedd, ar ryw fanylyn bach dibwys fel'na. 'Iawn,' meddai. 'Fe ofala i fod dwy neu dair o *punts* Gwyddelig yn dy gyrraedd di cyn i'r plên gychwyn.'

Guildford

Roedd Stan Merryman ar fin gorffen ei de yn ei gartre yn Guildford pan ganodd y ffôn.

'Hel-ô!' meddai'n ddiamynedd i'r teclyn. Roedd am gael llonydd i wylio hanner awr ola'r golff ar y teledu.

'Stanley Merryman?'

'Ia.' Y gair yn fwy o gwestiwn na dim arall.

'Redhills Aerodrome sy 'ma. Tipyn bach o flerwch wedi bod yma, mae gen i ofn.' Awgrym y chwerthiniad byr ar ben arall y lein oedd mai rhywbeth hollol ddibwys oedd y blerwch.

'O?'

'Mae'r cofnod sydd gennym ni yn deud eich bod chi wedi glanio yma, bnawn heddiw, am dri munud ar hugain i ddau o'r gloch?'

'Do.' Eto'r cwestiwn yng ngoslef y llais.

'*Cessna 310 CA2487?*'

'Ia.'

'Dyna'n blerwch ni, 'dach chi'n gweld. Mae'r sawl oedd ar ddyletswydd wedi anghofio cofnodi'ch man cychwyn chi.'

Ar deledu fechan y gegin o'i flaen roedd rhyw golffiwr neu'i gilydd newydd gael twll-mewn-un a llais y sylwebydd yn gyffro i gyd. 'Gogledd-orllewin Cymru,' meddai, a'i feddwl ymhell. 'Llan . . . '

Dyna pryd y sylweddolodd gyfrinachedd yr wybodaeth ac y cofiodd rybudd Miss Court o'r Swyddfa Dramor i gadw petha felly iddo'i hun. Melltithiodd ei flerwch, gan ddiolch hefyd iddo fedru brathu'i dafod mewn pryd. Trawodd y ffôn yn ôl yn ei grud a thywallt paned boeth iddo'i hun.

Ddeng munud yn ddiweddarach, methai gael y digwyddiad o'i feddwl. Cydiodd yn y ffôn a deialu 1471. Nid rhif y maes awyr! Cysylltodd â'r opyretyr a chael clywed ymhen hir a hwyr mai o giosg yn Hammersmith y gwnaed yr alwad. Dim amdani ond ffonio Redhill.

'Helô! Stan Merryman sy 'ma. Oes rhywun oddi yna wedi fy ffonio fi o fewn y deng munud diwetha?'

'Ddim i mi wybod. Pam?'

'Fe ges alwad gan rywun oedd yn trio cael gwybodaeth gen i; rhywun oedd yn honni ei fod yn ffonio o fan'na.'

'O? Pa fath o wybodaeth felly?' Y llais yn swnio'n amheus.

'Isio gwybod o ble'r oeddwn i wedi cychwyn.'

'O? Chi oedd peilot y *Cessna CA2487*?'

'Ia.'

Tawelwch eto. Yna, 'Fe gawson ninna ymholiad tebyg. Rydw i wedi hysbysu'r Swyddfa Dramor. Dwi'n cymryd na roesoch chi mo'r wybodaeth?'

'Naddo, wrth gwrs.'

Chydig iawn o fwynhad a gafodd Stan Merryman o wylio gweddill y golff.

Rhufain

Wrth gamu allan ar darmac maes awyr Leonardo da Vinci, prin deirawr yn ddiweddarach, y peth cynta iddo sylwi arno oedd y gwahaniaeth yn y tymheredd. Mewn eiliad roedd y dillad anghyfarwydd yn glynu'n llaith amdano.

Yr un Daimler, yr un siwrna, ond bod honno o chwith, a'r un gyrrwr – Clive Foxon – oedd wedi mynd â fo'n ôl o'r Swyddfa Dramor i faes awyr Redhill lle'r oedd y *Learjet* yn disgwyl amdano. Tawedog fu raid i Foxon fod gydol y daith yma, fodd bynnag, oherwydd bod Caroline Court wedi cadw cwmni i Sam yng nghefn y car.

Roedd hi wedi gofalu bod y gwydyr trwchus rhyngddyn nhw a'r gyrrwr wedi llithro'n dynn i'w le cyn dechra rhoi ei chyfarwyddiada hi ei hun i Sam, ar sut a phryd yr oedd i gysylltu neu beidio cysylltu efo hi. Rhoddodd iddo hefyd ddau rif ffôn i'w dysgu ar ei gof, y naill yn Whitehall a'r llall yn ei chartre yn Knightsbridge, a siars iddo beidio trosglwyddo gwybodaeth ond iddi hi'n bersonol, waeth pwy arall fyddai'n honni bod ar ben arall y lein. 'Mae'r ddwy linell yna'n hollol glir. Fydd neb arall yn gallu gwrando ar ein sgwrs.'

Yna, yn ystod y daith araf trwy ddiflastod traffig trwm yr awr brysur, roedd hi wedi ailadrodd, yn drefnus ac yn gryno, pob dim o bwys a gafodd ei ddeud gan Shellbourne a Syr Leslie. Nid bod angen iddi neud hynny chwaith, oherwydd roedd popeth ddywedwyd wedi ei ffeilio'n daclus ym meddwl Sam.

Fe'i synnwyd ymhellach pan ddringodd hi efo fo i'r awyren a chyhoeddi ei bwriad i fod yn gwmni iddo ar y daith. Ac unwaith y gadawodd y *Learjet* y ddaear roedd hi wedi estyn ces mawr gwyrdd allan o locer a thynnu ohono siwt lwydlas ola, ynghyd â chrys gwyn a thei sidan, lliwgar. Roedd yno hefyd bâr o sgidia duon disglair. Doedd yn ddim syndod iddo fod y cwbwl yn ei ffitio fel maneg. 'Fe weli di fod y cyfan wedi eu gneud yn yr Eidal a'u bod nhw wedi cael eu prynu yn siop ddillad Valgucci ar y Viale Aventino yn Rhufain. Mae'r Viale Aventino, gyda llaw, yn union ar dy ffordd di o'r maes awyr i ardal Trevi, lle byddi di'n cwarfod Bernini. A phe bai rhywun yn mynd i holi, yna fe fydd yr henwr yn y siop honno yn cofio mai dyn ifanc efo gwallt cochlyd ac yn gwisgo dillad denim oedd ei gwsmer. Fe ddwedodd Syr Leslie Garstang fod pwrpas i'r botyma mawr glas. Mi fyddan nhw'n gweddu i'r siwt yma.'

Estynnodd dderbynneb iddo, yn brawf ei fod wedi talu am y dillad, a gwthiodd ynta'r tamaid papur i boced ucha côt y siwt.

' . . . Falla bod y tei braidd yn fflash, ond trwy fod yn amlwg mae tynnu lleia o sylw yn amal.'

Fel un â chryn brofiad o ddefnyddio *disguise*, ni allai Sam lai na chytuno.

'Fe weli fod pasbort ychwanegol ym mhoced fewnol y gôt. I Swyddogion y Tollau yn Rhufain, dyn busnes o Reading fyddi di – Karl Manning – draw am chydig ddyddia i geisio perswadio awdurdoda'r ddinas i fuddsoddi mewn system gyfrifiadurol newydd ar gyfer rheoli trafnidiaeth y ddinas. Fydd gen ti ddim problem yn fan'na, wrth gwrs, a thitha'n bartner mewn cwmni sy'n gneud petha felly . . . '

Na, doedd dim yn ei synnu bellach! Roedden nhw hyd yn oed yn gwybod ei fod wedi etifeddu rhan o fusnes cyfrifiaduron ei daid.

' . . . Mae 'na gatalog o fanylion ar betha felly yng ngwaelod y ces, jyst rhag ofn y bydd bois y tollau'n amheus. A chyda llaw, mae 'na ddyn sy'n cyfateb i'r disgrifiad o Liam O'Boyd wedi cyrraedd Rhufain ers ben bore heddiw, yn defnyddio'r enw Alec French. Mae Interpol wedi rhybuddio'r *carabinieri* i fod ar eu gwyliadwriaeth. Dillad denim oedd gan hwnnw amdano, a dyna fydd ym mhob adroddiad papur newydd yr Eidal bora fory. Felly bydd yn ofalus os byddi di'n newid o'r siwt. Unwaith y byddi di'n saff drwy'r Customs, mi elli gael gwared â'r ces trwy ei adael mewn locer yn y maes awyr. Gofala adael y pasbort yma ar ôl hefyd, yn ogystal â'r catalog o bartia cyfrifiadurol. Fe gaet ti gryn drafferth egluro i Bernini a'i griw sut y cest di afael ar betha felly. Gynted ag y byddi di wedi mynd drwy'r Customs, rhaid i Karl Manning ddiflannu am byth . . . A chyda llaw,' ychwanegodd gan estyn wats gyffredin yr olwg iddo, 'gwisga hon a thyrd â dy wats di i mi i'w chadw. Fedri di ddychmygu O'Boyd yn dengid o'r Maze efo *Rolex* am ei arddwrn?'

Trodd edmygedd Sam yn wên. Roedd hi'n drefnus; roedd hi'n drwyadl.

' . . . A thra ydw i'n cofio, fe allan nhw ofyn am weld y pasbort oedd gen ti'n dod i mewn i'r wlad; pasbort Alec French dwi'n feddwl, nid hwn'na sydd gen ti rŵan efo'r enw Karl Manning arno fo. Wel, yn ymyl y Ristorante di Trevi, lle byddi di'n cyfarfod Bernini, fe weli flwch postio ar y wal. Mi fydd pasbort Alec French mewn amlen wedi'i glynu ar waelod hwnnw.'

Roedd hi wedyn wedi cyflwyno stereo personol Walkman iddo, ac am hanner awr go dda bu Sam yn gwrando ar dâp ac yn dynwared acen Milwaukee. 'Da iawn,' meddai hi o'r diwedd, a'i feddwl o. 'Be am un Gogledd Iwerddon rŵan?'

'Dim angen, yn siŵr. Rydw i wedi gwrando digon ar

y Parch Ian Paisley, ac mi fedra inna draethu hyd syrffed am felltith Catholigiaeth.'

Wrth i'r ateb ddod yn acen gwerylgar y gweinidog hwnnw, fe wenodd Caroline Court am y tro cynta ers iddo'i chyfarfod. Roedd hitha'n dechra sylweddoli mor gymwys oedd y Semtecs 'ma at y gwaith peryglus dan sylw.

'Ond o Donegal yn y Weriniaeth roedd fy hen nain yn dod, cofia.' Goslef y Gorllewin rŵan, mwy melodaidd o lawer.

Nodiodd hitha'i phen yn foddhaus ac estyn casét iddo. 'Johnny Cash! Un o ffefrynna William Boyd.' Yna un arall. 'Caneuon Gwyddelig, i blesio Liam O'Boyd.'

Crychodd Sam ei dalcen. 'Does bosib 'mod i angen rhain? Gwaith cario a dim arall.'

'Nage. Y tapia ydi dy reswm di dros gario'r Walkman, dyna i gyd. Falla mai hwnna . . . ' Pwyntiodd at y stereo personol. ' . . . fydd ein hunig ffordd ni o fedru cysylltu efo ti.' Gan na thrafferthodd i egluro ymhellach, wnaeth Sam, ynta, ddim holi rhagor.

Y gorchwyl ola cyn glanio fu edrych drwy'r llunia unwaith eto. Fydda fo ddim yn cael mynd â'r rhain efo fo oddi ar y plên, wrth gwrs. Yn hytrach, fe âi Caroline Court â nhw'n ôl efo hi i Lundain. Syllodd Sam yn fanwl unwaith eto ar bob un yn ei dro, gan geisio dod i nabod y person tu ôl i bob gwyneb. Porodd hefyd drwy'r wybodaeth oedd ynghlwm wrth bob llun, a dechra deall cefndir a chymhellion y dihirod.

Edwin Caziragi – 42 oed. Yn enedigol o Baton Rouge, Louisiana. Yn ystod ei arddega, wedi bod yn arweinydd criw o lancia croenwyn oedd â'u bryd ar erlid teuluoedd y duon yn y dre. Yr heddlu wedi methu, neu wedi gwrthod, dod ag achos i'w erbyn. Syndod, efo'r fath gefndir, iddo gael ei dderbyn o gwbwl i'r FBI, ond rheini wedi sylweddoli eu camgymeriad cyn hir ac wedi rhoi Caziragi ar y clwt. Mynd 'nôl i'r de i fyw, i le o'r enw

Tuscaloosa yn Alabama, a ffurfio cangen o'r Klu Klux Klan yno. O dan ei arweinyddiaeth ef, y groes dân wedi dod unwaith eto'n symbol o arswyd ac o ormes yn y dalaith, ac adfywiad y KKK wedi lledaenu i daleithiau cyfagos Louisiana, Tennessee a Georgia. Yr adfywiad hwnnw'n cael ei briodoli'n bennaf i Caziragi. Dim prawf, fodd bynnag, o unrhyw gysylltiad rhyngddo a'r Maffia yn America, felly be, ar wahân i'w ddaliada eithafol a'i hiliaeth, oedd wedi peri iddo gael gwahoddiad i'r Villa Capri?

Esther Rosenblum – 26. Wedi ei geni a'i magu ym mhorthladd Haifa, Israel. Un o dri o blant, ei dau frawd yn iau na hi. Ei mam yn feddyg a'i thad yn ddarlithydd prifysgol. Y teulu, gan gynnwys y ddwy nain weddw, wedi symud i Jerusalem i fyw pan oedd Esther yn un ar bymtheg oed. Geneth alluog, ond mewnblyg a distaw. Yna, yn 1993, roedd aelod lloerig o'r PLO neu'r Hizbollah – chaed byth wybod pa un – efo llwyth o ffrwydron yn wasgod farwol amdano, wedi camu ar fws gorlawn yng nghanol y ddinas ac wedi tynnu'r pìn allan o'r grenâd yn ei law. Ar yr eiliad y ffrwydrodd y cyfan yn uffern o fwg a thân, roedd car yn cynnwys tair gwraig a dau lanc yn digwydd mynd heibio. Ddaeth yr un o deithwyr y bws na'r car – Iddewon i gyd ac eithrio'r llofrudd – yn fyw o'r gyflafan ac fe gollodd Esther Rosenblum fam, dwy nain a dau frawd yn yr eiliad dyngedfennol honno. O fewn wythnos roedd hi wedi ymuno â Hagana, y fyddin gudd Seionaidd, ac wedi ei chymhwyso'i hun yn gyflym iawn ar gyfer y gwaith o ddial ar bawb oedd yn arddel crefydd Islam. Yn ffafrio gweithredu ar ei phen ei hun yn hytrach nag mewn grŵp, ac i bob pwrpas wedi cefnu ar Hagana ers blwyddyn neu fwy am nad oedd y mudiad yn ddigon mentrus nac eithafol yn ei golwg. Lle i gredu, serch hynny, bod y fyddin gudd yn dal i gyflenwi arfau a ffrwydron iddi.

Syllodd Sam unwaith eto ar ei llun. Roedd hi'n ferch

olygus efo gwyneb lluniaidd a gên benderfynol. Gorweddai ei gwallt yn drwchus hir at ei hysgwydda, ei ddüwch disglair yn adlewyrchu pa oleuni bynnag oedd yn taflu arno pan dynnwyd y llun. Du hefyd oedd ffrâm y sbectol a siâp honno'n gweddu i'r dim i siâp ei gwyneb hir. Oedd, roedd hi'n ddeniadol, meddyliodd Sam; nid annhebyg i'r gantores Nana Mouskouri ifanc. Ond bod oerni dialgar yn llygaid hon.

Hans Bruger – 37. Gwallt melyn, hwnnw'n teneuo, ac ôl y grib yn cadw pob blewyn yn ei le. Yn enedigol o Hamburg. Ei fryd ar efelychu campau ei dad, Claus Bruger, efo'r Baader Meinhof ond heb fawr o lwyddiant hyd yma. Ei ama o fod yn gyfrifol am y bom a ffrwydrodd yn Berlin yn 1992 adeg y cyfarfod rhwng Butros Butros Ghali, Ysgrifennydd Cyffredinol newydd y Cenhedloedd Unedig bryd hynny, a Helmut Khol, Canghellor yr Almaen. Hans, ymysg eraill, wedi cael ei gymryd i mewn i'w groesholi gan y lluoedd diogelwch a'r profiad hwnnw wedi ei ddychryn mae'n debyg. Y gred erbyn hyn oedd ei fod wedi peidio â bod yn weithredol ei hun ond ei fod yn treulio'i amser yn ceisio atgyfodi'r Baader Meinhof neu'r Black September, neu greu mudiad adweithiol tebyg iddyn nhw. Cysylltiad rhyngddo hefyd a chelloedd neo-Natsïaidd mewn gwahanol rannau o'r Almaen. Ei fryd ar feithrin awyrgylch yn yr Almaen fyddai'n arwain at sefydlu'r Bedwaredd Reich.

Creadur cymhleth, meddyliodd Sam. Cefnogi'r eithafol chwith a'r eithafol dde! Unrhyw beth terfysgol, yn ôl pob golwg.

Hazain Razmara – 36. Dau lun ohono. Y cynta'n dangos llanc gwyllt yr olwg efo'i wallt hirfler yn cael ei chwythu'n ôl mewn storm o wynt, fel mwng ceffyl du ar garlam. Yr ail yn llun mwy diweddar, y wefus ucha o'r golwg erbyn hyn o dan fwstás trwchus, a chroen y pen bellach yn fwy amlwg na'r gwallt. Wedi ei eni mewn pentre bychan yng ngogledd-ddwyrain Iran, yn agos i'r ffin efo Twrcmenistan. Un o deulu mawr a thlawd a oedd, fel gweddill trigolion yr ardal, yn arddel ffydd y Moslemiaid Swnni. Yna, ganol nos, Chwefror 2, 1977, roedd y pentre wedi'i ddymchwel yn llwyr i'r llawr gan ddaeargryn anferth a naw deg y cant o'r trigolion naill ai wedi eu claddu'n fyw neu wedi fferru i farwolaeth yn yr oerni. Hazain, y bachgen pymtheg oed, wedi bod yn un o'r deg y cant ffodus ac, yn wahanol i weddill aeloda'i deulu, wedi dianc yn ddianaf o adfeilion ei gartre. Yr oria hunllefus yn dilyn y daeargryn wedi'u treulio ganddo yn tyllu'n orffwyll efo'i ddwylo noeth i'r rwbel dan ei draed, mewn ymateb i'r griddfan poenus oedd i'w glywed yno; yna'r gwewyr o wrando ar y gri yn gwanio ac yna'r tawelwch llethol, hir. Rhynnu am ddyddia wedyn yn ei alar a'i newyn, yn disgwyl am gymorth o unrhyw le, a dim yn dod. Ac yna'r chwerwedd cynyddol yn magu yn y meddwl ifanc wrth iddo wylio haint ac oerni a gwendid yn dwyn rhagor o'i deulu ac o'i gyd-bentrefwyr oddi arno. Beio pawb, gwledydd cyfoethog y gorllewin yn bennaf, oherwydd eu difaterwch a'u calon-galedwch. O'r diwedd, cael ei gludo i'r brifddinas, Tehran, lle y cafodd ymhen amser swydd efo'r *Ettelaat*, sef un o bapura mawr cenedlaethol Iran. Yna'r cyfle'n dod i gyfrannu i'r papur hwnnw hanes y dioddefaint a'r drasiedi a anwybyddwyd gan weddill y byd.

Wrth gwrs! meddyliodd Sam. Yr erthygl! Honno oedd ffynhonnell MI6 i'r holl fanylion personol yma am gefndir Razmara. Darllenodd ymlaen.

Yn Tehran roedd Hazain yn fuan wedi cefnu ar grefydd draddodiadol ei deulu ac wedi arddel crefydd y Moslemiaid Shiaidd. Yn Nhachwedd 1979, fel protest yn erbyn penderfyniad America i roi cartre a thriniaeth feddygol i'r Shah alltud, bu'n un o'r criw ifanc tanbaid a gymerodd feddiant o lysgenhadaeth yr Unol Daleithiau yn y ddinas, gan droi'r adeilad yn garchar i chwe deg a chwech o wystlon dros gyfnod o dri mis. Bu hefyd yn rhan o'r dathlu mawr i groesawu'r Ayatollah Khomeini yn ôl i Iran a bu mor daer â neb dros adfer cyfraith Islam i'r wlad. Yna fe dorrodd y rhyfel efo Irac ac fe ymunodd Hazain ag uned gomando a derbyn hyfforddiant arbenigol ar amrywiol ffyrdd o greu difrod ac o boenydio a lladd. Yn 1991 fe gerddodd oddi ar awyren yn Heathrow, ond byr fu ei arhosiad ym Mhrydain. Fe'i holwyd yn dwll gan y swyddogion mewnfudo cyn iddyn nhw ei yrru'n ddiseremoni wedyn ar yr awyren nesa 'nôl i Iran. Y dyb oedd fod Hazain Razmara wedi dod drosodd i wireddu *fatwah* Khomeini ar yr awdur Salman Rushdie. Ers 1993 roedd wedi ymddangos yng nghanol pob math o ryfeloedd ledled y byd fel milwr hur, yn Ethiopia, Swdan, Angola a hyd yn oed yn Bosnia.

Craig Coldon – 45. Ganed yn yr East End, Llundain. Yn bymtheg oed, roedd ef a'i ffrindia wedi mynychu cyfarfod gan y National Front yn fuan wedi i'r mudiad hwnnw gael ei ffurfio ac wedi dod o dan ddylanwad areithio tanbaid Colin Jordan. Clerc yn swyddfa cwmni o gyfrifwyr llwyddiannus nes iddo golli ei swydd ddwy flynedd yn ôl yn dilyn cael ei arestio am greu terfysg adeg gêm bêl-droed rhwng yr Iseldiroedd a Lloegr. Hyd at hynny, wedi gwario cyfran sylweddol o'i gyflog bob blwyddyn ar amrywiaeth eang o ynnau a chyllyll. Cyfraith y Llywodraeth Lafur newydd yn erbyn perchenogi drylliau wedi ei amddifadu o'i stôr ac wedi creu rhwystredigaeth mawr ynddo. Wedi ei groesholi deirgwaith i gyd ynglŷn â llofruddiaetha pobol dduon yn Llundain a Birmingham, ond yr heddlu wedi methu gwrthbrofi'r *alibi* oedd ganddo ym mhob achos.

Marcus Grossman – 32. Plentyn amddifad er pan yn saith oed. Ei dad yn filwr ym myddin Israel ac yn cael ei ladd yn 1973 ar ddiwrnod cynta rhyfel fer Yom Kippur. Dri mis yn ddiweddarach, ei fam, mewn iselder ysbryd, yn llyncu gwenwyn ac yn diodde marwolaeth erchyll. Marcus a'i chwaer fach Rachel yn mynd at fodryb ac ewythr i gael eu magu ac yna, pan yn ddigon hen, yn cael eu hanfon i ysgol breswyl. Er cryn bwyso arno i ddilyn cwrs prifysgol, Marcus yn ymuno â'r fyddin yn 1983. Yna, yn 1991, yn dilyn ymosodiada Saddam Hussein ar Israel yn ystod Rhyfel y Gwlff, a'r ymgais aflwyddiannus i dynnu'r gwledydd Islamaidd eraill i mewn i'r cythrwfl, fe gafodd Marcus ei dderbyn i gatrawd elitaidd y Mossad.

Roedd gweddill y manylion am Grossman yn ymwneud â'i warth diweddar, ac â'r modd yr oedd wedi dianc o garchar yn Tel Aviv a diflannu'n llwyr. Sut ar y ddaear felly, meddyliodd Sam, y llwyddodd y Maffia i gysylltu efo fo? Roedd yn dechra sylweddoli pa mor ddylanwadol oedd y frawdoliaeth honno ledled y byd.

Trodd at yr olaf o'r llunia, a'r wybodaeth oedd ynghlwm wrtho. Gallai daeru bod y llygaid a syllai'n ôl arno o'r papur yn fyw, ac yn ei herio.

Zahedi – 28. Cwrd. Yn enedigol o rywle yng ngogledd Irac. Fel gweddill Cwrdiaid y wlad, y teulu wedi diodde erledigaeth greulon dros y blynyddoedd ac ar wahanol adega yn eu hanes wedi gorfod byw bywyd nomadaidd er mwyn dianc rhag dialedd Saddam. Zahedi wedi bod yn rhan o'r frwydyr am annibyniaeth i'w bobol ac wedi tyfu mewn awyrgylch o atgasedd a drwgdybiaeth a chwerwedd; atgasedd at yr Iraciaid, drwgdybiaeth o rai o'i bobol ei hun a chwerwedd dwfn tuag at wledydd y gorllewin, ac America yn arbennig, oherwydd, ar y naill law, ymyrraeth hunangyfiawn rheini yn Kuwait ond, ar y llaw arall, eu difaterwch affwysol ynglŷn â gormes Saddam Hussein ar Gwrdiaid gogledd Irac. Yna, yn fuan ar ôl 'buddugoliaeth fawr *Desert Storm*', fe ollyngodd y teyrn, unwaith eto, ei arfa biolegol ar bentrefi'r Cwrdiaid gan ddifa miloedd o bobol a theulu Zahedi yn eu mysg. Dyna'r cyfnod, rywsut neu'i gilydd, pryd y daeth Zahedi i gysylltiad â'r Hezbollah yn Lebanon ac y daeth yr Iddew hefyd yn destun ei atgasedd. A dyna'r cyfnod y bu'r Mossad am ei waed. Mi fyddai'n eironig iawn, meddyliodd Sam, gan wenu wrth syllu eto ar y ddwy graith gron ar y gwyneb milain yn y llun, pe bai o wn Marcus Grossman y daethai'r fwled a andwyodd wyneb hwn. Sut bynnag, ar ôl y digwyddiad hwnnw roedd Zahedi wedi diflannu am gyfnod, nes ymddangos fel asasin yn yr Aifft, yna yn Marseilles a Llundain, ac yn ddiweddar yn Israel ac yna Rwsia. 'Israel! Roedd gen ti dipyn o wynab,' meddai Sam, gan syllu eto i lygaid oer y llun, 'a nerf hefyd ma'raid, i fentro'n ôl i diriogaeth y Mossad. Tybed ai ar d'ymweliad â Rwsia i doist ti i gysylltiad â'r Mafiosniki?'

Pan sylweddolodd Caroline Court ei fod wedi gorffen darllen, estynnodd ddau lun diarth hollol iddo, y naill yn dangos gwyneb main gwelw, efo'r arleisia a'r cerna bocha yn amlwg a chleisia duon o dan y llygaid, a'r llall yn lun o ŵr llawnach ei wyneb ond teneuach ei wallt. Laurel a Hardy ddaeth gynta i feddwl Sam, ond doedd dim arlliw o gomedi yn oerni llygada'r ddau.

'Mafiozniki?'

Nodiodd Miss Court ei phen yn ddwys. 'Viktor Semko ydi'r un tena. O fewn pythefnos i fod yn ddeugain oed. Yn enedigol o Tbilisi, Georgia. Un o wyth o blant. Ffarmwr tlawd iawn oedd ei dad. Boris Yakubovich ydi'r llall. Pedwar deg a phump oed ers mis Ionawr. Wedi'i eni a'i fagu yn St Petersberg. Ei dad wedi treulio oes yn gweithio i'r Parti, sef y Comiwnyddion. Ond mae'r ddau yma wedi dod ymhell iawn ers y dyddia hynny. Erbyn heddiw, maen nhw ymysg dynion mwya dylanwadol y Mafiozniki; wedi hawlio'u hawdurdod trwy ladd neu trwy sathru ar bawb oedd yn sefyll yn eu ffordd. Ond mae 'na fwy iddyn nhw na hynny hefyd. Er gwaetha'u golwg yn y llunia yma, mae gan y ddau bersonoliaeth gre, a'r gallu naill ai i danio dychymyg dynion cyffredin neu i'w rheoli nhw trwy ofn. Dyma'r ddau y cei di'r cyfle i'w cyfarfod, gobeithio, yn y Villa Capri. Dy waith di fydd ffeindio be sydd wedi dod â'r Camorra a'r Mafiozniki at ei gilydd. Mae 'na rywbeth mawr ar y gweill, fe wyddon ni hynny. Ond be? A pham hel yr holl derfysgwyr at ei gilydd i'r Villa Capri? Pobol na fu ganddyn nhw'r un cysylltiad â'r Maffia tan rŵan. Ond yn bwysicach na dim, Sam, rhaid iti ffeindio lle'n union mae'r Mafiozniki yn cuddio'r stôr anferth o arfau sydd ganddyn nhw.'

'Dim ond un peth sy'n fy mhoeni fi.'

Crychodd ei thalcen; roedd ansicrwydd i'w weld am y tro cynta yn ei llygaid duon. 'Mae'n ddrwg gen i, ond does gennym ni ddim un ffordd o wybod a ydyn nhw'n dal i ricriwtio ai peidio.'

Daeth gwên, er ei waetha, i wyneb Sam. Roedd Caroline Court yn amlwg yn medru darllen ei feddwl! 'Felly,' meddai, 'be wna i os na fydd gan Bernini unrhyw ddiddordeb yno' i?'

'Rydyn ni i gyd, gan gynnwys Mr Shellbourne, wedi styried y posibilrwydd hwnnw. Ond fedrwn ni neud dim mwy, bellach, na chroesi'n bysedd, a gobeithio. Yr unig beth ddeuda i ydi hyn – ar ôl i Bernini ddarllen ei bapur bore fory, mi fydd hi'n anodd ar y naw iddo fo beidio dy styried di.'

Ar ôl troelli uwchben Rhufain am bron i ddeng munud, gan ddod yn raddol is ac is, fe ddaeth yn amser i'r *Learjet* gael llwybyr clir i lanio. Gwyliodd Sam y concrid llwyd yn gwibio heibio, teimlodd yr arafu sydyn ac yna gwelodd drwyn yr awyren yn anelu am y bae lle câi hi ei disychedu â thanwydd. Cododd ynta i gydio yn y ces ysgafn.

'Na, ddim eto.'

Synnodd ei gweld hi'n tywallt fodca i ddau wydryn. Eisteddai a'i choesa hir, siapus wedi eu croesi'n ddeniadol.

' . . . Dim brys. Mae hi rŵan yn ddeng munud wedi wyth,' eglurodd. 'Rwyt ti'n sylweddoli, wrth gwrs, fod awr o wahaniaeth rhwng fa'ma a Llundain. Mae'r wats

rois i iti yn dangos hynny. Ymhen saith munud fe fydd
A320 Airbus o Prestwick yn glanio efo llwyth o deithwyr
o Brydain. Fe gei di ymuno efo nhw i fynd drwy *Customs*.
Fe dynni lai o sylw atat dy hun wedyn.' Cododd ei diod
at ei gwefus a syllu gyda difrifoldeb newydd i fyw ei
lygad. 'Fe soniodd Mr Shellbourne am y sefyllfa yn Rwsia
wrthyt ti. Fe allai fod wedi deud mwy. Y ffaith amdani
ydi, nad jyst yn Rwsia y mae'r Mafiozniki'n bla bellach.
Mae'u dylanwad nhw'n lledu bob dydd i Orllewin Ewrop
ac fe wyddon ni i sicrwydd eu bod nhw wedi cael eu
traed danyn ym Mhrydain hefyd . . . '

Cododd aelia Sam mewn cwestiwn mud.

' . . . Nid bod y Rwsiaid eu hunain yn ein gwlad ni
dwi'n feddwl, ond eu bod nhw bellach wedi cyflogi
niferoedd go sylweddol o ddrwgweithredwyr ym
Mhrydain – lladron, llofruddwyr, twyllwyr ac ati – er
mwyn lledaenu'u busnes gwerthu cyffuria drwy'r wlad.'
Yna ychwanegodd yn ddistawach, 'Ac fe wyddon ni fod
eu harian nhw'n prynu ffafrau pobol barchus a
theyrngarwch dynion a ddylai wybod yn well . . . '

Arhosai'r cwestiwn ar wyneb Sam a chochodd hitha'r
mymryn lleia.

' . . . Dwi wedi deud gormod yn barod, falla, ond mae
gen i fy rhesyma dros dy rybuddio. Dwi am iti fod yn
hynod o ofalus. A chofia, os bydd gen ti ryw neges o bwys
i'w hanfon i'r Swyddfa Dramor, mai efo fi'n unig yr wyt
ti i gysylltu.'

Fe wnaeth y fodca fyd o les i'w nerfa tyn a gallodd
ymuno'n rhwydd â chwsmeriaid cwmni Airtours chydig
funuda'n ddiweddarach. Er iddo daflu cip dros ysgwydd,
doedd Caroline Court ddim wedi ymddangos yn ffenest
yr awyren. Byddai'r *Lear* yn troi ei thrwyn yn ôl am
Brydain gyda hyn ac am eiliad llifodd ton o hiraeth drosto
am Rhian a'i blentyn.

Fu dim trafferth efo Swyddogion y Tollau. Yna, cyn
mynd â'r ces i'w gadw yn un o'r loceri pwrpasol, fe

brynodd fap o Rufain ac aeth am baned o goffi yng nghaffi'r maes awyr, lle cafodd lacio'r tei a'r goler boeth am ei wddw a chael tynnu côt anghyfarwydd y siwt oddi amdano. O'i gornel yn fan'no fe gâi gyfle i neud yn siŵr nad oedd neb wedi ei wylio'n cyrraedd nac yn paratoi i'w ddilyn. Yn bwysicach, fe gâi amser i addasu i'w sefyllfa newydd. Nid Samuel Tecwyn Turner, na'r trafaeliwr mewn offer cyfrifiadurol, oedd o bellach. O hyn ymlaen byddai'n rhaid iddo fyw yng nghroen ac yn sgidia Liam O'Boyd, terfysgwr sgitsoffrenig oedd newydd ddianc o garchar y Maze ac a oedd rŵan yn cael ei hela a'i erlid gan Interpol a phlismyn yr Eidal. Y peth pwysica oedd medru meddwl fel O'Boyd; magu'r un pryderon â fo; teimlo'r un rhwystredigaeth, yr un dicter yn cronni tuag at bawb o'i gwmpas.

Syllodd ar adlewyrchiad ohono'i hun mewn drws gwydr gerllaw. Doedd y siwt ddim yn rhan o'r cymeriad; roedd hi'n gneud petha'n anoddach iddo uniaethu ei hun ag O'Boyd. Diolchodd am y tyfiant wythnos ar ei ên. O leia roedd y farf gras yn help i roi rhywfaint o olwg wyllt iddo.

Hanner awr yn ddiweddarach roedd Liam O'Boyd, efo'r dillad denim a'r map o Rufain wedi eu gwthio'n grychlyd i fag plastig blêr, yn camu allan o dacsi ar y Via San Chiara, stryd fach gefn heb fod ymhell o'r Piazza Venezia. O fa'ma byddai raid iddo gerdded rhyw chwarter milltir i gyrraedd ardal Trevi, lle bwriadai chwilio am stafell noson mewn *penzione* rhad. Roedd y cyfnos yn dechra cau amdano.

Yn fwriadol y gadawodd rywfaint o waith cerdded iddo'i hun er mwyn cael y teimlad o fod ar ffo ac er mwyn hogi ei gyneddfa ar gyfer y dyddia dyrys oedd o'i flaen. Os câi ei ddal, meddai wrtho'i hun, fe gâi ei anfon yn ôl i'r Maze i wynebu blynyddoedd eto o garchar. Y peth ola ar ei feddwl oedd rhoi'r pleser hwnnw i'r blydi Brits. Byddai'n rhaid iddo gael gwn o rywle.

Roedd cysgodion yr hwyr yn dechra ymestyn dros y Piazza Venezia wrth i Liam O'Boyd groesi'n llechwraidd i'r Via di Plambo ac o fan'no i'r Via Lucchesi a'r Via dei Modelli. Rhedai'r stryd yma fel gwythïen gul i galon y Piazza di Trevi.

Penzione Imperiale, datganai'r arwydd llwyd uwchben y drws. Aeth i mewn yn ddiolchgar. Roedd heddiw wedi bod yn ddiwrnod a hanner.

* * *

Roedd yn bum munud ar hugain i hanner nos ar Caroline Court yn camu allan o'r awyren i dywyllwch ac i ias oer Swydd Surrey. Ar yr un eiliad daeth galwad ffôn i'r *Control Tower* o giosg yn ymyl, 'Sgiwsiwch fi, ond fedrwch chi ddeud wrtha i o ble y cychwynnodd yr awyren sydd newydd lanio?'

'Pam ydach chi'n holi, syr?'

'Wedi dod i groesawu ffrind adre ydw i, a meddwl falla mai hon ydi'i awyren o.'

'Sori, syr, ond fedrwn ni ddim rhoi'r wybodaeth ichi.'

O fewn eiliada, a chyn iddi gael cyfle i groesi'r tarmac at y Daimler du oedd yn ei haros, roedd Caroline Court wedi cael clywed am yr alwad.

Rhufain

Dwyawr o gwsg a gafodd, ond roedd yn ddigon. Treuliodd weddill y nos yn meddwl ac yn cynllunio. Dyna'r anhawster. Un funud yn Semtecs, yn trefnu'r ffordd ora i ddod i sylw Bernini, a'r funud nesa yn ceisio dychmygu sut y byddai O'Boyd yn ymddwyn ac yn ymateb yn y fath sefyllfa.

Ddaeth yr hen wraig ddi-wên ddim i'r golwg i gynnig brecwast iddo drannoeth ac ni thrafferthodd Alec French fynd i chwilio amdani hitha. Roedd hi wedi mynnu'r tâl am y stafell cyn ei adael neithiwr ac roedd hynny rŵan yn arbed amser a thrafferth i'r ddau ohonyn nhw. Gwyddai, pe bai raid iddo dreulio noson neu ddwy arall yn Rhufain, y gallai fod yn sicir o stafell ddi-raen yn y Penzione Imperiale.

Wedi pwyso a mesur pob peth yn ystod yr oria tywyll, chwyslyd, roedd wedi penderfynu mai'r siwt fyddai ei wisg eto heddiw. Wedi'r cyfan, ymresymodd, y peth cynta a wnâi O'Boyd ar ôl gweld disgrifiad ohono'i hun yn y wasg bore 'ma, fyddai chwilio am ddillad hollol wahanol i ddenim glas. Ac mi fyddai siwt ddrud a choler a thei taclus yn ymddangos i Bernini fel ymgais deg, gan unrhyw ffoadur yn ei sefyllfa ef, i osgoi sylw'r *carabinieri*. Erbyn y bore, hefyd, roedd wedi tynnu botyma'r crys denim a rhai côt y siwt ac wedi gwnïo'r rhai a gafodd gan Syr Leslie Garstang yn eu lle, gan ofalu gosod y botyma meicroffon yn y lle mwya buddiol. Cadwodd y set arall, sef y pedwar gwyrddlas, mewn poced fechan slei tu mewn i gôt y siwt. Wedi'r cyfan, pe bai'n cael ei archwilio gan ddynion Bernini, roedd yn ddigon arferol i fotyma sbâr gael eu rhoi efo dillad newydd. A phe codid cwestiwn ynglŷn â'r gwahaniaeth lliw a'r gwahaniaeth maint rhwng botyma'r gôt a'r rhai oedd yn y set sbâr, fe allai bob amser ffugio diniweidrwydd a rhoi'r bai ar flerwch y gwneuthurwyr.

Cyn camu allan i'r stryd, sylwodd yn fanylach ar y cwpwrdd tal oedd yn hawlio rhan helaeth o gyntedd y Penzione. Prin droedfedd o fwlch oedd rhyngddo a'r nenfwd uchel. Felly, wedi gneud yn siŵr nad oedd neb arall yn y golwg, taflodd y bag plastig oedd yn cynnwys ei ddillad denim i ddüwch y bwlch hwnnw a'i wylio'n diflannu o'i olwg ac o olwg unrhyw un arall a ddigwyddai edrych i fyny rywbryd. Gallai alw'n ôl amdano pryd mynnai.

Aeth allan i'r stryd ac edrych ar ei wats. Bron yn naw o'r gloch. Fe âi'n gynta i chwilio am bapur newydd.

'C'e un giornalaio qui vicino?'

Oedodd yr hen ŵr yn ddigon hir i feddwl, yna pwyntiodd i gyfeiriad y Piazza di Trevi a chasglodd Sam mai rywle yn fan'no yr oedd y siop bapur agosa.

Dim Eidaleg o hyn ymlaen, meddai'n ddig wrtho'i hun. Cofia bod yr iaith yn hollol ddiarth i O'Boyd.

Serch hynny, pan ddaeth o hyd i'r siop, sylweddolodd mai ei obaith gorau i beidio tynnu sylw ato'i hun oedd ymddangos yn gwbwl rugl yn yr iaith frodorol.

'Vorrei un giornale Inglese?'

Chododd y wraig tu ôl i'r cownter mo'i llygaid o'i llyfr, dim ond ysgwyd ei phen. Cydiodd ynta, felly, mewn copi o *La Repubblica*, ac ar ôl gneud yn siŵr bod hanes Liam O'Boyd ar ei dudalen flaen taflodd ddau bapur mil *lire* ar y cownter ac aeth allan heb aros am ei newid.

Gan gadw gwyliadwriaeth ofalus rhag yr heddlu a gneud sioe o edrych yn llechwraidd yr un pryd rhag ofn bod Bernini yn digwydd bod yn y golwg, anelodd yn syth ar draws y sgwâr am y Caffé Ristorante Trevi. Deng munud wedi naw. Fe ddylai fod ganddo ddigon o amser i gael tamaid o frecwast ac i ddarllen hanes O'Boyd cyn i Pietro Bernini gyrraedd. Ond cyn hynny aeth i chwilio am y blwch postio y soniodd Caroline Court amdano ac ochneidio wedyn mewn rhyddhad wrth deimlo oddi tano am yr amlen oedd wedi ei glynu yno efo tâp gludiog. Yn ddi-lol, tynnodd y pasbort ohoni ac yna, rhag bod ei ymddygiad wedi tynnu unrhyw sylw, gwnaeth sioe o bostio'r amlen wag.

Doedd y Caffé Ristorante Trevi ddim yn lle mawr, ond roedd yn ddigon chwaethus serch hynny, efo murlunia o brif atyniada'r ddinas i gadw cwsmeriaid yn ddiddig tra'n aros am eu bwyd. Roedd yn amlwg mai newydd agor am y dydd yr oedden nhw, oherwydd roedd cadeiria'n dal a'u coesa i fyny ar ambell fwrdd nes câi'r perchennog orffen sgubo'r llawr. Diolchodd Sam am y gwyntyll oedd yn troelli'n ara uwchben; fe fyddai rheini'n help, o leia, i gael gwared ag arogleuon stêl y noson cynt, yn enwedig yr ogla baco atgas.

Dewisodd fwrdd yng nghysgodion pella'r caffi ond mewn lle hefyd y gallai weld allan i sgwâr y ffynnon enwog, lle'r oedd rhai twristiaid eisoes wedi dechra hel. Wrth y ffenest gwelai fwrdd oedd wedi ei osod yn barod – lliain gwyn glân, cwpan a soser, cyllell a fforc, potel o rywbeth du tebyg i saws Soya a dysglaid fechan o jam. Ar gornel y bwrdd, copi'r dydd o *La Repubblica*. Ochr yn ochr ag ef, hefyd yn y ffenest, roedd bwrdd arall wedi ei osod i ddau.

Gwyliodd lwch y llawr oer yn cael ei sgubo'n bentwr bychan i raw blastig goch. Yna, cyn gorffen ei orchwyl, daeth y perchennog draw ato i ymddiheuro gan addo dod yn ôl yn syth i gymryd ei archeb. Unig ymateb Liam O'Boyd oedd syllu'n ddrwgdybus ac yn ddi-ddallt a mwmblan dan ei wynt yn flin. Aeth yr Eidalwr tal yn ôl i'w gegin yn rhyfeddu at ddiffyg cwrteisi ambell gwsmer estron.

Rhag i neb ddallt ei fod yn medru'r iaith, brysiodd Sam i gip-ddarllen drwy'r erthygl ar O'Boyd. Hanner meistrolaeth oedd ganddo o'r iaith, a'r hanner hwnnw'n fwy o'r llafar nag o'r ysgrifenedig. Hyd y gallai gasglu, roedd holl wybodaeth Shellbourne am Boyd/O'Boyd i'w chael yma, a mwy. Darlun oedd yma o derfysgwr go iawn, US Marine dan warth, wedi derbyn blynyddoedd o hyfforddiant nid yn unig yn trin gynna ond hefyd yn gneud bomiau a allai ddifa pontydd ac adeilada mawrion; cael ei daflu o'r fyddin am anufudd-dod ac am iddo fygwth lladd ei sarjant mewn ffit o dymer; croesi'r Iwerydd oherwydd bod brwydyr y Gwyddelod yng Ngogledd Iwerddon wedi apelio at ei natur derfysgol; wedi ei wrthod gan yr IRA oherwydd ei sgafalwch a'i amharodrwydd i blygu i awdurdod, ond wedi creu difrod, serch hynny, ar ei liwt ei hun, yn Belffast a Llundain; *loner* diegwyddor yn chwilio am unrhyw reswm i ladd am mai lladd a thywallt gwaed oedd ei unig bleser mewn bywyd; bywyd, yn ogystal â'i fywyd ei hun i bob golwg, yn ddibris ganddo. Yna caed paragraff cyfan yn manylu ar yr elfen sgitsoffrenig yn Boyd a'r drafferth a gâi i gyfathrebu'n rhesymol â phobol.

Clywodd sŵn troed y tu ôl iddo a rhoddodd y papur o'r golwg yn gyflym. Daeth perchennog y caffi i sefyll wrth ei ysgwydd, ffedog wen lân amdano erbyn hyn, ei geg yn lledu mewn gwên reddfol nes amlygu rhes o ddannedd melyn o dan fwstás du, llyfryn bach mewn un llaw a phensel yn y llall.

'Coffi du a digon o dôst.' Boyd yr Americanwr, nid DC Samuel Tecwyn Turner, oedd yn archebu ac er nad oedd lle i gredu fod gŵr y caffi hyd yma wedi cael golwg ar bapur newydd y dydd, eto i gyd hawdd gweld bod llais diamynedd ac edrychiad gwyllt ei unig gwsmer wedi peri anniddigrwydd os nad ofn ynddo oherwydd fe brysurodd yn ôl i'w gegin heb drafferthu sgrifennu'r archeb yn ei lyfr bach.

Daeth pedwar twrist i mewn a dechra siarad yn uchel. Almaenwyr. Dau gwpwl priod, yn ôl eu golwg. Y cynllunia am y diwrnod oedd eu sgwrs. Ar eu cwt, llusgodd hen ŵr ei draed blin dros y trothwy a syllodd y pedwar yn ddilornus ar ei siwt ddu ddi-raen yn stremps i gyd ac ar ei grys di-goler a fu unwaith yn wyn. Ond chymerodd yr un o'r pump unrhyw sylw o'r dieithryn taclus ei wisg ond garw yr olwg a eisteddai yng nghysgodion cefn y stafell ac a oedd rŵan yn derbyn ei goffi a'i dôst.

Dyna pryd y daeth Pietro Bernini i mewn, yn strytian fel ceiliog dandi, a dau o'i ddilynwyr wrth ei gwt. Gwisgai'r tri siwtiau tywyll, ond bod un Bernini yn dduach ac o well brethyn na'r lleill. Crys gwyn oedd ganddo fo, glas neu lwyd gan y ddau arall. Er poethed y bore, roedd côt arall wedi ei thaenu dros ei ysgwydda cul. Gwnaeth sioe o'i thynnu a'i thaflu'n ddi-feind dros gefn cadair gyfagos. Maffia o'i gorun i'w sawdwl, meddai Sam wrtho'i hun. Ac mae'r pen-bach yn awyddus i bawb wybod hynny. Sylwodd fod hanner-gwên sbeitlyd ar wyneb Bernini a bod honno'n codi cornel chwith ei geg yn uwch na'r dde, gan arddangos pedwar neu bump o ddannedd gwynion wedi eu gwreiddio mewn cochni cigog, anghynnes.

'A! Pietro! Buon giorno il mio amico!' Brasgamai gŵr y caffi tuag ato, gan anwybyddu'r cwsmeriaid eraill oedd newydd ddod i mewn. Yna gostyngwyd y lleisia wrth i Bernini archebu ei frecwast tra syllai'r Almaenwyr yn anfodlon ar y driniaeth ffafriol.

'More coffee!' Daliai Boyd ei gwpan yn uchel a throdd pawb yn y stafell i edrych yn hurt ar yr Americanwr oedd wedi gweiddi mor ddifanars ac mor ymosodol ond a oedd ar yr un pryd yn hanner llechu yng ngwyll pen draw'r stafell.

'Uno momento!' Fe deimlai ynta, gŵr y caffi, yn ddigon hyderus rŵan i godi ei lais ac i swnio'n ddiamynedd.

Daeth cwpan Boyd i lawr yn ôl i'r soser gyda chlec hyglyw ac ailddechreuodd pawb siarad fel pe bai dim anghyffredin wedi digwydd.

Roedd Bernini ar ganol ei frecwast ac ar hanner darllen tudalen flaen ei bapur yr un pryd pan welodd Sam yr hyn y bu'n chwilio amdano. Dau *carabiniere* arfog yn croesi'n hamddenol ar draws y sgwâr tu allan. Roedd wedi sylwi hefyd cyn hyn bod y Maffioso yn taflu ambell edrychiad hyf a drwgdybus i'w gyfeiriad, fel pe bai amheuon yn dechra hel yn ei feddwl.

Taflodd Boyd bapur deng mil *lire* ar y bwrdd o'i flaen a chododd i adael, heb edrych i'r dde na'r chwith. Amseru ydi'r peth pwysig rŵan, meddai wrtho'i hun.

Wrth iddo gyrraedd y drws, gwelodd y ddau blismon yn troi i ateb rhyw ymholiad neu'i gilydd gan un o'r twristiaid wrth y ffynnon. I'r dim! meddyliodd. Be'n well? Camodd yn fyrbwyll allan i'r stryd, cychwyn ar draws y sgwâr ac yna gneud sioe o stopio yn ei unfan wrth weld y plismyn. Golygon gwyllt, ansicir i'r dde a'r chwith wedyn, yna troi ar ei sawdwl ac yn syth yn ôl i'r caffi. Doedd dim dwywaith nad oedd Bernini a'i ffrindia wedi gweld y ddrama. Jyst gobeithio bod ei ddawn actio wedi gneud i'r cyfan ymddangos yn gwbwl naturiol.

'*Toilet?*' cyfarthodd, heb arafu'i gam.

Dalltodd gŵr y lle a phwyntio'n ddiamynedd at ddrws yn y cefn.

'A choffi arall! Du!' Brysiodd drwy'r drws a gwenu'n gul wrth glywed y dyn yn mwmblan yn ddig o'i ôl.

Arhosodd yno'n ddigon hir i'r plismyn fod wedi gadael y sgwâr, yna, â'r papur dan ei fraich, cerddodd yn gyflym drwy'r caffi, gan anwybyddu'r coffi poeth oedd wedi ei dywallt iddo, a phrotestiada hyglyw dyn y lle. Oedodd ennyd yn y drws i neud yn siŵr bod y plismyn wedi mynd, yna brasgamodd ar draws y sgwâr i gyfeiriad y Via di Modelli a diogelwch y Penzione Imperiale. Fe wyddai'n reddfol fod Bernini wedi rhoi gorchymyn i'w ddynion ei ddilyn. Gwyddai hefyd fod y ddau yn cario gynna.

'*Vorrei fermarmi per un'altra notte.*'

Synnodd yr hen wraig at ei frys. Doedd hi ddim hyd yn oed yn sylweddoli ei fod wedi gadael yr adeilad o gwbwl. Gwnaeth ystum diamynedd arno i awgrymu fod y stafell yn dal yn yr un lle ag yr oedd hi neithiwr ac iddo neud fel y mynnai, cyn belled â'i fod yn talu iddi ymlaen llaw eto am y noson ychwanegol.

Gwthiodd bapur hanner can mil *lire* i'w llaw galed a dringodd y grisia fesul dwy.

Roedd y gwely a'r llofft yn union fel roedd wedi eu gadael rhyw awr a chwarter ynghynt ac ogla'r llwydni yn glynu o hyd i'r walia. Aeth i agor y ffenest yn lletach ac eistedd wrthi i ddisgwyl ymwelydd.

Tybiodd unwaith iddo glywed lleisia'n codi o waelod y grisia ac aeth i sefyll y tu ôl i'r drws yn barod. Ond ddaeth neb. Llusgodd yr amser wedyn, heb ddim i'w gadw'n effro heblaw lleisia'n codi'n ysbeidiol o'r stryd tu allan. Rywle yn y pellter clywodd gloc go fawr yn taro'r awr. Un ar ddeg! Caeodd ei lygaid i feddwl. Ar unrhyw amser arall, yn y fath wres ac yn dilyn noson effro, byddai wedi dwyn orig fer o gwsg. Wedi'r cyfan, dyna un peth defnyddiol iawn a ddysgodd yn yr SAS, sef medru ei ddisgyblu ei hun i ymlacio'n llwyr, gorff a meddwl; dwyn gorffwys pan ddeuai'r cyfle; deng munud . . . chwarter awr . . . hanner awr, yn ôl y galw. Ond nid heddiw. Roedd gormod yn dibynnu ar ddatblygiada'r awr neu ddwy nesa. Y cwestiwn mawr – oedd Bernini yn dal i ricriwtio i'w gefnder yn Napoli? Ac os felly, oedd Sam – O'Boyd yn hytrach – wedi llwyddo i ennyn ei chwilfrydedd a'i ddiddordeb? Fe ddywedai ei reddf wrtho fod pob dim yn iawn, ond wrth i'r munuda lusgo heibio dechreuodd yr hedyn o amheuaeth flaguro yn ei feddwl. Er mwyn erlid y pryder hwnnw, gadawodd i'r holl fanylion a gawsai gan Shellbourne ac yna Caroline Court lifo trwy'i gof. Estynnodd wedyn am y Walkman a rhoi'r tâp o Johnny Cash i redeg ynddo, ond ni feiddiodd osod y benset dros ei glustia chwaith. Gwell ganddo wrando ar y miwsig o ryw bellter aneglur na chael ei ddal yn ddiarwybod gan ddynion Bernini. Wedi ymgyfarwyddo'n weddol â chân neu ddwy gan Johnny Cash, rhoddodd gynnig ar y caneuon Gwyddelig. Roedd mwy nag un o'r rhain yn hysbys iddo eisoes a dechreuodd hymian yn ei feddwl ' . . . the Fields of Athenry . . . '

Clycha eglwys gyfagos yn dechra seinio'n fyddarol a thrwy'r sŵn hwnnw y cloc pell yn taro eto. Hanner dydd. Ond nid y clycha na'r cloc oedd wedi mynd â'i sylw oddi ar y miwsig chwaith. Rhywbeth ysgafnach, mwy llechwraidd, mwy bygythiol. Roedd rhywun ar y landin y tu allan i'w lofft. Os mai plismyn oedd yno byddai'n rhaid iddo eu trechu, neu wynebu methiant. Os mai

Bernini oedd yno, byddai'n rhaid gneud sioe o wrthwynebu hwnnw hefyd. Wedi'r cyfan, doedd enw Bernini yn golygu dim i William Boyd nac i Liam O'Boyd. Mewn un symudiad cyflym, tynnodd ei sgidia a chamu'n ddistaw at y drws fel roedd dwrn hwnnw'n cael ei droi.

Yna, yr un mor sydyn, penderfynodd ar dacteg wahanol. Wedi'r cyfan, pwy bynnag oedd yno – y *carabinieri* neu ddynion Bernini – fe fyddai gan y naill fel y llall ynnau ac mi fyddai'r gynnau hynny'n pwyntio ato fo, at O'Boyd y terfysgwr peryglus. Unrhyw wrthwynebiad ar ei ran ac fe gâi'r gynnau eu defnyddio.

'*Come in!*' Llais meddal, ac acen Seisnig y byddai Edward Heath neu Margaret Thatcher wedi bod yn falch ohoni.

Gwelodd yr oedi yn symudiad y dwrn a synhwyrodd yr ansicrwydd y tu allan i'r drws. '*The door isn't locked,*' galwodd eto.

Erbyn i'r drws gael ei wthio'n agored, roedd Sam yn ôl yn y gadair. Wedi'r cyfan, ymresymodd, gwell gweld yn iawn be oedd ganddo i ddelio â fo cyn gneud dim byd byrbwyll.

Dau fêt Bernini oedd yno, y naill yn sefyll tu ôl i'r llall ac yn llenwi'r drws. Smaliodd ynta beidio gweld Beretta'n cael ei wthio'n frysiog i'r boced wrth i'r cynta ohonyn nhw weld dim bygythiad yn y Sais cwrtais a eisteddai o'i flaen. Tu ôl iddo, fodd bynnag, roedd ei bartner yn llai parod i ollwng gafael ar ei arf, ond yn ei gadw o'r golwg serch hynny.

Dau digon tebyg oedden nhw, agos at chwe throedfedd mewn taldra ac yn llydan eu sgwydda. Y gwahaniaeth amlyca rhyngddynt oedd trwch gwallt du yr agosa ato o gymharu â moelni ei ffrind.

'*What can I do for you, gentlemen? Please come in.*' Cododd yn foesgar gan wenu'n ddiniwed wrth gymryd cam i'w cyfarfod.

Gwelodd yr ansicrwydd yn tyfu ar wyneb yr un

gwalltog. Hawdd gweld nad dyma oedden nhw wedi'i ddisgwyl. Cadwodd ynta ei ddwylo yn y golwg rhag cynnau eu drwgdybiaeth a chymerodd gam arall i'w croesawu. Roedd llaw y naill yn chwilio'r boced am gysur y gwn; anodd deud be oedd bwriad y llall, yn hanner cuddio tu ôl i'w gyfaill.

Waeth beth oedden nhw wedi obeithio'i neud, fodd bynnag, chafodd yr un ohonyn nhw'r cyfle i weithredu. Cam arall, ac mewn eiliad roedd y gwyneb gwengar o'u blaen wedi troi'n ddieflig, a'r llaw wag gyfeillgar, a gynigiai groeso funud yn ôl, bellach cyn berycled ag unrhyw arf. Mewn un symudiad, suddodd y bysedd caled fel ebill i dwll stumog y gwalltog nes ei fod yn plygu fel stwffwl a daeth y llaw arall fel feis am ei ên i'w godi'n ôl, bron oddi ar ei draed, a'i daflu'n ffyrnig wysg ei gefn yn erbyn ei gyfaill moel, nes bod hwnnw hefyd yn mesur ei hyd ar y llawr. Mewn dim, roedd traed O'Boyd yn gwasgu ar gorn gwddw pob un, ac yn bygwth gwaeth, nes i'r boen a'r mygni yrru'r gwn yn angof i'r ddau.

'Diolchwch 'mod i wedi tynnu'm sgidia, hogia.' O'Boyd y Gwyddel oedd yn eu bygwth rŵan. Rhwng y llygaid yn tanbeidio, y gwallt melyngoch wedi'i dorri yn y gnec a'r craster blewog o gwmpas yr ên, gellid maddau iddyn nhw am feddwl mai dyn lloerig oedd yn gwamalu uwch eu penna a'i fod unrhyw eiliad am golli'i bwyll yn llwyr a gwasgu'r bywyd allan ohonyn nhw. Dim ond â'u llygada y gallai'r ddau ymbilio.

'Os wna i addo peidio gwasgu'ch bywyda bach chi allan ohonoch chi, wnewch chi addo bod yn blant da i mi?' Anodd deud oedden nhw'n dallt ai peidio. 'Wnewch chi orwedd yn fan'na fel babis bach yn cysgu?'

Rhaid eu bod nhw wedi dallt yr olwg yn ei lygad beth bynnag, oherwydd pan ddechreuodd lacio pwysa'i draed ar eu gyddfa ni fentrodd yr un o'r ddau symud blewyn. Plygodd yn ara a hawlio'u gynnau.

Yna, fel pe bai rhyw wirionedd wedi gwawrio arno,

agorodd ei lygaid led y pen a phwyntio'n lloerig at y ddau nes peri i'w harswyd ddwysáu eto. 'Dwi wedi'ch gweld chi o'r blaen! Y caffi ar y sgwâr!' Na, doedden nhw ddim yn dallt, meddyliodd. 'Y Caffé di Trevi!' Gwelodd eu llygaid yn cydnabod y ffaith, yna daliodd dri bys i fyny ar ei law chwith. 'Tri yn y Caffé Trevi!' Plygodd ddau o'r bysedd gan bwyntio atyn nhw yr un pryd. Roedd un bys yn dal i sefyll. Pwyntiodd at hwnnw efo'r llaw arall, 'Y trydydd! Lle mae o?'

Yna, clywodd wich un o'r grisia ym mhen draw'r landin a llais mewn Saesneg clapiog yn gweiddi, 'Fi ydi'r trydydd, Mîstyr O'Boi-îd. Pietro Bernini.' Roedd yn deud ei enw fel pe bai'n disgwyl i bawb drwy'r byd wybod pwy oedd o.

'Wel sefa lle galla i dy weld di 'ta, a chadw dy ddwylo yn y golwg.'

Pan ddaeth i'r golwg roedd y wên yn dal i dynnu ar gornel chwith ei wefus a sylweddolodd Sam nad gwên oedd hi o gwbwl ond effaith rhyw ddamwain neu fryntni.

'Pietro Bernini gwybod pwy wyt ti, ffrind.' O leia roedd ganddo eitha crap ar y Saesneg, meddyliodd Sam. Fe wnâi hynny betha'n haws.

'Ffrind? Does gen i ddim syniad pwy uffar wyt ti, mêt, a dydi o fawr o bwys gen i chwaith. Os mai'r cops ydach chi yna waeth imi roi bwled ym mhen pob un ohonoch chi rŵan ddim.' Cododd wn i gyfeiriad y pen moel wrth ei draed a chlywodd hwnnw'n gneud sŵn igian.

Chwerthin wnâi Bernini. *'Polizia?* Ni?' Chwarddodd eto gan bwyntio ato'i hun yn fawreddog. 'Pietro Bernini. Pawb yn Rhufain yn gwybod pwy ydw i.'

'Cacha pruns! Dwyt ti'n uffar o neb cyn belled ag yr ydw i yn y cwestiwn ac os na cha i ateb call gan un ohonoch chi yn reit blydi sydyn, fydd 'run ohonoch chi'n gweld ei wely heno, heb sôn am ei ben-blwydd nesa.' Roedd y gwn, fel y llais, wedi codi eto a daeth yr un sŵn ofnus â chynt o gyfeiriad y ddau wrth ei draed. 'Welis i ti'n darllen fy hanes i yn y papur, yr uffar hyll! Felly pam 'dach chi yma os nad i'm rhoi fi yn nwylo'r polîs?'

Erbyn hyn, fe deimlai Semtecs yn ffyddiog fod y cysylltiad wedi'i neud a bod Bernini wedi llyncu stori'r papur newydd. Aros rŵan nes i'r dandi bach ddechra cyfaddawdu, ond gadael iddo gredu drwy'r amser ei fod yn delio efo dyn hanner call.

'Mîstyr O'Boi-îd!' Roedd yn ynganu'r enw fel pe bai'n deud rhyw wirionedd mawr clyfar. 'Mîstyr Lî-am O'Boi-îd.' Daliodd ei gopi o'r *La Repubblica* i fyny o'i flaen. Cododd ynta, Sam, wn yn lloerig i'w gyfeiriad a daeth y papur i lawr yn syth. 'Plîs, Mîstyr O'Boi-îd! Ni siarad busnes?'

Gadawodd Sam i'w wyneb lacio rhywfaint fel arwydd o'i ddiddordeb.

'Pietro Bernini anfon ei ffrindia adra, ia? Pietro Bernini a Mîstyr Lî-am O'Boi-îd siarad busnes wedyn?'

Am eiliad roedd gwyneb O'Boyd yn llawn ansicrwydd a drwgdybiaeth, yna gellid gweld y penderfyniad yn ffurfio. 'Reit!' cyfarthodd. 'Chdi! Chdi!' Pwyntiodd y gwn at y ddau oedd yn dal i orwedd yn llonydd wrth ei draed. 'G'luwch hi!'

Doedd dim angen deud ddwywaith. Roedd yr ystum yn ddigon. Roedd y ddau ar eu traed ac yn gneud eu gora i gerdded yn bwyllog ac yn herfeiddiol am ben y grisia ond roedd crib y ddau wedi ei thorri. Wrth iddyn nhw wthio heibio iddo, gwnaeth Bernini bâr o lygada bygythiol ar y ddau a sibrwd chydig eiria chwyrn. Yr unig beth a ddalltodd Sam oedd, 'Arhoswch amdana i yn fan'no.'

'Ni siarad?'

Symudodd Sam o'r neilltu a gneud sioe o'i wylio'n ddrwgdybus wrth adael iddo fynd heibio ac i mewn i'r llofft. Roedd gwên sefydlog Pietro Bernini yn dechra mynd o dan ei groen.

'Ti ffoi rhag *Polizia*.'

'Deud rwbath newydd, y cwd!' Daliai i sefyll yn y drws agored, fel pe bai'n ama cynllwyn, yn disgwyl i'r ddau arall sleifio'n ôl.

'Pietro Bernini helpu Mîstyr O'Boi-îd.' Roedd wedi croesi at y ffenest cyn troi i'w wynebu. 'Bernini cynnig gwaith i O'Boi-îd falla.'

'Paid â chwara efo fi, y cyw dandi diawl.'

Duodd llygada Bernini ond ni ddiflannodd y wên. Roedd ei gyfyng-gyngor yn amlwg wrth iddo deimlo'i hun yn cael ei ruthro i benderfyniad gan agwedd afresymol y gŵr hanner-lloerig o'i flaen. Gallai Sam ddychmygu'r frwydr yn mhen y Maffioso hunan-bwysig. Ei gynllun, mae'n siŵr, fu i gael O'Boyd o'r neilltu i rywle lle gellid ei holi'n ddwys ac yn fygythiol cyn gneud unrhyw gynnig iddo. Wedi'r cyfan, mi fyddai angen cadarnhau mai hwn oedd y ffoadur peryglus o garchar y Maze yn Iwerddon ac nid rhywun arall yn actio'r part. Ond rŵan, a'r esgid ar y droed arall, neu'r gwn, yn hytrach, yn y llaw anghywir, gorfodid Bernini i neud penderfyniad yn y fan a'r lle.

'Sut ti hoffi gweithio i'r . . . Camorra?' Roedd wedi oedi eiliad cyn enwi'r frawdoliaeth, fel pe bai'n disgwyl i'r gair beri rhyfeddod neu greu dychryn.

Chwarddodd O'Boyd. 'Camorra? Be uffar ydi hwnnw? Cwmni gneud hufen iâ?'

Gellid gweld ymdrech Bernini i ffrwyno'i dymer a'i ddiffyg amynedd. 'Y Camorra, gyfaill, ydi cangen y . . . Maffia . . . yn Napoli.' Amlwg bod yr Eidalwr yn disgwyl i'w dôn rwysgfawr greu argraff. 'Rŵan, ti ddiddordeb mewn job os . . . ?'

'Job? Be? Gwerthu'ch cyffuria bach pathetig chi? Dyro dy fys yn dy din, mêt, a wisla.'

Fflachiodd y llygada rŵan ac fe ddiflannodd y wên. 'Ti gwrando! Fi cynnig job fawr i ti . . . falla. Job fawr fawr, os ti digon da . . . os ti plesio . . . ' Gadawodd y frawddeg heb ei gorffen ond fe wyddai Sam at bwy'r oedd yn cyfeirio. 'A ti saff wedyn oddi wrth *carabinieri*. Os ti isio help Bernini, ti dod i fa'ma heno. *Capisce?*' Taflodd gerdyn efo'i enw a'i gyfeiriad arno ar y gwely a chychwyn yn dalog am y drws, lle'r oedd O'Boyd yn dal i sefyll. Daeth y ddau wyneb yn wyneb, i syllu'n ddig ac yn hir i lygada'i gilydd. O'r diwedd, camodd yr Americanwr gwyllt yn ôl i neud lle i'r llall adael y stafell. Ond er i hwnnw fedru celu ei ryddhad, gwyddai Sam nad oedd Pietro Bernini mor hunanfeddiannol o bell ffordd yng nghwmni Liam O'Boyd ag y ceisiai ymddangos.

Cyn cychwyn i lawr y grisia, oedodd yr Eidalwr. Roedd ei edrychiad yn ddu ac yn fygythiol. 'Ti rhoi gynnau'n ôl, heno. *Capisce?*' Yna, roedd wedi mynd a gwyddai Sam y gallai fod wedi gneud gelyn peryglus.

Rhufain, Villa Bernini

Treuliodd Sam weddill y pnawn ar ei wely yn dal i fyny â'i gwsg, ond nid cyn gofalu gosod cadair yn erbyn drws ei lofft i rwystro hwnnw rhag cael ei agor o'r landin tu allan. Go brin y deuai Bernini a'i ffrindia yn ôl, meddyliodd, ond roedd posib i hen wraig y tŷ fod wedi gweld papur newydd erbyn hyn a chysylltu wedyn efo'r heddlu. A phe deuai'r *carabinieri* i'w arestio, doedd o ddim am gael ei gornelu fel llygoden ddiniwed yn y Penzione Imperiale. O gael digon o rybudd, gallai ddengid drwy'r ffenest, dringo i'r to a chymryd ei siawns o fan'no.

Ddaeth neb i'w boeni. Cododd am bump, yn wlyddar o chwys, molchi a mynd i chwilio am fwyd. Roedd ar ei gythlwng, heb gael tamaid i'w fwyta ers ben bore. Serch hynny, fe deimlai'n fodlon. Roedd Bernini, i bob golwg, wedi llyncu'r abwyd. Ond roedd gofyn troedio'n ofalus o hyd. Aeth â cherdyn yr Eidalwr a'r map o strydoedd

Rhufain allan efo fo.

Rhwng gwres concrid yr adeilada o'i gwmpas a'r ffordd dan ei draed, teimlai fel pe bai'n cerdded mewn popty. Roedd y diwrnod wedi bod yn anarferol o boeth am yr adeg yma o'r flwyddyn.

Tawel oedd pob *ristorante*, amal i un heb agor hyd yn oed. Fydden nhw ddim yn dechra prysuro am o leia deirawr arall. Dewisodd fwyty bychan ar gornel y Via Sicilia a'r Via Piemonte ac ordro *bistecca alla fiorentina* iddo'i hun a hanner potel o win coch. Trodd wedyn i'r map, gan ddechra efo'r Elenco Stradale, sef y rhestr gyfeirio ar y cefn. Gwyddai ei fod rywle yng nghyffinia'r Villa Bernini; câi rŵan gyfle i weld yn union pa mor agos.

Yn ôl y cerdyn, roedd y Villa wedi ei lleoli ar y Via Ludovisi. Sgwâr 37 ar y map meddai'r Elenco wrtho. A'r Via Sicilia a'r Via Piemonte, lle roedd o ar hyn o bryd, yn Sgwâr 38. Trodd drosodd i'r map, ac wedi canolbwyntio ar y ddau sgwâr, a chael ei lygaid i arfer efo'r print mân, daeth o hyd i'r strydoedd yn weddol rwydd. Gwelodd y byddai'r Via Sicilia yn ei arwain i'r Via Lombardia; troi oddi ar honno i'r Via Emilia ac fe ddôi ar ei ben wedyn i'r Via Ludovisi, 'lle mae'r enwog Pietro Bernini yn byw,' meddyliodd yn wamal. 'Deng munud ar y mwya.'

Cafodd flas anghyffredin ar y stecan, honno wedi ei choginio'n frau mewn pupur du, saws lemon a phersli. Roedd y llysia hefyd fel pe baen nhw wedi dod yn syth o'r ardd ac yn ei atgoffa o'r cinio dydd Sul yr arferai ei gael yn blentyn ar ffarm Taid Sir Fôn erstalwm. Gwenodd wrth lyfu'i wefla a drachtio gweddill y gwin. Roedd o gymaint â hynny'n fwy blasus am 'mod i jyst â llwgu, mae'n debyg, meddai wrtho'i hun.

Er gwaetha'i benderfyniad i gau Rhian a'i blentyn o'i fywyd tra oedd yma yn yr Eidal yn enw O'Boyd, eto i gyd fe fynnodd y ddau wthio rŵan i'w feddwl. Edrychodd ar ei wats. Deng munud wedi saith. Awr yn gynharach na hynny yng Nghymru. Fyddai Rhian ddim yn paratoi'r bychan am ei wely am o leia awr arall, meddai wrtho'i hun, a'r tebyg oedd bod y ddau yn diddanu'i gilydd yr eiliad 'ma efo ceir bach ar lawr cyflym y stafell fyw. Ceir ac awyrenna oedd byd y bychan a chwarae efo petha felly oedd yr unig ffordd o'i gadw'n ddiddig. Brwydrodd Sam â'r awydd i oedi'n hwy yn ei ddychymyg.

Ac ynta'n teimlo mor fodlon efo'i fol yn dynn, y gamp rŵan oedd mynd i mewn i groen O'Boyd unwaith eto. Oherwydd hynny, aeth y daith ddeng munud yn un hanner awr wrth iddo grwydro'r strydoedd cefn yn corddi tymer ynddo'i hun. Dim ond pan oedd yn hollol fodlon â'r ffordd y teimlai, ac y gwyddai i sicrwydd fod ei lygada'n fflachio tân, y mentrodd Liam O'Boyd at ddrws y Villa Bernini.

Pan gerddodd i mewn i'r cyntedd fe wyddai'n syth be oedd y gwn a wasgwyd i'w gefn. Onid yr *Uzi* Israelaidd oedd hoff wn y Maffia? Yn hawdd i'w gael, yn rhad i'w brynu ac yn hynod ddinistriol.

'O! Chdi sy'na, y pen ŵy!' meddai'n ddi-daro wrth y gŵr moel a fu'n chwilio amdano'n gynharach yn y Penzione Imperiale. Ond er y gwamalrwydd yn y llais, fe sylwodd hwnnw ar y fflach beryglus yn llygada O'Boyd, ac wedi iddo hawlio'r ddau wn Beretta yn ôl o bocedi'r siwt lwydlas, ciliodd ef a'i *Uzi* gam yn ôl.

'*Benvenuto a Villa Bernini, il mio amico.*' Roedd Pietro enwog y Maffia, fel yr hoffai feddwl amdano'i hun, wedi ymddangos yn sydyn o rywle, siaced ysgafn o liw gwin amdano dros drowsus tywyll, a sigarét hir yn mygu yn ei law.

'Siarada iaith gall, y llinyn sbageti!' Disgwyliai deimlo baril yr *Uzi* yn gwasgu i'w gefn ond ddigwyddodd dim. Pwyntiodd at y sigarét. 'A stwffia'r peth drewllyd 'na i fyny dy din. Dydw i ddim isio anadlu dy blydi budreddi di.'

Daliai Bernini i wenu'n ffals, yn gwrthod cymryd ei wylltio. Bu'n ailddarllen hanes O'Boyd yn y papur a chredai ei fod yn dallt rhywfaint rŵan am gyflwr sgitsoffrenig ei westai. 'Tyrd Mîstyr O'Boi-îd, i ti clywed cynnig sydd gen i. Ond yn gynta, ti tawelu fy . . . *preoccupe* . . . fy mhryderon.'

Gwyddai'n reddfol be oedd ar feddwl yr Eidalwr ond smaliodd fel arall. Chwarddodd yn gras ac yn ddi-hiwmor. 'Pryderon? Er bod Pen Moel yn fa'ma yn pwyntio'i *Uzi* i 'nghlust i, rwyt ti'n dal i fod fy ofn i? Be uffar wyt ti 'lly? Pry genwair?'

Taniodd llygaid tywyll y Maffioso unwaith eto wrth iddo frwydro â'r awydd i orchymyn y Pen Moel i ddysgu gwers i Mîstyr O'Boi-îd. Roedd cryndod peryglus i'w weld yn plycio corneli ei ffroena gan dynnu mwy o sylw at y wên anorfod ac ofnodd Sam ei fod ynta falla wedi mynd gam yn rhy bell. Ond daliodd ei dir a pharhau i syllu'n wamal ac yn herfeiddiol drwy'r fflam a'r dicter a'r cynnwrf oedd yn ei fygwth. Roedd yn amlwg iddo fod Pietro Bernini, yn yr eiliada hynny, yn ymladd brwydyr feddyliol go fawr efo fo'i hun a bod ei fywyd ynta yn dibynnu'n llwyr ar fympwy'r Eidalwr. Cyn nos fe allai Liam O'Boyd a Samuel Tecwyn Turner, y naill fel y llall, fod yn saig i bysgod yr afon Tiber.

Yna'n raddol fe ledodd y wên yn un nawddoglyd unwaith eto gan anffurfio mwy fyth ar gornel y geg. 'Cyngor iti, Mîstyr O'Boi-îd.' Doedd y llais fawr mwy na sibrydiad bygythiol. 'Ti byth eto trio bychanu Pietro Bernini. Byth! *Capisce?* Ti dallt?'

Teimlodd Sam y rhyddhad yn llifo drosto ac addawodd iddo'i hun y byddai'n rhoi ystyriaeth ddwys i'r bygythiad. Ni wnâi ddim drwg chwaith, meddyliodd, i Liam O'Boyd ddangos peth cyfaddawd. 'Ffordd o siarad, dyna i gyd, gyfaill. Rhaid iti beidio cymryd pob dim y mae Liam O'Boyd yn ei ddeud yn rhy ddifrifol.' Chwarddodd yn fyr. 'Dwi'n siŵr y down ni'n dau yn ffrindia mawr. Rŵan, be ydi dy bryderon di? A be fedra i neud i helpu?'

Gwnaeth Bernini hefyd sŵn chwerthin dihiwmor. 'Ffrindia? Fe gawn ni weld, O'Boi-îd! Fe gawn ni weld. Rŵan ti tynnu dy grys . . . plîs?'

Smaliodd Sam edrych yn syn a daeth â chydig o'r fflach wallgo yn ôl i'w lygad. 'Tynnu 'nghrys? Ti'n blydi cinci, ta be?'

'Jyst gneud, Mîstyr O'Boi-îd. Jyst gneud. Y papur . . . *La Repubblica* . . . bore 'ma . . . sôn am lunia *insolito* . . . ym . . . anarferol ar dy freichia di . . . '

Unwaith eto caniataodd Semtecs i'r wên ddisodli'r gwallgofrwydd. 'O! Y tatŵs wyt ti'n feddwl! Isio gweld rheini wyt ti!' Mewn eiliad roedd wedi tynnu'i gôt ac wedi agor botyma'i grys a'i daflu'n ôl dros ei sgwydda. 'Wyt ti'n licio nhw?' gofynnodd gyda balchder gneud. 'Clancy wnaeth rhein imi. Os byth y byddi di yn Baltimore . . . '

Ond doedd gan Bernini wrth gwrs ddim diddordeb mewn unrhyw Clancy yn Baltimore i roi tatŵ iddo. Ei unig fwriad oedd cael cadarnhad o'r wybodaeth oedd wedi ymddangos yn y papur y bore hwnnw. Ar yr un pryd, fodd bynnag, methodd â chelu'i edmygedd o'r ysgwydda a'r breichia cyhyrog a ddinoethwyd o'i flaen. 'Iawn, Mîstyr O'Boi-îd,' meddai o'r diwedd. 'Ni cael sgwrs.'

Heb drafferthu ailwisgo'r gôt na chau botyma'i grys yn iawn, dilynodd Semtecs ef i stafell foethus anferth efo ffenest hir yn llenwi un wal a'r ardd gymen tu allan yn ymestyn ran helaeth o'r ffordd i fyny llechwedd bryn Pincio. Yr ochor arall i'r bryn hwnnw, fel y gwyddai Sam yn iawn oddi wrth ei fap, safai eglwys Trinita dei Monti, efo'r Spanish Steps byd-enwog yn arwain i fyny ati.

'Fe gymeri di . . . be . . . i'w yfed? Wisgi? Fodca? Gin?' Pwyntiai at far sylweddol yng nghornel y stafell a dyn bychan efo mwstás main dan gryman o drwyn yn sefyll y tu ôl iddo.

Dwyt ti ddim yn mynd i 'nal i fel'na, mêt, meddyliodd

Sam. Yn ôl adroddiad y papur boreol, hoff ddiod O'Boyd oedd Southern Comfort. 'Go brin fod gen ti be dwi'n yfad, beth bynnag, felly mi wneith Bourbon y tro. Ac os nad wyt ti rioed wedi clywed am hwnnw, wel falla bod gen ti Bushmills Black.'

'O? A be ti'n yfed fel rheol?'

'Southern Comfort, be arall! Ond be wyddost ti am betha felly, y gwynab prŵn.'

Roedd Bernini fel pe bai'n dod i adnabod natur ddyrys ei ddyn yn well ac yn dechra gweld yr ochor ddoniol i'w ebychiada sarhaus. Chwarddodd am y tro cynta ers i'r ddau gyfarfod. 'Angelo! Southern Comfort i Mîstyr O'Boi-îd. *Vino rosso* i mi. O!' ychwanegodd yn chwareus fawreddog, 'a thyrd â Bourbon a Bushmills Black hefyd, rhag ofn y bydd Mîstyr O'Boi-îd isio newid bach.'

Yr eiliad nesa roedd paen anferth o'r ffenest yn llithro'n ddistaw i'r naill ochor gan agor llwybyr clir i'r ardd. Ar wahân i strimar y garddwr yn tacluso o gwmpas bonion y coed olewydd ar y llechwedd uwch eu penna, a'i sŵn fel gwenyn gwyllt mewn potel, doedd fawr o sŵn arall i'w glywed yma. Roedd y tŷ ar un ochor a'r bryn ar yr ochor arall yn cau allan brysurdeb y ddinas, meddyliodd Sam.

Yr ochor isa i'r olewydd roedd y llechwedd yn graddoli'n ardd wastad efo llwyni o aselia a gwyddfid lliwgar i dorri yma ac acw ar wyrddni'r lawnt. Yn nes at y tŷ, gwely eang o rosod cochion ar y chwith; amrywiaeth o berlysia ar y dde, lafant a jasmin, teim a rhosmari, y cyfan yn wledd i'w ffroena. Yn dringo wal y tŷ ei hun, sioe o glematis a *bougainvillea*.

'Mîstyr O'Boi-îd . . . eistedd.' Pwyntiai at fwrdd claerwyn a dwy gadair unlliw â fo, wedi eu gosod ar y lawnt rhyw ddecllath i ffwrdd.

Tybiodd Sam mai dyma'r amser i ddangos tipyn o barch. 'Dwi'n codi fy het iti, Mîstyr Bernini.' Roedd dynwared ynganiad y Mîstyr yn cadw'r clod rhag swnio'n nawddoglyd. 'Rwyt ti'n fwy o opyrêtyr nag oeddwn i wedi'i dybio.' Taenodd ei gôt dros gefn un o'r cadeiria gan ofalu bod y meicroffon yn derbyn pob gair o'r sgwrs. Go brin bod neb yn gwrando, meddyliodd, ond pwy ŵyr?

Fe blesiwyd y Maffioso hunanbwysig gan y clod cynnil, a gwnaeth sioe o wahodd Liam O'Boyd i eistedd ar un o'r cadeiria. Cyrhaeddodd Angelo a gosod yr hambwrdd efo'r diodydd o'u blaen.

'At fusnes, Mîstyr O'Boi-îd. Sut faset ti'n hoffi gweithio i'r Camorra yn Napoli? Mae fy nghefnder, Giovanni Signorelli, yn chwilio am rywun fel ti i weithio iddo fo. Fyddai gen ti ddiddordeb os . . . ?'

'Fel roeddwn i'n ddeud wrthat ti bora 'ma . . . '

'Na, na! Nid cyffuria. Rhywbeth mwy. Llawer mwy.'

'Fel be, felly?' Daliai i swnio'n amheus ac yn ddiamynedd. 'A be ydi'r "os" 'ma o hyd?'

'Giovanni ei hun ydi'r un i ddeud hynny wrthat ti.'

'Pryd ddaw o i 'ngweld i?'

Chwarddodd Bernini yn iach, fel pe bai'r cwestiwn yn un hollol hurt, a llowciodd o'r gwin coch. *'No, no, il mio amico.* Ti fydd raid mynd i'w weld o.'

Smaliodd O'Boyd gymryd amser i styried y peth. 'Yr holl ffordd i Napoli? Mi fydd yn risg i mi.'

'Mwy o risg aros yn Rhufain, *amice*, efo'r *carabinieri* ar dy wartha di. Giovanni anfon ei awyren bersonol ei hun i dy nôl di . . . '

Llamodd calon Sam. Roedd Bernini eisoes wedi cysylltu efo'i gefnder, felly, a rhaid bod Signorelli hefyd yn barod i styried yr abwyd os nad ei lyncu.

' . . . a fedar y *polizia* ddim cyffwrdd ynot ti yn y Villa Capri.'

'Villa Capri? Be 'di fan'no?'

Gwenodd Bernini'n llydan, gan gyfeirio efo'i ddwylo at y tŷ a'r ardd o'i gwmpas. 'Os ti'n meddwl bod fa'ma'n *meraviglioso* . . . yn . . . ym . . . drawiadol, aros nes y gweli

di'r Villa Capri. Ga' i neud y *sistemazioni* . . . ym . . .
trefniada?'

Cymerodd O'Boyd chydig eiliada i feddwl. 'Rhaid imi
gael fy nhalu'n dda, beth bynnag ydi'r job.'

'Wrth gwrs.' Be oedd tu ôl i'r wên?

'Iawn 'ta. Does gen i ddim byd i'w golli yn nagoes? Na
dim byd gwell i'w neud am wn i.'

'*Eccellente!*' Cododd yr Eidalwr a gweld bod gwydryn
y Southern Comfort yn wag. 'Angelo! Diod arall i Mîstyr
O'Boi-îd, tra bydda i'n ffonio.'

Prysurodd hwnnw draw efo'r botel ond daliodd Sam
law i fyny i'w atal. 'Paid â phoeni, Angelo! Mi wneith y
Bushmills 'ma y tro imi. Mi fasa'n bechod 'i wastio fo.'
Roedd y wisgi Gwyddelig fel mêl o'i gymharu â'i 'hoff
ddiod' cyfoglyd.

Bu Bernini mor hir ar y ffôn nes peri i Sam ofni'r
gwaetha. Cododd efo'i wydryn wisgi a mynd i grwydro'r
ardd, gan wybod o'r gora bod y Pen Moel a'i *Uzi* yn cadw
llygad barcud arno. Y cwestiwn a'i poenai oedd a ddylai
adael un botwm meicroffon yma yn y Villa Bernini. Ond
na. A chymryd bod M16 wedi clywed rhywfaint o'r sgwrs
gynna, go brin y byddai ganddyn nhw ddiddordeb yn y
lle unwaith i Liam O'Boyd adael.

'O'Boi-îd! Mae'r trefniada wedi eu gneud . . . '

Be ddigwyddodd i'r 'Mîstyr', meddyliodd Sam, wrth
synhwyro tôn fwy swta i'r llais.

' . . . Ti hedfan i Napoli am . . . *otto e mezzo* . . . ym
. . . hanner awr wedi wyth bore fory.'

'Hannar awr wedi wyth? Cynnar ar y diawl!'

'Pam? Oes problem?'

Caniataodd Sam i wyneb O'Boyd ystwytho mewn
gwên galed. 'Dim problem,' meddai yn ei acen Wyddelig
orau, 'mond 'mod i wedi gaddo i'r Pab y baswn i yn yr
offeren ben bora, yn y Fatican.'

Gwg yn hytrach na gwên ddaeth yn ateb i'r jôc. Doedd
hyd yn oed y Maffioso diegwyddor ddim yn hoffi clywed

enw'r Papa duwiol yn cael ei ddefnyddio'n ofer. 'Ti cysgu yma heno,' meddai'n sych. 'Fi gneud siŵr bod ti'n cyrraedd *l'aeroporto* mewn pryd.'

'Wel chwara teg iti, ffrind.' Arlliw yn unig o wawd oedd yn y llais. 'Mi a' i i nôl gweddill fy mhetha, felly.'

Gwelodd yr amheuaeth yn neidio i wyneb Bernini. 'Pa betha?'

'Yn y *Penzione*. Mae gen i ddillad wedi'u gadael yno.'

'Fe eith Angelo.'

Daeth y fflach herfeiddiol unwaith eto i'r llygaid. 'Fe a' i! Fedar y corrach bach yna mo'u cyrraedd nhw beth bynnag.'

Bodlonodd Bernini. 'Jyst bydd yn ofalus . . . ' Yna, wrth weld y fflach yn bygwth troi'n dân, ' . . . rhag y carabinieri.'

Fe fu Sam yn ofalus, ac yn ddigon byw hefyd i sylwi ar yr *Ambulanza* efo'r ffenestri tywyll oedd wedi'i pharcio gyferbyn â drws ffrynt y villa. Yn ôl y disgwyl, fe'i dilynwyd ef bob cam o'r ffordd i'r Penzione Imperiale ac yn ôl wedyn gan y Pen Moel a'i *Beretta* cudd. Yr hyn a'i poenai fwya, fodd bynnag, oedd fod popeth wedi bod yn rhy hawdd rywsut.

* * *

Yng nghefn yr ambiwlans, gwenai dau yn fodlon ar ei gilydd wrth dynnu'r tâp allan o'r peiriant recordio. Er na chodwyd y sgwrs yn yr ardd o gwbwl, eto i gyd roedd y pytia a gaed o'r tŷ ei hun yn ddigon i awgrymu llwyddiant. Cydiodd un ohonynt mewn ffôn a deialu rhif diogel Syr Leslie Garstang yn Llundain.

* * *

Hen Sgubor

Roedd cwsg yn gwrthod dod. Mynnai glustfeinio am unrhyw synau dieithr ond y cwbwl a glywai, ar wahân i anadlu trwm y bychan wrth ei hochor, oedd ambell chwibaniad trist wrth i'r gwynt ffyrnigo'n fympwyol ym mriga'r coed tu allan. Nes y deuai Sam yn ôl, fe gâi Tecwyn Bach rannu'r gwely mawr efo hi; roedd hi wedi penderfynu hynny. Yn un peth, roedd o'n cysgu'n well yn y nos ac yn hwyrach i'r bore, ac yn ail roedd hitha, ei fam, yn cael rhywfaint o gysur a thawelwch meddwl o deimlo'i bresenoldeb ac o wrando ar ei anadlu rheolaidd, digyffro. Doedd Hen Sgubor, wedi'r cyfan, mo'r lle brafia i fod ynddo a Sam mor bell.

Yr alwad ffôn, gynna, oedd wedi'i hanniddigo hi. 'Rhian? Ydi pob dim yn iawn?'

Gan iddi fethu adnabod y llais bu ei hateb, o ganlyniad, yn betrus. 'Ydi. Pwy sy'n gofyn?'

'Gordon. Gordon Small.' Yna, o gael dim yn ôl ond tawelwch, 'Sarjant Small . . . Sarjant Titch! Roeddwn i acw . . .'

Roedd hi wedi chwerthin efo peth rhyddhad ar ei draws wedyn. 'Wrth gwrs. Sut ydach chi?'

Cwestiwn gwirion, meddyliodd, ond roedd yn ffordd hefyd o ofyn 'Be 'dach chi'i isio?'

Synhwyrodd ynta'r angen i egluro. 'Fe addewais i Sam y byddwn i'n cadw golwg arnoch chi, i neud yn siŵr eich bod chi'ch dau yn iawn.' Ac fe aeth ymlaen wedyn i roi iddi rif ffôn arbennig y gallai hi gysylltu â fo pe bai angen, unrhyw amser o'r dydd neu'r nos.

A rŵan, yn y tawelwch tywyll, deirawr yn ddiweddarach, roedd y meddylia'n dechra hel, y dychymyg yn creu ofna ac anadlu trwm, rheolaidd y bychan wrth ei hochor yn dwysáu'r tyndra erbyn hyn. Blinid hi gan y syniad bod angen rhywun i gadw golwg arnyn nhw o gwbwl. Oedd Sam, trwy gytuno i ba bynnag dasg a osodwyd arno, wedi rhoi'r plentyn a hitha hefyd mewn peryg? Os oedd, fe gâi hi dipyn o waith madda iddo.

Am y trydydd tro ers noswylio rhoddodd fywyd yn y lamp fechan wrth ei hymyl yn y gobaith y gallai chydig dudalenna o Catherine Cookson dynnu cwsg.

Oedd rhywbeth heblaw sŵn gwynt i'w glywed y tu allan? Nid am y tro cynta, fe deimlai fod y pinwydd trwchus ar lechwedd Y Gamallt yn cau fwyfwy am y llofft a bod eu düwch yn fygythiad cynyddol.

Sam, pan glywodd fod y babi ar ei ffordd, oedd wedi mynnu cael yr estyniad diweddara yma at y tŷ ac wedi gofyn i Berwyn Davies gynllunio'r ddwy lofft ychwanegol. Roedd yr adeilad bellach ar ffurf rhif 7, efo'r fraich newydd yn gwthio allan dros y tarmac llyfn i gyfeiriad y coed.

Ofer y darllen. Môr o farcia duon, diystyr oedd geiria'r llyfr, heb amlinell glir i unrhyw lythyren. Roedd ei llygaid yn syllu'n bell tu hwnt i'r dudalen o'i blaen.

Cododd gyda'r bwriad o neud paned iddi'i hun gan adael y llofft mewn tywyllwch o'i hôl. Ymbalfalodd i'r gegin ond yn hytrach na rhoi'r gola yn fan'no, aeth drwodd i'r stafell fyw a draw at un o'r ffenestri oedd yn syllu i gyfeiriad Y Gamallt gan godi'r llenni fymryn efo cefn ei llaw. Uwchben gwelodd yr awyr lwyd-ddu yn aflonydd efo'r gwynt. O'i blaen ymdoddai'r tarmac du i ddüwch y coed rhyw hanner canllath i ffwrdd gan roi'r argraff o ddiflannu i ogof lydan.

Be oedd ar feddwl y Sarjant gwirion 'na yn ei ffonio hi mor hwyr y nos? Na fyddai wedi bod yn ddigon call i sylweddoli y gallai ei hanesmwytho? Allai hi aros yma nes i Sam ddychwelyd? Wythnosa falla! Doedd tywyllwch neu unigrwydd ddim yn ddychryn iddi fel rheol, meddai wrthi'i hun, felly pam bod ei chalon rŵan yn curo mor gyflym ac mor drwm? Twt! Fe edrychai petha'n dra gwahanol yng ngola dydd.

Ond fel yr oedd ar fin troi o'r ffenest, neidiodd yr ofn

yn lwmp gwirioneddol i'w gwddw a fferrodd ei chorff. Gallai daeru iddi weld rhyw symudiad neu fflach o rywbeth yn y coed o'i blaen. Yn ei dychryn roedd canhwylla'i llygaid wedi tyfu'n ddwy farblen ddisglair ddu wrth iddi'n reddfol dynnu'i thrwyn yn ôl o'r gwydyr. Ond daliodd i rythu i'r cysgodion, gyda phob gewyn a chyhyr yn ei chorff yn dannau tyn.

Bu'n sefyll yno'n hir ac yn berffaith lonydd, ei llygaid wedi eu hoelio ar yr union le oedd wedi creu dychryn ynddi. Llusgai'r eiliada poenus heibio heb ddim yn aflonyddu ar y düwch diddiwedd. Yna, o gornel chwith ei llygad, daeth symudiad arall, rhyw wynder byrhoedlog, fel pysgodyn yn rhoi tro yn nyfnder pwll. Doedd dim amheuaeth bellach. Roedd rhywun neu rywbeth yn symud yn y düwch acw ac roedd hitha wedi colli pob rheolaeth ar guriad ei chalon.

Bu'n gwylio'n hir wedyn heb gael ei dychryn rhagor. Beth bynnag oedd yno . . . pwy bynnag oedd yno . . . doedd o ddim wedi dod yn ddigon agos i aflonyddu ar system ddiogelwch y tŷ neu byddai pobman tu allan erbyn hyn yn nofio mewn gola halogen cry. Un o ddefaid Cradog Owen y Gamallt wedi crwydro i'r coed falla, meddyliodd o'r diwedd. Roedd hynny'n bosib, er nad oedd yno'r blewyn lleia o wair i'w denu chwaith. Doedd cysgod y pin, wedi'r cyfan, byth yn cynnig porthiant o unrhyw fath.

Ymhen hir a hwyr y dychwelodd Rhian i'r gegin, ei chalon wedi arafu rhywfaint erbyn hyn ac oerni'r nos yn brathu drwy'i choban sidan ddu. Allai hi ddim meddwl mynd yn ôl i'w gwely, felly, tra oedd y tecell yn berwi, aeth i newid i'w gwisg jogio gynnes. Ystyriodd unwaith dderbyn cynnig Sarjant Small ac aeth cyn belled â chwilio am y rhif ffôn a gawsai ganddo. Ond na, doedd hi ddim am roi lle iddo feddwl ei bod hi'n paranoid ac yn galw am ei help ar yr esgus lleia.

Cafodd ei deffro gan waedd y bychan o'r llofft. Roedd

y gadair yn oer amdani a'r hanner cwpanaid o goffi wedi magu croen ar y bwrdd bach yn ei hymyl.

Whitehall

Methai Caroline Court â chuddio'i thymer. Roedd i'w weld yn nhyndra'i ffroena ac yn sigl cyflym ei thin wrth iddi neud llwybyr tarw am ddrws ei hystafell, ei braich dde fel pendil yn gwrthryfela yn erbyn pegynna'i gaethiwed a'i llaw chwith yn gwasgu'r papur newydd i'w hochor yn dynnach o lawer nag oedd angen ei neud. Gwisgai siwt siapus heddiw eto, un ddu dros flows wen, dynn.

Trodd ambell un ei ben i'w gwylio'n mynd ac i wrando ar glecian ei sodla dig ar farmor y llawr.

'Mailer!' cyfarthodd. 'Dwi isio'i weld o, rŵan.'

Chafodd y wên o groeso boreol ddim cyfle i sefydlu'i hun ar wyneb Miss Parkes, yr ysgrifenyddes bersonol. Rhaid nad oedd hi wedi gwrando ar neges y sodla wrth iddyn nhw nesáu ar y coridor tu allan, ond fe synhwyrodd hi y dymer rŵan yn sŵn y 'Mailer!' di-deitl. Mr Mailer, neu Mr Andrew Mailer, a ddefnyddid fel rheol ond fe wyddai Miss Parkes mai cwrteisi ffug oedd hwnnw hefyd. Doedd dim parch o'r naill ochor na'r llall, ddim ers y penodiad wyth mis yn ôl.

Roedd pawb a'i adwaenai yn gweld bod digofaint Andrew Mailer yn bry o'i fewn, yn ei fwyta'n fyw. Ac roedd y digofaint hwnnw'n un cyfiawn ym marn amryw o staff y Swyddfa Dramor. Fe gafodd y dyn gam; dyna'r farn gyffredin. Onid ef oedd yr olynydd amlwg i Moncur pan ymddeolodd hwnnw o'i swydd fel Ysgrifennydd Preifat i Shellbourne? Ar ôl dwy flynedd ar bymtheg o wasanaeth clodwiw i'r adran, roedd uchelgais y dyn wedi haeddu rhywbeth amgenach na sarhad. Dyna deimlad Miss Parkes ei hun hefyd ar y pryd; a dyna farn y rhan fwya o bobol. Ond Caroline Court a benodwyd, a hynny heb na chyfweliad na dim. Un funud yn gwbwl atebol i Andrew Mailer fel un o'i staff personol a'r funud nesa yn bennaeth arno. Fe roddodd y penodiad annisgwyl le i sibrydion yn ei chylch, ond naill ai chlywodd hi mo'r rheini neu fe droes glust fyddar iddyn nhw. Ac erbyn heddiw fe wyddai Wendy Parkes i sicrwydd mai cenfigen oedd unig sail y sibrydion hynny. O fewn mis i gael ei phenodi, roedd Caroline Court wedi dangos ei bod hi'n fwy nag abal i'r gwaith ac yn raddol yn ystod yr wythnosa i ddilyn fe gynyddodd y cydweithrediad ac fe dyfodd y parch iddi o fewn yr adran. Parch a chydweithrediad pawb heblaw Andrew Mailer, wrth gwrs. Parhau'n elyniaethus ac yn chwerw a wnâi ef.

Merch nerfus oedd Miss Parkes ar y gora ac roedd ei llaw yn crynu rŵan wrth iddi godi'r ffôn i wysio Mr Mailer. Yn ôl fel roedd y gwynt yn chwythu, meddai wrthi'i hun, fe ellid disgwyl ffrae danbaid yn fuan.

'Wnewch chi ofyn i Mr Mailer ddod i swyddfa Miss Court yr eiliad 'ma, os gwelwch yn dda?' Diolchodd nad y dyn ei hun oedd wedi codi ffôn y pen arall.

Fe aeth pum munud da heibio cyn i hwnnw ufuddhau. Pan ymddangosodd, roedd her ym mhob ystum o'i gorff a'i gerddediad. Heb droi pen i gydnabod bodolaeth yr ysgrifenyddes ddinod, aeth yn syth i mewn i swyddfa Caroline Court heb guro, heb gyfarchiad cwrtais na dim, a neidiodd Miss Parkes yn sŵn y glep wrth i'r drws gau o'i ôl.

'Pam na ches i glywed am hyn cyn rŵan?' Safent o boptu'r ddesg, yn herio'i gilydd, fel dau geiliog yn paratoi am sgarmes. Roedd hi wedi taflu'r *Times* agored o dan ei drwyn.

Yn ara, am y gwyddai fod ei ddiffyg brys yn fwy fyth o dân ar ei chroen, plygodd i gydio yn y papur ac i chwilio am ba beth bynnag oedd wedi codi'i gwrychyn hi. Gwnaeth wyneb dryslyd.

'Stanley Merryman. Ers pryd wyt ti'n gwybod?'

Cymerodd Mailer amser i syllu ar lun o'r peilot yn sefyll wrth adain y *Cessna* fach ac yna i ddarllen hanes darganfod y corff. Yn ôl yr adroddiad, fe gaed hyd i gorff Merryman yn ei gartre tua chwarter wedi naw y noson gynt, gydag un glust ac un bys iddo wedi'u torri'n glir a'u taflu'n ddi-hid i wahanol ranna o'r stafell. Roedd ei frest noeth yn batrwm cris-croes o greithia gwaedlyd. Doedd dim amheuaeth ei fod wedi'i boenydio'n arw cyn i'r gyllell dorri'n derfynol ar draws ei bibell wynt.

'Wel? Pryd gest ti wybod?'

Cododd ei ben golygus a syllu'n syth i fflach ei llygad. Roedd y peth agosa at wên yn plycio corneli'i geg. 'Yn hwyr neithiwr.'

'Pa mor hwyr?' Ei llais yn fwy o gyfarthiad na dim.

'Tua hanner awr wedi un ar ddeg am wn i.' Fe wyddai y byddai ei dôn ffwrdd-â-hi yn ei gwylltio ymhellach.

'Am a wyddost ti?' Ac yna'n uwch: 'Am a wyddost ti? A pham gythral y mae'n rhaid i mi aros tan bore 'ma cyn cael gwybod? A hynny yn nhudalenna'r *Times* o bob man?'

Magodd y llais dôn bwdlyd, ddifater. 'Pam y ffŷs? Be wyddwn i y byddai gen ti ddiddordeb beth bynnag?'

Roedd y frwydyr i gadw rheolaeth ar ei thymer yn amlwg yng ngwrid ei gwyneb. 'Dy le di . . . lle dy adran di . . . oedd fy hysbysu fi'n syth, waeth pa amser o'r nos oedd hi. Fe wyddet ti gystal â neb fod Stan Merryman yn gneud gwaith cyfrinachol i'r Swyddfa Dramor o bryd i'w gilydd, a hyd yn oed os nad oes cysylltiad rhwng hynny a'r ffaith ei fod rŵan wedi ei ladd, dy le di, serch hynny, oedd fy hysbysu fi'n syth fod y peth wedi digwydd. Sut gest ti wybod, beth bynnag?'

'Scotland Yard. Pwy arall?'

Daeth gwawd i'w llais. 'O leia fe wnaeth rheini eu gwaith. A be wnest ti wedyn, ar ôl iti gael clywed?'

'Mynd draw i Guildford i weld drosof fy hun.'

'O! A mi wnest ti gymaint â hynny. A sut gafodd y Wasg wybod cymaint o'r manylion, sgwn i?'

'Yli yma, Caroline Court! . . . Sori . . . Bòs ddylwn i d'alw di wrth gwrs.' Fe allai ynta lwytho'i lais â gwawd, meddai wrtho'i hun. 'Nid siarad efo rhyw was bach dibrofiad wyt ti rŵan. Fe wnes i 'nyletswydd. Fedri di na neb arall bwyntio bys ata i. A sut bynnag, hyd y gwyddwn i, doedd Merryman ddim wedi cael ei gyflogi gan y Swyddfa yma ers rhai wythnosa. Oni bai dy fod ti'n gwybod rhywbeth amgenach na fi, wrth gwrs.'

Fe fu'r sylw ola yn ddigon i roi ffrwyn ar ei dadl hi. Na, cofiodd, wyddai Mailer ddim byd am daith Merryman i Ogledd Cymru i nôl Sam Turner. Heblaw am Turner a Merryman ei hun, fe gadwyd yr wybodaeth honno'n gwbwl gyfrinachol rhwng Shellbourne, Syr Leslie Garstang a hitha. A *chauffeur* Shellbourne wrth gwrs . . . a'r sarjant o'r SAS . . . Yn sydyn fe deimlai fod hanner y wlad yn gwybod!

Gydag ystum efo'i llaw i arwyddo i Andrew Mailer ei bod hi wedi gorffen efo fo, fe droes i syllu allan drwy'r ffenest. Nid bod golygfa o fath yn y byd i'w gweld yno, dim ond rhesi o swyddfeydd yn syllu ar ei gilydd ar draws cwadrangl anniddorol. 'Pam?' gofynnodd o dan ei gwynt. 'Pam y lladdwyd Stanley Merryman? Pam y cafodd o 'i boenydio?' Achos mwya ei hanniddigrwydd, wrth gwrs, oedd y ffaith fod rhywun neu rywrai wedi ffonio maes awyr Redhill am wybodaeth; gwybodaeth oedd i fod yn gwbwl gyfrinachol. Daeth Sam Turner yn yr Eidal i'w meddwl. Os gorfodwyd Merryman i ddatgelu'r wybodaeth honno, yna mater o amser oedd hi cyn . . . Fe geisiodd ysgwyd y syniad o'i phen, yna cododd y ffôn a deialu rhif yn Scotland Yard. Rhaid oedd rhoi pob plismon posib ar waith i ddal y llofrudd. Rhaid fyddai cadw llygad ar betha yng Nghymru hefyd.

Napoli

Wrth i Caroline Court godi'r ffôn yn ei swyddfa, roedd Sam yn syllu i mewn i gopa gwag mynydd Fesŵfio. Gallai weld y twll fel ceg gron anferth a chymyla bychain o stêm sylffiwrig yn codi'n fygythiol gyda'i ymylon. Ai i ddangos yr olygfa y daeth y peilot ag ef i fa'ma? Roedden nhw wedi hedfan dros Napoli funuda ynghynt ac wedi gadael maes awyr y ddinas honno o'u hôl, a rŵan roedd yr awyren fechan – *Cessna* eto – yn troelli fel pe bai hi'n bwriadu glanio yn y twll mawr ei hun.

Syllodd Sam yn chwilfrydig ar lechwedd cymesur y mynydd tanllyd a daeth iddo'r syniad o gawr wedi colli'i ben gan adael dim ond gwacter hyll lle bu'r gwddw a'r corff unwaith yn cyfarfod. Yn cau am yr ysgwydda a'r gwddw gwag roedd siôl frownddu o lwch folcanig a cherrig llosg ac yna, yn is i lawr, sgert laes o wyrddni coediog efo smotiau brychfelyn o dai a thai gwydyr disglair yn addurno'i godre. Daeth i'w feddwl holi'r peilot i ble'r oedd yn trio mynd, ond bodlonodd ar aros a gweld.

'Sorrento,' meddai hwnnw ymhen sbel, gan bwyntio ar draws glesni'r bae. 'Isole di Capri,' meddai wedyn, fel plentyn yn arddangos ei wybodaeth. Gwenodd Sam wên wirion gan dybio mai dyna, falla, sut y byddai Liam O'Boyd yn ymateb.

Roedd y *Cessna* yn cylchu'r mynydd unwaith eto ac yn dal i golli uchder. Yna roedd ei hadain chwith yn gostwng ac yn pwyntio at y ddaear gan fygwth cyffwrdd briga'r coed trwchus oddi tanynt. 'Be uffar wyt ti'n drio'i neud, y lembo?' Smaliai gymysgedd o ofn a thymer a rhegodd yn hir yn ei acen Wyddelig orau.

Gwenodd y peilot yn ddi-ddallt. Roedd ei lygaid ar y llechwedd o'i flaen.

Fel gwyrth neidiodd y lanfa tuag atynt; hanner milltir unionsyth o goncrid gwyn wedi ei thorri'n llwyfan gwastad i mewn i'r llechwedd. Uwchlaw iddi, trwch diddiwedd y coed; oddi tani, palas gwych o dŷ efo'i bwll nofio glas yn wincio yn yr haul ac, yn ymestyn am o leia hanner milltir sgwâr yr ochr isa i hwnnw, Eden o ardd efo llu o sgeintiau disglair yn ei dyfrhau. Tu hwnt i'r ardd – gerddi yn hytrach – gwinllannoedd a pherllannau ffrwythlon. Roedd Bernini yn Rhufain wedi'i rybuddio fo am y gwychder, cofiodd Sam, ond roedd yr olygfa yma y tu hwnt i bob dim yr oedd wedi'i ddisgwyl. Roedd hi fel gwerddon y dychymyg.

Prin y teimlodd yr olwynion yn cyffwrdd y concrid. Roedd y peilot yn hen law ar ei grefft. Rhyw ugain metr ar ei lletaf oedd y lanfa ac o boptu iddi roedd rubana amryliw o lwyni aselia yn gwibio heibio. Rhwng y rhain a'r cefndir coed ar y llechwedd uwchben, tyfai rhes urddasol o binwydd ambarelog, eu boncyffion yn codi'n unionsyth a digangen nes agor yn bebyll cymesur yn yr entrychion.

'Faint o le wyt ti isio i lanio peth mor fach, dywed?' Cyfeirio'r oedd at hyd y lanfa. 'Mae gen ti dros hannar milltir o leia. Pe bai hi chydig lletach mi fedret ti ddod â 747 i lawr yn fama.'

Yna gwelodd yr adeilad eang yn ymagor o'i flaen ym mhen pella'r lanfa. Nid oedd wedi sylwi ar hwn wrth iddyn nhw baratoi i lanio. Sylweddolodd pam, rŵan. Roedd gardd yn tyfu dros ei do, yn lawnt daclus a llwyni blodeuog. Yr eiliad nesa roedd y *Cessna*'n cael ei llywio i mewn i'r gwyll braf.

Fe gymerodd amser i'w lygaid arfer efo'r tywyllwch. Safai yno'n craffu i'r cysgodion tra'n gwrando ar beiriant chwyrn yr awyren yn tawelu'n raddol o'i ôl.

'*Che ora e?*' holodd y peilot wrth ymuno efo fo, ac am eiliad meddyliodd Sam mai ato fo yr anelwyd y cwestiwn.

Tric i weld ydw i'n dallt yr iaith, falla, meddai'n reddfol wrtho'i hun. Ond sylweddolodd ei gamgymeriad pan glywodd rywun arall yn ateb, a hynny mewn llais bas cyfoethog oedd yn atsain yng ngwacter concrid yr hangar. *'Sono le nove e mezzo.'* Camodd y llais dieithr o'r gornel dywyllaf tu draw i'r drws. *'E tardi!'* Gwisgai drowsus tywyll a chrys melyn blodeuog.

Gwnaeth y peilot sŵn protest yn ei wddw gan honni nad oedd yn hwyr, mai at hanner awr wedi naw y disgwylid ef.

Teimlai Sam ei draed yn aflonydd oddi tano a'i ddwylo'n cau ac agor yn reddfol, mewn ymgais i'w hystwytho ar gyfer ei amddiffyn ei hun pe bai raid. Gwibiai ei lygaid yn ddrwgdybus yma ac acw wrth iddo synhwyro bod rhywun arall yno hefyd yn llechu. Roedd y gwyll wedi magu ias oer mwya sydyn.

Gwireddwyd ei amheuaeth yn syth wrth i ail ddyn ymddangos. Roedd hwn yn cario rhywbeth yn dynn wrth ei glun. Yn ôl eu gwisg, gellid tybio mai efeilliaid oedden nhw, ond heb y tebygrwydd gwedd.

'Uzi arall!' meddai wrtho'i hun wrth i'r gwn ddod yn gliriach iddo. Hoff arf y Cosa Nostra, mae'n rhaid.

O ran pryd a gwedd roedd y cynta o'r ddau, sef y llais bas, yn debycach o lawer i'r Angelo a fu'n tywallt diod iddo yn y Villa Bernini neithiwr, ond bod hwn yn fersiwn mwy, o leia chwe modfedd yn dalach, ac yn dipyn lletach ei ysgwydda.

'Avanti!' Roedd baril aflonydd yr *Uzi* yn ei gyfeirio ymhellach i'r cysgodion.

Sut byddai Liam O'Boyd yn ymateb i'r bygwth, tybed? Safodd yn ei unfan gan adael i'w lygaid fagu fflach oedd yn rhybudd o wallgofrwydd. 'Paid â phwyntio hwn'na ata i, blodyn. Ddim os wyt ti'n parchu dy iechyd.' Yna wrth weld Uzi yn cymryd hanner cam yn ôl cymerodd ynta hanner cam bygythiol ymlaen nes peri i faril gwn yr Eidalwr fagu mwy o fygythiad. 'On'd ydach chi'n werth eich gweld, deudwch, yn eich crysa bach blodeuog?' Gan roi'r argraff nad oedd y gwn yn ddychryn o gwbwl iddo, trodd yn hamddenol i wynebu'r llall. 'Wel rŵan, wrth ba enw ga i dy alw di, blodyn?'

Smaliodd bendroni eiliad. 'Wrth gwrs! Pansi! Be arall yndê? Dyna ydach chi'ch dau wedi'r cyfan. Dau bansi bach melyn, piblyd!'

Er nad oedd yr un ohonyn nhw'n medru dilyn y geiria, fe synhwyrent i gyd oslef watwarus y llais. Yn ôl y wên ddisgwylgar a grychai gorneli llygaid y peilot, doedd y ddau arall ddim ymysg ei ffrindia gora, ac roedd hyfdra'r Gwyddel gwyllt yn addo llawer.

'*Avanti!*' meddai Uzi unwaith yn rhagor a'r baril yn anghyfforddus o agos i asenna Sam.

'Twll dy din di, Ffaro!' A chyda hynny trodd yn ufudd i gyfeiriad y gorchymyn, yn fodlon bod Liam O'Boyd unwaith eto wedi rhoi cip o'i natur gyfnewidiol.

Ymhen deugam neu dri fe welodd i ble'r oedd yn cael ei dywys. Roedd drws agored lifft yn eu haros. Erbyn hyn roedd ei lygaid wedi arfer â thywyllwch yr hangar a gallodd weld ei gwir faint. Gwelodd hefyd fod awyren arall yno a thynnodd anadl cyflym wrth roi enw i'r siâp. Y *Chichester Miles Leopard*! Awyren jet fechan i gario hyd at bedwar yn unig o deithwyr. Darllenodd y llythrenna G-BRNM ar ei chynffon. Dim amheuaeth am y peth. Sut ar y ddaear y daeth hon yma? Roedd o, Sam, wedi bod i fyny mewn un union yr un fath â hi chydig fisoedd yn ôl pan aeth efo'i dad i roi prawf ar y prototeip. Ac roedd ei dad wedi archebu un yn y fan a'r lle. Ond fyddai'r *Leopard*, meddid, ddim yn dod ar y farchnad tan flwyddyn gynta'r mileniwm newydd. Felly, sut bod hon yn fa'ma rŵan? Rhaid bod Signorelli yn ŵr o gryn ddylanwad, neu ei fod yn lleidr ar raddfa go fawr. Hawdd deall erbyn hyn hefyd pam bod angen glanfa mor hir.

Cyn ei orfodi i'r lifft mynnodd un ohonynt chwilio'i gorff drosto am unrhyw arfa cudd a chaed cyfle am ragor o wamalrwydd dwl O'Boyd. 'Watsia di be wyt ti'n afael ynddo fo, cariad, rhag ofn iti gael cythral o sioc.' Rhoddwyd cryn sylw i'r pedwar pasbort ac i'r stereo personal hefyd, yn ogystal ag i'r ddau dâp oedd yn mynd efo fo. O'r diwedd, fe fodlonwyd y ddau.

Gadawyd y peilot ar ôl efo'i awyren wrth i'r lifft gludo'r tri i lawr i lefel arall. Yno roedd car trydan, tebyg i fygi golff di-do, yn eu haros. Gorfodwyd O'Boyd i eistedd wrth ymyl y gyrrwr ac aeth Uzi i'r cefn i gadw golwg o fan'no ar yr Americanwr lloerig.

Twnnel o lwyni a choed oedd yn arwain o ddrws y lifft at y Villa Capri. Un funud roedden nhw'n mwynhau cysgod aroglus y gwyrddni, a'r eiliad nesa agorai glesni awyr a môr o'u blaen. Draw i'r chwith roedd llwyfan eang wedi ei dorri i'r llechwedd a phalas o dŷ yn eistedd arno, ei wynder yn yr haul yn boen i'r llygad. Daliodd Sam ei wynt a synhwyrodd y gyrrwr ei ryfeddod. 'Il Villa di Capri,' meddai'n fawreddog, fel pe bai o'i hun yn berchennog ar y lle.

Yn sownd wrth dalcen y tŷ roedd garej fawr, ond cyn cael ei gludo i'w chysgod cafodd Sam gip ar bwll nofio hirgrwn yng nghefn y Villa, efo nifer yn eistedd wrth fyrdda ambarelog gydag ymyl y dŵr. Medrodd gyfri pump i gyd, a'r argraff fer a gafodd oedd fod pob un oedd yno yn cadw'i gwmni'i hun ac nad oedd fawr o sgwrs rhyngddyn nhw. Tybiodd iddo nabod y Sais Craig Coldon, ond o'r pellter hwnnw ni allai fod yn siŵr. Tu draw i'r pwll roedd hofrennydd bychan yn crasu yn haul y bore.

Neidiodd y gyrrwr allan o'r bygi a mynd i daro'i fawd ar declyn wrth ymyl drws caeedig y garej. System clo biometric, meddai Sam wrtho'i hun, wrth i'r teclyn sganio print y bawd a rhoi gorchymyn wedyn i'r drws agor.

Roedd arwyddion y cyfoeth i'w gweld yn y garej hyd yn oed, yn arbennig felly ym mhaent euraid y tri char. Ferrari oedd dau ohonyn nhw, efeilliaid o ran lliw a model, yn sefyll yn falch ochor yn ochor, a'r trydydd yn Alfa Romeo Spider deuddrws di-do. Mae Signore

Signorelli yn ŵr gwlatgar iawn, meddyliodd, yn ei ddewis o geir beth bynnag. Sylwodd ar fathodyn Motore ar sgrin wynt y car agored. Lle arall ond yn yr Eidal, meddyliodd, y byddid yn ffurfio plaid wleidyddol yn unswydd i ymgyrchu am fwy o gyflymder ar y ffyrdd? Ar hyd wal y cefn, tu draw i'r ddau Ferrari, roedd cabined llydan a'i res o ddrysa gwydr trwchus yn cloi ar amrywiaeth eang o ynnau otomatig. Er ei holl gyfoeth a'i holl gysur, meddai Sam wrtho'i hun, dydi'r Maffioso Mawr ddim yn medru cysgu'n esmwyth y nos mae'n rhaid.

Drws metal oedd yn arwain o'r garej i'r tŷ, a hwnnw eto efo'r un math o glo biometrig. Uzi, y tro yma, a ddangosodd ei fawd; caed clic fewnol yn rhywle a llithrodd y drws trwm yn ddistaw i'r ochor gan adael coridor llydan hir a'i lawr teils oer yn eu gwahodd i foethusrwydd y Villa Capri. O boptu'r coridor gallodd Sam gyfri cymaint â dwsin o ddrysa, pob un ynghau. Yn y pen draw yn ei wynebu roedd drws arall, ac efo'r Baswr ar y blaen ac Uzi'n dilyn fe'i harweiniwyd ef at hwnnw.

Roedd fel symud o un palas i un arall. Tu hwnt i'r drws yma roedd cyntedd crwn a'i lawr mosaig lliwgar yn cystadlu efo'r nenfwd cain am sylw'r ymwelydd, ond doedd y llunia sgwarog dan ei draed na'r golygfeydd lliwgar uwch ei ben yn cyfleu dim i Sam. Tybiodd mai portreadu chwedloniaeth Rhufain oedd eu bwriad a daeth i'w feddwl y llenni arbennig oedd ganddo ef ei hun yn Hen Sgubor, yn cofnodi campa Gwydion o'r Mabinogi.

Roedd tri drws yn ei wynebu ac yn arwain o'r cyntedd, un i'r chwith fel pe i gefn y Villa, at y pwll y cawsai gip sydyn ohono'n barod, un arall yn syth ymlaen i weddill y tŷ a'r trydydd i'r dde. Ar ganol y cyntedd safai cerflun o Adonis noeth mewn ffynnon gron a chylch o sgeintia ysgafn o ddŵr yn golchi drosto. Yn gylch o'i chwmpas, sylwodd ar lythrenna wedi eu gwau yn rhan o gynllun mosaig y llawr, ac yn hytrach na dilyn ei arweinydd gwnaeth Sam sioe o gerdded rownd y ffynnon i ddarllen y geiria yn uchel iddo'i hun, gan ddefnyddio ynganiad Seisnig Americanaidd. *'Nulli secondus'*! Arwyddair y Camorra, tybed? Neu'n fwy na thebyg, un Giovanni Signorelli ei hun. 'Yn Ail i Neb'! Hm! Os mai dyna'i athroniaeth, yna roedd gan y Maffioso dipyn o feddwl ohono'i hun.

'Be uffar ydi "Nyli secondys", felly?'

Safai'r ddau yn amyneddgar, yn disgwyl iddo orffen ei rwdlan mae'n debyg, yna symudodd baril yr *Uzi* y mymryn lleia i'w annog ymlaen.

Fel yr oedd yn cwblhau cylch llawn rownd y ffynnon, daliodd O'Boyd rywfaint o'r dafna yng nghwpan ei law a thaflu'r diferion i wyneb Uzi tu ôl iddo. Yna chwarddodd yn wirion fel pe bai newydd gyflawni rhywbeth doniol dros ben. Gwenodd y ddau Eidalwr yn dosturiol ar ei gilydd, cystal â chydnabod eu bod yng nghwmni rhywun nad oedd lawn llathen.

Arweiniwyd ef o'r cyntedd crwn trwy'r drws ar y dde i stafell betryal ond bod un ochor i'r siâp hwnnw'n bolio allan wedyn mewn ffenest hanner cylch dros batio llydan ffrynt y tŷ. Yn yr hanner cylch roedd desg anferth efo'i choed tywyll yn loyw yn yr ychydig heulwen a dreiddiai i'r stafell, a thu ôl iddi, yn gefnuchel a throm, safai cadair wedi ei llunio o'r un coedyn, gyda lledar meddal cwiltiog yn addurn ar ei chaledwch. Byddai pwy bynnag a eisteddai yn y gadair honno yn sicr o gyfleu awdurdod. Ac i gadarnhau'r syniad hwnnw, mewn llythrennu euraid gydag ymyl ucha'i chefn, darllenodd eto'r ddeuair *'Nulli Secondus'*.

Amgylchynid waliau mewnol y stafell, o'r llawr hyd at y nenfwd, gan silffoedd o lyfra drud, setia ar setia ohonynt mewn cloria lledar lliwgar a disglair. Doedd dim ôl bodio ar yr un ohonyn nhw. Mi fyddai argraffiad clawr meddal Penguin ar un o'r silffoedd yma wedi bod mor anghydnaws â thrempyn mewn priodas. Yn sefyll ddau a dau o flaen y wal o lyfra a wynebai'r ffenest, roedd pedwar penddelw, pob un ar bedestal bedair troedfedd o uchel. Nid yr hen ymerawdwyr gynt, meddai Sam wrtho'i hun wrth graffu'n fanylach. Felly pwy?

Yn sydyn, synhwyrodd fod y drws wedi cau o'i ôl a'i fod wedi cael ei adael ar ei ben ei hun. Yn reddfol, gwyddai fod yno gamerâu cudd a bod llygaid craff, rywle arall yn y tŷ, yn ei wylio. Er bod soffa a chadeiria cyfforddus iddo ddewis ohonynt, fe benderfynodd mai am gadair y ddesg y byddai O'Boyd yn mynd. Ac unwaith ynddi, dechreuodd fyseddu'r chydig bapura dibwys oedd o'i flaen. Yna, wedi rhoi'r argraff o wrando'n astud i gyfeiriad y drws, agorodd ddrôr ucha'r ddesg a thyrchu'n fusneslyd ynddi. Gwnaeth yr un peth efo dwy arall. Pan agorodd y bedwaredd, sef yr ucha ar yr ochor dde, gwelodd garn gwn oedd wedi'i hanner-guddio gan bentwr o lythyra. Wedi gneud sioe fach o gynhyrfu ac o syllu'n betrus eto at y drws, cydiodd yn yr arf i'w studio. *Beretta*, meddai wrtho'i hun, ei lygaid profiadol yn sylweddoli'n syth mai ffug a gwag oedd y bwledi oedd ynddo. Gwyddai i sicrwydd wedyn ei fod ar ei brawf gan bwy bynnag oedd yn gwylio. Gwyddai hefyd beth fyddai Liam O'Boyd yn ei neud o dan yr un amgylchiada.

Gydag un symudiad cyflym gollyngodd y gwn i boced côt ei siwt ac aeth i led-orwedd ar y soffa gan smalio golwg blês a hunanfodlon arno'i hun. Fe wyddai na fyddai raid iddo aros yn hir rŵan.

'Gabriello!' Roedd Signorelli yn siarad wrth i'r drws gael ei agor o'i flaen. 'Diod i'n gwestai a'r arferol i mi.' Yna camodd i'r stafell gyda gwên o groeso, ei law wedi ei hestyn allan o'i flaen. *'Benvenuto all' Villa di Capri, Signore Boyd.'* Er bod meddalwch annisgwyl yn y llais, doedd fawr o groeso yn y gwyneb nac yn fflach y dant aur.

Am eiliad anwybyddwyd y cyfarchiad a'r llaw. Roedd

y golau rhyfedd yn ôl yn llygaid Liam O'Boyd wrth iddo ddilyn hynt y llall ar draws y llawr tuag at gabined diodydd oedd yn rhan o'r silffoedd ac wedi'i guddio tu ôl i ffasâd o lyfra ffug. 'Gabriello ydi dy enw di felly, ia blodyn? Rwyt ti'n siŵr o fod yn frawd i hwn'na welais i ddoe yn Rhufain. Siom ar y diawl i'ch mam, y ddau ohonoch chi, siŵr o fod.'

Syllai Gabriello'n ddi-ddallt tra bod golwg ddrwgdybus wedi ymddangos ar wyneb Signorelli. 'Be 'di hyn? Dwyt ti ddim yn swnio fel Americanwr!'

Ond daliai Sam i chwarae efo'r llall. 'Angelo oedd enw hwnnw. Gabriello wyt ti. Angel ac archangel! Fel roeddwn i'n deud, uffar o siom i'ch rhieni, y ddau ohonoch chi.'

Dim ond O'Boyd oedd yn chwerthin, a hwnnw'n chwerthiniad afresymol o uchel a hir ac ystyried mor ddiniwed oedd y jôc. Difrifolodd yn sydyn. 'Ac mi gei di anghofio'r Southern Comfort, os mai dyna wyt ti'n dywallt.' Gwnaeth sioe o edrych ar ei wats. 'Dydi hi ddim yn ddeg o'r gloch y bora eto. Be uffar 'dach chi'n feddwl ydw i? Alcoholic? Ond mi gymra i goffi.'

'Gennaro!' cyfarthodd Signorelli, y meddalwch wedi hen ddiflannu o'i lais. Ymddangosodd y gŵr efo'r Uzi yn fygythiol o rywle. Yna trodd at Sam. 'Pwy bynnag wyt ti, dwyt ti ddim yn Americanwr, mae hynny'n amlwg. Felly pwy wyt ti? Wyt ti wedi trio twyllo Giovanni Signorelli, y mwngrel digwilydd?'

Gwelodd Sam ei fod o ddifri a'i fod yn codi stêm. Rhaid nad oedd Bernini wedi crybwyll yr acen Wyddelig wrth ei gefnder. Falla nad oedd Signorelli yn gyfarwydd â'r fath beth ag acen Wyddelig beth bynnag. Yn William Boyd yr Americanwr yr oedd ei ddiddordeb, yn amlwg, ac nid yn Liam O'Boyd y Gwyddel. Felly, caniataodd i wên ymddangos ar ei wyneb a chanolbwyntiodd ar ail-greu acen talaith Wisconsin. 'O! Pam na faset ti'n deud mai William Boyd o Milwaukee oeddet ti wedi'i wahodd yma, ac nid Liam O'Boyd y Gwyddel? Mae acen yn medru twyllo pobol yn dydi? Fe ddylet ti wybod, Mr Signorelli, oherwydd o wrando arnat ti'n siarad Saesneg faswn inna byth wedi meddwl amdanat ti fel Eidalwr.'

Doedd hynny ddim yn wir, wrth gwrs, oherwydd er cystal oedd Saesneg Signorelli o gymharu â'i gefnder yn Rhufain, eto i gyd roedd goslef ac acen iaith yr Eidal yn drwm ar y ffordd y siaradai. Sut bynnag, efo'i acen lusg a'i glod celwyddog, fe lwyddodd William Boyd i dawelu rhywfaint ar ofna'i westeiwr ac i liniaru chydig ar ei dymer.

Penderfynodd Sam fynd gam ymhellach gan fod Signorelli'n rhoi cymaint o bwys ar acen. 'Wrth gwrs,' meddai'n chwareus, a'i Saesneg y tro yma yn perthyn mwy i stafell bwyllgor yn Wimbledon neu Lords, 'pe bai'n well gen ti fod wedi cael rhywun o gefndir mwy syber – Eton, Caer-grawnt, Tŷ'r Arglwyddi hyd yn oed – yna does raid iti ond gofyn.' A gwenodd wên ddiniwed, arwyddocaol.

Syllodd y Maffioso arno gyda chwilfrydedd newydd. 'Pwy wyt ti, mewn gwirionedd, Mîstyr O'Boyd? Neu ddylwn i ddeud Mr Boyd?'

Yr Americanwr a atebodd. 'Pwy bynnag wyt ti isio imi fod, siŵr dduw! Bill Boyd o Milwaukee, Liam O'Boyd o Donegal, neu rhyw blydi Sais trwynsur.'

'Dwyt ti ddim yn hoff o'r Sais! Pam?'

'Yn enw Mair, mam ddwyfol Duw!' ebychodd O'Boyd y Gwyddel rŵan, yn nhafodiaith Donegal. 'Nid jyst y Sais ond y blydi Brits i gyd, yn enwedig y ffernols Unoliaethwyr ddamnedig.' Yn reddfol, roedd y fflach orffwyll wedi dod 'nôl i'r llygad a hawdd gweld bod Signorelli yn dangos parch cynnil iddi. Fe'i rhybuddiwyd eisoes, gan ei gefnder, am gyflwr sgitsoffrenig ei westai ac am ei ebychiada sarhaus.

'A thitha wedi dy fagu yng Ngogledd America, ar lan Llyn Hiwron, roeddwn i'n disgwyl yr acen Americanaidd wrth gwrs. Ac er 'mod i'n gwybod dy hanes di yn Iwerddon, doeddwn i ddim wedi disgwyl iti swnio'n debycach i'r Gwyddel na'r Gwyddel ei hun.' Daliodd lygaid Sam â'i lygaid sefydlog ei hun. 'Ond sut, meddet ti, wyt ti'n egluro'r acen arall?'

Clyfar! meddai Semtecs wrtho'i hun. Cynnig da, Mr Signorelli. Ond ddim digon da chwaith! Smaliodd edrychiad gwawdlyd a throi i'w acen Americanaidd. 'Falla dy fod ti'n glyfrach na dy olwg, ond chaet ti fawr o farc allan o ddeg am dy ddaearyddiaeth.' Teimlai awydd gwenu wrth weld y dryswch ffug yn llygad y llall. 'Mishigan, Mîstyr Signorelli. Mae pob plentyn ysgol yn gwybod mai ar lan Llyn Mishigan, ac nid Llyn Hiwron, y mae Milwaukee.' Yna, wedi gadael i'w wawd ddangos am eiliad neu ddwy arall, aeth ymlaen yn ei acen Seisnig. 'Isio eglurhad ar yr acen yma wyt ti? Pe bait ti'n dewis mynd i Lundain i greu hafoc yn enw'r IRA, be fyddet ti'n neud gynta? Y? Fyddet ti mor ddwl â gadacl i bawb wybod mai Gwyddel oeddet ti?' Ymsythodd mewn balchder ffug a magodd ei lais y dôn wawdlyd unwaith yn rhagor. 'Wedi meddwl, falla y baset ti! Ond dydi Boyd ddim mor wirion, iti gael dallt. Mi fedrwn i fod wedi cerddad i mewn i'r bar yn Nhŷ'r Cyffredin neu Dŷ'r Arglwyddi yn Westminster unrhyw ddiwrnod ac eistedd yng nghanol y crachach yn fan'no yn yfed *gin an' tonics*, a fyddai'r un o'r diawliaid fymryn callach. Hy! Wyt ti'n meddwl mai rhyw derfysgwr bach cyffredin ydi Bill Boyd? Y? Rŵan, be uffar ydi'r job fawr 'ma rwyt ti am ei chynnig imi?' Yn ffug or-ofalus, rhag i'r gwn amlygu ei hun yn y boced, tynnodd ei gôt a'i thaenu dros fraich y soffa yn ei ymyl gan ofalu bod y botwm meicroffon yn ucha arni. Os bu Signorelli yn gwylio'n gynharach, fel y tybiai Sam ei fod, yna fe wyddai'n iawn ymhle'r oedd y gwn beth bynnag. Siawns, felly, mai hwnnw fyddai ei unig ddiddordeb yn y gôt pan ddeuai'r amser i'w harchwilio.

'Digon o amser, Boyd. Digon o amser cyn sôn am y job. Rŵan, dwêd dipyn o dy hanes efo'r IRA wrtha i.'

'Rwyt ti'n gythral slei, Mustyr Maffioso! Dwi'n tynnu fy het iti.' Gwthiodd ei frest allan yn fawreddog gan neud sioe o orweddian yn ymffrostgar yr un pryd. 'Ar fy mhen fy hun ydw i wedi arfar gweithio. Trystio diawl o neb, dyna f'arwyddair i.'

'Ond rwyt ti wedi gweithio efo'r IRA. Yn ôl y *La Repubblica* bore ddoe . . .'

Chwarddodd O'Boyd yn wawdlyd. 'Paid â choelio pob dim weli di yn y papura.'

'O?'

'Do, dwi'n cyfadde 'mod i wedi gneud job neu ddwy i'r IRA ond mi ges i lond bol arnyn nhw'n fuan. Welaist ti rioed griw mor uffernol o ffysi â nhw. Ofn drwy'u tina gymryd unrhyw fath o risg. Roedden nhw isio oes i drefnu rhyw job fach syml fel rhoi bom o dan gar . . .'

'O? Ac mi fedri di neud bomia dy hun?'

Chwarddodd O'Boyd yn uwch ac yn fwy ffyrnig. 'Be uffar wyt ti'n feddwl maen nhw'n neud yn y Marines? Y? Dysgu gwnïo a brodwaith?'

Hawdd gweld bod bombast ei westai yn dechra mynd o dan groen Signorelli. 'Felly mi'r wyt ti'n deall rhywbeth am ffrwydron ac am ynna a phetha felly.' Nid cwestiwn, jest mynegi ffaith oedd eisoes yn wybyddus iddo.

Gwelodd Sam ef yn taflu edrychiad sydyn i gyfeiriad y gornel wrth y drws ac yn nodio'i ben y mymryn lleia, fel pe bai'n rhoi arwydd neu neges. Rhaid bod camera cudd yn fan'no yn rhywle, meddyliodd. Penderfynodd ar un rhyfyg O'Boydaidd arall. 'Gyda llaw, wyt ti'n cofio'r actor Anthony Quinn?'

Roedd Signorelli wedi croesi at ei ddesg ac ar fin eistedd yn ei gadair. 'Pam?' gofynnodd, heb fawr o ddiddordeb.

'Oes rhywun wedi deud wrthat ti rioed dy fod ti'n debyg iddo fo? . . . Ond dy fod ti'n beth cythral hyllach, wrth gwrs.'

Cynhyrfwyd yr Eidalwr go iawn y tro yma a gallai Sam weld y frwydyr fewnol i gadw rheolaeth ac urddas. 'Boyd!' meddai o'r diwedd, a chryndod dig ei lais yn amlwg i bawb yn y stafell. 'Wyt ti'n gwybod be mae pobol Napoli a'r cylch yn fy ngalw i?'

'Mae gen i syniad, ond faswn i byth yn licio deud wrthat ti yn dy wynab.'

Anwybyddodd Giovanno Signorelli y gwamalrwydd. 'Fesŵfio! Wyddost ti pam?'

Chwarddodd O'Boyd. 'Dim syniad, 'achan. Deud wrtha i pam y bydden nhw'n gneud peth mor wirion â rhoi enw mynydd ar neb.'

Roedd y llygaid wedi culhau. '*Il gigante che dorme.* Dyna'u henw nhw ar Fesŵfio.' Nodiodd i gyfeiriad y mynydd tanllyd uwch eu penna. 'Enw sy'n dangos fod ganddyn nhw'r parch mwya iddo fo . . . a'u bod nhw 'i ofn o hefyd. *Il gigante che dorme.* Y cawr sy'n cysgu, Boyd. Paid ag anghofio hynny byth.'

Roedd y rhybudd i'w gymryd o ddifri. Digon yw digon, meddyliodd Sam. 'Siŵr iawn, Mustyr Signorelli,' meddai Boyd mewn gwyleidd-dra annisgwyl oedd yn addas i'w sgitsoffrenia. 'Tynnu coes, dyna i gyd. Chi ydi'r bòs, syr.'

Dyna pryd yr agorwyd y drws yn ddirybudd ac y cerddodd Boris Yakubovich a Viktor Semko i'r stafell. Wedi dod i gael golwg feirniadol ar yr Americanwr William Boyd oedden nhw, roedd hynny'n amlwg. Dyma'r prawf, meddai Sam wrtho'i hun wrth deimlo llygaid treiddgar y ddau yn syllu i mewn i'w enaid; llygada Yakubovich wedi eu gwasgu o'r golwg bron rhwng yr aeliau cigog a chnawd y cernau, rhai Viktor Semko yn bell yn ei ben ac yn fflachio o ddüwch y cleisia o'u cwmpas.

'Pam wyt ti yma?'

Daliwyd Sam gan sydynrwydd y cwestiwn annisgwyl

a chan oerni'r llais, a bu bron i'w wyneb fradychu ei ddealltwriaeth o'r geiria Rwsieg. Yn ara, cododd oddi ar y soffa gyfforddus a sefyll lygad yn llygad â Yakubovich. Caniataodd hefyd awgrym o'r fflach wyllt yn ei lygada'i hun, a phan ddaeth ei ymateb o'r diwedd câi'r geiria eu gwasgu trwy wefusa tyn oedd yn ei gneud hi'n anodd cynhyrchu acen Americanaidd foddhaol. 'Efo fi wyt ti'n siarad, y lwmp o lard? Os ia, yna pam uffar wyt ti'n sbio mor flin? Y? Os oes gen ti rwbath i'w ddeud wrth Bill Boyd, yna deud o mewn iaith gall, y Bolshi bach.' Sylwodd fod Semko, y Rwsiad arall, wedi cymryd cam bygythiol ymlaen.

'Mîstyr Boyd!' Roedd Signorelli am osgoi unrhyw wrthdaro. 'Eistedd i lawr, plîs. Os wyt ti'n mynd i weithio i ni yna rhaid iti ddysgu rheoli dy dymer yn well. Jyst isio gwybod chydig amdanat ti y mae Boris.'

Ond, er yn ateb yr Eidalwr, dal i wgu ar y Rwsiaid a wnâi Sam. 'Be wyt ti'n feddwl efo *ni*? Fe ddeudodd y croen banana 'na yn Rhufain, sy'n galw'i hun yn gefnder iti, mai gweithio i ti faswn i. Pwy uffar ydi'r "*ni*" 'ma felly? Dydi'r lwmp blonegog yma ddim yn un ohonyn nhw, gobeithio, na'r gwyneb rasal 'ma sy'n gynffon iddo fo. Dwi'n deud wrthat ti rŵan, weli di mo Bill Boyd yn gweithio i'r un blydi Rwsci na chomi.'

Yr eiliad nesa clywyd clic wrth i lafn cyllell Viktor Semko neidio o'r carn. Cymerodd Sam un cam greddfol yn ôl. Be wnâi Boyd o dan yr un amgylchiada, gofynnodd iddo'i hun. Fyddai ei dymer yn newid yng ngwyneb y bygythiad yma? Fyddai cyn-aelod cyhyrog o'r Marines yn cymryd cael ei ddychryn gan gyllell rhyw ewin o gangster? Go brin. Rhythodd ar Semko. 'Gwranda, y Trotsci gwynab ffurat! Faswn i ddim yn defnyddio rhyw degan fel'na i roi menyn ar fy mrechdan hyd yn oed. Sut faset ti'n licio imi'i stwffio hi i fyny dy . . . dy drwyn di?' A chyda hynny cymerodd hanner cam bygythiol ymlaen a chael pleser o weld y Mafioznike rŵan yn camu'n gyflym yn ôl.

'Mîstyr Boyd!' Tro Signorelli oedd swnio'n rhybuddiol. 'Cofia be ddwedais i wrthyt ti am y cawr sy'n cysgu.'

Teimlai Sam fod yr act hon eto wedi para'n ddigon hir ganddo, a chan droi'n bwdlyd oddi wrth y ddau Rwsiad, meddai, 'Iawn, Giovanni. Ti ydi'r bòs.' Roedd y defnydd hy o'r enw cynta yn ffordd o gadw rhywfaint o urddas. Ar yr un pryd clywodd Yakubovich yn mwmblan rhywbeth mewn Rwsieg wrth ei gyfaill ac er na allai fod yn sicir, tybiodd mai 'Fe ddaw dy dro' oedd y geiria ddywedwyd.

'Rŵan, rhaid iti dawelu rhai o'n hofna ni. Rhaid inni fod yn siŵr mai'r un person ydi'r Gwyddel Liam O'Boyd a'r Americanwr William Boyd. Rwyt ti'n deall pam, gobeithio. Chaiff dim byd . . . dim . . . byd . . . ddifetha'n cynllunia ni a rhaid i bawb sy'n gweithio inni . . . ' Gadawodd y frawddeg heb ei gorffen. 'Wedi'r cyfan, mi fyddwn ni'n talu cyflog anrhydeddus iti am dy waith.'

'O?'

'Dwy filiwn yn glir.'

Smaliodd Sam gymryd ato unwaith yn rhagor tra'n gneud syms yn ei ben. 'Dwy filiwn o'ch pres Mickey Mouse chi? Dydi hyn'na ddim ond rhyw ddeuddeg can doler. Rwyt ti wedi gwastraffu f'amser i, y gingron uffar. Stwffia dy blydi job.' Gwnaeth sioe o estyn yn ddig am ei gôt fel pe ar fin gadael.

Gwenai Signorelli yn ddiamynedd. Hawdd gweld nad oedd yn gwybod yn iawn sut i ddelio efo'r enigma a safai o'i flaen, gŵr oedd a'i dymer mor fympwyol â cheiliog y gwynt mewn storm. 'Nid *lire*, Boyd. Dwy filiwn o bres dy wlad di dy hun.'

Caniataodd Sam edrychiad syn. 'Doleri? Dwy filiwn?'

Nodiodd y Maffioso. 'Rŵan, gawn ni fynd ymlaen?'

Chwarter awr yn ddiweddarach roedd pob cwestiwn wedi'i ateb yn fwy na pharod ganddo a phob amheuaeth wedi'i thawelu iddyn nhwtha. Bodlonodd ddangos y tatŵ ar bob braich a hyd yn oed y graith fechan o dan y pen-glin chwith. Chwiliwyd drwy'r dillad denim yn y bag plastig a studiwyd y pedwar pasbort yn ofalus. 'Proffesiynol!' meddai Signorelli'n ddrwgdybus wrth graffu ar rheini a'u pasio o un i un wedyn i ddwylo'r Rwsiaid. 'Sut gest ti nhw?'

'Cysylltiada, siŵr dduw! Wyt ti'n dal i feddwl mai rhyw amatur bach sydd wedi dod efo'r gawod ddwytha ydi Bill Boyd, dywad? Mae'r pasbort America yn jeniwein wrth gwrs. Am y tri arall . . . ' Pwyntiodd yn ddidaro atyn nhw yn nwylo'r Rwsiaid. ' . . . Liam O'Boyd y Gwyddel, a'r ddau Sais, William Boyd ac Alec French, wel doedd cael gneud rheina yn ddim problem. Beth bynnag wyt ti'n feddwl, Fesŵfio, mae gan Liam O'Boyd ddigon o ffrindia dylanwadol yn Iwerddon o hyd. Dydi cael gafael ar basbort ffug yn ddim blydi problem, siŵr dduw. Fe ddylet ti wybod hynny . . . Hynny ydi, wrth gwrs, os wyt ti'n gymaint o foi ag wyt ti'n ddeud wyt ti.'

Nodio'n ddiamynedd wnaeth Signorelli, cystal â deud 'Iawn. Dwi'n derbyn.'

Gadawyd côt y siwt tan yn ola a theimlai Sam awydd gwenu wrth weld y syndod ffug o ddarganfod y *Beretta*. Yna, caniataodd i'r wên gudd grychu'i aelia wrth iddo gynnig i Signorelli ei eglurhad annigonol. 'Weli di fai arna i? Dydw i ddim wedi arfer bod heb wn. Dwi'n teimlo'n noeth heb yr un.'

'Fe gei di wn pan fydda i'n penderfynu rhoi un iti. Paid ti byth . . . BYTH eto, Boyd . . . â thrio dwyn dim byd oddi ar Giovanni Signorelli. Dallt?'

'Iawn . . . Fesŵfio!' Roedd y wên fachgennaidd yn celu'r rhyddhad a deimlai wrth i'r gwn fynd â sylw oddi ar y set botyma ym mhoced ucha'r siwt. 'Y cawr sy'n cysgu!' meddai gyda winc. 'Dwi'n cofio.'

Parhaodd gwg y Maffioso am eiliad neu ddwy arall. Yna, '*Grazie*, Boyd. Fe gaiff Gabriello ddangos iti lle byddi di'n cysgu heno.'

'Ond be 'di'r job 'ma 'dach chi'n barod i dalu mor dda imi am ei gneud hi?'

'Fe gei wybod yn ddigon buan. Gyda llaw, mae gen i nifer o westeion eraill yn aros yma. Mae pob un ohonyn nhw'n licio'i gwmni'i hun, ac isio tawelwch. Felly mae'n rheol nad oes neb yn poeni neb arall trwy drio codi sgwrs. Dallt?'

'Siwtio fi, Fesŵfio! Os nad ydyn nhw'n siarad Saesneg call faswn i'n dallt dim arnyn nhw beth bynnag.' Wrth droi i ddilyn Gabriello, cydiodd yn y bag oedd yn cynnwys ei ddillad denim, ond gadawodd gôt y siwt ar fraich y soffa. Roedd y tri arall yn rhy awyddus i'w weld yn gadael i roi unrhyw sylw i'w anghofrwydd. Wedi'r cyfan, roedd ganddyn nhw lawer i'w drafod. Ond fe'i rhwystrwyd, serch hynny, rhag mynd â'r Walkman na'r tapia efo fo.

'Fe'i cei di nhw wedi inni gael golwg iawn arnyn nhw.'

Bodlonodd ar hynny, ond nid heb awgrym o wrthwynebiad a gwgu'n hir ar Viktor Semko. 'Iawn,' meddai o'r diwedd, 'ond gofalwch 'mod i'n eu cael nhw'n ôl yn gyfan. Rheina ydi'r unig betha wneith fy nghadw fi'n gall yn y blydi lle 'ma.'

Trodd yn y drws. 'Gyda llaw, Fesŵfio! Fedra i ddim rhedag yn rhain.' Gwnaeth ystum at y dillad oedd amdano a'r denim yn y bag a gariai.

'Rhedeg?' Roedd dryswch Signorelli'n amlwg trwy'i ddiffyg amynedd.

'Dwi'n rhedag pum milltir bob dydd. Mae Bill Boyd yn credu mewn cadw'n ffit.'

Pan ddaeth yr ateb, roedd yn ddiystyriol. 'Anghofia'r rhedeg! Chei di ddim gadael tir y Villa Capri.'

'Blydi grêt!' Sŵn gwrthryfel eto yn y llais. 'Sut uffar wyt ti'n disgwyl imi . . . '

Daeth y cyfaddawd yn syth. 'Defnyddia dir y Villa os

lici di.' Cael gwared ohono oedd ar feddwl Signorelli bellach. 'Fe ddylai fod yn ddigon iti am y tro.' Trodd i'w iaith ei hun. 'Gabriello! Ffeindia ddillad rhedeg iddo fo. Cadw lygad arno fo, a gwna'n siŵr nad ydi o'n mynd allan drwy'r giât.'

* * *

I stafell yng nghefn y Villa, tu ôl i un o'r drysa a welsai ar ei ffordd i mewn, yr arweiniwyd ef gan Gabriello, tra cadwai Gennaro a'i *Uzi* rywfaint o bellter parch tu ôl iddyn nhw. Wedi dangos cynnwys y llofft yn frysiog ac yn ddiamynedd iddo, gadawodd Gabriello ef gyda'r geiria gwamal, 'Dwi'n mynd i chwilio am ddillad chwarae iti.' Anwybyddodd Sam y wên wirion ar wyneba'r ddau wrth iddyn nhw droi draw.

'Moethusrwydd yn wir!' meddai'n uchel gan syllu o'i gwmpas, yn synhwyro'r un pryd bod camera cudd yn fa'ma hefyd yn ei wylio. Roedd gwedd newydd sbon ar bob dim yn y stafell – y gwely, y dodrefn, y llawr teils disglair. Go brin bod neb wedi cysgu yn hon o'r blaen, meddyliodd. Aeth drwodd i'r stafell molchi a chael yr un argraff yn fan'no wrth syllu ar ddisgleirdeb y porslen melynwyn a'r tapia euraid, gloyw. Wedi eu gosod yn rhes drefnus wrth ymyl y bowlen molchi, brws a phâst dannedd a rasal letrig newydd sbon. Roedd teils amryliw y wal o'i flaen yn creu darlun mosaig o'r union olygfa a welid o ffrynt y Villa – y bae glas efo Ynys Capri yn hawlio'r gorwel a'r Monte Latari, y Mynyddoedd Llaethog, yn fur gwyrdd ar y chwith gyda phentrefi Castellammare a Sorrento yn frychni gwyn uwchben y dŵr. Ar y wal nesa ati, mynydd Feswfio yn ei holl ysblander ffrwydrol, y cwmwl mwg sylffiwrig yn gochlyd drosto a'r ffrydia o lafa dinistriol fel gwythienna llidiog ar ei lethra. Llenwid wal arall â llunia o adfeilion tre Pompeii, tra bod y bedwaredd wal, yr un â'r drws ynddi, yn goferu o ffrwytha'r ardal – grawnwin gwyrdd a du, lemona ac orena, tomatos, cnau Ffrengig a ffrwyth yr olewydd. Roedd fel bod mewn oriel ddarlunia, ond rhwysg di-chwaeth oedd y cyfan ym marn Sam, a'r tebyg oedd fod pob llofft arall yn y lle yn arddangos yr un gorchest drud.

Aeth yn ôl i'r llofft a draw at y drysa patio oedd yn agor i gyfeiriad y pwll nofio. Tri oedd yno bellach, yn eistedd wrth y byrdda, pob un yn mwynhau cysgod ei ambarél bersonol ei hun. Adnabu Esther Rosenblum; hi oedd agosa ato. Gwisgai ffrog wen ysgafn oedd yn gneud cyfiawnder â'i chorff tal, lluniaidd. Lledorweddai yn ei chadair, a daliai lyfr agored yn ei llaw. Pa un ai gwarchod ei llygada rhag gwynder y tudalenna oedd bwriad y sbectol dywyll ai peidio, ni allai Sam fod yn siŵr, ond roedd yn eitha sicir na allai hi ganolbwyntio llawer ar yr hyn a ddarllenai, ddim tra bod Craig Conlon, wrth y bwrdd agosa ati, yn hoelio'i holl sylw mor hy ac mor chwantus arni. Ymhellach draw, roedd Marcus Grossman yn cwmanu yn ei gadair, fel pe bai syrthni'r gwres wedi mynd yn drech na fo. Cuddid ei lygaid ynta gan sbectol haul ac roedd greddf Sam yn deud wrtho mai cysgu llwynog yr oedd yr Iddew a'i fod yn ymwybodol iawn o bob dim oedd yn mynd ymlaen o'i gwmpas. Os oedd angen prawf ar Sam fod ei gyd-westeion yn parchu gorchymyn Signorelli i beidio cysylltu â'i gilydd, yna roedd y prawf hwnnw'n amlwg iddo'r eiliad yma – Esther Rosenblum a Marcus Grossman, dau o'r un genedl ac yn rhannu'r un iaith, yn ymarfer dieithrwch llwyr. Penderfynodd osod ei brawf ei hun, y cyfle cynta a gâi, a herio'r gorchymyn, i weld beth fyddai'r adwaith.

Clywodd sŵn drws y stafell yn cael ei agor tu ôl iddo a gwelodd Gabriello yn taflu dilladach ar y gwely. 'Dy ddillad chwarae di!' Câi bleser amlwg mewn dangos ei wawd.

Hoeliodd Sam ef â'i lygaid – â llygaid gorffwyll Boyd

yn hytrach. 'Tyrd di i mewn i fa'ma eto heb gnocio'n gynta ac mi dorra i dy ddwy fraich di, y llinyn trôns uffar!'

Er nad oedd yn dallt gair, rhaid bod Gabriello wedi synhwyro'r rhybudd oherwydd fe drodd ei wawd yn gymysgedd o atgasedd ac o barchus ofn ac aeth allan o'r stafell heb air pellach.

Pâr o shorts brown, fest goch a phâr o sgidia rhedeg oedd y pentwr, heb fod yn newydd ac i gyd wedi eu lapio'n amharchus yng nghôt ei siwt. Gwnaeth sioe o lyfnhau'r crycha yn y gôt a mynd â hi i'w hongian, gan deimlo'n gynnil am y set botyma yn ei phoced ucha. Oedden, roedden nhw yno o hyd.

Gwrthododd y demtasiwn i gymryd cawod oer. Fe âi i redeg yn gynta, i gael syniad am ddaearyddiaeth y lle.

Tyn, ar y gora, oedd y shorts a'r fest, ond y sgidia rhedeg o leia un maint yn rhy fawr. Gwyddai fod yr olwg arno yn ddigon i godi gwên ar unrhyw un, ond gallai hynny fod er mantais iddo hefyd, meddyliodd. Agorodd y drysa patio a chamu allan.

O'r tri wrth y pwll, dim ond Craig Coldon roddodd arwydd o'i weld yn dod. Tynnodd hwnnw'i lygada powld oddi ar Esther Rosenblum a syllu'n chwilfrydig ar y dieithryn cyhyrog ond doniol-yr-olwg yn ei ddillad-rhy-fach oedd rŵan yn camu'n dalog i'w gyfeiriad.

'Sut ma'i?' Ni wnaeth ymgais i gadw'i lais i lawr. 'Boyd ydi'r enw. Bill Boyd o Milwaukee.'

Cododd y ferch ei llygaid o'i llyfr, cododd Grossman ei ben oddi ar ei frest a hanner cododd Conlon ei law mewn cyfarchiad amharod, ond ni ddywedodd yr un o'r tri air.

'Golwg ddiog iawn arnoch chi i gyd! Oes gan un ohonoch chi awydd dod i redeg milltir neu ddwy?'

Aeth Esther Rosenblum yn ôl at ei llyfr a syrthiodd gên Grossman yn ddioglyd i'w frest unwaith yn rhagor. 'Dim diolch,' meddai Conlon, mewn llais oedd yn annaturiol o fain i gorff mor nobl. 'Rhedeg yn y fath wres? Isio sbio dy ben di ddeuda i.'

Dychmygodd Sam res o gyrff croenddu wrth draed Conlon, a brwydrodd â'r awydd i amlygu'i wir deimlada at y dyn. 'Fel lici di,' meddai'n ddifater, gan daflu llygad deifiol hefyd i gyfeiriad y ddau Iddew oedd yn dewis ei anwybyddu. Dechreuodd jogio i gyfeiriad yr hofrennydd. Wedi'r cyfan, roedd William Boyd wedi dangos yn barod pa mor fusneslyd y gallai fod; ni wnâi ddim drwg iddo ddangos rhagor o chwilfrydedd rŵan.

Pe bai raid, meddai wrtho'i hun tra'n syllu ar banel rheoli'r hofrennydd, mi fedrwn i fynd â hon i fyny. Yn ystod ei wylia haf olaf cyn cychwyn ei gwrs ym Mhrifysgol Leipzig, fe fynnodd ei dad roi gwersi iddo i'w gymhwyso'n beilot. A pha well hyfforddwr allai neb ei gael? Colin Turner – *Squadron Leader* (wedi ymddeol) a chyn hynny yn *flight instructor* yn Y Fali, Sir Fôn. Fe ddangosodd y mab yr un anian yn union â'i dad a llwyddo i'w gymhwyso'i hun o fewn chydig wythnosa. Ond yn ddiweddarach, fel rhan o'i gwrs hyfforddiant SAS, y daeth iddo'r profiad o lywio hofrennydd. O'i chymharu â'r *Lynx*, meddai wrtho'i hun, doedd y beth fechan yma yn fawr mwy na thegan.

Synhwyrodd rywun yn sefyll tu ôl iddo. Gabriello, meddyliodd, o gofio'r gorchymyn gawsai hwnnw i beidio gadael Boyd o'i olwg. Ond pan drodd, gwelodd fod Signorelli yno hefyd.

'Fedri di fflio un o'r rhain, Boyd?' Roedd mwy o gwestiwn yn ei lygaid treiddgar nag yn y geiria eu hunain.

Chwarddodd ynta chwerthiniad iach. 'Dim uffar o beryg! Ddim ar ôl be ddigwyddodd imi yn y Marines.'

'O?'

'Unwaith, ar *recce* yn Gwatemala, mi gafodd ein peilot ni ei saethu gan sneipar oedd yn cuddio ym mriga un o'r coed o'danon ni. Fe aeth y fwled yn syth trwy'i ochor o.

Mi fuon ni'n troi fel blydi melin wynt am hydoedd uwchben y jyngl a phawb yn meddwl fod 'i ddiwedd wedi dod. Ond mi gadwodd y peilot ei ben yn ddigon hir, diolch i Dduw, i'n cael ni i lawr yn saff.' Gwenodd yn ddireidus ar Signorelli. 'Os wyt ti am fy ngyrru fi i fyny i fan'cw, Fesŵfio . . . ' Pwyntiodd tua'r awyr, ' . . . yna dyro bâr o adenydd iawn bob ochor imi, nid rhyw olwyn beic o rwbath i droi uwch fy mhen.'

Anodd deud a oedd Signorelli wedi llyncu'r stori Gwatemala ai peidio – roedd cysgod yr amheuaeth i'w weld o hyd yn ei lygaid – ond synhwyrai Sam fod yn edifar ei enaid gan y Maffioso erbyn hyn ei fod wedi crybwyll ei lysenw o gwbwl wrth rywun mor hurt â Boyd. 'Fesŵfio'! Gallai'r Americanwr neud i fawredd y gymhariaeth efo'r mynydd swnio'n rhywbeth chwerthinllyd.

'Signore Signorelli, Boyd! Dyna f'enw i. Parcha fo.'

'Wrth gwrs, Mustyr Signorelli. Ond dwi'n licio'r enw "Fesŵfio" hefyd, w'st ti. Mae o'n dy siwtio di rywsut. Be ddeudist ti hefyd oedd pawb ffor'ma yn dy alw di? Y "Jigsô sy'n chwyrnu" . . . neu rywbeth tebyg.'

'Il gigante che dorme.' Roedd sŵn diamynedd i'r llais, a'r Eidalwr yn amlwg yn ysu am roi terfyn ar y sgwrs. 'Y cawr sy'n cysgu, Boyd. Paid byth ag anghofio hynny.'

Anwybyddodd Sam y dôn rybuddiol. 'Dim peryg yn 'byd, Mustyr Signorelli. Ew! Dwi'n licio hwn'na hefyd, w'st ti. "Y cawr sy'n cysgu". W'st ti be? Dwi'n meddwl ei fod o cystal enw â "Fesŵfio" unrhyw ddiwrnod.'

Trodd Giovanni Signorelli draw mewn ffit o anobaith gan adael ei was, Gabriello, i gadw golwg ar yr Americanwr dwl.

'Wel, yr hen Archangel! I ble'r awn ni rŵan?'

Unig ymateb Gabriello oedd syllu'n ddi-ddallt ac yn ddilornus arno.

Aeth ei draed ag ef heibio talcen y Villa ac agorodd yr olygfa o'i flaen. Yn y pellter, penrhyn Sorrentina a'r môr yn llepian godre'i graig hir. Ymhell oddi tano ac i'r chwith, gwastadedd Sarno efo'i dai gwydyr diddiwedd yn wincio yn yr haul. Ac yma, o'i gwmpas, fel gwerddon lechweddog mewn anialwch o fforest wyllt, teyrnas Givanni Signorelli, pen dyn y Camorra Neapolitan; gŵr oedd yn cael ei gydnabod bellach fel un o ddynion cyfoethoca a mwya dylanwadol yr Eidal gyfan.

Roedd lawntia'r ardd yn ymestyn i'r dde ac i'r chwith oddi tano a llwyni blodeuog fel madarch yma ac acw hyd-ddynt. Daliai'r sgeintia dŵr, a welsai o'r awyr, i ddisgleirio'n aflonydd yn yr haul ac i ychwanegu at bersawr y gwair-newydd-ei-dorri. O lle safai, gallai Sam weld pedwar garddwr i gyd, pob un yn brysur wrth ei orchwyl; dau ar eu glinia yn plannu, un arall â'i strimar yn tacluso'r tyfiant o gylch boncyff pinwydden ambarelog dal, a'r pedwerydd yn gyrru tractor bychan coch efo trêlar hanner llawn brwgaits yn sownd yn ei gwt.

Rhedai llwybrau i sawl cyfeiriad, rhai'n diflannu o'i olwg i'r gwinllannoedd ac i'r planhigfeydd a lanwai gyrion y stad. O gysgod y coed yn fan'no, meddai wrtho'i hun, fe gâi gyfle i studio'r lle yn iawn, oherwydd doedd bosib bod Gabriello yn bwriadu ei ddilyn i bob man, yn enwedig yn y dillad a wisgai rŵan, beth bynnag. Cadw golwg o hirbell oedd bwriad hwnnw, siŵr o fod.

Wedi penderfynu ar ei lwybyr, dechreuodd redeg, a theimlo tyndra'r shorts brown yn brathu i'w ffwrch. Er bod y llechwedd i lawr i'r ardd yn sgeg i'w benglinia, eto i gyd doedd hynny ond megis chwarae plant o'i gymharu â'r carlamu yr arferai ei neud i lawr ochor garegog Y Gamallt, neu'n waeth fyth lechwedda Pen-y-Fan yng nghyfnod cwrs cymhwyso'r SAS slawer dydd pan ddisgwylid iddo nid yn unig redeg i lawr y llechwedda ond ar yr un pryd gario pecyn hanner can pwys ar ei gefn.

Er gwaetha'r trênyrs llac am ei draed, llyncid y

llwybyr gan ei gama nerthol a chododd pob garddwr yn ei dro ei olygon i ryfeddu at olygfa mor anghyfarwydd. Codai ynta'i law i gyfarch pob un fel pe bai'n hen ffrind. Gwyddai fod Gabriello, o'i fan gwylio ar y patio uwchben, yn dirmygu'r ymarfer chwyslyd. Ond be wnâi hwnnw, tybed, pan fyddai'r rhedwr dwl yn diflannu o'i olwg i'r blanhigfa olewydd?

Wedi sarnu pob llathen o lwybra'r ardd, anelodd am y planhigfeydd draw i'r chwith o'r tŷ, heb wybod pa mor bell yr âi'r llwybyr â fo yn fan'no. Wrth iddo nesu at y coed deuai'n fwy a mwy ymwybodol o drydar prysur y criciaid yn y dail, nes bod hwnnw, o'r diwedd, yn cau'n fyddarol amdano fel cawod galed o sŵn.

O fewn chydig lathenni, roedd y llwybyr yn hollti'n ddau a dewisodd ynta'r fforch i'r chwith, yr un fyddai'n ei orfodi'n ôl i fyny'r llechwedd. O'i gwmpas ym mhobman roedd ffrwyth yr olewydd yn dechra ffurfio'n farblis bach gwyrdd, toreithiog. Sylwodd mor daclus oedd ymylon y llwybyr a llawr y blanhigfa o gwmpas pob boncyff coeden. Câi'r gwair ei gadw mor fyr ac mor gymen yn fan hyn ag a gâi yn yr ardd ei hun.

Arweiniai'r llwybyr ef ar dro graddol dros y llechwedd. Heb iddo sylwi bron roedd wedi gadael y blanhigfa olewydd o'i ôl; bellach, llenwid ei ffroena ag arogl ffres coed lemwn, a'u ffrwyth fel llygada melyn yn ei wylio o ganol y dail.

Erbyn iddo gyrraedd cyrion pella'r blanhigfa, roedd y llwybyr wedi dechra troi am i lawr unwaith eto ac yn dod i olwg gwinllan eang. Anwybyddodd Sam y mân lwybra oedd yn arwain i honno a chadwodd at ei lwybyr crwn ei hun gan sylweddoli rŵan y byddai hwnnw'n ei arwain yn ôl i'w fan cychwyn yn y blanhigfa olewydd. Doedd bosib bod llawer o ffordd i fynd.

Dyna pryd y daeth sŵn peiriant i'w glyw. Yr eiliad nesa daeth wyneb yn wyneb â'r tractor bychan coch, a welsai ar lwybyr yr ardd chydig funuda ynghynt. Roedd

110

yn llonydd ac yn llenwi'r llwybyr cul. Tu ôl iddo, ymlafniai'r gyrrwr i unioni'r trêlar a oedd, rywsut neu'i gilydd, wedi troi ar ei ochor gan daflu'i lwyth o frwgaits yn flerwch ar hyd y lle.

'Isio help?' Syllodd i lawr ar y garddwr canol oed wrth i hwnnw stryffaglio'n chwyslyd ac yn ofer. Yna, heb aros am ateb, aeth i blygu wrth ei ochor a rhoi ei freichia dan y llwyth. Rhyfeddodd at mor rhwydd y daeth y trêlar yn ôl ar ei draed.

Heb godi'i ben i ddiolch, meddai'r Eidalwr yn isel yn ei iaith ei hun, 'Gwna esgus i ddod i siarad efo fi fory. Nid yma ond yn yr ardd, yng ngolwg pawb. Gormod o gamerâu cudd o gwmpas. System ddiogelwch!' Yr eiliad nesa roedd wedi hel y brwgaits yn un coflaid i'w daflu'n ôl i'r trêlar ac wedi codi llaw yn swta i ddiolch am y gymwynas. Gwyliodd Sam y tractor a'i lwyth yn diflannu o'i olwg.

Pan ddaeth allan o gysgod y coed ac i wres yr haul unwaith yn rhagor, roedd Gabriello hanner ffordd i lawr yr ardd yn chwilio amdano. Amlygwyd rhyddhad hwnnw yn y wên wawdlyd a ledodd dros ei wyneb wrth iddo sylwi ar y chwys yn dywyll trwy gochni'r fest dynn.

* * *

Roedd newydd gamu allan o'r gawod ac yn rhwbio'i hun yn ffyrnig â'r lliain pan ddaeth sŵn curo ysgafn ar ddrws ei stafell.

'Mewn!' Lapiodd y lliain am ei ganol ac aeth i sefyll yn nrws y bathrwm i wylio'r drws o'r coridor yn agor yn araf.

Merch ifanc groenddu a gwraig ganol oed, y ddwy mewn dillad morwyn, oedd yno. Carient hambwrdd yr un, gydag amrywiaeth o ffrwytha ffres a diodydd oer ar y naill, pitsa anferth a jygaid o goffi poeth ar y llall. Tu ôl iddynt safai Gennaro efo'i wn, i'w gwarchod rhag yr

Americanwr lloerig mae'n debyg.

'Dowch i mewn, genod!' Roedd y llygaid mawr yn rhoi ystyr anghynnes i'r gwahoddiad. 'Ond aros di lle'r wyt ti, Mr Uzi. Dim ond petha del sy'n cael croeso i fama, ac mi'r wyt ti, chwara teg, yn uffar hyll.'

Er nad oedd rheswm i gredu bod yr un ohonyn nhw'n dallt Saesneg, eto i gyd fe wyddai fod rhywun yn rhywle yn gwylio, ac yn gwrando hefyd, o bosib. Roedd yn bwysig iawn felly bod ymddygiad Boyd yn gyson yn ei anwadalwch.

Brysiodd y merched i osod y bwyd ar fwrdd yng nghornel y stafell a chyda 'Prego' 'Prego' nerfus, dianc wedyn am eu bywyda. Trwy'r cyfan, gwnâi Gennaro, allan yn y coridor, ei ora i ymddangos yn warcheidiol ac yn hunanfeddiannol, ond hawdd gweld ei fod ynta hefyd yn eitha balch o gael cau'r drws o'r diwedd ar yr Americanwr chwit-chwat.

Byddai wedi mwynhau cael teimlo crys glân amdano, ond roedd ei ddewis rhwng y denim a'r crys fu amdano ers cyrraedd yr Eidal. Gwnaeth sioe o arogli dan geseilia'r ddau gan adael i'w drwyn ddangos ei ymateb. Siawns, meddyliodd, bod pwy bynnag oedd yn gwylio yn gweld ei angen am ddillad glân.

Bodlonodd ar eistedd yn ei drôns wrth y ffenest. Tra'n bwyta'i ginio yn fan'no, medrai gadw llygad ar be oedd yn digwydd tu allan gan ymlacio chydig yr un pryd. O leia fe gâi ddod allan o groen Boyd am sbel. Roedd cynnal yr act am gyfnod hir yn medru bod yn dipyn o straen.

Clywodd ddrws patio'r stafell ar y dde iddo yn agor ac ymddangosodd Esther Rosenblum, yn mynd â'i chinio efo hi at lan y pwll. Gwelodd hi'n anelu am fwrdd yn ddigon pell oddi wrth un Craig Conlon. Roedd Edwin Caziragi a Hans Bruger yno hefyd, wrth fyrdda gwahanol, ond yr hyn a gynhyrfodd Sam fwya oedd gweld Signorelli a'r ddau Rwsiad yn rhannu bwrdd yng nghysgod feranda yn y pellter. A barnu oddi wrth y dwylo a'r cega aflonydd, roedd trafodaeth go fywiog yn cael ei chynnal, ac nid y tywydd yn sicir oedd testun eu sgwrs.

Yr eiliad nesa, clywodd y drws patio ar y chwith iddo'n agor ac yn cau a cherddodd Marcus Grossman heibio, ynta'n cario'i ginio ar hambwrdd. Gwisgai grys coch llac dros drowsus byr gwyn, ac roedd cyhyra amlwg ei freichia a'i goesa yn disgleirio'n frown yn yr haul. Rhaid ei fod wedi synhwyro presenoldeb Sam oherwydd am eiliad trodd i syllu i'r gwydyr tywyll, cyn mynd ymlaen wedyn at fwrdd gwag, i eistedd yn y fath fodd fel y gallai wylio pawb oedd o'i gwmpas, yn ogystal â'r pwyllgor o dri yn y pellter. Yn yr eiliad o ddod wyneb yn wyneb drwy'r gwydyr, fe adawodd llygaid duon Grossman gryn argraff ar Sam. Ceisiodd amgyffred beth oedd tu ôl i'r treiddgarwch tywyll y cawsai gip sydyn ohono. Deallusrwydd arbennig. Dim amheuaeth am hynny. Craffter hefyd. Llygaid a roddai'r argraff o syllu i mewn i enaid dyn. Ac ymgysegriad llwyr i'w dasg. Hynny hefyd yn gwbwl amlwg. A rhybudd! Ia, llygaid rhybuddiol, digyfaddawd oedden nhw'n benna; llygaid oedd yn cynghori: 'Paid byth â sefyll yn fy ffordd. Paid byth â sathru ar fy ngyrn!' Mi fedrai Grossman, meddai Sam wrtho'i hun, fod yn ffrind defnyddiol iawn neu'n elyn hynod o beryglus.

* * *

Erbyn dau o'r gloch roedd patio'r pwll nofio'n wag a syrthni'r siesta wedi cydio yn y Villa Capri. Er i Sam hefyd fanteisio ar y cyfle i orffwys ei gorff, go brysur serch hynny fu ei feddwl. Y garddwr efo'r tractor coch oedd ei gyswllt, felly. Fe gâi ryw wybodaeth gan hwnnw fory. Yn y cyfamser, rhaid oedd gneud defnydd o'r botyma meicroffon. Ond lle i'w gosod? Dyna'r cwestiwn. Y lle mwya amlwg oedd y stafell lle cafodd ef ei groesholi bore 'ma ar ôl cyrraedd y Villa. Dyna swyddfa bersonol Signorelli wedi'r cyfan. Ond i adael un yn fan'no byddai'n rhaid twyllo'r camerâu cudd. Problem. Ond problem y gellid ei goresgyn, meddai wrtho'i hun. Lle arall? Y bwrdd o dan y feranda ym mhen pella'r patio wrth y pwll. Fyddai meicroffon yn fan'no o unrhyw werth? Dyna'i broblem. Doedd ganddo ddim ffordd o wybod ymhle'r oedd cuddfan neu guddfanna tîm *Surveillance* M16, ai yn y ffrynt ynte yng nghefn y tŷ. Rhaid cymryd yn ganiataol felly, meddai wrtho'i hun, eu bod nhw'n medru gwrando o'r ddau gyfeiriad.

Bu'n gorwedd yno'n hir yn meddwl. O'r diwedd, cododd. Os oedd gweddill y tŷ yn gorffwys, yna roedd hwn cystal amser â'r un i adael botwm yn swyddfa Signorelli. Ond ymhle yno?

Er gwaetha'r gwres a'r trymder, gwisgodd ei ddillad denim a mentro'n droednoeth allan i'r coridor. Roedd pobman yn gysglyd o ddistaw.

Er gofalu cau'r drws yn ddistaw o'i ôl rhag tynnu sylw diangen, eto i gyd talog a dibryder oedd ei gerddediad wedyn. Y peth ola y dymunai ei neud, wedi'r cyfan, oedd rhoi'r argraff i unrhyw gamera cudd, a allai fod yn ei wylio, ei fod yn gweithredu yn y dirgel.

Ni chafodd ateb i'w guriad ysgafn ar ddrws stafell Signorelli. Fe wyddai y byddai'n rhaid gweithredu'n gyflym. Roedd y ddau fotwm gwyrdd yn chwysu yng nghledar ei law wrth iddo droi'r dwrn pren llithrig. Fe wyddai yn ei feddwl bellach ymhle i'w gosod.

Roedd y stafell yn wag. Yn unol â'i gynllun gwnaeth sioe o chwilio corneli'r soffa ledar, yna, efo'i law dde yn pwyso yn erbyn ymyl ucha'r llyfra tuag uchder ei gorun, safodd eiliad fel pe bai i feddwl ac i syllu'n ymholgar o'i gwmpas. Yn yr eiliad honno llithrodd botwm trwy'i fysedd a gorwedd o'r golwg tu ôl i rimyn ucha un o'r cloria. Camodd wedyn at y ddesg ac agor y ddwy ddrôr ucha efo'i gilydd, yna'r ddwy nesa i lawr, a'r ddwy nesa wedyn, a'i rwystredigaeth yn dod yn fwyfwy amlwg i unrhyw un a allai fod yn gwylio. Yna, wrth gamu rownd y ddesg unwaith eto am ganol llawr y stafell, rhedodd ei law chwith gyda gwaelod monitor y cyfrifiadur a gwthiodd fotwm arall i'r cysgod rhyngddi a blwch y cyfrifiadur ei hun. Rhwng y ddau fotwm, siawns bod gan MI6 neu'r CIA, neu pwy bynnag oedd yn gwrando, glust dda yn y stafell.

Dyna pryd yr agorwyd y drws ac y camodd Gabriello a Gennaro i mewn ar eu hyll, y pistol *Beretta* yn llaw'r naill fel y llall yn crynu'n fygythiol wrth iddo gael ei bwyntio'n syth at ben Sam.

'Uffar dân! Gan bwyll! Gan bwyll!' Daliai Boyd ei ddwylo i fyny fel cowboi drwg wedi'i gornelu gan y sheriff ac anodd oedd deud ai dychryn ynte be oedd tu ôl i'r ystum. Yna daeth Signorelli i'r golwg. 'Blydi hel, Giovanni! Dwi'n falch o dy weld di. Dydi'r ddau yma ddim yn gall, 'achan. Roeddwn i'n meddwl . . . '

'Cau dy geg!' Gellid meddwl bod y cawr wedi deffro, a hynny'n flin. 'Be wyt ti'n neud yn fama?' Roedd rhycha'i dalcen yn hawlio ateb buan.

'Neud? Dwi'n gneud dim byd . . . dim ond chwilio am rywbeth sy'n perthyn imi, dyna i gyd.'

'Perthyn iti?'

Welodd Sam neb yn cuchio cymaint ers tro byd, ddim ers iddo wynebu Gareth Benson yn Edeirnion erstalwm. A chwarae plant fu delio efo Benson o gymharu â llid bygythiol Signorelli.

'Eglura dy hun neu . . . '

'Giovanni! Fy ffrind! . . . *Amice*, ia?' Gwenodd yn wan gan ddal ei ddwylo allan bob ochor iddo a'u cledra at i fyny, fel pe bai'n ansicir o'r hyn oedd wedi cynhyrfu'r fath storm. 'Y Walkman. Fy stereo personol a'r tapia. Dyna'r cwbwl dwi isio. Mae'n uffernol o ddiflas yn gorwedd ar fy ngwely yn gneud dim. Dwi wedi trio gwylio'r teledu, ond mae pob dim ar hwnnw fel blydi

Double Dutch imi. Sut bynnag . . . ' Daeth fflach herfeiddiol i'w lygad a sŵn edliw i'w lais. ' . . . fi bia'r blydi peth!' Trodd yn sydyn ar Gabriello a Gennaro a chymryd hanner cam ymlaen.

' . . . Ac os ydi un o'r ddwy chwannan yma wedi'i ddwyn o . . . '

'Boyd! Rwyt ti'n broblem imi. Ond yn broblem y medra i'n hawdd gael gwared ohoni hi. Ar hyn o bryd rwyt ti'n cerdded llinell gul iawn iawn. Dy ddewis ola di – byhafio fel pawb call arall yn y lle 'ma neu gael dy gladdu rywle yn y coed i fyny yn fancw.' Er yn ddidaro yn y ffordd y pwyntiai i gyfeiriad y llechwedd uwchben y tŷ, eto i gyd roedd y maffioso yn meddwl pob gair.

Smaliodd Sam gymryd amser i feddwl, yna caniataodd wên o ryddhad. 'Mi fydda i fel aur, Giovanni. Dwi'n addo. Dwi isio cael fy nghladdu lle medar fy nheulu ddod â bloda ar fy medd i. Y cawr sy'n cysgu! Dwi yn cofio 'sti. *Gigantic doormouse*, ynde. Ond be am y stereo personol? Mi faswn i'n licio cael hwnnw'n ôl 'sti.'

'Dos yn ôl i dy stafell, wir dduw! Fe ddaw Gabriello â fo iti.' A chyda hynny fe aeth Signorelli i eistedd yn anniddig tu ôl i'w ddesg, estyn am y ffôn a deialu rhif yn Rhufain. Aeth Boyd ynta'n ufudd allan, heibio'r ffynnon efo'i Adonis noeth a gwlyb, ac i lawr y coridor am ei stafell ei hun. Ni allai'r ddau a'i dilynai, efo'u *Berettas* ar anel at ei gefn, weld y wên fodlon ar ei wyneb.

Fe gyrhaeddodd y Walkman a'r ddau dâp ar yr un hambwrdd â'i swper.

* * *

Waeth pa mor drwm y cysgai Sam, roedd unrhyw sŵn annisgwyl yn siŵr o'i ddeffro. Doedd pedair blynedd fel ditectif ddim wedi dwyn oddi arno y reddf a feithrinwyd gan yr SAS. Un funud, cysgai'n drwm, ei anadlu rheolaidd yn dianc fel chwyrnu ysgafn; y funud nesa roedd yn eistedd yn gefnsyth yn ei wely a'i glustia'n agor fel clustia cath yn y tywyllwch.

Fe wyddai'n reddfol be oedd y rwmblan ysgafn; drws patio yn cael ei dynnu'n ofalus, naill ai ar agor neu ynghau, a hynny heb fod ymhell i ffwrdd. Llithrodd o'i wely gan fwynhau, am eiliad, oerni'r teils ar wadna'i draed chwyslyd. Erbyn hynny, fe wyddai hefyd pa ddrws oedd wedi symud, a bod Esther Rosenblum ar grwydr.

Aeth draw at ei ffenest ei hun a chymryd y gofal mwya wrth daflu cip allan heibio ymyl y llenni trwchus. Er bod yr awyr uwchben yn glir ac yn ola, ac eithrio disgleirdeb aflonydd y pwll nofio digon tywyll oedd y patio a'r llethr a redai i lawr ato. Hyd yma, roedd Feswˆfio'n fur i gadw gola'r lleuad draw.

Am bum munud da safodd Sam yno'n berffaith lonydd yn craffu allan i'r nos. Gan nad oedd unrhyw symudiad yn tynnu ei lygad, tybiodd mai agor ei drws wnaethai'r Iddewes oherwydd poethder y nos. Syniad da, meddyliodd, a phenderfynu gneud yr un peth ei hun. Ond er gwasgu a thynnu'r handlen bob ffordd, ni fedrai gael y drws i symud yr un filimetr a daeth i'r casgliad o'r diwedd fod rhywun, rywsut ac yn rhywle, wedi ei gloi. Doedd William Boyd ddim i gael crwydro'r lle yn y tywyllwch. Os felly . . . Aeth draw at y drws a arweiniai i'r coridor a chael bod hwnnw hefyd ar glo. Gwenodd yn chwerw a throi'n ôl am ei wely; ond cyn hynny fe âi i'r bathrwm.

Ar ôl mynd i fan'no y daeth y parablu distaw ond cymysglyd i'w glyw, fel pe bai dau yn y stafell nesa yn sibrwd yn daer ar draws ei gilydd. Roedd gan Esther Rosenblum ymwelydd hwyrol! Cydiodd mewn gwydryn diod a'i osod efo'r pen agored yn erbyn y wal, yna rhoddodd ei glust ar y pen arall. Daeth y sibrwd yn gliriach iddo, er nad yn ddealladwy chwaith. Ychydig funuda'n ddiweddarach, yn sŵn yr ochneidio gwyllt, fe gadarnhawyd ei amheuon. Sŵn dau yn caru oedd i'w glywed drwy'r wal.

Diddorol iawn, meddyliodd Sam wrth gymryd ei le unwaith eto gydag ymyl y llenni. Byddai'n rhaid i bwy bynnag oedd wedi mentro i stafell ei gymdoges ddod oddi yno cyn i'r lleuad godi digon i oleuo'r llechwedd a chefn y tŷ, neu roedd yn berson rhyfygus ar y naw.

Un peth a ddysgodd yn ystod yr oria hir o gadw gwyliadwriaeth tra yn y fyddin oedd sut i gadw amser yn rhyfeddol o gywir. Cofiodd fel y byddai Meic – heddwch i'w lwch annwyl! – ac ynta yn rhannu gwyliadwriaeth. Dwyawr ar y tro ac yn gosod camp iddynt eu hunain ac i'w gilydd. Heb ddefnyddio wats o gwbwl, disgwylid i'r un oedd ar wyliadwriaeth wybod pryd y deuai'r ddwyawr i ben, tra bod disgwyl i'r llall oedd yn cysgu ddeffro'n reddfol ymhen yr amser penodedig. O hir ac amal ymarfer – yn Beirut, yn Irac, yng Ngogledd Iwerddon – fe ddaeth y ddau i feistroli'r gamp yn hynod o gywir. Erbyn y diwedd, prin bod yr un ohonyn nhw byth fwy na phum munud y naill ochor neu'r llall i'r ddwyawr allan ohoni.

Yn ôl ei amcan, fe aeth wyth munud ar hugain heibio cyn i sŵn y drws unwaith eto dorri'n ysgafn ar ei glyw. Roedd pwy bynnag a fu'n rhannu gwely Esther Rosenblum yn paratoi i adael ac fe fynnai Sam gael gwybod pwy oedd o. Trwy wasgu'i hun yn erbyn y pwt wal, a syllu'n gul rhwng honno a'r llenni, gallai weld ei ddrws patio ei hun ar ei hyd. Siawns felly, er tywylled oedd hi tu allan, y gallai adnabod pwy bynnag oedd ar fin ymddangos o'r stafell nesa ato.

Aeth eiliada heibio heb i ddim ddigwydd, fel pe bai'r carwr hwyrol wedi newid ei feddwl ynglŷn â dychwelyd i wely gwag. Pan ddaeth allan, fodd bynnag, fe symudodd fel panther du. Yn hytrach na throi draw oddi wrtho fel y disgwyliai Sam iddo'i neud, a rhoi cyfle iddo gael rhyw fath o olwg arno, fe drodd yn ei gwman tuag ato gan wibio heibio'i ddrws. Cip o gorun pen oedd yr unig beth a gafodd Sam. Rhegodd dan ei wynt a throi oddi wrth y tywyllwch y tu allan i dywyllwch dyfnach ei lofft. Ar yr un pryd gallai glywed Esther Rosenblum yn tynnu'i drws ynghau.

Roedd ar fin dringo'n siomedig i'w wely unwaith eto pan drawyd ef gan syniad na chroesodd ei feddwl tan rŵan. Aeth i nôl y gwydryn a'i ddal y tro yma yn erbyn wal ei lofft, sef yr un rhyngddo a'i gymydog ar yr ochor arall. Aeth eiliada distaw heibio nes peri iddo ama'i reddf ei hun ond yna, fel rhyw daranu pell pell, clywodd rwmblan ara ara wrth i ddrws arall lithro'n ofalus i'w le. Wel! Wel! meddyliodd Sam gan wenu yn y tywyllwch. Dydi 'nghymdogion i 'mond yn ymarfer dieithrwch yn ystod oria'r dydd, mae'n rhaid. Diddorol iawn.

* * *

Fe aeth Sam i redeg drannoeth am ddau reswm. Yn gynta roedd wedi penderfynu ymhle i osod botwm meicroffon arall, ac yn ail rhaid oedd cyfarfod garddwr y tractor coch.

Ni chafodd unrhyw anhawster i feddwl ymhle i osod y botwm. Os mai yno'r oedd Signorelli a'r ddau Mafiozniki yn trafod rhywfaint o'u busnes, yna'r bwrdd o dan y feranda oedd y lle amlwg. Fel gweddill y byrdda patio, roedd pedair coes i'r un yma hefyd, ar siâp teclyn berwi wy, yn codi ar dro addurnol i gyfarfod ei gilydd tua deunaw modfedd o'r llawr ac yn agor allan o fan'no wedyn i gynnal corneli'r bwrdd. Lle'r oedd y coesa'n dod at ei gilydd, meddai Sam wrtho'i hun, fe ddylai bod nyth bach hwylus a chudd i ddal y meicroffon. Yr anhawster oedd medru gosod hwnnw yn ei le heb i neb weld nac ama dim.

Daeth i'r penderfyniad yn fuan iawn nad oedd posib mynd yn agos at y feranda yn ystod y dydd heb i rywun ei weld. Ond os oedd drysa'i lofft yn cael eu cloi yn ystod y nos, yna doedd yr oria tywyll ddim yn cynnig cyfle chwaith.

Tra'n aros am ei frecwast bu'n studio'r ddau ddrws, er ei fod yn gwybod yn iawn fod camera cudd yn ei wylio'n gneud hynny. Buan y sylweddolodd fod cloeon drws y coridor a'r drysa patio yn rhai otomatig, y gellid eu gweithredu o bell. Roedd yr un peth yn wir am weddill y llofftydd, mae'n siŵr. Go brin bod Signorelli yn trystio'r un o'i westeion. Ond os felly, sut bod Marcus Grossman . . . ? Eiliada'n unig a gymerodd i weld ffordd o oresgyn y broblem. Doedd raid ond gosod darna bychain o blastig caled i rwystro'r ddau follt ym mhob drws rhag mynd i'w lle – dyna dacteg ei gymdogion Iddewig mae'n siŵr – a gallai wedyn sleifio at y feranda tra oedd pawb arall yn cysgu.

Ond chafodd y cynllun hwnnw mo'r cyfle i ffurfio'n iawn yn ei feddwl cyn cael ei wrthod. A'r gwesteion i gyd wedi eu cloi'n ddiogel yn eu stafelloedd dros nos, roedd yn bosib nad oedd y camerâu diogelwch yn cael eu defnyddio, ond a ellid cymryd y risg honno? Wedi'r cyfan, ymresymodd, falla bod Signorelli yn gwybod yn iawn am gampa carwriaethol Grossman ond ei fod yn barod i gau llygad arnyn nhw. Yn reit siŵr, efo'r dechnoleg oedd ar gael y dyddia yma – gola is-goch a phetha felly – yna fyddai'r tywyllwch ynddo'i hun yn helpu dim arno. Na, meddyliodd, doedd hi ddim gwerth y fenter. Roedd gormod yn y fantol. Felly be? Fe ddaeth yr ateb iddo cyn y wawr. Doedd ond un ffordd o gael y meicroffon i'w le. Rhaid fyddai gneud hynny yng ngola dydd ac yng ngwydd pawb.

Caziragi a Coldon oedd yr unig rai allan ar y patio pan gamodd Sam o'i stafell, y ddau'n eistedd gefn yn gefn wrth ddau fwrdd gwahanol. Adar o'r unlliw yn reit siŵr, meddyliodd yn chwerw. Tybiai fod rhywfaint o sgwrs rhyngddynt; roedd gwefusa Conlon yn symud beth bynnag, er nad oedd yr un o'r ddau yn osgo troi pen. Ers iddo gyrraedd, roedd wedi gweld pawb heblaw Hazain Razmara a Zahedi, meddai wrtho'i hun. Lle oedden nhw'n cadw, tybed? Roedd yn ddigon posib mai yn ffrynt y Villa yr oedd eu stafelloedd nhw a'i fod yn ormod o drafferth ganddyn nhw ddod drwy'r tŷ er mwyn cyrraedd y pwll. Neu'n fwy tebygol, falla bod Signorelli yn eu cadw'n ddigon pell oddi wrth y ddau Iddew.

Diolchodd fod y bwrdd dan y feranda yn wag ac y gallai weithredu'i gynllun. Gwasgodd y botwm yn ei ddwrn de a gwthiodd un arall i boced y trowsus byr, tyn.

'Bore da! Waeth heb â gofyn ichi ymuno efo fi mae'n siŵr.' Cododd ei law yn glên wrth wau'n gyflym rhwng y byrdda ac anelu am gornel bella'r Villa lle'r oedd y feranda, a thu draw i honno y llwybyr a arweiniai i lawr i'r ardd. Mwmblodd y ddau rywbeth annealladwy a throi i'w wylio'n mynd. Trodd ynta ar hanner cam i godi llaw eto. Roedden nhw'n dal i'w wylio. Pan o fewn pumllath i'r feranda, trodd eto i chwifio'n ddwl a baglu dros ei draed ei hun nes ei fod yn mesur ei hyd ar wyneb mosaig y patio. Teimlodd losgi sydyn ar ei benglinia ac ar gledr ei law chwith wrth iddo geisio'i arbed ei hun, a chafodd gip o fadfall fach lwydwyrdd yn gwibio mewn dychryn dros y teils o'i flaen. Erbyn iddo lonyddu roedd yn gorwedd a'i ben yng nghysgod y bwrdd dan y feranda. Diawliodd yn uchel ac yn ffyrnig a stryffaglu i godi gan chwilio â'i law dde am rywle i afael ynddo, tra'n dal y llaw chwith yn boenus lonydd. Yn yr ymdrech, trawodd ei ben yn galed yn erbyn y bwrdd a rhegi'n hyglyw eto, fel pe bai heb sylweddoli'n iawn lle'r oedd. Erbyn iddo gael ei draed 'dano roedd y gwaed wedi dechra ymddangos yn y sgriffiada llidiog. Diawliodd eto wrth weld y llanast a synhwyrodd rywun yn sefyll yn ei ymyl.

'Ar be uffar wyt ti'n gwenu, y gwynab camal?'

Ni cheisiai Gabriello gelu'i bleser. Gwnaeth sioe o dwt-twtian mewn ffug gydymdeimlad a chwerthin yn iach wedyn. Heb fod ymhell tu ôl iddo, safai Gennaro, ynta'n gwenu fel giât. Roedd y ddau heddiw'n gwisgo crysa duon a throwsusa gwyn.

'Roedd gan Nain betha clysach na chi ar ei silff-ben-tân, wir dduw,' meddai'n ffug flin a chuchiog, a mynd ati i roi sylw i'w ddoluria. Chwarddodd y ddau eto, heb ddeall ystyr y geiria.

Golwg digon gwamal oedd ar Caziragi a Coldon hefyd wrth iddo'u pasio ar ei ffordd yn ôl i'w lofft i olchi'i glwyfa.

Llundain

Roedd Herbert Shellbourne CBE, y Cyfarwyddwr Gwladol, mewn cyfarfod boreol pan ffoniodd Caroline Court ef gynta yn ei swyddfa. Yr ail dro roedd yn brysur ar y ffôn, meddai ei ysgrifenyddes. Chwarter i hanner dydd y cafodd hi afael arno a gofyn am gyfarfod cyfrinachol brys. Fe fu'r un gair 'Semtecs' ganddi yn ddigon.

'Cliria dy swyddfa!' meddai'n awdurdodol. 'Dwi'n dod draw rŵan. Gormod o betha'n mynd ymlaen yn fama.'

Fe wyddai hi ystyr y geiria. 'Wendy! Gwna goffi i ddau a dos ditha wedyn am baned dy hun.'

Edrychodd honno'n hollol syn o du ôl ei chyfrifiadur. 'Mynd, Miss Court?' Cystal â gofyn 'Mynd i ble, felly?'

'Ia. Dos i lawr i'r cantîn neu rywle felly am ryw hanner awr.' Anwybyddodd y dryswch ar wyneb ei hysgrifenyddes. Doedd Wendy Parkes, wedi'r cyfan, byth yn gadael ei desg yn ystod ei horia gwaith, ddim hyd yn oed i gael ei chinio. Ond daeth peth goleuni i honno pan welodd hi Shellbourne yn mynd heibio iddi ar ei hyll ac yn syth i swyddfa Caroline Court.

Pan aeth â choffi i'r ddau, chydig funuda'n ddiweddarach, ni allai lai na sylwi ar y lliw yng ngwyneb Shellbourne a'r cyfarthiad yn ei gwestiwn, 'Pryd oedd hyn?' Ac wrth gau'r drws o'i hôl i fynd i grwydro'n ddiarth ar hyd coridora oer y Swyddfa Dramor, fe deimlodd Miss Parkes siom a thristwch. Dyma'r tro cynta iddi gael yr argraff nad oedd gan Caroline Court ymddiriedaeth lwyr ynddi fel ysgrifenyddes. Ond falla bod rheswm arall, meddyliodd. Falla bod rhywfaint o wir yn y sibrydion amdani hi a Shellbourne wedi'r cyfan. O fewn yr un gwynt, gwyddai mor annheilwng oedd y ddrwgdybiaeth honno.

Tu ôl i'r drws caeedig, daliai Shellbourne i aros am ateb. 'Wel?'

'Bore ddoe.'

'Ddoe?' Yna'n ddistawach, fel pe'n sylweddoli y gallai rhywun fod yn clywed tôn anhygoel ei lais, 'Ddoe? Ac rwyt ti wedi aros tan rŵan?'

'Eisteddwch, Mr Shellbourne.' Gan y gwyddai na allai neb bwyntio bys ati hi, roedd Caroline Court yn medru bod yn gwbwl hunanfeddiannol. Gwyliodd ef yn ufuddhau ac yn estyn yn reddfol am y coffi o'i flaen. 'Dim ond bore 'ma y ces i fy hun wybod.' Edrychodd ar ei wats fel pe bai'r ateb ar honno. 'Tua hanner awr wedi naw. Fe driais gysylltu â chi'n syth, ond roeddech chi mewn cyfarfod ar y pryd. Yr ail dro imi drio roeddech chi ar y ffôn – ac fe barhaodd yr alwad honno am dros hanner awr, os cofiwch chi . . . '

'Yr Ysgrifennydd Tramor.' Roedd pwysigrwydd y swydd i fod i egluro pwysigrwydd yr alwad.

' . . . Dyma fy nghyfle cynta i gael gafael arnoch chi.'

'Iawn. Rŵan eglura be ddigwyddodd.'

Anwybyddodd Caroline Court y dôn ddiamynedd yn ei lais. Fyddai hi ddim wedi disgwyl i Herbert Shellbourne syrthio ar ei fai beth bynnag. 'Dim byd mwy na bod rhywun wedi ffonio'r maes awyr yng Ngogledd Cymru yn . . . ym . . . ' Edrychodd yn ei ffeil. ' . . . Llanbedr . . . bore ddoe i holi ynglŷn â'r *Cessna* a aeth o'no i Redhill ddydd Mercher.'

'Dim byd mwy?' Swniai'n anghrediniol. 'Dim . . . byd . . . mwy?'

'Fe wyddoch be dwi'n feddwl, syr. Mae'n ddatblygiad sy'n peri pryder, fe wn i hynny, ond ddim yn hollol annisgwyl chwaith yn nac'di?'

'Merryman wyt ti'n feddwl?'

'Wel ia. Mi gafodd Stanley Merryman ei boenydio'n ofnadwy cyn cael ei ladd. Mi fedrwn gymryd yn ganiataol ei fod o, cyn marw, wedi datgelu hynny o wybodaeth ag oedd ganddo fo. Ond fel y gwyddoch chi, syr, doedd hynny ddim llawer, diolch i'r Drefn.'

'Dim byd mwy na lleoliad y maes awyr dwi'n cymryd. Pa mor bell i ffwrdd mae cartre Semtecs o fan'no?'

'Rhyw ugain milltir faswn i'n tybio.'

'Fyddai Merryman wedi dod i wybod enw'i deithiwr wyt ti'n meddwl?'

'Go brin, oni bai i Semtecs ei hun wirfoddoli'r wybodaeth, a dydi hynny ddim yn debygol. Fel y gwyddoch chi, syr, mae Stanley Merryman wedi gneud llawer iawn o waith inni yn y gorffennol ac roedd o'n gwybod ei le. Fydda fo byth wedi crafu am unrhyw wybodaeth gan Semtecs, mwy nag y byddai Semtecs chwaith wedi agor ei geg. Na, dwi'n eitha ffyddiog mai'r unig beth y gallai Merryman fod wedi'i ddatgelu oedd enw'r maes awyr.'

'Hm! Gobeithio hynny. Mae hynny ynddo'i hun yn ddigon difrifol. Ond be am yr alwad 'ma? A pham ddaru Llanbedr oedi mor hir cyn cysylltu â ni yn fama?'

'Mae hynny'n anfoddhaol, syr, dwi'n cydnabod. Fe ddylen nhw fod wedi cysylltu efo ni'n syth. Rydw i wedi bod ar y ffôn yn barod i fynegi fy nheimlada.'

'Ac . . . ?'

'Wrth gwrs, rhaid i ninna gofio nad y Weinyddiaeth Amddiffyn sy'n cynnal y lle erbyn heddiw, ond cwmni preifat. Effaith polisi'r Llywodraeth Dorïaidd ddiwetha . . .'

'Ia, ia!' Swniai Shellbourne yn feirniadol ddiamynedd, fel pe bai ei geiria hi wedi cyffwrdd tant gwleidyddol sensitif. John Major, wedi'r cyfan, oedd wedi rhoi iddo'i CBE! 'Felly . . . ?'

'Mae'r lle, i bob pwrpas, mewn dwylo preifat.'

'Ond mae'r Weinyddiaeth Amddiffyn yn cadw cysylltiad o hyd?' Deud diamynedd yn hytrach na gofyn.

'Wrth gwrs.'

'Felly, Miss Court, maen nhw'n atebol o hyd.' Wrth ei gweld hi'n cytuno trwy nodio'i phen, aeth ymlaen, 'Felly pam na chawson ni wybod cyn hyn am yr alwad ynglŷn â'r *Cessna*? Fe gawson nhw'r rhybudd ynglŷn â hi, dwi'n cymryd?'

Tro Caroline Court oedd swnio'n ddiamynedd rŵan. 'Wrth gwrs, Mr Shellbourne. Fi fy hun, yn bersonol, siaradodd efo rheolwr y maes awyr ac mi ddaru mi fynnu ei fod yn rhybuddio pob un o'i staff a'u siarsio i riportio'n syth bìn unrhyw ymholiad ynglŷn â'r *Cessna*.'

'Felly, pam na ddaru hynny ddigwydd?'

'Am fod y person dderbyniodd yr alwad wedi anghofio ar y pryd. Mor syml â hynny, syr. Synnwn i ddim nad ydi o bellach wedi colli'i swydd.'

'Hy! Ydi, siawns.' Doedd dim teimlad yn y llais, dim byd ond oerni. 'Wel rŵan, faint o beryg sydd iddyn nhw, pwy bynnag ydyn nhw, ddod i wybod mwy am Semtecs, a lle mae o'n byw?'

'Anodd deud, syr. Mae'n dibynnu faint o wybodaeth sydd ganddyn nhw'n barod. Os nad oedd Merryman yn medru rhoi enw na chyfeiriad iddyn nhw, mi fedrwn gymryd yn ganiataol eu bod nhw o leia wedi cael disgrifiad go fanwl ganddo fo. Maen nhw o ddifri, mae hynny'n amlwg, felly mi allwn ddisgwyl iddyn nhw fod yn gneud ymholiada go drwyadl yn ardal Llanbedr.'

'Ond pwy ydyn *nhw*, Caroline?' Am eiliad, fe synhwyrodd hi ryw anobaith breuddwydiol yn ei lais. 'Sut ar y ddaear ddaethon nhw i wybod am yr ymgyrch

yma yn y lle cynta? A be ydi'u diddordeb nhw?'
Cwestiyna iddo'i hun oedden nhw yn fwy nag iddi hi, a'r
cynta'n gwestiwn yr oedd arno ef ei hun ofn awgrymu'r
ateb iddo. Yna, fel pe bai posibilrwydd arall wedi'i daro,
'Oes rhywun yn cadw llygad ar gartre Semtecs? Ar ei
wraig a'i blentyn?'

Napoli

Wedi rhedeg chydig ddŵr i olchi'r gwaed oddi ar ei law
a'i benglinia, fe gydiodd Sam unwaith eto yn ei fwriad i
redeg. Y tro yma roedd wedi gofalu bachu'r Walkman
wrth wregys am ei ganol a gosod y benset dros ei glustia.
Johnny Cash oedd ei ddewis dâp, yn bennaf am mai yn
Boyd yr Americanwr yn hytrach nag yn O'Boyd y
Gwyddel yr oedd diddordeb ei westeiwr. Gwnaeth yn
siŵr hefyd fod yr olaf o'r botyma meicroffon yn saff yn ei
boced.

Synnodd weld y patio'n wag o gwmpas y pwll.
Safodd ennyd cyn cychwyn ar y llwybyr i lawr i'r ardd ac,
wedi gneud yn siŵr nad oedd neb o fewn clyw, daliodd y
botwm rhwng bys a bawd o'i flaen ac oedi eiliad. Ac
ynta'n sefyll mewn lle mor amlwg yn ffrynt y tŷ,
cymerai'n ganiataol fod gwrandawyr cudd MI6, lle
bynnag oedden nhw'n cuddio, yn anelu eu pelydryn
radio tuag ato a thuag at y botwm. Yna siaradodd yn
dawel ond yn bwyllog fel bod y meic yn cael dim trafferth
i godi ei lais. 'Stafell ffrynt efo'r ffenest hanner bwa. Dau
feicroffon wedi eu gadael yn fan'no. Yn y cefn – y bwrdd
o dan y feranda. Hwnnw'n fan cyfarfod arall i ŵr y tŷ a'i
ffrindia. Meic wedi'i adael yn fan'no hefyd felly. Eto yn y
cefn – yr ail ffenest o'r dde wrth edrych i lawr ar y tŷ – fy
stafell i. Meicroffon yn fan'no, wrth gwrs, imi fedru
cysylltu efo chi.' I unrhyw un a allai fod yn gwylio, ac
roedd Gabriello'n siŵr o fod yno yn rhywle, roedd
gwefusa Boyd yn symud i fiwsig ac i eiria'r tâp yn y

Walkman. Roedd yr Americanwr hanner call yn canu deuawd efo'i arwr cerddorol Johnny Cash.

Cychwynnodd i lawr y llwybyr graeanog heb wybod a oedd y neges wedi'i derbyn ai peidio. Eto heddiw roedd y pedwar garddwr wrth eu llafur a'r sgeintia dŵr yn dawnsio yn yr haul. Gwelodd y tractor coch a'i yrrwr ond, am y tro, anelu'i draed i gyfeiriad hollol wahanol a wnaeth.

Yn sŵn crensian y graean, cododd y garddwr cynta 'i ben. Roedd ef wrthi'n tacluso llwyn lliwgar. Cododd y rhedwr ei law yn gyfeillgar wrth nesu ato ac yna stopiodd gan dynnu'r benset i lawr dros ei war. 'B-on-jor-no'. Roedd y cyfarchiad yn fwriadol glogyrnaidd.

'Buon giorno signore.' Gwenai'r garddwr bach yn chwilfrydig gan ddangos llond ceg o ddannedd tyllog melyn a du.

'Be ydi enw hwn?' Llithrodd goes un o'r bloda mawrion rhwng ei fysedd. Gwyddai fod Gabriello yn ei wylio trwy wydra oddi ar batio mosaig ffrynt y tŷ.

'Pardone, signore?' Troesai'r wên yn gwestiwn.

'Hwyl iti, 'machgan i!' Cododd ei law a lledu ei goesa unwaith eto i sŵn 'Ciao' o'i ôl.

'Chow!' gwaeddodd dros ei ysgwydd.

Safodd gyda'r ail arddwr hefyd i bwyntio at friga ucha un o'r pinwydd ambarelog tal ac i ofyn cwestiwn nad oedd modd i'r creadur ei ddallt na'i ateb. Ffarweliodd yr un mor glên efo hwnnw.

Codi llaw yn unig a wnaeth ar y trydydd gan ei baratoi ei hun am ba neges bynnag oedd gan y pedwerydd i'w chynnig.

Safai hwnnw wrth ei dractor. Roedd y boned ar agor fel pe bai problem gyda'r injan. 'Isio help eto heddiw?'

Dechreuodd dwylo'r Eidalwr chwifio mewn anobaith fel pe bai'n trio egluro'i broblem i'r dieithryn. Eto i gyd roedd ei eiria'n bwyllog ac yn eglur. 'Cofia gau'r botyma yn y ffrynt a'r cefn,' meddai, fel pe bai'n siarad efo rhywun oedd heb fod â gafael lwyr ar yr iaith.

Serch hynny, roedd yn amlwg fod ystyr y geiria yn fwy o ddryswch iddo fo nag i Sam. Doedd y dyn yn ddim byd amgenach na negesydd cyffredin. 'Un dibynadwy, gobeithio,' meddyliodd Sam, 'o gofio bod fy mywyd i yn y glorian.'

Cysurodd ei hun na fyddai Syr Leslie Garstang ac MI6 yn dewis neb oni bai eu bod nhw'n hollol siŵr o'u petha. Rhaid bod ganddyn nhw rhyw afael go sicir ar hwn. 'Iawn,' meddai, yn falch o ddallt fod pob un o'r botyma meicroffon a osodwyd ganddo hyd yma yn mynd i fod yn ddefnyddiol. 'Fe gei fynd 'nôl a deud bod hynny wedi'i neud yn barod. Unrhyw beth arall?'

Yn hytrach na'i ateb, pwyntiodd y garddwr at dâp casét yn gorwedd ar ben batri'r tractor, yna trodd i ffwrdd mewn tymer ffug a dringo unwaith eto i sedd y gyrrwr i roi cynnig arall ar danio'r peiriant. Efo'r tractor yn fur rhyngddynt, doedd dim modd i Gabriello, hyd yn oed trwy'i wydra cry, weld Sam yn newid y ddau dâp yn y Walkman ac yn llithro Johnny Cash i boced ei shorts tyn.

Gwnaeth sioe â'i freichia i awgrymu ei fod wedi gneud yr hyn a allai i helpu ac anelodd am gysgod y blanhigfa olewydd. Fe gychwynnai'r tractor yn ddigon didrafferth, meddyliodd gyda gwên, unwaith y câi'r batri ei gysylltu unwaith eto.

* * *

Rhedodd ddwywaith o gwmpas y llwybyr crwn yn y planhigfeydd olewydd a lemwn yn gwrando ar y tâp o ganeuon Gwyddelig a gawsai gan y garddwr ac yn diolch bod y miwsig yn cau allan drydar diddiwedd y criciaid yn y dail uwch ei ben. Ar y cychwyn, fe dybiodd fod camgymeriad wedi'i neud ac nad oedd hwn yn ddim gwahanol i'r tâp oedd ganddo eisoes yn ei lofft. Arafodd ei gam i ddarllen drwy'r rhestr caneuon. Yr un rhai yn union! Ac eithrio . . . ! Yn ôl yr wybodaeth am bob cân, roedd 'Fields of Athenry' yn cael ei chanu mewn Gwyddeleg ar y tâp yma.

Ar 'Athenry' y gwrandawai, felly, drosodd a throsodd, wrth redeg drwy'r blanhigfa. Sioc annisgwyl oedd darganfod mai Cymraeg yn hytrach na Gwyddeleg oedd yr iaith ynddi, a bod ansawdd pur wahanol, mwy swynol, i'r canu. Tybiai ei fod yn adnabod harmoni clòs y grŵp Plethyn, ond ni allai fod yn siŵr. Pwy bynnag oedd yn canu, meddyliodd, bu'n dipyn o gamp i recordio'r geiria Cymraeg, i'w gosod yn lle'r fersiwn gwreiddiol ar y tâp a'u cael yma i'r Eidal, i gyd mewn llai na phedair awr ar hugain.

Neges y geiria oedd yr hyn a glywyd o'r sgwrs rhwng Signorelli a'r ddau Rwsiad ddoe, ar ôl i Sam gael ei dywys o'r stafell. Roedd botwm y siwt wedi gneud ei waith, felly, a chynnwys y drafodaeth yn cael ei throsglwyddo'n ôl iddo rŵan i gyfeiliant nodau 'Athenry'! Gwrandawodd eto ar y gân o'i chychwyn. Y 'dieithriaid o'r Dwyrain' (h.y. y Rwsiaid) yn gweld 'y gŵr o Drecymer' (Boyd) yn ormod o risg; y 'milain bach' (Viktor Semko) yn awyddus i gael gwared ohono ac yn barod i ymgymryd â'r gorchwyl hwnnw ei hun; y 'gwesteiwr' (Signorelli) yn dadla nad oedd angen hynny, y byddai'r 'gŵr o Drecymer' yn ddefnyddiol i'w cynllunia yn y 'wlad bell' ond na fyddai gobaith iddo ddychwelyd yn fyw ohoni beth bynnag. Llinell ola'r pennill yn siars i'r 'gŵr o Drecymer' fod ar ei wyliadwriaeth.

Rhybudd iddo fo, Sam, oedd y pennill a'r cytgan cynta, ond doedd dim manylu serch hynny ynglŷn â'r 'wlad bell' y bwriedid anfon Boyd iddi, na phwrpas ei anfon chwaith. Rhaid na chafodd hynny ei ddatgelu yn y sgwrs, meddyliodd.

Yn ôl yr ail bennill, byddai'r 'gwesteion eraill' hefyd yn cael eu hanfon i 'wledydd pell' i gyflawni 'tasgau beiddgar' ac na ddisgwylid yr un ohonynt hwytha chwaith yn ôl i'r Villa Capri yn fyw. Câi dydd Mercher ei grybwyll, ond dim mwy na hynny.

Ailadrodd y pennill cynta a wneid wedyn fel trydydd pennill.

O wrando ddwywaith a thair ar y gân daeth yn amlwg i Sam na chaed rhyw lawer o wybodaeth allan o'r sgwrs rhwng Signorelli a'r ddau Rwsiad. Doedd hynny ddim yn ei synnu, o gofio cyn lleied o gyfle a fu i glustfeinio ar y sgwrs honno; roedd Gabriello wedi dod â'i gôt, ac felly'r meicroffon, yn ôl iddo o fewn hanner awr iddo adael y stafell. Siawns y ceid tipyn mwy o wybodaeth yn ystod y dyddia nesa, meddai wrtho'i hun, efo help y botyma a osodwyd ddoe a heddiw. Pa arwyddocâd oedd i ddydd Mercher, tybed?

Fel rhybudd yr anfonwyd y tâp iddo gan MI6; rhybudd o'r hyn oedd o'i flaen. Ac roedden nhw wedi mynd i gryn drafferth a chost i drefnu'r peth. Roedd hynny'n gysur. Gwenodd yn ddihiwmor wrth feddwl am y ddwy filiwn o ddoleri a addawyd iddo gan Signorelli am y 'job fawr'. Doedd o ddim, wrth gwrs, wedi meddwl am eiliad y câi ef, mwy nag un o'r lleill, weld yr arian hwnnw byth. A derbyn bod y saith dihiryn arall hefyd wedi cael cynnig swm cyffelyb, yna mi fyddai'r gost o'u cyflogi yn un afreal iawn. Tua deng miliwn o bunnoedd i gyd! Dim ond rhywun cwbl ddiniwed a naïf fyddai'n credu y câi'r arian hwnnw ei dalu byth.

Erbyn iddo gyrraedd yr ardd unwaith eto, roedd y tâp yn ôl yn ei gasyn ac wedi'i guddio yng nghledr ei law. Gallai weld y tractor coch ar ganol y llechwedd, ar ei union lwybyr ef yn ôl at y tŷ. Doedd Gabriello chwaith ddim ymhell, ond heb y gwydra wrth ei lygaid erbyn hyn. Arhosodd Sam i gael ei wynt ato ac i neud sioe eto efo'i ddwylo o holi am gyflwr y peiriant. Yna, wrth droi i ailgychwyn, meddai, 'Dwi'n gadael y tâp yn fama. Cofia amdano fo,' a'i ollwng i'r deiliach a'r mân friga oedd yn y trêlar. *'Ciao.'*

* * *

Gogledd Cymru: Llanbedr

Yn dilyn glaw cyson am y rhan fwya o'r dydd, roedd afon Artro mewn lli erbyn y min nos, yn trochi'n goch rhwng y walia cerrig oedd yn sianel iddi trwy bentre bychan Llanbedr. Erbyn hyn fe beidiodd y glaw, ond wrth i hwnnw gilio fe ddaeth diflastod y niwl i'w lapio'i hun yn drwchus am bob tŷ a choeden gan greu dieithrwch anghynnes.

Wrth i gar ymddangos o'r llwydni, ei deiars yn hisian yn rhybuddiol dros y tarmac gwlyb, cyflymodd y gŵr ifanc ei gam ar draws y ffordd. Ers cau drws ei dŷ o'i ôl, nid oedd wedi codi o'i gwman ac roedd ei ben o'r golwg bron yng ngholer ei gôt wrth iddo anelu am dafarn y Victoria y tu draw i'r bont. Teimlodd ei sana a godre'i drowsus yn cael trochiad wrth i'r Mitsubishi Carisma gwyrdd lithro heibio, a diawliodd yn hyglyw ar ei ôl.

'Am uffar o ddiwrnod!'

Cododd y tri wrth y bar eu penna. 'Wedi bod yn sgota wyt ti, Dei?'

Anwybyddodd y gŵr ifanc y sylw cellweirus a mynd i hongian ei gôt ar fachyn wrth y drws. 'Nid jyst y blydi glaw . . . '

Pe bai wedi troi'n sydyn byddai wedi gweld dau o'r tri yn gwenu'n arwyddocaol ar ei gilydd. Fe wydden nhw achos yr anniddigrwydd. Roedden nhwtha, fel Dei, yn gweithio ar y maes awyr, y naill yn drydanwr a'r llall yn fecanig, ac fe wyddent am y stŵr a fu yno yn ystod y dydd oherwydd bod rhywun wedi gneud cawl o betha. Ar eu ffordd adre y clywsant mai Dei oedd wedi tramgwyddo a'i fod wedi dod o fewn dim i golli'i job.

'Paid â'i holi fo,' meddai un o dan ei wynt wrth y llall. 'Mae o'n siŵr dduw o ddeud wrthon ni be ddigwyddodd, beth bynnag.' Yna'n uwch, 'Peint, ia Dei?'

Erbyn i Dei hefyd eistedd ar stôl, doedd fawr o le ar ôl wrth y bar. Eisteddent yn un rhes, pob un yn edrych i'w gwrw wrth neud sgwrs. Digon tawel oedd hi fel arall yn y Vic. Dau gwpwl yn rhannu bwrdd wrth y drws a arweiniai allan i'r lawnt ac i'r llwybyr a edrychai i lawr ar yr Artro, dau ddyn gwelw'r olwg wrth fwrdd arall yn nes atynt, rheini wedi cyrraedd chydig eiliada o flaen Dei, a phedair o ferched lleol wrth fwrdd arall yn disgwyl rhagor atynt i ddathlu rhyw briodas oedd yn yr arfaeth. Roedd yn rhy gynnar yn y flwyddyn i'r ymwelwyr. Mis arall a byddai'r lle'n llawn i'w ymylon.

Wrth aros i'r tafarnwr dynnu peint iddo, trodd y llanc ar ei stôl i daflu golwg dros y stafell. Amlwg mai cerddwyr oedd y ddau gwpwl a rannai'r bwrdd wrth y drws, a barnu oddi wrth yr olwg wlyb, flinedig arnyn nhw. Wedi mentro'r Rhinogydd neu Ddrws Ardudwy, meddai Dei'n wawdlyd wrtho'i hun. Isio sbio'u penna nhw, wir dduw, ar y fath dywydd. Cododd rhai o'r genod wrth y bwrdd arall law i'w gyfarch a chododd ynta law ddi-ffrwt yn ôl. Yn nes ato roedd y ddau welw-yr-olwg big yn big, yn sibrwd yn gyfrinachol. I Dei, edrychent allan o le yn y Vic, yn enwedig yr un efo'r trwyn fflat a'r pen wedi'i gneifio drosto. Hen focsar, meddyliodd. Roedd nifer o greithia bychain gwyn yn tynnu sylw atyn eu hunain yng nghroen ei ben. Ac eithrio'r cudynna du uwchben y clustia, roedd y llall hefyd yn foel, ond nid o ddewis fel ei ffrind. Y peth mwya trawiadol am hwn oedd y dwylo mawrion efo'r tatŵ bychan ar bob bys. O'r pellter hwnnw, ni allai Dei weld be oedd y tatŵ; nid bod ganddo lawer o ddiddordeb chwaith.

Aeth munuda o ddistawrwydd heibio a gwelwyd morwyn yn cario coflaid o blatia i gyfeiriad y pedwar wrth y drws. Wrth iddi fynd heibio, llanwyd ffroena'r pedwar ag ogla tsips poeth, cyrri, bara garlleg . . .

'Diawl! Ogla da!' Y mecanig oedd bia'r sylw, a phan na

chafodd ymateb, 'Dwi'n cytuno efo chdi, Dei. Diwrnod ar y diawl ydio 'di bod. Ddaru hi ddim stopio bwrw drwy'r dydd, naddo?'

Gwthiodd Dei ei drwyn i lawr i'w beint fel pe bai codi'r gwydryn at ei geg yn ormod o drafferth ganddo. 'Dwi 'di cael llond bol.'

Doedd 'run o'r tri arall yn siŵr a oedden nhw i fod i glywed y sylw ai peidio. 'Wel,' meddai'r mecanig yn wamal, 'os wyt ti'n bwriadu gneud amdanat dy hun, rŵan ydi d'amser di, tra mae 'na li yn yr afon.'

Chwarddodd pawb wrth y bar, heblaw Dei. Gan fod y tafarnwr wedi dod i sefyll gyferbyn â nhw erbyn hyn ac yn disgwyl cael dod yn rhan o'r sgwrs, fe drodd Dei i'w Saesneg gora. 'Nid y tywydd,' meddai'n swrth, gan barhau i gyfarch yr ewyn oedd yn glynu i du mewn ei wydryn. 'Nid y blydi tywydd.'

'O! Petha ddim yn dda yn y maes awyr?' Y tafarnwr oedd pia'r cwestiwn ac roedd ganddo lais digon mawr i ddenu sylw'r ddau ddieithryn gwelw wrth y bwrdd cyfagos. Ar y gair, cododd un o'r rheini a dod at y bar i ordro diod arall.

'Paid â sôn, wir dduw! Uffar o stŵr am ddiawl o ddim byd.'

'O?'

Roedd Dei yn teimlo fel bwrw'i fol. 'Anghofio riportio un alwad ffôn! Dyna'r cwbwl wnes i! A'r fath blydi stŵr wedyn! Fe fu jyst ar y diawl imi golli'm job.'

'Be? Oedd hi mor ddrwg â hynny?' Y trydanwr oedd yn holi rŵan.

'Paid â sôn, wir dduw! Hitler ddyla enw canol y mwnci uffar 'na fod.'

Ni allai'r tafarnwr a'r tri arall lai na gwenu wrth wrando ar Dei yn bytheirio i'w wydryn. Yn y cyfamser, arhosai'r dieithryn yn amyneddgar am y ddau hanner peint yr oedd wedi'u hordro.

'Uffar o alwad ffôn bwysig mae'n rhaid?' Roedd sŵn

cwestiwn yng ngeiria'r tafarnwr.

Bron na phoerodd Dei i'w gwrw. 'Pwysig o ddiawl! Mi fasech chi feddwl mai MI5 sy'n rhedag y lle 'cw. Ydw i ddim yn iawn?'

Nodio dan wenu wnaeth y trydanwr a'r mecanig. Wedi'r cyfan, roedd ganddyn nhw flynyddoedd yn fwy o brofiad na Dei o weithio yn y maes awyr, a hynny pan oedd y lle'n perthyn yn gyfan gwbl i'r Weinyddiaeth Amddiffyn.

'Rhywun yn holi ynglŷn â'i fêt. Dyna'r cwbwl oedd o! Ac roedd yn rhaid i *mi* atab y blydi ffôn!'

'Be ddeudist ti 'ta?'

'Dyna'r diawl sydd! Ddeudis i uffar o ddim. Roedden ni wedi cael rhybudd i beidio agor ein cega tasa rhywun yn holi.'

'Rhaid dy fod ti wedi deud rwbath neu fydda fo ddim wedi bygwth rhoi dy gardia iti.'

'Gwranda, Twm!' Roedd holl ddiflastod Dei wedi'i gronni yn ei lygaid brown. 'Dwi'n deud wrthat ti – y cwbwl wnes i oedd anghofio riportio'r alwad tan bora wedyn. Ydi hynny'n ddigon o reswm i rywun gael y sac, meddach chi?'

'Ond chest ti mo'r sac.'

'Naddo, ond fu ond y dim, dwi'n deud wrthach chi.'

'Be oedd mor sbesial am yr alwad ffôn 'ma 'ta?'

'Diawl o ddim. Rhyw dridia'n ôl – dydd Merchar dwi'n meddwl – mi ddaeth 'na *Cessna* fach acw o Redhills yn Surrey. Dod i bigo rhywun i fyny. Fuodd hi ddim acw ddeng munud i gyd cyn cychwyn yn ôl. Sut bynnag, mi ffoniodd rhywun bora ddoe i holi ynghylch y boi. Isio gwybod pwy oedd o . . . '

'Oeddat ti ddim yn gweld hynny'n rhyfadd?'

'Nag o'n i! Y cwbwl oedd y boi isio oedd gwybodaeth am ei fêt. Hwnnw wedi deud ei fod o'n bwriadu fflio o Lanbad 'ma i Lundain ddydd Merchar a doedd o byth wedi cyrraedd medda fo.' Gwelwyd meddwl Dei yn troi.

'Wel, falla bod y peth yn swnio'n rhyfadd rŵan ond . . . '
Yna'r styfnigrwydd yn magu. ' . . . ond damia! Ddeudis i
uffar o ddim byd, yn naddo?'

'Oedd o'n rhywun pwysig 'ta?'

'Pwy? Y boi aeth yn y *Cessna*? Be wn i? Golwg digon
cyffredin arno fo beth bynnag. Wedi'i wisgo mewn crys
denim a jîns. Ddim wedi siafio ers tri neu bedwar
diwrnod faswn i'n ddeud.'

'Rhaid 'i fod o'n rhywun o bwys.' Y tafarnwr oedd yn
holi rŵan. 'Oeddet ti'n 'i nabod o?'

Sgydwodd Dei ei ben a gwthio'i drwyn unwaith eto
i'w gwrw. 'Na, doedd o'n neb o ffor'ma.'

'Wyt ti'n siŵr?'

'Wel ydw, siŵr dduw! Boi tal, dros ei ddwylath, efo
gwallt melyngoch wedi'i gneifio uwchben y clustia a'i
dorri'n fyr ar y top. Golwg digon blêr arno fo a deud y
gwir. Fel ro'n i'n ddeud, heb siafio ers dyddia. Oes un
ohonoch chi'n nabod rhywun fel'na?' Wrth weld y lleill
yn ysgwyd eu penna, 'Wel dyna fo!' meddai'n fuddugol-
iaethus. 'Sut bynnag, cyrraedd efo tacsi wnaeth o.'

'O?'

'Tacsi o Drecymer. A does 'na ddiawl o neb o bwys yn
dod o fan'no'n beth bynnag, yn nag oes?'

Wedi chwerthin yn fyr, trodd y mecanig ei sylw at y
tafarnwr. 'Mae'n dawel yma heno, a styried ei bod hi'n
nos Sadwrn.'

'Ydi. Mi ddaw rhagor i mewn gyda hyn, siawns.'

Tu ôl iddyn nhw, llowciodd y ddau welw-yr-olwg eu
hanner peint ffres, gwisgo'u cotia glaw a'i chychwyn hi
am y drws heb dynnu unrhyw fath o sylw atyn eu
hunain. Fe allent deimlo'n fwy na bodlon. Yn ddrwg eu
hwyl, roedden nhw wedi teithio mewn niwl a glaw yr
holl ffordd o Lundain gan felltithio undonedd lloerig y
traffyrdd a diawlio pob cerbyd ara ar ffyrdd cul a
throellog Cymru. Yna, wedi cyrraedd pen eu taith, fe
ddaethon yn reddfol i chwilio am gysur tafarn y pentre,

gyda'r bwriad o holi hefyd am lety noson. Ond rŵan, yn hollol hollol annisgwyl, dyma'r wybodaeth roedden nhw 'i hangen, neu ran ohoni o leia, yn cael ei chyflwyno iddyn nhw ar blât, a hynny hyd yn oed cyn i dyndra'r daith lacio gafael ar eu cyhyra. Oedd, roedd rheswm da dros y sioncrwydd newydd yn eu cam wrth iddyn nhw adael y Vic.

Yn ôl yn y car, a'r map yn nofio yng ngola lamp gre, roedd bysedd y ddau ar draws ei gilydd yn chwilio am le o'r enw Trecymer.

* * *

Napoli

Fel gweddill gwesteion y Villa Capri, cicio'i sodla y bu Sam am y ddeuddydd nesa. Doriad gwawr fore Llun, pan ddeffrodd, roedd wedi synhwyro'n syth y newid yn y tymheredd a'r rheswm am hynny cyn agor y llenni ar y gwlybaniaeth a'r llwydni tu allan. Roedd y glaw i'w weld ac i'w glywed yn dawnsio ac yn sio dros y patio a'i fyrdda gwag ac yn cynhyrfu gwyneb y pwll nofio oer. Dim ond siâp aneglur yn y mwrllwch oedd yr hofrennydd. Pwysai'r cymyla isel fel nenfwd o blwm ar do'r tŷ gan ymestyn i'r pellter dros wastadedd poblog Sarno.

Yna, am saith o'r gloch, ar ôl clywed y glic fechan a ddywedai wrtho fod y clo otomatig wedi'i dynnu oddi ar ddrysa'i lofft, roedd wedi camu allan heb ddim amdano ond ei drowsus pen-glin ac wedi sefyll yno'n hir, ei wyneb tuag at yr awyr, yn gadael i'r glaw olchi'n ias rynllyd drosto. I bwy bynnag a'i gwyliai, roedd yr Americanwr yn ymddwyn yr un mor afresymol ben bore ag y gwnâi weddill y dydd.

"Dwn i ddim ydach chi'n fy nghlywed i ai peidio,' meddai wrth y botwm a ddaliai'n dynn at ei frest, 'ond yn y tywydd yma, y peth gora ydi ichi ganolbwyntio'ch sylw ar ffrynt y Villa. Fydd dim defnydd heddiw o'r bwrdd sydd o dan y feranda.' Fe wyddai ei fod yn deud rhywbeth hollol amlwg, ond o leia roedd yn gysur cael teimlo 'i fod mewn cysylltiad â chlust gyfeillgar.

Yn hwyrach yn y bore, ac er gwaetha'r glaw, fe aeth i redeg llwybra'r ardd yn ôl ei arfer gan wybod bod llygaid dilornus Gabriello, o glydwch stafell yn ffrynt y tŷ, yn ei ddilyn bob cam o'r ffordd. Doedd dim sôn am yr un o'r garddwyr ac ni thrafferthodd ynta felly efo llwybyr y blanhigfa. Treuliodd weddill y dydd yn ei lofft, yn gwylio'r teledu (ac yn deall mwy ar y rhaglenni nag a feddyliai neb a'i gwyliai drwy'r camera cudd) ac yn mwynhau bwyd yn ei bryd.

Erbyn canol bore Mawrth roedd y glaw trwm wedi troi'n law mân a gwres yr haul wedi dechra torri trwy'r cymyla uwchben y môr. Erbyn amser cinio, wrth i'r clytia o awyr las ymestyn ac ymuno, ciliodd y glaw yn gyfan gwbwl gan adael popeth – coed y llechwedd, yr ardd a'r planhigfeydd, y patio a'i fyrdda – i fygu'n llaith. Daeth bywyd a disgleirdeb yn ôl i'r lliwia, a chynhesrwydd sych unwaith eto i'r awel.

Roedd y gweddnewid yn rhywbeth i'w groesawu ac ystyriodd ddoethineb gwisgo'r denim poeth. Fel ynta, roedd pawb arall hefyd, siŵr o fod, wedi syrffedu ar garchar un stafell, a chaed arwydd o hynny wrth i'r byrdda o gylch y pwll droi'n gaffi prysur. Coldon oedd y cynta allan, efo'i ginio ar hambwrdd o'i flaen. Yna daeth Bruger a Calzagi fwy neu lai efo'i gilydd. Bum munud yn ddiweddarach ymddangosodd y ddau Iddew, eto ar wahân, a chynhyrfodd Sam, wrth iddo ynta'i hun gychwyn allan, o weld Zahedi hefyd yn dangos ei wyneb am y tro cynta. Ac am unwaith, nid Boyd yr Americanwr gwirion oedd testun sylw'r ciniawyr eraill.

Fel y llithrai'r Cwrd milain-yr-olwg dros y llawr mosaig tuag at fwrdd gwag, synhwyrai Sam yr awyrgylch ar y patio yn tynhau. Roedd pob llygad yn troi i'w ddilyn. Efo'i wallt hir, du yn ffrâm i wyneb tena llwydfrown, yr aelia tywyll mewn gwg barhaus, y llygaid gloyw caled, y mwstás a'r farf ddu yn cau am geg fain filain, a'r creithia crynion yn pantio'r ddwyfoch ac yn eu hanharddu, roedd Zahedi y peth agosa a welodd Sam erioed i fab y Diafol ei hun, i'r Anghrist.

Gwyliodd ef yn anelu at y bwrdd pella oddi wrth bawb ac yn eistedd a'i gefn atynt. Beth wnâi Boyd, tybed, o dan yr amgylchiada? Yr annisgwyl wrth gwrs! Aeth ar ei ôl.

'Wyt ti isio cwmni?' Gosododd ei hambwrdd ei hun gyferbyn ag un Zahedi gan baratoi i eistedd.

'Dos o 'ngolwg i, Americanwr!' O gymharu â düwch ei wedd a fflach dywyll ei lygada, roedd ei ddannedd yn annisgwyl o wyn. Anodd dychmygu neb arall yn medru llwytho cymaint o atgasedd, cymaint o fygythiad i gyn lleied o eiria.

Smaliodd Boyd gymryd ato wrth weld y fath anghwrteisi. Fe wyddai hefyd fod pawb wedi stopio bwyta ac yn syllu gyda pheth chwilfrydedd i'w cyfeiriad. 'Iawn, os mai dyna wyt ti isio,' meddai'n bwdlyd, ac yna wrth droi draw, 'y gwynab cwstard, hyll!'

Mewn dim roedd Zahedi wedi neidio i'w draed, gan wthio'r gadair yr eisteddai arni yn ei hôl wysg ei chefn yn swnllyd. Yn wyrthiol bron, ymddangosodd cyllell yn ei law chwith, un amgenach na'i gyllell fwyd. Ond roedd Boyd, y cyn-Marine, yn barod amdano. Neidiodd yn ei ôl ar flaena'i draed a chodi'i ddwy law mewn ystum Siapaneaidd ei darddiad, oedd yn awgrymu ei fod wedi hen arfer ei amddiffyn ei hun yn erbyn ymosodiada o'r fath. 'Tyrd o'na 'ta, y llygodan sgraglyd!' hisiodd drwy ei ddannedd, cyn caniatáu i wên bryfoclyd ledu dros ei wyneb. '*Make my day!*'

Roedd Zahedi yn gryndod dig drosto, a thyndra'r sefyllfa wedi ymestyn dros y patio cyfan. Yna clywyd llais Signorelli yn torri fel chwip ar draws y tyndra hwnnw. 'Dyna ddigon!'

Daliai llygaid y ddau i felltennu wrth i'w gwesteiwr frysio rhwng y byrdda i'w cyfeiriad.

'Dyna ddigon!' gwaeddodd hwnnw eto. 'Tyrd o fan'na, Boyd! Rŵan!' Doedd dim amheuaeth pwy oedd yn euog yn ei olwg wrth iddo osod ei hun rhwng y ddau ohonyn nhw. Ar Boyd, nid Zahedi, yr oedd ei lygada'n tanbeidio. Doedd Gennaro efo'i *Beretta* parod ddim ymhell chwaith. 'Rydw i wedi dy rybuddio'n barod, Boyd! Dim cyfathrachu! Dyna oedd fy ngorchymyn i. Ac er mwyn osgoi y math yma o lol y gwnes i'r gorchymyn hwnnw.' Rhythodd eiliad neu ddwy arall cyn gostwng ei lais a mwmblan rhwng ei ddannedd. 'Dyma'r rhybudd ola. Dwi'n dechra teimlo dy fod ti'n fwy o drafferth na dy werth. Y peth hawsa i mi fasa dy roi di yn nwylo'r *polizia*. Ac fe wyddon ni i gyd be fyddai'n digwydd wedyn.'

Smaliodd Sam gymryd ato a magodd ei lais dôn bwdlyd unwaith yn rhagor. 'Nid fy mai i oedd o. Mae isio dysgu tipyn o gwrteisi i'r diawl hyll yma.' Gwnaeth sŵn chwyrnu wrth fygwth y Cwrd eto efo'i lygaid, yna cydiodd yn yr hambwrdd a mynd â'i ginio yn ôl i'w lofft i'w fwyta.

Chydig funuda'n ddiweddarach, wrth iddo sipian y gwin coch a ddaethai efo'r bwyd, gofynnodd iddo'i hun a oedd wedi gneud peth call ai peidio. Ar y naill law, trwy herio Zahedi roedd wedi ennill rhywfaint o barch amharod y lleill, ond ar yr un pryd fe wnaeth elyn peryglus iawn iddo'i hun hefyd. Ond dyna fo! Gêm felly oedd hi. Syllodd allan ar y normalrwydd oedd unwaith eto'n teyrnasu a chyflymodd ei galon beth wrth weld Viktor Semko a Yakubovich yn ymuno â Signorelli o dan y feranda. Daeth dieithryn hefyd i'r golwg a chynhyrfwyd Sam gan y fath groeso brwd a gafodd hwnnw gan ben dyn y Camorra. 'Gobeithio'ch bod chi'n gwrando ar y sgwrs sy'n mynd ymlaen rŵan o dan y feranda,' sibrydodd i'r botwm meicroffon ar ei grys denim.

Rhyw ddeng munud yr arhosodd Signorelli a'i ymwelydd cyn codi a mynd o dan do. Yna, sylwodd Sam ar benna'r ddau Rwsiad yn dod yn nes at ei gilydd a hawdd oedd gweld bod sgwrs ddwys a chyfrinachol yn cymryd lle rhyngddyn nhw. Pan gododd Zahedi o'r diwedd, daeth eu sgwrs i ben yn sydyn wrth i Yakubovich hanner codi ei law mewn arwydd arno. Cerddodd y Cwrd yn syth atynt.

Diddorol iawn, meddyliodd Sam, wrth wylio trafodaeth ddwys. Sgwn i pa iaith ydi'r cyfrwng?

* * *

Gogledd Cymru: Trecymer

Ychydig iawn o ddiddordeb a ddangoswyd yn y ddau ddieithryn yn nhafarndai Trecymer. Bnawn a nos Lun a phnawn a nos Fawrth wedyn, buont yn crwydro o dafarn i dafarn gan ddechra efo'r rhai mwya di-raen yn y strydoedd cefn. O'r disgrifiad a glywyd ganddynt yn y Victoria yn Llanbedr, fyddai pwy bynnag a gludwyd yn y *Cessna* i Lundain ddim yn debygol o fynychu tafarna mwya ffasiynol y dre. Ac eto . . . !

Lle bynnag yr aent, digon tebyg oedd ateb pawb. 'Sori, mêt. Dydw i rioed wedi gweld y boi.'

Yn hwyr ar y nos Fawrth y cerddodd y ddau i mewn i'r Gordon Arms a chael croeso-hen-ffrindia gan Joe Wells tu ôl i'r bar. Nid bod Joe yn nabod yr un ohonyn nhw cyn hyn, ond pa mor amal, wedi'r cyfan, y byddai rhywun o'r East End yn cerdded i mewn i'w dafarn? A chyn-focsar at hynny!

Er mor brysur oedd hi wrth y bar, fe anwybyddodd Joe, am hanner awr o leia, y grwgnach hyglyw oddi wrth rai nad oedd pall ar eu syched. Roedd y forwyn oedd yno'n helpu yn chwys domen dail wrth geisio diwallu syched pawb.

'Ac mae'r Pig an' Whistle ar y Romford Road wedi mynd?' Roedd rhywfaint o ymdrech sentimental y tu ôl i sŵn hiraethus ei lais. 'Be am Billy's Gym yn Forest Gate? Be? Hwnnw wedi mynd hefyd?' Rhagor o glician trist efo'i dafod. 'Wel, wel!'

'Fy . . . fy . . . fedri di'n helpu ni, Jy . . . Jy . . . Joe?' Pwysodd y Trwyn Fflat ymlaen yn lled gyfrinachol. 'Rydan ni'n chwilio am fy . . . fy . . . foi chwe ty . . . ty . . . troedfedd a my . . . my . . . mwy. Gwisgo jîns, crys dy . . . dy . . . denim . . . Teip go ryff fy . . . fy . . . falla.' I rywun mwy syber na Joe, mi fyddai'r sylw ola, oddi wrth ŵr oedd ynddo'i hun yn debyg i brototeip Walt Disney o ddyn drwg, wedi tynnu gwên os nad chwerthiniad iach.

Ond welodd Joe mo'r eironi; daliodd i grafu'i ben yn fyfyriol. 'Digon o'r rheini o gwmpas, gwaetha'r modd.'

'Gwallt my . . . my . . . my . . . melyngoch, wedi'i dorri'n fy . . . fy . . . fyr ar dop y py . . . py . . . pen. By . . . by . . . byth yn siafio . . . '

Cymerodd Joe Wells amser eto i feddwl. Yna, o'r diwedd, chwarddodd yn uchel. 'Fedra i'm ond meddwl am un sy'n debyg i hwn'na. Pam 'dach chi'n chwilio amdano fo beth bynnag?'

'Ym! Mae o'n ffy . . . ffy . . . ffrindia mawr efo my . . . my . . . mêt inni yn yr East End a phan y . . . gy . . . glywodd hwnnw ein bod ni dod i fy . . . fy . . . fyny yma i neud chydig o by . . . by . . . bysgota, wel mi siarsiodd ni i ddeud "helô" wrth ei ffy . . . ffy . . . ffrind . . . Yn anffy . . . ffy . . . ffodus,' ychwanegodd, wrth sylweddoli gwendid ei gelwydd, 'fy . . . fy . . . fedar Ron na fy . . . fy . . . finna ddim cofio be oedd enw'r by . . . boi 'ma.'

'Wel,' meddai Joe efo'i wên lydan, 'Sam ydi'r unig un fedra i feddwl amdano sy rwbath tebyg i'r boi 'dach chi wedi'i ddisgrifio, ond go brin mai fo ydi'ch dyn chi.'

'Sam?' Ac yna gan smalio cofio, 'Ia, dyna fy . . . fy . . . fo. Sam! Ond Sam by . . . be? A lle mae o'n by . . . by . . .

byw, 'lly?'

'Dydw i ddim yn siŵr iawn. Tu allan i'r dre yn rwla. Plismon ydi o. Ditectif!' Edrychodd Joe o gwmpas y bar a gweld Ken Harris yn un o griw wrth y bwrdd dartia. 'Hei, Ken!' gwaeddodd. 'Fedri di ddeud wrth yr hogia 'ma lle mae Sam Turner . . . Semtecs . . . yn byw?'

Cododd y Ditectif Gwnstabl ei ben a syllu'n hir ac yn wyliadwrus ar 'yr hogia 'ma' y cyfeiriai'r tafarnwr atynt. Doedd yr un ohonyn nhw'n barod i droi i edrych arno. 'Na,' meddai'n swta o'r diwedd. 'Dim syniad, sori.' A throdd yn ôl at ei gwmni, ond nid heb sawl edrychiad drwgdybus i'w cyfeiriad wedi hynny.

'Sori, hogia.' Roedd Joe ar fin troi draw wrth sylwi o'r diwedd bod angen ei help tu ôl i'r bar. 'Ond fel roeddwn i'n deud, go brin mai Semtecs ydi'ch dyn chi. Pe bai ganddo fo fêt yn byw yn yr East End, yna mi fydda fo wedi sôn wrtha i erstalwm. Dim byd sicrach! Gyda llaw,' ychwanegodd cyn eu gadael, 'peidiwch â mynd o'ma heb edrych ar y llunia ar y wal.' Pwyntiodd. 'Tim Witherspoon yn fan'cw, Henry Cooper, Joe Bugner, Nigel Benn . . . Ac mi fyddwch chi'n nabod *yours truly* yn eu canol nhw, wrth gwrs.'

Do, er mwyn plesio Joe Wells ac yn dâl am ei help, fe dreuliodd y ddau rai munuda yn syllu ar y llunia oedd ar y walia o gwmpas y stafell. A phan adawsant o'r diwedd, gan godi llaw yn ddiolchgar ar y cyn-focsar bach tu ôl i'r bar, roedd gan DC Ken Harris ddisgrifiad go fanwl o'r ddau yn ei ben.

Gogledd Cymru: Hen Sgubor

Yn hwyr ar y nos Lun, fe gafodd Rhian eto'r teimlad annifyr fod rhywun yn gwylio'r tŷ; gwreichionyn o anniddigrwydd a barodd iddi dreulio amser hir yn syllu allan o stafell dywyll i ddüwch y coed pin tu draw i'r tarmac; gwreichionyn a gyneuodd, wrth i'r amser fynd heibio, yn fflam o ofn. Fe allai ffonio'r heddlu, meddai wrthi'i hun. Sarjant Small hyd yn oed. A deud be? Ei bod yn ama bod stelciwr yn gwylio'i thŷ? Ar sail be? Amheuaeth? Greddf? Fe chwarddai'r heddlu am ei phen. A fyddai Sarjant Titch ddim yn rhy bles chwaith o gael ei lusgo o ba le bynnag yr oedd o.

Cysgai Tecwyn bach drwy'r cyfan. Ef, wrth gwrs, oedd testun ei phryder. Yn y bore, meddai wrthi'i hun, fe âi i Drecymer i weld a oedd ei hen fflat yn dal yn wag, ac fe arhosai yno nes i Sam ddod 'nôl. Nid am y tro cynta, melltithiodd ef am fynd a'u gadael, ond fel bob amser, fe drodd ei llid yn fuan yn bryder yn ei gylch ynta.

Pe methai gael cartre i'r ddau ohonyn nhw yn Nhrecymer, yna fe wnâi'r hyn a awgrymodd Sam cyn iddo adael, sef mynd ar ofyn Berwyn a Lis Davies ym Mhlas Llwyncelyn. Roedd rheini, wedi'r cyfan, yn ffrindia da ac wedi pwyso arni eisoes i dderbyn eu cynnig i aros yno. Felly pam nad âi? 'Bydd yn onast, Rhian! Dydi aros yn Llwyncelyn ddim yn apelio atat ti. Beth pe bai Berwyn a Lis yn mynd allan un noson a d'adael di a'r bychan yn y tŷ eich hunain? Beth pe bai sail i'r straeon lleol fod ysbryd Andrew Lessing yn crwydro'r lle?' Yn ei hofn, heno, doedd y syniad hwnnw ddim yn ymddangos mor ffôl.

Yr un peth a wyddai i sicrwydd erbyn i'r wawr dorri oedd iddi dreulio'i noson ola yn Hen Sgubor . . . nes y deuai Sam yn ôl beth bynnag. Ond wnâi hi mo hynny'n hysbys i bawb chwaith. Cyn gadael y tŷ, fe adawai amserydd yn y plwg trydan fel bod gola'n dod ymlaen yn otomatig bob min nos yn y stafell fyw ac yna, wrth i hwnnw ddiffodd am chwarter i un ar ddeg, bod gola arall yn dod ymlaen yn y llofft ac yn aros felly am oddeutu ugain munud. Fe ddylai hynny daflu llwch i lygaid y stelciwr, pwy bynnag oedd o . . . am ryw hyd beth bynnag. A phe bai'n ei dilyn hi wedyn i Drecymer, wel, fyddai hi ddim mor hawdd iddo gadw o'r golwg yn

143

fan'no ac fe gâi'r heddlu ddelio efo fo.

Dyna fel y rhesymai ar y pryd, ond drannoeth, yn sŵn Radio Cymru a llais chwerthinog Nia'n gwahodd gwrandawyr i werthu yn ei Hocsiwn, roedd ofna'r nos yn ymddangos yn betha gwirion iawn ac yn creu cyfyng-gyngor unwaith eto. Beth i'w neud, felly? Mentro noson arall ynte holi ynglŷn â'r fflat?

Erbyn canol y bore, roedd y penderfyniad wedi'i neud. Yn dilyn sawl galwad ffôn fe gaed addewid o fflat yn ardal Cae'r Gors o'r dre, fflat wedi'i dodrefnu'n barod. Aeth ati wedyn i hel yr hyn y byddai ei angen arni – dillad yn benna – a chan fod drws yn arwain yn syth o'r tŷ i'r garej gallodd lwytho'r car bach yn fan'no heb i neb o'r tu allan fod fymryn callach.

Fe ddylai hi adael i rai pobol wybod ei bod yn symud, meddai wrthi'i hun. Cradog Owen y Gamallt, er enghraifft. Ifor ap Llywelyn yn un arall. A Berwyn a Lis wrth gwrs. Dyna'r rhai oedd fwya tebygol o alw heibio neu ei ffonio hi i holi yn ei chylch. Mater bach fyddai eu siarsio i beidio sôn gair wrth neb arall, am y tro.

Pan ddaeth yn fater o gychwyn, fodd bynnag, llifodd ton arall o gywilydd drosti. Am y canfed tro fe deimlodd ei bod wedi rhoi gormod o ffrwyn i'w dychymyg a'i bod yn gor-ymateb i'r sefyllfa. Pa brawf oedd ganddi wedi'r cyfan fod rhywun yn gwylio'r tŷ? Doedd hi ddim hyd yn oed wedi chwilio am arwyddion yn y coed.

Byddai raid gneud hynny, meddyliodd, er mwyn tawelu'r amheuon. Felly, ar ôl strapio'i phlentyn i'w gadair yng nghefn y car, aeth yn ôl drwy'r tŷ gan oedi i gydio yn y ddagr ddeufin a arferai berthyn i Meic, diweddar ffrind Sam. Yna, aeth allan trwy ddrws y ffrynt a'i gloi o'i hôl, rhag ofn . . . Cerddodd yn bwrpasol ar draws y tarmac, ei gwallt melyn hir yn siglo'n herfeiddiol o'r naill ochr i'r llall, a'r gyllell yn gysur yn ei dwrn de.

Anelodd am y lle y tybiasai weld rhywbeth yn symud rai nosau'n ôl. Fe'i rhwystrid gan ffens rhag mynd i mewn i'r coed a doedd ganddi mo'r bwriad lleiaf i ddefnyddio'r giât ymhellach draw. Canlynodd y ffens, felly, gan graffu i gysgodion y pinwydd am unrhyw arwydd bod rhywun wedi bod yno. Roedd yno garped brown trwchus o nodwyddau'r pin.

Er chwilio am bum munud a rhagor, methodd weld dim byd mwy amheus na darn o wreiddyn coeden yn amlygu'i hun drwy'r carped llac, fel pe bai troed rhywun wedi llithro ar ganol cam ac wedi crafu'r gorchudd oddi ar y pren. Ond doedd cyn lleied â hynny'n profi dim, cysurodd ei hun. Ac eto, roedd rhywun neu rywbeth wedi gadael ei ôl yno.

Cyn cychwyn yn y car bach, gofalodd fod pobman wedi'i gloi a bod y system ddiogelwch mewn grym. Pe ceisiai rhywun dorri i mewn i Hen Sgubor o hyn ymlaen, fe fyddai swyddfa'r heddlu yn Nhrecymer yn derbyn rhybudd o'r peth yn syth.

* * *

Napoli

Deffrowyd Sam yn gynnar fore Mercher gan ddolefain poenus a droes yn fuan yn wich fyddarol. O fewn y wich honno roedd sŵn arall i'w glywed, sŵn peiriant yn tyfu'n gresendo a churiad gwyntyll yn glecian caled yn erbyn yr awyr dena. Chwarter i chwech! Neidiodd o'i wely. Fe fynnai gael gweld pwy oedd yn gadael mor gynnar.

Roedd yn syllu allan trwy ffenest batio'i stafell pan glywodd y glic fechan uwch ei ben wrth i'r drws gael ei ddatgloi. Agorodd ef a gadael i oerni'r bore cynnar yn ogystal â chri orffwyll yr hofrennydd lenwi'i ystafell. Yr eiliad nesa rhedodd dau yn eu cwman o'r Villa ac o dan y llafna rotor. Gwelodd hwy'n dringo tu ôl i'r peilot ac yn cymryd eu sedd. Ffyrnigodd y sŵn fwy fyth ac yna, wedi oedi chydig fel pe bai hi mewn cyfyng-gyngor be i neud,

145

cododd yr awyren ei thraed oddi ar y tir, esgyn hanner can troedfedd i'r awyr a gwyro'i thrwyn dros do'r Villa i gyfeiriad dinas Napoli. Ymhen dim roedd ei sŵn wedi marw yn y pellter.

'Caziragi a Craig Coldon!' meddai Sam yn feddylgar, a chofio neges y gân 'Athenry' ar y tâp. 'Dydd Mercher! Ac mae petha'n dechra symud!'

Dychwelodd yr hofrennydd o fewn yr awr – heb yr Americanwr a'r Sais.

Er mynd i redeg yn hwyrach i'r bore, ac er rhoi cyfle i'r garddwr roi arwydd o ryw fath, dychwelyd i'w stafell heb unrhyw fath o neges fu raid iddo.

* * *

Patrwm tebyg a gaed ddydd Iau, efo Hans Bruger a Hazain Razmara rŵan yn gadael y gorlan. Er rhedeg deirgwaith rownd yr ardd a'r planhigfeydd, doedd dim neges heddiw chwaith.

* * *

Pan welodd y ddau Iddew, Esther Rosenblum a Marcus Grossman, yn dringo i'r hofrennydd ganol bore Gwener, fe wyddai pryd y byddai ynta'n gadael a phwy hefyd fyddai ei gydymaith. Bron nad oedd wedi teimlo Ffawd o'r cychwyn yn ei glymu ef a Zahedi ynghyd. Drannoeth, fore Sadwrn, fe gâi wybod i ble y bydden nhwtha'n cael eu gyrru, a pham.

'Gofala fynd â'r stereo personol efo ti fory,' oedd unig neges gyrrwr y tractor coch.

Gogledd Cymru: Hen Sgubor

Tua'r un amser ag oedd Sam yn derbyn ei neges, roedd Cradog Owen y Gamallt, efo Gel y ci wrth ei sodla, wedi brysio draw at Hen Sgubor i weld beth oedd yn digwydd yno. Roedd wedi addo i Rhian, cyn iddi adael, y byddai'n cadw golwg ar y tŷ, ond ni chawsai gyfle eto i bicio draw bore 'ma. Y lleisia diarth yn cario ar yr awel a barodd iddo neud hynny rŵan.

O sylwi ar ddail ifanc y deri yn troi wyneb i waered ar y briga ucha, fe wyddai fod yr awel honno wedi dechra troi'n wynt glaw. Câi'r cymyla uwchben eu gyrru'n gyflymach ac roedd lliw mwy bygythiol arnyn nhw.

Erbyn iddo gyrraedd Hen Sgubor, doedd dim sôn am neb na lleisia i'w clywed. Safodd i wrando. Er bod y pinwydd tu draw i'r tarmac yn gysgod rhag y gwynt, eto i gyd roedd rhywbeth yn fygythiol hefyd yn eu tywyllwch di-ben-draw. Wrth weld pobman mor dawel a digynnwrf, dechreuodd ama'i glustia'i hun. Ai ffrwyth dychymyg oedd y lleisia gynna? Digon posib bod criw o gerddwyr wedi dod cyn belled, wedi sylweddoli'u camgymeriad ac wedi troi'n ôl. Fe welodd hynny'n digwydd unwaith. 'Be wyt *ti*'n feddwl, Gel?' meddai, wrtho'i hun yn fwy nag wrth y ci.

Yr eiliad nesa fe'i dychrynwyd gan leisia'n dod allan o'r tŷ tu ôl iddo. Trodd a gweld bod y drws yn gilagored. Diolchodd am y ffon yn ei law ac am Gel wrth ymyl. Cymerodd ddau gam petrus ymlaen.

Yr eiliad nesa agorwyd y drws yn llydan a chamodd dau blismon allan. Fe'u syfrdanwyd hwytha hefyd gan sydynrwydd y cyfarfyddiad a safodd y ddau yn stond wrth weld y ci yn dangos ei ddannedd.

'Hisht, Gel! Taw â'th goethi!' meddai'r ffarmwr. 'Be sy'n mynd ymlaen yma?'

'Gwell i mi ofyn y cwestiyna,' meddai'r hyna o'r ddau, er nad oedd ynta chwaith, ym marn Cradog Owen, fawr hŷn na dengmlwydd ar hugain. 'Pwy ydach chi?'

'Cradog Owen. Fi sy'n ffarmio'r Gamallt.' Taflodd ei ben at yn ôl i awgrymu cyfeiriad y ffarm.

'A be 'dach chi'n neud yma?'

Bu clywed a gweld agwedd hunanbwysig y plismon wrth iddo estyn am ei lyfr bach du a'i bensel yn ddigon i wylltio'r ffarmwr. 'Uffar dân, ddyn! Fi sy'n cadw golwg ar y lle 'ma, siŵr dduw. Fi oedd pia fo hefyd, erstalwm . . . ' Pwyntiodd at yr Hen Sgubor. ' . . . cyn i Sam 'i brynu o a'i neud o i fyny. Rŵan, wyt ti am ddeud wrtha i be sy wedi digwydd?'

Edrychodd y ddau blismon ar ei gilydd, yna diflannodd y llyfr a'r bensel yn ôl i'r boced.

'Pryd fuoch chi yma ddiwetha, Mr Owen?'

'Bora ddoe. A rŵan, wyt ti am egluro imi?'

'Fe geith Ditectif Sarjant Harris neud hynny ichi. Dyma fo'n dod.'

Cododd Ken Harris ei aelia wrth weld y ffarmwr yng nghwmni'r ddau blismon. 'Cradog Owen, ia?' meddai'n syth, gan estyn llaw iddo. 'Dwi wedi clywad Sam Turner yn sôn amdanoch chi. Ken Harris ydw i.'

'Fedri di egluro imi be sydd wedi digwydd 'ta? Dwi wedi blino gofyn i'r ddau yma.'

'Wrth gwrs. Ganol nos neithiwr fe gawson ni rybudd yn y Steshon . . . Rydach chi'n gyfarwydd â'r system ddiogelwch sydd gan Sam yn y tŷ?'

Nodiodd Cradog Owen.

'Wel, fe gawsom ar ddallt bod rhywun wedi torri i mewn. Tua chwarter i ddau bore 'ma oedd hynny. Mi ddaeth dau blismon draw yn syth, ond roedd yn rhy hwyr erbyn iddyn nhw gyrraedd. Roedd pwy bynnag a dorrodd i mewn yma wedi hen fynd . . . '

'Dyna'ch hanas chi bob amser ynde.'

Anwybyddodd Ken y sylw a mygodd wên. Fe wyddai ddigon am Cradog Owen oddi wrth Sam. ' . . . Bora 'ma mae'r CID wedi bod yn archwilio'r lle. Ac ar y funud, mae Rhian yn y tŷ yn edrych be sydd wedi cael ei ddwyn. Ydach chi wedi gweld rhywun o gwmpas y lle yn ystod y dyddia dwytha 'ma, Mr Owen? Rhywun diarth dwi'n feddwl.'

'Dim adyn byw, 'achan. Pam wyt ti'n gofyn?'

'Dim, ond bod Rhian yn ama ers tro bod rhywun wedi bod yn gwylio'r tŷ.'

'A dyna pam y symudodd hi i'r dre, felly? Ddeudodd hi mo hynny. A! Dyma hi ar y gair!' Roedd hi'n welwach nag y cofiai ef hi.

'Sut ydach chi, Cradog Owen?' Yna, heb aros am ateb, trodd at y Ditectif Sarjant. 'Dim, Ken. Dim byd o gwbwl wedi mynd, hyd y gwela i.'

'Od! Clo'r drws wedi'i falu . . . a wnaen nhw mo hynny ar chwara bach . . . a dim byd wedi'i ddwyn? A'r peth od arall ydi fod y cyfrifiadur wedi'i roi ymlaen.'

'Chwilio am wybodaeth oedden nhw falla.'

Daeth golwg fyfyriol dros wyneb Ken Harris. 'Falla dy fod ti'n iawn, Rhian. Falla wir! Mi fydd raid imi holi mwy ynglŷn â'r ces roedd Sam yn gweithio arno cyn iddo fo gael ei alw i ffwrdd. Fe all fod cysylltiad. Sut mae'i dad o gyda llaw? Ydi o'n well?'

'Ydi, rywfaint,' meddai Rhian gan deimlo gwrid ei chelwydd yn cnesu'i gwyneb gwelw.

'Wel rŵan, roeddet ti'n deud dy fod ti wedi gweld rhywun yn gwylio'r tŷ. Lle oedd o, felly?' Syllodd o'i gwmpas.

Chwerthin yn nerfus wnaeth Rhian gynta, yna, 'Wel! Alla i ddim bod yn siŵr. Mae'n bosib mai dychmygu'r oeddwn i.' Oedodd ennyd ond roedd y cwestiwn yn aros ar wyneb y ditectif sarjant. 'Fan'cw,' meddai hi o'r diwedd, gan bwyntio i gyfeiriad y coed pin. 'Meddwl 'mod i wedi gweld rwbath yn symud yn y coed, ond falla mai dafad ne rwbath oedd yno.'

'Go brin, Rhian fach! Does 'na ddiawl o ddim byd i ddafad fwyta yn fan'cw. Mwy tebygol o fod yn lwynog . . . neu garw falla. Mae rheini ar gynnydd yn y blydi coed 'ma hefyd, gwaetha'r modd.'

'Does bosib bod ceirw'n broblem ichi, Cradog Owen?'

'Hy! Chydig wyddost ti, 'machgan i. On'd ydi'r

diawliaid yn bwyta hynny o borfa sy gen i ar Y Gamallt 'ma.'

Gwenodd Ken Harris, cydio ym mraich Rhian Gwilym a'i harwain tuag at y ffens ac ymyl y goedwig bin. Pan drodd y ddau blismon hefyd i'w dilyn, penderfynodd Cradog Owen a Gel neud yr un peth.

'Fedra i ddim bod yn siŵr, Ken, ond mi feddyliais 'mod i wedi gweld rwbath yn symud yn y twyllwch yn fa'ma un noson.' Pwyntiodd dros y ffens at y darn o wreiddyn noeth oedd yn dangos trwy'r carped o nodwydda'r pin.

'Hm!' meddai'r ditectif. 'Digon posib. Mi fydd raid imi fynd dros y ffens i gael golwg iawn.'

'Paid â malu'r blydi ffens, beth bynnag wnei di. Mae 'na giât i fyny yn fan'cw.' Pwyntiodd y ffarmwr draw i'r dde, at lle'r oedd ffordd y Comisiwn Coedwigaeth yn cychwyn ei thaith dros lechwedd Y Gamallt.

Dyna pryd y clywyd cyfarth ac y sylweddolodd Cradog Owen fod Gel wedi mynd i grwydro. Deuai'r sŵn rywle o'r chwith iddynt, o ganol y coed cyll a'r llwyni trwchus eraill a dyfai o boptu'r ffordd oedd yn arwain i lawr at y ffordd fawr. 'Be, meddach chi, mae'r diawl ci gwirion 'ma wedi'i ffeindio rŵan?' Nid cyfarth a wnâi'r ci, bellach, ond nadu fel pe bai mewn poen. Brysiodd y ffarmwr i chwilio amdano a manteisiodd Ken Harris, y Ditectif Sarjant, ar ei gyfle i neidio'r ffens.

'Mae 'na rwbath neu rywun wedi bod yma, beth bynnag,' meddai toc, wrth syllu o gwmpas ei draed. 'Mae 'ma dipyn o ôl troedio, ond anodd deud ai dyn 'ta anifail oedd o.' Safai rhyw deirllath i mewn i'r goedwig. 'A draw yn fam'a, mi faswn i'n deud bod anifail o ryw fath wedi bod yn gorwadd.' Parhaodd i chwilio. 'Dyna'r cwbwl sy 'ma, hyd y gwela i.' Cododd ei ben i edrych ar y lleill a chael cryn sioc o weld Cradog Owen yn sefyll tu ôl iddyn nhw, ei geg ar agor a'i wyneb fel y galchen. Synhwyrodd Rhian a'r ddau blismon hefyd bresenoldeb y ffarmwr a chael llawn cymaint o sioc o weld y dychryn ar ei wyneb.

Neidiodd Ken Harris dros y ffens. 'Be ar y ddaear sy'n bod, Mr Owen?'

'Y ci . . . Y ci . . . !' Er bod Gel yn dynn wrth sodla'i fistar, pwyntio draw at y coed cyll a wnâi'r ffarmwr. Yna, ymhen hir a hwyr, daeth dau air arall ganddo. 'Corff . . . dyn!'

Gadawyd Rhian a Cradog Owen ar ôl ac aeth y tri phlismon i chwilio.

'Dowch i'r tŷ, Mr Owen, ac mi wna i banad go gry ichi.'

Ni fu raid i'r plismyn chwilio'n hir cyn dod ar draws y corff, wedi syrthio neu wedi'i daflu a'i wyneb i lawr i'r drysi yng nghanol y coed cyll. Ar gefn ei ben, ychydig uwch na'i war, roedd y gwallt yn gacen galed o waed wedi sychu.

Plygodd y Ditectif Sarjant i gael golwg fanylach. Pan sythodd drachefn, roedd golwg llawer mwy difrifol arno. 'Bwled!' meddai. 'Wedi cael ei saethu mae o.'

Safodd y tri'n hir uwchben y corff fel pe baent yn cael trafferth i dderbyn yr hyn oedd wedi digwydd ac yn methu penderfynu be i neud nesa. 'Gwell iti ffonio'r Steshon, Gwyn,' meddai Ken Harris o'r diwedd, 'a deud wrth Ditectif Inspector Rogers be sydd wedi digwydd.' Yna, yn fwy breuddwydiol, 'Wneith o na Sarjant Bill Meredith ddim diolch iti, mae'n siŵr, a nhwtha'n bwriadu ymddeol o fewn pythefnos.' Trodd yr hyna o'r ddau blismon lifrog draw ac estyn am ei radio.

'Gwell peidio ymyrryd gormod â'r corff,' meddai Ken Harris wrth y llall, 'ond rhaid cael golwg ar ei wynab i weld ydan ni'n ei nabod o.' Cydiodd yn ysgwydd y corff a'i godi y mymryn lleia o'r ddaear. Dyna pryd y trawyd ef gan ogla ffiaidd cnawd yn pydru. Roedd y gwyneb yn ddulas, ac yn y nyth a wnaed yn y gwair gan bwysa'r pen, roedd cymysgedd o bryfed a chwilod yn gwau trwy'i gilydd. Yng ngwallt y talcen roedd pry genwair yn cynhyrfu a daeth chwilen ddu i'r golwg yn y glust.

Erbyn i'r Ditectif Sarjant ollwng y corff yn frysiog yn ôl i'w le, roedd y plismon ifanc wedi diflannu. Gellid ei glywed yn chwydu'i berfedd rywle'n ddigon pell i ffwrdd.

Pan gyrhaeddodd Ditectif Inspector Rogers, chwarter awr yn ddiweddarach, y cyfan y gallai Sarjant Ken Harris ddeud wrtho oedd fod y dyn a laddwyd yn hollol ddiarth iddo, ei fod wedi cael ei saethu yng nghefn ei ben gyda llawddryll a'i fod yn gwisgo siwmper a throwsus a awgrymai mai milwr o ryw fath oedd o. 'Ac un peth arall, Inspector. Nid yn fama y cafodd o 'i ladd. Fe welwch chi fel mae'r gwair a'r drain wedi cael eu sathru yn fan hyn . . . ' Pwyntiodd draw oddi wrth y corff at y ffordd a redai i fyny at Hen Sgubor. 'Fe welwch chi hefyd ddwy rych yn y gwair; olion ei sodla, mae'n siŵr, wrth iddo fo gael ei lusgo gerfydd ei freichia. Ac mae'r un olion i'w gweld yr holl ffordd i fyny at y tarmac wrth y tŷ. Rwla yng nghyffinia Hen Sgubor y cafodd o 'i ladd faswn i'n ddeud.'

'Nid heddiw y saethwyd o beth bynnag. *He's been lying here for a couple of days at least. We'll let the pathologist and forensic sort it out.* Dwi wedi cysylltu efo nhw.' Ychwanegodd o dan ei wynt, wrth droi draw, '*Damn it all! This would have to happen now.*'

Gwenodd Ken Harris gyda pheth tosturi. Fe wyddai am ddymuniad yr Inspector i gael ymddeol efo llechen lân; byddai gorfod ffarwelio â'r ffôrs efo achos mor fawr â hwn heb ei ddatrys yn creu rhwystredigaeth iddo ac yn gadael blas drwg yn ei geg.

'Ken!' Safai Rhian yn nrws y tŷ yn gweiddi, y dryswch yn amlwg ar ei gwyneb. 'Dwi wedi chwilio eto, a hyd y gwela i, dim ond un peth sydd wedi cael ei ddwyn . . . '

'Be, felly?' gwaeddodd yn ôl.

'Llun o'r tri ohonon ni – Sam, Tecwyn Gwilym a finna – y diwrnod y cafodd Tecwyn ei fedyddio. Dydw i ddim yn dallt. Wyt ti?'

Napoli

Y noson honno, ac ynta newydd roi'r hambwrdd efo gweddillion ei swper o'r neilltu, daeth curo trwm ar ddrws ei lofft.

'Mewn!'

Gennaro oedd yno, yn arwyddo efo'i ben ar i Sam ddod allan. Daliai'r *Uzi* yn dynn wrth ei ochor fel pe'n ceisio'i guddio neu fel pe bai ganddo gywilydd ohono. Synnodd weld Boyd yn codi'n ufudd ac yn cerdded yn freuddwydiol i'r coridor o'i flaen. Efo'r holl gwestiyna'n troi yn ei ben, doedd gan Sam mo'r amynedd heno i rwdlan efo'r Eidalwr. Fe gâi'r act aros am funud neu ddau arall.

Eisteddai Signorelli yn y gadair-cefn-lledar tu ôl i'w ddesg a monitor y cyfrifiadur yn ola o'i flaen. Er nad oedd eto wedi tywyllu tu allan, roedd y trydan ymlaen yn y stafell a hwnnw'n disgleirio ar gloria'r llyfra ac ar aur eu llythrenna. Goleuid y pedwar pendelw ar eu pedestalau gan bedwar pelydryn cry, ac am y tro cynta sylweddolodd Sam gan wenu mai Signorelli ei hun a gynrychiolid gan un o'r rheini, a bod rhywfaint o debygrwydd teuluol yn y tri arall hefyd. Pedair cenhedlaeth y Camorra falla? Ochor yn ochor ar y soffa foethus eisteddai Viktor Semko a Boris Yakubovich, tra safai pedwerydd gŵr, y dieithryn a welsai'n cyrraedd fore Llun ac a fu'n dyst i'r ffrae rhwng Boyd a Zahedi, efo'i gefn at y cabined diodydd.

'Wedi dod i gnebrwng ydach chi, hogia?' I fyw llygad Semko y syllai, er y gwyddai mai'r un tew wrth ei ochor oedd yn dallt Saesneg. 'Mae golwg uffernol o ddigalon arnoch chi. Ond dyna fo, rhyw griw gwynab hir fel'na ydach chi'r blydi Rwscis ynde?'

Gwrandawodd ar Yakubovich yn cyfieithu a sylwodd

ar y mymryn gwên yn cynhyrfu'i wefusa llawn wrth i Semko ymateb yn chwyrn yn ei iaith ei hun, 'Dy gnebrwng di, mêt! Ond fydda i ddim yno, gwaetha'r modd, i ffarwelio efo chdi.'

Be 'dach chi'n wybod, a finna ddim, 'sgwn i, meddyliodd Sam. Yna, fel Boyd, trodd at Signorelli gan bwyntio'r un pryd at y dieithryn. 'Pwy uffar ydi hwn? Ydi o i'w drystio?'

'Stefano Savonarola, pen dyn y N'drangheta yn Calabria. Parcha'r enw, Boyd.' Hawdd gweld nad oedd gan Signorelli yr awydd na'r amynedd i ddiodde lol yr Americanwr.

'Parchu'r enw, ddeudist ti? Uffar dân! Fedra i mo'i ddeud o hyd yn oed.' Yna gan droi at hwnnw efo gwên, 'Mae'n dda gen i dy gwarfod di, Salami. Rŵan, be am droi rownd a thywallt uffar o Southern Comfort mawr i Bill Boyd o Milwaukee?'

Meddyliodd Signorelli am chydig eiliada, yna, 'Pam lai? Mi gymrwn ni i gyd ddiod, dwi'n meddwl. Wyt ti'n meindio, Stefano? Fe wyddost be mae'r lleill ohonon ni'n yfed.'

Trodd Savonarola ac agor y cabined tu ôl iddo, estyn pum gwydryn, tywallt dau fodca a'u hestyn i'r Rwsiaid, gwydraid o win coch i Signorelli a dogn go helaeth o Southern Comfort i Boyd. Gwydraid bychan o Amaretto a gymerodd ef ei hun.

Cododd gŵr y tŷ ei wydryn mewn llwncdestun. 'I lwyddiant Signore Boyd, gyfeillion.'

Yfodd y lleill hefyd, pob un ond Semko yn dymuno 'Iechyd da!' a 'Llwyddiant i Signore Boyd.' 'Dos i bydru yn uffern!' oedd cyfarchiad hwnnw.

Gwenai Bill Boyd yn ddiniwed, fel pe bai newydd deimlo ei fod ymysg ffrindia. 'Wel rŵan! Be ydi'r job fawr 'ma sydd gynnoch chi imi? A phryd fyddwch chi'n talu'r ddwy filiwn imi? Y?'

'Digon o amser i betha felly, Boyd. Rwyt ti yma heno i

dderbyn dy gyfarwyddiada. Bore fory mi fyddi'n gadael y Villa Capri . . . '

'Ddim yn y blydi *chopper*, gobeithio, Feswîfio? Dwi'm isio profiad 'fath â ges i yn Gwatemala erstalwm.'

Methodd Signorelli eto â chadw'r olwg syrffedus oddi ar ei wyneb. Fel pawb arall, roedd wedi cael mwy na llond bol ar yr Ianc gwirion o Milwaukee. 'Dim dewis! Y *chopper* fydd raid iddi fod. Ond dim ond cyn belled â'r Aeroporto Leonardo da Vinci yn Rhufain.'

'Lle wedyn 'ta?'

'Aros ac fe gei di glywed. Jyst gofala fod dy basbort gen ti . . . Wedi meddwl, dos â'r pedwar pasbort efo ti, rhag ofn y byddan nhw'n ddefnyddiol. Ond gofala fynd â'r un USA! Mae hwnnw'n bwysicach na'r un. Mi ddaw Gabriello â dillad iti i'w gwisgo yn y bore.'

'Diolch i Dduw! Dwi angan dillad glân. Clywad ogla arna i oeddech chi?'

Anwybyddwyd yr hiwmor. Aeth Signorelli ymlaen. 'Mi fyddi di hefyd yn cael pum miliwn *rial* o arian poced. Mae hynny dros fil a hanner o ddoleri yn dy bres di. Rhaid iti fod yn Rhufain, ym maes awyr Leonardo da Vinci, erbyn deg o'r gloch, awr cyn y byddi di'n fflio; hynny'n golygu cychwyn o fa'ma am hanner awr wedi wyth. Am un ar ddeg mi fyddi di ar awyren Iran Air, yn barod i adael am Tehran . . . '

Smaliodd Boyd edrychiad hurt oedd yn help i guddio'r cwestiyna ym meddwl Sam Turner hefyd. 'Tehran? Iran! Rwyt ti 'ngyrru fi i fan'no, Feswîfio? I ganol y blydi Ayatollahs gwallgo?'

'Be sy, Boyd? Ofn?' Daeth tro atgas i wefus Yakubovich.

Fflachiodd y llygaid a chodwyd bys bygythiol. 'Gwranda, Rowli Powli! Mae Bill Boyd wedi bod mewn llefydd ac mewn sefyllfaoedd fasa'n troi gwallt dy ben di'n wyn . . . os medri di alw'r fflyff 'na s'gen ti ar dy gorun yn wallt!'

Daliai'r Rwsiad i grechwenu, ond roedd y mymryn gwrid yn dangos fod sylw gwawdlyd Boyd wedi poethi'i waed.

'Tehran, Boyd.' Gwnâi Signorelli ei orau i anwybyddu strymantia'i westai. 'Mae 'na stafell wedi'i threfnu iti yng ngwesty'r Esteghlal Grand yn Tehran o nos fory ymlaen, am saith noson. Yn ystod yr wythnos, fodd bynnag – ar y dydd Iau – mi fyddi di'n hedfan i lawr i Isfahan ac yn aros un noson yn yr Astoria yn fan'no. Y cwbwl fydd raid iti'i neud yn Isfahan fydd bod wrth y Mosg Brenhinol yn ystod yr awr weddi fore dydd Gwener pan fydd y bom yn ffrwydro . . . '

'Bom? Pa blydi bom?'

Aeth Signorelli yn ei flaen fel pe bai dim wedi torri ar ei draws. ' . . . Dy unig waith di yn Isfahan fydd bod ar gael rhag ofn y bydd isio dy help di wedyn. Yna, fe gei di fynd 'nôl yn syth i Tehran ac i'r Esteghlal Grand.'

Chwarddodd yr 'Americanwr' yn uchel ac yn anghrediniol. 'Ac rwyt ti'n barod i dalu dwy filiwn US imi am hyn'na? Tynna'r goes arall hefyd, Feswˆfio! Falla bod 'na glycha ar honno! Dydi Bill Boyd ddim mor blydi diniwad â hyn'na, siˆwr dduw! Dwy filiwn! Lle uffar mae'r risg? Siarada'n blaen! A phwy fydd isio help gen i, beth bynnag?'

'Gwranda, wir Dduw! Dydw i ddim wedi gorffen eto.'

'A! Roeddwn i'n ama! Ond pam na cha' i osod y blydi bom? Dyna dwi isio'i wbod.'

Gwenodd yr Eidalwr yn ddiamynedd. 'Fe ddaw dy dro di yn Tehran, Boyd. Yn y cyfamser, rhaid iti fod yng nghyffinia'r Mosg Brenhinol yn Isfahan pan fydd y mˆwesin yn galw pawb i weddïo . . . '

'Mˆwesin? Be uffar ydi peth felly? Buwch yn pechu?' Chwarddodd am ben ei ddoniolwch ei hun. Yr hyn roedd arno eisiau 'i ofyn, wrth gwrs, oedd 'Pa amser o'r dydd?' oherwydd fe wyddai fod y Moslemiaid yn cael eu galw i weddio bum gwaith mewn diwrnod, a hynny bob dydd o'r wythnos.

'. . . Pan gyrhaeddi di'n ôl yn Tehran, fe ddaw rhywun â ffrwydron iti i d'ystafell yn yr Esteghlal Grand. Fe gei neud y bom yn fan'no . . . '

'Dim problem, Fesŵfio! Be uffar wyt ti isio imi'i chwythu i fyny, beth bynnag? Jyst gobeithio, ddeuda i, y bydd 'na rywfaint o'r blydi Ayatollahs lloerig 'na o gwmpas ar y pryd.'

'. . . a mynd â hi efo chdi drannoeth at y Cysegr Sanctaidd.' O'r ffordd yr anwybyddai ei eiria, gellid tybio bod Signorelli'n fyddar i rwdlan ei westai.

'Be ydi'r lle sanctaidd 'ma beth bynnag?'

'Y Cysegr er cof am Khomeini. Fydd hi ddim yn hawdd cael bom i mewn yno, ond dy broblem di fydd honno. Dyna pam dwi'n barod i dalu dwy filiwn iti! Sut bynnag, mi fydd gen ti rywfaint o amser i gynllunio. Wedi'r cyfan, rwyt ti'n arbenigwr yn y maes, meddet ti.'

Sgwariodd Bill Boyd ei ysgwydda. 'Chei di neb gwell, Fesŵfio. Ac mi fydd hi'n blesar cael gneud y job, coelia fi. Ac mi fydd bod yng nghanol yr Ayatollahs, hyd yn oed, yn well na diodda cwmni'r ddau Rwsci hyll yma.' Sylwodd nad oedd Yakubovich, er ei fod yn gwgu, yn trafferthu cyfieithu i'w ffrind, Viktor Semko. Daliai llygada oer hwnnw i rythu o'u socedi duon.

'Rhaid iti osod y bom rywbryd ddydd Sadwrn. Fe gei di benderfynu pryd. Chdi hefyd fydd raid trefnu dy ffordd o ddengid allan o'r wlad.'

'Ha! Paid ti â phoeni am Bill Boyd, Fesŵfio. Mi fydda i 'nôl yn fa'ma cyn i'r un ohonoch chi droi rownd. Jyst gofala nad ydi'r ddau anifail yma yn cael eu dwylo ar fy mhres i. Gyda llaw! Sut wyt ti'n mynd i dalu imi, beth bynnag? A pha sicrwydd sydd gen i dy fod ti'n mynd i neud hynny? Atab hyn'na!'

'Fe ddylai gair Giovanni Signorelli fod yn ddigon iti . . . ' Fflachiodd y dant aur, ond nid mewn gwên.

Gwelodd Sam ef yn codi darn o bapur oddi ar wyneb

y ddesg ac yn ei estyn tuag ato.

'. . . ond dyma dy sicrwydd di! Dyma'r prawf fod cyfri wedi'i agor yn barod yn enw William Boyd yn La Banca Sarno yn Napoli a bod pedair mil a hanner o filiyna o *lire* wedi cael eu rhoi yn y cyfri hwnnw'n barod. Dyna hanner dy dâl di. Pan ddoi di'n ôl o Iran wedi cwbwlhau'r job, fe geith yr hanner arall ei dalu iti.'

Caniataodd Sam i wên ddiniwed ledu dros ei wyneb. Os oedd y fath fanc ar gael o gwbwl, meddai wrtho'i hun, yna un o fancia'r Maffia oedd o, siŵr o fod. 'Grêt. Mae hyn'na'n ddigon da i Bill Boyd.' Yna, fel pe bai'r syniad newydd ei daro, 'Hei! Mae hynny'n golygu 'mod i'n filiynêr yn barod, felly! Wyddoch chi be? Ma hi wedi bod yn blesar gweithio efo chi i gyd, hyd yn oed efo'r ddau anghenfil hyll yma. A chofiwch! Os bydd gynnoch chi job arall i'w gneud, rywbryd eto, yna jyst cofiwch mai Bill Boyd ydi'ch dyn chi.' Sythodd ei sgwydda a gwthio'i frest allan mewn sioe o hunanfoddhad breuddwydiol. 'Wrth gwrs, mi fydda i'n ôl yn y Stêts erbyn hynny, yn byw'n fras . . . Falla mai prynu ransh wna i. Dwi wedi bod isio magu ceffyla erioed, am wn i.' Cynhyrfodd eto. 'Hei! Falla mai prynu ceffyla rasio wna i! Cadw *stud farm* yn Kentucky!' Edrychodd o un i un a'i lygaid yn disgleirio'n blentynnaidd ac yn wirion. 'Mi fydda i'n siŵr o yrru tips ichi i gyd, er mwyn ichi gael ennill eich pres yn ôl.' A chwarddodd eto.

'Fyddi di angen dim byd efo ti ond y dillad fyddwn ni wedi eu rhoi iti.'

'A'r pedwar pasbort, meddat ti!'

'Ia, wrth gwrs! Y pedwar pasbort. Ond dim ond un fisa, ac yn enw William Boyd o Milwaukee y bydd honno.'

'A'r Walkman.'

Crychodd talcen y maffioso. 'Walkman? Be ydi Walkman?'

'Y stereo personol, siŵr dduw. Dydw i ddim yn rhy

hoff o fflio . . . ddim ar ôl y profiad ges i yn Gwatemala. Ddaru mi ddeud yr hanas wrthat ti, Feswfio . . . ?'

'Do, do!' Roedd amynedd Signorelli'n cael ei drethu i'w eitha. 'Iawn, y stereo personol hefyd, ond dim byd arall, cofia.'

'Johnny Cash, 'achan! Rhaid imi gael Johnny Cash efo fi. Y tâp dwi'n feddwl, wrth gwrs . . . ' ychwanegodd, wrth weld y dryswch yn parhau. 'Johnny Cash yn canu, siŵr dduw!' Chwarddodd fel peth gwirion. 'Doeddet ti rioed yn meddwl Johnny Cash yn y cnawd?' Chwarddodd eto a thaflu gweddill y Southern Comfort i lawr ei gorn gwddw.

'Ia, ia! Dwi'n dallt. Cychwyn am hanner awr wedi wyth yn y bore, felly, Boyd. Yn brydlon cofia . . . '

Sam Turner pur feddylgar a gerddodd yn ôl i'w stafell, chydig funuda'n ddiweddarach.

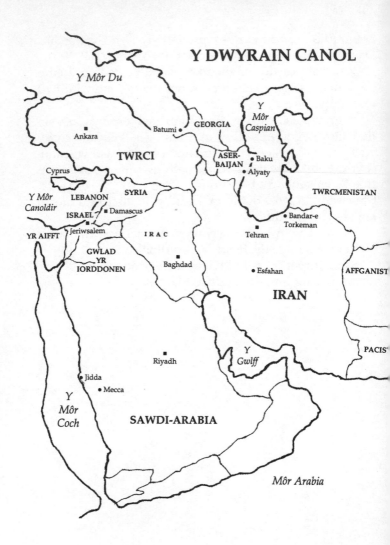

Y DWYRAIN CANOL

Y Môr Du

Ankara

Batumi

GEORGIA

Y Môr Caspian

TWRCI

ASER-BAIJAN

Baku

Alyaty

TWRCMENISTAN

Cyprus

Y Môr Canoldir

LEBANON

SYRIA

ISRAEL

Damascus

Bandar-e Torkeman

YR AIFFT

Jeriwsalem

IRAC

Tehran

AFFGANIST

GWLAD YR IORDDONEN

Baghdad

Esfahan

IRAN

PACIS

Y Gwlff

Riyadh

Jidda

Y Môr Coch

Mecca

SAWDI-ARABIA

Môr Arabia

RHAN 2

Napoli

Eisteddai Zahedi yn yr hofrennydd. Hawdd gweld ei fod yn ddig efo'r Americanwr am ei gadw i aros. Roedd hi'n wyth munud ar hugain i naw, a Boyd eisoes ddau funud yn hwyr.

Wrth gamu allan i'r patio trwy ddrysa'i lofft, fe deimlai Sam yn eitha bodlon efo fo'i hun. Roedd Gabriello wedi dod â dillad newydd sbon iddo – siwt lwyd-dywyll ysgafn ac un arall wen, o'r un brethyn; pedwar crys – dau wyn, dau las; dau dei, pedwar trôns, pedwar pâr o sana ac un pâr o sgidia brown meddal. Yn ôl y label ar bob eitem, roedden nhw i gyd wedi cael eu gwneud naill ai yn Baltimore neu yn Washington. Ar ambell label roedd llun bychan o'r *Stars and Stripes* hefyd, ac wedi'i sgythru'n gelfydd ar blât arian ar ymyl y bag lledar a gawsai i gario'i ddillad sbâr roedd ei enw *'William Boyd, Milwaukee, Wisconsin'* ac oddi tano, y geiria *'Made in the US of A'*. Darllenodd yn uchel, *'Made in the good old US of A!* Y bag 'ta fi mae o'n feddwl, d'wad Gabi?' Er iddo bwyntio at y plât, methodd Gabriello weld na gwerthfawrogi'r jôc. Sut bynnag, meddyliodd Sam yn goeglyd, maen nhw wedi gneud yn siŵr na chaiff yr Iraniaid ddim trafferth penderfynu o ble dwi'n dod.

Fe deimlai'n fwya plês efo fo'i hun am iddo gael syniad-munud-ola cyn i Gabriello adael y llofft. 'Gabi, 'machgan i! Dwi'n gorfod mynd â gadael y dillad da 'ma yli.' Pwyntiodd at y siwt a gawsai gan Caroline Court, a'r dillad denim a ddaethai'r holl ffordd o Drecymer. 'Dwi am i ti a'r hen Jinny Jennaro eu cael nhw.' Defnyddiodd ei ddwylo i egluro'i feddwl. 'Fe gei di ddewis pa rai wyt ti isio – y siwt ynte'r denim – ac fe gei di roi'r lleill i dy fêt. Dallt?'

Oedd, roedd yr 'Archangel' wedi dallt o'r diwedd ac

wedi diolch yn ei ffordd swta'i hun i'r Americanwr hurt. Gyda lwc, meddyliodd Sam rŵan, wrth redeg yn ei gwman yng ngwynt llafna rotor yr hofrennydd, mi fydd botwm meicroffon yn crwydro o gwmpas y Villa drwy'r dydd, bob dydd, o hyn allan, a phwy ŵyr pa werth y gall hwnnw fod.'

Cymerodd sedd yn ochor Zahedi. 'Wel, yr hen gyfaill? Mi fyddwn ni'n cyd-deithio, felly. Be am ysgwyd llaw, a dechra o'r newydd?'

Fe wyddai be oedd ymateb y Cwrd yn mynd i fod. Yn y lle cynta, chydig iawn o Saesneg oedd ganddo i ddallt Sam, ac yn ail doedd maddeuant na chyfeillgarwch ddim yn dod yn hawdd iddo. Ei unig ymateb, felly, oedd chwyrnu'n filain o dan ei wynt a gwrthod y llaw a estynnwyd iddo.

'Hy!' meddai Boyd yn ddifater. 'Stwffio chditha hefyd! Y gwynab tin eliffant!'

Llundain: Whitehall

Er ben bore bu Wendy Parkes yn cicio'i sodla y tu ôl i'w desg. Fel rheol, pan nad oedd gan Miss Court waith penodol iddi – hynny ydi, dim ffonio neu deipio neu drefnu neu beth bynnag (a doedd hynny ddim yn amal) – yna byddai hi bob amser yn chwilio am rywbeth i'w neud: twtio'r ffeilia ar ei desg neu yn ei chyfrifiadur, atgoffa'i hun am amserlen Miss Court, i hysbysu honno pa gyfarfodydd oedd wedi'u trefnu at y pnawn neu at drannoeth, ac efo pwy. Ond heddiw allai hi ddim canolbwyntio ar ddim byd.

Ers i Caroline Court gael ei galw i swyddfa Mr Shellbourne am chwarter wedi naw y bore hwnnw, nid oedd Miss Parkes wedi gweld golwg ohoni. Yn ôl y cloc ar y wal gyferbyn, roedd tair awr a hanner wedi mynd heibio ers hynny. Roedd bellach yn amser cinio.

Rywbryd ganol bore roedd ei ffôn wedi canu. Marjory,

ysgrifenyddes Mr Shellbourne, mewn islais, yn meddwl y carai Miss Parkes gael gwybod bod rhywbeth go ddifrifol at droed, bod Syr Leslie Garstang, Dirprwy Gyfarwyddwr MI6, a Julian Carson, Dirprwy Gomisiynydd Scotland Yard, hefyd wedi cael eu galw i mewn, a bod y pedwar ohonyn nhw dros eu penna a'u clustia mewn trafodaeth gyfrinachol iawn. Châi neb dorri ar eu traws. Roedd hyd yn oed Mr Mailer wedi cael ei droi draw.

Fel rheol, cas beth gan Wendy Parkes oedd y mân siarad rhwng y gwahanol ysgrifenyddesa. Pawb i feindio'i fusnes ei hun, dyna'i harwyddair hi. Ond roedd heddiw'n wahanol. Yn un peth doedd ganddi ddim byd i'w chadw'n brysur, ac yn ail roedd rhywbeth tra phwysig, a fu ar y gweill ers tro a barnu oddi wrth y cyfarfodydd a gynhaliwyd, rŵan wedi mynd o chwith ac yn peri cryn helbul. Rhaid bod Mr Mailer wedi synhwyro'r un peth a'i fod ynta hefyd yn pryderu bod rhywbeth mawr o'i le oherwydd roedd wedi bod draw yn ei holi hitha. Roedd wedi dod yn syth oddi wrth Marjory, mae'n rhaid, i'w holi hi, Wendy Parkes. Ac os nad oedd Mr Mailer yn gwybod beth oedd yn mynd ymlaen, yna rhaid bod y busnes yn un cyfrinachol iawn, iawn.

Aeth Miss Parkes i ddrôr isa'i desg ac estyn fflasg fechan o de a phecyn bychan taclus oedd yn cynnwys pedair tafell o Ryvita efo haen dena o gaws Philadelphia arnyn nhw. Am unwaith, roedd yn difaru na fyddai wedi paratoi rhagor. Mi fyddai'r awr ginio yn un hir.

* * *

'Gawn ni fynd dros bob dim un waith eto, os gwelwch chi'n dda?'

Disgwyliai Julian Carson, Dirprwy Gomisiynydd Scotland Yard, glywed y tri arall yn ochneidio ond y cyfan a wnaethant oedd gwyro pen, pob un i gyfeirio at ei nodiada'i hun ar y papur o'i flaen. Roedd gan y gŵr o Scotland Yard hawl i ofyn am fwy o amser trafod. Deirawr yn ôl y cawsai glywed gynta am 'Ymgyrch Semtecs' a'r cysylltiad posib rhwng yr ymgyrch honno a llofruddiaeth Stanley Merryman, y peilot, yn Guildford. Deirawr yn ôl hefyd y clywodd fod llofruddiaeth arall, yng ngogledd Cymru, yn rhan o'r un patrwm a bod Whitehall yn awyddus i Scotland Yard ymdrin â'r achos hwnnw'n ogystal, a gneud hynny'n gwbwl gyfrinachol. 'Mae'r CID lleol yn pwyso am gael croesholi un o'u dynion eu hunain, a fedrwn ni ddim caniatáu hynny, Carson, oherwydd fo ydi'n dyn ni yn Napoli. Fo ydi Semtecs. Doedd a wnelo fo ddim byd â'r llofruddiaeth. Mi fedri di gymryd hynny'n ganiataol.'

A rŵan, ar ôl derbyn yr holl fanylion a gwrando ar y drafodaeth, roedd Julian Carson yn awyddus i roi trefn ar yr wybodaeth yn ei feddwl ei hun. Synnwyd ef gan gais yr Ysgrifennydd Tramor iddo ef, yn bersonol, ymgymryd â'r achos, yn hytrach na'i roi yn nwylo ditectif mwy dinod. Erbyn rŵan fe sylweddolai pam. Roedd cyfrinachedd a difrifoldeb 'Ymgyrch Semtecs' yn cael cryn flaenoriaeth yn y Swyddfa Dramor. Wedi'r cyfan, nid pob achos fyddai'n teilyngu sylw personol Cyfarwyddwr Gwladol ac Is-gyfarwyddwr MI6. ' . . . Ddeng niwrnod yn ôl fe aethoch chi, Mr Shellbourne, i Ogledd Cymru yng nghwmni'r diweddar Sarjant Gordon Small o'r SAS, i weld Semtecs. Oherwydd cyfrinachedd yr ymgyrch, wna i ddim holi mwy am y gŵr arbennig hwnnw, ond rwy'n casglu iddo ynta fod yn aelod pur arbennig o'r SAS yn ei ddydd . . . '

'Dyna pam y cafodd ei ddewis.'

'Diolch, Mr Shellbourne.' Trodd Carson at ei nodiada unwaith eto. 'Yn y car yr aethoch chi a Sarjant Small i Ogledd Cymru, ond mewn awyren, efo Stanley Merryman yn llywio, y daeth Semtecs i Lundain drannoeth. Ga i ofyn pam?'

'Fe wrthododd ddod efo ni y noson honno. Gormod o betha i'w trefnu, medda fo. Hynny'n rhesymol mae'n debyg.'

'Na, be oeddwn i'n feddwl ofyn oedd – pam na fyddech chitha wedi hedfan i . . . Lanbedr?'

Cododd Shellbourne ei ben eto, yn fwy siarp y tro hwn, fel pe bai'n ama cymhellion y gŵr o Scotland Yard. 'Tydda i byth yn hedfan, Carson.'

'Iawn, syr.' Roedd yn deall, meddai wrtho'i hun. Nid Shellbourne oedd y cynta crioed iddo'i adnabod oedd ag arswyd mynd i'r awyr. 'Felly chi, Sarjant Small a'ch *chauffeur* aeth i weld Semtecs. Ac mae gynnoch chi bob ffydd yn eich *chauffeur* . . . ym . . . Harold Hall, meddech chi?'

'Pob ffydd. Fydda fo ddim yn y swydd oni bai am hynny.'

'Wrth gwrs. A chawsoch chi mo'ch gweld gan neb arall tra oeddech chi yng Ngogledd Cymru?'

'Neb ond gwraig . . . nage, cariad Semtecs.'

'Miss Gwilym! A fyddai hitha, chwaith, ddim wedi deud dim wrth neb?'

'Dwi'n cymryd bod Semtecs wedi'i siarsio hi. Fedra i ddeud dim mwy na hyn'na wrthyt ti. Sut bynnag, doedd bosib ei bod hi'n gwybod llawer, ar y gora. Yma, yn Llundain, ar ôl iddo adael cartre, y cafodd Semtecs y manylion.'

'Iawn. Felly drannoeth y cafodd Semtecs ei gludo yma, efo Stanley Merryman yn y *Cessna*? Oes gennych chi syniad sut y cafodd ei gludo o'i gartre i'r maes awyr yn Llanbedr? Mae honno'n daith o tua ugain milltir, meddech chi?'

'Tacsi lleol, dwi'n credu. Ond os wyt ti'n meddwl y byddai Semtecs wedi rhannu gwybodaeth efo'r dreifar . . .'

'Na, nid dyna oedd gen i, Mr Shellbourne. Isio

gwybod ydw i sut y mae'r llofrudd, neu'r llofruddwyr o bosib, wedi medru darganfod cartre Semtecs. Sut bynnag, pan laniodd y *Cessna* yn Redhills, roedd un o'ch ceir chi'n aros amdano. Eich *chauffeur* chi eto? Harold Hall?'

'Nage.' Caroline Court a atebodd rŵan. 'Clive Foxon. Un arall o'n gyrwyr. Fo fydda i'n ei ddefnyddio gan amla, ond mae o at wasanaeth rhai eraill yn y Swyddfa 'ma hefyd.'

'Ydi o i'w drystio?'

'Ydi, siŵr o fod. Digon siaradus, cofiwch. Busneslyd hefyd o bosib. Ond doedd ganddo fo ddim gwybodaeth o bwys. Fedra i ddim dychmygu Semtecs yn deud dim wrth ddieithryn fel fo.'

'Falla ddim, Miss Court, ond mae ynta'n rhan o'r gadwyn allai fod wedi arwain y llofruddwyr yn ôl i Ogledd Cymru ac at gartre Semtecs. Wel rŵan, fe ddywedsoch fod galwada ffôn wedi cael eu gneud i Redhills ac yna Llanbedr i holi ynglŷn â'r *Cessna* a phwy oedd yn cael ei gludo ynddi hi?'

'Do.'

'Ac fe wyddon ninna bellach mai o giosg cyhoeddus y gwnaed y galwada hynny. Sut bynnag, mi allwn gymryd yn ganiataol fod Stanley Merryman, cyn iddo gael ei ladd, wedi rhoi iddyn nhw – y llofruddwyr dwi'n feddwl – hynny o wybodaeth ag oedd ganddo. Mi fyddai hynny'n ddigon i'w harwain i Lanbedr.'

'Be am yr alwad i fan'no? Yr un yr anghofiwyd ei riportio am ddiwrnod cyfan?'

'Mae hynny hefyd mewn llaw, Miss Court. Mae dau dditectif ar eu ffordd y funud 'ma i neud ymholiada yn Llanbedr a Threcymer. Wel rŵan, mae'n rhaid imi ofyn y cwestiwn yma ichi eto, mae gen i ofn – ydi o'n bosib o gwbwl fod rhywun o'r Swyddfa Dramor wedi agor ei geg?'

'Nac'di!' Roedd llais Shellbourne yr un mor siort ag o'r blaen. 'Does neb a all fod wedi clywed ein cynllunia ni.'

'Ac mae'ch swyddfeydd chi'ch dau – Miss Court a chitha, syr – yn lân?'

'Yn hollol felly. Maen nhw'n cael eu harchwilio'n gyson am unrhyw offer clustfeinio.'

'Ond mi ddwedsoch yn gynharach fod y Swyddfa Dramor yn pryderu ers tro am weithgaredda'r Mafiozniki ym Mhrydain, ac yn arbennig yma yn Llundain? Doedd y pryder hwnnw ddim yn rhywbeth cyfrinachol, felly?'

'Nagoedd, wrth gwrs. Dim achos iddo fo fod. Mae sawl adran yn y Swyddfa yma wedi bod yn cadw golwg ar y sefyllfa honno ers tro. Ers dwy flynedd a hanner a bod yn fanwl. Rydach chitha yn Scotland Yard wedi bod yn gneud yr un peth, dwi'n gwybod. Mae'r ffordd y mae'r Mafiozniki yn lledu eu gweithgaredda i orllewin Ewrop, ac yn arbennig i Lundain, yn destun pryder mawr inni i gyd. Ond mae "Ymgyrch Semtecs" yn wahanol. Dim ond pump ohonon ni . . . Syr Leslie, Miss Court, Sarjant Small, Semtecs ei hun wrth gwrs, a finna . . . sy'n gwybod am "Ymgyrch Semtecs". A chitha rŵan . . . '

'A'n penaethiaid ni i gyd, wrth gwrs, Mr Shellbourne. Y Prif Weinidog a'r Ysgrifennydd Amddiffyn, dwi'n cymryd.'

'Ia, ia!' Teimlai'r dyn bach fod sylw mor amlwg yn haeddu rhywfaint o'i wawd. 'Dwyt ti rioed yn awgrymu, Carson, y gallai'r Ysgrifennydd Tramor neu Bennaeth MI6 neu Scotland Yard fod wedi gollwng y gath o'r cwd?' Aeth ymlaen heb aros am ateb. 'Fel rydw i wedi'i ddeud yn barod, ymateb i gais arbennig gan y CIA a'r FBI ydi "Ymgyrch Semtecs". Y CIA ddaru'n hysbysu ni gynta am y stôr anferth o arfa sydd wedi cael ei chasglu rywle yn Rwsia, a nhw hefyd dynnodd ein sylw ni at y cydweithio diweddar rhwng y Mafiozniki yn Rwsia a'r Maffia yn yr Eidal. Maen nhw'n cadw golwg fanwl ar y sefyllfa. Ond syniad y Swyddfa yma – fy syniad i, a bod yn fanwl gywir – oedd trefnu i gael rhywun i mewn i'r Villa Capri

. . . efo cydweithrediad yr Americanwyr, wrth gwrs . . . '

'Felly mae'r CIA a'r FBI hefyd yn gyfarwydd ag "Ymgyrch Semtecs"?'

Trodd Shellbourne ei ben draw a gwenodd Syr Leslie Garstang wên gynnil. Roedd Julian Carson o Scotland Yard yn tanlinellu'r posibiliada i gyd.

' . . . Sut bynnag, i ddychwelyd at y llofruddiaeth. Ga i ofyn pam bod Sarjant Gordon Small wedi bod yn cadw golwg ar gartre Semtecs? Oeddech chi wedi cael lle o gwbwl i ama bod Miss Gwilym a'i phlentyn mewn unrhyw beryg?'

Dal i edrych draw a wnâi Herbert Shellbourne, fel pe bai wedi pwdu. Syr Leslie a atebodd y cwestiwn. 'Dyna'r dryswch, Julian. Wyddai neb fod y Sarjant yn cadw llygad ar y lle.'

'Os mai dyna oedd o'n neud, wrth gwrs.'

'Be 'dach chi'n awgrymu?'

'Dydw i'n awgrymu dim, Syr Leslie. Dim ond cadw meddwl agored. Falla bod gan y Sarjant ryw reswm gwahanol dros fod yng Ngogledd Cymru ac yng nghyffinia'r tŷ.'

Clywyd sŵn gwynt gwawdlyd yn dianc rhwng gwefusa Shellbourne. 'Roedd Sarjant Small a Semtecs yn hen ffrindia ac yn parchu'i gilydd. Y Sarjant ei hun ddaru awgrymu Semtecs inni, ar gyfer y gwaith. A fyddai'r Swyddfa Dramor byth wedi ymddiried ei chynllunia i'r Sarjant pe bai unrhyw amheuaeth yn ei gylch.'

'Ond doedd Miss Gwilym ddim yn gwybod ei fod yn cadw llygad arni. Mae hi wedi cadarnhau hynny, meddech chi. Felly, os maddeuwch imi ddeud, mae 'na gwestiwn heb ei ateb yn fan'na hefyd.'

'Ond pam y byddai rhywun yn ei ladd?' Nid Caroline Court oedd y gynta i ofyn y cwestiwn hwnnw yn ystod y cyfarfod.

Gwnaeth Dirprwy Gomisiynydd Scotland Yard ystum efo'i ddwylo a'i lygaid i awgrymu ei fod ynta hefyd yn dal yn y niwl. 'Yr unig beth a wyddon ni ydi ei fod wedi cael ei ladd yn syth, heb unrhyw ymgais i'w boenydio fo. Bwled lân i du ôl y pen. Mae hynny'n golygu na fu neb yn trio'i orfodi i roi gwybodaeth.'

'Lle mae hyn i gyd yn ein gadael ni rŵan 'ta? Ydi Semtecs mewn mwy o beryg rŵan nag oedd o o'r blaen?'

'Rhaid inni gymryd hynny'n ganiataol, Miss Court. Mae'n edrych yn debyg fod rhywun arall yn gwybod am "Ymgyrch Semtecs". Ond pwy?'

'Does dim rhaid meddwl, nagoes.' Roedd y crychu ar dalcen Syr Leslie yn ddarlun o ddifrifoldeb y sefyllfa. 'Rhywsut neu'i gilydd, mae'r Mafiozniki . . . neu'n hytrach eu cynrychiolwyr yn y wlad yma . . . wedi cymryd bod Semtecs yn rhan o'n cynllunia ni yn eu herbyn nhw. Yr ymgyrch yn erbyn y busnes cyffuria dwi'n feddwl, wrth gwrs; yr un y cyfeiriodd Mr Shellbourne ati, gynna. Yn eu meddylia nhw, falla mai dyna ydi holl bwrpas "Ymgyrch Semtecs". Hynny ydi, mae'n ddigon posib na ŵyr y Mafiozniki yn Llundain ddim byd o gwbwl am be sy'n mynd ymlaen yn Napoli nac am y stôr arfau yn Rwsia. Falla mai'r cwbwl maen nhw'n drio'i neud ydi gwarchod eu buddianna'u hunain yma ym Mhrydain.'

Pan drodd Shellbourne ei ben i edrych arno, roedd hedyn o obaith yn ei lygad. 'Ydi hynny'n bosib, Syr Leslie?' Trodd hefyd i chwilio am gadarnhad yng ngwyneba'r ddau arall.

'Pam lai? Rhaid ichi gofio bod mil a myrdd o gelloedd gan y Maffia ar hyd a lled y byd ac nad ydyn nhw'n atebol i'w gilydd. Does dim math o gyfathrach rhwng y rhan fwya ohonyn nhw. Maen nhw'n gweithio ar wahân. Yr unig beth sy'n eu clymu nhw efo'i gilydd ydi'r Omerta, sef y rheol anysgrifenedig sydd ganddyn nhw nad oes neb ohonyn nhw'n cydweithredu byth efo'r awdurdoda neu'r heddlu mewn unrhyw wlad. Mae'n ddigon posib felly – a deud y gwir, mae'n fwy na thebyg

– na ŵyr y gell sydd yma yn Llundain ddim byd o gwbwl am yr hyn sy'n mynd ymlaen yn y Villa Capri, nac am y stôr arfa sy'n cael ei chuddio yn Rwsia. Cyd-ddigwyddiad ydi'r cyfan. Maen nhw wedi cael lle i ama fod Semtecs yn fygythiad i'w cynllunia nhw yma yn Llundain ac maen nhw wedi trio mynd ar ei ôl o trwy ei deulu.'

'Ac roedd Sarjant Small yn digwydd bod yn sefyll yn eu ffordd nhw.'

'Yn hollol. Dyna pam 'mod i wedi trefnu bod rhywun yn cadw llygad rownd y cloc ar Miss Gwilym a'i phlentyn yn Nhrecymer.'

Aeth pawb yn ddistaw am chydig eiliada. 'Ond . . . ' Julian Carson oedd yr unig un i edrych yn amheus. ' . . . rhaid ichi gofio bod rhywun yn gwybod hefyd am y *Learjet* a aeth o Redhill, wythnos i nos Fercher ddiwetha. A rhaid inni gymryd yn ganiataol, felly, bod y person hwnnw'n gwybod bod Semtecs wedi cael ei anfon arni. Ac erbyn rŵan, falla'i fod o hefyd wedi darganfod i ble'r oedd y *Learjet* yn mynd.'

Cododd pawb o un i un. Roedd y cyfarfod wedi dod i ben heb i bryderon neb gael eu lleddfu.

'Gyda llaw!' Safodd Julian Carson wrth y drws, yn cydio yn y dwrn. 'Mae un peth arall sy'n peri dryswch imi. Mae'r peilot wedi cael ei boenydio a'i ladd, mae pob math o alwada ffôn wedi cael eu gneud i geisio cael gwybodaeth ynglŷn â'r *Cessna* a'r *Learjet*, maen nhw wedi mynd cyn belled â Gogledd Cymru i chwilio am Semtecs, ac maen nhw wedi lladd un o ddynion gora'r SAS. Hynny ydi, maen nhw wedi troi pob carreg . . . ond un. Pam, meddech chi, na fydden nhw wedi mynd ar ôl Harold Hall, eich *chauffeur* chi, Mr Shellbourne? Wedi'r cyfan, heblaw am Sarjant Small, roedd gan hwnnw fwy o wybodaeth na'r un o'r lleill. Fe alla fo fod wedi'u harwain nhw'n syth i gartre Semtecs.'

'Syml!' meddai Shellbourne. 'Doedd o ddim yma. Mae

Harold ar ei wylia yng ngogledd Sbaen ers dydd Llun, yn beicio ym mynyddoedd y Picos.'

'Efo pwy?'

'Ei hun, am wn i. Mae cadw'n ffit yn rhan o'i ddyletswydd.'

'Wrth gwrs.' Casglai Dirprwy Gomisiynydd Scotland Yard fod y *chauffeur* yn gyfrifol am warchod Herbert Shellbourne yn ogystal â gyrru ei gar. 'Mae o'n ddyn lwcus, i fod mor bell.'

Rhufain – Tehran

Cawsant wybod mewn pedair iaith wahanol, dros uchel-seinydd y maes awyr, ei bod hi'n bryd i deithwyr Iran Air fyrddio'u hawyren. Ers i'r hofrennydd lanio, ar faes preifat gryn bedair milltir oddi wrth yr Aeroporto Leonardo da Vinci, ac ers iddyn nhw ddringo i geir gwahanol oedd yn eu haros yno, nid oedd Sam wedi gweld golwg o Zahedi. Parodd hynny iddo feddwl bod y Cwrd ar ei ffordd i ryw wlad arall, ar ryw berwyl gwahanol i un Bill Boyd.

G17 oedd y rhif ar ei docyn byrddio. Dangosodd ef i'r ferch wengar a safai wrth ddrws yr awyren a phwyntiodd hitha i gyfeiriad y sedd. 'Sedd ganol,' meddai hi. 'Hanner y ffordd i fyny ar y chwith.'

Cyn gwthio'r bag lledar i'r locer uwch ei ben, tynnodd y Walkman a'r tâp Johnny Cash ohono. Eisteddodd wedyn, gan deimlo cefn y sedd o'i flaen yn gwasgu'n gyfyng yn erbyn ei benglinia. Gwyddai y byddai wedi hen gyffio cyn cyrraedd pen ei siwrna. Gosododd y benset dros ei glustia, ond heb roi'r tâp i redeg, a dechra gwylio gweddill y teithwyr yn dod i'w seddi.

Ymysg y rhai ola i fyrddio roedd Arab mewn penwisg a gwisg laes wen, a dau Indiad, hwytha yng ngwisg draddodiadol yr Hindŵ. Parblai rheini'n hyglyw mewn Hindi, y ddau'n gobeithio na fyddai raid iddyn nhw

171

eistedd wrth ffenest. Tynnodd Sam y benset i lawr dros ei war er mwyn cael gwrando.

Ac ynta'n ymddiddori cymaint yn y ddau Indiad gan fod eu sgwrs yn cynnig cyfle iddo ymarfer ei ddealltwriaeth o'r iaith, bu ond y dim i'r Arab gerdded heibio heb iddo sylwi'n iawn arno. Ar yr eiliad ola, fodd bynnag, synhwyrodd Sam lygaid yr Arab arno a chododd ynta'i olygon. Cyflymodd ei galon er ei waetha.

Os oedd golwg dywyll fygythiol ar Zahedi fel arfer, roedd y benwisg wen rŵan yn pwysleisio'r düwch hwnnw ganwaith drosodd. Eiliad o edrychiad fu rhyngddynt, ond yn yr eiliad honno fe welodd Sam orffwylledd y llygaid a mileindra'r wên. Roedd y Cwrd yn amlwg yn edrych ymlaen at ba waith bynnag y disgwylid iddo'i neud yn Iran.

'Esgusodwch fi! . . . Plîs? . . . Esgusodwch fi!'

Dyna pryd y daeth yn ymwybodol o'r Indiad yn sefyll uwch ei ben.

'A gaf i fynd i fy sedd, os gwelwch yn dda?' Gwenai'n foesgar gan bwyntio at y lle gwag oedd rhwng Sam a'r ffenest.

Ac ynta'n gwybod y gallai llygaid Zahedi fod arno, gwnaeth Sam sioe rwgnachlyd o godi a chamu allan i'r llwybyr rhwng y seddi. Gwelodd yr 'Arab' yn eistedd rhyw ddwy res yn ôl, yn y sedd agosa i'r llwybyr. Syllodd yn hy arno, cystal â gofyn 'Be uffar wyt ti'n neud yn y dillad gwirion 'na?' a chafodd bleser o weld fflach o ddicter yng ngwyneb y Cwrd wrth i hwnnw droi ei olwg draw.

'Syr? Rwyf yn ymddiheuro am fod mor ddigywilydd ond a yw yn iawn gennych imi ofyn ffafr?' Deuai'r geiria allan rhwng dannedd amlwg, ac roedd y Saesneg yn boenus o bwyllog. Safai'r ddau ohonynt o hyd heb osgo cymryd eu sedd.

'Be uffar sy rŵan?' Roedd yn ymwybodol o amryw o'i gwmpas yn codi llygad beirniadol wrth glywed y fath

arthio anfoesgar yn ateb i gais mor gwrtais. Daliai'r
Indiad i wenu drwy'r cwbwl. 'Plîs, syr. Rwyf i yn eistedd
wrth eich ymyl yn fan'cw, wrth y ffenest. Mae fy ffrind yn
eistedd ar yr ochr arall ichi, yn fan hyn . . . ' Arwyddodd
at y sedd agosa ato. Gwenodd yn ymddiheurol eto a
daeth mwy fyth o ansicrwydd i'w lais. 'Tybed a gaf i fod
yn ddigywilydd. Nid yw fy ffrind na minnau yn hoffi
eistedd wrth y ffenest ac mi fyddem yn hoffi cael sgwrsio
efo'n gilydd yn ystod y daith.' Gwyrodd ei ben i'r ochor
mewn ystum ymgreiniol. 'Fyddech chi, efallai . . . ?'
Gadawodd y cwestiwn heb ei orffen.

Penderfynodd Sam ei bod yn amser i Bill Boyd
ddangos tipyn o'i ochor ddyngarol a chlên. '*Gee!* Pam na
faset ti wedi gofyn ynghynt?' meddai, a'i acen
Americanaidd orau yn hyglyw i bawb. 'Mae Bill Boyd
bob amser yn barod i neud pobol yn hapus.' A gwthiodd
ei hun i gyfyngder y sedd wrth y ffenest, gan godi'r
benset dros ei glustia yr un pryd a rhoi'r tâp o Johnny
Cash i droi.

Chydig dros hanner llawn oedd yr awyren. Ni
chlywodd y cyfarwyddiada diogelwch na llais y peilot yn
rhoi manylion y daith ac yn dymuno siwrnai gyfforddus
i bawb. Teimlodd fymryn o symudiad wrth i'r olwynion
ddechra troi ac yna, ar arwydd gan yr Indiad agosa ato,
gwelodd fod y westeiferch wengar yn trio tynnu'i sylw.
Tynnodd y benset i glywed beth oedd ganddi i'w ddeud.

'Sori, syr, ond gofynnir ichi beidio defnyddio stereo
personol nes y byddwn ni wedi gadael y ddaear, rhag ofn
iddi amharu ar offer electronig yr awyren. Mater o
ddiogelwch, syr. Diolch yn fawr.'

Roedd y ddau yn ei ymyl yn parablu pymtheg y
dwsin yn eu hiaith frodorol am eu teuluoedd yn Delhi a
Nagpur. Caeodd ei lygaid i wrando ar eu sgwrs. Roedd yr
awyren wedi llonyddu unwaith eto a chlywodd ei
pheirianna'n gwallgofi wrth iddi baratoi i ruthro ar hyd y
rhedfa.

'Rho'r tâp yma yn y peiriant . . . Wyt ti'n clywed? . . . '
Teimlodd bwniad bychan yn ei fraich wrth i'r
cyfarwyddyd gael ei ailadrodd eto mewn Hindi. 'Rho'r
tâp yma yn y peiriant.' Dyna pryd y sylweddolodd mai
gorchymyn iddo fo oedd y geiria, er mai dal i siarad efo'i
gilydd yr oedd y ddau Indiad, i olwg pawb arall beth
bynnag.

* * *

Cymerodd amser iddo sylweddoli beth oedd ar y tâp.
Wedi hynny treuliodd y rhan fwya o'r daith yn gwrando
arno ac yn rhyfeddu at feiddgarwch cynllun Signorelli a'r
lleill.

Y peth cynta iddo wrando arno oedd y sgwrs a fu
rhwng yr Eidalwr a'r ddau Rwsiad ar ôl iddo fo, Sam,
adael y stafell ar ei fore cynta yn y Villa Capri. Saesneg
oedd y cyfrwng rhwng Signorelli a Yakubovich, efo'r ola
yn cyfieithu wedyn i Semko a hwnnw'n ymateb mewn
Rwsieg. William Boyd oedd swm a sylwedd eu
trafodaeth, a Signorelli'n gneud ei ora i roi darlun
seiciatryddol i'r ddau arall o'r enigma Americanaidd
oedd wedi ymuno â nhw. Mynegai Yakubovich gryn
ansicrwydd ynglŷn â defnyddio rhywun mor
gyfnewidiol â Boyd, tra bod Semko hefyd yn meddwl bod
hynny'n risg rhy fawr i'w chymryd. Ym marn hwnnw,
dim ond un ateb oedd: rhaid oedd cael gwared â'r
broblem, ac roedd yn ei gynnig ei hun fel y cyfrwng i
neud hynny. Byddai'n bleser ganddo, meddai, roi cyllell
yn Boyd. Ond dadl Signorelli a gariodd y dydd yn y
diwedd. 'Styriwch!' meddai. 'Mi all anwadalwch y ffŵl
yma weithio o'n plaid ni yn fwy nag yn ein herbyn ni. Sut
ydach chi'n meddwl y bydd o'n ymateb pan gaiff ei ddal
gan yr Iraniaid? Cyn-aelod o'r Marines, arbenigwr ar
neud bomia, dyn wedi'i ddysgu i ladd . . . ac yn
bwysicach na dim, Americanwr!'

'Oes peryg iddo fo ddengid heb gael ei ddal?'

Dyna lle'r oedd Signorelli wedi chwerthin. 'Dim peryg o hynny. Unwaith y bydd yr ail fom yn ffrwydro yn Tehran, mi fydd heddlu'r wlad yn gwybod yn union lle i ffeindio Mîstyr Boyd ac mi fyddwn ni wedi gofalu bod y prif bapura newydd – y *Kayhan* a'r *Ettelaat* – yno hefyd pan gaiff ei arestio. A phe bai'r fath beth â'i fod yn llwyddo i osgoi rheini i gyd, wel mi fydd gynnon ni rywun arall yno hefyd wrth gefn, yn bydd? Fel insiwrans! . . . Zahedi! *No, amice,* coeliwch fi! Mae Mîstyr Boyd, fel pob un o'r lleill, yn mwynhau ei ddyddia ola.'

Yna gellid clywed drws y stafell yn cael ei agor a llais Signorelli unwaith eto. 'A! Gabriello! Mae Boyd wedi gadael ei gôt ar ôl. Dos â hi iddo fo.'

Daeth saib ar y tâp, yna lais yn gweiddi, 'Dyna ddigon!' Eiliad neu ddwy arall a gellid clywed y geiria'n cael eu hailadrodd, ond yn bellach ac yn llai eglur y tro yma. Gwenodd Sam wrth gofio'i ffrae fach efo Zahedi ar lan y pwll, a Signorelli yn gweiddi wrth ruthro i ddod rhyngddynt. Yna daeth chydig eiria Rwsieg wrth i Viktor Semko a Boris Yakubovich ddod big yn big wrth y bwrdd o dan y feranda lle'r oedd y botwm meicroffon wedi cael ei guddio. 'Dwi wedi deud, yn do.' Llais Semko. 'Dydi'r ffŵl ddim i'w drystio.' A Yakubovich yn cytuno. 'Rwyt ti'n iawn, wrth gwrs, Viktor, ond rhaid inni fynd yr un ffordd â'n gwestywr . . . am ryw hyd beth bynnag.' Sŵn chwerthin chwerw, yna cyfarchiad mewn Eidaleg. Dyna pryd roedd yr Eidalwr arall, Stefano Savonarola, wedi cyrraedd, a Signorelli'n dychwelyd ar ôl gwahanu Boyd a Zahedi.

'Stefano! Il amice! Benvenuto!' yn cael ei ddilyn gan gryn dipyn o fân siarad, yna llais Savonarola, Don y N'Drangheta yn Calabria, yn gofyn, 'Ydi petha'n barod, Giovanni?'

'Mor barod ag y byddan nhw.' Roedd Signorelli, erbyn hyn, wedi dychwelyd at y bwrdd ar ôl tawelu'r storm rhwng Boyd a Zahedi. 'Mecca ddydd Mercher, Damascus ddydd Iau, Jeriwsalem ddydd Gwener a Bingo! Iran ddydd Sadwrn.'

'Ydi Iran yn debygol o lyncu'r abwyd? A beth pe bai Saddam yn Irac yn drysu petha trwy dynnu'r sylw i gyd ato'i hun?' Yakubovich oedd pia'r amheuaeth. 'Mae'r boi yna yn chwarae gêm beryglus ar y diawl.'

'Rhaid inni fentro hynny, Boris. Rydan ni wedi colli digon o gwsg uwchben y broblem yna'n barod. Os problem hefyd, wrth gwrs. Fe allai weithio o'n plaid, cofia. Rhaid iti gofio bod 'na dipyn o gefnogaeth i Saddam ymysg Arabiaid cyffredin erbyn hyn. Dydi rheini ddim yn licio gweld America yn taflu'i phwysa yn y Dwyrain Canol, a maen nhw'n wrth eu bodda bod rhywun o leia yn barod i herio ac i dynnu blewyn o drwyn yr Iancs. Ac wrth gwrs mi fydd ein holl bropaganda ni dros y misoedd diwetha yn allweddol i lwyddiant y cynllun. Dy waith di oedd hwnnw, Stefano. Sut mae petha wedi mynd?'

'*Molto bene.* Da iawn, dwi'n meddwl. Ers pedwar mis, fel y gwyddost ti Giovanni, mae gen i gannoedd o ddynion wedi bod yn hau pob math o sibrydion drwy'r Dwyrain Canol, ac yn arbennig yn Iran. Mae gwaed Islam yn dechra berwi, mi fedra i ddeud wrthat ti. Imperialaeth America a Phrydain ydi'r bwgan mawr ac mae'r gred yn gry yn Iran, bellach, fod yr Iancs yn bwriadu ymosod – nid ar Irac, fel maen nhw'n honni – ond ar Iran ei hun, am mai fan'no ydi crud Islam. Mae'r sibrybion yn dew fod Clinton yn bwriadu dysgu gwers, unwaith ac am byth, i bob Moslem. Mae wedi bod yn dipyn o waith inni dros y misoedd diwetha, ond doedd o ddim yn waith arbennig o anodd chwaith. Wedi'r cyfan, dydi record America yn Iran, mwy nag un Prydain – na Rwsia petai'n dod i hynny! – ddim yn dda o bell ffordd. Maen nhw wedi ymyrryd llawer gormod yn natblygiad economaidd a pholiticaidd y wlad dros y blynyddoedd. Ac mae'r

Iraniaid yn dal i edliw y ffaith bod America wedi rhoi
cartre i'r Shah "felltith" yn ystod ei ddyddia ola. Mae 'na
lawer o betha fel'na y mae arweinwyr gwleidyddol Iran
yn eu cael yn anodd i'w madda na'u hanghofio. Ac nid
jyst yr arweinwyr chwaith. Dos di i Tehran neu Kashan
neu unrhyw dre fawr yn Iran a dyna'r cwbwl glywi di y
dyddia yma; pobol gyffredin ar y stryd yn atgoffa'i
gilydd am America yn bomio Gadaffi yn Libya, neu'r
ffatri feddygol yn Swdan, neu wersyll Osama bin Laden
yn Affganistan. Islam ydi'r targed bob tro, meddan nhw.
Wyt ti'n cofio'r mil a hanner o bererinion yn mygu i
farwolaeth yn y twnnel ym Mecca ar yr ail o Orffennaf,
1990, oherwydd bod rhywbeth wedi mynd o'i le ar y
system awyru? Wel, erbyn heddiw, America sy'n cael y
bai am hynny hyd yn oed . . . '

Chwerthin di-hiwmor Signorelli ac yna'i lais yn
cyfieithu i'r Saesneg er budd Yakubovich a hwnnw
wedyn yn rhoi braslun sydyn mewn Rwsieg i Viktor
Semko.

' . . . Ac mae pawb yn credu erbyn rŵan hefyd mai'r
Iddewon, efo help America, ddaru saethu awyren Yasser
Arafat i lawr yn y Sahara yn 1992.'

'Be? Dyna ddigwyddodd bryd hynny?'

Sŵn chwerthin boddhaus Savonarola. 'Nage,
Giovanni! Ha! Rwyt titha hefyd yn dechra credu
'nghelwydd i. Rhywbeth ddigwyddodd i injan y plên,
dyna i gyd. Chafodd neb ei frifo. Roedd pawb yn derbyn
ar y pryd mai damwain oedd hi, ond rŵan . . . ! Wel! Byr
ydi cof y werin.' Chwerthin unwaith yn rhagor.

Eto'r cyfieithu dwbwl, yna'r synau boddhaus i
awgrymu bod popeth yn mynd yn ôl y disgwyl.

' . . . Ac erbyn y bydd y *task force* wedi gneud eu
gwaith nhw yn ystod y dyddia nesa 'ma, wel . . . !'

Trodd Sam y tâp i ffwrdd a chaeodd ei lygaid i feddwl.
Y *task force*, mae'n siŵr, oedd y criw a anfonwyd allan o'r
Villa Capri yn ystod y dyddia diwetha; pob un i greu

rhyw hafoc neu'i gilydd, neu, fel yn achos Bill Boyd, i bwyntio'r bai at America. Cynllun cymhleth i godi gwrychyn y byd Islamaidd. I greu rhyfel, o bosib! Pam? Doedd ond un ateb amlwg yn ei gynnig ei hun – y stôr arfau yn Rwsia. Yn ôl pob golwg, roedd y Camorra Neopolitan a'r N'drangheta yn Calabria yn cydweithio efo'r Mafiozniki yn Rwsia i greu rhyfel yn y Dwyrain Canol . . . er mwyn cael marchnad i'w harfau. Diolch i Dduw bod MI6 a'r CIA hefyd wedi derbyn copi o'r tâp 'ma, meddai Sam wrtho'i hun. Fe ddôn nhwtha i'r un casgliad â finna, siawns, a gneud rwbath i osgoi'r gyflafan.

Treuliodd ddeng munud a mwy yn ymresymu petha. Onid llai trafferthus fyddai gwerthu'n syth i Saddam? Neu i Osama bin Laden? Ystyriodd y posibilrwydd hwnnw am rai eiliada. Na, penderfynodd o'r diwedd, roedd hi'n ddrwg yn ariannol ar Irac. Hyd yn oed pe bai posib torri'r embargo ar fewnforio arfau i'w wlad, doedd y pres ddim gan Saddam i dalu amdanynt. Doedd bosib bod gan bin Laden chwaith, er mor ariannog oedd hwnnw, gymaint â hynny o gyfoeth wrth gefn. Wedi'r cyfan, yn ôl Shellbourne, roedd gan y Mafiozniki werth biliyna ar filiyna o arfa. Dim ond llywodraeth gwlad go lewyrchus allai fforddio talu'r math yna o arian. Y cynllun, yn amlwg, oedd ceisio gwerthu'r arfau i gyd i un cwsmer, a hynny am y pris ucha posib, yn hytrach na thrio cael gwared â nhw fesul tipyn a gorfod haglo pris efo hwn a'r llall, ac aros falla fisoedd, neu hyd yn oed am byth, am y tâl amdanyn nhw. Yn Sawdi Arabia yr oedd y cyfoeth mwya yn y Dwyrain Canol, heb amheuaeth, ond doedden nhw ddim mor ddrwgdybus o wledydd y Gorllewin, a fydden nhw byth bythoedd yn cyhoeddi *Jihad* yn erbyn America a Phrydain. Na, meddai Sam wrtho'i hun, roedd Iran wedi bod yn ddewis da o safbwynt y Mafiozniki.

Mwya'n y byd y meddyliai am y peth, sicra'n y byd y

teimlai ei fod yn iawn. Roedd y Mafiozniki, efo help y Maffia yn yr Eidal, wedi targedu Iran fel y cwsmer mwya tebygol i brynu eu harfau. A beth bynnag fyddai dros ben heb ei werthu, wel fe ellid disgwyl i weddill y byd Islamaidd brynu rheini, yn enwedig os byddid yn galw *Jihad!* Rhedodd cryndod ysgafn trwy'i gorff wrth i'r gair ddod i'w feddwl. *Jihad* – y Rhyfel Sanctaidd! Rhyfel dros Allah. Rhyfel Byd 3 yn reit siŵr, a rhyfel fyddai â chanlyniada gwaeth na'r ddau arall efo'i gilydd. Roedd meddwl am y peth yn arswyd. Siawns bod y CIA, yr FBI, MI6 a phawb arall yn gneud pob dim o fewn eu gallu yr eiliad 'ma i adfer y sefyllfa.

Rhoddodd y tâp unwaith yn rhagor i droi. 'Ciao!' 'Ciao!' Lleisia Signorelli a Savonarola yn pellhau wrth ffarwelio, yna 'Ciao!' 'Ciao!' trwm y ddau Rwsiad yn eu hateb. Eiliada o ddistawrwydd, yna sgwrs gyfrinachol mewn Rwsieg, efo Semko unwaith eto'n mynegi'i ddrwgdybiaeth o Boyd. ' . . . Mae o'n rhy anwadal, Boris. Does wybod be neith o nesa.'

'Dwi'n cytuno, Viktor, ond rhaid inni beidio sathru cyrn Signorelli. Fo ddaru ddewis Boyd, cofia. A rhaid iti gyfadde, mae pob un o'r lleill wedi bod yn ddewis da ganddo . . . '

'Nid fo ddewisodd Zahedi.'

'Nage, wrth gwrs. Sut bynnag . . . wythnos nesa.'

Trodd Sam y tâp yn ôl, gan iddo fethu dallt rhai geiria. Gwrandawodd eto, ond heb fod lawer callach. Roedd y geiria'n aneglur ac yn swnio'n ddiarth iddo. Felly hefyd y trydydd tro o wrando, 'Sut bynnag, rhywbeth rhywbeth aliati wythnos nesa' meddai llais Yakubovich eto. 'Aliati'? Ai dyna a glywsai? Er yn swnio'n Rwsiaidd, roedd y gair yn hollol ddiarth iddo.

'Dyma fo'n dod!' Llais cynhyrfus Viktor Semko rŵan wrth iddo sylwi ar Zahedi yn codi ar ôl gorffen ei ginio.

A dyna gymaint ag a ddalltodd Sam wedyn. Nid Rwsieg na Saesneg nac Arabeg chwaith oedd iaith y sgwrs rhwng Boris Yakubovich a Zahedi. Ac eto, roedd rhai o'r synau yn gyfarwydd i'w glust, digon cyfarwydd o leia iddo wybod mai un arall o ieithoedd y Dwyrain Canol oedd cyfrwng y sibrwd. Ond pa un? Gwenodd yn ofidus. Sam bach! meddyliodd. Rhwng y gwahanol ieithoedd a'r gwahanol dafodieithoedd, mae gen ti dros hannar cant i ddewis ohonyn nhw. Yr unig beth a wyddai i sicrwydd oedd nad Farsi, sef iaith swyddogol Iran, oedd yn cael ei defnyddio. Felly be?

Y peth nesa, yng nghanol lli geiria Zahedi, daeth y gair 'aliati' allan yn glir unwaith eto, i gadarnhau'r hyn a gredodd Sam yn gynharach ynglŷn â'i darddiad. Yna'n uwch ac yn swta, 'Ciao!' Yakubovich, 'Ciao!' Viktor Semko, ond dim ymateb oddi wrth y Cwrd trwynsur.

'Mi fyddwch chi'ch dau yn fflio allan i Riyadh yn Sawdi ben bore fory . . . ' Llais Signorelli rŵan yn torri ar ei feddylia . . . Amlwg bod rhywfaint o ddoctora wedi bod ar y tâp. Hogia MI6 wedi dileu pob saib a phob mân siarad diwerth. ' . . . Mi gewch chi eich hunain drefnu awyren o fan'no i Jidda. Cam bach sydd o fan'no wedyn i Mecca. Rhaid i chi'ch dau fod ym Mecca erbyn dydd Mercher, wythnos i fory, fan bella, a bod rywle yng nghyffinia'r Mosg Mawr at ddau o'r gloch y pnawn, amser lleol.'

'Y Mosg Mawr? Be gythral ydi hwnnw? A be fyddwn ni'n neud yno?'

Adnabu Sam yr acen yn syth. Doedd tafodiaith Louisiana ddim yn bersain ar y gora, meddyliodd. Roedd hi ddengwaith gwaeth ar wefus rhywun fel Edwin Caziragi.

'Y Mosg Mawr,' eglurodd Signorelli, 'ydi un o'r llefydd mae'r Moslemiaid yn tyrru iddo ar bererindod. Mi fydd rhywun yn dy gwarfod di yno. Fe gei ditha, Coldon, fynd at Fynydd Arafat, rhyw ugain cilometr tu allan i Mecca, ac mi fydd rhywun yn dy gwarfod ditha yn fan'no.'

'A be fydd disgwyl inni'i neud? Rhaid inni gael gwybod cyn cychwyn, siŵr dduw!'

'Mi gewch wybod yno. Mi fydd rhywun yn cysylltu efo chi ac yn trosglwyddo deunydd ffrwydrol ichi mewn bag. Mi fydd raid i chi'ch hunain greu'r bomia efo'i gilydd, wrth gwrs. Fydd hynny'n ddim problem, meddech chi.'

'Dim problem. Dwi wedi deud hynny wrthyt ti fwy nag unwaith.' Caziragi eto.

'Mi fydd y person ddaw i'ch cwarfod chi yn dangos ichi ymhle i osod y bomia. Mi gewch chitha wedyn neud eich trefniada. Peidiwch â'n siomi ni.'

'Faint o amser fydd gynnon ni?'

'Chwe diwrnod. Fe ddylai hynny fod yn ddigon ichi neud eich trefniada.'

'Be am ddod allan o Sawdi wedyn? Fydd 'na drafferth?' Llais anniddig y Sais, Craig Coldon, y tro yma.

'Fe gewch chi'r manylion hynny hefyd ym Mecca. Mi fyddwn ni wedi trefnu pob dim yn berffaith . . . yn ôl ein harfer.'

Synau anfoddog gan yr Americanwr a'r Sais ac yna clep y drws yn cau o'u hôl.

'Eglura'r cynllun ynglŷn â nhw un waith eto imi.' Llais Boris Yakubovich.

'Digon syml. Dau o lefydd mwya sanctaidd Islam ydi'r Mosg Mawr ym Mecca a Mynydd Arafat. Yn y Mosg Mawr y mae'r Ka'aba, sef y piler y bydd y pererinion, neu'r Hajjis fel maen nhw'n galw'u hunain, yn cerdded seithgwaith o'i gwmpas yn ystod eu hymweliad, fel rhan o'u pererindod. Mae o'n lle cysegredig iawn iddyn nhw, wedi'i adeiladu gan Abraham meddan nhw. Tu mewn i'r Ka'aba mae'r Garreg Ddu yn cael ei chadw. Carreg o'r gofod ydi honno, yn ôl y chwedl; meteoreit a anfonwyd gan Allah i Abraham . . . Mynydd Arafat wedyn, ydi lle y pregethodd Muhammad ei bregeth ola. Mae'r Hajjis yn tyrru i fan'no hefyd yn ystod y Bererindod Fawr. O fewn chydig funuda i Coldon a Caziragi dderbyn y ffrwydron, mi fydd dwy fom yn ffrwydro, un wrth y Ka'aba yn y Mosg Mawr ei hun, a'r llall wrth droed y golofn sydd ar dop Arafat. Fydd fawr o neb o gwmpas yr adeg yma o'r flwyddyn, felly chaiff neb, o bosib, ei ladd. Nid bod honno'n styriaeth bwysig i ni, wrth gwrs. Fydd y difrod chwaith ddim yn fawr, ond nid dyna'r pwynt. Mi fydd rhywun wedi halogi'r llefydd mwya cysegredig, dyna'r peth; wedi gwawdio Islam ac, yn waeth na dim, wedi sarhau Allah ei hun. Fedrwch chi ddychmygu'r dicter cyfiawn? A phwy fydd yn gyfrifol? Americanwr a Sais, y naill yn aelod o'r FBI – mi fydd y Tŷ Gwyn, wrth gwrs, yn gwadu'r cwbwl, taeru'r du'n wyn mai *cyn*-aelod oedd o, ond pwy sy'n mynd i'w credu nhw? – a'r llall yn llofrudd pobol dduon a Moslemiaid. Mi oedd tri o'r duon a gafodd eu lladd gan Coldon yn Llundain a Birmingham yn Foslemiaid, felly mae'r cyhuddiad hwnnw hefyd yn dal dŵr. Gynted ag y bydd y ddwy fom yn ffrwydro, mi fydd rhywun yn pwyntio bys atyn nhw, cyn iddyn nhw'u hunain sylweddoli be fydd yn mynd ymlaen. Ac wrth gwrs, mi fyddan nhw ar y pryd yn cario bag o ffrwydron bob un.'

'Ond pwy fydd wedi gosod y bomia?'

'A! Ddylet ti ddim holi hyn'na, Boris. Rhyw bererin mae'n siŵr.'

Arswydodd Sam yn sŵn y chwerthin.

'Ond pam na adewi di i'r ddau yna neud y gwaith eu hunain?'

'Mi allen, ond fedrwn ni gymryd y risg? Beth pe baen nhw'n cachgïo? Ar y llaw arall, fodd bynnag, pe bai'r bomia ddim yn ffrwydro – hynny ydi, pe bai'r "pererin" yn methu am ryw reswm neu'i gilydd – yna mi fydd Caziragi a Coldon yno, fel insiwrans os lici di, i neud y job. Yr un fydd eu tynged nhw, waeth be fydd yn digwydd. Na, Boris, mae'n well gen i weithredu fel hyn, a bod yn siŵr. Sut bynnag fydd hi, ddaw'r Americanwr na'r Sais ddim allan o Sawdi Arabia'n fyw.'

Ac ynta wedi dilyn cwrs mewn Astudiaethau Islamaidd ym mhrifysgol Leipsig yn yr Almaen am ddwy flynedd, ac wedi byw am gyfnoda yn Aden ac Israel, fe wyddai Sam ond yn rhy dda sut y byddai'r Dwyrain Canol yn ymateb i'r fath halogiad o'u canolfannau sanctaidd. Diolch i Dduw, meddyliodd, bod y CIA ac MI6 yn gwybod am hyn rŵan a bod ganddyn nhw ddigon o amser i rwystro'r fath orffwylledd. Roedd ganddo barch at grefydd Islam a theimlai'n ddig bob tro y byddai'n gorfod gwrando ar draethu rhagfarnllyd ac anwybodus gwleidyddion America, a Phrydain hefyd yn amal, am yr Arab.

Rhedodd y tâp ymlaen am tua deg eiliad heb unrhyw sŵn arall arno, yna daeth llawer o siarad ar draws ei gilydd; cymysgedd o Rwsieg, Eidaleg a Saesneg. Daeth eto'n amlwg mai Saesneg oedd yr iaith gyffredin ond bod pob math o acenion arni. Hans Bruger, mae'n siŵr, oedd pia'r seinia gyddfol cras, a Hazain Razmara oedd yr un yn cecian yn ei drafferth i'w fynegi ei hun. Cyn hir daeth gwell trefn ar y trafod a llais Signorelli'n egluro i'r ddau yma eto yr hyn a ddisgwylid ganddynt am eu 'pres mawr'.

'Hedfan yn syth o Rufain fory i Damascus. Dyma basbort a fisa bob un ichi. Fe weli di mai pasbort Prydain ydi d'un di, Bruger, efo dy lun di a'r enw Winston Corrigan arno fo. Efo dy record di, mi fyddai'n ormod o risg dy yrru di o dan dy enw dy hun, wrth gwrs. Mae'r enw Bruger yn rhy adnabyddus! . . . ' Sŵn dau yn chwerthin, un yn beiriannol nawddoglyd a'r llall yn llawn balchder trahaus. ' . . . Pasbort America i titha, Hazain . . . Paid ag edrych mor syn! Pe bai rhywun yn dy holi, ond go annhebyg y digwyddith hynny, dy stori fydd iti ymweld â'r Unol Daleithia a chyfarfod merch o'r enw Carol Ventura yno. Ar ôl ei phriodi hi, fe gest ti swydd dda efo ffyrm ei thad hi ac fe ddechreuaist alw dy hun yn

Naz Ventura o hynny mlaen. A dyna'r enw sydd efo dy lun di yn y pasbort.'

A barnu oddi wrth sŵn y grwgnach ar y tâp, doedd Razmara ddim mor hapus â hynny efo'r trefniada. Wela i ddim bai arno fo, meddyliodd Sam. Mae rhywun mor broffesiynol â fo yn licio mwy o amser na hyn'na i sefydlu cymeriad newydd.

'Waeth ichi heb â chwyno rŵan. Roeddech chi'n gwybod be oedd yr amoda pan ddaethoch chi yma gynta. Ond os ydach chi'n anhapus efo'r trefniada, os ydi'r job yn ddychryn ichi, wel rŵan ydi'r amser i ddeud hynny, fel y medrwn ni gael rhywun yn eich lle chi.'

Dim ond chwyrnu dig Razmara oedd i'w glywed trwy'r distawrwydd, fel pe bai'n ffieiddio blŷff Signorelli.

Aeth yr Eidalwr ymlaen, yn fodlon ei fod wedi mygu egin unrhyw wrthryfel. 'Wel rŵan! Y targed! Ddydd Iau nesa, sef wythnos i fory, mi fydd Kofi Annan, Ysgrifennydd Cyffredinol y Cenhedloedd Unedig, yn cynnal cyfarfod gydag arweinwyr rhai o wledydd y Dwyrain Canol – yr Aifft, Sawdi Arabia, Gwlad yr Iorddonen, Iran, a Syria ei hun wrth gwrs – i geisio ffordd o wella'r sefyllfa rhwng Irac a gwledydd y Gorllewin. Am bump o'r gloch y pnawn hwnnw mae cynhadledd i'r Wasg wedi'i threfnu, iddo gael rhoi adroddiad ar y trafodaethau. Mi fydd yn siarad oddi ar risia'r llysoedd barn yn Damascus. Yn y cyfamser, mi gewch chi'ch dau ddigon o gyfle i ffeindio ac i drefnu cuddfan bob un, fel y medrwch chi ei saethu fo heb gael eich gweld na'ch dal.'

'Saethu Kofi Annan? Uffar dân!'

'Be sy, Bruger? Wyt ti'n cachgïo?' Roedd llais Yakubovich yn siarp ond hefyd yn wawdlyd.

'Ddim hynny. Mi achosith ddiawl o stinc rhyngwladol.'

'Da iawn, felly.' Doedd dim cynnwrf yn llais Hazain Razmara, dim ond dogn go dda o ymffrost. 'Gwn telesgopig, dwi'n cymryd?'

'Wrth gwrs! Fe ddaw rhywun â fo ichi i'ch gwesty. Siawns y bydd o leia un o'ch bwledi chi'n llwyddo. Gweithio ar wahân, wrth gwrs. Mwy o obaith llwyddo felly. Wedyn, gadael Syria gynted ag y gellwch chi. Eich lle chi fydd penderfynu sut, a chi hefyd fydd raid gneud y trefniada. Pawb drosto'i hun fydd hi. Iawn?'

Rhaid bod Bruger a Razmara wedi gadael y stafell yn fan'no oherwydd y peth nesa ar y tâp oedd Yakubovich yn holi, 'Pam Kofi Annan?'

Signorelli: 'Pam lai? Mae gan y Moslem dipyn o barch at y dyn, oherwydd yr hyn mae o wedi'i neud yn barod i Irac, er enghraifft − ei ddadleuon dros lacio embargo'r Cenhedloedd Unedig fel bod y wlad yn cael mewnforio mwy o fwydydd ac offer meddygol. Ei feirniadaeth, wedyn, o dactega jingoistaidd America yn yr helynt. Mae ganddo fo, wrth gwrs, gryn gydymdeimlad efo'r Arab yn gyffredinol, ac mae'r Arab yn gwybod hynny. Go brin y bydd Bruger a Razmara yn llwyddo, wrth gwrs, ond meddylia am y sarhad i Syria fod dau asasin wedi lladd, neu o leia wedi llwyddo i danio bwled, at un o wŷr pwysica'r byd tra oedd o ar ymweliad swyddogol â'r wlad. Sarhad i weddill gwledydd y Dwyrain Canol hefyd, wrth gwrs; sarhad i Islam. A phan wneir yn hysbys mai'r Sais Winston Corrigan a'r Americanwr Naz Ventura oedd yn gyfrifol, wel . . . ' Yn yr ychydig eiliada o dawelwch i ddilyn, câi Sam yr argraff fod Signorelli yn gwenu'n hunanfodlon tra bod Yakubovich yn aros yn amyneddgar am eglurhad llawnach. ' . . . Dydi Bruger, wrth gwrs, ddim callach fod Winston Corrigan, ar un adeg, wedi bod yn gyflogedig gan MI5 ym Mhrydain a'i fod hefyd wedi treulio chwe mis ar secondiad ym mhencadlys y CIA yn Langley, Virginia. A be ŵyr Razmara fod y Naz Ventura go iawn wedi bod yn weithredol yn y Dwyrain Canol am flynyddoedd, yn enw'r CIA?'

'Ha! A be 'di hanes y ddau hynny heddiw?'

'Duw a ŵyr lle mae Corrigan. Ar ôl iddo ymddeol, fe aeth allan i'r Outback yn Awstralia i ffarmio. Yno mae o hyd heddiw, am wn i. Mi fu Naz Ventura farw lai na blwyddyn yn ôl. Fe weli di, Boris, fod Giovanni Signorelli wedi gneud ei ymchwil yn drylwyr . . . '

Wrth wrando arno, gallai Sam ddychmygu'r Eidalwr yn torsythu fel ceiliog dandi.

' . . . Wrth gwrs, mi fydd Prydain ac America yn trio achub eu cam pan glywan nhw'r cyhuddiada, ond wyt ti'n meddwl am funud y bydd y Moslem yn barod i'w coelio nhw?'

'A Bruger a Razmara? Be ddigwyddith iddyn nhw?'

'Dim dewis! Mi fydd raid iddyn nhw gael eu dal a'u lladd. Oni bai dy fod ti isio talu'r pres mawr 'na iddyn nhw, wrth gwrs?' Sŵn chwerthin cyd-ddeall. 'Fedri di ddychmygu'r llunia ar y cyfrynga? Gwyneba marw'r ddau, ynghyd â'r pasbort efo'u llunia a'u henwa nhw. Ac o dan bob llun, yr wybodaeth fydd mor ddamniol i Brydain ac i America.'

Rhyfeddodd Sam eto at drylwyredd Signorelli, ac at ei gyfrwystra a'i ddiawledigrwydd. Fe allai Prydain a'r Unol Daleithiau wrthbrofi'r cyhuddiada yn hawdd, meddyliodd, ond erbyn iddyn nhw gael amser i neud hynny, mi fyddai'r drwg wedi'i neud. Mi fyddai'r Dwyrain Canol yn ferw gwyllt ac yn paratoi am ryfel.

Edrychodd ar ei wats. Chwarter wedi hanner dydd. Daliai'r ddau Indiad wrth ei ochr i draethu'n fyrlymus mewn Hindi. Eu hymweliad â Rhufain oedd testun eu sgwrs erbyn hyn. Daliodd lygad un am eiliad, ond ni chaed awgrym o adnabyddiaeth o'r naill ochr na'r llall. Roedd y merched, yn eu lifrai llaes gwyrdd a gwyn, wedi dechra rhannu'r platia plastig oedd yn dal y cinio. Teirawr eto cyn cyrraedd Tehran, meddai wrtho'i hun, a dychmygodd glywed llais chwerthinog Ap, uwchben ei beint, yn canmol, 'Wel da iawn ti, y Ffrwydrol! Teirawr eto cyn cyrraedd Tehran. Y peth agosa at Gynghanedd

Draws myn diawl!' Gwenodd yn hiraethus. Roedd Rhiwogof a'r King's Head yn perthyn i fyd ac i fywyd arall.

Roedd y platia cinio wedi'u clirio a'r ddau Hindŵ wedi cau llygad am hepan cyn iddo roi'r tâp eto i droi. Esther Rosenblum ac, ar ei hôl hi, Marcus Grossman, yn derbyn eu cyfarwyddiada hwytha. Gwrandawodd ar y ddwy sgwrs i'w diwedd cyn medru amgyffred y cynllun yn llwyr. Hyd yn oed wedyn, fe gâi drafferth dirnad yn llawn yr hyn oedd ar ddigwydd. Roedd yr Iddewes, mae'n debyg, yn barod i osod ffrwydron ar Kubbet es-Sakhra! Ar y Graig Sanctaidd ei hun, yn nheml fawreddog Haram esh-Sharif, neu'r Dome of the Rock, yn Jeriwsalem. Y diawliaid gwirion! meddyliodd, wrth gofio'r hyn a ddysgodd ei gwrs coleg iddo am y lle cysegredig hwnnw. Roedd y fangre'n sanctaidd yng ngolwg yr Iddew a'r Arab fel ei gilydd, am mai dyna lle y safai Teml Solomon yn y dyddia a fu. I'r Moslem, Kubbet es-Sakhra oedd 'Y Cysegr Sancteiddiolaf', a chanol y byd. Os digwydd y peth lleia i'r Haram esh-Sharif, meddai'n bryderus wrtho'i hun, yna mi gaiff Uffern ei chreu. Does dim sy'n sicrach. Onid oedd y deml wedi cael ei hadeiladu'n arbennig yn fan'no gan Caliph Abd al-Malik am mai oddi ar y Graig honno yr esgynnodd Muhammad ei hun i'r Nefoedd? Ac onid un o'r creiria mwya gwerthfawr ynddi oedd cudyn o farf y proffwyd? Ac i'r Iddew wedyn, onid Haram esh-Sharif oedd yn dynodi'r Graig lle y bwriadai Abraham aberthu ei fab, Isaac, i Dduw? Mae'r peth yn gwbwl loerig, meddyliodd Sam, wrth styried goblygiada gweithred Esther Rosenblum. Os llwyddith hi, yna fe geir profi'r gyflafan fwya gwaedlyd a welwyd erioed ym Mhalesteina.

Fel pe bai hynny ddim yn ddigon, roedd Marcus Grossman, ar yr un adeg, yn mynd i greu difrod i fosg Al-Aksa, hefyd ar Fryn y Deml. Dduw mawr! meddyliodd

Sam eto. Mi fydd gwlad Palesteina'n ferw gwyllt. Cofiai ddarllen rywdro am Awstraliad yn trio rhoi'r lle ar dân ac fel y bu galw mawr bryd hynny am *Jihad* yn erbyn Israel! 'Os llwyddith Rosenblum a Grossman, a phan ddalltith yr Arab mai cyn-aeloda o Hagana a'r Mossad sy'n gyfrifol, fydd dim gobaith gwybedyn o rwystro'r Rhyfel Sanctaidd. Nid jyst Iran fydd yn rhuthro i brynu arfa, ond Islam drwyddi draw.' Roedd yn anhygoel, meddai wrtho'i hun, fod hyd yn oed anifeiliaid mor ddiegwyddor â Signorelli a Yakubovich a Semko yn barod i ganiatáu lladdfa mor erchyll, jyst er mwyn ennill cyfoeth personol.

Bu ar goll yn hir yn ei feddylia cyn gwrando ar ran ola'r tâp. Sgwrs neithiwr, wedi iddo ef ei hun gael ei alw i ŵydd Signorelli a'r lleill, oedd y peth nesa. Gwrandawodd heb wên ar rwdlan Bill Boyd, ac o'r diwedd daeth llais Signorelli'n cyhoeddi, ' . . . hanner awr wedi wyth. Yn brydlon, cofia!' Clywodd sŵn ei draed ei hun yn gadael y stafell, y drws yn cau ac yna Yakubovich yn holi y tro yma am fanylion y cynllun yn Iran.

'Ffrynt yn unig fydd Boyd. A fo, fel y byddet ti'n disgwyl, fydd y bwch dihangol. Zahedi fydd yn gosod y bomia, wrth gwrs – y gynta ohonyn nhw yn y Mosg Brenhinol yn Isfahan, a'r llall, fel y clywsoch chi, wrth gysegr coffa yr Ayatollah Khomeini ei hun, yn Tehran.'

Sŵn gwynt yn cael ei dynnu trwy ddannedd oedd unig ymateb Yakubovich ar y cychwyn. Yna dechreuodd gyfieithu i Viktor Semko.

' . . . Fel ro'n i'n ddeud, Zahedi fydd yn gosod y bomia, ond y clown yna, sydd newydd adael, fydd y bwch dihangol. A phan gân' nhw afael arno fo – yng nghyffinia Cysegr Coffa Khomeini pan fydd yr ail fom yn ffrwydro y bydd hynny, wrth gwrs – efo'r pedwar pasbort gwahanol yn ei boced a bag o ffrwydron ar ei gefn, a phan ddalltan nhw ei fod o wedi bod yn aelod o'r US Marines, wel mi fedri ddychmygu be ddigwyddith iddo fo. Mi geith ei ddarn-ladd ac mi fydd Iran, os na fyddan nhw wedi gneud hynny ynghynt, yn dod yn gwsmer parotach nag erioed yn y farchnad arfau.' Saib weddol hir, yna, gyda mwy o sgafnder yn y llais, 'A maen nhw'n gwybod ble i ddod i brynu, wrth gwrs. Mae'r cynllunia hynny hefyd ar y gweill.'

'Da iawn. Ond be am Zahedi?'

'Eith hwnnw chwaith ddim yn bell. Mae'r trefniada wedi'u gneud.'

'O?'

'Mi fydd twrist o'r Eidal yn digwydd bod yn Isfahan ar y pryd ac yn digwydd bod yn ffilmio wrth i Zahedi osod y bom yn y Mosg Brenhinol. Wrth gwrs, mi fydd y twrist hwnnw'n gneud ei ddyletswydd ac yn mynd â'r ffilm at yr awdurdoda, ond ddim tan ar ôl i'r ail fom ffrwydro yn Tehran. Gyda lwc, fe gaiff Boyd a Zahedi eu dal tua'r un pryd . . . os na fydd Zahedi wedi cael gwared â Boyd cyn hynny, wrth gwrs.'

'O?'

'Dwi'n licio chwarae'n saff, Boris. Fel roeddwn i'n ddeud, mae'n talu cael insiwrans. Falla mai corff fydd Boyd erbyn i'r Iraniaid gael gafael arno fo.'

'Clyfar! Felly dwyt ti ddim yn disgwyl i neb o'r *task force* ddod yn ôl yma?'

'Be wyt ti'n feddwl, Boris?' Chwerthin iachus y tro yma wrth iddyn nhw longyfarch ei gilydd.

O fan'no hyd ddiwedd y tâp, y cwbl a glywid oedd Signorelli yn egluro mewn Eidaleg i Savonarola, a Yakubovich yn cyfieithu i Viktor Semko. Doedd dim posib dilyn yr un o'r ddwy sgwrs yn iawn gan mai cowdal oedd y cyfan. Yna, daeth y tâp i'w derfyn; tynnodd ef o'r peiriant a'i roi yn ei boced, er gwaetha'r protestiada distaw mewn Hindi o'r ddwy sedd yn ei ymyl. 'Rydan ni dan rybudd i fynd â hwn'na efo ni oddi ar y plên,' meddai un ohonyn nhw. 'Rhag ofn iti gael dy ddal efo fo.'

'Mi gymera i'r risg,' sibrydodd ynta, hefyd yn yr un

iaith. 'Mae'n siŵr fod digon o gopïa wedi cael eu gneud beth bynnag.'

O holl westeion y Villa Capri, Zahedi oedd yr enigma iddo. Nid Signorelli, yn bersonol, oedd wedi dewis hwnnw! Felly pwy? Semko? Go brin. Ai Yakubovich 'te? Mwy tebygol. Os felly, be oedd y berthynas, neu'r ddealltwriaeth, rhwng y Cwrd a'r Rwsiaid? Zahedi hefyd, atgoffodd Sam ei hun, oedd yr unig un nas clywyd ar y tâp yn derbyn ei gyfarwyddiada. Pam hynny, tybed?

Gogledd Cymru: Llanbedr

'Dei! Mae'r Manejyr isio dy weld di yn ei swyddfa.'

'Be ddiawl ydw i wedi'i neud rŵan? Nid y blydi galwad ffôn 'na eto, gobeithio. Welis i rioed y fath blydi ffŷs am beth mor ddiniwad.'

Er gwaetha'r sŵn gwrthryfelgar yn ei lais, digon pryderus a gwylaidd oedd ei gnoc, chydig eiliada'n ddiweddarach, ar ddrws rheolwr cwmni Serco yn Llanbedr. Dyma'r cwmni preifat oedd bellach yn gyfrifol am gynnal y maes awyr ar ran y Weinyddiaeth Amddiffyn.

'Tyrd i mewn . . . ac eistedd yn fan'na. Mae'r ddau ŵr bonheddig yma isio gair efo ti.'

Suddodd calon y llanc wrth glywed oerni'r llais. Yn ufudd, eisteddodd ar flaen y gadair y pwyntiai'r Manejyr ati.

'Yr alwad ynghylch y *Cessna* ddydd Iau dwytha. Maen nhw isio gair efo ti ynglŷn â honno. A gofala ateb eu cwestiyna nhw'n llawn. Dydi ditectifs ddim yn dod yr holl ffordd o Lundain i fa'ma ar chwara bach.'

Teimlodd Dei y gwaed yn gadael ei wyneb a dechreuodd blethu a dadblethu bysedd ei ddwylo. Roedd y ddau dditectif yn sylwi gyda diddordeb ar ei anghysur a'i nerfusrwydd.

'Daffid ydi'r enw, ynde?' Pwysai'r ditectif ymlaen,

efo'i benelin chwith ar y ddesg a'i ên yn gorwedd yng nghwpan ei law. Roedd y llais yr un mor ddiog â'r ystum, yn dianc trwy'r bysedd oedd yn cau'n llac am y geg. Ei lygaid, fodd bynnag, a hawliai sylw Dei. Roedd rheini'n dreiddgar ac yn graff, ac yn codi ofn arno.

'Dafydd,' meddai'n ddistaw. 'Dei mae pawb yn fy ngalw i.'

'Dai? Ocê, 'ta. Rŵan, Dai, dwi'n cymryd dy fod ti'n cofio'r alwad ffôn, ddydd Iau diwetha, ynglŷn â'r *Cessna*?'

Nodio'r mymryn lleia wnaeth y Cymro.

'Fedri di ddisgrifio'r llais?'

Cododd ei ysgwydda mewn ystum oedd yn awgrymu'r nacaol. 'Llais trwm,' meddai o'r diwedd, 'efo atal deud. Ac roedd o'n siarad trwy'i drwyn braidd.'

'O! Diddorol.' Y ditectif arall a godai'r nodiada.

'Ydi o wedi trio cysylltu efo ti wedyn?'

Ysgydwodd Dei ei ben. 'Y cwbwl wnes i oedd anghofio riportio'r alwad tan y diwrnod wedyn.' Roedd ei oslef yn awgrymu nad oedd yn disgwyl i neb ei gredu bellach.

'Ia. Rydan ni'n derbyn hynny. Ond wyt ti'n siŵr na fu dim galwad arall yn holi ynghylch y *Cessna*?'

'Ydw.'

'Ac rwyt ti'r un mor siŵr na ddaru ti ddim trafod y peth efo neb arall?'

Cofiodd Dei y noson wrth y bar yn y Vic, pan oedd wedi lleisio'i gŵyn wrth ei ffrindia. Bu'r ditectif yn ddigon craff i sylwi ar yr atgof yn fflachio trwy'i feddwl.

'Wrth bwy ddaru ti sôn am y peth, Dai?'

'Neb o bwys. Dim ond dau neu dri o'm mêts yn y Vic.'

'Y dafarn leol,' eglurodd y Rheolwr i'r lleill.

'Oedd 'na rywun arall o fewn clyw ar y pryd? Mae hyn yn bwysig, Dai, coelia fi.'

'Dyn y lle. Mr Howarth. Dyna pam roedden ni wedi troi i Saesneg.'

'Rhywun arall? Dieithriaid?'

'Dim ond dau arall oedd o fewn clyw faswn i'n ddeud. Dau ddyn. Dau ŵr a gwraig a chriw o genod lleol oedd yr unig rai eraill yn y bar ar y pryd, ond roedd rheini'n rhy bell i glywad dim.'

'Be am y ddau ddyn? Oedden nhw'n gwrando?'

'Does gen i ddim syniad.'

'Ddaru nhw ddim gofyn unrhyw gwestiyna iti?'

'Ddeudson nhw'r un gair.'

'Be ddeudist ti wrth dy fêts 'ta? Am y *Cessna* dwi'n feddwl.'

'Dim byd o gwbwl. Be oedd 'na i wybod amdani?'

'Ddeudist ti rywbeth am y teithiwr 'ta?'

Arhosodd Dei i feddwl. 'Na . . . Wel, mi rois i ryw fath o ddisgrifiad ohono fo . . . ond doedd gen i ddim clem pwy oedd o.'

'A doedd gen ti ddim syniad o ble'r oedd o'n dod?'

'Na, mond 'i fod o wedi cyrraedd efo tacsi o Drecymer.'

'Ac mi ddeudist hynny yn y Vic y noson honno?'

Wyddai Dei ddim ai gosodiad ynte cwestiwn oedd y geiria. Tyfodd ei euogrwydd a methodd ateb.

* * *

Llundain: Whitehall

Trwy bellter y gwydyr dwbwl gwrandawodd Herbert Shellbourne ar hwter lleddf y cwch; y sŵn yn ymestyniad o natur y drafodaeth oedd newydd gymryd lle ac a oedd yn dal i fynd rownd a rownd yn ei ben. Dri llawr oddi tano ar Parliament Street, canodd corn car yn hir ac yn ddiamynedd ac atebwyd ef yn ddioed gan ddau neu dri o rai eraill aflafar, tra cadwai'r Senotaff ei urddas tawel drwy'r cyfan. Er mai ar ddŵr llwyd y Tafwys, wrth i hwnnw adael Pont Westminster o'i ôl, y syllai Shellbourne, eto i gyd roedd ei feddwl yn dal o fewn pedair wal ei swyddfa. Tu ôl iddo, yn anniddig yn eu cadeiria ac yn y tawelwch, eisteddai Syr Leslie Garstang a Caroline Court. Nid eu lle nhw oedd torri ar y tawelwch.

Aethai tri neu bedwar munud cyfan heibio ers i'r drws gau. Martin Calshot, yr Ysgrifennydd Tramor ei hun, oedd wedi mynnu cael y cyfarfod, a hynny ar fyr rybudd. Roedd wedi ffonio Syr Ralph Thomas, pennaeth uniongyrchol Herbert Shellbourne, yn bersonol y bore hwnnw i neud ymholiada ynglŷn ag 'Ymgyrch Semtecs', a phan ddywedwyd wrtho am y tâp a ddaethai o'r Villa Capri, roedd wedi dod ar ei union i swyddfa Shellbourne i wrando arno, gyda chymorth y cyfieithiad a drefnwyd gan Caroline Court, ac i gael adroddiad llawn ar y datblygiada diweddara. Fe gyrhaeddodd am hanner awr wedi naw ar ei ben, efo Syr Ralph wrth ei gwt, gan greu storm o chwilfrydedd ymysg staff yr adeilad, o Andrew Mailer i lawr. Roedd hi rŵan yn ddeng munud wedi un ar ddeg.

Swm a sylwedd y cyfarfod fu i'r Ysgrifennydd Tramor, ar ôl gwrando ar y tâp ac ar adroddiad Caroline Court, bwysleisio difrifoldeb y sefyllfa ac na ddylid gadael yr un garreg heb ei throi i sicrhau bod cynllunia'r Mafiozniki'n cael eu drysu. 'Mi fydda i'n cysylltu'n syth rŵan efo llywodraetha Sawdi, Syria, Israel ac Iran i'w rhybuddio nhw am yr hyn sy'n digwydd. Rhaid anfon llun a gwybodaeth am bob un o'r . . . be oedd term Signorelli? . . . *task force*. Mi allwn neud hynny i gyd ar y Rhyngrwyd.'

'Be am Semtecs ei hun, syr?' Caroline Court oedd wedi gofyn y cwestiwn. 'Ydych chi am egluro iddyn nhw pam y mae o yno?'

'Nac'dw. Fe fydd raid iddo gymryd ei siawns.'

'Ond mi fydd yn darged i Zahedi ac i awdurdoda Iran wedyn. Pa obaith fydd ganddo?'

'Rhaid i betha gymryd eu cwrs, Miss Court. Fedrwn ni

ddim dechra newid rheola'r gêm rŵan; mae mwy i'w golli nag i'w ennill. Wrth gwrs, fel roedd Syr Leslie'n ddeud yn gynharach, bydd raid inni warchod ei wraig a'i blentyn. Dim dewis, yn hynny o beth. Wedi'r cyfan, pe bai rhywbeth yn digwydd iddyn nhw mi fyddai'r Wasg yn benderfynol o gael at wraidd y busnes, a fedren ni ddim fforddio embaras felly.' Yna'i eiria ola cyn gadael y stafell, 'Fe wyddai Semtecs be oedd y peryglon. Fe wyddai hefyd, siawns, be oedd y rheola. Os ydi o am ddod adre'n groeniach, yna mae gen i ofn y bydd yn rhaid iddo neud hynny ar ei liwt ei hun.'

Gwyliodd Shellbourne y ddau gwch yn pasio'i gilydd, un yn brwydro'n ara yn erbyn lli'r afon a'r llall yn cael ei sgubo'n ddirwystyr gan y dŵr oeliog, aflonydd. Efo'r niwl yn orchudd isel dros bob man, a'r glaw mân yn creu anghysur, roedd llai o bobol nag arfer i'w gweld yn cerdded y Victoria Embankment.

'Fedra i ddim mynd yn groes i orchymyn yr Ysgrifennydd Tramor, rydych chi'n sylweddoli hynny.' Parhâi i sefyll a'i gefn tuag atynt, a synnodd Caroline Court glywed nodyn ymddiheurol, bron, yn ei lais. 'Felly, cyn belled ag y mae llywodraeth Iran yn y cwestiwn, bydd Semtecs a Zahedi yn yr un cwch. Terfysgwyr peryglus fydd y ddau fel ei gilydd. Mi fydd raid i Semtecs wynebu'r un rhwystra a brwydro'n erbyn yr un lli.' Yna trodd yn sydyn a syllu'n dreiddgar i lygaid Syr Leslie, 'Ond mae MI6 yn cadw cyswllt efo fo o hyd, dwi'n cymryd? Ac yn cadw llygad gwarchodol hefyd, gobeithio.'

Nodiodd Syr Leslie Garstang ei ben yn gadarnhaol a synnodd Caroline Court eto wrth iddi synhwyro pryder diffuant ei phennaeth. Cododd y ddau. Roedd y cyfarfod ar ben.

'Gyda llaw, Caroline . . . '

Roedd hi ar fin agor y drws i fynd allan o'r swyddfa.

' . . . mi ffoniodd Julian Carson, ben bore, yn gofyn

caniatâd i Scotland Yard neud ymholiada ymysg y staff. Mae o'n dal o'r farn bod rhywun oddi yma yn gyrru gwybodaeth allan. Dwi wedi cytuno i'w gais. Fe gei di hysbysu pawb. Peidio crybwyll "Ymgyrch Semtecs", wrth gwrs, felly mi fydd raid iti feddwl am ryw esgus derbyniol i'r staff pam y byddan nhw'n cael eu croesholi.'

Gogledd Cymru: Trecymer

'Scotland Yard?' Roedd cymysgedd o syndod a dicter yn llais Ken Harris. 'Dydw i ddim yn dallt, syr.'

'Na finna chwaith, Sarjant. Na finna. But, "ours not to reason why", as they say.' Anodd deud be oedd gwir deimlada Inspector Rogers. Dyddia'n unig oedd i fynd nes y byddai ef a'i gyfaill Bill Meredith yn ymddeol, ond fe wyddai pob plismon yn Nhrecymer am ei ddymuniad – bron na ellid ei alw'n obsesiwn – i gael gorffen efo llechen lân, efo pob achos o bwys wedi'i ddatrys. Ond go brin y câi neud hynny rŵan, meddyliodd Ken, felly hwyrach bod ymyrraeth Scotland Yard yn dderbyniol ganddo o dan yr amgylchiada.

'Os maddeuwch imi ddeud, syr, mae rhywbeth yn od iawn yn y busnes i gyd. Mae 'na ddirgelwch rhyfedd ynglŷn â'r cyfan. Be oedd y Sarjant Small 'na o'r fyddin yn ei neud wrth Hen Sgubor yn y lle cynta? Ai fo fu'n stelcian o gwmpas y lle yn ystod y nos, yn codi ofn ar Rhian Gwilym? Ac os oedd o, fel mae hi'n honni, yn hen ffrind i Sam Turner, yna go brin mai fo dorrodd i mewn i'r tŷ; oni bai, wrth gwrs, bod rhyw gyfrinach na wyddon ni ddim byd amdani. A be am y rhai a'i saethodd o? Roedd mwy nag un ohonyn nhw, siŵr o fod, i fedru llusgo'r corff yr holl ffordd fel'na i ganol y drain lle daethon ni o hyd iddo. Tybed ai nhw ddaeth i'r Gordon Arms i holi am Sam? Roedd golwg digon amheus ar rheini ro'n i'n meddwl.' Rhwystredigaeth, tybed, oedd yn cadw'r Inspector mor dawel, gofynnodd Ken iddo'i hun.

' . . . Mae pob ymholiad dwi wedi'i neud ynglŷn â'r dyn a laddwyd wedi bod yn gwbwl ofer. Mae'r fyddin wedi cystal â deud wrtha i am feindio 'musnes. Ac mae Sam ei hun fel pe bai o wedi diflannu oddi ar wynab daear. Ganddo fo mae'r ateb i'r dirgelwch yma, dwi'n eitha siŵr o hynny, felly fe ddyla fo orfod dod 'nôl yma i gael ei holi. Be 'dach chi'n feddwl, syr?'

'*Out of our hands, Sergeant. Out of our hands. Let Scotland Yard deal with it.* Jyst dyro help os byddan nhw'n gofyn.'

Ffrwynodd Ken Harris ei ymateb ac aeth allan o'r stafell. Fe âi i gael gair unwaith eto efo Rhian Gwilym, meddai wrtho'i hun. Yna fe dreuliai awr neu ddwy yn edrych trwy lunia drwgweithredwyr, rhag ofn bod yr East Ender bach efo'r trwyn bocsar, neu ei ffrind efo'r rhes tatŵs ar ei fysedd, yn llechu yn eu mysg. Fe âi hefyd i holi Joe Wells, i weld be wyddai hwnnw.

Napoli

'Be sy, Giovanni?' Bu Savonarola'n gwylio gwyneb ei bartner gydol yr alwad ffôn, gan sylwi i ddechra ar y panic sydyn, yna'r dicter, yn duo'i wedd. Gwelodd hefyd yr olwg bell yn dod i'w lygaid wrth iddo ostwng y teclyn yn ara i'w grud. 'Problem?'

'Boyd!' Sibrydiad oedd y gair ganddo, fel pe bai'n meddwl yn uchel. 'Fedar o fod yn neb arall.'

'Boyd? Be amdano fo?'

Cymerodd Signorelli amser i ateb. 'Yakubovich yn galw o Moscow,' eglurodd o'r diwedd. 'Mae gan y Mafiozniki gell yn Llundain, fel y gwyddost ti. Erbyn heddiw, honno ydi un o'u canolfanna mwya nhw yng ngorllewin Ewrop i ddosbarthu cyffuria. Mae Scotland Yard ac MI5 ar eu gwartha nhw'n barhaus yno, ond mae'n debyg fod ganddyn nhw, erbyn rŵan, rywun yn y Swyddfa Dramor sy'n rhoi gwybodaeth iddyn nhw. Y dyddia dwytha 'ma, mae 'na si ar led fod rhyw ymgyrch fawr ar y gweill i chwalu'r Mafiozniki, nid jyst ym Mhrydain ond yng ngorllewin Ewrop i gyd. Maen nhw'n meddwl fod yr ymgyrch honno wedi cychwyn yn barod.'

'O? A be sy a wnelo hynny efo ni?'

'Yn ôl yr alwad gafodd Yakubovich o Lundain, mae 'na dditectif wedi cael ei anfon . . . '

Chwarddodd Savonarola yn smala. 'Ditectif! Be? Un dyn bach?' Chwarddodd eilwaith.

' . . . sydd hefyd yn digwydd bod yn gyn-aelod o'r SAS . . . '

'Un dyn ydi o o hyd, Giovanni.'

Anwybyddodd Signorelli y dôn wawdlyd. ' . . . wedi cael ei anfon o Loegr mewn *Learjet* . . . wythnos i ddydd Mercher diwetha . . . i Rufain.'

Sobrodd Savonarola. 'Ac rwyt ti'n meddwl mai Boyd oedd hwnnw.'

'Dyna mae Yakubovich yn feddwl hefyd. A doedd o na Semko ddim mewn hwylia da, mi fedra i ddeud wrthat ti.'

'Ond be mae Boyd yn wybod? Be ddywedwyd wrtho, beth bynnag? Dim byd mwy na be ddisgwylir iddo fo ei hun ei neud yn Iran. Does ganddo fo ddim ffordd o wybod be ydi tasgau'r lleill. Ac fel y deudist ti dy hun, does ganddo fo ddim gobaith dod allan o Iran yn fyw beth bynnag.'

'Gobeithio dy fod ti'n iawn, Stefano, ond fedra i ddim bod mor dawel fy meddwl â chdi. Pwy bynnag oedd Boyd, mi lwyddodd i'n twyllo ni i gyd. Mae hynny'n golygu ei fod o'n dipyn o athrylith.' Yna, fel pe bai'r Rwsiad yn dal yno yn y ffôn, arwyddodd efo'i law at y teclyn. 'Sut bynnag, mae Yakubovich am drio rhybuddio Zahedi, os medar o gael gafael arno.'

Gogledd Cymru: Trecymer

'Fedra i ddim deud wrthat ti, Ken. Dwi wedi addo i Sam.'

Eisteddai Rhian Gwilym ar lawr ei fflat, yng nghanol llwyth o degana plastig, yn diddori ei mab, tra draw wrth y ffenest, a'i gefn yn erbyn y sil, safai'r Ditectif Sarjant, yn dal soser mewn un llaw a chwpan llawn o goffi poeth yn y llaw arall.

'Gwranda arna i, Rhian. Beth bynnag ddaru ti 'i addo i Sam, mae'n rhaid iti sylweddoli fod petha wedi newid rŵan. Meddylia mewn sobrwydd be sydd wedi digwydd i ffrind Sam. Os ffrind hefyd! Does gynnon ni ddim syniad pam y cafodd hwnnw'i ladd, na chan bwy. A phe bait ti a'r bychan heb symud allan o Hen Sgubor mewn pryd, be fyddai'ch hanes chi rŵan meddet ti?'

'Sori, Ken, ond fedra i ddim deud wrthat ti. Dwi wedi addo.'

Magodd y ditectif wyneb llawer iawn mwy difrifol, wrth roi'r cwpan yn ôl ar y soser, a'r soser wedyn ar y bwrdd isel o'i flaen. 'Doeddwn i ddim wedi bwriadu deud hyn wrthat ti, rhag iti ddychryn mwy, ond dwyt ti'm yn gadael llawer o ddewis imi, Rhian . . . ' Gwyliodd y cwestiwn yn ffurfio yn ei llygad. 'Wrth imi gyrraedd gynna, fe sylwais fod dau yn eistedd mewn car tu allan ac yn cadw golwg ar y fflat. Dyn a merch. Pan welson nhw fi'n edrych arnyn nhw fe ddechreuson siarad efo'i gilydd fel pe bai dim yn bod.' Oedodd Ken, er mwyn i'w eiria nesa gael llawn effaith. 'Maen nhw'n dal yno rŵan!'

Gwelwodd Rhian Gwilym ac yn reddfol cydiodd yn ei mab a'i dynnu ati.

'Dwi'n meddwl bod gen i hawl gwybod be sy'n mynd ymlaen, Rhian, er mai Scotland Yard ac nid fi bia'r ces. Dwi'n ama 'mod i wedi gweld y ddau ddaru ladd y milwr – Sarjant Small – yn y Gordon Arms, felly dwi'n teimlo bod gen i obaith mynd i wraidd y dirgelwch.' Bu bron iddo ychwanegu, ' . . . a dwi'n awyddus i brofi fy hun, ar ôl cael fy nyrchafu'n Sarjant', ond brathodd ei dafod mewn pryd gan mai apêl annheg fyddai honno.

Roedd Rhian wedi codi i'w thraed a'i mab yn dynn yn

ei braich. Daeth draw i syllu allan drwy'r ffenest.

'Wel?'

'Do,' meddai hi o'r diwedd, 'dwi wedi sylwi ar y car yna o'r blaen. Maen nhw'n eistadd ynddo fo ers ben bora, ond . . . '

Gwelodd ei bod hi'n styfnigo eto. 'Be wnei di heno, os byddan nhw'n dal yno? Mae'n bosib na fydda i ddim ar gael bryd hynny. Ond dyna fo! Ti ŵyr!' Cymerodd gam at y drws, gan roi'r argraff ei fod ar fin gadael.

'O-cê 'ta, Ken! Ond wyt ti'n addo peidio deud wrth neb arall?'

O dderbyn yr addewid, eglurodd Rhian bopeth iddo am ymweliad Sarjant Small a'r dyn bach pwysig o Whitehall ac am yr hyn a glywsai drwy'r llenni yn Hen Sgubor. Rhoddodd fraslun iddo hefyd o'r hyn a ddywedodd Sam wrthi amdano'i hun, cyn gadael. Yna, wrth weld yr anghrediniaeth yn llygad Ken Harris, meddai hi, 'Roedd y peth yn gymaint o sioc i minna, Ken. Rydw i wedi byw o dan yr un to â fo am flwyddyn a hannar, a hyd at wythnos yn ôl wyddwn i fawr mwy na thitha am ei orffennol o. Ar fy llw.'

'Diolch iti, Rhian,' meddai'r Ditectif Sarjant. 'Mae be wyt ti newydd ei ddeud yn egluro llawar iawn. Mae'n edrych yn debyg mai cadw golwg gwarchodol arnat ti a'r hogyn yr oedd Sarjant Small, a bod rhywun – a dwi'n ama'r ddau oedd yn holi am Sam yn y Gordon Arms y noson o'r blaen – wedi dod i Hen Sgubor i chwilio amdanoch chi, neu am wybodaeth am Sam ei hun.'

'A bod Sarjant Small wedi dod ar eu traws nhw?'

'Yn hollol. Ar draws un ohonyn nhw falla, a bod y llall – yr un efo'r gwn – yn cuddio tu ôl iddo fo yn rwla.'

'Dau ddyn oedd yn y Gordon Arms, meddat ti. Dyn a merch sydd yn y car tu allan.'

'Ia, a dwi'n bwriadu cael gwybod pwy ydyn nhw.'

Ond, fel roedd Ken Harris yn croesi'r ffordd ac yn estyn

ei gerdyn adnabod o'i waled yr un pryd, taniwyd peiriant y car a rhuodd y Ford Mondeo du i gyfeiriad canol y dre. S776 ENF meddai'r ditectif drosodd a throsodd yn ei feddwl wrth chwilio am ei lyfr bach a'i bensel.

* * *

'Mae pob dim wyddon ni am y mater yn hysbys ichi'n barod.'

Eisteddai Ditectif Inspector Rogers yn wynebu'r ddau dditectif o Scotland Yard. Roedd yn rhaid iddo gydweithredu, meddai wrtho'i hun, ond doedd hynny ddim yn golygu bod yn rhaid crafu'u tina nhw chwaith. Roedd y coffi a'r bisgedi a drefnodd ar eu cyfer yn gymaint o groeso ag y bwriadai ei roi.

'Mi fyddwn ni'n ddiolchgar am bob help fedrwch chi'i roi, syr.' Greddfol yn fwy na chlên oedd gwên y ditectif o Lundain, wrth iddo synhwyro pellter a thyndra'r Ditectif Inspector. Gwyddai o brofiad am wrthwynebiad plismyn lleol i'r hyn a ystyrient yn ymyrraeth gan Scotland Yard. 'Os medrwn ni gael cyfeiriad newydd Miss . . . ym . . . ' Edrychodd yn ei lyfr. ' . . . Gwilym, ac os cawn ni air efo Ditectif Sarjant Harris . . . ' Gadawodd y cais ar ei hanner.

Edrychodd Inspector Rogers yn feirniadol unwaith eto ar y ddau a eisteddai o'i flaen. Main a thal oedd y ddau ohonynt, mewn jîns digon blêr yr olwg, y naill mewn jympyr gochlyd lac efo'i llewys wedi'u gwthio i fyny hyd at ei benelinoedd, a'r llall yn gwisgo crys llwydwyn di-goler. Yr un danheddog oedd wedi gofyn y cwestiwn. 'Dim problem. Fe ddaeth Ditectif Sarjant Ken Harris i mewn jyst cyn i chi gyrraedd.' Cododd yr uwch-swyddog a mynd i agor y drws i'r ddau. 'Yn y cantîn y bydd o rŵan, mae'n debyg. Dwi'n siŵr y medrwch chi ffeindio'ch ffordd i fan'no.'

Yn siarad wrth y ddesg yn y dderbynfa y daethant o hyd iddo, fodd bynnag, yng nghhwmni Bill Meredith a DC

Menna Howells. Trodd rheini i syllu'n chwilfrydig ar y ddau dditectif o Scotland Yard yn dod tuag atynt. 'Mae'r cafalri wedi cyrraedd,' meddai Menna o dan ei gwynt.

'Ken Harris?' Roedd y cwestiwn yn ei lygaid yn ogystal â'i lais wrth iddo edrych o'r naill sarjant i'r llall.

'Ia? Fi ydi *Ditectif Sarjant* Harris.'

Daeth mwy o'r dannedd i'r golwg mewn hanner gwên wrth i'w perchennog synhwyro cerydd y Cymro. 'Fyddai hi'n bosib inni gael gair . . . Sarjant?'

'Yn y cantîn y byddwn ni, Ken,' meddai Bill Meredith yn ei Saesneg cwrtais. 'Mae croeso iti ddefnyddio fy stafell i os lici di.'

Am y tri chwarter awr nesa bu Ken Harris yn trosglwyddo holl ffrwyth ei ymchwil ar lofruddiaeth Sarjant Gordon Small i'r ddau o Scotland Yard, ac eithrio wrth gwrs yr hyn a ddywedyd yn gyfrinachol wrtho gan Rhian y bore hwnnw. Un rheswm am ei barodrwydd i neud hynny oedd ei fod yn gobeithio cael rhywfaint o wybodaeth ganddyn nhwtha. Soniodd fel roedd system ddiogelwch Hen Sgubor wedi eu rhybuddio bod rhywun wedi torri i mewn i'r tŷ, fel roedd Cradog Owen, ffarmwr Y Gamallt, wedi darganfod y corff yn y drain ac fel roedd ynta, Ken, wedi sylwi mai ei lusgo yno a gafodd hwnnw, o gyffinia Hen Sgubor. Soniodd yn ogystal am ei ymdrechion ofer i gael gafael ar Sam Turner, y perchennog, a oedd hefyd yn gydweithiwr ac yn gyfaill iddo, a chyfeiriodd at y ddau a fu'n holi am Sam yn y Gordon Arms un noson. Dyna pryd y dechreuodd y ddau o Scotland Yard gymryd diddordeb o ddifri, a phwyso am ddisgrifiad manwl ohonynt.

'Ydach chi wedi chwilio trwy'r llunia yn y cyfrifiadur, syr, am y ddau gyfaill 'dach chi newydd eu disgrifio?'

'Dyna oedd fy mwriad i pnawn 'ma, cyn imi glywed bod Scotland Yard yn cymryd y ces.'

'Mi fydden ni'n ddiolchgar pe baech chi'n cadw at eich bwriad i neud hynny.'

'Mi wna i, ond cyn hynny dwi isio tsecio ar rif car.'

'O? Unrhyw beth i'w neud â'r achos yma?'

'Falla.' Gwelodd chwilfrydedd y ddau. 'Ford Mondeo du – S776 ENF. Nid eich criw chi, dwi'n cymryd?'

'Nage.'

Bu Ken yn ddigon craff i sylwi ar y cipolwg arwyddocaol rhwng y ddau, a hefyd ar y ffaith na wnaeth yr un ohonyn nhw nodyn o rif y car.

* * *

Tehran

Gweriniaeth Islamaidd Iran, datganai'r llythrenna breision mewn pum iaith wahanol. **Gwlad y Rhai Pendefig**.

Roedd maes awyr Mehrabad dan ei sang. Llenwid y lle â môr o synau gwahanol ieithoedd, a rheini'n chwyddo a gostwng fel llanw a thrai wrth gystadlu â'r uwchseinyddion. Ple bynnag yr edrychai, câi ei atgoffa o'r math o brifddinas gosmopolitaidd oedd Tehran bellach. Siapaneaid cameraog ac Affricanwyr croenddu, Indiaid lliwgar ac Ewropeaid nerfus-yr-olwg, yn ogystal â Moslemiaid o bob math a gwisg, i gyd yn gwau'n brysur trwy'i gilydd.

Ar wal arall, ond yr un mor amlieithog ac amlwg, y geiria – *'Ni lwydda'r drygionus ond tra byddo'r cyfiawn yn cau llygad i'r drwg.'*

Edrychwyd yn hir ac yn ddrwgdybus ar basbort ac ar fisa ffug William Boyd, ond dim hwy chwaith nag ar ddogfenna unrhyw Americanwr arall a ddeuai i mewn i'r wlad. O gwmpas ym mhobman, safai milwyr arfog, rhai'n syllu'n ddi-hid ar y prysurdeb, eraill yn gwgu'n ddrwgdybus ar hwn a'r llall.

'Fyddwn ni byth ymhell. Bydd yn ofalus!' Islais mewn Hindi eto, yn agos at ei ysgwydd chwith. Oedodd eiliad cyn troi, a gweld ei ddau gydymaith yn pellhau yn y dorf.

Ers gadael yr awyren, fu dim sôn am Zahedi. O dan ba enw ddaeth o i mewn i'r wlad tybad? gofynnodd Sam iddo'i hun, tra'n gwthio'i ffordd am yr allanfa. Cael tacsi i'r gwesty fyddai'r broblem nesa. Roedd Mehrabad allan ar gyrion y ddinas.

Er nad oedd yn bosib iddo ymlacio llawer, tra'r oedd yn mynd o dan enw 'William Boyd', o leia fe gâi ymddwyn yn normal rŵan, heb orfod actio'r sgitsoffrenig. Hynny fu'r straen fwya iddo yn ystod yr wythnos a aeth heibio.

Un clên, parablus oedd gyrrwr y tacsi, un o dde'r wlad yn wreiddiol, gydag Arabeg yn hytrach na Farsi yn famiaith iddo. Fe'i plesiwyd yn fawr gan benderfyniad ei gwsmer i beidio mynd i'r sedd gefn, ond yn hytrach i eistedd yn y blaen wrth ei ymyl. Fe gâi felly ei holi a'i addysgu am y ddinas yr un pryd, cyn belled â bod yr 'Americanwr' yn medru dilyn y cymysgedd od o Saesneg, Farsi ac Arabeg. 'Fi, Omar Attar.' Wrth iddo gyflwyno'i hun, sylwodd Sam ar y wên yn lledu o'r wefus i'r llygad gan grychu cornel y geg ac yna'r arlais.

Swm a sylwedd ei draethu oedd bod Tehran yn tyfu'n aruthrol o gyflym a bod ei phoblogaeth bellach dros chwe miliwn a hanner. Gallai Sam weld hynny drosto'i hun; waeth lle'r edrychai, roedd adeilad newydd-ei-orffen neu un ar hanner ei godi. Rhyfeddodd at ba mor unffurf a llwyd oedd rheini, ac mor ddiddychymyg eu pensaernïaeth. Nid dyna farn y gyrrwr, fodd bynnag. I hwnnw, roedd Tehran yn batrwm i unrhyw brifddinas mewn unrhyw ran o'r byd. 'Bagh-e-Melli,' cyhoeddodd yn fawreddog wrth i fwa'r porth enwog daflu'i gysgod dros y car. Ychydig funuda wedyn, a chyda'r un balchder, 'Boulevard Keshavarz'. Felly y bu, am yn ail â chwestiyna cellweirus fel 'Pwy ydi cariad Clinton rŵan?' a 'Enw arall ar yr Unol Daleithia ydi Disneyland, ia?', yr holl ffordd i ganol y ddinas. Yna, fel plentyn yn dod i olwg rhyfeddod,

'Yr Esteghlal Grand!' meddai, ac oedi'n ddramatig wedyn i redeg ei fysedd dros ei fwstás cul ac i wrando am adwaith gwerthfawrogol yr Americanwr wrth ei ochr. Fflachiai ei ddannedd gwynion yn haul y pnawn.

Trwy fod yn fwy hael nag oedd raid iddo efo'r cildwrn, cafodd Sam y pleser o weld gwyneb Omar yn goleuo fel lleuad lawn a chlywodd y diolch yn ei ddilyn yr holl ffordd at ddrysa gwydr llydan y gwesty. 'Diolch yn fawr. Diolch yn fawr. *Shukran jazilan* . . . Bendith Allah arnat ti. *Ya'atik alafia* . . . *Shukran jazilan*, Mîstyr America . . . *Shukran jazilan*.'

Gwrthododd gynnig y porthor i gario'i fag ac aeth yn syth at y ddesg, gan deimlo'i draed yn suddo'n foethus i drwch y carped. Roedd muria'r cyntedd wedi'u haddurno efo tapestrïa cywrain, a mosg aur-ei-do yn ganolbwynt i bob un ond un ohonyn nhw. Gwyneb yr Ayatollah Khomeini oedd yn llenwi hwnnw, a rhyfeddodd Sam at y modd y llwyddodd y gwehydd i roi bywyd a disgleirdeb treiddgar mewn llygaid o wlân marw. Ym mhen pella'r cyntedd, codai'r grisia ar dro llydan efo'r carped yn lifo i lawr drostyn nhw'n afon o liwia.

'311, Mr Boyd.' Gwthiwyd cerdyn plastig i'w gyfeiriad. 'Eich allwedd, syr. Wnewch chi lenwi'r manylion ar hon hefyd os gwelwch yn dda?' Gosododd ffurflen o flaen Sam, honno'n gofyn am enw llawn, cyfeiriad, cenedl ac yn y blaen. 'Ac fe garwn i gael eich pasbort chi hefyd, Mr Boyd. Mae hynny'n arferol, 'dach chi'n dallt.' Roedd Saesneg y dyn yn rhugl.

Aeth i fyny yn y lifft ac yn syth i'w stafell. Wedi taflu cip sydyn drwy'r ffenest a gadael ei fag ar y gwely, aeth i lawr yn ôl at y ddesg.

'Dydw i ddim yn hapus efo'r stafell.'

Edrychodd y clerc yn syn arno, fel pe bai neb arall erioed wedi meiddio mynegi anfodlonrwydd.

'Stafell yn y cefn ydi hi. Roeddwn wedi gofyn am un

yn y ffrynt.'

'Sori, syr. Mi edrycha i rŵan.' Golygai hynny ymgynghori'n ffrwcslyd â'i gyfrifiadur. Yna, cyn hir, cododd wyneb dryslyd at Sam. 'Mae'n ddrwg gen i, syr, ond does gen i ddim record o'ch cais. Y cwbwl sydd gen i yw eich bod eisiau stafell am saith noson . . . ac mae hynny'n golygu unrhyw stafell.'

'Wel, pa stafell arall fedrwch chi 'i chynnig imi 'ta?'

Aeth munuda eto heibio. 'Mae'n ddrwg gen i, Mr Boyd, ond mae'r gwesty yn bur lawn. Mi fedra i gynnig 337 neu 413 ichi, ond mae'r rheini hefyd yn y cefn mae arna i ofn. Pe baech chi wythnos yn ddiweddarach . . . ' Oedodd yn ymddiheurol cyn cynnig eglurhad. 'Mae gwaith yn cael ei neud yn stafelloedd 281 i 285. Mae rheini i gyd yn edrych allan dros ffrynt y gwesty, ond fyddan nhw ddim yn barod tan y penwythnos nesa mae gen i ofn.'

Gwnaeth Sam nodyn meddyliol o'r rhifa ac aeth i fyny'n ôl.

* * *

Ar ôl cyfyngder chwyslyd sedd yr awyren a gwres y daith yn y tacsi, mwynhaodd ei gawod oer. Cyn mynd o dan y dŵr, fodd bynnag, gosododd gadair yn erbyn dwrn y drws, rhag ofn.

Wedyn, treuliodd weddill y pnawn a'r min nos yn gorwedd ar ei wely heb ddim amdano ond ei drôns, yn pendroni ynghylch ei sefyllfa. Yr un person a'i gwnâi'n anesmwyth oedd Zahedi. Pe bai ond yn gwybod i sicrwydd ymhle'r oedd hwnnw, gallai gysgu'n esmwythach yn y nos. Go brin bod y Cwrd yn aros yn yr Esteghlal Grand, meddai wrtho'i hun. Roedd yn bosib, felly, na welai ddim arno tan ddydd Iau, yn Isfahan.

Gwnaeth baned o goffi iddo'i hun a gadael i gynllunia'r Maffia droi eto yn ei feddwl. Zahedi, terfysgwr rhyngwladol, yn cael ei gyflogi i osod bom yn y Mosg Brenhinol yn Isfahan ddydd Gwener ac yng Nghysegr Coffa Khomeini yn Tehran ar y dydd Sadwrn; yr Americanwr William Boyd i fod yn fwch dihangol er mwyn i'r bai gael ei daflu ar yr Unol Daleithiau. Signorelli am weld Zahedi, yn ogystal â Boyd, yn cael ei ddal neu ei ladd. Y ddau Rwsiad, fodd bynnag – Semko a Yakubovich – yn cynllwynio'n slei efo'r Cwrd. Ond be oedd y cynllwyn hwnnw, gofynnodd Sam iddo'i hun. Estynnodd am y Walkman, a'r tâp a gawsai ar yr awyren.

Fe'i deffrowyd gan alwad daer, undonog. Heb fod yn rhy bell i ffwrdd roedd mŵesin yn galw'r ffyddloniaid i droi tua Mecca ac i ymostwng gerbron Allah. Roedd y benset yn fud a'r tâp wedi dod i'w derfyn.

* * *

Ddydd Sul a dydd Llun, treuliodd ei amser yn ymgyfarwyddo â Tehran ac yn ymarfer cymaint ag y gallai ar ei Arabeg. Er mai Farsi oedd iaith gynhenid y brifddinas, eto i gyd roedd digon o Arabeg i'w glywed hefyd – Khaligi, sef Arabeg y Gwlff, yn ogystal â Gelet, Arabeg Mesopotamia. Clywodd nifer o ieithoedd a thafodieithoedd eraill yn cael eu defnyddio'n ogystal, a bu'n ddigon chwilfrydig i holi ynglŷn â dwy yn arbennig o'r rheini, gan eu bod yn swnio'n gyfarwydd. Cwrmanji oedd y naill, iaith y Cwrd yng ngogledd Iran ac Irac, ac Aserbaijani oedd y llall. Dim ond rhyw ddau gan mil o Gwrdiaid oedd yn Iran, meddid wrtho, ond roedd Aserbaijani yn gyffredin iawn, gyda rhyw dair miliwn ar ddeg yn ei siarad yn y wlad.

Prynodd fap i'w atgoffa'i hun am ddaearyddiaeth y rhan hon o Asia a sylweddoli bod Iran yn rhannu ei ffin ogleddol gyda thair gwlad i gyd – Armenia ac Aserbaijân i'r gorllewin o Fôr Caspian, a Twrcmenistan i'r dwyrain. Yr hyn oedd yn allweddol iddo oedd y ffaith bod y gwledydd hynny i gyd, tan yn gymharol ddiweddar, wedi bod yn rhan o'r Undeb Sofietaidd. Ac o wrando fwy nag unwaith eto ar y tâp, ac yn arbennig ar y sgwrs fer rhwng Yakubovich a Zahedi o dan y feranda yn y Villa Capri, daeth yn sicir yn ei feddwl mai Aserbaijani oedd y cyfrwng rhwng y ddau.

Yn ystod y ddeuddydd, bu hefyd yn ei atgoffa'i hun am fanylion gwisg ac arferion Moslemaidd y Dwyrain Canol. Roedd petha wedi newid llawer, sylwodd, ers blynyddoedd ei blentyndod ef yn Aden, efo'r merched, yn un peth, yn llawer mwy traddodiadol eu gwisg erbyn hyn. Bryd hynny, cofiodd, roedd dylanwad y Gorllewin yn ei amlygu'i hun; y merched ifanc yn mentro ffrogia lliwgar, eu breichia a'u coesa'n noeth o'r penelin a'r penglin i lawr. Felly'r oedd hi yn Iran hefyd, bryd hynny, siŵr o fod. Ond fe ddaeth blynyddoedd y gwrthryfel – disodliad y Shah a dychweliad buddugoliaethus Khomeini – ac erbyn heddiw, chydig iawn o ferched oedd yn dangos dim mwy na'u hwyneba a'u dwylo, tra bod lleiafrif bychan yn fwy eithafol na hynny hefyd ac yn treulio'u dyddia wedi'u gorchuddio'n llwyr gan y shador du, heb ddim ond hollt fechan yn y benwisg i syllu allan trwyddi.

Fore Llun manteisiodd ar gyfle wrth gerdded o'i stafell at y lifft. Roedd merched wrthi'n glanhau'r stafelloedd a nifer o ddrysa'n gil-agored ganddynt. Sylwodd Sam fod cerdyn allwedd wedi'i adael yn un o'r cloeon; cerdyn a fyddai'n agor pob drws ar y llawr hwnnw, a falla pob un drwy'r gwesty cyfan. Heb oedi yn ei gam, ac wedi gneud yn siŵr nad oedd neb o fewn golwg, cipiodd ef a'i daro yn ei boced.

Eisteddai dau ddyn yng nghyntedd y gwesty, yn sgwrsio. Aethant yn dawedog wrth iddo nesu atynt, ond nid cyn iddo sylweddoli mai Eidaleg oedd eu hiaith.

Yn y pnawn, aeth draw at Gysegr Coffa Khomeini. Wrth nesu, gallai weld y gromen aur yn disgleirio yn yr haul a'r cannoedd os nad miloedd yn gwau o gwmpas ac i mewn ac allan o'r adeilad. Roedd yno filwyr hefyd yn gwarchod, eu trahauster yn amlwg yn eu gwyneba diwên ac yn y ffordd fygythiol y carient eu gynna otomatig. Roedd rhywbeth yn haerllug hefyd yn y beret du ar ochor pob pen. Heb fynd yn nes i neud yn siŵr, credai Sam mai'r arf Rwsiaidd *RPK-74* oedd ganddynt. Os felly, roedd y gwn yn henffasiwn erbyn hyn ac yn llawer llai dinistriol na'r hyn oedd gan y Mafiozniki i'w werthu.

Y cwestiwn mawr, fodd bynnag, oedd – Pa mor debygol oedd Zahedi o lwyddo i osod bom yma, a hynny heb gael ei weld?

Fel roedd yn styried y posibiliada dychrynllyd yn ogystal â'r anawstera amlwg, dechreuodd mŵesin lafarganu ei alwad daer o dŵr mosg gerllaw a llonyddodd popeth, er mawr ddifyrrwch i ambell dwrist a'i gamera. Gwelwyd pob Moslem selog yn taenu'i fat gweddi lliwgar o'i flaen, i gyfeiriad y de-orllewin, cyn ymostwng, ysgwydd wrth ysgwydd, mewn gweddi hyglyw i Allah. Mewn chydig eiliada roedd y sgwâr o flaen y Cysegr yn garped o ddefosiwn.

Teimlodd Sam yn ddig wrth weld ambell dwrist yn crechwenu. Cas beth ganddo oedd rhagfarn twp. Bu dirmyg tuag at grefydd neu iaith neu ddiwylliant cenhedloedd eraill yn gyfrifol am ormod o atgasedd yn y byd, meddai wrtho'i hun. Beth bynnag arall y gellid ei ddeud am y Moslem, roedd yn deyrngar i'w Dduw ac i ofynion ei grefydd. Dyna fwy nag y gellid ei ddeud am filiyna trwy'r byd oedd yn haeru bod yn Gristnogion. Yr eithriada eithafol, wedi'r cyfan, oedd yn rhoi enw drwg i Islam yng ngwledydd y Gorllewin. Ond roedd gan y Gorllewin hefyd ei eithafwyr peryglus ei hun.

Gwrandawodd ar y gweddïa'n codi a gostwng – '*La ilaha illa Allah; Muhammad rasul Allah*' ('Does dim Duw heblaw Allah, a Muhammad yw ei negesydd'). Dyna'r *shahada*, meddai wrtho'i hun. Piler cynta Islam. Datganiad o'u ffydd. Pennill ar bennill wedyn o'r *Qur'an* yn cael ei lafarganu'n dawel ddefosiynol. Yr ail biler! atgoffodd ei hun. Y salat. Y gweddïa. Bum gwaith y dydd, rhwng toriad gwawr a machlud haul ac ar alwad y mŵesin, fe gâi'r ddefod hon ei chyflawni a'i pharchu. Mae'n syniad da atgoffa pobol i weddïo, meddyliodd. Fe wnâi fyd o les i ni yn y Gorllewin fynd ar ein glinia'n amlach.

Wrth wylio'r llu yn eu darostwng eu hunain gerbron Allah, synhwyrodd Sam lygaid yn ei wylio. Trodd fel pe bai am gychwyn oddi yno, gan daflu golwg didaro dros y nifer o dwristiaid oedd yn gwylio'r olygfa o hirbell; llawer ohonynt yn ei chofnodi ar ffilm. Am eiliad, roedd lens camera fideo'n pwyntio'n syth ato, cyn troi'n frysiog i gyfeiriad yr addolwyr. Wel, wel! meddai wrtho'i hun. Yr Eidalwr yng nghyntedd yr Esteghlal Grand. Diddorol iawn!

Dychwelodd i'r gwesty ac i'w stafell. Ar ei ffordd yn ôl o'r Cysegr Coffa rocdd wedi penderfynu yr âi i Isfahan drannoeth, ddeuddydd cyn i neb ei ddisgwyl yno. Fe deimlai'n siŵr bellach mai yno'r oedd Zahedi, yn paratoi ei ymosodiad ar y Mosg Brenhinol. Tybed a oedd Shellbourne wedi cysylltu efo awdurdoda'r wlad, i'w rhybuddio am y bygythiad i'r mosg yn Isfahan ac i'r Cysegr, yma yn Tehran?

Yn ôl yn y gwesty, penderfynodd ofyn am i'w bryd nos gael ei anfon i'w stafell am hanner awr wedi chwech. Roedd copi o'r fwydlen gerllaw'r ffôn wrth ochor ei wely. Prin oedd y dewis arni, fodd bynnag, a doedd ganddo fawr o syniad be oedd be. Gwyddai mai reis gwyn oedd y *chelo safeed* ac mai cig o ryw fath oedd y *kabab kudideh*, felly archebodd rheini. Byddai wedi mwynhau potelaid o win hefyd, i olchi'r cyfan i lawr, ond dyna fo . . . Y gwaharddiad llwyr ar alcohol fu'r maen tramgwydd iddo erioed rhag mabwysiadu crefydd Islam.

Pan ddaeth curo ar ei ddrws am ugain munud wedi chwech, tybiodd mai ei swper oedd wedi cyrraedd yn gynnar. Teimlai'n fwy bywiog ac yn brafiach o lawer ar ôl cawod oer ac mewn dillad isa newydd a glân. Dros rheini roedd wedi taro'r ŵn wen o frethyn lliain *terry* a adawyd i hongian tu ôl i ddrws y bathrwm at ddefnydd gwesteion yr Esteghlal. Roedd hefyd wedi rhoi'r teledu ymlaen ac yn lled-wrando ar bytia o newyddion gan ganolbwyntio ar ddallt cymaint ag y medrai. Pur ddiarth iddo fu'r iaith Farsi hyd yma, yn llafar beth bynnag. Cawsai gyfle i studio rhyw chydig arni'n ysgrifenedig yn ystod ei gwrs prifysgol, ond dyna'r cwbwl.

Efo'i feddwl ar betha felly yr atebodd alwad y drws, gan agor hwnnw led y pen a sefyll o'r neilltu i neud lle i'r forwyn ddod â'i fwyd i mewn.

'Eich tywelion, syr.' Gŵr yn lifrai'r Esteghlal a safai o'i flaen, ei ddwylo ar gyrn y troli bychan efo'i lwyth o ddillad gwely a thywelion glân. 'Mae'n wir ddrwg gen i am yr amryfusedd. Gallaf eich sicrhau na fydd hyn yn digwydd eto.'

Bu ond y dim i Sam agor ei geg yn rhy fuan, deud bod camgymeriad wedi'i neud, bod ganddo ddigon o dywelion eisoes, ond yna gwelodd y gwyneb ymddiheurol yn rhoi awgrym o winc. Gydag ystum â'i law, arwyddodd arno ddod i mewn ac yna gwyliodd ef yn anelu am y stafell molchi. O fewn dim roedd allan yn ei ôl. Yna safodd eiliad i hoelio Sam â'i lygaid tywyll. 'Dau yn stafell 315 yn dy wylio,' rhybuddiodd yn swta. 'Diolch, syr,' meddai wrth wthio'i droli allan i'r coridor unwaith yn rhagor. 'Wnaiff peth fel hyn ddim digwydd eto, rwy'n addo.'

Caeodd Sam y drws a brysio i'r bathrwm i weld y rheswm y tu ôl i'r ddrama. Roedd bwndel o ddillad wedi'i adael ar lawr yno. Cododd hwynt fesul un, gan adael iddynt syrthio'n rhydd o'u plethi. Crys di-goler a throwsus gwyn llac mewn brethyn ysgafn; gŵn laes o liw'r ŷd, yn botymu o'r gwddw at y canol ac yn syrthio'n rhydd oddi yno at y traed, i'w gwisgo dros y crys a'r trowsus; sash brown tywyll i'w glymu am y canol; sgwâr o frethyn brown yn benwisg a sash o'r un lliw i'w ddal yn ei le.

Roedd yno fag lliain bychan hefyd, a daeth ei gynnwys â llu o atgofion yn ôl i Sam. Meic ac ynta ar strydoedd Basra, adeg Rhyfel y Gwlff, yn cymysgu'n wyliadwrus efo'r Iraciaid; Meic ac ynta yn Beirut, yn chwilio am Terry Waite a'i gyd-wystlon ac yn gweddïo'n gyson bod eu gwisg a'u golwg yn mynd i dwyllo'r PLO.

Gosododd y petha'n rhes ar y silff uwchben y bowlen molchi. Potelaid o liw du i'w wallt, ei aelia a'i farf; olew arbennig i dynhau'r croen ac i greu rhychau henaint; tair jar a'u llond o golur gwahanol at groen ei wyneb a'i ddwylo; blwch bychan yn dal dwy set o lensys a fyddai'n tywyllu lliw ei lygaid, a photelaid o hylif i'w glanhau yn ôl yr angen.

Roedd rhywun yn rhywle yn amlwg yn teimlo ei bod yn bryd iddo 'ddiflannu' ac roedd ynta'i hun yn cytuno. Os am deithio i Isfahan drannoeth, yna llawn cystal gneud hynny yn rhith Arab, meddai wrtho'i hun. Ac yn hytrach na hedfan, fe âi mewn bws. Taith go hir, yn ôl y map. Go agos i dri chan milltir, siŵr o fod. Ond be arall oedd ganddo i'w neud, gofynnodd iddo'i hun. Yr unig broblem oedd y ddau Eidalwr yn stafell 315.

* * *

Llundain: Whitehall

'Mae'r peth yn ddirgelwch, mae'n rhaid imi gyfadde, syr.' Bron nad oedd Shellbourne yn ymddiheuro i'r Ysgrifennydd Tramor am rywbeth nad oedd ganddo unrhyw reolaeth drosto. 'Fe gafwyd hyd i gyrff y ddau yn eu gwesty yn Riyadh ben bore heddiw. Ac nid yn yr un gwesty, gyda llaw. Roedden nhw'n aros ar wahân. Job gwbwl broffesiynol. Un fwled bob un yn syth i'r pen. Gwn efo tawelydd, mae'n debyg.'

Roedd talcen yr Ysgrifennydd Tramor wedi'i grychu fel cae newydd ei aredig. Gellid meddwl bod y newyddion yn drasiedi bersonol iddo. 'Nid ein dynion ni?' Anelai'r cwestiwn at Syr Leslie Garstang.

'Nage wir, Mr Calshot. Nid MI6. Roedden ni'n cadw llygad arnyn nhw, wrth reswm, o'r eiliad y glaniodd y ddau yn Sawdi. Fe wyddem ymhle'r oedden nhw'n aros yn Riyadh ac roedd gennym rywun yn monitro pob symudiad o'u heiddo . . . '

'Jôc ydi hon'na, Syr Leslie?' Yr awgrym oedd 'Os oeddech chi'n monitro pob symudiad, yna pam gythral na wyddon ni sut y cawson nhw'u lladd?' Aeth ymlaen heb aros am ateb, 'Y CIA 'ta?'

'Anodd deud. Y peth cynta wnes i, ar ôl clywed, oedd cysylltu â'u pencadlys yn Langley. Dim byd i neud â nhw, dyna ddeudson nhw, er yn cyfadde yr un pryd bod ganddyn nhwtha hefyd eu dynion yn cadw golwg ar Caziragi a Coldon. Fe wydden ni hynny beth bynnag, wrth gwrs. Mi gysylltais yn syth wedyn efo'r FBI. Roedd rheini'n gyndyn ar y naw i drafod o gwbwl, er bod cydweithio agos i fod rhyngddyn nhw a ninna yn y busnes yma. Fe wyddon ni o'r gora fod ganddyn nhwtha hefyd ddynion allan yn Riyadh. Sut bynnag, syr, dydw i ddim yn meddwl, rhywsut, mai'r FBI chwaith a laddodd y ddau.'

'Felly pwy?' Roedd Martin Calshot, yr Ysgrifennydd Tramor, wedi crwydro at ffenest y stafell ac yn rhoi'r argraff mai meddwl yn uchel yr oedd. 'Yr embaras!' Yna trodd i'w gwynebu unwaith eto. 'Fedrwch chi ddychmygu ymateb y Prif Weinidog i'r newyddion yma? Fedrwch chi ddychmygu ymateb teulu brenhinol Sawdi? Ac aeloda'r llywodraeth yno? Does ond tridia ers imi anfon rhybudd iddyn nhw ynglŷn â bwriad Coldon a Caziragi ym Mecca. A heddiw mae'r ddau yn gyrff! Wedi'u lladd yn Sawdi! Dydi'r Arabiaid ddim yn wirion. Mi fyddan nhw gwybod o'r gora bod MI6 wedi gyrru dynion i Riyadh. Mi fyddan nhw'n gwybod bod y CIA a'r FBI allan yno hefyd. Maen nhw'n siŵr o ama'r gwaetha. A maen nhw'n siŵr o deimlo sarhad.' Gwelwyd ef yn cynhyrfu mwy. 'Uffar dân! Fedrwn ni ddim fforddio'u pechu nhw. Nhw ydi'n cyfeillion gora ni yn y Dwyrain Canol.'

Teimlai Caroline Court fel tynnu sylw at ei ragrith trwy ddeud, 'Nhw ydi'n cwsmeriaid gora ni dach chi'n feddwl' ond yr hyn a ddywedodd oedd, 'Ydi o'n bosib, Mr Calshot, mai nhw eu hunain ddaru ddelio efo Coldon a Caziragi?'

Methodd yr Ysgrifennydd Tramor â chuddio'i ddirmyg yn llwyr. 'Nid dyna'u dull nhw, Miss Court. Mi fydden nhw wedi carcharu'r ddau, yna'u llusgo gerbron llys barn ac wedi'u dedfrydu i farwolaeth gyhoeddus.'

'Mae'n bosib fod pwy bynnag a'u lladdodd nhw wedi gneud tro da â ni felly, syr.' Herbert Shellbourne oedd pia'r awgrym, a gwelodd y cwestiwn llym yn dod i wyneb yr Ysgrifennydd Tramor. Aeth yn ei flaen i egluro, 'Trwy ddienyddio'r ddau yn gyhoeddus mi fyddai Sawdi Arabia'n creu andros o sgandal rhyngwladol. Fe wyddoch mor sensitif ydi gwledydd y Gorllewin – America a ninna'n benodol – pan fo gwlad arall yn bygwth dienyddio'n dinasyddion ni; hyd yn oed rhai mor ddiwerth â Coldon a Caziragi. Mi fyddai'r wasg dabloid yma ym Mhrydain, er enghraifft, yn corddi pob math o deimlada jingoistaidd a sentiment gwrth-Islam. Fedren ni fforddio hynny? Ar yr un pryd, fedrwch chi ddychmygu'r modd y byddai'r elfen filwriaethus yn y Dwyrain Canol – Hezbollah, y PLO – yn manteisio ar eu cyfle? Cyn-aelod o'r FBI a llofrudd hiliol o Sais, a'u bwriad ar halogi Mecca! Fe allai'r sefyllfa honno arwain at yr union beth yr ydym wedi bod yn gweithio mor galed i'w osgoi.'

Eisteddodd Martin Calshot, ei wyneb yn bictiwr o ddryswch ac ansicrwydd. 'Ia,' meddai o'r diwedd, 'falla'ch bod chi'n iawn, Shellbourne.' Yna, fel pe bai am symud y sylw oddi arno'i hun, 'Be 'di'r sefyllfa yn Napoli, Syr Leslie? Yn y Villa Capri?'

'Fawr o ddim byd newydd yn dod o fan'no. Rydyn ni'n dal i gadw golwg ar y lle, wrth gwrs, ac yn dal i wrando ar ambell sgwrs sy'n mynd ymlaen yno. Ond, ac eithrio siarad am lwyddiant eu cynllun, does gan Signorelli na Savonarola fawr mwy i'w gynnig. Dwi'n ama na wyddan nhw ddim yn union ymhle mae'r arfa'n cael eu cadw. Maen nhw wedi ymddiried yn ofnadwy yn Yakubovich a Semko, faswn i'n deud. Dwi'n synnu, a deud y gwir, fod Signorelli wedi trystio cymaint arnyn nhw a gadael iddyn nhw fynd o'i olwg o o gwbwl.'

'A lle mae'r rheini rŵan?'

'Yn ôl i Fosco yr aethon nhw ac yno maen nhw o hyd, am a wn i. Mae'n bur dena arnon ni am ddynion yn fan'no ac rydan ni felly'n dibynnu llawer ar y CIA a'r FBI am wybodaeth ynglŷn â nhw.'

' A Semtecs? Be ydi hanes hwnnw, Miss Court?'

'Gwesty'r Esteghlal Grand, yn Tehran, syr. Mae Zahedi wedi diflannu.'

Cododd yr Ysgrifennydd Tramor yn araf, fel pe bai problema'r byd yn pwyso arno. 'Gadwch imi wybod am unrhyw ddatblygiad.' Trodd wrth y drws. 'Hyd y gwela i, mae popeth rŵan yn dibynnu ar Semtecs. Does ond gobeithio bod eich dewis chi wedi bod yn un doeth, Shellbourne.'

Iran: Isfahan

Tua'r un amser ag yr oedd Martin Calshot, yr Ysgrifennydd Tramor, yn gadael swyddfa Herbert Shellbourne, roedd Sam yn dringo ar fws fyddai'n mynd â fo yr holl ffordd i Isfahan. Fe gymerai'r daith honno bron i saith awr a hanner iddo. Ond nid Sam Turner o Drecymer, na William Boyd o Milwaukee chwaith, a wthiodd i sedd gornel yng nghefn y bws, ond Arab dosbarth canol o'r enw Ali al-Aziz, yn wreiddiol o Bandar Abbas yn Ne Iran ond bellach yn gyflogedig gyda Siambr Fasnach Sawdi-Arabia, ar un o'i ymweliada anfynych â pherthnasa yn Isfahan.

Y bore hwnnw, yn syth ar ôl brecwast ysgafn o de poeth, bara *nan* a jam mêl, fe adawodd Ali al-Aziz stafell rhif 337 yng ngwesty'r Esteghlal Grand efo dim yn ei feddiant ond yr arian, y pedwar pasbort a'r bag brethyn bychan a'i gynnwys. Gadawsai bob dilledyn arall o'i eiddo yn wardrob ei lofft yn rhif 311.

Yn dilyn y rhybudd a gawsai ddoe, a chyda'r pecyn dillad o dan ei fraich a'r bag colur yn ei law, roedd Sam wedi mynd i grwydro'r gwesty fel roedd hi'n nosi. Aeth ei draed ag ef at ddrws stafell 337, yna, wedi sicrhau nad oedd cysgod yr un Eidalwr yn ei ddilyn, curodd yn ysgafn ar y drws. O fethu cael ateb, defnyddiodd gerdyn y glanhawyr i'w agor. Dridia'n ôl, os gellid rhoi coel ar y derbynnydd wrth y ddesg, roedd y stafell hon yn wag. Rhyddhad rŵan oedd gweld ei bod yn dal felly. Fe dreuliai'r nos yma. Pe bai un o'r Eidalwyr, neu Zahedi hyd yn oed, yn digwydd gweld Arab yn gadael stafell Boyd yn y bore, yna fe allai hynny greu amheuon mawr a difetha'i gynllunia.

Cyn noswylio, ac eto fore heddiw, bu William Boyd – alias Sam Turner – yn paratoi'n drylwyr ar gyfer hunaniaeth newydd. Yn gynta, bu'n hael efo'r lliw i'w wallt, ei farf a'i aelia. Ddwywaith neithiwr, a heddiw wedyn cyn brecwast, fe aeth trwy'r broses honno. Ni fodlonodd nes teimlo bod pob arlliw o wallt melyngoch wedi diflannu a bod gloywder naturiol yn y blew du. Y cam nesa fu siafio'r farf yn rhimyn cul o'r glust at gyswllt yr ên a thwtio'r gweddill efo'r siswrn a'r rasal, nes bod barf a mwstás yn ffrâm raenus am y geg a'r ên. Y peth ola cyn archebu brecwast yn ei stafell newydd fu arbrofi gyda'r colur nes bodloni'i hun gant y cant ar union liw croen y gwyneb a'r dwylo. Yna, o'r diwedd, caniataodd i wên grychu congla'i geg wrth iddo syllu i ddrych y stafell molchi. 'Sabah al-khayr,' meddai, ac ailadrodd yn Gymraeg, 'Bore da, Ali al-Aziz . . . As-salam alaykum,' meddai wedyn. 'Tangnefedd fo i ti.' Ei daldra oedd yr unig broblem. Ychydig iawn o Arabiaid oedd dros eu dwylath, a phrinnach wedyn oedd y rhai efo ysgwydda llydan, cyhyrog fel rhai Semtecs. Ond doedd dim y gallai ei wneud ynglŷn â hynny heblaw plygu'r mymryn lleia ar ei benglinia a chrymu rhywfaint ar ei war.

Yr un forwyn â ddoe a ddaeth â'i frecwast iddo. Roedd ei gwisg glaerwen yn cyrraedd at ei thraed a'r benwisg werdd a choch wedi ei thynnu'n ffrâm dynn am ei gwyneb crwn. Yr un cyfuniad o wyrdd a choch oedd hefyd i'r sash am ei chanol. Lifrai'r gwesty yn lliwia'r wlad, meddyliodd Sam.

Ni ddangosodd hi unrhyw adnabyddiaeth nac unrhyw syndod o fod yn dod â bwyd i stafell oedd i fod yn wag. Wedi'r cyfan, ymresymodd Sam, roedd llawer o fynd a dod mewn gwesty mor brysur â'r Esteghlal Grand, a doedd dim disgwyl i'r staff wybod am bob gwestai newydd oedd yn cyrraedd.

'Sabah al-kayr.' Daliai Ali al-Aziz y drws yn agored ond er iddi wenu'n swil, a'i ateb yn yr un iaith, 'Sabah an-nur' (bore o oleuni i titha), casglodd Sam yn fuan mai elfennol oedd safon ei Harabeg ac mai Farsi oedd ei mamiaith. Er chwilio'i gwyneb yn graff, ni chanfyddodd unrhyw arwydd o amheuaeth na drwgdybiaeth. Cyn belled ag y gallai weld, roedd hon yn derbyn yn ddi-gwestiwn mai Arab oedd y gwestai diweddara yn stafell 337.

Gyda'r hyder hwnnw y camodd Ali al-Aziz allan i'r stryd rhyw ugain munud yn ddiweddarach ac aros i holi hwn ac arall ynglŷn â lle y câi fws i Isfahan.

Ers gadael cyrion Tehran o'u hôl, dim ond deuddeg teithiwr oedd yn aros, ar fws a fu gynna dan ei sang. Am y tair neu bedair milltir gynta bu'n rhaid iddo ddiodde henwr mochaidd ac aflonydd yn eistedd wrth ei ochr ac yn gwasgu yn ei erbyn. Gwingai hwnnw'n barhaus yn ei sedd, fel pe bai cynrhon yn ei din, a chyda phob symudiad codai ton o ddrewdod i ffroena Sam. Os na chodai'r mochyn yn fuan i adael, meddai wrtho'i hun, byddai Ali al-Azaz yn fyw o chwain ymhell cyn cyrraedd Isfahan. Rhyddhad o'r mwya felly fu teimlo'r cymeriad drycsawrus o'r diwedd yn paratoi i godi wrth i'r bws arafu ar gyrion y brifddinas. Gair ola'r creadur, fodd bynnag, unwaith y cafodd ei draed dano, fu chwalu gwynt yn swnllyd gan beri storm eto o fytheirio ac o wasgu trwyn ymysg teithwyr eraill cefn y bws.

Gan fod yr ogla'n aros fel cwmwl o'i amgylch, ymhell wedi i'r henwr a'r rhan fwya o'r teithwyr eraill hefyd adael, symudodd Ali al-Aziz i sedd yn nes at flaen y bws. Gwyliodd y wlad fynyddig yn gwibio heibio. Tlawd yr olwg oedd pob tŷ a phob pentre ar fin y ffordd ond, o be welai Sam, roedd y trigolion, hyd yn oed y bugeiliaid geifr, yn lân eu gwisg ac yn urddasol eu cam. Pobol falch, meddai wrtho'i hun yn edmygol. Eithriad, diolch i Dduw – neu i Allah falla – oedd yr henwr, gynna.

Dwyawr a chwarter i Qum a dwyawr arall i Kashan, efo ugain munud o saib yn y ddau le. Roedd yn bum munud i chwech yn y pnawn arnynt yn dod i olwg Isfahan. 'Mamnunak,' (Rwy'n ddiolchgar iti) meddai dros ysgwydd wrth adael y bws.

'Maa Salama,' (Da bo chdi) meddai ynta'n ôl gyda gwên. 'Ya'atik alafia.'

Pa well dymuniad i neb? meddyliodd Sam wrth ddod â'i ddwylo ynghyd mewn ystum gweddi ac ymgrymu'n barchus i gydnabod ewyllys dda'r gyrrwr. Ya'atik alafia. Boed i Dduw roi iti iechyd. Gresyn na fyddai mwy o'r brawdgarwch yna yn y byd.

Cafodd lety noson yn ddigon didrafferth, nid yn yr Astoria, fel y cynlluniwyd ar ei gyfer at nos Iau gan Signorelli, ond yn yr Hotel Zagros, gwesty bychan disylw mewn stryd gefn. Doedd Isfahan, yn amlwg, ddim mor boblogaidd â Tehran efo'r twristiaid. Efo poblogaeth o chydig dros filiwn, roedd hi hefyd gryn dipyn llai na'r brifddinas.

Aeth i'w wely'r noson honno yn meddwl, nid am Zahedi a gweddill y *task force* felltigedig, ond am Rhian a Tecwyn bach ac Ap a ffyddloniaid y King's Head yn Rhiwogof.

* * *

Esfahan

Pan ddeffrodd drannoeth, Zahedi ddaeth unwaith eto i lenwi'i feddwl. Y cwestiwn mawr oedd, sut y bwriadai hwnnw gyflawni'i anfadwaith yng ngŵydd cymaint o bobol? Wedi'r cyfan, roedd y Mosg Brenhinol yma yn Isfahan yn siŵr o fod mor boblogaidd efo'r addolwyr ag oedd Cysegr Coffa Khomeini yn Tehran. Rho dy hun yn sgida Zahedi, meddyliodd. Be fyddet ti'n neud, Sam?

Byth ers gwylio'r olygfa yn Tehran, roedd yr ateb i'r cwestiwn hwnnw wedi bod yn eitha clir yn ei feddwl. Hyd y gallai ef benderfynu, doedd ond un ffordd o gael bom heibio'r milwyr gwyliadwrus ac i mewn i'r Mosg. Methai weld fod gan Zahedi chwaith unrhyw ddewis gwahanol.

I'w frecwast, ordrodd goffi, bara, menyn a chaws. Gwelodd hefyd fod rhywbeth o'r enw *halva shekam* ar y fwydlen ac archebodd hwnnw'n ogystal, ynghyd â hadau sesami. Pan osodwyd y wledd o'i flaen, gwelodd mai cymysgiad melys oedd yr *halva shekam*, rhywbeth tebyg i bâst siwgwr, ond, yn dilyn y caws cry, roedd hwnnw'n eitha derbyniol, efo'r hadau sesami wedi'u taenu drosto. Dwi wedi bwyta'i waeth fwy nag unwaith, meddai wrtho'i hun yn chwerw, wrth i ambell atgof lifo'n ôl. Doedd bwyd na bywyd yn yr SAS ddim wedi bod yn fêl o bell ffordd.

Roedd y Mosg Brenhinol yn adeilad trawiadol; ei wyn a'i las a'i aur yn disgleirio'n urddasol yn haul y bore. Hyd y gallai Sam gofio, roedd yn fwy na'r Haram esh-Sharif yn Jeriwsalem ond ddim i'w gymharu o ran maint, serch hynny, â'r Mosg Mawr ym Mecca. Ar y funud, roedd y sgwâr palmantog o'i flaen yn ddigon tawel, efo dim ond ambell wraig ddwys-yr-olwg yn ei groesi yma ac acw o dan lygad swrth y ddau warchodydd arfog. Anelai merch, mewn shador du o'i chorun i'w sawdl, yn syth amdano, y brethyn llac yn chwifio'n rhydd gyda phob cam. Dim ond fflach y llygaid trwy fwlch cul yn y benwisg oedd i'w weld ohoni. Trodd Ali al-Azaz ei ben draw cyn iddi ei gyrraedd, gan smalio ymddiddori yn yr olygfa o'i gwmpas. Draw wrth ddrws y Mosg, roedd dwy arall mewn gwisg debyg yn gwahanu ac yn mynd i gyfeiriada gwahanol heb unrhyw arwydd o ffarwelio â'i gilydd. Ia, meddai Sam wrtho'i hun yn fyfyrgar. Dyna'r unig ffordd bosib.

Weddill y dydd, roedd ei feddwl ym Mecca; un funud wrth y Ka'aba yn y Mosg Mawr a'r funud nesa ar fynydd sanctaidd Arafat. Pe llwyddai Coldon a Caziragi heddiw, meddyliodd, byddai Islam drwyddi draw yn ferw gwyllt cyn nos.

* * *

Gogledd Cymru: Trecymer

Aeth deuddydd heibio, yn Isfahan, Llundain a Threcymer, heb i ddim o bwys ddigwydd. Yn yr amser hwnnw, manteisiodd Sam ar y cyfle i gael golwg ar wychder ac ar dlodi'r ddinas. Ymddiddorai'n benna yn y bobol ac yn eu hiaith. Dyma'i gyfle cynta erioed i wrando ar y Farsi'n cael ei siarad, a lle bynnag y dôi ar draws rhywun a allai Arabeg yn ogystal, yna byddai'n tynnu sgwrs ac yn holi a stilio. Dysgodd sawl cystrawen syml a gwnaeth ymdrech i ehangu ei eirfa. Holodd fwy nag un hefyd a oedd y gair *'aliati'* yn golygu rhywbeth iddyn nhw, ond negyddol fu pob ateb. Prynodd lyfr ar ramadeg yr iaith a gwnaeth addewid iddo'i hun y byddai'n archebu fideo achlysurol o hon eto er mwyn cryfhau ei afael arni. Yr un peth arall o bwys a wnaeth oedd trefnu sedd iddo'i hun, at yn hwyr bnawn Gwener, ar awyren a âi ag ef yn ôl i Tehran. Doedd ganddo mo'r amser na'r awydd i dreulio saith awr a hanner arall ar fws anghyfforddus.

Yn Llundain, roedd Shellbourne yn mynd yn fwy a mwy anniddig. Disgwyliai i Caroline Court roi adroddiad iddo bob bore am ddeg o'r gloch a phob pnawn am bump, tra'i bod hitha yn ei thro yn disgwyl gwybodaeth gan MI6 trwy law Syr Leslie Garstang. Ond yr un oedd y stori bob gafael – 'Dim newyddion' . . . 'Dim gwybodaeth o'r Dwyrain Canol' – ac erbyn pnawn dydd Iau roedd pawb o fewn ei adran, ac yn arbennig ei ysgrifenyddes, Marjory, wedi syrffedu ar hwylia drwg Herbert Shellbourne. Roedd pawb yn ddig am reswm arall hefyd. Ers tridia, bellach, roedd Julian Carson o Scotland Yard wedi sefydlu 'canolfan holi' yn y Swyddfa Dramor ac wedi bod yn cynnal, yn bersonol, gyfweliada efo'r staff, fesul un, gan gynnwys aeloda'r cwmni diogelwch oedd yn gwarchod yr adeilad, y ddau *chauffeur* a gâi eu cyflogi gan adran Shellbourne, a hyd yn oed y glanhawyr a ddôi i mewn ar fin nos rhwng chwech a naw o'r gloch. Doedd Andrew Mailer, hyd yn oed, ddim wedi cael ei eithrio, ac ef, o ganlyniad, a fu ucha'i gloch a'i gŵyn. Wfftiai ef yr eglurhad a roddwyd iddynt gan Caroline Court. Roedd y geiria *'routine check'*, meddai, yn sarhad ar ddeallusrwydd pob un ohonynt ac yn tanseilio'u morál.

Yn Nhrecymer roedd Ditectif Sarjant Ken Harris wedi gweld colli'r ddau dditectif o Scotland Yard. Un funud roedden nhw'n fwrn o gwmpas y lle, yn holi ac yn stilio ac yn gwibio o gwmpas fel geifr ar darana, y funud nesa roeddynt wedi mynd gan adael mwy o gwestiyna heb eu hateb na chynt. I bob golwg, roedd DI Rogers wedi golchi'i ddwylo o'r busnes i gyd. *'Demob happy'* oedd o, ym marn pawb. 'A pham ddyla fo boeni, beth bynnag, ac ynta'n ymddeol ymhen chydig ddyddia?' Ond agwedd wahanol oedd un Ken Harris, yn benna am ei fod yn gwybod mwy na neb arall yn Nhrecymer am yr hyn fu'n digwydd. Diolch i Rhian, fe wyddai pwy oedd y dyn a laddwyd, a be oedd wedi dod â fo i Hen Sgubor. Yr unig ddirgelwch ynglŷn â hwnnw oedd pam ei fod wedi bod yn gwylio'r tŷ o gwbwl. Roedd y sach gysgu a'r babell fechan, y daethpwyd o hyd iddyn nhw ym mherfeddion y goedwig, yn brawf iddo dreulio sawl noson yn cadw golwg ar Rhian a'i phlentyn. A oedd unrhyw gysylltiad rhwng hynny a'r gwaith cyfrinachol yr oedd Sam yn ei neud? Oedd, heb os. Dyna'r unig eglurhad posib. Trwy reddf neu beth bynnag, rhaid bod Sarjant Small wedi rhag-weld peryg i Rhian a'r plentyn. A rhaid bod y peryg hwnnw wedi ymddangos ar ffurf dau gocni o'r East End yn Llundain, un ohonyn nhw'n bwtyn bychan efo trwyn fflat ac atal-deud go ddrwg arno. Darlun annelwig braidd oedd ganddo o'r llall – canolig o ran maint ond efo sgwydda llydan a chorun moel. Yn y Gordon Arms y noson honno, y lleia o'r ddau oedd wedi gneud yr holi, a fo oedd wedi hawlio'r sylw. Dyna brofiad Joe Wells, y tafarnwr, yn ogystal.

Dirgelwch pellach i'r Ditectif Sarjant oedd y rhai a gadwai olwg ar fflat Rhian yn ardal Cae'r Gors, Trecymer. Er holi ac er chwilio'n ddygyn, ofer fu pob ymdrech ganddo i ddod o hyd i'r ddau a welsai yn y car y dydd o'r blaen. Y dryswch a'r rhwystredigaeth mwya, fodd bynnag, fu methu cael unrhyw wybodaeth am y Ford Mondeo du, rhif S776 ENF. Mater syml a chyflym iawn, fel rheol, oedd cael gwybodaeth am berchennog unrhyw gar. Ond roedd y Mondeo'n eithriad. 'Sori! Dim record o rif S776 ENF.' Be oedd hynny'n ei olygu? Mai rhif ffug oedd ar y platia, 'ta be?

Ar y pnawn dydd Iau, aeth eto i weld Rhian. 'Ydach chi'ch dau yn iawn?'

'Ydan . . . am wn i.'

'O? Pam yr "am wn i"? Ddaeth y ddau 'na ddim yn ôl, gobeithio?'

'Na, dydw i ddim wedi'u gweld nhw . . . '

'Na'r Mondeo du?'

'Naddo.'

'Wel! Dyna fo 'ta. Dychmygu ddaru ni'n dau, mae'n rhaid, mai cadw golwg arnat ti yr oedden nhw.' Roedd mwy o sicrwydd yn ei lais nag yn ei feddwl. Yna chwarddodd yn fyr. 'Wyt ti'n meddwl ein bod ni'n paranoid, d'wad?'

Er iddi wenu, wnaeth hi ddim ymuno yn y jôc. 'Paid â meddwl 'mod i'n wirion, Ken, ond dwi'n ama bod 'na rywun arall hefyd yn cadw llygad ar y bychan a finna. Nid y dyn a'r ferch welist ti yn y car. Pan a' i allan i siopa, er enghraifft, dwi'n ymwybodol fod rhywun yn fy nilyn i o gwmpas, a fwy nag unwaith dwi wedi troi'n sydyn a gweld rhywun yn diflannu i ddrws siop neu droi ar ei sawdwl a cherddad oddi wrtha i.'

'Dyn?'

'Ia. Dau weithia.'

'Wyt ti wedi gweld car?'

'Do, unwaith, ond paid â gofyn imi be oedd o. Does gen i ddim syniad am geir . . . '

Ceisiodd Ken guddio'i siom. 'Wel! Dyna ni 'ta!'

'Ond un glas tywyll oedd o, ac mi ges i'r rhif.'

Rhuthrodd y ditectif am ei lyfr bach du o'i boced.

'R422 LUN.'

Heb oedi a heb ofyn caniatâd, aeth draw at y ffôn a galw'r Ddesg yn y Steshion. Clywodd Brendan Cahill yn ateb. 'Brendan! Ym! . . . Sarj!' Nid oedd eto wedi arfer digon efo'i ddyrchafiad i fedru teimlo'n gyffordus yn cyfarch Sarjant Cahill a Bill Meredith ac eraill wrth eu henwa cynta.

'Ken! Ym! . . . Sarj!' meddai hwnnw'n ôl, yn tynnu ei goes trwy ddynwared ei ansicrwydd. 'A be gawn ni neud iti?'

Er ei fod wedi hen arfer â'r llais ac â'r ffraethineb parod, bu'n rhaid i Ken Harris wenu wrth glywed geiria Cymraeg yn cael eu hynganu mewn acen mor Wyddelig. Cofiodd fel y byddai Sam yn dynwared yr acen honno i'r dim ac fel y byddai Brendan Cahill ei hun yn mwynhau'r tynnu coes cystal â neb. 'R422 LUN, Brendan. Dim syniad pa fath o gar, mae gen i ofn, ond fedri di ffeindio imi pwy pia fo? R422 LUN. A wnei di fy ffonio fi'n ôl ar 833029?'

Aeth ugain munud da heibio cyn i'r teclyn ganu. 'Sori 'mod i mor hir, Ken! Wyt ti'n siŵr o'r rhif? R422 LUN ddeudist di, ia? Fedra i gael dim gwybodaeth o gwbwl arno fo. Dim record o'r fath gar, meddan nhw.'

Wrth roi'r ffôn yn ôl yn ei grud, daeth golwg ddryslyd i wyneb DS Ken Harris. 'Be gythral sy'n mynd ymlaen?' meddai wrtho'i hun. 'Be gythral sy'n mynd ymlaen?'

* * *

Llundain: Whitehall

Os mai tawel a chymharol ddigynnwrf fu dyddia Mercher a Iau, fe wnaed mwy na iawn am hynny ddydd Gwener.

Roedd Caroline Court wrth ei desg am chwarter i wyth, ymhell cyn i Wendy Parkes, ei hysgrifenyddes, na neb arall o'r staff chwaith, gyrraedd. Yn dilyn yr wybodaeth a gawsai ben bore oddi wrth Syr Leslie Garstang, a'r alwad ffôn yr oedd hitha'i hun wedi ei gneud wedyn i gartre Herbert Shellbourne, disgwyliai wŷs i'w swyddfa unrhyw funud. Fu dim rhaid iddi aros yn hir, ond gorchymyn yn hytrach na gwŷs a gafodd.

'Caroline! Dyro'r tecell i ferwi. Dwi'n dod draw, rŵan.'

Gwenai'n sych wrth baratoi'r coffi. Doedd ei bòs ddim wedi cael amser am frecwast. Estynnodd hefyd am y tun bisgedi yng nghwpwrdd Wendy Parkes.

'Rŵan! Be ydi hyn i gyd?' Dim 'Bore da' na chyfarchiad o fath yn y byd wrth iddo gerdded i mewn drwy'r drws.

'Steddwch, Mr Shellbourne.' Safodd hitha uwchben y tecell i ddisgwyl iddo ferwi. 'Syr Leslie ffoniodd fi tua . . . ' Edrychodd ar ei wats. ' . . . awr a hanner yn ôl. Roedd o'n swnio'n bryderus. Erbyn deall, dwi'n gweld pam.'

'Newyddion o'r Dwyrain Canol ddeudist ti ar y ffôn. Be, felly? Semtecs?'

'Nage. Nid yn uniongyrchol beth bynnag.'

'Wel be 'ta?' Nid oedd yn gneud unrhyw ymdrech i gadw'r min allan o'i lais.

'Jeriwsalem a Damascus.'

Gwelodd ef yn gwelwi. 'Be? Bom?'

'Nage, Mr Shellbourne. Mae'r peryg hwnnw wedi diflannu, hyd y gwelwn ni.' Wrth iddi dywallt y dŵr berwedig ar y grawn coffi, gallai synhwyro'i ddiffyg amynedd. 'Mae Esther Rosenblum . . . ' Edrychodd i fyw ei lygad, er mwyn i'w geiria gael llawn effaith. ' . . . wedi cael ei dal. A Razmara a Hans Bruger wedi'u lladd.' Gwelodd ei dalcen yn llyfnhau mewn rhyddhad.

'A Grossman? Be am hwnnw?'

'Wedi dengid, mae'n debyg. Dyna un pryder.'

'Un pryder? Oes 'na ragor i boeni'n ei gylch? Mae Semtecs ei hun yn iawn?'

'Hyd y gwyddon ni, ydi. Ond mae ynta hefyd wedi diflannu, ers nos Fawrth.'

'Uffar dân! Deud y stori i gyd wrtha i.' Eisteddodd yn ôl yn ei gadair, y cwpan a'r soser yn dal yn ei law ond y coffi heb ei gyffwrdd.

Eisteddodd Caroline Court gyferbyn ag ef wrth ei desg a chodi ei chwpan at ei cheg. Gallai Shellbourne weld mai meddwl yr oedd hi sut ac ymhle i ddechra'r hanes. Roedd ganddi bapur efo nodiada arno yn ei llaw chwith.

'Roedd Grossman a Rosenblum yn aros echnos, fel gŵr a gwraig, mewn gwesty bach o'r enw Silwan, heb fod ymhell o Amgueddfa Rockefeller yn y rhan ddwyreiniol o Jeriwsalem. Cyn hynny, roedden nhw mewn gwesty bach arall, yr Eleona, yn ymyl Eglwys Pater Noster. A chyn hynny yn y Montefiore . . . '

'Ydi'r manylion yma'n bwysig, Caroline?'

Anwybyddodd hi'r dôn ddiamynedd yn ei lais. 'Mae'n dangos eu bod nhw wedi symud dipyn o gwmpas, a rhaid i ninna ofyn pam, yn rhaid? Fe gofiwch chi, ar y tâp, mai gwesty'r Seven Arches oedd Signorelli wedi'i drefnu ar eu cyfer nhw. Un o westyau mwya cyfforddus Jeriwsalem. Pam, felly, dewis neidio o le i le? Dwi'n gwybod nad ydi'r Seven Arches yn boblogaidd efo'r Iddewon am iddi gael ei hadeiladu ar hen gladdfa gysegredig, ond pam yr holl neidio o gwmpas?'

'Syml! Mater o ddiogelwch.'

'Ia, o bosib. Sut bynnag, echnos – tuag un o'r gloch y bore – fe aeth nifer o filwyr Israel i mewn i'r Silwan ac arestio Esther Rosenblum. Roedden nhw'n chwilio amdani erstalwm, wrth gwrs . . . ers ei dyddia efo mudiad terfysgol Hagana. Y tebyg ydi fod rhywun wedi'i hadnabod hi ac wedi mynd at yr heddlu. Sut bynnag, mae hi bellach yng ngharchar.'

'A Grossman? Be amdano fo?'

'Mi lwyddodd i ddengid chydig eiliada cyn i'r milwyr gyrraedd. Dringo allan drwy'r ffenest, neu rywbeth felly. Mae o wedi diflannu ers hynny beth bynnag.'

'Hm! Fe gân' nhw afael arno fo, mae'n siŵr. A'r ddau arall?'

'Razmara a Bruger.' Aeth Caroline Court yn dawel am rai eiliada. 'Stori debyg i un Riyadh, syr.' Gwyliodd ef yn sythu yn ei gadair. 'Fe saethwyd y ddau rywbryd echdoe, eto mewn dau westy gwahanol. Yr un job broffesiynol. Un fwled drwy'r arlais ac i'r pen. Gwn efo tawelydd yn fwy na thebyg. Y busnes yma eto'n debycach i ddienyddiad nag i lofruddiaeth gyffredin.'

'Oes gynnon ni ryw fath o syniad pwy wnaeth?' Roedd goslef ei lais yn awgrymu ei fod yn gwybod yr ateb.

'Na. Nid MI6 yn sicir, ac mae'r CIA a'r FBI yn gwadu hefyd.'

'All o fod yn Semtecs ei hun?'

Edrychodd Caroline Court yn hurt arno. Roedd yn amlwg nad oedd hi wedi styried Sam Turner fel asasin o fath yn y byd. Gwelodd ynta'i syndod hi.

'Roeddet ti'n deud ei fod wedi diflannu ers nos Fawrth. Fedra fo fod wedi mynd i Damascus?'

'Mi fedra, mae'n siŵr. Ond roedd yn amhosib iddo fod yn Riyadh hefyd.'

'Hm! Dwi'n gweld be wyt ti'n feddwl.' Llowciodd y coffi oedd wedi oeri erbyn hyn. 'Felly,' meddai'n benderfynol, 'mae'n rhaid mai'r CIA neu'r FBI oedd yn gyfrifol. Nid dyma fyddai'r tro cynta i'r diawliaid ddeud celwydd wrthon ni. Sut bynnag, be sy'n bwysig ydi fod y peryg wedi'i osgoi. Mae llawer yn dibynnu ar be ddigwyddith heddiw yn Isfahan.'

'Mi fydd honno'n dipyn mwy o broblem, mae arna i ofn, Mr Shellbourne.'

'O?'

'Nid jyst Semtecs sydd wedi diflannu. Does gan neb syniad ymhle mae Zahedi chwaith.'

Cododd y dyn bach i'w draed yn boenus a mynd draw i neud coffi arall iddo'i hun. Esgus i feddwl oedd y cyfan. Pan drodd yn ôl i'w gwynebu, roedd golwg dyn yn ildio i'w dynged arno. 'Does dim mwy fedrwn ni 'i neud. Mae Calshot wedi rhybuddio'r awdurdoda yn Iran, felly eu cyfrifoldeb nhw ydi o bellach. A rhaid inni styried y gall Semtecs a Zahedi hefyd fod wedi'u lladd, gan yr un rhai ag a saethodd y pedwar arall 'na. Gyda llaw, Caroline, sut mae ymholiada Scotland Yard yn mynd ymlaen? Unrhyw ddatblygiad?'

'Dim i mi wybod, ond mae 'na dipyn o dynnu dani ymysg y staff. Andrew Mailer yn arbennig, wrth gwrs.'

'Hm! Mae'r dyn yn chwerw. Mi ddaw at ei goed ymhen amser.'

'O! Gyda llaw! Mae Syr Leslie wedi derbyn tâp arall o'r Villa Capri. Mae MI6 yn gwrando arno fo ar hyn o bryd i weld a oes unrhyw beth o bwys arno fo. Fe ddaw draw yn nes ymlaen, medda fo.'

Iran: Isfahan

Roedd Ali al-Aziz – alias William Boyd, alias Sam Turner – yn troi'n ddisylw o gwmpas y Mosg Brenhinol yn gynnar iawn fore Gwener, ymhell cyn i Caroline Court gael ei deffro yn Knightsbridge gan alwad foreol Syr Leslie Garstang. Roedd yno ar doriad gwawr i ymateb i alwad y mŵesin i weddïo. Ar yr awr honno o'r dydd doedd ond pedwar ohonynt yn bresennol i droi tua Mecca ac i ymostwng i Allah. Roedd wedi gofalu cael mat gweddi iddo'i hun yn y farchnad ddoe, y patrwm arno'n lliwgar ac yn draddodiadol Bersiaidd. Taenodd ef rŵan i gyfeiriad y de-orllewin

'*La ilaha illa Allah; Muhammad rasul Allah*' (Does dim Duw ond Allah, a Muhammad yw ei negesydd). Wrth symud o'r 'piler' cynta i'r ail, o'r *sahada* i'r *salat*, diolchodd nad oedd neb yn rhy agos ato wrth iddo godi a gostwng a mwmblan y gweddïa allan o'r *Qur'an*. Doedd ganddo ond ambell bennill ar ei gof ac nid oedd yn rhy siŵr o'r rheini erbyn hyn.

Cododd o'r diwedd, ac wedi sicrhau nad oedd Zahedi yn y golwg yn unlle aeth yn ôl i'r Gwesty Zagros am ei frecwast. Fe ddeuai'n ôl yma eto cyn galwad y mŵesin ganol dydd ac fe arhosai o fewn golwg y Mosg wedyn cyhyd ag y byddai raid. Roedd wedi hen benderfynu mai yn ystod yr awr weddi y byddai Zahedi'n taro, ond ni allai gymryd hynny'n rhy ganiataol chwaith.

Llundain: Whitehall

Ganol bore fe gafodd Caroline Court alwad i stafell Shellbourne. Roedd Syr Leslie Garstang, Dirprwy Bennaeth MI6, yno o'i flaen, yn yfed coffi ac yn ceisio cysylltu chwaraeydd casét i'r trydan yr un pryd. Gwenodd arni wrth iddi ddod i mewn.

'Unrhyw beth o werth ar y tâp, Syr Leslie?'

'Rhai datblygiada diddorol, dwi'n meddwl. Fe gewch chi'ch dau farnu drosoch eich hunain.' Trawodd y swits a gadael i'r tâp droi. 'Dyma gyfieithiad, ichi fedru dilyn.' Estynnodd ddalen bob un iddyn nhw. Ar yr un pryd, daeth curo ysgafn ar y drws a chamodd Marjory, ysgrifenyddes Shellbourne, i mewn i'r stafell yn cario coffi i Caroline Court hefyd. Gwenodd y dyn bach arni, a diolch.

Ni fu gair rhwng y tri tra bu'r tâp yn troi. Syr Leslie a gymerodd yr awenau wedyn i grynhoi'r hyn a glywyd. 'Fel y gwelwch chi . . . fel y clywsoch chi, yn hytrach! . . . dim ond Signorelli a Savonarola sydd yn y Villa Capri ar hyn o bryd . . . heblaw am y gweision ac ati dwi'n feddwl, wrth gwrs. Mae'n amlwg, bellach, fod Boris Yakubovich a Viktor Semko yn ôl yn Rwsia, er na wyddon ni ddim yn iawn yn lle yno chwaith. Roedden nhw'n gwybod, siŵr o fod, ein bod ni a'r CIA yn cadw llygad arnyn nhw ac maen nhw wedi cymryd y goes. Ond fe ddôn nhw i'r golwg eto yn o fuan, gobeithio . . . Sut bynnag, fe glywsoch chi Signorelli yn sôn am y neges ffacs mae o wedi'i derbyn oddi wrth Yakubovich, yn dilyn yr hyn ddigwyddodd yn Riyadh ddydd Mawrth. Fe glywsoch chi fo hefyd yn cyfeirio at lun sydd wedi cael ei ffacsio i

Yakubovich o Lundain, sef llun o Semtecs efo'i gariad a'i blentyn. Mae'n amlwg fod y Rwsiaid yn ddig iawn efo Signorelli am gymryd ei dwyllo gan Semtecs, neu William Boyd os liciwch chi, a bod Signorelli yn flin efo nhwtha oherwydd eu hagwedd drahaus. Fe glywsoch chi hefyd fod Yakubovich wedi trefnu dial ar Semtecs trwy ladd ei gariad a'i blentyn.'

Nodiodd Caroline Court ei phen yn ddwys wrth i Syr Leslie gyrraedd y rhan honno o gynnwys y tâp.

'Ond peidiwch â phoeni. Mae MI5 yn cadw golwg arnyn nhw ddydd a nos, er na wyddan nhw mo hynny, wrth gwrs. Gyda lwc, mi fydd Yakubovich yn trefnu i anfon rhywun i Ogledd Cymru ac fe gawn ninna wedyn ein dwylo ar y rhai a lofruddiodd Stanley Merryman a Sarjant Gordon Small.' Cododd Syr Leslie. 'A rŵan, os gnewch chi f'esgusodi i . . . '

'Mae 'na un peth arall yn fan hyn.' Daliai Caroline Court i edrych ar y papur. 'Mae Signorelli yn sôn wrth Savonarola am gael rhyw "nhw" yn ôl i'r Villa Capri. Am bwy mae o'n sôn, felly? Semko a Yakubovich?'

Safodd Syr Leslie uwch ei phen a tharo llaw ymddiheurol ar ei hysgwydd. 'Mae'n ddrwg gen i, Caroline. Fe ddylwn fod wedi egluro. Nage, nid cyfeirio at y Rwsiaid mae o yn fan'na. Sôn mae o am gael ei wraig a'i blant yn ôl adre. Mae gan Signorelli villa fawr arall uwchben y môr rhwng Positano ac Amalfi. Mae'n debyg ei fod wedi anfon ei deulu i fan'no tra oedd y busnes yma'n cael ei drefnu.'

'Plant? Mae gan yr anifail blant?'

Gwenodd Dirprwy Bennaeth MI6 mewn cydymdeimlad wrth glywed y chwerwedd yn ei chwestiwn. 'Dau hogyn, saith a naw oed. Ac mi wyddoch pwy ydi'i wraig o? Maria Soave.'

'Yr actores?'

Nodiodd Syr Leslie ei ben yn gadarnhaol, cododd ei law a gadawodd y stafell.

Iran: Isfahan

Nid un o bedwar oedd Ali al-Aziz pan ymgrymodd i weddïo ganol dydd, ond un o bedwar cant neu fwy. Roedd y sgwâr o flaen y Mosg Brenhinol yn Isfahan yn llawn o wŷr a gwragedd yn datgan eu ffydd gerbron Allah, pob un ar ei fat gweddi personol yn plygu'n ostyngedig gerbron ei Dduw. Wrth ymuno â nhw, fe deimlai Sam ryw wefr yn ei gerdded. Deuai'r gweddïa'n rhwyddach iddo'r tro yma. Ar yr un pryd, fodd bynnag, wrth godi a gostwng rhwng pob pennill o weddi, mewn cytgord perffaith bron efo'r addolwyr eraill o'i gwmpas, taflai lygad cyflym dros gyrion y sgwâr o'i flaen, lle'r oedd nifer o dwristiaid naill ai'n cerdded heibio neu wedi aros i wylio'r olygfa ddefosiynol, liwgar.

Doedd dim sôn am Zahedi, nid o fewn terfyna'i olwg ar y pryd, beth bynnag. Ond gwyddai Sam yn reddfol fod y Cwrd yno yn rhywle, yn gwylio ac yn cynllunio.

Daeth y gweddïa i ben a chododd ynta oddi ar ei linia gan droi'n araf ar ei sawdwl a thaflu golwg ddifater ar y rhai a fu'n sefyll a gwylio. Neidiodd ei galon yn sydyn wrth weld dyn yn panio dros y sgwâr efo'i gamera fideo. Doedd dim rhaid i Sam gael gweld y gwyneb i wybod pwy oedd o. Cofiai lais Signorelli ar y tâp yn deud fel y byddai Zahedi, heb yn wybod i hwnnw, yn cael ei ffilmio'n gosod y bom cyn iddo wedyn gael ei fradychu yn Tehran y diwrnod canlynol. Roedd y gwyneb tu ôl i'r camera yn perthyn i un o'r ddau Eidalwr a welsai yn yr Esteghlal Grand. Os felly, meddyliodd, a'r cynnwrf yn dal ar ei wynt, oedd Zahedi'n cael ei ffilmio yr eiliad yma? Oedd o wrthi rŵan yn gosod y bom?

Roedd yn amhosib gweld dim wrth i'r llu, a fu gynna'n gweddïo, wau trwy'i gilydd ar draws y sgwâr o'i flaen. Chwiliodd eto am yr Eidalwr. Roedd o wedi mynd.

Erbyn i gyffinia'r Mosg glirio'n o lew, ac i betha dawelu o'i gwmpas, daeth yn amlwg iddo mai chwilio y bu'r camera hefyd, a dim byd mwy na hynny. Doedd gan yr Eidalwr, mwy na Sam ei hun, mo'r syniad lleia lle'r oedd Zahedi. Ac wrth i'r munuda lusgo heibio, daeth yn amlwg nad oedd y Cwrd, hyd yma beth bynnag, wedi mentro ar ei waith.

Am y teirawr nesa bu Sam yn symud o gaffi i gaffi, heb byth fod yn rhy bell oddi wrth y Mosg Brenhinol. Prynodd gopi o'r *Ettelaat*, gan gofio mai dyma'r papur y bu Hussein Razmara unwaith yn ohebydd iddo, a chopi hefyd o bapur Arabeg. Rhyfeddodd at gymaint o'r Farsi y gallai ei ddeall yn y cynta o'r ddau. Roedd yn help, wrth gwrs, mai'r wyddor Arabeg a ddefnyddid i'r Farsi hefyd a bod cymaint o eiria benthyg o'r iaith honno ynddi. Ei brif fwriad oedd chwilio am unrhyw gyfeiriad at derfysgwyr yn gosod bomia ym Mecca neu Jeriwsalem, neu at rywun yn ceisio saethu Kofi Annan, Ysgrifennydd Cyffredinol y Cenhedloedd Unedig, yn Damascus.

Mewn pedwar caffi gwahanol, yfodd chwe phaned o goffi i gyd. Cymerodd ginio hefyd yn un ohonynt. Archebu *bagali shevid polo* heb syniad yn y byd be fyddai'n cael ei osod o'i flaen. Math o ffa efo reis a dil oedd y wledd, pan ddaeth hi, a medrodd fwyta hanner go lew o'r platiad.

Buan, a chyda chryn ryddhad, y sylweddolodd, o edrych drwy'r papura, nad oedd dim byd wedi digwydd yn ystod y dyddia diwetha i gynhyrfu'r byd Islamaidd. Roedd MI6 neu'r CIA – neu pwy bynnag – wedi gneud eu gwaith, diolch i'r Drefn. A bellach, doedd ond Zahedi ar ôl. Ond lle'r oedd hwnnw? Dyna'r cwestiwn. Roedd cyfrwystra a diawledigrwydd y Cwrd yn poeni Sam. Os oedd unrhyw un o griw y Villa Capri yn debygol o lwyddo, yna Zahedi oedd hwnnw.

Pan ddechreuodd y mŵesin lafarganu o'i dŵr am dri o'r gloch y pnawn, roedd Isfahan yn hanner cysgu yn y gwres. Teimlai Sam ei hun yr un mor swrth. Cododd, gan adael y papura ar fwrdd y caffi, yna cerddodd yn hamddenol tuag at y sgwâr a'r Mosg. Ac ynta, Ali al-Aziz, yn Foslem yng ngolwg pawb, byddai'n rhaid iddo ymuno eto â'r gweddïwyr, ond cyn ymostwng gerbron Allah roedd am fanteisio ar gyfle byr i edrych o'i gwmpas.

Daeth o hyd i'r Eidalwr a'i gamera fideo heb unrhyw drafferth. Roedd hwnnw'n chwilio'r sgwâr am Zahedi, ond heb gael llawer o lwyddiant, yn amlwg. Sylweddolodd Sam ei hun, hefyd, yn fuan iawn, mai siawns sâl oedd ganddo ynta i ddarganfod y Cwrd.

Ar derfyn y gweddïa, wrth i bawb chwalu, y dechreuodd y cynnwrf. Clywyd gweiddi gwyllt yn dod o gyfeiriad drws agored y Mosg a chlecian traed buan ar lawr carreg. Safodd pawb yn syfrdan. Roedd y sŵn a'r rhuthr amharchus yn halogi tŷ Allah! Yr eiliad nesa rhuthrodd merch allan i'r haul, ei shador du yn cyhwfan yn wyllt ac yn llac o'i chwmpas, a'i gwyneb i gyd, ac eithrio'i llygaid, yn guddiedig. Roedd fel brân o flaen corwynt. Deuai'r gweiddi o'r tu ôl iddi yn rhywle a chyn hir ymddangosodd dau filwr, eu gynna wedi'u codi'n fygythiol o'u blaen. Gan fod yr addolwyr wedi sefyll i wylio, roeddynt fel wal o flaen y ffoadur a chadwodd hitha, felly, gyda wal y Mosg lle'r oedd llwybyr gweddol glir iddi. Daliai'r milwyr i weiddi a daeth rhagor atyn nhw.

Wrth wylio'r rhedeg cry, fe wyddai Sam wrth reddf nad merch oedd tu mewn i'r dillad duon. Roedd hi'n ennill tir yn rhy hawdd ar y rhai oedd yn ei herlid. Yna, clywyd un floedd uchel o rybudd terfynol gan y milwr blaen wrth i hwnnw stopio rhedeg a chodi'i wn ar anel. Safodd y milwyr eraill hefyd, yn eu hunfan tu ôl iddo. Yna llanwyd y sgwâr â chlecian cyson gwn otomatig. Cododd ochenaid o ddychryn ac o syfrdandod o'r dorf niferus a gwelwyd y rhedwr du yn simsanu, yn stopio, yn cymryd cam neu ddau arall, yn gwegian eto ac yna'n syrthio'n gorff difywyd i'r llawr, y shador wedi'i rhwygo gan dylla gwaedlyd. Ar yr un eiliad dechreuodd y milwyr yrru'r dorf at yn ôl, oddi wrth y Mosg, a phawb yn ufuddhau wrth synhwyro'r argyfwng. Gwelwyd y rheswm pam yn fuan iawn. Daeth milwr, yn cario pecyn, allan o'r adeilad ac i'r haul. 'Bom!' gwaeddodd rhywun ac aeth y gair o wefus i wefus fel tân eithin gan yrru pawb ar chwâl gwyllt.

Sylweddolodd Sam o flaen neb na allai'r fom fod yn un fawr nac yn un ddinistriol iawn chwaith. Roedd yn rhaid iddi fod o faint ymarferol, wrth gwrs, i gael ei chario o dan y dillad llac. Ond doedd dim rhaid creu difrod mawr, beth bynnag, i gyflawni bwriad Signorelli a'i ffrindia o Rwsia. Hyd yn oed â'r bom heb ffrwydro, roedd llawer o'r drwg wedi'i neud. Onid oedd y Mosg Brenhinol wedi cael ei halogi?

Aeth y milwr â'r pecyn gryn bellter oddi wrth y man addoli ac yna ei roi ar lawr. Ymhen dim roedd arbenigwr yn prysuro ato i neud y bom yn ddiogel.

A dyna hyn'na! meddyliodd Sam. Tân siafins a dim mwy, diolch i Dduw. Edrychodd at lle'r oedd y corffyn du yn gorwedd, y milwr a'i saethodd yn dal i sefyll uwch ei ben, fel heliwr balch yn tynnu sylw at ei gamp. 'Ac i feddwl mai Zahedi ydi'r pentwr llonydd acw; y terfysgwr sydd wedi cyflawni'r fath erchyllterau yn ei ddydd.'

Gwthiodd Sam yn nes wrth weld y milwr yn plygu i dynnu'r gorchudd oddi am y pen. Ond yr eiliad nesa daeth sgrech o rywle tu ôl iddo gan beri i bawb droi yn eu dychryn tuag at y sŵn. Gwelodd gylch yn ffurfio wrth i'r dorf symud yn ôl oddi wrth rywbeth oedd ar lawr. Rhuthrodd milwyr yno hefyd, a'u gynnau'n barod.

Y peth cynta i Sam sylwi arno wrth wthio'n nes oedd y camera fideo wedi malu ar lawr. Roedd llaw yn gorwedd yn ymyl hwnnw fel pe bai hi'n ymestyn i'w hawlio'n ôl, ond doedd gan y perchennog ei hun ddim diddordeb ynddo. Gorweddai efo'i wyneb ar y ddaear gynnes a rhosyn coch yn prysur agor ei betalau ar y crys glas ar ei gefn. O bawb oedd yno, dim ond Sam a wyddai i sicrwydd pwy oedd pia'r gyllell oedd wedi peri i'r gwaed hwnnw lifo. A fo hefyd, o bosib, oedd yr unig un a wyddai mai Eidalwr oedd y gŵr oedd bellach yn gorff.

Wrth iddo droi am ei westy i nôl ei chydig betha cyn anelu am y maes awyr a Tehran unwaith eto, clywodd lais o'r pellter yn gweiddi 'Aserbaijani! Aserbaijani!' Ond doedd ganddo ddim mwy o ddiddordeb yn y pentwr gwaedlyd wrth wal y Mosg, na pha genedl oedd o. Roedd Zahedi wedi cyflogi rhyw ddihiryn diniwed i osod y bom tra'i fod ef ei hun yn delio efo'r sawl oedd yn ffilmio'r dystiolaeth. Y cwestiwn a boenai Sam rŵan oedd 'Sut bod y Cwrd yn medru cadw gam ar y blaen i bawb arall?'

Iran: Tehran

Rhwng popeth, rhyw awr a chwarter o daith oedd hi'n ôl i'r brifddinas o Isfahan, ond fe roddodd gyfle i Sam droi petha yn ei feddwl. Rhaid bod Zahedi'n gwybod ymlaen llaw am drefniant Signorelli i'w ffilmio fo'n gosod y bom; rhaid ei fod yn gwybod hefyd, felly, am y cynllwyn i'w fradychu yn Tehran y diwrnod wedyn. Sut oedd o'n gwybod? Dim ond un ateb oedd i'r cwestiwn. Yakubovich! Roedd rhyw agenda cudd rhwng y Rwsiad a Zahedi; rhyw ddealltwriaeth sinistr. Ond be? Oedden nhw'n bwriadu twyllo Signorelli allan o'i gyfran ef o'r elw, beth bynnag oedd y gyfran honno? Cam annoeth, meddyliodd Sam. Wedi'r cyfan, waeth pa mor gry a dylanwadol oedd y Mafiozniki, allen *nhw*, hyd yn oed, ddim fforddio tynnu blewyn mor fawr â hyn'na o drwyn Signorelli a'r Camorra. Na, meddai wrtho'i hun, go brin y byddai Yakubovich yn mentro codi gwrychyn y Camorra yn Napoli, oherwydd roedd gan rheini hefyd, fel y Mafiozniki, eu dullia o ddial, yn ogystal â braich hir i fedru gneud hynny. Felly be oedd y cysylltiad rhwng y Cwrd ar y naill law a'r ddau Rwsiad ar y llaw arall?

Cyrhaeddodd faes awyr Mehrabad heb unrhyw ateb i'r cwestiwn yn ei gynnig ei hun. Falla, meddyliodd, na châi ateb iddo byth.

Safai rhes o geir tacsi y tu allan i'r maes awyr a llonnwyd Sam wrth iddo weld Omar Attar yn pwyso yn erbyn drws un ohonyn nhw ac yn siarad yn ddi-ben-draw efo dau arall. Aeth draw ato.

'*Marhaba,*' (Helô) meddai ar eu traws. '*Ismi Ali al-Azaz. Ma bihki Farsi. Btihki arabi? . . . inglizi?*' (Fy enw yw Ali al-Azaz. Dydw i ddim yn siarad Farsi. Wyt ti'n siarad Arabeg? . . . neu Saesneg?)

Fel y disgwyliai, Omar oedd y cynta i ymateb. 'Fi ydi'ch dyn chi syr,' meddai mewn Arabeg rhugl. Yna trodd i'r Saesneg, 'Ond mi fedrwn i sgwrsio efo chi yn yr iaith arall hefyd pe baech chi'n dymuno hynny.'

Gwenodd Sam. Doedd gan Omar mo'r syniad lleia ei fod yn siarad efo'r 'Americanwr' a roesai gildwrn mor hael iddo y tu allan i westy'r Esteghlal Grand rai dyddia'n ôl.

Rhag temtio gormod ar Ffawd trwy fod yn rhy agos at lygad craff y gyrrwr, aeth i eistedd yng nghefn y tacsi y tro yma a gofyn i'r Omar siaradus fynd â fo i westy bychan go safonol heb fod yn rhy bell oddi wrth Gysegr Coffa Khomeini. Bu'n ystyried dychwelyd i'r Esteghlal Grand – wedi'r cyfan roedd stafell foethus yn aros amdano yn fan'no – ond penderfynodd mai rhyfyg fyddai hynny. Beth pe bai Zahedi'n gwylio amdano? Ac roedd ail Eidalwr hefyd yn rhywle. Na, meddai Sam wrtho'i hun gan adael i barablu Omar fynd i mewn trwy un glust ac allan drwy'r llall, gan fy mod i wedi diflannu mi fyddwn i'n wirion iawn i neud petha'n haws iddyn nhw ddod o hyd imi unwaith eto.

Trodd y gyrrwr ei ben i edrych arno. Roedd wedi gofyn ei gwestiwn ddwywaith a heb gael ateb.

'Mae'n wir ddrwg gen i,' meddai Ali al-Azaz yn ymddiheurol. 'Oeddet ti'n gofyn rhywbeth? Roedd fy meddwl ymhell mae gen i ofn.'

'Gofyn oeddwn i ai o Isfahan y doist ti?' Yn y drych o'i flaen, gwyliodd Omar Attar ei gwsmer yn nodio arno. 'Fe glywaist, felly, am y bom yn y Mosg Brenhinol?' Gwyliodd eto'r nod cadarnhaol yn y drych. 'Dyna'r cwbwl sydd i'w glywed ar Radio Tehran ers dwyawr a mwy. Y fath halogiad! Y fath sarhad ar Allah! Mae'r Cynulliad Cenedlaethol, y Majlis, wrthi'n trafod y peth rŵan, meddan nhw.' Bu'n dawel am bum neu chwe eiliad. 'Aserbaijani oedd yn gyfrifol, mae'n debyg, ond does neb yn gwybod pam. Fe gafodd ei saethu tu allan i'r Mosg gan un o'r milwyr ac fe fu farw cyn i neb gael cyfle i'w holi. Bechod am hynny. Bechod na fasen nhw wedi'i gadw fo'n fyw er mwyn iddo gael ei gosbi'n iawn. Roedd o'n haeddu cael ei ddienyddio'n gyhoeddus.'

Gwnaeth Ali al-Aziz – alias William Boyd, alias Sam Turner – sioe o gytuno. 'Rwyt ti'n iawn. Roedd o'n haeddu cael torri'i ben i ffwrdd yng ngwydd pawb.'

'Mae Radio Tehran yn meddwl bod a wnelo'r Americanwyr rywbeth â fo. Faswn i ddim yn synnu pe bai hynny'n wir.'

Ymhen deng munud arall daethant i olwg y Cysegr Coffa. Ddau funud yn ddiweddarach teimlodd Sam y car yn arafu. 'Gwesty Damavand,' meddai Omar efo gwên hunanfodlon. 'Chei di unlle gwell. Ond rhag ofn ei fod yn llawn fe arhosa i yn fama tra wyt ti'n mynd i holi.'

Bu'n ffyddlon i'w air. Roedd yn dal yno chydig funuda'n ddiweddarach pan aeth Sam i dalu iddo ac i ddiolch iddo am ei gymorth. Gofalodd roi cildwrn go dda iddo hefyd, ond nid cymaint chwaith ag a roddodd yr 'Americanwr cyfoethog'.

* * *

Roedd yr olygfa o'i stafell yn cyfiawnhau enw'r gwesty. Wrth sefyll ar y feranda fechan a syllu i lawr y stryd i bellter y gogledd-ddwyrain, gallai weld Damavand, mynydd ucha'r wlad, yn bictiwr yn erbyn cefndir glas yr awyr, a gwynder yr eira ar ei gopa yr amser hon o'r flwyddyn yn awgrym da o'i uchder, bum mil chwe chant a saith deg a dau o fetrau uwchlaw'r môr. Tu draw i hwnnw, rhyw ddeng milltir a thrigain i ffwrdd fel yr hedai'r frân, gwyddai Sam fod dŵr y Caspian yn ffurfio rhan, o leia, o derfyn gogleddol Iran.

Tra oedd yn sefyll yno, gwelodd rywfaint o gochni'r wawr yn lliwio cap gwyn y Damavand ac ar yr un eiliad daeth cri leddf y mŵesin i dorri fel cyllell trwy awyr dena'r bore.

Brysiodd i daflu un cip ola yn y drych i'w fodloni'i hun ynglŷn â gwisg ac ymddangosiad Ali al-Aziz, dododd y bag colur yn yr un boced â'r pedwar pasbort, yna cydiodd yn ei fat gweddi a brysio i gyfeiriad y minarét ger y Cysegr Sanctaidd, lle'r oedd y ffyddloniaid eisoes yn ymgynnull. Synnodd weld cynifer wedi ymgasglu ar awr mor foreol. Roedd y sgwâr yn dri chwarter llawn. Ymunodd ynta â hwy a mwmblan ei ddatganiad o'r ffydd. Go brin y byddai Zahedi'n gweithredu mor gynnar â hyn yn y dydd ond, efo cymaint o addolwyr yn bresennol, roedd y peth yn bosib, meddai wrtho'i hun.

Hyd y gallai weld, yng nghanol y llu addolwyr roedd yno o leia ddau ddwsin o ferched wedi'u gwisgo yn y shador du, a chymryd wrth gwrs mai merch oedd pob un. Cafodd Sam yr argraff hefyd fod mwy o filwyr nag arfer yn patrolio o gwmpas y Cysegr. Nhw oedd yr unig rai nad oeddynt rŵan ar eu glinia. Rhaid bod digwyddiad ddoe yn Isfahan wedi rhoi'r wlad gyfan ar ei gwyliadwriaeth, meddyliodd. Roedd yn rhy gynnar i unrhyw dwrist fod o gwmpas.

Daeth y gweddïa i ben, ac wrth i'r ffyddloniaid chwalu, pob un i'w hynt a'i helynt ei hun, safodd Ali al-Aziz i syllu'n hamddenol o'i gwmpas, ond gan gadw golwg yn benodol ar borth y Cysegr. Rhyfeddodd unwaith eto at wychder yr adeilad efo'i gromen aur. Faint, tybed, o arian cyhoeddus a wariwyd i goffáu'r Ayatollah Ruhollah Khomeini, tra bod cymaint o dlodi affwysol yn y wlad? Ond dyna fo, fel'na'r oedd hi ymhob man drwy'r byd, meddai Sam wrtho'i hun. Onid oedd rhai cannoedd digartre'n treulio nos ar ôl nos oer ar balmentydd caled Llundain, tra bod miliyna ar filiyna o bunnoedd yn cael eu gwario ar godi Cromen y Mileniwm? A phwy, tybed, a gâi ei goffáu a'i fawrygu gan honno?

Roedd cysgodion y bore'n byrhau'n gyflym a'r haul yn dechra magu gwres. Lle bynnag yr edrychai Ali al-Aziz, roedd pobol siriol mewn dillad lliwgar yn gwau trwy'i gilydd, pob gwyneb araul yn amlygu'r fendith a gaed yng nghwmni Allah. Yn sydyn, sgubodd rhywun mewn shador llaes a llac heibio iddo a sefyll wedyn rhyw ddecllath o'i flaen, yn edrych tua phorth y Cysegr. Fferrodd Sam. 'Zahedi!' oedd ei ymateb greddfol. 'Mae o yma!' Sylwodd ar rwyg hir ar hyd godre'r wisg ddu, fel pe bai rhywun wedi sathru arni, neu ei bod hi, falla, wedi bachu ar hoelen neu ar ryw ymyl miniog.

A Sam wedi hoelio'i sylw yn y fath fodd ar y person a safai o'i flaen, ni sylwodd ar rywun arall, mewn gwisg debyg, yn dringo'r grisia at borth y Cysegr. Tynnwyd ei sylw at honno gan gri'r milwyr yn gweiddi'n rhybuddiol wrth iddi gychwyn i mewn i'r adeilad.

Digwyddodd petha mor sydyn wedyn. Un funud roedd pump neu chwech o'r milwyr yn amgylchynu'r hwdwch du, yna, yr eiliad nesa, diflannodd y cyfan mewn fflach ac mewn cwmwl o fwg a sŵn. Lledodd gwaedd o ddychryn ac o syndod drwy'r dorf, ac wrth i honno dawelu ac i'r mwg ddechra clirio, syrthiodd llonyddwch a thawelwch dwfn dros bawb a phopeth. Roedd pawb yn syfrdan, wedi'i barlysu.

Er nad oedd fawr ddim difrod i'r Cysegr Sanctaidd ei

hun, roedd chwech o gyrff darniog a gwaedlyd yn
anharddu llawr y porth a chlytia o frethyn du i'w gweld
yma ac acw o'u cwmpas. Lathenni i ffwrdd, gorweddai
gwn yn erbyn wal yr adeilad, yn union fel be bai rhywun
wedi'i daro yno'n daclus o'i law, efo'r carn ar y ddaear a'r
baril yn pwyntio at i fyny; yn ei ymyl, beret du, gwag.
Yna, gwelodd Sam esgid yn glanio ar y grisia rhyngddo
a'r porth ac yn siglo ennyd cyn llonyddu.

Fel roedd sŵn y gyflafan yn gostegu, cododd sgrech
arall o banig sydyn ymhlith y rhai agosa at y ffrwydrad
wrth iddyn nhw sylweddoli nad glaw annisgwyl, ond
dafna o waed cynnes, oedd yn syrthio arnynt ac yn
staenio'u gwisgoedd amryliw.

Daeth y waedd honno â phawb ato'i hun. Yr eiliad
nesa roedd milwyr yn rhuthro o bob cyfeiriad, eu
gynna'n troi'n fygythiol ar bawb a phopeth, wrth iddyn
nhw geisio amgyffred be oedd newydd ddigwydd.
Dechreuodd y dorf hefyd aflonyddu mwy.

Dyna pryd y sylweddolodd Sam nad oedd y sawl a
safai o'i flaen ychydig eiliada ynghynt yno mwyach, ac
yn yr eiliad honno fe wyddai'n reddfol be oedd wedi
digwydd. Pwy bynnag oedd wedi cario'r bom at y porth,
ynghudd o dan ei shador du, nid oedd ond megis oen
wedi cael ei anfon i'r lladdfa, gan Zahedi. Ac er mai
bychan oedd y difrod i'r Cysegr, eto i gyd roedd y drwg
unwaith eto wedi'i neud. Roedd y Cwrd wedi llwyddo
yn ei fwriad. Fe halogwyd un o ganolfanna mwya
sanctaidd y wlad.

Syllodd Sam yn wyllt o'i gwmpas. Gallai daeru bod
pawb yn y sgwâr, erbyn rŵan, yn gwisgo du. Roedden
nhw'n cilio'n gythryblus rhag y rheng milwyr arfog ac yn
bygwth ei wasgu ynta i'w plith. Ond roedd ei daldra'n
fantais iddo. Trwy sefyll ar flaena'i draed gallai edrych
dros benna pawb.

Fe'i gwelodd o'r diwedd. Yr unig un o'r dorf i gyd, ac
eithrio'r milwyr, oedd â'i gefn at y difrod. Gallai Sam ei

weld yn gwthio'i ffordd tuag at ymyl y sgwâr ac at geg stryd gul yn fan'no. Doedd dim amheuaeth yn ei feddwl bellach. Roedd Zahedi'n dianc, ar ôl bod yn dyst i'w 'lwyddiant'.

'Samahli . . . Samahli' (Esgusodwch fi, syr . . . Esgusodwch fi). Rhaid oedd brwydro am le i symud. 'Afwan (Mae'n ddrwg gen i) . . . Samahili (Maddeuwch imi, madam) . . . Idha lawu samanti' (Esgusodwch fi, madam).

O'r diwedd, medrodd dorri'n rhydd. Heb roi gormod o arwydd brys, rhag ennyn chwilfrydedd y milwyr, cerddodd yn gyflym ar ôl Zahedi. Fe'i gwelai'n prysuro i lawr y stryd gul heb unwaith droi ei ben at yn ôl.

O bellter, bu'n ei ddilyn am gryn ddeng munud, trwy ardal ddigon tlawd o'r ddinas. Gwnaeth ei orau i gau ei ffroena rhag y drewdod yn fan'no a mwy nag unwaith bu'n rhaid iddo ei warchod ei hun rhag cŵn yn coethi arno. O'r diwedd, gwelodd fod Zahedi'n anelu am yr orsaf trên a phrysurodd ynta'i gam i gau rhywfaint ar y bwlch oedd rhyngddynt.

Erbyn iddo gyrraedd y steshion, fodd bynnag, roedd y 'ferch' yn y shador eisoes wedi codi tocyn ac roedd rŵan yn sefyll ar y platfform isel efo'i chefn yn erbyn wal yr adeilad, heb ddim ond fflach llygaid i'w weld trwy'r hollt yn y benwisg ddu. Roedd wedi gosod ei hun lle medrai gadw golwg ar bawb o'i chwmpas a heb beryg i neb ymosod yn annisgwyl arni.

Be i neud? Ei dilyn i'r trên ynte peidio? Wrth ofyn y cwestiwn, fe wyddai nad oedd ganddo ddewis mewn gwirionedd. Os mai Zahedi oedd y 'ferch', os mai fo oedd yn llechu o dan y dillad duon, yna fe fyddai'n rhaid iddo fo, Sam, ei ddilyn. Y Cwrd, wedi'r cyfan, oedd ei unig gyswllt efo Semko a Yakubovich, ac ef, felly, oedd ei unig obaith i ddarganfod lleoliad y stôr arfau.

Aeth i holi ynghylch y trên nesa a chael clywed fod hwnnw'n mynd cyn belled â lle o'r enw Bandar-e

Torkeman. Wedi hir chwilio ar y map, gwelodd mai porthladd ar lan y môr Caspian oedd Bandar-e Torkeman a bod taith y trên i fan'no, dros fynyddoedd Elburz, yn dri chan milltir a hanner o leia. Ond falla nad oedd Zahedi'n bwriadu mynd cyn belled â hynny.

Ers gadael y sgwâr o'i ôl roedd un amheuaeth fach wedi bod yn cnoi tu mewn iddo. Beth pe bai wedi dilyn rhywun hollol ddiniwed? Beth os nad 'hon' oedd wedi gwthio heibio iddo jyst cyn i'r bom ffrwydro? Dilyn greddf a wnaethai, wedi'r cyfan, trwy redeg ar ei hôl. Doedd y reddf honno ddim yn anffaeledig o bell ffordd, ac fe allai hi rŵan fod yn mynd â fo ar gyfeiliorn. Cyn camu ar y trên, fe fyddai'n rhaid iddo fod yn sicrach o'i betha.

Fe ddaeth hwnnw cyn hir, ac wrth i bawb wthio am y drysa closiodd ynta at gefn du'r 'ferch' er mwyn cael gweld godre'i gwisg. Gwenodd er ei waetha pan welodd y rhwyg hir uwchben yr hem. Doedd ei reddf ddim wedi'i siomi y tro yma chwaith, diolch i'r Drefn! Teimlodd ei du mewn yn gymysgedd o ryddhad a chynnwrf gwyllt wrth iddo synhwyro ei fod yn cychwyn ar bennod ola'r dasg ofnadwy a osodwyd ar ei ysgwydda.

* * *

RHAN 3

Llundain: Whitehall

'Clive Foxon? Y *chauffeur*? Fy *chauffeur* i?' Methai Caroline Court â chadw'r syndod o'i llais.

Daliai Julian Carson, Dirprwy Gomisiynydd Scotland Yard, i nodio'i ben yn gadarnhaol. 'Fi fy hun, yn bersonol, fu'n ei holi fo. Rydw i wedi trio parchu dymuniad Mr Shellbourne a chadw'r ymholiada cyn daweled ag y medrwn i, gan ddefnyddio dim ond dau arall o fy nynion gora a mwya dibynadwy.'

'Rydan ni'n ddiolchgar iti am hynny, Julian. Y peth ola y mae'r Swyddfa Dramor isio ar hyn o bryd ydi sgandal.'

'Ia, dwi'n deall hynny, Caroline.' Roedd y cydweithio diweddar wedi creu rhywfaint o gyfeillgarwch rhwng y ddau. 'Ond cofia di, wrth chwilio i mewn i'r busnas yma, rydan ni wedi dod ar draws sawl peth amheus arall ynglŷn â staff y Swyddfa – y Swyddfa Dramor yn gyffredinol dwi'n feddwl, wrth gwrs – ond gan nad oes a wnelo rheini ddim byd â'r achos arbennig rydw i'n delio efo fo . . . '

Torrodd Caroline Court ar ei draws. 'Ond fe gawn ni adroddiad ar rheini hefyd, gobeithio, Julian? Fel roeddwn i'n ddeud, fedrwn ni ddim fforddio unrhyw fath o sgandal.'

'Iawn 'ta, ond Clive Foxon ydi'r un ddaru'n harwain ni at Andrew Mailer . . . '

'Be? Be ddeudist ti?' Roedd cynnwrf gwirioneddol yn ei llais y tro yma. 'Andrew Mailer? Wyt ti'n trio deud fod ganddo fo rywbeth i'w neud â hyn i gyd?'

Gwenodd Julian Carson wên drist. 'Efo fo mae petha'n cychwyn, mae gen i ofn. Y fo . . . '

Am yr eildro, fe dorrodd hi ar ei draws. 'Gwranda, Julian! Cyn iti fynd gam ymhellach, dwi'n meddwl y dylen ni gael Mr Shellbourne i mewn. A be am MI6?

Ddylen nhw gael gwybod? Ddylwn i gysylltu efo Syr Leslie?'

'Mae hynny i fyny i ti, Caroline . . . Ia, llawn cystal iti neud, falla.'

Gogledd Cymru: Trecymer

Roedd digon o fân achosion o dwyll ac o ladrad ac o ddelio â chyffuria yn galw am sylw Ken Harris. Wedi'r cyfan, doedd Trecymer, efo'i phoblogaeth o ugain mil a mwy, yn ddim gwahanol i unrhyw dref arall o'i maint yng Ngogledd Cymru. Ers dyddia, fodd bynnag, fe gâi'r gwaith hwnnw ei esgeuluso gan y Ditectif Sarjant. Nid nad oedd yn rhoi rhywfaint o sylw iddo, ond roedd ei feddwl ar fater pwysicach yn ei farn ef.

Roedd yn pryderu am Rhian Gwilym a'i phlentyn. Byddai'n galw i'w gweld ryw ben o bob dydd gan ei bod hi'n glynu at ei stori bod rhywun yn dal i'w dilyn ac yn gwylio'i fflat. Fwy nag unwaith fe geisiodd Ken ei hun gael ei ddwylo ar y rhai oedd wrthi, ond heb unrhyw lwyddiant. Pwy bynnag oedden nhw, fe wyddent pryd i gadw draw. Rhaid imi gael y tawelwch meddwl, meddai wrtho'i hun. Be gythral ddeudai Sam pe bai rwbath yn digwydd i Rhian a'r un bach?

Parciodd y car chwarter milltir go dda oddi wrth y fflat a chamu allan ar y palmant gwlyb. Bu'n glawio y rhan fwya o'r dydd, glaw mân cynnes, ond erbyn hyn roedd ambell glwt o awyr las yn dechra lledu uwchben. Edrychodd ar ei wats. Pum munud wedi pedwar. Roedd ar ddyletswydd tan chwech. Adre wedyn i newid, yn barod at barti ymddeol Inspector Rogers a Bill Meredith yn y Goat am hanner awr wedi saith. Fyddai'r ddau ddim yn gorffen yn swyddogol am wythnos arall, ond fe benderfynwyd cael y cinio ymadawol a'r cyflwyno anrhegion heno. A gan mai arno fo, Ken, y syrthiodd y cyfrifoldeb o drefnu'r cyfan, byddai disgwyl iddo fod yn y Goat mewn da bryd i groesawu pawb. Caed ymateb da iawn i'r gronfa, ond fe'i synnwyd gan haelioni Sam. Trwy law Rhian roedd o wedi anfon cyfraniad o hanner canpunt, yn 'ddienw'.

Daeth criw o hogia yn eu harddega cynnar i'w gyfarfod, pump ohonyn nhw'n rhes swnllyd ar draws y pafin. Gwelodd Ken gwpwl mewn oed yn gorfod camu allan i'r ffordd er mwyn eu hosgoi a gwraig arall yn gwthio'i chefn yn erbyn ffenest siop i neud lle. Safodd ynta'i dir a chrychu'i aelia'n fygythiol. Roedd un o'r criw, bachgen byrwallt efo llais uwch na neb, yn sythu'n gocyn gan edrych yn ddigon herfeiddiol, ond buan y camodd ynta hefyd i'r ochor pan sylweddolodd nad oedd y pwtyn cry o'i flaen yn bwriadu symud iddo. 'Parchwch rai hŷn na chi,' meddai'n fygythiol wrth iddyn nhw ei basio. 'Ewch adra a gofynnwch i'ch rhieni ddysgu chydig o fanars ichi, wir Dduw!' Dim ond wedi iddyn nhw fynd yn ddigon pell y mentrodd un ohonynt weiddi rhywbeth anllad dros ei ysgwydd.

Daeth i feddwl y Ditectif Sarjant fynd ar eu holau i ddysgu gwers iawn iddyn nhw. Gormod o gau llygad oedd i digywilydd-dra plant fel'na, meddai wrtho'i hun. Os na chaent eu disgyblu rŵan, yna siawns sâl ar y naw oedd 'na i gael dylanwad arnyn nhw pan oedden nhw'n hŷn. Ond roedd wedi dod i olwg fflat Rhian erbyn hyn a gwelodd rywbeth a barodd iddo anghofio pob dim am hyfdra plant. Safai dau ddyn yn llechwraidd wrth y drws, yn edrych fel pe baent yn paratoi i fynd i mewn. Prysurodd ei gam. Roedd yn nabod y ddau.

'Hei! Fedra i gael gair?' Roedd wedi tynnu'i gerdyn adnabod allan o'i boced i'w ddangos i'r dyn bach trwyn fflat a'i ffrind, sef y ddau a fu'n holi ynghylch Sam yn y Gordon Arms ryw noson. 'CID,' meddai wrth gamu'n nes. 'Ga i ofyn be 'dach chi'i isio yn fa'ma?'

'By . . . by . . . be uffar ydi hy . . . hy . . . hynny i ti?'

'Ia,' meddai'r llall. 'Mae hon yn wlad rydd. Siawns

bod gynnon ni hawl i gerdded y stryd?'

'Be 'dach chi'n neud wrth y drws yma?'

'Sty . . . sty . . . stopio i dy . . . danio, dyna i gyd.' Aeth i'w boced a thynnu paced o sigaréts allan. Gwenodd yn bowld, ei agwedd yn ddigon tebyg i'r hyn a welodd Ken yn y plentyn ar y stryd, chydig funuda'n ôl.

'Reit! Dwi isio ichi ddod efo fi i'r Steshion i atab rhai cwestiyna.'

Smaliodd y ddau edrychiad o syndod i guddio'u dicter. 'Cwestiyna ynglŷn â be, 'lly?'

'Matar o ddigwyddiad difrifol yn yr ardal yma wythnos yn ôl . . . '

Chafodd y ditectif ddim cyfle i orffen ei eglurhad nad oedd y lleia o'r ddau yn estyn y tu mewn i'w siaced. Gwelodd Ken y llygaid yn caledu wrth i garn y gwn ddod yn araf i'r golwg.

Fferrwyd yr eiliad ar ei gof. Doedd o rioed yn bwriadu defnyddio'r arf? Ganol pnawn ar stryd yn Nhrecymer? Efo'r holl bobol o gwmpas? Roedd y peth mor afreal. Ac eto, yng nghaledwch y llygaid ac ym mileindra'r geg, roedd rhybudd amlwg. Dechreuodd ei galon guro'n wyllt wrth iddo sylweddoli mai eiliada'n unig o'i fywyd oedd ar ôl.

Digwyddodd petha'n gyflym iawn wedyn. Un funud roedd y ddau o'i flaen yn fygythiad gwirioneddol, y funud nesa roedden nhw trosglwyddo'u harfa i ddwylo dau ddieithryn arall a ymddangosodd mwya sydyn tu ôl iddyn nhw. Roedd gan rheini hefyd ynnau ac roeddynt yn gweiddi'n fygythiol yng nghlust y Trwyn Fflat a'i bartner. Yn ei ddychryn, chlywodd Ken ddim gair o'r hyn a ddywedwyd, ond fe wyddai fod arno ddyled fawr iawn i'r ddau oedd wedi ymddangos fel gwyrth o rywle, pwy bynnag oedden nhw.

Pan ddaeth ato'i hun, fe welodd fod cyffion yn cael eu gosod am arddyrna'r ddau Gocni a bod cyfarwyddiada'n cael eu gweiddi i radio fechan neu ffôn symudol – allai'r

Ditectif Sarjant ddim bod yn siŵr pa un. O fewn dim, breciodd Vauxhall Vectra glas tywyll, rhif cofrestru R422 LUN, wrth y pafin. Cyn iddo stopio'n iawn roedd y drws cefn wedi cael ei agor a'r ddau mewn cyffion yn cael eu gwthio i mewn iddo. Ymunodd un o'r dynion efo'r ddau garcharor yn fan'no ac aeth y llall rownd am y sedd flaen. Roedd rhai dega o bobol chwilfrydig wedi ymgynnull dros y ffordd i weld be oedd yn digwydd.

'Hei! Am eiliad!' Roedd Ken Harris wedi sylweddoli eu bod ar fin ei adael yno ar y pafin. 'Fi sy'n gyfrifol am y ddau yna.'

Gwelodd y ffenest gefn yn llithro i lawr yn ara. 'Mi fu jyst ar y diawl iti ddrysu petha'n llwyr, mêt. Diolcha dy fod ti'n fyw.' Roedd yr ên a gâi ei gwthio tuag ato yn un benderfynol, a'r llygada'n oer. Yna gwelodd Ken yr hanner-gwên fodlon yn lleddfu'r caledwch a'r oerni. 'Dilyn ni i'r Steshion. Fe gei di eglurhad yn fan'no.'

Yr unig beth ar feddwl y Ditectif Sarjant wrth iddo frysio'n ôl at ei gar oedd y pleser a fyddai i'w weld ar wyneb Ditectif Inspector Rogers pan glywai hwnnw fod yr achos oedd wedi bygwth difetha'i ymddeoliad, bellach ar fin cael ei ddatrys.

Llundain: Whitehall

'Julian! Wnei di egluro popeth o'r cychwyn i Mr Shellbourne a Syr Leslie?'

Eisteddai'r pedwar unwaith eto o amgylch desg Herbert Shellbourne.

'Mi geisia i neud hynny mor gryno ag sy'n bosib.' Fe wyddai Dirprwy Gomisiynydd Scotland Yard am ddiffyg amynedd dyn bach y Swyddfa Dramor. 'Yr hyn a barodd inni ddechra ama Clive Foxon oedd yr arian a wariai ar geffyla. Roedd ganddo bob amser waled lawn, meddai pawb oedd yn ei adnabod. Arian sychion! A doedd ganddo ddim eglurhad boddhaol ar sut yr oedd o wedi'u cael nhw. Fel y gwyddoch chi, mae ei gyflog yn cael ei dalu'n uniongyrchol i'r banc bob mis ac fe wyddon ni nad oedd o byth bron yn cyffwrdd hwnnw, dim ond trwy sgwennu siecia i dalu rhent ei fflat yn Wanstead neu ei fil trydan neu ffôn. Doedd o byth yn codi arian parod allan o'i gyfri. Fe driodd ddeud mai ennill ei bres ar geffyla yr oedd o, ond buan y medrais i wrthbrofi hynny. Sut bynnag, o roi mwy a mwy o bwysa arno, mi fethodd ddal yn y diwedd ac mi ddaru gyfadde mai gan Andrew Mailer roedd o'n cael yr arian . . . '

Trodd Shellbourne a Syr Leslie i edrych ar ei gilydd mewn syndod.

' . . . Mi fu raid imi bwyso cryn dipyn arno fo wedyn, a'i fygwth hefyd, a deud y gwir, oherwydd mae Mr Clive Foxon yn gneuen go galed, coeliwch chi fi. Doedd o ddim wedi sylweddoli, er enghraifft, be ydi'r gosb lawn am deyrnfradwriaeth ac mi gafodd dipyn o sioc pan ddeudis i wrtho fo. Mi gyfaddefodd wedyn ei fod yn gneud chydig o waith i Andrew Mailer.'

'O? Pa fath o waith, felly?'

'Dim byd mwy na bod yn dipyn o negesydd, Mr Shellbourne. Ond fe fu hefyd, ar un adeg, yn bwydo gwybodaeth i Mailer. Manion yn benna oedd rheini mae'n siŵr; petha a glywai'n cael eu trafod yn y car wrth iddo gario staff y Swyddfa Dramor o le i le. Mae'n siŵr ei fod o wedi dysgu cofnodi pob dim a glywai, yn fanwl ar ei gof. Wedi'r cyfan, roedd pob manylyn o bwys yn rhoi arian yn ei waled.'

'Bwydo pwy efo gwybodaeth? Ac Andrew Mailer! Eglurwch ei ran ef yn hyn i gyd.' Swniai Shellbourne yn flin iawn, mwya sydyn, nid efo Julian Carson fel y cyfryw, ond oherwydd bod holl oblygiada'r achos yn awgrymu sgandal o'r radd flaena. Be ddywedai'r Ysgrifennydd Tramor? Pa fath o gwestiyna fyddai raid i hwnnw eu hateb gerbron y Prif Weinidog mewn cyfarfod o'r Cabinet? Pa fath o athrod a gâi ei daflu ato o feincia blaen yr wrthblaid, yn y Tŷ? Ac yn bwysicach na dim, faint o fai fyddai'r Ysgrifennydd Tramor, Martin Calshot, yn ei osod ar ei Gyfarwyddwr, Herbert Shellbourne CBE?

'Dwn i ddim a ydi hyn yn hysbys ichi ai peidio, syr, ond ers ben bore heddiw mae Andrew Mailer a Clive Foxon yn cael eu cadw gynnon ni yn Scotland Yard. Ac yno y byddan nhw'n aros, o leia nes i ni orffen holi'r ddau. Mae'r achos yn erbyn Mailer yn un difrifol iawn. Os oes coel ar Foxon, yna mae Andrew Mailer wedi bod yn gwerthu gwybodaeth i gell o droseddwyr yma ym Mhrydain.'

'Cell? Pa fath o gell?'

'Fe wyddoch am y Mafiozniki yn Rwsia, wrth gwrs.'

Edrychodd y tri arall yn hurt ar Julian Carson, ac yna'n anghrediniol ar ei gilydd. Shellbourne, o'r diwedd, a'i hatebodd. 'Wyt ti'n meddwl deud wrtha i, Carson, fod Andrew Mailer yn gweithio i'r Mafiozniki? Ers pryd?'

'Ers rhai misoedd faswn i'n ddeud, syr. Mae ei fyd o wedi gwella'n arw yn ystod yr amser hwnnw a does ganddo ynta chwaith, mwy nag oedd gan Foxon, ddim eglurhad boddhaol ar y cyfri banc iach sydd ganddo. Mae o hefyd yn dipyn o ferchetwr ac mae'r rhyw deg yn costio'n ddrud iddo. Dwn i ddim a wyddoch chi ai peidio, ond mae'ch ysgrifenyddes chi'ch hun, Marjory Conway, yn un o gariadon Mailer.'

'BE?' Neidiodd y tri arall wrth glywed Shellbourne yn gweiddi. 'Fy ysgrifenyddes bersonol i? Efo Mailer?'

Nodiodd Julian Carson ei ben mewn cydymdeimlad. Fe wyddai be oedd yn mynd trwy feddwl y dyn bach. Os oedd Marjory Conway wedi bod yn bwydo Mailer efo gwybodaeth gyfrinachol, yna fe allai swydd Shellbourne ei hun fod yn y fantol. Gwelodd Caroline Court hefyd y goblygiada, ac am eiliad roedd yr awyrgylch yn drydanol. Yna aeth Julian Carson yn ei flaen. 'Gadwch imi drio egluro'n well be sydd wedi bod yn digwydd. Fel roeddwn i'n ddeud, mae gan y Mafiozniki gell yma yn

Llundain, yn yr East End. Mae cyffuria'n fusnes mawr yn Rwsia erbyn heddiw, fel y gwyddoch chi, ac mae'r Mafiozniki, mewn cydweithrediad efo Maffia'r Eidal, yn lledu'r farchnad honno'n gyflym iawn i orllewin Ewrop ac i Brydain. Fe wyddon ni am hyn ers tua dwy flynedd a hanner rŵan, ond mae'n anodd iawn eu dal nhw. Mae gwylwyr y glanna hefyd yn gneud pob dim fedran nhw i rwystro'r cyffuria rhag dod i mewn i'r wlad, ond fel y gwyddoch chi'n rhy dda, dim ond chydig o lwyddiant maen nhwtha'n gael. Sut bynnag, rhywsut neu'i gilydd, fe ddaeth Foxon y *chauffeur* i gysylltiad â rhai ohonyn nhw yn yr East End. Fel roeddwn i'n ddeud yn gynharach, yno mae o'n byw. Yn Wanstead. Yn naturiol, pan ddaeth rheini i wybod be oedd gwaith Foxon, fe welson nhw eu cyfle'n syth . . . '

'Felly, trwy Clive Foxon y ffurfiwyd y cysylltiad rhwng Mailer a'r gell 'ma?'

'Ia, Caroline. Ond yn fuan iawn roedden nhw'n delio'n uniongyrchol efo Mailer. Gan hwnnw, wedi'r cyfan, yr oedd yr wybodaeth yr oedden nhw 'i hangen.'

'Pa wybodaeth, felly?'

'Wel, roedd Mailer mewn sefyllfa i ddeud wrthyn nhw be oedd yn digwydd o ddydd i ddydd yma, yn y Swyddfa Dramor; a pha gama oedd yn cael eu hargymell gan y Llywodraeth i geisio atal llif y cyffuria i mewn i'r wlad. Synnwn i ddim nad oedd ganddo hefyd rywfaint o wybodaeth am ein cynllunia ni, yn Scotland Yard, yn ogystal ag am waith gwylwyr y glannau.'

'Y cythral diegwyddor!'

'Fe ddeudsoch eich hun ei fod yn ddyn chwerw, Mr Shellbourne.'

'Do, Caroline, ond dydi chwerwedd ddim yn esgus dros be mae o wedi'i neud.' Trodd y dyn bach i edrych ar Julian Carson unwaith eto, ei wyneb yn bictiwr o boen a phryder. 'Ond fedrodd o ddim rhoi unrhyw wybodaeth iddyn nhw am "Ymgyrch Semtecs"?'

Awgrymai ei oslef wrth ofyn y cwestiwn ei fod yn chwilio am unrhyw lygedyn bychan o gysur. Gwelodd Caroline Court hynny. 'Na, mi fedrwch fod yn dawel eich meddwl ar hynny o beth, Mr Shellbourne. Doedd dim posib i Andrew Mailer wybod dim byd o gwbwl ynglŷn â Semtecs.' Trodd i chwilio am gefnogaeth. 'Rydw i'n iawn, Julian, on'd ydw?'

Aeth ceg y gŵr o Scotland Yard yn un llinell fain ac ysgydwodd ei ben yn ara. 'Mi garwn i fedru tawelu'ch meddylia chi yn hynny o beth ond . . . ' Roedd y frawddeg anorffen yn awgrymu nad oedd o eisiau peri rhagor o bryder iddyn nhw. 'Fedrwn ni ddim osgoi'r ffaith mai Clive Foxon ddaru arwain y bobol yma at Stanley Merryman, y peilot a laddwyd yn ei dŷ yn Guildford. Felly, yn anuniongyrchol, y fo hefyd ddaru eu gyrru nhw i Ogledd Cymru i chwilio am Semtecs. Rhaid i Foxon, felly, gymryd rhywfaint o'r cyfrifoldeb am lofruddiaeth Sarjant Gordon Small o'r SAS.'

'Ond sut gwydda fo am "Ymgyrch Semtecs" o gwbwl? Dyna ydw i'n methu 'i ddeall.'

'Dwi'n meddwl mai cyd-ddigwyddiad oedd hynny, Caroline. Dydw i ddim yn credu bod gan yr un ohonyn nhw, Foxon na Mailer, y syniad lleia o be sy'n digwydd yn Rwsia efo'r stôr arfau, nac am y criw oedd yn cael eu hel at ei gilydd yn y Villa Capri. A deud y gwir, dydw i ddim yn credu bod y gell sydd gan y Mafiozniki yma yn Llundain yn gwybod chwaith. Wedi'r cyfan, olwynion bychain iawn ydyn nhw yn nhrefn petha. Meddwl ydw i fod Foxon – neu falla Mailer – wedi ama bod rhywbeth cyfrinachol ar droed pan gyrhaeddodd Semtecs i lawr yma o Ogledd Cymru, a'i fod wedi deud hynny wrthyn nhw yn yr East End. O fan'no mlaen, fe ddechreuodd y *gangsters* neud eu hymholiada'u hunain. Nhw, a nhw'n unig, fu'n gyfrifol am boenydio a lladd Stanley Merryman. A nhw laddodd Sarjant Small hefyd. Dydw i ddim yn credu bod Foxon na Mailer yn gwybod dim oll am hynny. Ond, fel roeddwn i'n ddeud, mae'n rhaid iddyn nhw dderbyn rhywfaint o'r cyfrifoldeb yr un fath yn union.'

'Ond fe wyddon ni i sicrwydd bod dau o brif ddynion y Mafiozniki yn Rwsia yn gwybod bellach am Semtecs.'

'Mae'n bosib mai cyd-ddigwyddiad oedd hynny hefyd, Syr Leslie. Pan gafodd rhain yn Llundain wybod bod Semtecs wedi gadael y wlad yma mewn *Learjet*, mi feddylson, mae'n siŵr, ei fod wedi cael ei anfon i ymchwilio i'r busnes cyffuria yn Ewrop. Dyna pryd yr anfonwyd yr wybodaeth yn ei gylch i Mosco, ynghyd â llun ohono fo a'i deulu, sef y llun a gafodd ei ddwyn o'r tŷ yng Ngogledd Cymru.' Oedodd Julian Carson cyn ychwanegu, 'Dydw i ddim yn meddwl fod Mailer na Foxon hyd yma wedi dechra sylweddoli gymaint o ddrwg maen nhw wedi'i neud. Dau amatur go naïf ydyn nhw wedi'r cwbwl.'

'Hy!'

Yn dilyn ebychiad diamynedd Herbert Shellbourne, syrthiodd tawelwch dros y stafell. Yna neidiodd calon pawb wrth i'r ffôn ganu. Cydiodd y dyn bach blin yn ffyrnig ynddo. 'Shellbourne! . . . Pwy? . . . Ydi . . . Pwy sy isio gair efo fo? . . . Pwysig! O! . . . ' Daliodd y teclyn dros y ddesg i Syr Leslie Garstang, Dirprwy Gyfarwyddwr MI6.

Y cyfan a glywyd o lais Syr Leslie yn ystod yr eiliada nesa oedd, 'Ia . . . Ia . . . Pryd oedd hynny? . . . Ia . . . Ia . . . Da iawn . . . Diolch.' Wrth osod y teclyn yn ôl yn ei grud, lledodd gwên dros ei wyneb. 'Un newydd da, beth bynnag, gyfeillion. Mae MI5 newydd arestio dau yng Ngogledd Cymru. Mae'n edrych yn debyg ein bod ni wedi dal y ddau laddodd Sarjant Gordon Small a Stanley Merryman.'

Iran: Bandar-e Torkeman

Erbyn i'r trên gyrraedd porthladd Bandar-e Torkeman, roedd yn ganol pnawn a Sam ar lwgu. Methodd ymlacio gydol y daith. Gan na allai rannu'r un cerbyd â Zahedi bu'n rhaid iddo dreulio'r rhan fwya o'i amser yn cadw golwg trwy'r ffenest rhag ofn i'r Cwrd benderfynu gadael yn ddirybudd mewn rhyw orsaf neu'i gilydd, neu hyd yn oed neidio allan yn ystod taith ara'r trên dros fynyddoedd Elburz. Caed daliad go hir mewn lle o'r enw Garmsar ac un hirach fyth yn Firuzkuh, lle manteisiwyd ar gyfle i ddisychedu'r injan stêm cyn iddi ddechra dringo rhan waetha'r daith. Pe bai Zahedi wedi mentro allan yn un o'r ddau le hynny, fe allai Sam fod wedi'i ddilyn a dwyn cyfle i brynu rhywbeth i'w fwyta. Ond glynu i'w sedd wnaeth y gŵr bach milain, ac oherwydd hynny fe gadwyd Sam hefyd yn gaeth i'w gerbyd.

Pan drodd y trên ei drwyn at i lawr a dechra cyflymu, medrodd ymlacio mwy. I'r chwith, yn y pellter, cafodd gip ar gopa eiraog Damavend, ac ymhen hir a hwyr daeth dŵr y Caspian i'r golwg ar y gorwel pell. Caed daliad hir eto yng ngorsaf Shahr-i-Tajan, lle'r aeth nifer o'r teithwyr i lawr, ac oediad llai yn Beshahr. Yn ôl y map, Bandar-e Torkeman fyddai'r stop nesa, a'r ola. Roedd bron â chyrraedd pen y daith.

Oedodd cyn camu i lawr i'r platfform. Roedd yn haws gwylio o'r uchder hwnnw am y 'ferch' yn y shador du yn gadael y trên. Ond bu bron i'r penderfyniad ddrysu'i gynllunia, oherwydd er gwylio'n ddyfal ni welodd neb tebyg i'r un y chwiliai amdano yn gadael y trên. Cydiodd panig ynddo. Er ei holl ofal, roedd Zahedi wedi'i dwyllo! Oni bai . . . !

Neidiodd i lawr a phrysuro i'r un cyfeiriad â gweddill ei gyd-deithwyr. Ar amcangyfri, credai fod tua wyth deg o bobol wedi gadael y trên, y rhan fwya ohonyn nhw'n ddynion gerwin yr olwg; croen eu dwylo a'u gwyneba mor wydn â chlawr lledar hen lyfr, a'u llygada'n fflach dywyll, dreiddgar. Gwisgai pob un, yn ddieithriad, y benwisg draddodiadol efo'r gynffon yn troelli fel sgarff am y gwddw tra bod un Ali al-Aziz ei hun, yn null Arabiaid y Gwlff, yn hongian yn llac dros yr ysgwydd. Wrth edrych arnyn nhw, penderfynodd y byddai'n rhaid iddo ynta'n fuan ailystyried ei wisg a'i gymeriad, os oedd am fod yn llai amlwg yn y rhan hon o'r wlad.

Roedd yn ama rŵan mai dyna a wnaethai Zahedi eisoes, ac nad 'merch' mewn shador oedd o bellach. Os felly, rhaid ei fod yn un o'r criw oedd rŵan yn gadael yr orsaf ac yn gwasgaru i'r dre. Ailgydiodd y panig. Diolch i gyfrwystra'r Cwrd, roedd 'Ymgyrch Semtecs' ar fin chwythu'i phlwc, a'i holl ymdrech ef, hyd yma, mewn peryg o fod yn ddim mwy na ffagal o dân siafins. Ofn arall oedd iddo ddibynnu gormod ar ei reddf a chael ei gamarwain ganddi. Pa sicrwydd oedd ganddo, wedi'r cwbl, mai Zahedi oedd yr hwdwch du y bu'n ei ddilyn yr holl filltiroedd o Tehran? Onid oedd yn bosib mai'r terfysgwr bach milain hwnnw a adawyd yn gorffyn darniog gan ei fom ei hun ym mhorth Cysegr Khomeini?

Lledodd cwmwl bychan o hunanamheuaeth ac o anobaith drosto. Am eiliad, teimlai'n gwbwl unig ac amddifad, ar goll yn ei siom a'i fethiant ei hun. Ac eto, mwya'n y byd y meddyliai am y peth . . . Roedd Ffawd wedi'i glymu ef a Zahedi ynghyd, meddai wrtho'i hun; gallai deimlo hynny yn ei waed. Onid oedd y ddau ohonyn nhw'n rhan o'r un gêm? A doedd 'run ohonyn nhw'n mynd i adael y maes tan y chwiban ola.

Gwthiodd, mor foesgar ag y gallai, heibio i'r naill ar ôl y llall, ac allan o'r orsaf brysur. Cerddodd yn gyflym am ganllath go dda, nes cael y blaen ar bawb, yna oedodd a throi'n ddryslyd, fel pe bai mewn rhyw fath o gyfyng-gyngor. Rhoddodd hynny gyfle iddo gipedrych ar wyneba pawb oedd yn mynd heibio. Ofer a siomedig oedd ei ymdrech, serch hynny, oherwydd doedd gwyneb Zahebi, efo'r creithia cymesur ar bob boch, ddim i'w weld yn unman.

Be i'w neud rŵan? Teimlodd eto'r gwacter o'i fewn; gwacter siom ac anobaith y tro yma, nid gwegni newyn. Os oedd y Cwrd wedi teithio ar y trên o gwbwl, yna lle gythral oedd o rŵan? Oedd hi'n bosib ei fod wedi neidio allan heb i Sam ei weld? Naill ai yn un o'r gorsafoedd neu tra oedd y trên yn symud, hyd yn oed?

Bu'n sefyll yn ei unfan am bum munud a mwy. Os oedd o wedi colli Zahedi, yna ei unig opsiwn, hyd y gallai weld, oedd dychwelyd i Tehran ar y trên nesa, a chael awyren o Mehrabad yn ôl i . . . ? I Lundain, lle arall! A chydnabod ei fethiant – i Shellbourne, i Syr Leslie Garstang, i Caroline Court . . . Ond yn fwy na dim, i Sarjant Titch! Doedd siomi'r tri cynta ddim yn mynd i beri unrhyw golli cwsg iddo. Iddyn nhw, hwylustod a dim arall oedd Sam Turner wedi bod o'r cychwyn. Fe fyddent wedi'i ddiarddel ar y cyfle cynta, beth bynnag, pe bai unrhyw beth wedi mynd o'i le. Roedd siomi Sarjant Small, fodd bynnag, yn rhywbeth gwahanol. Onid cydnabod methiant oedd y peth ola a wneid yn yr SAS? Ac onid oedd y Sarj wedi datgan ffydd ddigyfaddawd yn ei gyn-filwr? Mi fyddai'n anodd cydnabod methiant i Rhian hefyd, wrth gwrs, ac mi fyddai'n siom i honno beidio cael adrodd wrth Semtecs Bach hanes campa'i dad. Lledodd gwên chwerw dros wyneb Sam wrth iddo sylweddoli mai hunanfalchder oedd yn benna cyfrifol am ei anniddigrwydd.

Erbyn hyn, roedd y ffordd o'r orsaf i'r dre yn wag oni bai am yr Arab tal, Ali al-Aziz. Cyn mynd i chwilio am rywbeth i ddiwallu'i newyn, aeth hwnnw rŵan yn ôl am yr orsaf, i holi amser y trên nesa yn ôl i Tehran. A dyna pryd y gwelodd ef, yn neidio i lawr i'r platfform, nid yn y shador du mwyach ond wedi'i wisgo'n debyg i weddill y dynion a welsai Sam yn gadael y trên. Rhaid ei fod wedi aros i bawb glirio cyn dechra newid ei ddillad.

Cafodd Sam drafferth i guddio'i ryddhad, wrth syllu

ar y gwyneb llwydfrown a düwch y farf yn ffrâm amdano. Gwelodd eto'r llygaid, yn loyw a dideimlad o dan aelia trwm, a'r mwstás yn pwyso ar wefus ucha filain. A phe bai arno angen unrhyw brawf pellach, yna wele'r creithia crwn yn pantio'r ddwy foch.

Wrth lwc, roedd dyn tebyg i borthor yn sefyll heb fod ymhell i ffwrdd. *'Samahli!'* galwodd arno, gan y rhoddai hynny gyfle iddo droi ei wyneb draw oddi wrth Zahedi a'i lygaid treiddgar. 'Sgusodwch fi! Pryd fydd y trên nesa'n cychwyn am Tehran?'

Daeth yr ateb yn syth, mewn Farsi ac yna mewn Arabeg. 'Ddim tan bore fory. Wyth o'r gloch.'

'Diolch.' Erbyn iddo droi roedd Zahedi wedi gadael yr orsaf ac yn symud yn gyflym tua'r dre. Doedd ei gerddediad ddim yn awgrymu unrhyw frys, ond roedd ystwythder arbennig ei gorff yn rhoi'r argraff mai sglefrio yn hytrach na chymryd cama yr oedd. Prysurodd Ali al-Aziz ar ei ôl.

Fel ag yn Tehran wrth iddo ddengid o Sgwâr y Cysegr, ni throdd y Cwrd ei ben unwaith i weld a oedd rhywun yn ei ddilyn ai peidio. Rhaid ei fod naill ai wedi ymgolli yng ngham nesa'i gynllun, beth bynnag oedd hwnnw, neu ei fod yn gwbwl hyderus na allai neb fod yn cadw llygad arno. Safodd unwaith, wrth basio trwy farchnad brysur, i brynu torth iddo'i hun a manteisiodd Sam hefyd, yn ddiolchgar, ar y cyfle i gael rhywbeth yn ei fol. Cipiodd ynta dorth fechan gron a lwmp o gaws, ynghyd â dau afal mawr gwyrdd, a thaflodd ddeng mil *rial* i dalu amdanynt. Yna, gan anwybyddu pob ymgais gan y stondinwr i roi ei newid iddo, gwthiodd trwy'r dorf ar ôl Zahedi.

Hyd yn oed yng nghanol yr holl bobol, roedd yn weddol hawdd cadw llygad ar y Cwrd, oherwydd patrwm a lliwia'i benwisg. Tra bod y rhelyw o'r dynion o'i gwmpas yn gwisgo brethyn oedd yn hen, ac yn ddi-liw o'i amal olchi, roedd ei benwisg ef yn newydd, a'r sgwaria gwyrdd a gwyn ynddi'n llachar yn haul hwyr y pnawn. Mantais arall i Ali al-Aziz oedd taldra Sam Turner. Er ei fod yn ymdrechu i beidio â thynnu gormod o sylw ato'i hun ac at ei faint, fe allai, pe bai raid, ymsythu mwy a thrwy hynny sefyll ben ac ysgwydd uwchben gweddill y dorf. A dyna a wnâi rŵan, yn achlysurol, er mwyn cadw Zahedi o fewn golwg.

Wrth brysuro ar hyd y strydoedd culion llawn efo'u croesffyrdd amal, mwynhaodd Sam y dorth a'r caws yn fawr iawn, er mor sych oedd y naill ac mor gry ei flas oedd y llall. Byddai diod o unrhyw fath wedi cwbwlhau'r wledd. Yna, brathodd i un o'r afala a'i gael yn llawn sudd, ond hefyd yn chwerw. Am yr eiliad, crebachwyd ei wyneb gan y surni.

Roedd Bandar-e Torkeman yn dre fwy nag a feddyliodd. Cyn hir, daeth i olwg y porthladd a thu draw i hwnnw fôr caeth a llonydd y Caspian. Gwelodd hefyd gei concrid llydan, gryn hanner milltir o hyd, ac ar ddwy lefel o uchder, yn gwthio'i ffordd ar dro allan i'r dŵr, yn fur rhag y môr agored, gan greu, rhyngddo a'r tir, hafan ddofn a glanfa i longa o bob maint. Anelai Zahedi'n uniongyrchol am y cei hwnnw. Oedodd Sam ar ben pwt o allt i weld yn union i ble'r âi.

Roedd yn amlwg fod y Cwrd yn gyfarwydd â'r dre ac â'r porthladd a'i fod hefyd yn gwybod bod cwch yn ei ddisgwyl wrth y cei. Cerddodd ar ei union dri chwarter y ffordd ar hyd y llwyfan concrid at lle'r oedd pedwar llongwr yn siarad â'i gilydd. Gwelodd y cyfarch rhyngddynt, a phawb ond un ohonynt wedyn yn byrddio cwch cyflym yr olwg.

Erbyn i Sam ddod o fewn canllath iddi, roedd injan gre wedi gwthio'r *Samak* allan i ddŵr y porthladd ac yn troi ei thrwyn am y môr agored. '*Samak!*' Pysgodyn! Enw da ar gwch, mae'n debyg, meddyliodd. Yna clywodd y peiriant yn ffyrnigo a gwelodd y *Samak* yn codi'i phen yn rymus wrth i'r dŵr o'i hôl gael ei gorddi'n ewyn. O fewn dim roedd hi a Zahedi'n diflannu o'i olwg heibio trwyn y morglawdd concrid. Roedd y Cwrd wedi llithro o'i afael.

Dyna pryd y sylwodd ar y gŵr a adawyd ar ôl. Roedd hwnnw, erbyn hyn, wedi neidio i gwch pysgota bychan a phur ddiolwg a gâi ei siglo o hyd gan gynnwrf ymadawol y *Samak*. Wrth iddo blygu dros rhyw orchwyl neu'i gilydd, syrthiai ei wallt seimllyd yn loywddu dros ei wyneb, a sylwodd Sam ar frethyn ei grys a denim ei jîns wedi gwisgo'n dena ar y penelinoedd a'r penglinia.

Gwnaeth Ali al-Aziz sioe o redeg ato efo'i wynt yn ei ddwrn. 'Y *Samak* oedd y cwch yna sydd newydd adael?' gofynnodd yn gynhyrfus.

Cododd y dyn ei ben ac edrych arno gyda pheth parch. Doedd Arabiaid y Gwlff ddim mor gyffredin â hynny yn y rhan hon o'r wlad. 'Farsi,' meddai, gan ddefnyddio'i fysedd oeliog i wthio'i wallt yn ôl o'i dalcen uchel a'u cau wedyn am gudyn tena o farf. Yna, mewn Arabeg clapiog, '*Ma bihki arabi*' (Dydw i ddim yn siarad Arabeg).

Damia! meddyliodd Sam, gan syllu i'r gwyneb mahogani. Yna pwyntiodd yn llawn cyffro i gyfeiriad y môr agored gan ddefnyddio'i law arall i awgrymu rhywbeth yn llithro'n gyflym dros wyneb y dŵr. 'Y *Samak*?' gofynnodd eto.

Dalltodd y dyn wedyn mai yn y cwch ac nid mewn pysgodyn yr oedd diddordeb y dieithryn. '*Aiwa*' (Ia), meddai, a phwyntio i'r un cyfeiriad â Sam. '*Samak!*'

'Zahedi? Oedd Zahedi ar ei bwrdd?' Pan welodd ddryswch y llongwr, pwysodd fys i mewn i'w ddwy foch i arwyddo'r creithia. 'Zahedi?'

Gwenodd y llongwr ei ddealltwriaeth. 'Zahedi! *Aiwa*.'

Bu'r munuda nesa'n straen i'r ddau ohonynt wrth i Sam drio holi i ble'r oedd y *Samak* wedi mynd. Ceisiai egluro fod ganddo neges bwysig i'r gŵr efo craith ar ei ddwy foch. Ond pallodd amynedd yr Iraniad cyn hir, a chan droi'n ôl at ei waith yn y cwch, gwnaeth arwydd i awgrymu fod ganddo betha amgenach i'w gneud na dal pen rheswm efo rhywun nad oedd yn deall ei iaith. Y papur can mil *rial* yn llaw Ali al-Aziz a barodd iddo newid ei feddwl. Mwya sydyn, roedd cwestiwn y dieithryn yn haeddu sylw ac ystyriaeth fanylach. Chydig funuda'n ddiweddarach, gwawriodd dealltwriaeth eto yn ei lygada tywyll a chan gau bysedd garw'i law dde am yr arian pwyntiodd â'i law chwith tua'r gogledd-orllewin. 'Alyaty,' meddai. Ac yna'r eildro, 'Alyaty. Aserbaijân.'

* * *

Er y cynnwrf a deimlai, gwyddai Sam mai anobeithiol fyddai ceisio holi'r llongwr ynglŷn â llogi cwch cyflym i ddilyn y *Samak*. Go brin y câi lwyddiant, beth bynnag, mor hwyr â hyn yn y dydd. Alyaty! Dyna'r gair a glywsai'n cael ei ddefnyddio yn ystod y sgwrs rhwng Yakubovich a Zahedi yn y Villa Capri. Pe bai ond wedi sylweddoli ar y pryd nad gair cyffredin oedd o, ond enw lle yn Aserbaijân, yna fe allai fod wedi paratoi rhywfaint ar gyfer y sefyllfa yma.

Yn ôl y map, tri chan milltir union ar lwybyr y frân oedd rhwng Bandar-e Torkeman ac Alyaty a dim ond môr agored rhwng y ddau le. Dros dir byddai'r daith o leia deirgwaith hynny, ar hyd ffyrdd mynyddig a throellog. Y Caspian oedd ei unig ddewis, meddai wrtho'i hun, ond byddai raid aros tan fory a gobeithio medru ailgydio yn y trywydd ar ôl cyrraedd Alyaty.

Fe gymerodd bron i awr a hanner iddo ddod o hyd i berchennog cwch oedd yn barod i fynd ag ef i Aserbaijân drannoeth. Dros ddeg awr o fordaith yn ôl hwnnw, ac roedd deugain miliwn *rial* yn bris rhesymol i'w godi, o styried yr amser a'r risg. Wyth can punt a mwy! Drud, ond ni thrafferthodd Sam ddadla ag ef. Nid y gost oedd y broblem, ond yr amser. Fe garai fod wedi cael cwch cyflymach na'r un gaed ond, fel y byddai Taid Sir Fôn wedi'i ddeud, 'Ni wiw i dlotyn wrthod dim'.

Cyn mynd i chwilio am lety noson, prynodd ddillad mwy cyffredin iddo'i hun, yn ogystal â thorth arall a *kabab* i ddiwallu'i newyn. Prynodd lefrith hefyd i olchi'r cyfan i lawr. Daeth i'w feddwl roi caniad i Caroline Court yn ei fflat yn Knightsbridge ond siawns, meddai wrtho'i hun, bod criw'r Swyddfa Dramor, ar ôl gwrando ar y tâp, wedi sylweddoli arwyddocâd y cyfeiriad ar hwnnw at Alyaty a'u bod nhw rŵan gam ar y blaen iddo.

Felly, efo llai na chanpunt yn weddill o'r arian a gafodd gan Signorelli – a chofio'r wyth cant fyddai'n rhaid ei dalu bnawn drannoeth – aeth i chwilio am westy bychan rhad. Roedd yn ysu'n benna am y cyfle i dynnu'r lensys o'i lygaid llidus. Byddai bàth neu gawod o unrhyw fath yn hynod dderbyniol hefyd.

Treuliodd y min nos yn pori dros y map ac yn cynllunio at drannoeth. Roedd perchennog y cwch wedi mynnu na fyddai'n cychwyn tan un o'r gloch y pnawn neu'n hwyrach. Gan nad oedd gan y 'gŵr bonheddig', sef Ali al-Aziz, meddai, yr hawl swyddogol i roi troed ar dir Aserbaijân, yna byddai'n rhaid cyrraedd y wlad honno mewn tywyllwch. Sut nofiwr oedd y 'gŵr bonheddig'? Oherwydd, heb y dogfenna angenrheidiol, doedd o, Abolhassan, ddim yn mynd i fentro'i gwch yn nes na milltir i'r lan.

Yn llawn ansicrwydd yr aeth Sam i'w wely cul y noson honno. Cam annoeth ar y gora – neidio i ffau llewod yn wir! – oedd mentro i mewn i wlad ddiarth heb fisa. Roedd meddwl am neud hynny yn y tywyllwch, a heb syniad o ba fath o dirwedd oedd yn ei aros, yn ffwlbri o'r mwya, meddai wrtho'i hun. Gallai ddychmygu llais Meic, ei gyfaill gynt, yn wfftio'r fath hurtrwydd. A derbyn bod yr SAS wedi ei hyfforddi'n drwyadl ar gyfer sefyllfaoedd o'r fath, eto i gyd doedd o rioed wedi cael ei anfon i unlle ganddyn nhw heb fod wedi ei arfogi'n iawn.

Ar y fenter yma, fodd bynnag, doedd ganddo ddim cyllell boced hyd yn oed!

* * *

Ben bore, yn dilyn brecwast o goffi du cry, bara efo caws gafr i ddechra ac yna efo *halva shekam*, sef pâst siwgwr tebyg i'r hyn gawsai yn Isfahan, aeth Sam i chwilio am lyfrgell neu siop lyfra lle y medrai gael mwy o wybodaeth am Aserbaijân. Cyn gadael, fe gafodd edrychiad go ryfedd gan berchennog y gwesty. I hwnnw, nid yr un person oedd rŵan yn talu am ei stafell â'r Ali al-Aziz – yr Arab o ardal y Gwlff – a ddaeth neithiwr i chwilio am lety. Y wisg oedd yr unig wahaniaeth, serch hynny, meddai Sam wrtho'i hun. Yn ogystal â phenwisg draddodiadol y rhan yma o'r wlad, fe wisgai rŵan grys llwydlas tywyll o frethyn cras yn botymu at gorn ei wddw a throwsus ysgafn, llac yn cau am y ffêr. Yr un sandala â ddoe oedd am ei draed. Roedd wedi cymryd y gofal arferol eto heddiw i sicrhau bod düwch ei wallt a'i aelia a'i farf, a'r colur ar ei wyneb a'i ddwylo, yn ymddangos mor naturiol â phosib, ac roedd y lensys brown yn llai poenus hefyd erbyn hyn, ar ôl cael eu tynnu dros nos.

Doedd yr un dewis eang o bapura newyddion ddim i'w gael yn Bandar-e Torkeman ag yn Tehran neu Isfahan. Eto i gyd, yn ogystal â'r *Kayhan* a'r *Ettelaat*, sef y ddau bapur cenedlaethol, fe lwyddodd hefyd i brynu rhifyn o bapur taleithiol, wedi'i argraffu yn Tehran. Arabeg, yn hytrach na Farsi, oedd iaith hwnnw.

Hanes y bom yng Nghysegr Sanctaidd Khomeini oedd yn llenwi tudalen flaen y tri ond roedd yno hefyd, ym mhob un, lun o William Boyd, 'Americanwr a chyn-US Marine a oedd bellach yn gweithio i'r CIA'. Hyd y gallai Sam weld, yr un stori, air am air bron, oedd yn y tri phapur. Ac yn ôl y stori honno, rhywrai yn gweithio efo'r Americanwr – bradwyr wedi'u llwgwrwobrwyo ganddo

– oedd y ddau Aserbaijani a laddwyd tra oeddynt yn gosod y bomiau; y naill wedi'i saethu yn Isfahan, tu allan i'r Mosg Brenhinol, a'r llall wedi'i ddinistrio gan ei fom ei hun ym mhorth y Cysegr Sanctaidd. Roedd yr annuw hwnnw, trwy ei weithred ysgeler, nid yn unig wedi prysuro'i daith ei hun i Uffern, ond hefyd wedi anfon pedwar o filwyr dewr i wydfod Allah, a dau arall i'r ysbyty lleol efo anafiada difrifol. Ond roedd y sawl a symbylodd y cyfan, sef yr Americanwr, wedi dengid yn groeniach. Ffoadur heb unlle i ffoi oedd hwnnw bellach, yn ôl y tri phapur, ac amheuid ei fod rŵan yn cuddio mewn gwisg Arab rhag i neb ei adnabod. Yn dilyn y stori, ceid anogaeth ar i bob Moslem ffyddlon fod ar ei wyliadwriaeth, ac i dynnu sylw'r gwarchodlu milwrol pe digwyddent weld yr inffidél.

Be gythral oedd yn mynd ymlaen, gofynnodd Sam iddo'i hun. Fe ddylai Shellbourne yn Llundain fod wedi rhybuddio'r awdurdoda yn Iran am 'Ymgyrch Semtecs'. Fe ddylai llywodraeth y wlad, sef y Majlis, fod yn gwybod ymlaen llaw am gynllunia Mafiozniki Rwsia a Maffia'r Eidal i greu *Jihad*. Fe ddylen nhw hefyd fod yn gwybod mai gweithio i ddrysu'r cynllunia hynny yr oedd 'William Boyd', ac nad Americanwr ac aelod o'r CIA mohono o gwbwl. A sut ar y ddaear y cafodd y Wasg yn Iran afael ar lun ohono?

Sut bynnag, efo'r llun hwnnw'n serennu oddi ar dudalen flaen pob papur, ynghyd â disgrifiad manwl ohono hefyd, y peth calla iddo'i neud rŵan oedd cadw o olwg pobol, orau gallai. Gyda hyn, meddai wrtho'i hun, mi fydd un o'r papura yma'n siŵr o gyrraedd dwylo perchennog gwesty neithiwr, a pheri i hwnnw hel amheuon. Pe digwyddai hynny, fe gâi'r gwarchodlu milwrol ddisgrifiad manwl iawn o'r Ali al-Aziz newydd. Dim ond gobeithio na fyddai perchennog y cwch yn rhy ddrwgdybus.

Wedi prynu digon o fwyd a diod am ddeuddydd, a

bag hwylus i'w cario, fe 'ddiflannodd' Ali al-Aziz wedyn am deirawr, tan amser cyfarfod y cychwr am un o'r gloch. Wnaeth y ffaith fod hwnnw ddeng munud yn hwyr yn cyrraedd y cei ddim lles o gwbwl i nerfa Sam.

Llundain: Whitehall

'Cyrraedd y lle ydi'r broblem, Mr Calshot.' Syr Leslie Garstang oedd yn siarad. Roedd y tri ohonynt – Shellbourne, Caroline Court ac ynta – wedi cael eu galw i Westminster gan y Gweinidog Tramor. 'Mae'r CIA yn yr un cwch yn union â ni. Does ganddyn nhwtha chwaith neb yn digwydd bod yn y rhan yna o'r byd. Mae Aserbaijân tua deuddeg can milltir o Mosco, a dydi hi ddim mor hawdd symud o le i le yn yr hen Sofiet ag y byddai hi.'

'Ar ôl inni fomio Irac wyt ti'n feddwl?'

Nodiodd Syr Leslie'n ddwys. 'Chawn ni ddim gronyn o gydweithrediad gan Yeltsin na'r *Duma* o hyn allan, coeliwch fi. Nid ein bod ni wedi cael rhyw lawer erioed, wrth gwrs.'

'Dwi'n gwybod.' Rhwbiodd y Gweinidog Tramor ei lygaid yn flinedig. 'Pe baen nhw'n gwybod am fwriad y Mafiozniki i greu *Jihad* ac i werthu arfa i Iran, dwi'n rhyw ama y bydden nhw'n fwy na pharod i gau llygad i'r peth. Fe allwn ni anghofio Rwsia, felly. Be am Twrci, 'ta? Fedrwn ni gael dynion i mewn i Aserbaijân o fan'no?'

'Dyna ydan ni'n drio'i neud rŵan, Mr Calshot, ond fydd hi ddim yn hawdd, ac fe gymer amser. Rydan ni wedi cysylltu efo un o'n dynion yn Tehran, i hwnnw ffeindio'i ffordd i Alyaty. Ac mae'n siŵr gen i fod y CIA'n trio gneud rhywbeth tebyg.'

Cododd Martin Calshot y ffôn ac ordro coffi i'r pedwar ohonyn nhw. 'A dydi Semtecs ddim wedi cysylltu o gwbwl efo chi, Miss Court.' Deud yn hytrach na gofyn. 'Mae'r sefyllfa'n gwaethygu. Mae 'na ddrwg yn y caws yn rhywle. Mae'r adroddiad ym mhapura Iran bore 'ma yn profi hynny, fel y gwelson ni gynna ar y we. Yn y lle cynta, a ninna wedi'u rhybuddio nhw mewn da bryd be i'w ddisgwyl, sut gythral fuon nhw mor flêr â gadael i neb fynd â bom yn agos at y Mosg yn Isfahan, heb sôn am Gysegr Khomeini yn Tehran? Ac os mai dau Aserbaijani oedd y rhai a laddwyd, yn ôl fel mae'r Wasg yn Iran yn honni, yna pam maen nhw'n beio ac yn targedu Semtecs? Be ddigwyddodd i Zahedi, meddech chi? A be sy wedi digwydd i Semtecs? Ydach chi'n meddwl bod hwnnw'n dal yn fyw?'

Trwy wahanol stumia, awgrymodd y tri arall nad oedd ganddyn nhw ateb i'r cwestiwn.

Cyrhaeddodd y coffi, ond ni thrafferthodd yr Ysgrifennydd Tramor aros i'r ferch gau'r drws o'i hôl. 'A'r busnes Mailer 'ma.' Ar Shellbourne yr edrychai rŵan, a daeth euogrwydd hwnnw'n amlwg yn ei anniddigrwydd. 'Llanast, Shellbourne! Ac uffar o embaras, iti gael dallt.' Oedodd eiliad i neud yn siŵr bod y CBE bach yn teimlo'r embaras, yna aeth ymlaen, 'Faint o wybodaeth oedd gan Andrew Mailer am *Operation Semtecs*? Dim, meddet ti. Ond fedri di fod yn siŵr o hynny?' Oedodd eto, i orfodi Shellbourne i ymateb.

'Mae o wedi cyfadde pob dim i Julian Carson yn Scotland Yard. Efo rhywfaint o help gan y *chauffeur*, Foxon, roedd o'n anfon gwybodaeth i rywrai yn yr East End ynglŷn â chynllunia'r Llywodraeth a Scotland Yard, a Gwylwyr y Glanna hefyd, i daclo'r broblem gyffuria yn Nwyrain Ewrop. Rhaid bod rheini wedyn yn anfon yr wybodaeth ymlaen i Mosco. Fy marn i, a barn Julian Carson hefyd ar ôl iddo fo holi Mailer, ydi mai ar hap, yn hytrach na dim arall, y daeth Yakubovich i wybod am Semtecs.'

Cododd Calshot, ei gwpan yn ei law, a cherddodd at y ffenest. Daeth llymder o'r newydd i'w lais. 'Ar hap neu beidio, Shellbourne, mae'r drwg wedi'i neud. Ac o'r

Swyddfa Dramor mae o wedi deillio.'

'Ia, dwi'n derbyn hynny, syr.' Roedd y dyn bach mor agos at sachliain a lludw ag oedd yn bosib i rywun mor hunanbwysig fod.

'Ond mae 'na ddrwg arall yn y caws yn rhywle, yn does? Pwy roddodd yr wybodaeth am William Boyd i'r Wasg yn Iran? Ac ychwanegu'r celwydd ei fod yn gweithio rŵan i'r CIA! A sut gafodd y papura lun o Semtecs i gyd-fynd â'r celwydd hwnnw?'

'Dwi'n meddwl y medrwn ni fod yn eitha siŵr mai Yakubovich neu Signorelli wnaeth hynny.' Syr Leslie Garstang oedd pia'r geiria, ond roedd Caroline Court hefyd yn nodio'i phen i gytuno. 'Roedd o'n fwriad ganddyn nhw i fradychu Boyd beth bynnag. Mi fetia i 'mhen fod y llun a'r wybodaeth gan Zahedi wrth iddo fo adael Rhufain.'

'Dwi'n derbyn hynny, Syr Leslie.' Daeth tinc ddiamynedd i lais yr Ysgrifennydd Tramor. 'Ond mae pob papur o bwys yn Iran yn cario'r un stori'n union. I mi, mae hynny'n awgrymu bod rhywun go ddylanwadol yn y wlad wedi rhoi sêl ei fendith ar y cyfan. Rhywun sy'n agos at Arlywydd y wlad falla, neu at y *faqih*, sef yr arweinydd crefyddol.'

'Ond pam fyddai neb yn dymuno gneud hynny?'

'Pwy ŵyr, Miss Court? Pwy ŵyr? Os nad oes gan Rwsia law yn y peth!'

'Be? Yn swyddogol?'

'Peidiwch â swnio mor syn, Miss Court. Wedi'r cyfan, fe glywsoch chi ymateb ffyrnig y Cremlin a'r *Duma* pan ddechreuodd America a ninna fomio Irac ym mis Rhagfyr y llynedd. Ac fe wyddon ni i gyd am broblema economaidd a chymdeithasol Rwsia. I bob pwrpas, y Mafiozniki sydd bellach yn rheoli economi'r wlad, a dydi ambell wleidydd go amlwg yn ddim ond ci bach i rheini. Rhaid inni beidio bod yn rhy naïf ynglŷn â'r sefyllfa, gyfeillion. Erbyn heddiw, mae dynion fel Yakubovich lawn mor ddylanwadol â Yeltsin ei hun.' Trawodd ei gwpan ar y ddesg a cherdded draw at ddrws y stafell i arwyddo fod y cyfarfod ar ben. 'Gyda llaw, be ydi'r diweddara am y ddau gafodd eu dal yng Ngogledd Cymru? Ydyn nhw wedi cael eu cyhuddo eto o lofruddio'r peilot, Merryman, a'r sarjant o'r SAS?'

Shellbourne atebodd. Roedd ef a'r ddau arall hefyd ar eu traed erbyn hyn, yn paratoi i adael. 'Ydyn, er ddoe. Ac yn ôl Scotland Yard, mi fydd sawl arést arall yn ystod y dyddia nesa.'

'Hm! Mae rhyw dda yn dod o bob drwg mae'n debyg. Unrhyw wybodaeth, Syr Leslie, ynghylch y busnes 'na yn Riyadh? Oes gynnon ni ryw syniad pwy laddodd y Coldon a'r Caziragi 'na? Neu'r ddau arall yn Damascus?'

Ysgydwodd Dirprwy Gyfarwyddwr MI6 ei ben.

'Hy! Fel roeddwn i'n ddeud, mae 'na ryw ddrwg arall yn y caws yn rhywle. Y Villa Capri 'ta? Unrhyw wybodaeth bellach o fan'no?'

'Na, dim.'

'Ddylen ni ddim awgrymu cymryd Signorelli a Savonarola i mewn? Trwy Interpol dwi'n feddwl. Mae gynnon ni fwy na digon o dystiolaeth yn eu herbyn nhw.'

Daliai Martin Calshot y drws yn agored erbyn hyn. 'Dydyn nhw ddim yn mynd i unlle, Miss Court.'

'Oes modd rhybuddio neu helpu Semtecs 'ta?' Wrth ofyn y cwestiwn ac wrth droi o'r naill wyneb i'r llall, fe synhwyrodd Caroline Court ei diffyg profiad ei hun yn ei swydd. Hi, wedi'r cyfan, oedd cyswllt Semtecs. Os na wyddai hi sut i gael gafael arno, yna sut oedd disgwyl i neb arall?

'Fel dwi wedi'i ddeud eisoes . . . ' Roedd geiria'r Ysgrifennydd Tramor yn dianc trwy'r drws agored. ' . . . Mae Semtecs ar ei ben ei hun. Os bydd o'n llwyddo, fydd neb yn hapusach na fi. Ond os mai methu wneith o, yna fyddwch chi, mwy na finna wrth gwrs, ddim wedi clywed sôn amdano fo rioed.'

Aserbaijân

Yn ystod y daith hir ar draws cornel isa y Môr Caspian, o Bandar-e Torkeman i Alyaty, cafodd Sam gyfle i holi chydig am Aserbaijân a chyflwr y wlad honno, yn dilyn datgymalu'r Undeb Sofietaidd. Doedd Abolhassan, ei gychwr, ddim yn gwybod rhyw lawer, medda fo, ac eithrio'r hyn a glywai gan longwyr a theithwyr oedd yn dod i Bandar-e Torkeman o Baku, sef prif borthladd Aserbaijân. Llawer o dlodi yn y wlad, mae'n debyg, a nifer o'r rhai oedd yn gweithio'r tir yno wedi arallgyfeirio ac wedi troi at dyfu'r pabi i gynhyrchu heroin. Chydig a wyddai am Alyaty ei hun, medda fo, 'mond ei fod yn borthladd-dŵr-dwfn, rhyw hanner can milltir i'r de o Baku, a bod yno burfa olew fawr iawn yn ei dydd, ond nad oedd honno mor bwysig nac mor brysur bellach. Y burfa oedd y porthladd i bob pwrpas; roedd tre Alyaty ei hun gryn bellter oddi wrth y môr. Roedd pibella olew, meddai, yn rhedeg yr holl ffordd oddi yno, ac o Baku, ar draws gwlad i borthladd Batumi, ar lan y Môr Du, yn Georgia.

Gydol yr oria ar y dŵr, ni wnaeth Abolhassan unrhyw ymgais i holi Sam ynglŷn â phwrpas ei ymweliad answyddogol ag Aserbaijân. O bryd i'w gilydd, fodd bynnag, byddai ei wyneb yn cymylu wrth iddo rybuddio am beryglon y fenter. Ar yr adega hynny byddai ei wyneb main yn caledu a'i gorff gewynnog yn tynhau drwyddo. Os dywedodd unwaith fe ddywedodd ganwaith na fyddai'n mentro'i gwch yn nes na milltir i'r lan ac y byddai'n rhaid i Sam nofio a gofalu amdano'i hun o fan'no 'mlaen.

Er bod y môr yn rhyfeddol o lyfn a'r cwch yn un eitha pwerus, eto i gyd fe deimlai Sam y rhwystredigaeth yn tyfu o'i fewn wrth i'r oria lithro heibio. Erbyn tywyllnos roedd y rhwystredigaeth wedi rhoi lle i bryder wrth iddo styried mwy ar ei sefyllfa a dechra difaru mentro cyn belled. Roedd yn mynd i wlad ddigroeso, heb hawl, heb fisa. Hyd yn oed pe llwyddai i gyrraedd tir yn ddi-drafferth, sut ar y ddaear oedd o'n mynd i ddod o'no wedyn? Ac i ble'r âi? Nid yn ôl i Iran yn reit siŵr. Felly ble? Gwledydd cyn-gomiwnyddol oedd y lleill i gyd o'i gwmpas – Armenia, Georgia, Daghestan – ac roedd y Mafiozniki'n ddylanwadol iawn ym mhob un o'r rheini, yn ôl Syr Leslie Garstang. Felly hefyd yn Aserbaijân, wrth gwrs, atgoffodd ei hun.

O'r diwedd, medrodd ddwyn orig o gwsg di-freuddwyd. Pan ddeffrowyd ef gan fysedd main yn gwasgu i'w ysgwydd, neidiodd yn reddfol i'w draed, yn barod i'w amddiffyn ei hun. Dychrynwyd Abolhassan gan sydynrwydd a ffyrnigrwydd y symudiad. 'Alyaty!' meddai hwnnw'n wyntog yn ei fraw, gan bwyntio i'r tywyllwch. 'Alyaty!' meddai wedyn.

Teimlodd Sam oerni'r nos a fferdod ei gwsg yn cydio ynddo nes peri cryndod ysgafn trwy'i gorff. Edrychodd ar ei wats. Ugain munud wedi tri. Ar ddüwch y gorwel roedd clwstwr o oleuada'n toddi i'w gilydd. 'Alyaty? Wyt ti'n siŵr?' Y peth ola oedd arno'i eisiau mewn gwlad ddiarth oedd glanio falla filltiroedd o'r fan lle'r oedd Zahedi.

'Alyaty!' meddai'r cychwr main eto, yn fwy cadarnhaol. Yna clywodd Sam yr injan yn distewi.

'Be gythral wyt ti'n neud? Rwyt ti'n mynd â fi'n nes i'r lan na hyn, siŵr dduw!'

'Rhy beryglus.' Er na allai weld gwyneb Abolhassan yn iawn, gallai Sam synhwyro'i bryder a'i anniddigrwydd.

'Uffar dân! Milltir ddeudist ti! Mae'r goleuada acw yn nes at dair milltir i ffwrdd.' Dechreuodd ddifaru rhoi'r tâl llawn iddo cyn cychwyn o Bandar-e Torkeman.

'Rhaid iti gychwyn rŵan . . . cyn y patrôl.'

Casglodd Sam mai cyfeiriad oedd hwnnw at gwch patrôl y glannau ac nad oedd amser i ddadla. Fe allai, wrth gwrs, orfodi'r cythral i fynd â fo'n nes at y tir, ond roedd risg yn hynny hefyd. Be oedd o'n wybod am Abolhassan, wedi'r cyfan? Roedd y dyn yn ddiarth iddo. Beth pe bai o'n cytuno, dan bwysa, i fynd â fo'n nes ac yna, unwaith y byddai Sam yn y dŵr, yn cymryd yn ei ben i dynnu sylw'r patrôl? Pa obaith wedyn?

'Damia dy liw di! Y cachgi uffar!' Lapiodd ei ddillad a'i sandala i le bychan a'u gwthio i'w fag bwyd gwag. 'A finna wedi rhannu 'mwyd i gyd efo chdi, y diawl diegwyddor!' Yna cafodd afael ar ddarn o gortyn a chlymu'r bag ar draws gwaelod ei gefn. Roedd yn barod i lithro i'r dŵr, heb ddim ond ei drôns amdano.

Ni thrafferthodd ffarwelio efo Abolhassan. Llamodd dros ymyl y cwch a theimlo oerni'r Caspian yn cau amdano. Anelodd am wawl y goleuada yn y pellter a dechra nofio'n gry i'w gyfeiriad, gan ddiolch bod ias y dŵr wedi cilio'n syth ac nad oedd y tonna'n fawr. Diolch hefyd nad oedd math o lanw a thrai yn y môr tirgaeedig yma. Rywle yn y tywyllwch o'i ôl clywodd injan y cwch yn tanio ac yna'n pellhau. Y gamp a'r gyfrinach, meddai wrtho'i hun, gan gofio'i hyfforddiant yn yr SAS, oedd cyflyru ei ddychymyg i feddwl am y corff fel peiriant, ac i gadw patrwm cyson, diruthr i'w strôc. Disgyblu'r meddwl, dyna oedd yn bwysig. Dim problem! Onid oedd wedi hen arfer gneud hynny wrth redeg, pan yn gwthio'i gorff i'w eitha? Ond iddo gael rhythm sefydlog, yna buan y deuai'r corff i anghofio pellter y dasg ac i anwybyddu ei flinder ei hun.

Cyn hir, daeth i deimlo ei fod yn un â'r dŵr, yn codi a gostwng yn reddfol gydag ymchwydd pob ton. Er bod y gola i'w weld o hyd ar y gorwel, nid hwnnw oedd y nod bellach. Pwysicach o lawer oedd canolbwyntio ar gyflwr peiriannol y meddwl a'r corff. Ni allai weld, ar y gorwel tu ôl iddo, y rhimyn arall o oleuni'n tyfu wrth i'r wawr ledu o'r dwyrain.

Aeth awr a hanner heibio cyn i'w draed grafu ar dywod. Erbyn hynny roedd clwstwr y golau a welsai o'r

cwch wedi datgymalu'n fil myrdd o lampa unigol yn
oerni'r bore cynnar. Rhimyn cul o draeth oedd yno, a
llinell o dwyni isel yn gysgod rhyngddo a llifoleuada'r
burfa olew tu hwnt. Cyn codi'i ysgwydda trwm o'r dŵr,
chwiliodd y traeth ar ei hyd. Doedd undyn byw yn y
golwg. Yna, trodd i edrych allan i'r môr, a gweld yr hyn
y bu'n ymwybodol iawn ohono ers meitin tra oedd yn
nofio. Draw i'r chwith, rhyw hanner milltir o'r lan ac yn
llenwi awyr y gogledd-ddwyrain efo'i düwch, roedd
tancer olew anferth yn llonydd wrth angor. Gyferbyn â
hi, ac yn rhedeg allan o'r tir fel pe mewn ymgais
aflwyddiannus i'w chyrraedd, roedd cei concrid uchel,
wedi'i godi'n unswydd at lwytho neu ddadlwytho olew,
ni wyddai Sam pa un. Nid oedd wedi ceisio dyfalu, tan
rŵan, be oedd pwrpas y bibell olew a welsai ar y map; ai
i ddod ag olew i mewn i'r wlad ynte i fynd â fo allan
ohoni.

Wedi gneud yn siŵr nad oedd neb yn symud ar fwrdd
y tancer, ymgripiodd i fyny'r traeth a chladdu'i hun o'r
golwg rhwng y twyni. Dyna pryd y teimlodd yr oerni'n
cydio ynddo gan fygwth cloi pob cymal yn ei freichia, ei
ddwylo a'i goesa. Datododd y bag oddi am ei ganol, gan
wybod na fyddai'r dillad gwlyb oedd ynddo yn cynnig
dim cnesrwydd.

Pan gododd yn ofalus i'w draed o'r diwedd, teimlai ei
goesa'n gwegian yn wan oddi tano. Roedd y daith i'r lan
wedi bod yn fwy o dreth gorfforol nag y tybiodd. Ar yr
un pryd, teimlai'r dillad oer yn glynu i'w groen a
sylweddolodd bod yn rhaid iddo symud yn fuan er
mwyn cyflymu cylchrediad ei waed.

Roedd wedi disgwyl gweld ffens uchel rhyngddo a'r
burfa, ond doedd dim. Gwelodd hefyd mai rhan yn unig
o'r burfa oedd yn cael ei goleuo, a'r pibella yn fan'no'n
loyw o dan y lampa cry ac ym mhelydra haul cynnar.
Roedd rhan helaetha'r burfa, fodd bynnag – tua thri
chwarter ohoni ym marn sydyn Sam – yn farw dywyll ac

yn awgrymu ei bod wedi sefyll yn segur felly ers rhai blynyddoedd. Dyma'r rhan oedd yn cynnig diogelwch iddo, meddai wrtho'i hun. Yn ddiolchgar, anelodd amdani gan gadw at gysgod llwyni gwyllt o ddrain a moresg cras.

Unwaith yr oedd yn ei chysgod cafodd gyfle i edrych o'i gwmpas. Roedd y peipia mawrion yn cordeddu uwch ei ben ac yn cau'r awyr allan yn gyfan gwbwl bron. Gyda chydig ddychymyg gellid meddwl ei fod wedi'i ddal yng ngholuddion rhydlyd rhyw anghenfil metal anferth a rheini'n cael eu cynnal gan bileri o ddur a chalonna o dancia anferth. Roedd y ddaear rhwng y pileri ac o dan y pibella yn glir o dyfiant ac yn cynnig cyfle da iddo redeg a chnesu heb i neb ei weld. Felly, heb drafferthu efo na phenwisg na cholur, ac er gwaetha'r sandala llac am ei draed, dechreuodd redeg yn egnïol i fyny ac i lawr y rhodfa y digwyddai fod ynddi.

Bu wrthi am hanner awr galed nes teimlo'i wynt yn byrhau, ond ei goesa'n adennill eu nerth a'i gorff yn adfer ei wres. Pan lonyddodd o'r diwedd, y peth cynta a ddaeth i'w feddwl oedd y gwegni yn ei stumog. Mae'n beryg y bydd raid iti fyw yn hir efo hwnnw, Sam, meddai wrtho'i hun.

Treuliodd amser wedyn yn rhoi colur ar ei wyneb a'i ddwylo, ond heb ddrych ni allai fesur ei lwyddiant. Gwisgodd y ddwy lens hefyd, i dywyllu iris ei lygaid unwaith eto. Yna mentrodd yn nes at y burfa oleuedig, heb wybod yn iawn be i'w ddisgwyl nac i ble'r oedd yn anelu. Fe allai Zahedi fod filltiroedd i ffwrdd erbyn rŵan. Ar ei ffordd i Mosco falla! Hwyrach bod awyren neu hofrennydd yn ei ddisgwyl yma ddoe, yn syth oddi ar y cwch; mai dyna fu'r trafod a'r trefnu a gofnodwyd mor aneglur ar dâp o dan feranda'r Villa Capri. Ond roedd greddf Sam yn gwrthod derbyn y posibilrwydd hwnnw. Unwaith eto fe deimlodd y cyswllt anniffiniol rhyngddo a Zahedi, fel rhyw linyn Ffawd yn eu clymu ynghyd.

Roedd y dydd yn glasu. Edrychodd ar ei wats a diolch ei bod yn dal i fynd, ar ôl trochfa mor hir. Chwarter wedi chwech. Byddai'n rhaid symud, a hynny'n gyflym, oherwydd o fewn dim fe allai'r lle fod yn fwrlwm o weithwyr. 'Ond mynd i ble, wedyn?' gofynnodd, ac ateb ei gwestiwn ei hun yn syth, 'Alyaty . . . y dre . . . Os ydi Zahedi'n dal o gwmpas, lle arall all o fod ond yn fan'no?'

'Aros lle'r wyt ti!'

Fferrodd Sam yn sŵn y geiria y tu ôl iddo.

'Paid â symud! Paid â throi! A chadw dy ddwylo lle medra i eu gweld nhw!'

Arabeg oedd yr iaith ond, a barnu oddi wrth yr acen, nid Arab oedd yn siarad. Diawliodd Sam o dan ei wynt; melltithio'i flerwch ei hun. Ar ôl y cyfan y bu trwyddo'n ddiweddar, roedd eiliad neu ddwy o ddiofalwch wedi ei yrru rŵan fel llygoden i drap. Hanner disgwyliai'r fwled i'w gefn, ond ar yr un pryd roedd ei feddwl yn brysur ar waith. Os nad oedd modd cael y gora yn gorfforol ar bwy bynnag a safai tu ôl iddo efo gwn, yna byddai'n rhaid ei dwyllo mewn ffordd arall.

Dechreuodd ei gorff ysgwyd a chrymu yn sŵn ei igian crio. 'Peidiwch â'm riportio fi, plîs,' ymbiliodd, gan greu argraff o rywun hanner call. 'Dim ond isio lle i gysgu oeddwn i.'

'Celwyddgi!'

Roedd pwy bynnag oedd yno wedi dod yn nes, ond nid yn ddigon agos chwaith i fedru gneud dim ynglŷn â fo na chael yr afael drecha arno. Roedd mwy nag un ohonyn nhw, mae'n siŵr!

'Ar fy llw, syr! Does gen i ddim cartre . . . '

'Celwyddgi, medda fi eto! Celwyddgi! Mustyr William Boyd!'

Rhoddodd calon Sam dro. Nid jyst oherwydd yr adnabyddiaeth, ond hefyd oherwydd y newid yn yr iaith. Roedd pwy bynnag oedd yno nid yn unig yn ei gyhuddo wrth ei enw, ond hefyd yn trio'i faglu i ddefnyddio

Saesneg. Ond nid Sais nac Americanwr oedd pia'r acen. Nid Rwsiad na Chwrd chwaith, meddyliodd Sam, gyda pheth rhyddhad.

'*Ma bafham*' (Dydw i ddim yn dallt).

'*Ma bafham* o ddiawl! Paid â chwarae efo fi, Mistyr Boyd.' Hebraeg oedd yr iaith, bellach!

O gornel ei lygad chwith, gwelodd Sam faril y gwn yn dod i'r golwg, yna'r llaw a'r fraich. Wrth gamu rownd wysg ei ochor, cadwai'r dieithryn bellter parch rhyngddynt.

'Neu falla mai Semtecs y dylwn i dy alw di!'

Trodd Sam ei ben yn siarp, wedyn, i edrych arno, a theimlodd ei galon yn llenwi efo plwm. 'Grossman! Marcus Grossman!'

Chwaraeai cysgod gwên dros wyneb yr Iddew golygus. 'Pa iaith siaradwn ni? Saesneg? Arabeg? Hebraeg? Fe gei di ddewis.'

Doedd fawr o bwynt celu bellach. Doedd dim modd twyllo'r llygaid duon, craff. Nid rhywun-rhywun, wedi'r cyfan, oedd hwn ond cyn-aelod o gatrawd gudd enwog y Mossad, a'i hyfforddiant wedi bod lawn mor drwyadl ag un Sam ei hun.

Erbyn hyn roedd Grossman wedi dod i sefyll yn union o'i flaen, efo hanner-gwên fodlon yn plycio corneli'i geg, a'i wn – *AK-47* – ar anel tuag at ben y Cymro. Hawdd gweld fod cael y gora ar Semtecs wedi rhoi pleser mawr iddo.

Ond falla bod un gobaith ar ôl, meddai Sam wrtho'i hun. 'Grossman! Uffar dân, dwi'n falch o dy weld di!' Llais ac acen Bill Boyd o Milwaukee. 'O ble doist ti, y Jeremeia diawl? Lle uffar mae Yakubovich a Semko? Maen nhw i fod i 'nghwarfod i yn Alyaty bora 'ma. Ei di â fi atyn nhw?'

Lledodd y wên dros wyneb yr Iddew a syrthiodd ffroen y gwn y mymryn lleia yn ei law. 'Pe bawn i'n meddwl am eiliad dy fod ti yma i gwarfod y ddau yna, faset ti ddim yn fyw rŵan.' Gostyngodd y gwn nes ei fod yn pwyntio at y ddaear. 'Mi wn i pwy wyt ti, Semtecs. A dwi'n gwybod pam dy fod ti yma.' Pwyntiodd at bâr bychan o finociwlars yn hongian am ei wddw. 'A mi welis i chdi'n cyrraedd!' Daeth awgrym o wamalrwydd i'w lais. 'Be wnest ti? Nofio'r holl ffordd o Iran?'

Ymlaciodd Sam wrth i fygythiad y gwn ddiflannu, ond caledodd ei lygaid. 'Os wyt ti'n gwybod cymaint, hwyrach y deudi di be 'di dy fusnes di yma. Pan welis i chdi ddwytha roeddet ti ar dy ffordd i Jeriwsalem yng nghwmni Esther Rosenblum. Roeddech chi'n mynd i greu tipyn o lanast ar Fynydd Moriah, os dwi'n cofio'n iawn. Be ddigwyddodd?'

Gwenodd yr Iddew yn llydan rŵan. 'Tipyn o anlwc, a deud y gwir. Fe gafodd Esther ei dal gan y milwyr, cyn inni fedru gneud dim.'

Syllodd Sam yn chwilfrydig arno, wrth deimlo bod Grossman yn chwarae gêm efo fo. 'A lle mae hi rŵan?'

'Yn ddigon saff mewn cell.'

'Dwyt ti ddim i weld yn poeni rhyw lawer, o styried bod y ddau ohonoch chi wedi bod mor . . . mor glòs.'

Tro Grossman oedd edrych yn chwilfrydig, cyn i'w wyneb lacio eto mewn gwên. 'A! Wrth gwrs! Fe glywodd Mustyr Semtecs ni'n caru, mae'n siŵr. Walia'r Villa Capri yn rhy dena, mae'n debyg.'

'Felly . . . ?'

'Felly . . . ,' Sobrodd yr Iddew drwyddo. ' . . . mae'n bryd inni'n dau siarad yn blaen. Wyt ti ddim yn meddwl?'

'Digon teg. Dechreua di. Mae'n amlwg dy fod ti'n gwybod mwy amdana i nag ydw i amdanat ti.'

'Ha! Dwi'n ama hynny hefyd, gyfaill. Wyt ti'n trio deud na chest ti weld fy ffeil i gan MI6?'

'Dwi'n gwybod iti unwaith fod yn un o ddynion gora'r Mossad ond iti ddwyn gwarth arnat dy hun a chael dy daflu i garchar.' Gwawriodd dealltwriaeth sydyn. 'Ha!

Ond nid dyna ddigwyddodd, yn nage? Act oedd y cyfan. Dwi'n gweld rŵan! Act i gael dy dderbyn i'r Villa Capri.'

Daeth y wên yn ôl eto. 'Dim mwy o act nag un Bill Boyd o Milwaukee, neu un Liam O'Boyd yn dengid o'r Maze.'

'Ers pryd wyt ti'n gwybod am hwnnw?'

'Roeddwn i'n gwybod am "Ymgyrch Semtecs" o fewn deuddydd iti gyrraedd y Villa Capri.' Oedodd cyn mynd ymlaen yn fwy difrifol. 'Doeddwn i ddim yn meindio iti fod yno, cyn belled â dy fod ti ddim yn drysu 'nghynllunia i.'

'Be am Esther Rosenblum?'

'Hogan handi! Wyt ti ddim yn meddwl?'

Synhwyrodd Sam fod yr Iddew eto'n gwamalu. 'Faswn i ddim yn ei chicio hi o 'ngwely, dwi'n cyfadda, ond nid dyna 'nghwestiwn i.'

Unwaith eto diflannodd y wên a chaledodd y llygaid. 'Doedd Rosenblum yn gwybod nac yn ama dim. Carchar ydi'i lle hi. Mae hi'n rhy beryglus fel arall. Gormod o ysbryd dial yn ei gwaed hi.'

'Nid dyna oeddet ti'n feddwl pan oeddet ti'n rhannu'i gwely hi!'

'Doedd gen i ddim dewis. Roedd yn rhaid imi wybod pa waith oedd gan Signorelli ar ei chyfer hi. Roedd yn bwysig hefyd ei bod hi'n fy nhrystio i, fel 'mod i mewn sefyllfa i gadw llygad arni yn Jeriwsalem, nes i'r lluoedd diogelwch ei chymryd hi i mewn.'

'Ddigwyddodd dim byd yn Jeriwsalem, felly? Dim bom? Dim llanast? Dwi'n casglu na ddigwyddodd dim byd ym Mecca na Damascus chwaith, neu mi faswn i wedi gweld rhywbeth am hynny yn un o bapura Iran . . .'

Ysgydwodd yr Iddew ei ben y mymryn lleia i gadarnhau amheuon Sam. Roedd gwên arall yn chwarae ar ei wefus.

' . . . Ond dyna fo, roedd y Swyddfa Dramor yn

Llundain wedi anfon rhybuddion i'r gwahanol wledydd ac mi wnaeth hynny'r tric, mae'n debyg . . . '

'Ac rwyt ti'n meddwl mai Llundain achubodd y sefyllfa, wyt ti?'

Sylwodd y Cymro fod y wên, erbyn hyn, yn llydan fel giât a bod rhywfaint o hunanfodlonrwydd, rhodres hyd yn oed, yn y llais.

'Mae'n amlwg dy fod ti am ddeud yn wahanol wrtha i. Be am Coldon a Caziragi ym Mecca? A Bruger a Razmara yn Damascus? Gawson nhw eu dal?'

'Naddo.' Oedodd Marcus Grossman rai eiliada. 'Welodd Coldon a Caziragi mo Mecca. Aethon nhw ddim pellach na Riyadh.'

Gwyddai Sam wedyn be oedd wedi digwydd. 'Maen nhw wedi'u lladd! Dy griw di oedd yn gyfrifol, mae'n debyg?'

Wrth synhwyro'r nodyn beirniadol yn llais y Cymro, trodd yr Iddew hefyd yn fwy difrifol. 'Doedd dim dewis arall. Roedd Llundain ac MI6 yn naïf ar y diawl os oedden nhw'n mynd i adael pob dim tan y funud ola ym Mecca. Cofia di fod Signorelli wedi trefnu mai rhywun arall oedd yn gosod y bomia, yn y Mosg Mawr ac ar Fynydd Arafat! Ond os nad oedd Coldon a Caziragi o gwmpas, i gymryd y bai, yna doedd hynny ddim yn mynd i ddigwydd.'

'Hm! A Bruger a Razmara yn Damascus? Be ddigwyddodd iddyn nhw 'ta? Yr un peth? Y Mossad eto? Be? Bwled i'r pen?'

'Ia.'

'A dyna'r unig ffordd?' Roedd y nodyn beirniadol yn dal yno yng ngoslef y llais.

'Gwranda, Semtecs! . . . neu beth bynnag ydi dy enw iawn di . . . Fedrwn ni'r Iddewon ddim fforddio gadael unrhyw beth i siawns. Fedrwn ni ddim fforddio cymryd unrhyw fath o risg. Pe bai bom wedi ffrwydro wrth y Kaa'ba yn y Mosg Mawr ym Mecca neu yn yr Haram esh-

Sharif ar Fynydd Moriah yn Jeriwsalem, a bod Islam yn cyhoeddi rhyfel sanctaidd, wyt ti'n meddwl o ddifri mai America neu Prydain fyddai'r targed cynta iddyn nhw?'

Gwyddai Sam fod Grossman yn deud y gwir. Pe cyhoeddid *Jihad*, yna Israel fyddai'r targed cynta un. Roedd y PLO a Hizbollah ac unigolion fel Saddam ac Osama bin Laden wedi bod yn cynhyrfu'r dyfroedd ac yn paratoi'r ffordd at ryfel sanctaidd ers tro bellach, a hynny dan anogaeth fud Rwsia a Tseina. Wrth gwrs, doedd ymagweddu rhyfelgar a hunan-falch America a Phrydain ddim wedi helpu rhyw lawer chwaith. Fe ddylai'r Gorllewin ddiolch, meddyliodd Sam, bod yr awdurdoda mewn gwledydd fel Iran a Syria, yr Aifft a Gwlad Iorddonen, yn ogystal ag Israel wrth gwrs, wedi bod yn ddigon doeth a hirben i sylweddoli be oedd yn digwydd ac, efo help Kofi Annan, Ysgrifennydd Cyffredinol y Cenhedloedd Unedig, wedi llwyddo i gadw dysgl y Dwyrain Canol yn rhyfeddol o wastad.

' . . . Rydan ni yn y gêm yma ymhell o'ch blaena chi. Fe wyddon ni ers dros flwyddyn am gynllunia'r Mafiozniki ac am y stôr anferth o arfau roedden nhw'n gasglu. Fe wydden ni hefyd am eu cysylltiad nhw efo Maffia'r Camorra a'r N'drangheta yn yr Eidal. Fe benderfynwyd, fisoedd yn ôl, 'mod i'n trio cael fy nerbyn i'w plith nhw.'

'Stỳnt, a dim byd arall felly, oedd dwyn y gemau a chael dy anfon i garchar.'

Fflachiodd dannedd Grossman yn rhes wen, hir. 'Fu hi ddim yn hawdd cael fy nerbyn. Dim ond ar ôl i Signorelli ddechra hel criw i'r Villa Capri y daeth y cyfle.' Diflannodd y wên mewn gwg sydyn a chododd baril y gwn y mymryn lleia. 'Chei di na neb arall sefyll yn fy ffordd i bellach.'

Sylwodd Sam ar y talcen wedi'i grychu'n fygythiol ac ar y modd penderfynol y gwthid yr ên allan. Gwelodd hefyd yr ymroddiad llwyr – gorffwyll bron – yn y llygaid tywyll. Teimlodd ei waed ei hun yn cnesu. 'Gwranda,

Grossman! Nid chdi ydi'r unig un sydd wedi rhoi amsar ac ymdrech i'r busnas yma. Mae gen inna lawar i'w golli, mêt!' Cododd fys fel pe bai'n ateb i fygythiad y gwn. 'A dydw inna ddim yn mynd i gamu'n ôl, jyst am bod rhyw ben bach 'fath â chdi'n dal gwn yn fy ngwynab i. Feiddi di ddim blydi saethu beth bynnag, neu mi fyddi wedi tynnu sylw pawb.'

Rhythodd y ddau yng ngwyneba'i gilydd fel dau gorgi'n barod i gythru. Aeth Sam ymlaen, 'Mae 'na ddwy ffordd o fynd o'i chwmpas hi. Naill ai ein bod ni'n gweithio efo'n gilydd, neu ar wahân. Os wyt ti'n ormod o ben bach i feddwl bod arnat ti angan help, yna twll dy din di, mêt! Wna i ddim sefyll yn dy ffordd di.' Gostyngodd ei lais. 'Ond wnei ditha ddim sefyll yn fy ffordd inna chwaith, iti gael dallt!'

O dipyn i beth, llaciodd y tyndra ar wyneb yr Iddew ond parhaodd y difrifoldeb. Gyda'i fysedd, cribodd ei wallt du yn ôl o'i dalcen a chrafodd y mymryn lleia ar ei ben. 'Iawn!' meddai o'r diwedd. 'Fe weithiwn ni efo'n gilydd, ond yn ôl fy nghynllun i . . . '

'Iawn!' meddai Sam yn ôl. 'Fe weithiwn ni yn ôl dy gynllun di . . . os ydw i'n cytuno efo fo. Felly, wyt ti ddim yn meddwl y basai'n well iti egluro imi be sy gen ti mewn golwg?'

Ymlaciodd Grossman a mynd i eistedd efo'i gefn yn erbyn un o'r pileri dur. Aeth i'w boced a thynnu fflasg fechan, loyw ohoni. 'Hwda!' Taflodd hi at Sam. 'Ŷf dipyn o hwn'na, rhag iti fferru i farwolaeth.'

Cymysgedd cry o wisgi a dŵr oedd yn y fflasg a drachtiodd y Cymro'n ddiolchgar ohoni.

'Paid â phoeni! Mae gen i ragor. A bwyd hefyd os wyt ti'n llwglyd.' Gwelodd fod cwestiwn yn llygad Sam. 'Rhaid iti gofio 'mod i yma ers dyddia, yn gwylio ac yn paratoi.'

'Gwylio? Gwylio be?'

Daeth dryswch i lygad yr Iddew, yna dealltwriaeth.

Taflodd ei ben tywyll yn ôl a chwerthin yn ysgafn. 'Dwyt ti ddim yn gwybod, nacwyt! Mae'n amlwg nad oes gen ti syniad lle i fynd o fa'ma, na pha ffordd i droi.'

Gwylltiodd Sam am yr eildro. 'Gwranda'r cwdyn!' Trodd at y wats ar ei arddwrn. 'Rhyw awr go dda sydd ers imi gyrraedd y lle 'ma. Be uffar wyt ti'n ddisgwyl imi wybod, mwy na bod Zahedi wedi cyrraedd yma'n hwyr echnos? Ond dyro amsar imi . . .'

'Dwyt ti ddim yn gwybod lle mae o . . . na lle mae'r arfa'n cael eu cuddio?' Roedd y gwamalrwydd wedi cilio oddi ar wyneb Marcus Grossman. Cododd ac estyn am y fflasg arian yn ôl. 'Dilyn fi!' Heb aros rhagor, cerddodd yn ôl i olwg y môr gan gadw, serch hynny, o fewn y goedwig o beipia rhydlyd. 'Wyt ti'n meddwl mai llwyth o olew sydd ar nacw?' Pwyntiai at y tancer anferth allan yn y bae. 'Os felly, yna be, meddet ti, sydd o dan y rhwydi cuddliw ar ei dec?' Gyda hynny, trodd a cherdded yn gyflym yn ôl i berfedd y burfa segur, gan adael i Sam ei wylio neu ei ddilyn, fel y mynnai.

* * *

'Dydd Mercher! Ac rwyt ti'n siŵr o hynny?'

Eisteddent ar lwyfan cul yn syllu i lawr dros y traeth ac allan i'r môr. Y glwyd uchel hon fu cuddfan Marcus Grossman ers dyddia, medda fo wrth Sam. I'r dde, tu draw i'r burfa dywyll, ymestynnai traeth cul a diffeithwch o ddrysi a moresg am filltiroedd. I'r chwith, prysurdeb y burfa oleuedig a dynion yn mynd ynghylch eu gwaith yng ngwres haul canol bore. Ar y dŵr, gyferbyn â nhw, y dancer olew ddu anferth – y Baku-Batumi – fel morfil marw mewn dŵr bas. Doedd ymchwydd y don yn symud dim ar ei thrymder. Fe'i henwyd, meddai Grossman, ar ôl y ddau borthladd bob pen i'r bibell olew – Baku ar y Caspian a Batumi ar lan y Môr Du.

Roedd Sam wedi gwrando'n ddigwestiwn nes i'r Iddew orffen ei stori. Clywodd ef yn egluro fel y bu iddo adael Jeriwsalem mewn awyren fechan gynted ag yr arestiwyd Esther Rosenblum; teithio i'r gogledd dros y Môr Canoldir; hedfan i'r dwyrain gyda chaniatâd cyndyn gwlad Twrci, a mentro'n ddi-ganiatâd wedyn dros Lyn Urmia a gogledd-orllewin Iran, cyn croesi i Aserbaijân a glanio wrth barasiwt rhyw bymtheng milltir y tu allan i Alyaty. Mewn pecyn cefn trwm daethai â stoc o ffrwydron *semtex* efo fo, ynghyd â chaps i'w danio, yn ogystal â chyflenwad digonol o fwyd a diod. Roedd ganddo hefyd y gwn *AK-47* i'w amddiffyn ei hun a stoc o fwledi i fwydo hwnnw. Roedd pwrpas ei daith wedi bod yn glir iddo o'r cychwyn, meddai, sef suddo'r dancer olew efo'i llwyth o awyrenna, tancia, taflegra, arfau biolegol ac yn y blaen, cyn iddi gychwyn ei thaith i Iran. Yn ôl Grossman, roedd cytundeb cyfrinachol ynglŷn â gwerthiant yr arfau eisoes wedi cael ei arwyddo. Unwaith y câi rheini eu dadlwytho'n llwyddiannus yn Bandar-e Torkeman, yna fe lwythid y *Baku-Batumi* gydag aur gwerth wyth biliwn o ddoleri Americanaidd ar gyfer y daith yn ôl i Alyaty, ac fe gâi gweddill y bil, sef *Krugerrands* aur gwerth tair biliwn o ddoleri, ei dalu'n uniongyrchol i fanc yn Genefa yn y Swistir, yn enw Boris Yakubovich. Roedd y Majlis, sef llywodraeth Iran, wedi cael achos i gredu, meddai Grossman, bod CIA America ac MI6 Prydain, mewn cydweithrediad ag Israel, yn bwriadu sarhau Islam yng ngolwg y byd. Nod yr 'inffidél' oedd tanseilio'r ffydd Foslemaidd a dwyn gwarth ar Allah ei hun. Y Mafiozniki, eglurodd, oedd wrth wraidd y stori honno, ond dynion Savonarola, sef y N'drangheta, fu'n hau'r sibrydion ledled Iran. Yn ôl Grossman, roedd y ddwy ymgais aflwyddiannus yn ystod y dyddia diwetha i osod bomia yn y Mosg Brenhinol yn Isfahan ac yng Nghysegr Khomeini yn Tehran, yn siŵr o fod wedi cyfiawnhau arwyddo'r cytundeb.

'Ia, mi fydd hi'n codi angor yn gynnar fore Mercher ac yn cyrraedd Bandar-e Torkeman mewn llai na thridia.'

'Mae'n hamsar ni'n brin, felly.'

'Ydi, ond mae pob peth ar y gweill.'

Arhosodd Sam iddo fanylu, ond wnaeth o ddim. 'Be sy ar y gweill? A sut y gwyddost ti am eu cynllunia nhw?'

Caed saib arall cyn i'r atebion ddod. 'Maen nhw i gyd yma efo'i gilydd – Yakubovich, Semko a Zahedi – yn aros rywle yn y dre, yn Alyaty, rhyw chwe milltir o fa'ma. Maen nhw wedi ymweld â'r llong bore 'ma, i neud yn siŵr, am wn i, fod popeth wedi'i lwytho'n iawn. Mae pob dim – ac eithrio'r hofrenyddion, sydd i gyd ar y dec – wedi cael ei storio'n drefnus ym mol y llong; y tancia i gyd mewn un howld – union ddeugain ohonyn nhw; y taflegra – *SAM 7s* yn benna, rhai cannoedd o'r rheini – mewn howld arall, ond mae yno hefyd rywfaint o *Tomahawk Cruise* ac *Exocet*, yn ogystal â *Stingers*, *RPG-7s*, *Sidewinders* ac ati; mae howld arall yn llawn i'w hymylon efo cratia o *Kalashnikovs AK-47s*, a bwledi a magnela; un arall efo casgenni o nwy gwenwynig, pob math o arfa biolegol . . . *anthrax, ebola-pox* . . . '

Tynnodd Sam ei anadl i mewn trwy'i ddannedd, fel arwydd o'i syndod ac o ddifrifoldeb yr hyn a glywsai. 'Rwyt ti'n swnio fel petait ti wedi'u gweld nhw efo dy lygaid dy hun.'

'Wrth gwrs 'mod i! Lle wyt ti'n feddwl dwi wedi treulio'r ddwy noson ddwytha 'ma?' Pan welodd fod Sam yn aros iddo fanylu, aeth ymlaen, 'Capten ac un ar ddeg o griw fydd yn hwylio'r *Baku-Batumi* o fa'ma i Bandar-e Torkeman. Be .fyddai rhywun yn ei alw'n *skeleton staff* go iawn! Ond dydi'r criw ddim wedi cael ei ddewis eto. Ar y funud ola bosib y bydd hynny'n digwydd, rhag i fwy o bobol nag sydd angen ddod i wybod am y cargo. Yr unig rai ar fwrdd y llong yn ystod y nos ydi'r capten a dau wyliwr. Dydy'r gwylwyr eu hunain ddim yn broblem, wrth gwrs, ond y drwg ydi bod ganddyn nhw gi *rottweiler* bob un i'w helpu.'

'Ond fe lwyddaist ti i'w hosgoi!' Ni cheisiodd Sam gelu'r edmygedd yn ei lais.

Chwarddodd Grossman yn anghyfforddus. 'Doedd hi ddim yn anodd. Mae'r llong yn un mor fawr fel mai mater o aros f'amser oedd hi. Fel rheol maen nhw patrolio'r ddau ben ac yn dod at ei gilydd am sgwrs a smôc bob hanner awr. Maen nhw'n dafodrydd iawn bryd hynny, ac yn uchel eu cloch. Dyna sut y ces i wybod y manylion am y criw ac amser codi angor. Sut bynnag, ar yr awr am hanner nos union ac wedyn am bump o'r gloch y bore, maen nhw diflannu i neud swper ac yna brecwast iddyn nhw'u hunain . . . ac yn mynd â'u cŵn efo nhw!'

'Tipyn o jôc ydi'r system ddiogelwch, felly?'

'Ia. Mae'n amlwg nad ydyn nhw'n disgwyl unrhyw fath o drafferth.'

'Fe ddeudist ti fod petha ar y gweill gen ti. Be oeddet ti'n feddwl?'

'Yn ystod y ddwy noson ddwytha dwi wedi bod yn gosod ffrwydron yn erbyn cragen allanol y llong, ym mhob howld bron, ac eithrio'r un efo'r arfau biolegol wrth gwrs. Gwell i'r rheini suddo'n gyfan i'r gwaelod, os yn bosib. Mae'r *Baku-Batumi* yn un o'r tanceri olew hynaf sydd ar gael, felly does dim cragen ddwbwl iddi fel sydd i'r tanceri diweddara. Mae hynny'n gneud y gwaith o'i suddo hi'n haws. Mae 'na wyth howld i gyd ynddi, pedair bob ochor, a'r rheini wedi cael eu haddasu at y gwaith o storio'r arfau.'

'Ym mha ffordd?'

'Maen nhw wedi gosod ramp o'r dec i lawr i'r howld ac wedi torri twll llydan fel giât ym mhob *bulkhead*, fel bod modd symud yn rhwydd o'r naill howld i'r llall bellach. Roedd hynny'n hanfodol i fedru'i llwytho hi, ac mae wedi gneud petha'n haws o lawer i minna hefyd.

Heno dwi isio gorffen paratoi – gosod ffrwydron mewn tri lle arall ac amseru'r cwbwl i chwythu am un o'r gloch bnawn Mercher pan fydd y llong allan yn y môr agored. Fe ddylai hi fynd i lawr fel lwmp o blwm wedyn, a'i chargo efo hi.'

'A'r criw?'

'Pawb drosto'i hun!'

'Fe ddo i efo ti heno.'

Disgwyliai glywed Grossman yn gwrthwynebu, ond wnaeth o ddim.

* * *

Treuliodd y ddau weddill y dydd yn trafod ac yn cynllunio. Synnwyd Sam gan y wybodaeth fanwl oedd gan Grossman am gynllunia'r Mafiozniki a Maffia'r Camorra; gwybodaeth wedi'i chasglu gan y Mossad dros gyfnod o ddwy flynedd a mwy. Eglurodd fod y cysylltiad rhwng y Rwsiaid a'r Eidalwyr wedi cychwyn gyda chytundeb i gydweithio ar ehangu'r farchnad gyffuria yng ngorllewin Ewrop a bod y cynllun gwerthu arfau wedi datblygu o fan'no. Eglurodd hefyd mor hawdd oedd hi wedi bod i Yakubovich gael ei ddwylo ar arfau trwm ei wlad – trwy brynu a thrwy ddwyn – yn sgil datgymalu'r Undeb Sofietaidd. Fo, er enghraifft, yn ôl Grossman, fu'n benna cyfrifol am drosglwyddo technoleg arfau niwclear i Pacistan – am bris anhygoel, wrth gwrs – ac fe wnaeth bopeth o fewn ei allu i roi'r un pŵer hefyd i Saddam yn Irac, ond roedd embargo'r Cenhedloedd Unedig wedi llesteirio'r cynllun hwnnw. 'Glywist ti am *"Operation Auburn Endeavour"* gan America? Naddo? Fe ddylet ti. Fe aeth dy Brif Weinidog di, Tony Blair, yr holl ffordd i Washington i drafod y broblem efo Clinton. Ymgyrch oedd hi i roi stop ar werthu wraniwm puredig o Rwsia i Iran. Y Mafiozniki oedd wrth wraidd y busnes hwnnw hefyd! Roedden nhw'n helpu'u hunain i'r wraniwm ac i'r tanwydd ymbelydrol yng ngorsaf niwclear Tbilisi yn Georgia ac yn cynnig ei werthu i Iran, ynghyd â gwasanaeth nifer o wyddonwyr a ffisegwyr niwclear. Fedri di gredu'r peth? Mae'n profi pa mor ddylanwadol ydi'r diawliaid. Mae'n dangos iti hefyd gymaint o lanast mae'r hen Undeb Sofietaidd ynddo fo bellach. Ac fe wyddon ni i sicrwydd fod Boris Yakubovich i fyny at ei glustia yn y busnes hwnnw hefyd.' Aeth yr Iddew ymlaen i egluro bod Yakubovich, pan yn ifanc, wedi treulio rhai misoedd yn Aserbaijân, yn gweithio i gwmni olew oedd â'i bencadlys yn Kirovabad. Yn ogystal â Rwsieg a Saesneg, medrai hefyd rywfaint o Aserbaijani, yn ogystal â digon o Cwrmanji, sef iaith y Cwrdiaid, i fedru cynnal sgwrs elfennol, efo Zahedi er enghraifft. Dyna iaith y pwt o sgwrs rhyngddynt ar ddiwedd y tâp, sylweddolodd Sam, pan glywodd y gair 'Alyaty' yn cael ei grybwyll gynta.

Ar ôl hynny, bu'r ddau yn trafod – mewn Hebraeg am yn ail â Saesneg – sut y byddent yn byrddio'r *Baku-Batumi*. Yn ôl Grossman, doedd ond un ffordd o neud hynny'n llwyddiannus. Wedi iddi dywyllu, rhaid fyddai nofio allan gryn hanner milltir a dod yn ôl at y llong o gyfeiriad y môr agored. Fyddai'r gwylwyr ddim yn chwilio am unrhyw beth amheus o fan'no. Wedyn doedd ond un cyfrwng dringo o'r dŵr i'r dec, a tsaen yr angor oedd hwnnw. Cafodd Sam ddisgrifiad manwl o'r *Baku-Batumi* ganddo, ac eglurhad eto o fel roedd y llong wedi cael ei haddasu ar gyfer llwytho'r arfau. Trwy ddefnyddio'r hofrenyddion mawr, y *Mil Mi-24 Hind D* Rwsiaidd, y cludwyd y rhan fwya o'r cargo i ddec y tancer, meddai, ac o fan'no aed â nhw i lawr i fol y llong ar hyd y ramp a adeiladwyd yn arbennig ar gyfer y gwaith.

'Nid 'mod i wedi gweld fawr ddim o'r llwytho, cofia,' eglurodd yr Iddew, 'ond mae synnwyr cyffredin . . . ' Gadawodd y frawddeg heb ei gorffen.

'Be am yr awyrenna 'ta? Y *Tornado* a'r *Su-25s*?'

'Mi fydd rheini'n cael eu fflio'n syth i Iran, mae'n siŵr. Dyna'r peth mwya synhwyrol, wedi'r cyfan.'

'A'r tancia?'

'Dydi rheini ddim yn fawr nac yn rhy drwm. Fe welais i rai ohonyn nhw'n cael eu llwytho. Dau hofrennydd mewn tandem yn eu cario fesul un i'r llong. Gwaith digon trici. Pwy bynnag oedd y peilotiaid, roedden nhw'n gwybod eu job yn reit siŵr.'

'A faint o'r rheini sy'no?'

'Be? Tancia ynte hofrenyddion? Deugain o dancia, pymtheg o hofrenyddion, gan gynnwys y *Puma* a'r ddwy *Lynx*. Fe glywaist am rheini, mae'n siŵr! Y tair ddaru ddiflannu oddi ar faes awyr NATO yn yr Eidal?'

Nodiodd Sam.

'Diawl o embaras ichi'n doedd?' Crychodd gwyneb golygus yr Iddew mewn gwên foddhaus. 'Sut bynnag, maen nhwtha yno hefyd, o dan y rhwydi cuddliw 'cw ar y dec.' Pwyntiodd eto. 'Fe gei weld bod y tair wedi cael eu gosod fymryn ar wahân i'r lleill, reit ym mhen blaen y llong, fel pe bai'n fwriad i dynnu sylw arbennig atyn nhw, pan ddaw'r amser . . . Ac os oeddet ti'n gwybod am y *Lynx* a'r *Puma*, mi fyddi di hefyd yn gwybod am yr awyren ryfel a gafodd ei dwyn.'

Nodiodd y Cymro eto. 'Y *Tornado*. Dwi wedi cyfeirio ati'n barod.'

Nodiodd Grossman hefyd i gadarnhau'r wybodaeth. '*Tornado GR1/4*, a bod yn fanwl gywir. Wel, mae honno hefyd yn siŵr o fod o gwmpas yma yn rhywle. Hi ydi'r em yn y goron, siŵr o fod. Yn ogystal, mae 'na nifer o *Su-25*. Fe wyddost be 'di rheini?'

'Wrth gwrs. Maen nhw'n trio deud ei bod hi gystal awyren ryfel ag *A-10* America, ond dwi'n ama hynny.'

'Finna hefyd . . . '

'Lle mae rheini'n cael eu cadw 'ta?'

'Dwi'n rhyw feddwl bod 'na faes awyr, neu lanfa o

leia, heb fod yn rhy bell o fa'ma. Fel ro'n i'n ddeud, funud yn ôl, fyddan nhw ddim yn mynd ar y llong, wrth gwrs, ond yn cael eu hedfan yn syth i Iran. A da hynny, falla. Mewn un ffordd, mi fyddai'n bechod eu gyrru *nhw* hefyd i waelod y Caspian.'

'Wyt ti'n meddwl?'

Er i ymateb llugoer Sam osod cwestiwn ar wyneb yr Iddew, dewis peidio mynd ar ôl y trywydd wnaeth o.

Roedd y sgerbwd anferth o bibella o'u cwmpas nid yn unig yn creu lloches da rhag pwy bynnag allai fod yn edrych i fyny tuag atynt o'r llawr, ond hefyd yn cynnig rhywfaint o gysgod rhag yr haul uwchben. Felly, yn syrthni'r pnawn, clymodd y ddau eu hunain i'r platfform cul a cheisio dwyn awr neu ddwy o siesta. Yn eu blinder, chafodd y naill na'r llall fawr o drafferth dwyn orig o gwsg.

* * *

Am chwarter wedi un ar ddeg ar ei ben, eu cyrff noeth o'u canol i fyny wedi'u tywyllu â cholur, cychwynnodd Sam a Grossman ar draws y rhimyn cul o dir agored rhwng y burfa a'r twyni. Er nad oedd yna beryg i neb eu gweld, gan fod y rhan fwya o'r gweithwyr wedi gadael ers meitin, eto i gyd cadwent mor glòs ag oedd bosib at y ddaear, gan ddefnyddio'r clystyra drain a moresg yn gysgod. Cariai Grossman y gwn yn uchel ar ei ysgwydda tra bod y bag, yn cynnwys eu hanghenion eraill, wedi'i glymu'n ddiogel ar ysgwydda Sam.

Roedd yn noson serog, efo ewin cul o leuad fel rhwyg fechan yn y cefndir glas tywyll. Doedd wiw iddyn nhw fentro'n rhy agos at y *Baku-Batumi*, rhag cael eu gweld gan un o'r gwylwyr. Felly, yng nghysgod y twyni tywod, aethant ymhellach i lawr y traeth cyn mentro i'r môr.

Am yr hanner awr nesa, yr unig gyswllt rhwng y ddau nofiwr fu arwyddion efo'u dwylo. Fe wyddent o brofiad mor glir y gallai lleisia gario dros ddŵr. Cadwent bellter parch rhyngddynt a'r llong, nes cyrraedd y môr agored, yna troesant ar hanner cylch ac anelu'n ôl am ei düwch anferth.

Unwaith roeddynt yn ei chysgod, doedd dim modd i neb eu gweld o'r dec. Grossman oedd y cynta i ddringo, efo Sam yn dynn wrth ei sodla. Bu'n ymdrech galed i godi'u hunain fesul tipyn i fyny'r tsaen. Roedd lle i ddiolch fod hwnnw'n un trwchus a thrwm ac mai prin siglo a wnâi o dan eu pwysa. Ucha'n y byd y dringent, mwya'n y byd y deuent yn ymwybodol o anferthedd y *Baku-Batumi*, a'i huchder uwchlaw'r dŵr, a phan deimlodd Sam, o'r diwedd, law yr Iddew yn ei helpu trwy dwll y tsaen ac o fan'no i wastadedd y dec, rhoddodd ochenaid o ryddhad er ei waetha.

Yn eu cwrcwd gwrandawodd y ddau am arwydd o bresenoldeb y ddau wyliwr a'u cŵn ond roedd pobman yn hollol ddistaw. Pwyntiodd Grossman at y wats ar ei arddwrn a chodi bawd wedyn i egluro'i bod hi wedi troi hanner nos a bod y gwylwyr wedi mynd am eu swper. Pwyntiodd hefyd at olau yn uchel uwch eu penna a dod â'i geg at glust Sam. 'Y capten!' sibrydodd. 'Fan'cw mae o'n byw a bod. Mae o'n reit hoff o'r botel, dwi'n tybio. Paid â gneud smic o hyn ymlaen. Fel roeddwn i'n ddeud, nid y gwylwyr sy'n fy mhoeni i, ond y cŵn.' I ddangos y peryg, pwyntiodd eto drwy'r tywyllwch at olau arall mewn stafell is nag un y capten yn uwchadeiladwaith y llong. 'Fan'cw maen nhw ar hyn o bryd, yn cael eu swper.'

Yn droednoeth cychwynnodd y ddau drwy'r cysgodion nes cyrraedd y dec agored. Yn fan'no, doedd dim i'w weld yng ngola'r sêr ond y rhwydi ysgafn cuddliw wedi'u taenu dros res ar ôl rhes o hofrenyddion. Digon anodd eu gweld o'r awyr, dwi'n siŵr, meddyliodd Sam, gan ryfeddu yr un pryd na fyddai'r Americanwyr, efo'u technoleg soffistigedig, wedi'u canfod nhw bellach.

Yn un efo'r cysgodion, gwibiodd y ddau hyd at ganol y llong nes cyrraedd y ramp oedd yn arwain i'w chrombil. Estynnodd Grossman i'r bag ar gefn Sam a thynnu dwy dorts ohono, un yn lamp i'w chlymu am y talcen a'r llall yn un fechan i'w chario mewn llaw. Tynnodd allan hefyd fag o dŵls. 'Tyrd!' meddai. 'Dwi wedi cuddio gweddill y *semtex* a'r *detonators* yn howld y taflegra.' Pasiodd y dorts law i Sam ac, wedi cychwyn i lawr, goleuodd y lamp ar ei dalcen ei hun. Isa'n y byd yr aent, cryfa'n y byd y deuai ogla'r olew crai a fu unwaith yn gargo.

Doedd fawr o ddim i'r Cymro ei neud. Mynnai Grossman gael gosod gweddill y bomia – tair ohonynt – ei hun, a'u hamseru at un o'r gloch bnawn Mercher, pryd y byddai'r llong wedi cychwyn ar ei thaith ac allan ar y môr agored. Wedi gorffen, aeth â Sam o howld i howld i ddangos iddo ymhle'r oedd pob bom arall wedi cael ei gosod a'i chuddio. 'Wyt ti'n hapus?' gofynnai uwchben pob un, a derbyn sêl bendith bob tro. Gyda phob ffrwydrad, meddyliodd Sam, fe rwygid plisgyn y llong yn graith agored gan roi rhwydd hynt i ddŵr y Caspian. Pan ddigwyddai hynny fe âi'r *Baku-Batumi* i lawr fel carreg. A da hynny, meddai wrtho'i hun, o weld y stôr arswydus o arfau sydd arni.

Roedd y ddau'n swatio mewn cilfach yng ngwaelod y ramp, ac yn disgwyl yn amyneddgar am bump o'r gloch pryd y byddai'r gwylwyr yn mynd am eu brecwast, pan ddechreuodd y cynnwrf. Daeth sŵn y gweiddi cyffrous, ac yna gyfarth milain y cŵn, atynt fel chwip trwy awyr dena'r bore. Yn reddfol, rhoddodd Sam ola ar ei wats. Deng munud wedi tri! Cododd rhagor o weiddi rhybuddiol mewn iaith nad oedd Sam yn ei deall.

'Maen nhw wedi gweld rhywun yn y dŵr,' sibrydodd Grossman. 'Maen nhw'n bygwth saethu.'

Yr eiliad nesa rhwygwyd pob man gan storm o danio di-baid a rhagor o weiddi cythryblus. Gellid meddwl bod y ddau *rottweiler* hefyd wedi hurtio'n lân.

'Be gythral sy'n digwydd?'

Unig ateb Grossman oedd diawlio'n hir o dan ei wynt. Gwyddai Sam yn iawn pam, a be oedd yn mynd trwy'i feddwl. Roedd beth bynnag oedd yn digwydd tu allan, ar y dec, yn ei gneud hi'n amhosib iddyn nhw ill dau ddengid yn ôl i'r tir.

* * *

'Naw o'r gloch!'

Lledorweddai'r ddau yn y tywyllwch, mewn ogof fechan wedi'i chreu yng nghanol y cratiau pren oedd yn dal yr holl ynnau *AK-47*. Er eu chwilfrydedd ynglŷn â be fu'n digwydd uwch eu penna chydig oria'n ôl, eu blaenoriaeth fu chwilio am le diogel i guddio. Syniad Sam fu ad-drefnu rhai o'r cratiau i greu cuddfan, a chymerwyd gofal i beidio ag awgrymu i neb o'r tu allan bod unrhyw symud wedi bod.

'Bore dydd Llun.' Roedd Grossman yn swnio'n feddylgar. 'Dau ddiwrnod nes y bydd hon yn hwylio am Iran. Siawns y cawn ni gyfle i ddengid cyn hynny.'

Roedd y ddau wedi syrffedu ar drio dychmygu achos y cynnwrf yn gynharach. Rhwng popeth, roedd hwnnw wedi para am awr a mwy; y saethu a'r gweiddi a'r cyfarth gwyllt yn cael eu dilyn gan siarad cythryblus a llawer o redeg o gwmpas y dec; mwy o saethu, ffrwydrad rywle'n yn y môr heb fod ymhell, tawelwch, gweiddi a chyfarth a saethu eto, yna'r tawelwch mwy pàrhaol cyn i nifer o leisia newydd ymuno yn y trafod dig.

Weddill y dydd, am yn ail â slwmbran cysgu, bu'r ddau'n sibrwd ac yn trafod yn eu cell gyfyng. Y gobaith oedd cael dianc oddi ar y llong y noson honno, ond pe bai raid, fe arhosent tan y nos Fawrth. Ddwywaith neu dair fe'u cynhyrfwyd gan sŵn traed yn yr howld y tu allan i'w cuddfan, fel pe bai rhywun yn chwilio, ond buan y tawelodd petha wedyn. Yn ei feddwl, mynnai Sam gymharu'r sefyllfa efo'r un y bu ef a Meic ynddi yn Beirut, flynyddoedd ynghynt, pan fu'n rhaid i'r ddau ohonyn nhw guddio mewn seler afiach am ddyddia, rhag y PLO. O'u dal bryd hynny, mi fydden nhw wedi cael eu saethu'n ddidrugaredd. A'r un fyddai tynged Marcus Grossman ac ynta rŵan, meddai wrtho'i hun. Os nad gwaeth!

Rywbryd yn ystod y pnawn, digwyddodd Sam ddeud, 'Roedd Signorelli wedi cynllunio i gael gwared ohonon ni i gyd, gan gynnwys Zahedi. Ond fe gafodd Zahedi ei rybuddio . . . gan Yakubovich mae'n debyg. Oes gen ti syniad pam?'

'Pwy ŵyr? Mae'n bosib bod y ddau'n nabod ei gilydd cyn hyn. Falla bod Zahedi wedi gneud gwaith budur i'r Rwsiaid o'r blaen.' Eiliada o dawelwch ac o feddwl wedyn cyn i Grossman fynd ymlaen. 'Dau beth sy'n sicir. Yn gynta, mae gan Yakubovich rywbeth arall wedi'i drefnu ar gyfer Zahedi. Mi elli fentro dy ben bod 'na ryw job fudur arall mae o isio i'r Cwrd ei gneud.'

Yn y tywyllwch, nodiodd Sam ei ben i gytuno. 'Ac yn ail?'

'Yn ail, mae gan Zahedi, wrth gwrs, reswm da dros fod mor deyrngar. Mae o isio gweld y cynllun yn llwyddo, gymaint â neb.'

'Y pres, wyt ti'n feddwl?' Er ei fod yn gofyn y cwestiwn, fe wyddai'n reddfol nad dyna'r ateb.

'Uffar dân, nage! Dydi pres yn golygu dim o gwbwl i'r diawl bach milain yna. Os ceith o wn yn ei law, a digon o fwledi i fwydo hwnnw, yna mae Zahedi'n gwbwl fodlon ei fyd, coelia fi. Creu helynt fu'i hanes o erioed. Mae o wedi lladd yn y rhan fwya o wledydd y Dwyrain Canol – yn Israel, yn Syria, yn Irac, yn yr Aifft. Lle bynnag mae 'na fudiad terfysgol, mi elli fentro dy ben bod gan Zahedi ddiddordeb, os nad cysylltiad uniongyrchol. Mae o wedi treulio cyfnoda efo Gadaffi yn Libya ac efo Osama bin

Laden yn Affganistan, yn hyfforddi'u dynion nhw yn y dullia terfysgol mwya effeithiol. Mae'r Mossad wedi bod ar ei ôl o ers tro byd. A rheswm da pam!'

'Ac wedi dod yn agos i gael gwared ohono fo, dwi'n dallt.'

Cymerodd eiliad neu ddwy i Grossman ddallt be oedd gan Sam dan sylw. 'O! Y graith ar bob boch wyt ti'n feddwl!' Daeth sŵn chwerthin chwerw o'r tywyllwch. 'Ia. Mi fu'r diawl yn lwcus y tro hwnnw. Mi gawson ni glywed ei fod o mewn lle o'r enw Kiryat Shmona yn cynnal cyfarfod efo rhai o arweinwyr y PLO. Mae Kiryat Shmona yng ngogledd Israel, yn agos at y ffin efo Lebanon a Syria. Roeddwn i yn yr uned gafodd ei hanfon i fyny yno. Ond rhaid bod rhywun wedi'i rybuddio fo eiliada cyn inni gyrraedd. Mi gymrodd y goes, beth bynnag, a phedwar ohonon ninna ar ei sodla, tra bod gweddill ein criw ni yn mynd i'r cyfeiriad arall, ar ôl y PLO. Roedd Zahedi o fewn canllath i ffin Syria cyn inni gael ein cyfle cynta, a'n hunig gyfle, i'w saethu fo. Mêt i mi daniodd y fwled, a deud y gwir. Fo oedd yr unig un ohonon ni oedd yn cario reiffl sneipar . . . Dragunov!'

'Dragunov? Ers pryd mae'r Mossad yn prynu eu gynna o Rwsia?'

Chwarddodd Grossman mor ddistaw â chynt, ond gyda mwy o hiwmor y tro yma. 'Swfenîr o ryw ymgyrch arall oedd hwnnw. Ond mae'r Dragunov yn wn da. Fe ddylet ti wybod. "Mother Russia's best weapon", yn ôl un o dy fêts di.'

'Un o fy mêts i? Be wyt ti'n feddwl?'

'Gaz Hunter. Cyn-aelod o'r SAS. Wyt ti ddim wedi darllen 'i lyfr o?'

Tro Sam oedd chwerthin yn ddistaw rŵan, ond chwerthiniad chwerw yn crafu yng nghefn ei wddw. 'O! Hwnnw! The Shooting Gallery. Naddo.' Bu bron iddo ychwanegu nad oedd ganddo amynedd o gwbwl efo'r ffasiwn ddiweddara i droi'n awdur atgofion er mwyn hunan-glod. 'Pam? Wyt ti'n ffan ohono fo?'

'O bwy? Gaz Hunter? Nac'dw i. Pam ddylwn i fod? Ond mi fydda i'n trio darllen cymaint o betha fel'na ag y galla i. Fe synnet ti gymaint y mae rhywun yn ei ddysgu ynddyn nhw. Sut bynnag, i fynd 'nôl at y stori. Roedden ni tua chwarter milltir y tu ôl i Zahedi ar y pryd ac roedd ynta o fewn eiliada i ddengid o'n gafael ni – eto fyth! – i Syria. Sut bynnag, pan dynnodd fy ffrind y triger, a phan welson ni Zahedi'n taflu'i ddwylo am ei wyneb, yn disgyn ar ei hyd ac yn gorwedd yn llonydd ar y ddaear, yn naturiol mi feddylsom bod y *Dragunov* wedi gneud 'i waith. Cyn belled ag yr oedden ni yn y cwestiwn, roedden ni wedi cael gwared ohono fo am byth.'

'Be? Ddaru chi ddim tsecio?' Roedd tinc anghrediniol yn llais Sam.

'Naddo. Pan glywson nhw'r ergyd mi ddechreuodd milwyr Syria hel at y ffin, efo'u gynna'n barod. Fedren ni ddim mentro creu helynt, na dangos ein hunain hyd yn oed, neu fe gaem ein cyhuddo o achosi *border incident* arall. Sut bynnag, roeddem yn meddwl bod y job wedi cael ei gneud a bod Zahedi wedi'i ladd. Y flaenoriaeth i ni wedyn oedd cilio o'no cyn i neb sylweddoli pwy oedd wedi'i saethu fo.'

'Felly, y cwbwl ddigwyddodd oedd bod Zahedi wedi colli chydig o'i ddannadd a darn o'i geg . . . A chael croeso tywysogaidd yn Syria.'

Dilynwyd geiria Sam gan ddistawrwydd hir oedd yn awgrymu bod Grossman yn synhwyro'r feirniadaeth. Pan atebodd o'r diwedd roedd sŵn edliw yn ei lais. 'Dwn i ddim pam rwyt ti'n gwamalu. Nes y ceith o ei ladd, mae Zahedi'n mynd i fod yn gymaint o broblem i chi yn y Gorllewin ag i ninna yn Israel. Fydd o ddim yn fodlon nes y ceith o sylweddoli'i freuddwyd, na fydd? A'r cynllun yma gan Yakubovich a'i fêts ydi'r cyfle gora mae o erioed wedi'i gael i neud hynny.'

'Ei freuddwyd? A be ydi honno?'

Nid am y tro cynta, daeth dirmyg i lygad yr Iddew, er na allai Sam weld hynny yn y tywyllwch. 'Mae 'na fylcha mawr yn dy addysg di, Semtecs! Wyt ti'n meddwl deud wrtha i nad ydi'r enwog MI6 ddim yn gwybod am uchelgais fawr Zahedi?' Oedodd ddigon i'w wawd gael effaith. Yna, yn bwyllog, fel pe bai'n dysgu gwers i blentyn, aeth yn ei flaen. 'Breuddwyd fawr Zahedi, gyfaill, ydi creu cartre i'w bobol. Gneud Cwrdistan yn wlad gydnabyddedig. Ymreolaeth . . . hunanlywodraeth . . . hunan-barch.'

Synhwyrodd Sam rywfaint o gydymdeimlad yn gymysg â'r dirmyg yn llais Grossman. Doedd hynny ddim yn annisgwyl, meddyliodd, o gofio sut y cafodd Israel ei hun ei chreu. Oedodd yn hir cyn ymateb, er mwyn cael styried arwyddocâd a goblygiada'i eiria. 'Sefydlu gwlad newydd? Sut mae o'n gobeithio gneud peth felly? Mae'r Cwrdiaid wedi'u gwasgaru dros ogledd Iran, gogledd Irac a dwyrain Twrci. Syria hyd yn oed! Breuddwyd gwrach ydi hi. Mae'r peth yn amhosib.'

'Ydi o? Pam gythral wyt ti'n meddwl bod Zahedi mor daer i greu *Jihad*? Mae o'n gwybod o'r gora mai'r Gorllewin fasa'n ennill rhyfel o'r fath, ond meddylia am y llanast fasa rhyfel felly yn ei greu yn y Dwyrain Canol. Fe fyddai byd Islam ar chwâl a byddai galw am ail-ystyried ffinia'r gwahanol wledydd, siŵr o fod. Dychmyga wedyn y ddadl dros roi hunanreolaeth i'r Cwrdiaid. Rydach chi yn y Gorllewin – am eich rhesyma hunanol eich hunain, dwi'n gwybod! – wedi bod yn pregethu ers blynyddoedd fod y Cwrdiaid yn cael cam. Mae Saddam wedi bod yn eu difa nhw; mae Twrci wedi bod yn eu cam-drin nhw; dydyn nhw ddim yn cael chwarae teg yn Iran . . . '

Goleuodd Grossman ei lamp am eiliad, er mwyn i Sam gael gweld y difrifoldeb yn ei lygaid. 'Fedri di ddallt, Semtecs? Mi fyddai siâp y rhan yma o'r byd yn newid yn llwyr. Mi fyddai'r Cwrdistan newydd – efo sêl bendith y Cenhedloedd Unedig, mae'n siŵr – yn cymryd talpia sylweddol o'r gwledydd rwyt ti newydd eu crybwyll rŵan.'

Rhaid oedd cydnabod rhesymeg yr Iddew. Syrthiodd distawrwydd rhwng y ddau ac aeth y gola allan drachefn.

Torrwyd ar eu myfyrdoda ymhen sbel gan sŵn traed unwaith eto yn yr howld ac yna siarad cynhyrfus mewn isleisia. Er nad oedd modd clywed y geiria'n iawn, daeth yn amlwg mai Eidaleg oedd yr iaith ac mai dyma'r tri pheilot oedd wedi cymryd eu llwgrwobrwyo gan Signorelli i ddwyn yr hofrenyddion oddi ar yr Eidal a NATO. O'r chydig a glywent, casglodd Sam a Grossman fod y tri wedi dod i chwilio am le cyfrinachol i gwarfod ac i siarad, a'u bod yn bur bryderus ynglŷn â mynd i Iran lle byddai disgwyl iddyn nhw hyfforddi peilotiaid yn fan'no ar sut i hedfan y *Puma* a'r *Lynx*.

Yn ddiweddarach, pan deimlodd gryndod ysgafn yn cydio ynddo, fe wyddai Sam fod yr haul yn machlud a bod y tymheredd yn syrthio'n gyflym. A nhwtha heb ddim ond trowsusa tena a thamp amdanynt, erbyn hanner nos – pan gaent gyfle, gobeithio, i adael y llong – byddent wedi hen fferru a chyffio.

'Tyrd â dy gyllall imi,' meddai. Roedd yn cofio gweld pentwr o darpolin yn yr howld, heb fod ymhell o lle'r oedden nhw rŵan yn cuddio. Wnaeth Grossman ddim dadla na holi. Felly, efo'r dorts fechan rhwng ei ddannedd, gwthiodd un o'r cratiau trwm yn ôl i roi digon o le iddo'i hun ddringo allan. Doedd dim golwg na sŵn o neb. Trawodd swits y dorts a gyrru pelydryn cry drwy'r tywyllwch o'i flaen.

Daeth o hyd i'r tarpolin yn weddol ddidrafferth, ei dynnu'n rhydd, a chan ddefnyddio synnwyr y fawd rhedodd y gyllell finiog trwyddo a thorri dau ddarn tua dwy fetr sgwâr ohono. Yna, wedi taflu'r gweddill yn ôl yn bentwr blêr fel cynt, ymunodd â Grossman unwaith eto. Aeth ati wedyn, yng ngola torts yr Iddew, i greu ponsho yr un iddynt, trwy dorri twll i'r pen a dwy hollt i'r breichia. Doedd y tarpolin mo'r peth cnesa i'w wisgo, ond roedd yn cadw rhywfaint o'r oerni draw.

Rhaid eu bod wedi slwmbran cysgu wedyn wrth i'w cyrff adfer rhywfaint o wres. Pan ddeffrodd Sam fe synhwyrodd yn syth fod rhywbeth yn wahanol. Falla mai hynny oedd wedi'i ddeffro, meddai wrtho'i hun. Teimlodd Grossman hefyd yn ymysgwyd yn y tywyllwch wrth ei ochr.

'Rydan ni'n symud!' Yr un geiria ar yr un pryd gan y ddau ohonyn nhw.

'Be gythral sy'n digwydd?' Yna 'Damia!' wrth i'r Iddew anghofio lle'r oedd o a chodi'n rhy gyflym nes taro'i dalcen yn un o'r cratiau uwch ei ben.

Doedd dim dewis bellach ond mentro allan i weld drostynt eu hunain be oedd yn digwydd. Ar ôl ymbalfalu trwy dywyllwch yr howld, cychwynnodd y ddau yn ofalus i fyny'r ramp, gan ddiolch am awyr iach ar ôl arogl myglyd yr olew crai. Uwch eu penna roedd y sgwâr serog yn eu rhybuddio ymlaen llaw na fyddai llawer o gysgod iddynt ar y dec agored. Os oedd unrhyw un o fewn golwg, yna eu hunig obaith fyddai sleifio o dan y rhwydi oedd wedi'u taenu dros yr hofrenyddion, a gweithio'u cynllunia o fan'no.

Llundain: Whitehall

Fesul briwsionyn y cyrhaeddodd y stori Whitehall. Galwad gan Syr Leslie Garstang i'r Ysgrifennydd Tramor gychwynnodd y broses. Chwarter i ddeg y bore oedd hi yn Llundain.

'Mr Calshot, syr, mae rhyw si newydd ein cyrraedd ni bod y CIA wedi colli dynion allan yn y Dwyrain Canol. Wyddon ni ddim faint na sut, hyd yma. Wyddon ni ddim pam, chwaith.'

'Dduw mawr! Fedrwch chi ddeud ymhle 'ta?'

'Rywle oddi ar arfordir Iran, ond mae peth ansicrwydd ynglŷn â hynny hefyd, hyd yma.'

'Cysylltwch â fi'n syth pan glywch chi rywbeth mwy pendant, Syr Leslie. Mi wna inna fy ymholiada fy hun. Jyst gobeithio nad oes a wnelo hyn ddim byd yn uniongyrchol ag "Ymgyrch Semtecs".'

Ara fu'r wybodaeth yn dod i mewn yn ystod y dydd, ond fe gaed cadarnhad cyndyn o'r diwedd o bencadlys y CIA yn Langley, Tennessee, fod pedwar o'u dynion wedi cael eu lladd oddi ar arfordir Aserbaijân wrth drio rhwystro cargo anghyfreithlon o arfau rhag cael ei anfon i Irac. Roedd yr Unol Daleithiau yn benderfynol, meddent, na châi Rwsia na neb arall dorri'r embargo a osodwyd gan y Cenhedloedd Unedig. Gwenu'n ddihiwmor wnaeth Syr Leslie Garstang pan glywodd hynny. Nodweddiadol o'r CIA, meddyliodd, i wyrdroi'r stori ac i godi pob math o sgwarnogod. Er mwyn celu eu gweithredoedd cudd eu hunain, roedden nhw rŵan am roi'r argraff mai Rwsia fel gwlad oedd yn anfon yr arfau, ac mai Saddam ac nid Iran oedd yn mynd i'w derbyn. Hy! meddai wrtho'i hun. Maen nhw mor naïf â disgwyl i ni, hyd yn oed, lyncu'r stori! Ac i feddwl bod cydweithio i fod rhyngon ni yn y busnes 'ma!

Yn y cyfamser, roedd Martin Calshot, yr Ysgrifennydd Tramor, hefyd yn gneud ei ymholiada'i hun. Buan y darganfu fod Rwsia eisoes wedi dechra tynnu 'dani, bod Yeltsin wedi galw cyfarfod arbennig o'r *Duma* i drafod y sefyllfa a'i fod wedi condemnio gweithgaredda cudd yr FBI a'r CIA. Roedd hefyd wedi codi cwestiwn ynglŷn â rhan Prydain yn y cynllwyn. Cyn diwedd y bore roedd Tseina hefyd, yn ogystal â Syria, Libya a Pacistan, wedi galw am eglurhad swyddogol ar yr hyn a ddigwyddodd.

Gydol yr amser yma, bu'n rhaid i Shellbourne a Caroline Court fyw ar eu dychymyg. Roedd Shellbourne wedi methu cael gafael ar Syr Leslie Garstang, a doedd yr Ysgrifennydd Tramor ddim wedi trafferthu i gysylltu â fo o gwbwl. Parodd hynny i'r dyn bach fynd yn fwy a mwy dig a rhwystredig.

Roedd yn tynnu at bump o'r gloch y pnawn pan ddaeth galwad ffôn o'r diwedd o bencadlys y gwasanaethau cudd. Dirprwy Gyfarwyddwr MI6 oedd ar ben arall y lein eto ac roedd yn awyddus i siarad â Miss Caroline Court.

'A! Syr Leslie! Roedden ni'n gobeithio y byddech chi'n ffonio cyn diwedd y pnawn. Ga i'ch rhoi chi trwodd i Mr Shellbourne?'

'Na! Efo chi dw i am siarad. Fe gewch chi drosglwyddo'r wybodaeth i Mr Shellbourne wedyn, os liciwch chi.'

Rhyfeddodd Caroline Court at dôn swta'i lais. Roedd y dyn o dan straen, meddyliodd. 'Iawn. Be ydi'r hanes, Syr Leslie?'

'Wel! O leia, mae gennym ni ddarlun go lawn o betha erbyn rŵan. Mae'n ymddangos bod tîm o bedwar gan y CIA wedi trio suddo tancer olew o'r enw *Baku-Batumi* yn y Môr Caspian. Roedd hi wrth angor yn Aserbaijân ar y pryd, mewn lle o'r enw . . . ' Oedodd. ' . . . Alyaty. Mae'r enw'n gyfarwydd ichi, dwi'n meddwl!' Aeth ymlaen cyn rhoi cyfle iddi ymateb. 'Mae'n debyg bod yr holl arfau yr ydan ni wedi bod yn chwilio mor hir amdanyn nhw wedi cael eu storio ar y *Baku-Batumi*. Dros y ddwy flynedd ddiwetha, mae'r Mafiozniki wedi bod yn rhedeg trenau arbennig i gario'r arfau o Rwsia i Aserbaijân, i'w storio nhw wedyn ar y tancer olew.'

'Y cyfan ar un llong, Syr Leslie?' Roedd Caroline Court yn methu cadw tinc wamal o'i llais . 'Ydi hynny'n golygu ein bod ni wedi poeni'n ormodol ynglŷn â'r sefyllfa?'

'Miss Court!' Swniai'r gŵr o MI6 yn ddiamynedd. 'Oes gennych chi syniad be ydi maint un o'r tanceri 'ma? Na? Wel coeliwch fi, mi ellir llwytho digon o arfau arni i arfogi sawl bataliwn. Mi fedrwch chi gymryd yn ganiataol felly nad ydan ni ddim wedi gorliwio'r sefyllfa.'

O'i theimlo'i hun yn cael ei cheryddu, daeth rhew i lais y ferch. 'Digon teg. Be felly ddigwyddodd yn Alyaty?' Roedd ffurfioldeb ei goslef cystal ag awgrymu mai Syr Leslie oedd wedi bod yn gwastraffu'i hamser *hi* hyd yma.

'Ddeuddydd yn ôl y cafodd y CIA wybod am y llong, meddan nhw, neu mi fydden wedi'n hysbysu ni ynghynt.' Chwarddodd yn sych i awgrymu nad oedd yn credu'r esgus. 'Fe anfonwyd pedwar dyn yn unswydd i'w suddo hi, cyn iddi gychwyn allan o'r porthladd. Roedden nhw ar fin gneud hynny, mae'n debyg, pan gawson nhw eu gweld o'r llong. Y stori o Langley ydi bod byddin go lew yn gwarchod y tancer ac nad oedd gan eu dynion nhw – hynny ydi, y CIA – fawr o obaith llwyddo. Sut bynnag, fel roedd tri o'r tîm yn nofio at y llong gan fwriadu gosod nifer o *limpet mines* ar hyd ei gwaelod, fe gawson nhw eu canfod a'u saethu. Mae'n debyg fod un ohonyn nhw wedi cael ei chwythu'n ddarna pan darodd bwled un o'r *limpets* roedd o'n gario. Rywle ar y lan y lladdwyd y pedwerydd, tra'n trio rheoli petha o fan'no.'

Caniataodd Caroline Court i eiliad barchus neu ddwy fynd heibio, i awgrymu ei thristwch oherwydd y gyflafan, yna gofynnodd, 'A be ydi hanes y *Baku-Batumi* rŵan?'

'Yn ôl Washington, mae'r llong wedi cychwyn am Iran a maen nhw'n sôn am anfon dwy o'u hawyrenna *F-16* o Kuwait i'w suddo hi cyn iddi gyrraedd. Naill ai hynny neu danio taflegra ati oddi ar eu llong ryfel *Eisenhower* yn y Gwlff. Mae'n debyg fod y dancer jyst o fewn cyrraedd y *Tomahawk Cruise* o fan'no.'

'Dduw mawr! Ydyn nhw'n trio creu rhyfel byd, 'ta be? Maen nhw'n bihafio fel cowbois o Hollywood.'

Awgrymai'r tawelwch ar ben arall y lein fod Syr Leslie'n cytuno efo hi.

'A Semtecs? Be ydi'i hanes o?'

'Os na wyddoch *chi*, Miss Court, yna . . . ' Gadawodd

y frawddeg ar ei hanner. 'Gyda chydig o help gynnon ni, mi ddiflannodd o'i westy yn Tehran. Hyd y gwyddon ni, mae o'n dal yn Iran o hyd. Oni bai, wrth gwrs, iddo fo lwyddo i ddallt mwy na ni o'r sgwrs oedd ar ddiwedd y tâp a roddwyd iddo fo ar yr awyren. Fel y gwyddoch chi, fe fynnodd fynd â hwnnw efo fo oddi ar y plên yn Tehran ac mae'n bosib, falla . . . falla, ei fod erbyn hyn wedi medru dallt y cyfeiriad at "Alyaty".' Methai'r gŵr o MI6 â chadw'r ansicrwydd allan o'i lais. Daeth ei frawddeg nesa i ategu hynny. 'Ond dydw i ddim yn ffyddiog, mae arna i ofn. Hwyrach, wedi'r cyfan, mai dull yr Americanwyr ydi'r unig ddewis sydd ar ôl.'

Baku-Batumi

'Dyna hyn'na wedi'i benderfynu, felly.'

Ers iddynt gyrraedd y dec, roedd y ddau wedi bod yn cuddio ym mol un o'r ddau hofrennydd *Lynx*, gan neud eu gora i gadw cnesrwydd yn oerni'r wawr. Erbyn hyn, gallent deimlo gwres haul canol bore yn treiddio trwy'r rhwyd guddliw oedd yn gorchuddio'r awyrenna. Er mor dderbyniol oedd y gwres hwnnw, fe wyddent mai pur wahanol fyddai petha erbyn canol pnawn pryd y caent eu crasu fel pe baent mewn popty.

Ers gadael y porthladd o'u hôl, chydig o brysurdeb a welwyd ar ddec y *Baku-Batumi*. Nid bod hynny'n ei synnu, meddyliodd Sam, o styried llong mor fawr oedd hi, ac mor fach oedd nifer y criw. Wedi'r cyfan, os oedd Marcus yn iawn ynglŷn â'r nifer, yna doedd ond ugain ar ei bwrdd i gyd – y Capten a'i griw o un ar ddeg, y tri pheilot o'r Eidal, Yakubovich, Viktor Semko, Zahedi a nhw ill dau.

Er na allai weld yn ôl heibio'r holl hofrenyddion, fe wyddai bod tir Aserbaijân yn araf ddiflannu dros y gorwel. O'i gymharu â gwib cwch Abolhassan echnos, hamddenol a dioglyd oedd symudiad y *Baku-Batumi*. Fe gymerodd dri chwarter awr iddi neud dim ond troi ei thrwyn tua'r môr agored, a rŵan roedd hi'n llusgo'n drom drwy'r dŵr fel rhyw falwen fawr ddiog. A'r fordaith wedi cychwyn bedair awr ar hugain cyn pryd, bu Grossman yn daer am gael mynd i newid amser tanio'r ffrwydron, ond roedd Sam wedi llwyddo i'w ddarbwyllo. 'I be wnei di fentro? Waeth iddi hi suddo ddau can milltir i ffwrdd mwy nag yn fa'ma. Wneith o ddim gwahaniaeth i ni, bellach. Yr un fydd ein problem ni o ddengid, waeth pryd fydd y *fireworks*.'

Roedd yr Iddew wedi bodloni wedyn ar drafod sut i ddiwygio'u cynllunia. 'Ia, dyna hyn'na wedi'i benderfynu,' meddai eilwaith. 'Ac rwyt ti'n dal i feddwl mai'r peth saffa ydi inni gymryd hofrennydd yr un?'

'Ydw.' Allai Sam ddim bod yn fwy pendant. 'Os wyt ti'n hapus y medri di handlo un o'r rhain . . . ' Cyfeiriodd at y *Lynx* y cuddient ynddi. ' . . . yna mi fydd yn well ac yn saffach inni gymryd un bob un. Mae'n bwysig bod un o leia ohonon ni'n cyrraedd adre'n fyw.' Roedden nhw eisoes wedi sicrhau bod tancia'r ddau hofrennydd yn llawn o danwydd. Roedd Grossman yn daer dros adael i bawb ond nhw ill dau suddo i waelod y Caspian efo'r llong, ond dadleuai Sam yn gry yn erbyn hynny ac yn y diwedd ei resymeg ef aeth â hi. 'Rhaid i bawb arall fod wedi gadael y llong cyn iddi chwythu, neu be sydd i'w rhwystro nhwtha rhag neidio i mewn i'r *Puma* neu i ryw hofrennydd arall a dod ar ein hola ni? Fe allen nhw neud petha'n anodd ar y diawl inni wedyn, cofia.'

Doedd yr Iddew ddim wedi derbyn y ddadl yn syth. 'Dim problem! Mae gynnon ni ddigon o amser cyn hynny i ddifrodi pob hofrennydd arall.'

'Wyt ti'n fodlon cymryd y risg o gael dy weld yn gneud peth felly, a chael dy ddal? Mentro popeth?'

'Wyt ti'n fodlon gweld Zahedi a'r ddau fochyn 'na o Rwsia yn dengid?'

'Dydw i'n poeni dim am Yakubovich a Semko. Os eith y *Baku-Batumi* a'i chargo i'r gwaelod, yna pwy neu be fyddan nhw wedyn? Nid jyst eu cynllunia nhw fydd wedi cael eu difetha; mi fydd eu teyrnas fach nhw'n yfflon hefyd. Ac yn reit siŵr i ti, mi fydd rhywrai wedyn yn gofyn cwestiyna yn ôl yn Mosco. Nid Yakubovich a Semko, wedi'r cyfan, ydi'r unig rai pwysig yn y Mafiozniki. A chofia! Mi fydd Signorelli a'r Camorra isio atebion yn ogystal!'

'Iawn! Mi fedra i weld hynny. Ond fedra i ddim caniatáu i Zahedi ddengid.' Roedd rhyw bendantrwydd yn y geiria ola na allai Sam ddadla yn ei erbyn. 'Rŵan, sut wyt ti'n bwriadu cael pawb i adael y llong cyn iddi chwythu? Gofyn yn neis iddyn nhw, ia?'

Anwybyddodd Sam y gwamalrwydd amlwg. 'Mi feddyliwn ni am rwbath, pan ddaw'r amsar.'

'Ac wyt ti wedi meddwl sut yr awn ni adre'n ôl?' Eto'r coegni yn nhôn y llais. 'Mi fedrwn ni fynd i'r de, i Iran. Dyna iti groeso gaen ni yn fan'no! Neu i fyny, falla, am y gwledydd Sofietaidd gynt. Dychmyga lanio yn un o'r rheini, a gofyn am dipyn o danwydd!'

Teimlodd Sam ei waed yn cnesu. ''Dwn i ddim pam rwyt ti'n malu cachu, Grossman! Mae honno'n mynd i fod yn broblem inni beth bynnag. Yli! Rwyt ti'n gwybod cystal â finna na fydd gynnon ni fawr o ddewis ond mynd adre'n ôl ar hyd yr un llwybyr, fwy neu lai, ag y doist ti ar ei hyd o i ddod yma.'

Gwenodd Marcus Grossman wedyn fel pe bai'n sylweddoli mai dau go benderfynol oedd yn dadla efo'i gilydd ac mai'r Cymro, am y tro, oedd yn iawn. 'O-cê, Semtecs! Mi gytuna i.'

Weddill y dydd buont yn gneud eu gora i anwybyddu pangfeydd newyn, ond gan fod y naill fel y llall wedi bod mewn sefyllfa waeth droeon o'r blaen doedd y broblem ddim cynddrwg ag y gallasai fod. Segurdod oedd yn creu'r rhwystredigaeth mwya. Ar ôl bod yn eu hatgoffa'u hunain ac atgoffa'i gilydd drosodd a throsodd am fanylion hedfan y *Lynx*, buont wedyn yn trafod y ffordd ora o gael pawb arall i adael y llong. Rhaid fyddai eu dychryn ddigon iddyn nhw ruthro am y cychod achub. Ddylai hynny ddim bod yn ormod o dasg efo'r rhan fwya o'r criw. Ond doedd dim dychryn ar Zahedi, nac ar Semko mae'n siŵr, nac ar Yakubovich chwaith, o bosib.

'Mae'n holl bwysig cael y tri pheilot i adael,' meddai Sam. 'Go brin bod neb arall ar y llong fedar fflio un o'r rhain.'

'Mi feddyliwn ni am rwbath,' oedd unig ymateb yr Iddew.

* * *

Methai'n lân â chysgu'r noson honno ac am y tro cynta ers dyddia caniataodd i'w feddwl grwydro'n ôl i Hen Sgubor, at Rhian a Tecwyn Gwilym. Tybed fyddai Semtecs Bach, fel y mynnai Rhian gyfeirio at y bychan, wedi colli nabod ar ei dad? Roedd y syniad yn ei anesmwytho ac yn gyrru cwsg ymhellach oddi wrtho.

Ni chafodd Grossman yr un drafferth, fodd bynnag. Ar ôl awgrymu y dylai Sam gymryd y wyliadwriaeth gynta, tan ddau o'r gloch y bore, ac iddo ynta gymryd drosodd wedyn tan bump, pryd y byddai'n rhaid i'r ddau ohonyn nhw ddeffro a pharatoi at helyntion y dydd, roedd yr Iddew wedi syrthio i drymgwsg yn syth. Drwy'r tywyllwch, bu Sam yn gwrando am deirawr ar ei anadlu rheolaidd a dwfn, gyda'r awgrym o chwyrnu ysgafn bob hyn a hyn. Byddai cyneddfa Marcus Grossman yn sicir o fod yn effro ac yn siarp at ddelio efo problema trannoeth, meddai'r Cymro wrtho'i hun.

Eisteddai gŵr y Mossad tu allan i'r hofrennydd rŵan, yn craffu drwy'r rhwydwe guddliw dros ddec oedd yn loyw yng ngola'r lleuad. Tu hwnt i'r dec, roedd y môr yn ymestyn i'r gorwel yn arian byw aflonydd.

Edrychodd Sam ar ei wats. Deng munud i dri! Roedd wedi colli dros dri chwarter awr o gwsg yn barod! Efo'r meddwl hwnnw, gorfododd yr hen ddisgyblaeth arno'i hun. Gwagiodd ei ben o bopeth o bwys a chaniatáu i atgofion diniwed lifo'n ôl fel y mynnent i'w feddwl gwag. Gwelodd ei hun unwaith eto'n blentyn ar ffarm Taid Sir Fôn, yn ymestyn hyd flaena'i draed i graffu dros y crawia llechi oedd yn ffurfio twlc y moch. Siwsi'r hwch oedd yn mynd â'i sylw, neu'n hytrach y torraid o berchyll newyddanedig a sugnai'n farus wrthi. Bu cael enw ar y saith yn gryn straen ar ddychymyg y bachgen teirblwydd. Tom, Tim, Twm . . . Wili, Wali . . .

Neidiodd ar ei eistedd. Nid deffro graddol o drymgwsg a wnaeth. Nid agor llygad i olau dydd chwaith. Roedd rhyw sŵn bychan wedi torri ar ei is-ymwybod, a'r sŵn hwnnw wedi awgrymu perygl. Daliodd ei anadl i wrando. Ac eithrio curiad cyson peirianna'r llong ymhell oddi tano, a swish y môr yn golchi ei hochra, roedd pobman arall yn hollol ddistaw. Yn rhy ddistaw, meddai wrtho'i hun. Ymbalfalodd am y dorts fechan a thaflu'r pelydryn cul o oleuni i bobman tu mewn i'r *Lynx*. Roedd yr hofrennydd yn wag! Edrychodd allan. Roedd Grossman wedi mynd!

Be wna i? gofynnodd iddo'i hun. Rhaid mai sŵn yr Iddew yn gadael oedd wedi'i ddeffro. Ar ba berwyl mae'r diawl gwirion wedi mynd, tybad? Ddylwn i fynd ar ei ôl? Rhegodd yn ddistaw oherwydd bod gŵr y Mossad nid yn unig wedi'i ddeffro ond hefyd wedi creu'r fath gyfyng-gyngor iddo. Pe bai'n cael ei ddal, be wedyn? Beth pe bai'n arwain Yakubovich a'r lleill yn ôl yma, i'r *Lynx*? Na, go brin y gwnâi hynny, hyd yn oed pe câi ei boenydio. Ond pe câi ei ddal, byddai'r llong yn siŵr o gael ei harchwilio'n fanwl wedyn. Ac fe ga inna fy nal fel llygodan mewn trap! meddyliodd. Felly, be wna i?

Mae un peth yn sicr, meddai wrtho'i hun. Hurtrwydd ar fy rhan fasa imi fynd i chwilio am Grossman. Os daw hwnnw'n ôl yn saff, yna fydd dim wedi'i golli. Ond os ceith o ei ddal, yna mae'n holl bwysig fod gen i rywle gwell na fa'ma i guddio ynddo. Edrychodd ar ei wats. Chwartar i bedwar!

Treiddiai rhywfaint o oleuni'r lleuad trwy'r rhwyd oedd yn orchudd ysgafn dros y *Lynx* a'r hofrenyddion eraill. Mentrodd allan o'i chysgod a syllu'n ofalus i bob cyfeiriad. Roedd awyrenna'r Gorllewin – y *Puma* a'r ddwy *Lynx* – o dan orchudd gwahanol i'r lleill. Safent ar wahân i'r rheini, reit ym mhen blaen y dec, efo'r ramp i lawr i grombil y llong yn eu gwahanu. Rywbryd yn ystod y fordaith, meddyliodd, byddai rhywun yn siŵr o ddod i daflu golwg dros rhain i gyd a thros weddill y cargo. Beth pe baen nhw'n penderfynu gneud hynny bora 'ma, wedi iddi oleuo?

Er chwilio'r dec, doedd dim lle cuddio arall yn cynnig ei hun. Y peth ola oedd arno'i eisiau, meddyliodd, oedd mynd 'nôl i'r guddfan gul yng nghanol y cratiau o *Kalashnikovs*. Edrychodd eto ar ei wats. Pedwar o'r gloch ar ei ben. Mi fyddai'r llong yn ffrwydro ymhen deng awr union!

Dychwelodd i'r *Lynx* heb gael ateb i'w broblem. Ar wahân i'r awyrenna a'r rhwyd drostyn nhw, doedd dim arall ar ddec eang y dancer yn cynnig unrhyw fath o guddfan iddo.

Roedd yn ugain munud i bump a'r wawr yn golchi'n oer dros erwau dwyreiniol y Caspian pan ymddangosodd Marcus Grossman. Ar draws ei ysgwydda cariai lwyth oedd yn bygwth bod yn ormod iddo.

Cododd Sam ymyl y rhwyd iddo gael dod i'w chysgod. 'Lle uffar wyt ti wedi bod?'

'Cau dy geg, a helpa fi!' Trodd ei gefn at Sam, er mwyn i hwnnw ei helpu i ddadlwytho. Er fod y pecyn wedi'i lapio mewn darn o darpolin, doedd dim angen llawer o ddychymyg i ddyfalu beth oedd ei gynnwys.

'Mae 'na ragor! Brysia!'

Roedd wedi mynd cyn i Sam gael amser i'w holi. Ofer oedi, felly. Aeth ar ei ôl, a'i ddilyn i lawr y ramp at lle'r oedd dau becyn arall yn eu haros.

'Hwda! Dos â hwn i fyny! A phaid â'i ollwng, beth bynnag wnei di!'

Roedd wedi torri darn arall o'r tarpolin, wedi'i lenwi â chryn bwysa ac wedi'i gau fel sach wedyn a chlymu'i cheg. Wrth ei chodi, barnai Sam bod y sach honno'n pwyso'n agos at ddau ganpwys. A hyd y gallai weld, doedd ail becyn Grossman ei hun yn ddim sgafnach chwaith. Heb ddim mwy o sŵn nag oedd raid, aed â'r cyfan i fyny'r ramp ac i ddiogelwch yr hofrennydd.

'Wyt ti am ddeud wrtha i be gythral ydi'r gêm?'

Roedd yr Iddew wedi dechra dadbacio un bwndel a gwelodd Sam yr amrywiaeth ryfedda o arfau yn ymddangos. O'r pecyn cynta a gariwyd ganddo daeth dau daflegryn gweddol o faint. *Sea Skuas*! meddyliodd, a gwylio'n ddistaw wrth i Grossman eu gosod yn ddeheuig yn eu llefydd priodol, un o boptu'i gilydd ar fraich-adennydd y *Lynx*. Aeth wedyn i'r ail fag a thynnu dau daflegryn arall o hwnnw, yn ogystal â thaniwr *RPG-7* (*Rocket-propelled grenades*).

'Helpa fi!'

Aed â'r taflegra yma i arfogi'r ail *Lynx*.

Torrodd gwên dros wyneb Sam Turner er ei waetha. 'Mae'n ymddangos dy fod ti am gychwyn dy ryfal dy hun!'

'Falla wir!' oedd unig ymateb gŵr y Mossad. 'Llawn cystal, wyt ti ddim yn meddwl? Gan na wyddon ni ddim be sydd o'n blaena ni.'

O'r trydydd pecyn, sef y sach a roddwyd i Sam ei chario, tynnodd wn *AK-47* a chyflenwad o fwledi, ynghyd â thaniwr taflegra *Stinger*. Roedd yno hefyd bentwr o grenadau cyffredin a nifer o ffrwydron tir. Trosglwyddodd yr *AK-47* i ddwylo'r Cymro. 'I chdi mae hwn'na. Mae gen i un yn barod.'

'Iawn. Diolch iti. Rŵan, gawn ni drafod?' Syllodd i fyw llygad Marcus Grossman. 'Fydda i ddim yn licio gweithredu'n ddall na chael neb i neud pob penderfyniad drosta i.'

Gwenodd yr Iddew am y tro cynta'r bore hwnnw. 'Mi fydd yn rhaid inni'n hamddiffyn ein hunain, yn bydd?'

'Digon teg. Ond beth petai rhywun yn dod i tsecio ar rhain, bora 'ma?' Efo'i law rydd, cyfeiriodd Sam at yr awyrenna o'u cwmpas. 'Mae hynny'n fwy na thebyg o ddigwydd rhwng rŵan ac un o'r gloch y pnawn, wyt ti'm yn meddwl? Be uffar ddeudan nhw pan welan nhw'r doman yma o arfa a phan sylwan nhw fod y ddwy *Lynx* wedi dodwy dau blydi wy mawr hir bob un? Does gynnon ni ddim gobaith cuddio'n hunain heb sôn am y stwff yma i gyd.'

'Wel dyna ti 'ta! Rwyt ti wedi ateb dy gwestiwn dy hun. Does gynnon ni ddim dewis ond bod yn barod. Sut bynnag, fydd dim rhaid iti aros tan un o'r gloch pnawn am y *fireworks*.'

Sobrwyd Sam trwyddo. 'Be wyt ti'n feddwl?'

'Naw o'r gloch bore 'ma. Dwi wedi newid yr amser ar y ffrwydron.'

Dangosodd Sam ei syndod a'i rwystredigaeth trwy daflu'i ddwylo tua'r awyr a throi draw efo ochenaid hyglyw. Ymhen chydig eiliada, gofynnodd yn ddistaw dros ei ysgwydd, 'A pha syrpreis arall s'gen ti imi?'

'Gwranda Semtecs! Hira'n y byd y byddwn ni'n oedi, mwya'n y byd ydi'r peryg i rywun ddod ar ein traws ni yn fa'ma. Cytuno? . . . Yli! Dydi hi ddim eto'n bump o'r gloch y bore ac mae hi fel canol dydd yn barod. Dwi'n cytuno efo chdi. Mae rhywun yn siŵr dduw o ddod i daflu golwg dros yr awyrenna 'ma'n hwyr neu'n hwyrach a mi fydden ni wedyn yn siŵr dduw o gael ein gweld. Trwy ddod â'r amserlen ymlaen dwi wedi lleihau'r risg. Wyt ti'm yn cytuno?'

Dewis peidio ateb wnaeth Sam. Roedd Grossman yn iawn, meddai wrtho'i hun.

'Dyna pam dwi wedi newid yr amser ar y ffrwydron. Ond mae gen i syrpreis bach arall cyn hynny i Mistyr Yakubovich *and co.*'

'O?' Trodd yn araf i syllu'n sefydlog i lygad tywyll yr Iddew.

'Fe gân' nhw eu dychryn am hanner awr wedi wyth i ddechra, gan ddau ffrwydrad, un ym mhob pen i'r llong. Jyst digon i siglo tipyn ar y *Baku-Batumi*, dyna i gyd, ac i'w gyrru hi chydig is yn y dŵr.'

'Ac i yrru'r criw ar eu penna i'r cychod achub!'

'Ha! Dwi'n gweld fod y syniad wedi croesi dy feddwl ditha, Semtecs.'

'Wel . . . roeddwn i wedi bod yn pendroni ynglŷn â sut i gael pawb oddi ar y llong.'

'Ac mi weithith y cynllun, wyt ti'n meddwl?'

Lledodd golwg fyfyrgar dros wyneb Sam. 'Gneith, efo'r criw. Mi fydd rheini'n fwy na bodlon i adael, faswn i'n ddeud. A'r tri Eidalwr hefyd falla. Er, cofia, y peth mwya rhesymol iddyn nhw ei neud fydd trio cael gafael ar un o'r hofrenyddion 'ma a hedfan allan o beryg. Ond mae'n amheus gen i a fydd y Capten a'r ddau Rwsiad mor barod i fynd. Ac yn reit siŵr mi fydd isio mwy na ffrwydrad neu ddau i neud i Zahedi sgrialu.'

'Ei broblem o fydd honno, Semtecs. Fe geith yr *heroes* i gyd fynd i lawr efo'r llong, ond cyn hynny . . . ' Roedd y frawddeg anorffen yn awgrymu llawer.

* * *

Am wyth o'r gloch clywsant nifer o leisia'n hel at ei gilydd ym mhen pella'r llong ac yn pellhau ac yn peidio wedyn gyda chlep ar ddrws.

'Mynd am eu brecwast, y diawliaid lwcus!'

'Lwcus, Semtecs? Eu brecwast ola, falla!'

'Ti'n gwybod be dwi'n feddwl! Cofia imi bicio i'r gali cyn inni ffarwelio efo'r *Baku-Batumi*.'

Doedd fawr o hiwmor yn chwerthin y naill na'r llall wrth i'w cylla gwag ddechra protestio. Doedd dim amdani bellach ond eistedd yn ôl, cyfri'r munuda ac aros i betha ddechra digwydd.

'*Uno momento, prego!*'

Neidiodd y ddau wrth glywed y llais mor agos atynt. Roedd yn bum munud ar hugain wedi wyth!

'Delia di efo fo, Sam.' Cythrodd Grossman am yr *AK-47* a chilio i gysgod y *Lynx*. 'Mi gadwa i olwg rhag ofn i'w ffrindia fo ddod hefyd.'

Yr eiliad nesa codwyd ymyl y rhwyd a gwthiodd un o'r Eidalwyr i mewn oddi tani, yn ei blyg a'i lygaid ar ei draed. Roedd wedi dod i tsecio ar ei hofrennydd.

'*Felice di conoscerla, signore!*'

Neidiodd yr Eidalwr mewn dychryn wrth glywed dieithryn llwyr – a chawr at hynny! – efo'i wyneb garw a'i gorff cyhyrog yn ddu drostyn, yn ei gyfarch mor gwrtais yn ei iaith ei hun. Un bychan o gorff oedd o, twt a thaclus yn ei grys-T glas tywyll a'i drowsus pen-glin o'r un lliw. Roedd ei wallt gloyw-ddu wedi'i gribo'n ôl a'i fwstás main yn tystio i'r sylw manwl a roid i hwnnw gan ei berchennog. Anodd dychmygu dau mwy gwahanol yn gwynebu'i gilydd.

Gwyliodd Sam y syndod yn y llygaid yn troi'n gwestiwn ac yna'n amheuaeth. Gwelodd ef yn sylwi ar y taflegra ac yna'i geg yn agor i ddeud rhywbeth, neu falla i roi gwaedd. Saethodd y Cymro fraich allan a chau ei law gre am gorn gwddw'r peilot nes rhwystro gwynt a sŵn rhag dianc.

'Agor di dy geg ac rwyt ti'n farw. *Capisce?* Dallt?' Llaciodd y mymryn lleia ar ei afael, jyst digon i'r Eidalwr fedru siglo'i ben i ddangos ei fod yn deall. 'Rŵan gwranda! A gwranda'n astud!' Gwyddai fod ei lygaid yn tanbeidio wrth iddo rythu i lygada mawr ofnus ei garcharor. 'O fewn chydig funuda mae'r llong yma'n mynd i lawr. *Capisce?* Mae hi'n mynd i'r gwaelod, hi a phob dim sydd arni. Dallt?'

Eto'r nodio pen.

'Be ddiawl wyt ti'n neud? Taga fo, a gorffen efo hi!'

Dyblodd yr ofn yn llygaid yr Eidalwr wrth iddo weld Grossman yn ymddangos yn fygythiol o du ôl y *Lynx*, hwn eto'n noeth ac yn ddu o'i hanner i fyny a ffroen ei wn yn nesu'n fygythiol.

'Na. Mi all fod yn ddefnyddiol.' Roedd Sam wedi troi'r sgwrs i'r Hebraeg. 'Gad betha i mi am unwaith, wir dduw! . . . Ydi'r lleill wedi mynd?'

'Pwy? Mêts hwn? . . . Ydyn.'

Yr eiliad nesa fe sgydwyd y dec o dan eu traed gan ffrwydrad rywle ym mhen ôl y *Baku-Batumi*, tu draw i'r uwchadeiladwaith, rywle yng nghyffinia stafell y peirianna. Mygwyd llawer o'r sŵn gan ddyfnder y ffrwydrad a chan bellter hyd y llong. Teimlodd Sam y peilot yn mynd yn stiff drwyddo wrth i'w ofn gyrraedd cyhyra'i wddw. Synhwyrodd banig y dyn yn cynyddu, felly gwasgodd ynta'n gletach efo'i law a daeth Grossman hefyd i wthio baril ei wn yn giaidd i foch yr Eidalwr. Prin bod hynny wedi'i neud, a phrin bod sŵn y ffrwydrad wedi gostegu, nad oedd clec arall fwy dychrynllyd yn sigo pen blaen y llong, yn union oddi tanynt.

O fewn dim roedd y dec yn y pellter yn ferw gwyllt wrth i'r criw ruthro allan. Gallent glywed y gweiddi gorffwyll a'r sŵn traed yn rhedeg hwnt ac yma heb wybod yn iawn i ble. Roedd curiad cyson peirianna'r llong wedi peidio a'i symud drwy'r dŵr yn cloffi.

'Rŵan gwranda!' Llaciodd Sam ei afael gan fod gwyneb yr Eidalwr yn dechra glasu a'i goesa'n rhoi oddi tano. 'Dydi fy Eidaleg i ddim yn dda iawn, ond os gwrandewi di'n astud mi fyddi'n dallt be sy gen i i'w ddeud. Ymhen chwarter awr, mi fydd ugain o ffrwydrada . . . ' Arwyddodd ddeg efo bysedd ei ddwylo, eu cau ac arwyddo deg arall wedyn. 'Ugain! *Capisce?* . . . Mi fydd ugain o ffrwydrada'n chwythu gwaelod y *Baku-Batumi* i ffwrdd yn glir ac mi eith hi wedyn i lawr fel carrag. Ac mi ei di a dy fêts i lawr efo hi, os na wnei di'n union fel dwi'n deud. *Capisce?'*

'*Si.'* Doedd y gair fawr mwy na sibrydiad bloesg.

'A phaid â meddwl y medrwch chi ddengid yn un o'r rhain.' Efo'i fawd, pwyntiodd at yr awyrenna tu ôl iddo. 'Mae pob un ohonyn nhwtha'n mynd i chwythu, hefyd . . . yn ddarna mân i ebargofiant. Rŵan deud wrtha i . . . Wyt ti a dy fêts isio gadael y llong 'ma'n groeniach?'

'*Si. Si signore.'*

'Reit 'ta. Dwi am iti redag draw at dy ffrindia a deud wrthyn nhw ac wrth weddill y criw be dwi newydd 'i ddeud wrthat ti rŵan. Y cychod achub ydi'ch unig obaith chi. A does ond dau o'r rheini, fel rwyt ti wedi sylwi'n barod, siŵr o fod. Cofia! Waeth i neb heb â dod 'nôl i fa'ma i chwilio amdanon ni. Fyddwn ni'n dau ddim yma, ni na gweddill y sgwad sydd efo ni ar y llong. Mi fyddwn ni i gyd wedi mynd cyn y ffrwydrad mawr.'

Roedd sŵn y môr i'w glywed yn rhuthro ac yn byrlymu rywle'n isel o dan eu traed a'r lleisia yn y pellter yn gorffwyllo wrth i'r dec fagu rhywfaint o ogwydd.

'Deng munud sydd gen ti ar ôl, gyfaill, i achub dy groen dy hun a chroen pawb arall. *Capisce?* Rŵan, hegla hi!'

'A dallt fod hwn . . . ' Gwthiodd Grossman faril yr *AK47* unwaith eto i foch y peilot crynedig. ' . . . yn dy ddilyn di yr holl ffordd. Rŵan dos!'

Cododd Sam rywfaint ar ymyl y rhwyd a gwthio'r Eidalwr allan.

'Uffar o risg, Semtecs!'

'Llai o risg yn y pen draw os cawn ni bawb i adael y llong.'

'Pam y celwydd 'ta?' Roedd Grossman yn dal i wylio'r peilot yn carlamu ar hyd y dec, ei freichia'n chwifio fel gwyntyll wrth iddo drio tynnu sylw cymaint ag y gallai. 'Mi fedra i weld pwrpas ei ddychryn efo tipyn o gelwydd gola, ond pam deud chwarter yn hytrach na hanner awr wrtho fo?'

'Ychwanegu at y panic a'r brys, dyna'r cwbwl. Hyd yn oed mewn hannar awr chân' nhw ddim amsar i rwyfo ymhell cyn i'r cyfan fynd i fyny'n jibidêrs. Rŵan, gad i ninna fod yn barod i adael.'

'Yli! Mae o'n rhoi ei neges!'

Ymunodd Sam efo'r Iddew i wylio be oedd yn mynd ymlaen ym mhen arall y dec. Gwelsant fwy a mwy yn hel o gwmpas yr Eidalwr wrth i hwnnw barablu'n gynhyrfus i gyfeiliant ei ddwylo a'i freichia aflonydd. Gwelsant ef yn dangos deg bys ddwywaith ac yna'n pwyntio at y wats ar ei arddwrn cyn taflu ei ddwylo tua'r awyr i arwyddo ffrwydrad aruthrol. Daeth dyn i gydio yn ei ysgwydd ac i wthio'i wyneb i'w wyneb ef.

Adnabu Sam ef. 'Boris Yakubovich!' meddai. 'Be rŵan, tybad?'

'Fe gawn ni weld.' Heb unrhyw rybudd pellach cydiodd Grossman yn y taniwr *Stinger* a'i lwytho. Gwyliodd Sam ef yn rhedeg yn ei blyg yn nes at ei darged, yna'n anelu at ran ucha uwchadeiladwaith y llong, ac yn gwasgu'r triger. Gyda sŵn gwynt nerthol gwibiodd y taflegryn allan o'r baril a ffrwydro'n dwll du myglyd ym metel y llong, tuag ugain troedfedd uwchben Yakubovich a'r lleill.

Roedd yr effaith yn syfrdanol. Beth bynnag oedd cwestiwn Yakubovich i'r peilot, chafodd o fawr o synnwyr ganddo, oherwydd yr eiliad nesa roedd y criw yn chwalu mewn panig, rhai'n rhuthro i gyfeiriad y cwch achub tra bod eraill yn croesi'r dec ac o olwg Sam a Grossman i gyfeiriad y cwch oedd ar ochor arall y tancer. Gadawyd y Rwsiad i syllu ac i weiddi'n ddig ar eu hôl.

'Yli!' Dilynodd Grossman gyfeiriad bys Sam. 'Zahedi a Semko!' Roedd y Cwrd a'r Rwsiad arall yn brysio i ymuno efo Yakubovich a buan y gwelwyd trafod blin, cynhyrfus rhwng y tri.

'Reit! Rhaid inni symud! Mae gynnon ni lai nag ugain munud i gael rhain i'r awyr. Gad inni dynnu'r rhwyd 'ma i ffwrdd.'

Dechreuodd Grossman ar y dasg ond daliai Sam i wylio'r tri. 'Mae'r ddau Rwsiad wedi mynd i chwilio am y capten, faswn i'n ddeud. Ond Duw a ŵyr lle'r aeth Zahedi. Mae hwnnw wedi diflannu i rwla.'

'Bydd di'n barod efo'r gwn 'ta, rhag ofn iddo fo ymddangos.' Roedd yr Iddew yn anadlu'n drwm yn y rhuthr i ryddhau'r rhwyd oedd wedi cydio yng ngwyntyll rotor y *Lynx*. 'Ond paid â'i saethu fo os nad oes raid iti . . . '

'Y? Pam?'

'Am 'mod i isio'r plesar o weld gwynab y diawl bach wrth iddo fo ddiflannu o dan y dŵr.'

Erbyn i Grossman ryddhau'r ddau hofrennydd *Lynx*, roedd Yakubovich a Semko yn ôl ar y dec ond oherwydd eu bod nhw mor brysur yn bygwth y criw oedd yn dal i lwytho i'r cwch achub, doedden nhw ddim eto wedi sylwi be oedd yn digwydd ym mhen blaen y llong. Gan fod y criw brith mewn gormod o banig i gymryd unrhyw sylw o orchmynion y ddau Rwsiad, dechreuodd Semko danio i'w canol a chododd gwaedd o boen ac o ddychryn o blith y rhai oedd yn trio ffoi. Syrthiodd dau os nad tri, fel brwyn o flaen pladur.

'Y llofrudd diawl!' Cododd Sam ei wn yn reddfol.

'Gad iddyn nhw, Semtecs! Dos i danio dy hofrennydd.' Neidiodd Grossman i lawr i'r dec. Roedd wedi cwblhau ei waith ac roedd awyr agored rŵan yn aros y ddwy *Lynx*.

Fe gymerodd hydoedd, neu felly yr ymddangosai, i'r peirianna Rolls Royce danio ac i'r llafna rotor godi stêm. Grossman oedd y cynta i adael y dec, efo Sam yn dynn wrth ei sodla. Wrth ennill uchder gwelsant olygfa i godi'u calonna. Roedd nifer o'r dynion wedi neidio allan o'r cwch achub ac wedi ymosod ar Semko. Gorweddai hwnnw ar ei hyd ar lawr rŵan yn cael ei gicio'n ddidrugaredd yn ei ben a'i gorff, ei wn yn nwylo dig un o'r Eidalwyr. Doedd dim sôn am Yakubovich. Rhaid bod hwnnw wedi cymryd y goes.

O'r diwedd, trowyd cefn ar y corffyn llonydd ar y dec. Edrychai'n debycach i ddoli glwt wedi'i thaflu dros ysgwydd, ei goesa a'i freichia mewn pob math o stumia annaturiol. A'r dial drosodd, roedd panig wedi cydio eto. Edrychodd Sam ar ei wats. Saith munud i naw! Byddai'n rhaid iddyn nhw frysio, meddyliodd yn bryderus, os am gael y cwch i'r dŵr a chreu pellter digonol rhyngddynt wedyn a'r *Baku-Batumi* cyn i honno fynd i lawr. Teimlodd ryddhad o weld bod y cwch achub arall eisoes yn gadael y llong o'i ôl.

Bu bron i'r oedi gostio'n ddrud iddo. Sylweddolodd hynny wrth i grac mawr ymddangos yng ngwydyr drws ei hofrennydd. Dim ond bwled allai fod wedi peri'r glec a chreu'r difrod. Roedd hi wedi taro'r ffenest ar letraws. Yr eiliad nesa teimlodd fwled arall yn plannu i gorff yr hofrennydd wrth ei draed a dianc wedyn trwy'r to. Gyda phlwc sydyn ar y llyw gyrrodd y *Lynx* wysg ei hochor ymhellach oddi wrth y peryg, ac wrth droi, cafodd gip sydyn ar yr ellyll o ddyn a safai ar y dec oddi tano, yng nghysgod uwchadeiladwaith y llong. Efo'i wyneb ciaidd wedi'i droi tua'r awyr, roedd holl ddüwch a diawledigrwydd Zahedi yn amlwg. Daliai i wasgu'r bwledi allan o'r gwn yn ei ddwylo, ond oherwydd mileindra'i dymer roedd rheini'n gwibio heibio ar gyfeiliorn.

Estynnodd Sam am yr *RPG* wrth ei ochor. Fe ddylai grenâd allan o hwnnw fod yn ddigon i setlo'r Cwrd, meddyliodd. Dyna pryd yr ymddangosodd y *Lynx* arall o fewn chydig lathenni iddo, ei thrwyn yn gwyro'n fygythiol tuag at ddec y *Baku-Batumi*, a thuag at Zahedi'n benodol. Gwelodd hwnnw hefyd y bygythiad a throi'n wyllt am gysgod.

Digwyddodd petha'n gyflym iawn wedyn. Gyda fflach o dân a stribyn o fwg, saethodd un o daflegra Grossman allan o'i grud ar fraich y *Lynx*, ond gan fod Sam yn gweithio i unioni ei hofrennydd ei hun, chafodd o mo'i weld yn cyrraedd y nod. Clywodd y glec, ac eiliada'n ddiweddarach gwelodd o gornel llygad gwmwl du yn codi a chwmwl coch o dân yn tyfu trwyddo. Erbyn i betha ddechra gostegu, ac erbyn i Sam gael ei hofrennydd o dan reolaeth, dim ond twll oedd i'w weld lle bu'r Cwrd yn sefyll chydig eiliada ynghynt. Tybad? meddyliodd, tra oedd yn gwylio'r mwg yn chwalu a'r darna o fetel a phren yn syrthio'n ôl i'r dec. Tybad ydi'r uffar bach wedi mynd am byth?

Bu'r ffrwydrad yn ddigon i ddychryn y capten allan o'i bont lywio. Gwelodd Sam ef yn rhuthro am y grisia metel fyddai'n ei arwain i lawr i'r dec. O fan'no gobeithiai ynta gael ymuno efo'r cwch achub ar y môr ymhell oddi tano. Yma ac acw, roedd dau neu dri o unigolion i'w gweld yn ffustio'r dŵr yn wyllt mewn ymdrech i nofio'n ddigon pell oddi wrth y tancer cyn iddi ffrwydro. Yn eu dychryn, rhaid bod rheini wedi neidio'n syth o'r dec i'r môr, meddyliodd. Ceisiai ddychmygu syrthio o'r fath uchder a tharo'r dŵr ar y fath gyflymdra. Roedden nhw'n lwcus eu bod nhw'n fyw o gwbwl!

Dyna pryd y sylwodd ar y cryndod yn cydio yn y *Baku-Batumi*, ei hanferthedd yn cael ei ysgwyd drosodd a throsodd nes peri iddi siglo o ochor i ochor a dechra gwegian. Mewn dim roedd hi fel deilen wedi ei gollwng i grochan oedd yn berwi, y dŵr yn trochi'n fyrlymus o'i chwmpas. Yna daeth yr aer allan ohoni fel pe bai hi'n forfil neu'n llong danfor yn paratoi i ddiflannu i'r dwfn. I Sam, hyd yn oed o'r uchder hwnnw, roedd arswyd y capten yn amlwg wrth iddo sylweddoli nad oedd dianc i fod. Roedd wedi cyrraedd y dec erbyn hyn ac yn sefyll wrth ymyl corff llonydd Viktor Semko. Roedd yn codi llaw ddi-fudd i ofyn am help gan y criw yn y cwch achub oddi tano, ond ni châi sylw yr un o'r rheini; roedden nhw'n rhy brysur yn achub eu crwyn eu hunain, a'u rhwyfa fel gwyntyll yn torri'n lloerig trwy aer a dŵr.

I Sam, roedd y cyfan mor afreal, fel petai ef a Grossman heb fod yn rhan o'r digwyddiad o gwbwl. Yna, gwelodd y rhwyfa'n llonyddu yn y ddau gwch a'r rhwyfwyr i gyd yn troi i syllu'n fud ar y *Baku-Batumi*'n codi ei thrwyn yn araf i'r awyr ac yn dechra sglefrio wysg ei thin wedyn i ddüwch y Caspian. Wrth i'r dec gwastad droi'n inclên serth, dechreuodd yr awyrenna ar ei bwrdd lithro ac yna powlio fel pe baen nhw'n croesawu eu tynged. Roedd traed y capten yn llithro hefyd. Yn yr eiliada ola hynny, fe drodd ei chwifio am help yn ffarwél bathetig i'w griw.

Yn fyw neu'n farw, ni theimlodd Viktor Semko oerni'r dŵr yn cau amdano.

Bu Sam a Marcus Grossman yn hofran am funuda lawer yn gwylio cynnwrf a bwrlwm arswydus y môr wrth i anadl ola'r *Baku-Batumi* ddianc ohoni mewn swigod mawr o ddŵr oeliog a chymyla o stêm. Pan ostegodd petha o'r diwedd, yr unig arwydd iddi fod yno o gwbwl oedd y staen du i nodi bedd yr unig long o'i bath i hwylio'r Caspian. Yn y ddau gwch achub o boptu'r gyflafan, roedd y ffoaduriaid yn rhythu'n ddistaw, fel pe baen nhw'n methu credu y gallai cawr mor fawr gael ei ladd mor rhwydd. Yr unig symudiad, ac eithrio ymchwydd y môr, oedd y pedwar smotyn gwyn oedd yn ymdrechu i gyrraedd diogelwch y cychod.

Grossman ddaeth ato'i hun gynta. O gil ei lygad gwelodd Sam symudiad ei hofrennydd ac edrychodd i'w gyfeiriad. Roedd yr Iddew yn troelli un bys yn yr awyr o'i flaen, i awgrymu'i bod hi'n bryd iddyn nhw gychwyn. Mewn ateb, pwyntiodd Sam at y ddau gwch oddi tanynt. Ei gwestiwn mud oedd, 'Ddylen ni eu helpu nhw?' Daeth ateb gŵr y Mossad yn gwbwl bendant a digymrodedd. Sgydwodd ei ben a'i law o'r naill ochor i'r llall, troelli ei fys unwaith eto o'i flaen a phwyntio wedyn tua'r gorllewin, cystal â deud, 'Fedrwn ni ddim fforddio poeni amdanyn nhw. Rhaid inni fynd.'

Yn yr eiliad honno fe gofiodd Sam ei wir reswm dros adael yr SAS. 'Dwi wedi cael llond bol, Meic,' meddai'n uchel. 'Dwi'n mynd adra.' Tybiai glywed llais ei hen gyfaill yn amenio'r penderfyniad.

* * *

Cadw'n glòs at wyneb y Caspian oedd dewis y ddau wrth i'w hofrenyddion wibio'n ôl i gyfeiriad Alyaty. Ar y cychwyn fe dybiodd Sam y byddent yn osgoi Aserbaijân yn gyfan gwbwl ac yn mentro'n syth dros ogledd-orllewin Iran am wlad Twrci, yn y gobaith na chaen nhw mo'u gweld gan y naill na'u rhwystro gan y llall. Pa lwybyr bynnag a gymerent, meddai wrtho'i hun, doedd 'run ohonyn nhw'n mynd i fod yn hawdd. A doedd dim sicrwydd, o bell ffordd, y caen nhw gydweithrediad Twrci pan gyrhaeddent y wlad honno. Ond pa ddewis arall o lwybyr oedd ganddyn nhw? Rhaid fyddai osgoi Irac, wrth reswm, a Syria hefyd. Roedd gan y ddwy wlad hynny eu lluoedd awyr eu hunain, yn ogystal â'u harfa trwm ar y ddaear i saethu unrhyw awyren o'r awyr. Pa obaith, felly, fyddai i ddau hofrennydd bach cymharol araf yn hedfan o fewn eu tiriogaeth nhw? Mi fyddai'n fêl ar fysedd Saddam, er enghraifft, i gael clochdar gerbron y byd, ac wrth wledydd Islam yn benodol, ei fod wedi difa dwy o awyrenna NATO, neu fod ganddo ddau beilot, un o Brydain a'r llall o Israel, yn garcharorion. Fe enillai hynny gefnogaeth eang iddo ymysg Arabiaid cyffredin y Dwyrain Canol, a byddai'n rhoi mwy o gred i'w honiad fod gwledydd y Gorllewin yn cynllwynio law yn llaw efo'r Iddewon.

Na, falla mai penderfyniad Grossman oedd yr un calla posib o dan yr amgylchiada. Mentro dros Aserbaijân ac Armenia i gyrraedd Twrci, a gweithio'u ffordd i lawr o fan'no wedyn, dros y Môr Canoldir, naill ai i Ynys Cyprus neu i Israel. Dyna'r llwybyr oedd yn cael ei osod rŵan, beth bynnag, meddyliai Sam wrth gadw *Lynx* yr Iddew yng nghornel ei lygad chwith. Ac eto, roedd rhyw anniddigrwydd, na allai ei grisialu'n iawn, yn ei boeni. Roedd rhyw reddf yn rhywle yn deud wrtho fod gan y gŵr o'r Mossad ei agenda cudd ei hun ac mai dyna pam roedd o'n anelu'n ôl am Alyaty ac Aserbaijân. Mwya'n y byd y meddyliai Sam am y peth, mwya'n y byd y cynyddai ei ddicter. Roedd Marcus Grossman, meddai, yn cymryd gormod arno'i hun. Dyletswydd yr Iddew, wedi'r cyfan, oedd ymgynghori cyn dod i unrhyw benderfyniad, ond bach fu'r arwydd, hyd yma, ei fod yn barod i neud hynny.

Daeth arfordir Aserbaijân i'r golwg cyn hir a gwibiodd y ddau hofrennydd yn isel dros y burfa olew. Gallai Sam weld rhai o'r gweithwyr yn syllu i fyny'n chwilfrydig ac yn eu dilyn â'u llygaid. Gwelodd eraill, tebyg i filwyr, yn gwau fel morgrug drwy ran segur y burfa, fel pe baen nhw'n chwilio'n am rywun neu rywbeth. Gwenodd yn ddi-hiwmor. Rywle yn fan'cw, meddai wrtho'i hun wrth i'r olygfa ddiflannu'n gyflym oddi tano, mae 'na betha'n perthyn i mi. Roedd wedi gadael ei grys a'i bedwar pasbort ar ôl, yng nghuddfan uchel y peipia. Yno hefyd yr oedd gweddill yr arian a gawsai gan Signorelli, yn ogystal â'r poteli a'r past colur.

Dewis osgoi tre Alyaty ei hun wnaeth Grossman, a Sam i'w ganlyn. Erbyn hyn, trwy ddringo i uchder o bum mil o droedfeddi, roedd y ddwy *Lynx* wedi ehangu gorwelion y ddau beilot yn sylweddol. A phan ddechreuodd Grossman igam-ogamu dros y wlad agored fe wyddai Sam i sicrwydd wedyn ei fod yn chwilio am rywbeth, ac roedd ganddo syniad da be oedd hwnnw.

Diawliodd ryfyg a menter yr Iddew, a hefyd ei ffolineb yn gwastraffu cymaint o danwydd.

Aeth hanner awr go dda heibio cyn iddyn nhw weld yr hyn y chwilient amdano. Ar y gorwel, daeth llinyn hir o goncrid gwyn i'r golwg, yn rhedeg yn unionsyth tua'r gorllewin, fel pe bai'n dangos eu llwybyr iddyn nhw. Anelodd Grossman ei hofrennydd yn syth amdano, gan golli uchder yr un pryd.

Erbyn cyrraedd, gwelodd Sam nad oedd yno ond un rhodfa lanio hir, newydd-yr-olwg, a nifer o siedia hanner crwn anferth, nad oeddynt yn siedia chwaith oherwydd bod y ddau dalcen i bob un yn agored i'r tywydd. Doedden nhw'n cynnig dim byd mwy na thwnnel oedd yn gysgod rhag gwres yr haul ac yn guddfan o'r awyr. Yr un math yn union o gysgod ac o guddfan ag a ddefnyddid gan luoedd awyr America a Phrydain yn y Gwlff, meddyliodd. O gwmpas y cyfan rhedai ffens uchel, hon hefyd yn ddisglair yn ei newydd-deb.

Heb oedi, aeth yr Iddew â'i hofrennydd yn is ac yn nes, i gael gwell golwg o be oedd yn y siedia. Gwelodd Sam ef yn codi'i fawd yn gynhyrfus. Ym mhob twnnel roedd dwy awyren ryfel *Su-25* i'w gweld. Ac yna, ar ei phen ei hun mewn sièd ar wahân, gwelsant y *Tornado* a gipiwyd oddi ar faes awyr NATO yn yr Eidal. Doedd dim amheuaeth bellach. Roedden nhw wedi dod o hyd i weddill stôr arfau'r Mafiozniki.

Yn sŵn byddarol y ddau hofrennydd, rhedodd tri dyn allan o gwt wrth y giât yn y ffens. Gwelodd Sam y tri'n oedi yn eu hunfan wrth adnabod y ddwy *Lynx*. Gallai ddychmygu eu dryswch. Wedi'r cyfan, roedd y ddau hofrennydd i fod ar fwrdd y *Baku-Batumi* ac ar eu ffordd i Iran. Nacw yn y glas tywyll ydi'r Eidalwr, peilot y *Tornado*, mae'n siŵr, meddai wrtho'i hun.

Ar arwydd gan Grossman daeth y ddwy *Lynx* i hofran ochor yn ochor, rhyw gan troedfedd o'r ddaear, tra daliai'r tri ar y llawr i'w gwylio'n ddryslyd. Doedd dim angen dychymyg i ddeall cyfarwyddiada'r Iddew. Pwyntiodd at yr un taflegryn oedd ganddo ef ar ôl, yna at y ddau ar hofrennydd Sam, ac wedyn at y targeda. Yna cododd ei law dde a'i defnyddio fel bwyell mewn tri symudiad cyflym oedd yn awgrymu 'Taro! Taro! Taro!' Cyn i Sam gael cyfle i ymateb roedd Grossman wedi gwyro trwyn ei *Lynx* ymlaen ac yn gwibio i gyfeiriad y twnnel lle'r oedd y *Tornado*'n cael ei chuddio.

Gwyliodd Sam ef yn oedi tan yr eiliad ola cyn pwyso'r botwm, gwelodd y *Sea Skua* yn magu cynffon o fwg wrth saethu allan o'i grud. Roedd anel gŵr y Mossad yn gywir. Ymddangosodd twll du a mwg uwchben trwyn yr awyren, yna, wedi eiliad brin, ffrwydrodd y taflegryn a'r tanwydd yn y tancia yn belen o dân oedd yn byrlymu allan o bob pen i'r twnnel ac yn yr un eiliad yn chwalu'r to'n ddarna hedegog.

Sgrialodd y tri ar y llawr yn ôl am loches eu cwt, tra bod Sam yn gosod ei hun cyn agosed ag oedd yn ddiogel at sièd arall yn cynnwys dwy o'r *Su-25*. Er iddo dderbyn hyfforddiant ar hedfan y *Lynx*, dyma'r tro cynta erioed iddo danio taflegryn. Chwiliodd am y swits a dod o hyd iddo o'r diwedd. Yna, yn betrus, gwasgodd. Fel pe mewn breuddwyd, clywodd a gwelodd yr arf yn gadael ei grud.

Gwyddai'n syth ei fod wedi anelu braidd yn rhy uchel a bod y taflegryn yn mynd i fethu'r awyren agosa ato, sef yr un yr anelodd ati. Gwyliodd y gynffon goch yn diflannu i'r twnnel, dros ben yr *Su-25* gynta ac yna'n ffrwydro wrth daro'r ail. Aeth honno i fyny mewn pelen arall o dân, ac yn effaith y ffrwydrad chwythodd yr awyren arall hefyd.

Ac ynta'n hofran uwchben y difrod, câi Sam yr argraff o fod wedi'i ddal uwchben mynydd tanllyd wrth i hwnnw chwydu ei gynnwys berwedig tuag ato. Ac wrth wylio'r cymyla eirias yn llyncu popeth o'u cwmpas, fe'i hatgoffid o'r bwrlwm diddiwedd o ddŵr wrth i'r *Baku-Batumi* suddo. Dŵr a thân! meddyliodd. Duw a faddeuo inni! Roedd fel sefyll ar drothwy Uffern ei hun. Daeth darlun o gapten y tancer yn ôl i'w gof. Gwelodd eto'r llaw, wedi'i chodi mewn ymbil mud, yn cael ei llyncu am byth gan raib cythreulig y Caspian. 'Duw a faddeuo inni,' meddai eto, yn uchel y tro yma.

Rhaid ei fod wedi oedi'n hir yn llygadrythu, oherwydd daeth Grossman i roi arwydd arno i frysio. Yn gyndyn, trodd ynta drwyn y *Lynx* a mynd i chwilio am darged arall.

Anelodd yn rhy isel efo'r ail daflegryn a gwelodd dwll du yn agor yn y ddaear o dan drwyn un o'r *Su-25* yn fan'no. Er iddo ddiawlio'i fethiant, cymerodd gysur bod rhywfaint o ddifrod wedi ei neud i adain yr awyren gan y ffrwydrad. Go brin y ceid y partia i'w thrwsio mewn lle mor anghysbell â hwn, meddyliodd, nac ym Mosco chwaith o ran hynny.

Dechreuodd Grossman arwyddo'n wyllt am gael gadael ac o'r diwedd, wedi gollwng nifer o grenadau hwnt ac yma a'u gwylio'n creu rhagor o ddifrod, trowyd trwyn y ddwy *Lynx* tua'r gorllewin. Diolch byth! meddai Sam wrtho'i hun. Dwi'n mynd adra!

Llundain

'Alla i ddim credu'r peth, Julian! Herbert Shellbourne o bawb!' Roedd Caroline Court, ei gwyneb yn bictiwr o syndod, wedi gollwng y fforc yn glec ar ei phlât gan dynnu sylw'r rhai a eisteddai wrth y bwrdd gyferbyn.

Rhoddodd Julian Carson, Dirprwy Gomisiynydd Scotland Yard, hefyd ei gyllell a'i fforc i lawr, ond yn dipyn distawach. Estynnodd am y botel win i lenwi'r ddau wydryn. 'Mae gan bawb ei bris . . . neu ei wendid, Caroline.'

Dyma'r eildro yn ystod y bythefnos ddiwetha iddo fynd â hi allan am ginio. Yr un bwyty, yr un bwrdd eto, nid nepell o Oxford Circus ac o fewn golwg i Cavendish Square.

'Ond Mr Shellbourne, o bawb!' Gwnâi ei gora i gadw'i llais a'i syndod o dan reolaeth, rhag i'w sgwrs fynd yn gyhoeddus. 'Mae o'n byw i'w waith. Fedra i ddim credu y basa fo'n gosod ei hun yn y fath sefyllfa.' Cydiodd yn ei gwydryn a drachtio mwy o'r claret nag yr arferai ei neud ar y tro.

Gwnaeth Julian Carson, ynta, rywbeth tebyg. 'Eiliad o orffwylledd, dyna i gyd.'

'Eiliad?' Ymddangosodd rhychau cynnar canol oed wrth iddi wenu'n chwithig.

'Wythnosa 'ta. Nid Herbert Shellbourne ydi'r dyn cynta i wirioni wrth dderbyn sylw rhyw lefran iau na fo'i hun, cofia. Be ydi'r dywediad? Po hynaf fo'r dyn, gwaethaf ei bwyll.'

'Ond Marjory! . . . Marjory Conway o bawb! Ei ysgrifenyddes!'

'Dim byd mawr, serch hynny. Dim byd parhaol . . . nid o'i safbwynt hi beth bynnag. Cael ei dwyllo a'i ddefnyddio ganddi wnaeth Shellbourne.'

'Wyt ti'n cofio'i ymateb o yn ystod y cyfarfod gawson ni rhyw wythnos yn ôl, pan ddeudist ti fod Marjory yn ffrindia efo Andrew Mailer? Wyt ti'n cofio'i syndod o? Dwi'n dechra dallt rŵan gymaint o sioc roist ti iddo fo.' Cododd y gwydryn eto at ei gwefus ond prin wlychu'i thafod wnaeth hi y tro hwn.

'Mailer, wrth gwrs, ddaru drefnu'r cyfan. Roedd o am i Marjory gael cymaint o wybodaeth gyfrinachol â phosib allan o dy fòs di.'

'A'r gwely oedd ei gobaith gora hi!' Roedd mwy o dristwch nag o feirniadaeth yn ei llais.

'Ia. Cofia di, dydw i ddim yn credu iddi gael llawer o lwyddiant. Beth bynnag ydi Herbert Shellbourne, dydi o ddim yn wirion o bell ffordd, nac yn ddiniwed chwaith, a fedra i ddim meddwl ei fod o wedi trosglwyddo unrhyw gyfrinacha mawr iddi, hyd yn oed yng ngwres y caru.'

'Ond mi ddeudodd rywfaint?'

'Do, mae'n debyg. Manion. Mae o wedi cyfadde cymaint â hynny. Fe sylweddolodd ei gamgymeriad a'i ffolineb, medda fo, y diwrnod hwnnw pan ddaru mi grybwyll y gyfathrach rhwng Marjory a Mailer. Mae o'n sylweddoli rŵan ei bod hi wedi'i ddefnyddio fo yn yr un ffordd yn union ag roedd Mailer yn ei defnyddio hi.'

'Ond be wnaeth iti'i ama fo o gwbwl, Julian?'

'Wnes i ddim, nes imi ddechra croesholi Marjory. Fe ddaeth y cwbwl allan wedyn.'

'Oes 'na bres wedi newid dwylo 'ta?' Oedodd. 'Be dwi'n drio'i ofyn ydi, ddaru Mr Shellbourne elwa mewn rhyw ffordd arall?'

'Na, dwi'n berffaith sicir na wnaeth o ddim. Na Marjory chwaith, yn eironig iawn, ac eithrio be gâi hi'n anrheg o bryd i'w gilydd gan Mailer. Dim ond Andrew Mailer oedd yn cael ei gyflogi ganddyn nhw.' Deallai Caroline mai cell y Mafiozniki yn yr East End oedd y 'nhw'. 'O! A Clive Foxon hefyd wrth gwrs, i radda llai.'

Syrthiodd tawelwch rhwng y ddau. Sylweddolai Julian Carson fod ganddi hi waith treulio ar yr hyn roedd hi newydd ei glywed. Ailddechreuodd fwyta. Roedd y llysia ar ei blât wedi dechra oeri.

Fe ddaeth y cwestiwn anochel ymhen sbel. 'Be fydd yn digwydd rŵan, 'ta?'

'Amser a ddengys. Heblaw amdanat ti rŵan, does ond Syr Ralph Thomas, cyfarwyddwr MI6, a Syr Leslie Garstang ei ddirprwy a fy mòs inna yn Scotland Yard yn gwybod.'

Agorodd llygada Caroline Court yn fwy nag oedden nhw cynt. 'Be? Dydi Martin Calshot, yr Ysgrifennydd Tramor, ddim yn gwybod? Na'r Prif Weinidog?'

Oedodd Julian Carson yn ddigon hir i gnoi a llyncu tamaid o'i stecan ac i'w olchi i lawr gyda chydig o'r claret. 'Bydd yr Ysgrifennydd Tramor yn derbyn f'adroddiad i ben bore fory. Erbyn hynny, mi fydd wedi cael clywed popeth gan Herbert Shellbourne ei hun, ac wedi derbyn ei ymddiswyddiad o. Fe ofynnodd Shellbourne imi ganiatáu hynny iddo. A fedrwn inna ddim llai na chytuno.'

Nodiodd Caroline Court ei phen yn ddwys. 'Ia. Roedd o'n haeddu cymaint â hynny. Be ddigwyddith iddo fo rŵan?'

'Duw'n unig a ŵyr! Mi all gael cynnig swydd ddinod, mewn rhyw gornel ddiarffordd o'r Swyddfa Gartref falla . . .'

'Go brin! Pan ddaw y llanast yma – brad Mailer a chamgymeriad Shellbourne – i glyw mainc flaen yr Wrthblaid, mi fydd 'na gythral o le yn y Tŷ. Jyst meddylia! Wyt ti'n gweld y Toriaid yn fodlon gadael iddo fo aros mewn unrhyw fath o swydd yn y Gwasanaeth Sifil ar ôl hyn? Dim peryg yn byd! Mi wnân nhw bob dim fedran nhw i greu rhagor o embaras i'r Llywodraeth, gei di weld. Mi fydd pechoda Shellbourne druan wedi cael eu chwyddo allan o bob rheswm.' Daeth golwg freuddwydiol i'w llygad. 'Biti hefyd, oherwydd mae o'n ddyn galluog.'

Hawdd gweld bod Julian Carson yn cytuno efo pob gair ac nad oedd yr awgrym a wnaethai, eiliad yn ôl, ynglŷn â dyfodol Herbert Shellbourne wedi'i fwriadu i gael ei gymryd o ddifri. 'Rwyt ti'n iawn, wrth gwrs, ond cofia'r hen air, "Pan gyll y call fe gyll ymhell". Ei unig ddewis rŵan, mae'n debyg, fydd chwilio am swydd ym myd busnes, a dydw i ddim yn gweld trafferth iddo fo yn fan'no. Mi fydd 'na gwmnïa'n heidio i'w gyflogi fo, fel y gwyddost ti'n iawn.'

Efo'i dau benelin yn pwyso ar y bwrdd o'i blaen, daliodd hi ei gwydryn yn erbyn ei gwefus isa a nodio'r mymryn lleia, yn feddylgar. 'Ia. Mae gan Shellbourne lawer o wybodaeth arbenigol fyddai'n help mawr i rai cwmnïa ennill archebion o dramor.'

'A thrwy greu stŵr mawr yn y Tŷ ac yn y Wasg, mi fydd y Toriaid yn tynnu sylw'r cwmnïa hynny ato fo. Cystal ag unrhyw hysbŷs i Shellbourne, yn bydd?' Chwarddodd Julian Carson i awgrymu eironi'r sefyllfa a diniweidrwydd aeloda'r Wrthblaid.

'Paid â chymryd dy dwyllo, Julian. Mi fydd rhai o'r Toriaid yn cwffio ymysg ei gilydd i ricriwtio Herbert Shellbourne ar fwrdd cyfarwyddwyr gwahanol gwmnïa . . . Paid â gwenu! Dwi'n gwybod am be dwi'n sôn! Deud ti, er enghraifft, fod Shellbourne yn derbyn swydd neu safle amlwg efo British Aerospace neu Westland. Meddylia am yr *expertise* sydd ganddo fo! A meddylia am ei gysylltiada efo gwahanol wledydd – yn Affrica er enghraifft. Mae o'n gwybod i'r dim lle mae'r cwsmeriaid, coelia di fi!'

'Falla 'mod i'n naïf, Caroline, ond pam fasa'r Toriaid isio helpu Shellbourne?'

'Am fod ganddyn nhw ddiddordeb ariannol mewn cwmnïa fel BAe a Westland, siŵr dduw! Nhw ydi'r cyfranddalwyr mawr. Nhw ydi'r bobol sydd bia'r *shares*. Ac mae gneud ffortiwn dros nos yn bwysig iawn i'r criw yna. Nid helpu Shellbourne fasen nhw, ond helpu'u hunain.'

Synnodd Dirprwy Gomisiynydd Scotland Yard glywed cymaint o chwerwedd yn ei llais. Edrychodd ar ei wats. 'Sut bynnag, mi fydd Herbert Shellbourne wedi cyflwyno'i ymddiswyddiad i'r Ysgrifennydd Tramor erbyn rŵan ac mi fydd hwnnw wedi'i dderbyn. Ac o fory 'mlaen, hyd nes gwneir cyhoeddiad swyddogol, mi fydd dy fòs di naill ai "adre'n sâl" neu'n "mynychu cynhadledd" yn rhywle neu'i gilydd.'

Llundain: Whitehall

Pe bai Julian Carson yn y Swyddfa Dramor drannoeth, byddai wedi gorfod cyfadde nad oedd yn adnabod

Herbert Shellbourne yn dda o gwbwl.

Cyrhaeddodd y dyn bach ddrws ei swyddfa heb brin edrych i gyfeiriad desg wag Marjory Conway. Aeth i eistedd ar gornel ei ddesg ei hun a chodi'r ffôn.

'Miss Parkes? Rhowch fi trwodd i Miss Court, os gwelwch yn dda.'

'Un eiliad, Mr Shellbourne!' Wrth aros i Caroline Court ymateb i'r caniad, yr hyn a ddaeth i feddwl Wendy Parkes oedd cwrteisi cynhenid Herbert Shellbourne. Oedd, roedd o'n gallu bod yn swta ac yn ddigon blin ar adega, meddai wrthi'i hun, yn ddidostur hyd yn oed, ond roedd rhyw hynawsedd a boneddigeiddrwydd yn perthyn iddo hefyd. Bu'n rhaid iddi ddiodde min ei dafod fwy nag unwaith yn y gorffennol ond fe gafodd, ar adega eraill, weld ochor wahanol i'w natur ac i'w gymeriad. Dros y blynyddoedd daethai i feddwl amdano fel dyn unplyg ac egwyddorol.

Gwenodd. Fe wyddai be oedd wedi ysgogi'r cydymdeimlad sydyn efo'r dyn bach. Y sibrydion gwirion diweddara ymysg y staff ynglŷn â diswyddiad Marjory Conway!

Clywodd Miss Parkes y teclyn yn cael ei godi yn y stafell nesa ati a Caroline Court yn ateb. Wedi ei hysbyu hi am yr alwad, rhoddodd hitha'i ffôn ei hun yn ôl yn ei grud, ond nid cyn clywed geiria agoriadol y sgwrs.

'Caroline!'

'Mr Shellbourne! Doeddwn i ddim . . . ' Brathodd yr Is-ysgrifennydd ei thafod, ond roedd y gŵr bach wedi synhwyro'i hembaras.

'Ia. Fi sy 'ma, Caroline . . . am ryw hyd eto. Fe garwn egluro petha iti cyn gadael. Yn y cyfamser, mae gynnon ni'n dau gyfarfod ymhen chwarter awr, yn stafell yr Ysgrifennydd Tramor.'

Am eiliad teimlodd Caroline Court ei chalon yn rhoi tro. Be oedd pwrpas y cyfarfod? Oedd meddylia a gobeithion gwyllt neithiwr ar fin dod yn wir iddi?

Gobeithion na fyddai hi byth yn meddwl eu rhannu efo neb arall yn y Swyddfa. Ddim hyd yn oed efo Julian! Oedd yr Ysgrifennydd Tramor am ddeud wrthi, yng ngwydd Shellbourne, mai hi . . . !

Chwalwyd y breuddwyd gan ei eiria nesa. 'Mae Syr Leslie Garstang ar ei ffordd hefyd. Fo sydd wedi gofyn am y cyfarfod. Roedd o'n swnio'n bur gynhyrfus. Datblygiada yn y Dwyrain Canol, medda fo.'

* * *

Roedd coffi'n eu haros yn swyddfa Martin Calshot.

'Lle gythral mae Syr Leslie?' Cerddai'r Ysgrifennydd Tramor yn ôl a blaen, fel anifail mewn caets, tra daliai'r ddau arall eu cwpana hanner llawn yn simsan ar eu glinia. Deirgwaith o leia o fewn hanner munud, fe edrychodd ar ei wats. 'Roedd o'n cychwyn ugain munud yn ôl, medda fo. Fe ddylai fod yma bellach.'

Ar y gair, daeth curo ysgafn ar y drws, ac wrth i hwnnw gil-agor ymddangosodd pen ifanc yn y bwlch.

'Ia, Foster?'

'Syr Leslie Garstang, syr. Mae o wedi cyrraedd.'

'Wel anfon o i mewn, wir dduw! Paid â'i gadw fo i aros yn fan'na.'

Rhaid bod Dirprwy Gyfarwyddwr MI6 wedi clywed oherwydd, heb aros rhagor, fe wthiodd heibio Foster ac i mewn i'r stafell.

'Coffi, Syr Leslie?' Roedd goslef y cwestiwn yn awgrymu 'Nagoes gobeitho, oherwydd does gynnon ni ddim amser.'

'Dim diolch, Mr Calshot.' Aeth i eistedd yn yr unig gadair wag oedd ar ôl. 'Fedra i ddim oedi, mae arna i ofn. Mi fyddwch yn dallt, dwi'n siŵr, wedi ichi glywed be sydd gen i i'w ddeud.' Pwysodd ymlaen yn ei gadair a dechra'n syth ar ei stori. 'Mae newyddion wedi'n cyrraedd ni trwy *Defence Intelligence* . . . ' Edrychodd ar ei wats. ' . . . lai nag awr yn ôl, am ddigwyddiada go gyffrous yn y Dwyrain Canol. Fe gofiwch chi'r tancer olew yn Alyaty? Honno lle lladdwyd y pedwar CIA?'

Nodiai'r tri arall eu pennau'n ddifrifol.

'Wel, mae hi wedi diflannu . . . a'r tebyg ydi ei bod hi wedi cael ei suddo.'

'A'r arfau oedd arni?' Yr Ysgrifennydd Tramor oedd pia'r cwestiwn.

'Rheini hefyd wedi diflannu . . . i waelod y Môr Caspian, gobeithio.'

'Ond wyddoch chi ddim i sicrwydd?'

'Na, ond mae gynnon ni achos i deimlo'n ffyddiog. Mae lloeren America, eu llygad yn y gofod, wedi gyrru llunia i lawr iddyn nhw ddoe yn dangos difrod i awyrenna ar ryw faes glanio neu'i gilydd yn Aserbaijân. Roedd y lloeren yn digwydd bod yn pasio uwchben ar y pryd ac fe gafodd y digwyddiad ei gofnodi ar ffilm ganddi. Maen nhw bron gant y cant yn siŵr mai'r *Tornado* oedd un ohonyn nhw.'

'Pam bron gant y cant?' Roedd sŵn piwis yn llais Calshot. 'Wedi'r cyfan, mae'r dechnoleg ganddyn nhw i chwyddo'r llunia i unrhyw faint lician nhw. Pam na allan nhw fod yn berffaith sicir?'

'Mae'n debyg bod yr awyrenna'n cael eu cadw dan do ar y pryd ond bod rhyw chydig o drwyn y *Tornado* yn y golwg o'r awyr; digon i fedru'i hadnabod hi. Sut bynnag, mae'r CIA yn ffyddiog, meddan nhw, fod y job wedi cael ei gneud.'

'Pwy oedd yn gyfrifol? Wyddon ni?'

'Yn ôl y CIA, eu dynion nhw.'

Gellid clywed siom Herbert Shellbourne yn ei ochenaid. Roedd y dyn bach wedi gobeithio cael gweld diwedd llwyddiannus i 'Ymgyrch Semtecs', cyn iddo adael.

Aeth Syr Leslie yn ei flaen fel pe bai heb glywed. 'Dau hofrennydd wnaeth y difrod, meddan nhw. Mae ganddyn nhw lunia sy'n dangos hynny'n digwydd. Ond fedran nhw ddim deud pa fath o hofrenyddion oedd yn cael ei ddefnyddio, chwaith.'

'Hy!'

Gwenodd Syr Leslie'n ddihiwmor. 'O leia, dyna maen nhw'n ddeud wrthon ni. Rhyw bedair neu bump o'r awyrenna gafodd eu difrodi, maen nhw'n meddwl . . . ' Sylwodd ar y cwestiwn yn ffurfio ar wyneba'r lleill. 'Mae hynny'n gadael tua deg, falla, ar ôl. Ond, os ydi pob dim arall wedi mynd i waelod y Caspian, yna fydd rheini o fawr werth yn na fyddan? Wedi'r cyfan, dydi deg *Su-27*, heb daflegra na dim i fynd efo nhw, ddim yn debygol o gychwyn yr un *Jihad*.'

'Digon gwir.' Daliai traed anniddig yr Ysgrifennydd Tramor i wisgo carped ei swyddfa. 'Os medrwn ni fod yn berffaith siŵr nad ydi'r tancer olew 'na wedi cyrraedd Iran . . . '

'Dwi'n meddwl y medrwn ni fod yn bur ffyddiog o hynny, Mr Calshot. Er na welodd y "llygad yn y gofod" mo'r llong yn mynd i lawr, eto i gyd mi welwyd dau gwch achub yn y dŵr, a'u llond nhw o ddynion.'

'Ac mi fedra i hysbysu'r Prif Weinidog a'r Ysgrifennydd Cartref fod y peryg drosodd?'

'Medrwch.'

'Ond dim sôn am Semtecs yn unlle?'

'Dim byd, mae gen i ofn, Mr Shellbourne. Os nad ydi o wedi cysylltu efo Miss Court.' Trodd Syr Leslie ati. 'Ers i'n dynion ni yn Tehran golli golwg arno fo, yna chi ydi'r unig gyswllt sydd ganddo fo bellach, on'de? Fe ddeudsoch fod eich rhif ffôn cyfrinachol chi ganddo fo?'

Nodiodd Caroline Court ei phen i gadarnhau, ac yna'i ysgwyd fel arall. 'Dydi Semtecs ddim wedi trio cysylltu efo fi o gwbwl, ers iddo lanio yn Rhufain. Ddim hyd at wyth o'r gloch bore 'ma, beth bynnag, pan o'n i'n cychwyn am y Swyddfa. Ond mi alla i tsecio rŵan, os liciwch chi, rhag ofn bod neges wedi'i gadael ers hynny ar fy mheiriant ateb i.' Edrychodd i gyfeiriad Martin Calshot a nodiodd hwnnw ei ganiatâd iddi ddefnyddio'r ffôn.

Cododd Syr Leslie Garstang. 'Wel, rhaid ichi f'esgusodi i. Mae 'na lawer eto i'w neud bore 'ma, fel y medrwch chi ddallt.'

'Siŵr iawn, Syr Leslie. A diolch!' Hawdd gweld y rhyddhad mawr ar wyneb yr Ysgrifennydd Tramor. 'Wedi'r cyfan, dydi o ddim yn bwysig pwy oedd gyfrifol am suddo'r llong yn nac'di? Na difetha'r awyrenna. Yr hyn sy'n bwysig ydi fod cydweithio wedi bod, bod 'na job dda wedi cael ei gneud a bod pob dim wedi gweithio allan yn iawn yn y diwedd. Cytuno?' Roedd Calshot yn gweld ei hun yn derbyn clod yr Aelodau yn y Tŷ.

Gwenodd Syr Leslie Garstang, ond nid Herbert Shellbourne. Roedd hwnnw'n gwylio ymateb Caroline Court wrth iddi hi wrando am unrhyw negeseuon yn cael eu trosglwyddo iddi oddi ar y peiriant ateb yn ei fflat. Ei siomi a gafodd, fodd bynnag, wrth ei gweld hi'n ysgwyd ei phen yn anobeithiol ac yn rhoi'r teclyn yn ôl yn ei grud.

Dwyrain Twrci

Tua'r un amser ag roedd Syr Leslie Garstang yn gadael y Swyddfa Dramor yn Whitehall, roedd Sam a Grossman yn gwylio pâr o wyddau Canada yn rhostio'n boenus o ara uwchben tân coed eirias. Bu'r daith dros Aserbaijân ac Armenia yn ddidramgwydd. Roeddynt wedi cadw mor glòs ag oedd bosib at ddaear fynyddig y ddwy wlad, er mwyn osgoi ymddangos ar unrhyw sgrin radar. Y ffin rhwng Armenia a Twrci fu eu pryder mwya, ond pan bwyntiodd yr Iddew gan wenu at fynydd Ararat yn y pellter, fe wydden nhw wedyn eu bod wedi gadael Armenia o'u hôl a'u bod bellach yn gymharol ddiogel. Ar y cyfle cynta ar ôl hynny, a chyn iddi ddechra tywyllu, bu'n rhaid chwilio am ddarn gwastad ac anghygyrch o fynydd i lanio arno, ac i baratoi am y nos. Llwyddwyd i gael rhywfaint o goed i'w llosgi a threuliasant y min nos yn trafod, ac yn gneud eu gora i anwybyddu nid yn unig bangfeydd eu stumoga gwag ond hefyd awel fain y mynydd a ymwthiai o dan y tarpolin llac oedd yn esgus o grys amdanynt.

Digwyddiada cyffrous y dydd oedd prif destun eu sgwrs. 'Be am Yakubovich?' gofynnodd Grossman. 'Welist ti be ddigwyddodd i hwnnw?'

'Mi gafodd le yn un o'r cychod achub. Welist ti mo'no fo'n codi'i ddwrn arnon ni wrth inni droi i'w gadael nhw?'

'Damia'i liw o! Roeddwn i wedi gobeithio'i fod o wedi diodde'r un dynged â'i fêt. O leia, welwn ni mo Viktor Semko byth eto, diolch byth!'

Daeth y darlun unwaith eto i Sam o law anobeithiol y capten yn cael ei chodi wrth i'r *Baku-Batumi* anadlu ei hanadl ola. Gwelodd hefyd gorff llonydd y dyn bach o Tbilisi yn cael ei lyncu gan raib y Caspian. Ond ni theimlai unrhyw dosturi dros hwnnw. 'A faswn i ddim yn licio bod yn sgidia Yakubovich chwaith,' meddai. 'Be fydd adwaith y Mafiozniki, tybad, pan ddalltan nhw be sy wedi digwydd? Fe geith y brawd gryn drafferth egluro iddyn nhw.'

'Mi ro'n nhw fwled yn ei ben o, gobeithio. Dyna mae'r diawl yn ei haeddu beth bynnag.'

'Ond fe gest ti wared â Zahedi. Fe ddylai hynny dy blesio.' Cyn troi ei hofrennydd draw mewn ymgais reddfol i osgoi bwledi, cofiai Sam weld y taflegryn yn gwibio at ei darged a'r Cwrd bach milain yn gneud ei ora i symud o'i ffordd ac i gyrraedd diogelwch, tu ôl i uwchadeiladwaith y llong. Cofiodd hefyd olygfa'r eiliada nesa wedi i ddarn o'r dec ddiflannu tu ôl i fflach o dân a chwmwl o fwg. A phan gliriodd rheini, dim ond twll du oedd ar ôl.

'Do, mae'n debyg.' Chydig iawn o frwdfrydedd oedd

i'w weld yn ymateb Marcus Grossman, serch hynny, a thybiodd Sam mai dihangfa Yakubovich, y Rwsiad tew, oedd yn suro'i orfoledd.

Yn fuan wedyn, wedi i'r sêr ymddangos ac wedi i awyr fain y mynydd fagu min, roeddynt wedi mynd i mewn i un o'r ddwy *Lynx* ac wedi gorwedd gefn yn gefn i geisio cynnal gwres eu cyrff orau fedrent. Ar y gora, dim ond hunell o gwsg a gawsant a bu'r wawr oer, pan ddaeth hi, mor dderbyniol â dim.

Cyn iddi ddyddio'n iawn, roedd y ddau wedi mynd i ddyffryn bychan cyfagos i chwilio am ragor o goed ac wedi dod ar draws nant fywiog yr un pryd. Dyma fu'r cyfle i olchi gweddill y colur oddi ar eu gwyneba a'u cyrff, a theimlo oerni iasol y ffrwd yn dod â bywyd o'r newydd i wythienna diog. O'i yfed, roedd y dŵr hefyd wedi lleddfu rhywfaint ar eu newyn.

'Cyrraedd Ankara, dyna sy'n bwysig!' Roedd y tân wedi'i ailgynnau a'r trafod wedi ailgychwyn, ond doedd fawr o wres hyd yma yn yr haul cynnar. 'Mi gawn ni help gan yr is-gennad Prydeinig yn fan'no.'

'Chdi falla! Does wybod be gythral fyddai'n digwydd i mi. Mi fedrwn i gael fy nhaflu i gell a chael f'anghofio yno am flynyddoedd.'

'Be 'di dy ddewis di? Does gen ti ddim digon o danwydd i fynd yr holl ffordd adra, a fedri di ddim yn hawdd alw mewn garej ar y ffordd!'

Roedd sŵn ffraeo yn lleisia'r ddau, ac nid heb reswm. Er bod rhywfaint o gysur yng ngwres y fflama, eto i gyd roedd y newyn, erbyn rŵan, wedi bod yn cnoi yn hir o'u mewn. Yna, a nhwtha wedi bod yn syllu'n elyniaethus ac yn bwdlyd ar ei gilydd am funuda lawer, dychrynwyd Marcus Grossman pan neidiodd Sam ar ei draed a rhuthro i'r *Lynx* i nôl yr *AK47*. Am eiliad, tybiodd yr Iddew fod y Cymro wedi colli'i bwyll a'i fod yn mynd i'w saethu mewn gwaed oer, ond trodd ei ofn yn wên wrth i'r gwn boeri i'r awyr ac wrth i'r ddwy wydd syrthio'n farw, fel manna o'r nefoedd, o'i flaen. Fe wellodd tymer y ddau yn sylweddol ar ôl hynny.

Awr a hanner yn ddiweddarach, ar stumog lawn, 'Ankara amdani felly,' meddai Grossman. 'Gwagio'r tanwydd i gyd i un *Lynx*, i neud yn siŵr ein bod ni'n cyrraedd yno, ond yn gynta mi fydd raid inni neud i ffwrdd â phob dim ddaethon ni efo ni oddi ar y llong – y gynna, pob grenêd – pob dim! Gofyn am helynt fyddai peidio.'

Cytunodd Sam yn ddigwestiwn.

Llundain: Knightsbridge

Pan ganodd y ffôn, ni wyddai Caroline Court yn iawn lle'r oedd hi. Oedd hi wedi cael ei deffro gan y sŵn, ynte'r ffôn yn ei breuddwyd oedd yn canu? Yn y breuddwyd hwnnw, hi oedd wedi galw'r cyfarfod, hi oedd yn trafod efo'r Ysgrifennydd Tramor a'r Prif Weinidog holl wendida'r cynllun, pa gynllun bynnag oedd o, a hi hefyd oedd yn galw am atebion gan y CIA o America. Roedd Herbert Shellbourne yn y breuddwyd hefyd, yn rhywle, ond ar y cyrion ac yn y cysgodion.

'Helô?'

'Miss Court?'

Acen Seisnig! Nid y CIA, felly! 'Ia?' Roedd y gair yn llawn cwestiwn wrth i'w meddwl ddeffro ac wrth i'w breuddwyd gilio.

'Mae'n ddrwg gen i'ch styrbio chi, ond dydi'r dyn 'ma ddim yn rhoi fawr o ddewis imi.'

'Pwy sy'n siarad?' Roedd sŵn cwsg wedi mynd o'i llais hi rŵan. Edrychodd ar y cloc. Deng munud i un!

'Chi ydi Miss Caroline Court? Ac rydach chi'n Is-ysgrifennydd yn y Swyddfa Dramor?'

'Ylwch yma! Pwy sy'n siarad? A phwy roddodd y rhif yma ichi? Be ydi pwrpas yr alwad?'

'Mae'n ddrwg gen i, Miss Court, ond mae'n rhaid imi

gael cadarnhad o'ch safle chi.'

Eisteddodd i fyny yn ei gwely. Yna'n ddiamynedd, 'Ia. Caroline Court. Ac ydw, mi'r ydw i'n dal swydd yn y Swyddfa Dramor. Rŵan, atebwch chi 'nghwestiwn i.'

'Rhaid ichi fadda imi, Miss Court, ond roedd yn rhaid imi neud yn siŵr, 'dach chi'n dallt.'

Teimlai ei gwaed yn poethi. Roedd y dyn yn trethu'i hamynedd, ond llwyddodd i gadw rheolaeth ryfeddol ar ei llais. 'Mae hi'n un o'r gloch y bore. Dwi wedi cadarnhau pwy ydw i. Dwi wedi cadarnhau lle dwi'n gweithio. Ond does gen i ddim syniad pwy ydach chi, na be 'dach chi'i isio. Mae rhif y ffôn yma'n gyfrinachol . . .'
Bu bron iddi ychwanegu 'ac mae rhywun yr eiliad yma'n brysur yn canfod pwy sy'n gneud yr alwad', ond brathodd ei thafod mewn pryd. 'Dwi'n meddwl y byddai'n well ichi egluro'ch hun yn reit sydyn.' Clywodd eiliad o ddistawrwydd o ben arall y lein a chafodd y teimlad ei bod wedi tramgwyddo rhywfaint yn erbyn pwy bynnag oedd yno.

'Iawn,' meddai'r llais o'r diwedd. 'Michael Morgan ydi'r enw. Fi ydi'r Is-gennad yn Twrci, a dwi'n eich ffonio chi o'r llysgenhadaeth yn Ankara. Mae gen i ddau ddyn yn sefyll wrth f'ysgwydd i yn fa'ma ac mae un ohonyn nhw wedi 'ngorfodi fi i'ch ffonio chi. Wedi colli'i basbort, medda fo, a'i bres i gyd. Dwi wedi trio rhesymu efo fo a thrio cael mwy o fanylion, ond mae o'n gwrthod deud dim. Mae o wedi mynnu cael eich ffonio chi. Fo ddaru ddeialu a deud y gwir . . .'

Erbyn hyn roedd Caroline Court yn gwbwl effro ac yn sylweddoli pwy oedd wedi tarfu ar yr is-gennad.

Aeth hwnnw ymlaen efo'i stori. 'Mi ges i fy hun fy neffro ganddyn nhw rhyw ddeng munud yn ôl. Mae'n dri o'r gloch y bore yn fa'ma!' Yn ei lais ef yr oedd y sŵn edliw, bellach. 'Mae o'n gwrthod trafod dim byd efo fi . . .'

'Mr Morgan! Gwrandwch! Rhowch y ffôn i'r dyn 'ma

sydd wedi tarfu ar eich cwsg chi ac wedyn dwi am ichi fynd allan o'r stafell tra byddwn ni'n trafod. Beth bynnag fydd o isio gynnoch chi wedyn, yna gnewch hynny'n ddigwestiwn. Iawn?'

'Caroline?' Llais Semtecs! Roedd yr Is-gennad wedi ufuddhau heb drafferthu i'w hateb.

'Semtecs! Dwi'n falch dy fod ti'n . . . iawn . . . ' Bu bron iddi ddeud 'yn fyw'. 'Yn Ankara wyt ti! Be sydd wedi digwydd?'

Roedd yn gysur i Sam synhwyro'r didwylledd yn ei llais. 'Dwi ar fy ffordd adra, ond mae gen i angan dau basbort. Un i mi ac un arall i'm ffrind. Mi fydd o isio hedfan yn syth o fa'ma i Jeriwsalem. Fedri di drefnu?'

'Dim problem, ond mi fydd raid cael llun o'r ffrind yn bydd?'

'Mae hwnnw gen ti'n barod. Marcus Grossman.' Clywodd hi'n tynnu'i hanadl i mewn trwy'i dannedd. 'Ond mi fyddai'n well iddo fo gael enw arall am y tro.'

'Iawn. Ond pam mae o efo ti?'

'Mae'n stori hir. Fe gei honno eto.'

'Rhaid iti roi rhywfaint o fanylion imi rŵan, Sam. Mi fydd Calshot yn siŵr o fy holi fi'n dwll pan glywith dy fod ti wedi cysylltu.'

Am y tri munud nesa bu'n amlinellu iddi yr hyn oedd wedi digwydd i'r *Baku-Batumi* ac i'r awyrenna. Eglurodd iddi ran Marcus Grossman yn y cyfan ac fel roedden nhw wedi llwyddo i gyrraedd Ankara yn y *Lynx*. Eglurodd hefyd be oedd wedi digwydd i Semko ac i Zahedi ac fel roedd Yakubovich wedi llithro o'u gafael.

Roedd dull diwastraff Sam efo geiria yn creu llawer o rwystredigaeth iddi. Dim ond trwy ei brocio'n gyson â chwestiyna y cafodd hi'r darlun llawn o be oedd wedi digwydd. 'Gwranda, Sam!' meddai o'r diwedd. 'Gofyn i Morgan yr Is-gennad ddod 'nôl ar y ffôn. Fe geith ofalu amdanoch chi nes y byddwn ni wedi trefnu i'ch cael chi allan o'r wlad. Y *Learjet* ydi'r ateb gora i ti, dwi'n meddwl.

Fe fydda i'n cysylltu efo ti gynted ag y bydd y trefniada wedi'u gneud.'

Chafodd Caroline Court ddim rhagor o gwsg y noson honno. Chafodd Michael Morgan ddim chwaith, rhwng gorfod paratoi brecwast mawr i Sam a Grossman a threfnu bàth poeth a dillad glân ar eu cyfer.

Pen y Mwdwl

Wythnos o wylia gafodd Sam Turner cyn ailgydio yn ei swydd fel Ditectif Gwnstabl. Defnyddiodd y dyddia hynny i ymweld â Gweriniaeth Iwerddon, yng nghwmni Rhian a Tecwyn Gwilym, gan groesi o Gaergybi i Ddulyn a theithio wedyn i Galway ac Ynysoedd Aran yn y gorllewin. Roedd Rhian wedi bod yn daer am gael mynd i'r cyfandir ac i'r haul, ond fe sylweddolodd fod ar Sam angen y tawelwch a'r llonyddwch oedd i'w gael yn yr Ynys Werdd. Doedd hi ddim i wybod fod ganddo gymhelliad arall hefyd, a bod yr ymweliad yn fath o gatharsis iddo. Roedd edrych yn ôl ar ei anturiaetha diweddar, ac yn arbennig ar yr hyn a gyflawnwyd gan Marcus Grossman ac ynta, wedi dod â marwolaeth Meic yn fyw iawn iddo eto. Daethai'n amser iddo gael gwared â'r rhagfarn dwfn oedd ganddo tuag at Iwerddon a'i phobol. Daethai'n amser i'w isymwybod dderbyn nad yr IRA, na'r terfysgwyr Unoliaethol chwaith, oedd gwir bobol Iwerddon. Wythnos yn ddiweddarach, pan gamodd oddi ar gwch cyflym yr HSS yng Nghaergybi, fe deimlai nid yn unig wedi ymlacio, gorff a meddwl, ond ei fod hefyd wedi derbyn rhyw therapi gwyrthiol. Gallai feddwl am Meic bellach heb weld y corff gwaedlyd ar stryd Derry a heb deimlo'i galon yn cael ei rhwygo gan hunanfeirniadaeth ac euogrwydd a chasineb.

Yn ôl yn ei swydd, un o'r petha cynta oedd angen iddo ei neud oedd diolch i Ken Harris am warchod Rhian a Semtecs Bach. Roedd yn amlwg nad oedd hi wedi sylweddoli maint y peryg roedden nhw wedi bod ynddo. O feddwl bod y Mafiozniki wedi cael y gora ar rywun fel Sarjant Titch, meddai Sam wrtho'i hun, roedd yn syndod ei bod hi a'r bychan yn dal yn groeniach. Oedd, roedd ganddo le mawr i ddiolch am wyliadwriaeth ofalus Ken a dynion MI5.

Ar ôl camu oddi ar y *Learjet* yn RAF Brize Norton ger Rhydychen, a dioddef dwyawr o draffig trwm yr M4 i Lundain, bu'n rhaid iddo dreulio deuddydd yn trafod efo Syr Leslie Garstang ac eraill, ac yn ateb cwestiyna MI6. Cafodd rheini wybod ganddo mai'r Mossad oedd gyfrifol am ddienyddio Coldon a Caziragi yn Riyadh a Hans Bruger a Hazain Razmara yn Damascus. Cawsant hefyd y cadarnhad ganddo bod Esther Rosenblum yn ddiogel mewn cell yn Israel. Ond, a hwytha'n ymffrostio cymaint yn eu rhwydwaith o gasglu gwybodaeth, bu'n dipyn o embaras iddyn nhw orfod cydnabod bod Grossman wedi eu twyllo nhw, lawn cymaint ag yr oedd wedi twyllo Signorelli a'r Rwsiaid. Doedden nhw ddim wedi ama am eiliad mai gweithio yn y dirgel ar ran y Mossad yr oedd Marcus Grossman.

Ar ôl hynny roeddynt wedi dangos diddordeb mawr yn y ffordd roedd yr Iddew a Sam wedi teithio'r holl ffordd o Aserbaijân i Ankara. Rhyfeddent at y ffaith nad oedd yr un awyren ryfel wedi eu herio ar y ffordd ac eglurodd Sam fel roedden nhw wedi gorfod cadw'n agos at y ddaear i osgoi cael eu gweld ar unrhyw radar. Bu mynydd-dir Twrci'n help mawr yn hynny o beth a gallasant yn hawdd osgoi'r mannau poblog a chadw at y tir anghyfannedd, ond bod hynny wedi rhoi milltiroedd ar eu siwrna. Eglurodd fel roedden nhw wedi gorfod gadael un hofrennydd ar ôl yn nwyrain y wlad, oherwydd bod ôl bwledi arno, ond yn benna er mwyn cyd-rannu'r tanwydd i fedru cyrraedd pen eu taith.

'Ond sut aethoch chi i mewn i Ankara – i'r brifddinas ei hun! – heb gael eich gweld?'

Trwy wên ymddiheurol y daeth yr ateb. 'Fe fu'n rhaid inni lanio'r *Lynx* rhyw ugain milltir tu allan i'r ddinas, a dwyn dillad a lorri yn fan'no. Dwi 'mond yn gobeithio bod y ddau ddaru ni eu clymu a'u gadael ar ochor y ffordd wedi cael eu gollwng yn rhydd erbyn rŵan!'

Ond doedd gan y croesholwyr ddim diddordeb yn nhynged rheini.

* * *

Aeth bron i dri mis heibio a chafodd Sam gyfle i setlo'n ôl i'w batrwm gwaith fel ditectif. Roedd yn falch o weld Ken Harris yn cael cystal hwyl arni fel Ditectif Sarjant, ond fe'i câi hi'n anodd derbyn y Ditectif Inspector newydd. Dyn ifanc oedd Humphreys, flwyddyn neu ddwy yn hŷn na Sam, wedi bod trwy brifysgol ac wedi'i ddyrchafu'n gyflym trwy'r drefn. Ei wendid mwya oedd ei anallu i siarad yn gwrtais efo'i ddynion, fel pe bai'n meddwl mai dyna'r unig ffordd i sefydlu'i awdurdod. Swta fu ei gyfarchiad i Sam ar ei ddiwrnod cynta'n ôl, a phell ac oeraidd fu ei agwedd oddi ar hynny.

Yn y cyfamser, daethai neges oddi wrth Caroline Court yn Whitehall – 'er diddordeb ac er gwybodaeth' – yn egluro bod cryn stŵr diplomataidd wedi cael ei greu gan lywodraeth Aserbaijân wrth iddyn nhw alw am eglurhad ar dynged y tancer olew *Baku-Batumi* yn y Môr Caspian. Honnent dystiolaeth fod Prydain ac Israel, yn ogystal â'r Unol Daleithiau, wedi bod yn gweithredu'n ddirgel ac yn anghyfreithlon yn y Dwyrain Canol. Heblaw am y pedwar aelod o'r CIA a saethwyd tra oeddynt yn ceisio suddo'r llong, fe ddarganfuwyd, meddent, mewn purfa olew yn Alyaty, eiddo a phasborts oedd yn profi tu hwnt i bob amheuaeth bod cynllwyn ar y gweill gan wledydd y Gorllewin i greu difrod a sarhad i wledydd Islam. 'Dicter a rhwystredigaeth y Mafiozniki, Semtecs. Dyna i gyd! Does fawr o neb, heblaw Rwsia a

Tseina, yn cymryd unrhyw sylw ohonyn nhw.' Rhaid ei bod hi'n deud y gwir oherwydd chlywodd Sam yr un gair am y peth wedyn.

Yna, ganol fis Hydref, daeth galwad – hanner gwahoddiad, hanner gwŷs – oddi wrth Caroline Court iddo fo a Rhian a'u plentyn fynd i Lundain, yr wythnos ganlynol, am chydig ddyddia o wylia. Roedd stafell eisoes wedi'i threfnu ar eu cyfer mewn gwesty yn Mayfair, a thocynna trên – 'Dosbarth cynta, wrth gwrs!' – yn barod iddynt yn yr orsaf leol. Un amod oedd; byddai disgwyl i Sam fynychu cyfarfod – 'awr neu ddwy ar y mwya' – yn y Swyddfa Dramor ar y bore Mercher. Fe gydsyniodd Rhian yn barod iawn ac aeth Sam wedyn i geisio caniatâd ei Dditectif Inspector.

'Rwyt ti'n tynnu 'nghoes i, Turner! Faint o wylia wyt ti'n ddisgwyl mewn blwyddyn, beth bynnag?' Cyn aros am unrhyw wrth-ddadl, trodd Humphreys ar ei sawdl gan adael i'w Dditectif Gwnstabl sefyll yn chwithig wrth y ddesg.

Aeth Sam i chwilio am ei ffrind. 'Be wna i, Ken? Ffonio Whitehall, i ddeud 'mod i'n methu mynd?' Gwyddai erbyn hyn fod Ken Harris yn gwybod mwy nag a ddylsai am 'Ymgyrch Semtecs' ac am yr hyn oedd wedi digwydd yn y Dwyrain Canol.

'Gad betha i mi, Sam. Ond mi fydd raid imi gael deud rhywfaint wrtho fo amdanat ti.'

'Iawn 'ta.' Roedd sŵn cyndyn yn y geiria. 'Ond dim mwy nag sydd raid, cofia.' Wedi'r cyfan, haws derbyn ymyrraeth cynnil Ken Harris na chael Caroline Court yn ffonio ac yn tynnu Humphreys trwy'r drain.

Yn gynnar drannoeth daeth gwŷs iddo fynd i stafell y Ditectif Inspector. Dyn tipyn cleniach, a mwy gwylaidd hefyd, oedd yn ei aros. 'DC Turner! Eistedda!' Roedd llai o awdurdod a mwy o nerfusrwydd yn y llais. 'Dy gais di ddoe! Dwi wedi ailystyried. Roedd Sarjant Harris yn deud iti gael amser go anodd yn ddiweddar, yn ystod gwaeledd dy dad. Fe ges olwg ar dy ffeil neithiwr, a dwi'n gweld bod gen ti record dda ers iti ymuno â'r ffôrs. Oherwydd hynny, dwi'n barod i neud consesiwn am y tro.'

Mae 'na fwy na chonsesiwn yn dy lygad di, boi! meddai Sam wrtho'i hun. Roedd yno barch cyndyn hefyd. Felly, be'n union oedd Ken wedi'i ddeud, tybad? A pha wybodaeth gyfrinachol oedd rhwng cloria'r ffeil ar Samuel Tecwyn Turner?

* * *

Mwynhaodd y tri y daith i lawr i Lundain, Sam yn fwy na neb. Dyma'r tro cynta i Tecwyn Gwilym fod ar drên erioed ac roedd yn bleser i'w rieni wylio'r rhyfeddod a'r cyffro yn goleuo'i lygaid a'i wyneb bob hyn a hyn. Ond, gydag amser, syrthiodd tawelwch rhyngddynt wrth i'r bychan ddechra diddanu'i hun efo'i degana, ac yna droi'n swrth yng nghesail ei fam. Darllenai hi'r cylchgrona a brynwyd yn Siop Gwalia yn Rhiwogof cyn cychwyn, tra bod Sam wedi ymgolli yn y pentwr papura newydd oedd ganddo.

'Ofnadwy!' meddai Rhian ymhen sbel.

'Y? Be?' Llais rhywun oedd â'i feddwl ymhell.

'Pwy fedrai neud y fath beth? Ac i be? Sbia!'

Llusgodd Sam ei lygaid i fyny o'i bapur. Dros y bwrdd, gyferbyn ag ef, daliai Rhian y cylchgrawn yn agored yn ei dudalenna canol, iddo gael gweld llunia'r gyflafan waedlyd.

' . . . Ddylen nhw ddim cael dangos y fath beth.'

Syllodd Sam ar y golygfeydd, ond heb ymateb yn y ffordd y disgwylid iddo'i neud. Roedd ei feddwl yn dal ymhell, a rhyw hanner canolbwyntio a wnâi ar lunia'r cyrff gwaedlyd a gâi eu gwthio tuag ato. Yn y mwya o'r llunia hynny, gwraig ifanc walltddu a thywyll ei gwedd yn gorwedd mewn staen mawr o'i gwaed ei hun, ei

338

llygada'n agored ac yn syllu'n wag tua'r awyr. Yn ei hymyl, cornel fechan o bwll nofio, yn wincio yn yr haul. Roedd un fraich i'r corff yn hongian dros yr ymyl, a'r ffrwd gochddu arni wedi ceulo'n ddiferion atgas ar flaena'r bysedd. Yn union o dan y llaw, yng nglesni clir y dŵr, roedd cwmwl bychan o binc, hwnnw hefyd wedi ei fferru am byth gan lens y camera. Dangosai llun arall fwy o'r pwll, a dau blentyn wedi cael eu dal, ar ganol eu hwyl, gan gawod o fwledi'r llofrudd. Doedd y dŵr o'u cwmpas ddim yn las nac yn glir. Doedd y trydydd llun ddim mor drawiadol nac mor erchyll, am nad oedd heulwen i watwar y marweidd-dra. Desg, a chorff ar ei fol yn gorwedd yn flêr drosti. Gellid cyfri'r bwledi yn rhwygiada'r crys gwyn ac yn y pump rhosyn coch oedd wedi tyfu o'u cwmpas.

'Wyt ti ddim yn meddwl?'

'Meddwl be?'

'Ei bod yn gywilydd eu bod nhw'n cael printio'r fath beth?'

Coch gwaedlyd oedd llythrenna bras y pennawd – STAR IN DEATH SCENE; felly hefyd yr is-bennawd uwchben y llun o'r plant – SLAUGHTER OF THE INNOCENTS.

'Ydw, mae'n debyg. Di-chwaeth. Pwy ydi hi beth bynnag?'

'Maria Soave! Yr actores 'na gafodd ei lladd yr wythnos ddwytha. Wyt ti ddim yn cofio?' Ochneidiodd Rhian wrth sylweddoli cyn lleied o ddiddordeb oedd gan Sam mewn petha o'r fath. 'Dyna'r cwbwl oedd i'w gael ar y newyddion ac yn y papura i gyd.'

'O! Dyna pwy ydi hi!' Oedd, roedd Sam yn cofio teimlo ffieidd-dra ar y pryd. Ond mewn byd fel'na roedden nhw'n byw, gwaetha'r modd. A doedd ganddo fawr o ddiddordeb, beth bynnag, mewn unrhyw fath o hanesion am sêr y sgrin, boed yn garwriaeth fawr neu'n sgandal, yn stŷnt i gael sylw neu'n drasiedi go iawn.

'Ydan ni'n gwybod pam y cawson nhw eu lladd?'

'Does dim byd ond llunia yn hwn, beth bynnag.' Gollyngodd y cylchgrawn ar y bwrdd o'i blaen. 'Gobeithio y dalian nhw'r cythral oedd yn gyfrifol. Y petha bach!' Ochenaid drist oedd y sylw ola, wrth i'r dudalen gael ei throi ar y ddau blentyn llonydd yn y dŵr. Yn ddiarwybod bron, tynhaodd ei braich am y bychan wrth ei hochor. Roedd hwnnw'n cysgu'n sownd.

Aeth Sam, ynta, yn ôl at ei bapur.

* * *

'Be newch chi bora 'ma, tra bydda i yn Whitehall?'

Roedden nhw wedi cael diwrnod a hanner yn y brifddinas ac roedd Sam eisoes yn barod i fynd 'nôl i Gymru. Nid felly Rhian. Drachtiodd weddill ei choffi, sychu corneli'i cheg efo'i napcyn, ei blygu'n ofalus a'i osod wrth ymyl ei phlât brecwast gwag.

'Tipyn o siopa. Mae gen i angan ffrog. Mi geith Semtecs Bach weld Oxford Street o'i goets.'

Chwarddodd Sam wrth weld ei llygaid glas yn goleuo'n chwareus. Daliwyd ef eto gan ei phrydferthwch, gan y gwallt melyn llaes yn ffrâm i'r wyneb lluniaidd. 'Sgwn i pa liw wnei di ddewis?'

Daeth ei dannedd i'r golwg mewn gwên wen, arwyddocaol. A dyna'i hunig ateb. Tipyn o jôc rhyngddynt erbyn rŵan oedd ei hoffter o ddu.

'Beth pe baen ni'n cwarfod yn Regent Street am ginio? Yn yr un lle â ddoe. Dros y ffordd i'r Paladium. Ac os bydda i'n hwyr, o leia fe gei di gyfle i orffwys dy draed blinedig.' Jôc oedd honno hefyd. Fe allai Rhian grwydro'r siopa drwy'r dydd heb gwyno.

Hanner awr yn ddiweddarach, wrth ffarwelio â nhw yn nrws y gwesty, 'Cymrwch ofal eich dau!' meddai, a'i feddwl o. 'Cofia ditha be wyt *ti* wedi'i addo!' meddai hi.

'Sam! Mae'n dda dy weld di unwaith eto.' Roedd Caroline Court, yn amlwg, wedi bod yn aros yn ddiamynedd iddo gyrraedd. Estynnodd law iddo ac yn yr un symudiad, cyn i Sam gael arafu'i gam bron, trodd i gydgerdded y coridor efo fo. 'Fe awn ni ar ein hunion i swyddfa Mr Fairbank. Mae Syr Leslie Garstang a Julian Carson yn aros amdanon ni yn fan'no.'

'O?' Wrth aros am eglurhad, dechreuodd gyfri cliciada ei sodla ar y llawr caled . . . Saith . . . wyth . . . naw . . . Ond gofyn fu raid yn y diwedd. 'Dydw i ond yn nabod Syr Leslie.'

Oedodd hitha wedyn. 'Wrth gwrs!' meddai. 'Mae'n ddrwg gen i. Mr Fairbank ydi'r Cyfarwyddwr Rheolaeth yn lle Herbert Shellbourne. Rwyt ti'n ei gofio fo, wrth gwrs . . . '

Synhwyrodd Sam dyndra'n dod i'w llais.

' . . . Julian Carson ydi Dirprwy Gomisiynydd Scotland Yard. Mae o wedi bod yn dilyn dy hynt a dy helynt di hefyd.'

'Wedi ymddeol mae Shellbourne?'

'Nage. Ym . . . ' Roedd y tyndra'n amlwg ynddi rŵan. ' . . . cael . . . cynnig swydd arall wnaeth o. . . . yn y Ddinas.'

Sylwodd fod gwacter y coridor yn cael ei lenwi gan sŵn ei sodla. 'O! Ac o ble daeth Fairbank?'

'O'r Swyddfa Gartref. Dyma ni!'

Roeddynt wedi cyrraedd drws stafell Herbert Shellbourne gynt, a synhwyrai Sam fod Caroline Court yn falch o gael terfynu'r sgwrs. Yn reddfol fe wyddai ei bod hi ei hun wedi disgwyl cael swydd Shellbourne. Oedd, roedd ganddi gryn uchelgais, meddyliodd.

Nid tri oedd yn eu haros yn y stafell, ond pump. Yn ogystal â'r rhai a enwyd ganddi, ac a oedd rŵan yn dod tuag ato i'w gyfarch, safai dau ŵr arall yng nghefn y stafell. Yn groes gongl iddyn nhw, roedd set deledu anferth a phump cadair wedi eu gosod yn rhes o'i blaen. Trydan oedd yn goleuo'r stafell, a hynny oherwydd bod llenni trwchus wedi eu cau dros y ffenestri.

Er iddo feddwl llawer yn ystod y dyddia diwetha ynglŷn â phwrpas ei wysio i Lundain, nid dyma, yn sicir, oedd Sam wedi'i ddisgwyl. Ei adwaith cynta i'r olygfa oedd bod tasg arall ar fin cael ei gosod iddo. Os felly, meddai wrtho'i hun, byddai'n rhaid iddo wrthod. Roedd wedi addo cymaint â hynny i Rhian.

Byr fu'r cyflwyno a'r ysgwyd llaw a chymerodd Sam y gadair a gynigwyd iddo, yn union o flaen y sgrin deledu. Yna, wedi i Caroline Court ei groesawu unwaith yn rhagor a chynnig gair o ddiolch ar ran pawb, aeth hi ymlaen efo'r geiria, 'Yn dilyn digwyddiada'r wythnos ddiwetha, doedd gennym ni ddim dewis, Sam, ond dy alw di i lawr yma i Lundain. Fedren ni ddim cwarfod cyn heddiw oherwydd bod Syr Leslie ei hun i ffwrdd. Fe fu'n rhaid iddo fynd yn bersonol i'r Eidal i weld y sefyllfa drosto'i hun . . . '

'Digwyddiada'r wythnos ddiwetha'? 'Y sefyllfa yn yr Eidal'? Am be oedd hi'n sôn? Roedd yn amlwg ei bod hi a'r lleill yn cymryd yn ganiataol ei fod yn gwybod. Ond cadw'i gwestiyna iddo'i hun wnaeth Sam, am y tro. Fe gâi ei oleuo, roedd yn siŵr o hynny.

Gwelodd hi'n nodio i gyfeiriad y ddau a safai yng nghefn y stafell, a diffoddwyd y gola. 'Mi fyddi'n adnabod y lle, wrth gwrs, ac mi fyddi wedi gweld rhywfaint o'r erchylltra hefyd, ar y teledu ac yn y papura. Ond ffilm a dynnwyd gan Interpol ydi hon, ac fel y byddet ti'n disgwyl, mae hi'n dipyn mwy erchyll na dim byd rwyt ti wedi'i weld yn barod.'

Rhaid bod gan un ohonyn nhw declyn i reoli'r set deledu a'r peiriant fideo oherwydd yr eiliad nesa daeth y sgrin yn fyw. Yno o'i flaen, yn wyn yng ngola'r haul, safai'r Villa Capri, yn syllu'n syth i lens y camera a llechwedd coediog Feswfiws yn cau amdani o'r cefn. Roedd y llun wedi'i dynnu o'r awyr, o hofrennydd, a chododd hwnnw rŵan i roi darlun ehangach o'r tŷ – yr ardd helaeth o'i flaen, rhimyn gwyn hir y lanfa yn torri ar draws y llechwedd uwchben a thrwyn y *Cessna* fach yn sbecian allan o gysgod ei hangar yno. Yn uwch eto, i edrych dros y tŷ rŵan ar y patio cyfarwydd, y byrdda ambarelog a dŵr y pwll yn wincio'n las . . . merch yn torheulo a dau yn ymdrochi. Yna'r camera yn dod â'r cwbwl yn arswydus o agos. Nid merch yn torheulo oedd yno bellach, ond corff yn gorwedd yn ei waed. Nid dau yn ymdrochi, ond celanedd bychain llonydd a'u cefna i fyny yn y dŵr.

Heb yn wybod iddo'i hun, gwingai Sam yn anniddig ar ymyl flaen ei gadair wrth iddo uniaethu'r olygfa ar y sgrin efo'r llunia a wthiwyd tuag ato gan Rhian ar y trên. Roedd yr actores enwog . . . be oedd ei henw? . . . Maria rhywbeth neu'i gilydd . . . a'i phlant wedi cyfarfod â'u diwedd yn y Villa Capri. Be, felly, oedd eu cysylltiad efo Signorelli? Be oedd y rheswm dros eu lladd? A phwy oedd y pedwerydd corff, yr un a welsai ar draws y ddesg?

Roedd poen wedi'i fferru ar wyneb ac yn ystum corff Gennaro. Gorweddai'n dorch ar lawr y garej, rhwng olwynion y ddau Ferrari aur, yn union fel pe bai'n cysgu mewn osgo ffetysol, a chochni'r gwaed o'i amgylch yn awgrymu geni, lawn cymaint â marwolaeth. Doedd dim sôn am na *Uzi* na *Beretta*'n agos ato. Aethai'n ddi-arf i gyfarfod â'i Greawdwr.

Yn gorwedd ar y patio mosaig yn ffrynt y Villa y daeth y camera o hyd i Gabriello. Chydig iawn o waed oedd wedi dengid o'r un twll bychan yn ei arlais. Roedd ei lygaid drwgdybus, am unwaith, yn ddall.

Arweiniwyd hwy wedyn gan lens y camera i mewn i'r tŷ. Gwelodd Sam ddrws ei lofft ef, gynt, yn mynd heibio ar y chwith. Tu ôl i hwn'na, y nesa ato, meddai wrtho'i hun, y bu Esther Rosenblum yn cysgu ac yn caru. Daeth y cyntedd crwn i'r golwg, a'r ffynnon yn dal i dasgu dŵr croyw dros yr Adonis noeth, fel pe bai dim o gwbwl o'i le. Ac yna, trwy ddrws agored, wele'r corff dros y ddesg a'r rhes bwledi wedi rhwygo'i gefn. Doedd dim rhaid gweld y gwyneb i wybod bod y cawr yn cysgu go iawn, ac am byth. *'Gigante che dorme,'* meddai Sam o dan ei wynt.

'Be? Oeddet ti'n deud rwbath?'

'Dim byd o bwys, Caroline.' Yna, closiodd y camera at y llaw oedd yn crafangu, hyd yn oed mewn angau, am y gwn yn y ddrôr agored. Cyfeirio'n ara wedyn at gefn y gadair. *'Secundus nulli'* oedd ar honno. 'Yn ail i neb!' Gwenodd y Cymro'n chwerw. Mae mistar ar Mistar Mostyn, meddai wrtho'i hun.

Daeth y ffilm i ben a rhoddwyd gola'r stafell ymlaen.

'Wel? Be wyt ti'n feddwl?'

Syllodd Sam yn chwilfrydig i fyw ei llygaid. 'Meddwl? Be sy 'na i'w feddwl?'

'Pwy, meddet ti, oedd yn gyfrifol am y llanast?'

Meddyliodd y Cymro am chydig eiliada. 'Mae 'na ddigon o ddewis, mae'n siŵr. Bernini, y cefndar o Rufain? *Caporegime* ydi hwnnw yn y frawdoliaeth ar hyn o bryd. Dim byd mwy na rhyw lefftenant bach. Synnwn i damaid nad oes ganddo fo uchelgais dipyn mwy na hynny. Savonarola, wedyn! *Don* y N'drangheta yn Calabria. Falla 'i fod o a Signorelli wedi ffraeo, yn dilyn y *débâcle* yn Aserbaijân. Neu be am Yakubovich? Mae hwnnw'n dal yn fyw, cofiwch! A phwy ŵyr nad ydi o wedi bod yn llyfu tina'r Mafiozniki trwy daflu'r bai i gyd ar Signorelli. Neu be am y Maffia yn Sisili? Falla . . . ' Yn sydyn, teimlai Sam ei fod wedi siarad gormod. Roedd wedi sylwi hefyd bod Caroline Court wedi dechra gwenu'n ddihiwmor ac ysgwyd ei phen.

'Ydi, mae pob un o'r rheina'n bosib, ond mae 'na rywun nad wyt ti wedi'i grybwyll.'

Syllodd Sam i fyw ei llygaid wrth ddisgwyl iddi

ymhelaethu. Gwelodd hi'n troi draw, i edrych yn arwyddocaol ar Syr Leslie Garstang, yna'n nodio eto i gyfeiriad y ddau yn y cefn. Diffoddwyd gola'r stafell am yr eildro.

'Dyma be gafodd ei gofnodi gan system ddiogelwch y Villa Capri.' Dirprwy Gyfarwyddwr MI6 oedd pia'r llais o'r tywyllwch. 'Mewn du a gwyn mae hwn, a rhaid iti gofio dy fod ti'n edrych rŵan trwy lens sawl camera yn ei dro. Ein dynion ni sydd wedi rhoi'r cyfan at ei gilydd yn y drefn roedden ni'n tybio y digwyddodd petha.'

Aeth y stafell yn ddistaw, ac yn y tawelwch hwnnw dechreuodd Sam deimlo'n anesmwyth wrth i'r cwestiwn godi eto yn ei feddwl – Be oedd gwir bwrpas dod â fo yr holl ffordd o Ogledd Cymru i Lundain? Ai i ddim ond hyn? I ddangos ffilm waedlyd iddo, a dim arall? Methai gredu'r peth a theimlodd, nid am y tro cynta, anniddigrwydd dwfn ynghylch Rhian a'i fab. Os mai act o ddial fu'r lladd, yna be oedd i rwystro'r asasin, pwy bynnag oedd o, rhag dod i chwilio amdano ynta a'i deulu? Ac os mai cynllwyn y Mafiozniki oedd o o'r cychwyn, rhag gorfod talu siâr Signorelli iddo, yna be oedd i'w rhwystro nhw rŵan rhag rhoi contract arno ynta a'i gariad a'i blentyn? Rhian, nid Maria-rwbath-neu'i-gilydd, a welai yn gorff gwaedlyd ar lan y pwll. Tecwyn Bach oedd yn arnofio'n llonydd yn y dŵr wrth ei hymyl.

Dim ond hymian tawel y tâp yn troi yn y peiriant oedd i'w glywed wrth i'r sgrin ddangos Gennaro, yn ei grys blodeuog ond llwydaidd, yn camu i mewn i'r garej, yn troi'n sydyn wrth glywed rhyw sŵn o'i ôl ac yna'n cael ei daflu wysg ei gefn i gyfeiriad y camera gan rym bwledi distaw. Rhwng y ddau Ferrari gellid gweld ei gorff yn cordeddu am eiliad mewn poen, yna'n llonyddu wrth i'r gwaed hel yn llyn bychan tywyll o'i gwmpas. Doedd dim sôn am y llofrudd yn y drws agored tu draw iddo.

Safai Gabriello ar y patio mosaig o dan feranda ffrynt

y Villa, yn syllu i lawr dros lechwedd yr ardd. Câi ei ddangos o ddau gyfeiriad gwahanol am yn ail, a gwyddai Sam fod dau gamera cudd yn cadw golwg ar y rhan honno o'r tŷ. Yn sydyn, diflannodd y llun.

Roedd y cwestiwn yn barod ar dafod y gŵr o MI6. 'Mi fedri ddychmygu be sy wedi digwydd i'r camera? Rydan ni wedi gadael y digwyddiad yna i mewn yn fwriadol.'

'Bwled!' sibrydodd Sam. 'Dydi'r llofrudd ddim isio cael ei weld.'

Pan ddaeth y llun yn ôl, dim ond un camera oedd bellach yn cofnodi ymateb Gabriello. Ei sioc, i ddechra, wrth i'r camera tu ôl iddo chwalu'n deilchion . . . Syndod wedyn wrth iddo edrych heibio'r ail gamera a chanfod ymwelydd annisgwyl . . . Yna'r dychryn yn magu yn y llygaid a'r hanner troi i ddianc rhag y peryg . . . Ac yn ola, y stopio sydyn yn ei unfan wrth i'r twll du ymddangos yn ei arlais. Aeth i lawr fel coeden wedyn. 'Archangel neu beidio,' meddai Sam o dan ei wynt, ac nid heb rywfaint o dosturi, 'mae gen i ofn, 'rhen ddyn, na chei di byth fynd i fyd yr angylion-go-iawn.'

O bellter y saethwyd yr actores a'i phlant. Un funud, golygfa hamddenol braf efo'r fam a'i dau fab yn mwynhau'r haul a'r dŵr, yna'r cyffro a'r panig wrth i fwledi syrthio'n gawod dros wyneb y patio a'r pwll. Heb y lliw, roedd y gwaed yn debycach i inc yn llygru'r dŵr clir. Ni ddaeth y gwn na'i berchennog i'r golwg y tro yma chwaith.

Daeth llais Syr Lelsie Garstang i dorri ar ei feddylia. 'Be wyt ti'n feddwl, Sam?'

'Mae o'n gwybod lle mae pob camera.'

'Yn hollol! Ond aros di!'

Golygfa o stydi wag Signorelli ddaeth nesa ar y sgrin, wedi'i thynnu un funud o'r camera a welsai Sam uwchben y drws, a'r funud nesa o gamera arall gyferbyn, wedi'i leoli rywle uwchben cwpwrdd cudd y diodydd. Rhyngddynt gallent ddangos y stafell gyfan.

Yr ail gamera ddangosodd y drws caeedig yn cael ei daflu'n agored nes ei fod yn drybowndian yn erbyn y silffoedd tu ôl iddo. Roedd y panig ar wyneb Signorelli yn amlwg wrth iddo ruthro i mewn, fel pe bai cŵn y Fall ar ei ôl. Gwyliodd Sam ef yn sgrialu wysg ei fol dros wyneb y ddesg ac yn crafangu am y drôr ucha. Y *Beretta!* meddai wrtho'i hun. Mae'n chwilio am y gwn! Yna, o'r drws agored, fflachiada gorffwyll, i gyd yn poeri tân i lygad y camera, a diflannodd y llun.

'Mae o eto'n cadw'i wyneb o olwg y camera.' Roedd Syr Leslie yn deud yr hyn oedd eisoes ar feddwl Sam.

Pan ddaeth bywyd i'r sgrin unwaith yn rhagor, roedd popeth i'w weld o gyfeiriad gwahanol, trwy lygad y camera uwchben y drws. Dyna lle'r oedd Signorelli ar ei hyd ar y ddesg, yn dal i ymbalfalu am y gwn. Yna'r bwledi'n plannu i'w gefn, a'r crys claerwyn yn cael ei rwygo a'i staenio'n dywyll. Roedd y cyfan yn afreal gan nad oedd unrhyw sŵn i gyd-fynd â'r dioddef amlwg. Gwyliodd Sam y corff yn plycio'n hunllefus wrth i bob bwled neud ei lle. Yna'r llonyddu terfynol, hir.

'Rŵan, gwylia!' Llais Caroline Court. 'Rhaid nad oedd o'n gwybod am y camera arall 'ma.'

Daeth cefn pen i'r golwg, yna pâr o ysgwydda, efo gwn – *AK47!* meddyliodd Sam – yn cael ei gario'n ddidaro dros un ohonyn nhw. Gorweddai'r gwallt du gloyw yn llaes dros y gwar. Yn raddol, daeth cefn a choesa hefyd i'r golwg wrth i'r asasin fynd i sefyll uwchben y corff, ei holl ystum efo'r gwn yn awgrymu hunanfodlonrwydd a chlochdar distaw, cystal ag awgrymu bod y dial yn gyflawn.

'Oes gen ti syniad pwy?' Roedd Syr Leslie wedi pwyso botwm i fferru'r olygfa mewn cryndod.

'Oes!' Llifodd ton o bryder ynghylch Rhian a'i fab trwy feddwl Sam. Fe wyddai rŵan, cystal â neb, nad oedd y dial yn gyflawn.

'Dyna pam rwyt ti yma heddiw, Semtecs . . . ' Roedd

llais y gŵr o MI6 wedi magu rhyw ddwyster difrifol. ' . . . Iti fod yn ymwybodol o'r peryg.' Gyda hynny, pwysodd y botwm unwaith yn rhagor a daeth y llofrudd yn fyw eto ar y sgrin wrth iddo droi oddi wrth y corff ac yn syth i lygad y camera oedd yn edrych i lawr arno. 'Rwyt ti'n nabod y gwyneb!' Fferrwyd y llun eto.

'Sut medra i beidio!' Ac yna, wrtho'i hun, Dyna be welis i, felly, ar wynab Marcus Grossman, y noson gynta honno ar ôl cyrraedd Twrci. Amheuaeth . . . ansicrwydd . . . ofn cydnabod methiant. A methu wnaeth o! meddyliodd yn chwerw, wrth syllu i'r llygada oer ar y sgrin o'i flaen, ac wrth i'r graith ym mhob boch hawlio mwy a mwy o'i sylw. Methu am yr eildro! A rŵan matar o amsar ydi hi cyn i hwn ddod i chwilio amdana inna a 'nheulu. Daeth geiria Grossman i ganu fel cnul yn ei ben: 'Mae gan Yakubovich rywbeth arall wedi'i drefnu ar gyfer Zahedi. Mi elli fentro dy ben bod 'na ryw job fudur arall mae o isio i'r Cwrd ei gneud.' Difa Signorelli a phawb o'i gwmpas oedd y job honno, ond wrth edrych i mewn i'r llygada llonydd, oer o'i flaen, fe wyddai Sam i sicrwydd ei fod ynta hefyd, rŵan, yn uchel ar restr dial y dyn bach milain.

Mwya sydyn teimlai fod y stafell a phawb oedd ynddi yn ei fygu. Cododd. Dim ond un peth oedd yn bwysig, bellach. Cael mynd â Rhian a'r bychan yn ôl i Gymru. Roedd ganddo drefniada i'w gneud.